1

William Damrosch, un alcoolique, inspecteur à la Brigade criminelle de ma ville natale de Millhaven, dans l'Illinois, est mort pour garantir, pourrait-on dire, que ce livre ne serait jamais écrit. Mais on écrit d'après les souvenirs qui remontent du passé et puis ensuite il en remonte encore d'autres.

J'ai publié autrefois un roman intitulé *L'Homme divisé* à propos des meurtres de Blue Rose, et dans ce livre je donnais à Damrosch le nom de Hal Esterhaz, mais je n'ai jamais parlé de mes liens personnels avec les meurtres de Blue Rose. C'est pourtant à cause d'eux que j'ai écrit ce livre. (Bien qu'il y ait aussi une autre raison.) Je voulais m'expliquer à moi-même certaines choses : voir si je pouvais m'ouvrir un chemin jusqu'à la vérité avec cette arme si ancienne, la vieille épée bosselée du raconteur d'histoires.

J'ai écrit *L'Homme divisé* après ma démobilisation. Je m'étais installé dans une petite chambre près de Bang Luk, le grand marché aux fleurs de Bangkok. Au Viêt-nam, j'avais tué un certain nombre de gens à distance et un seul de tout près : si près que son visage était juste face au mien. A Bangkok, le souvenir de ce visage me revenait pendant que j'écrivais. Avec lui, comme une énorme bernacle fixée à la coque d'un petit bateau, revenait l'autre Viêt-nam. Le Viêt-nam d'avant le Viêt-nam, celui de mon enfance. Quand les souvenirs de cette époque me revinrent en mémoire, je déraillai un peu. Je devins ce qu'on pourrait charitablement appeler un personnage « pittoresque ». Au bout d'à peu près un an de dérive, je me souvins que j'avais trente-deux ans, que je n'étais plus un enfant et que j'avais une sorte de métier. Et je commençai à guérir. L'enfance est soit plus pénible à vivre une seconde fois, soit moins facile à supporter. Aucun de nous n'est aussi fort ni aussi brave que les enfants que nous avons été.

Environ un an après m'être rétabli, je rentrai en Amérique et je finis par écrire deux livres avec un romancier du nom de Peter Straub. Ils s'appelaient *Koko* et *Mystery* : vous les avez peut-être lus. Sinon, ça n'a pas d'importance. Peter est un type assez charmant. Il habite une grande maison victorienne grise dans le Connecticut, juste à côté du détroit de Long Island. Il a une femme et deux enfants et il ne sort pas beaucoup. Son bureau, au deuxième étage de sa maison, aurait pu contenir mon loft de Grand Street. Sa climatisation et sa chaîne stéréo ne tombaient jamais en panne.

Peter aimait bien écouter mes descriptions de Millhaven. L'endroit le fascinait. Il comprenait parfaitement ce que j'éprouvais pour la ville de mon enfance. « A Millhaven, il neige en plein milieu de l'été, disais-je, parfois à Millhaven des vols d'anges cachent tout le ciel. » Il me regardait alors en souriant pendant une ou deux minutes. Voici quelques autres histoires que je lui racontais à propos de Millhaven : une fois, dans le quartier sud de la ville, une bande d'enfants avait tué un inconnu. Ils l'avaient démembré et avaient enterré les divers morceaux de son corps sous un genévrier. Plus tard les parties découpées et enterrées du corps se mirent à s'appeler les unes les autres. Un jour, un riche vieillard viola sa fille et la garda enfermée dans une pièce où elle buvait et délirait, buvait et délirait, sans jamais se rappeler ce qui lui était arrivé. Un jour, les morceaux de l'homme assassiné enterré sous le genévrier commencèrent à s'interpeller et persuadèrent les enfants de les rassembler. Un jour, un mort fut accusé à tort de crimes terribles. Et un jour, quand on rassembla au pied de l'arbre les diverses parties du corps démembré, l'homme tout entier se leva et parla : il était de nouveau vivant, reconstitué.

En fait, nous écrivions un livre à propos d'une erreur judiciaire commise par la police de Millhaven et, ce, avec la complicité de toute la ville. Plus j'en découvrais, pire cela devenait : comme tout le monde j'avais supposé que William Damrosch avait fini par se supprimer pour s'empêcher de tuer des gens. Ou qu'il s'était suicidé par remords et en raison de la terreur que lui inspiraient les meurtres qu'il avait déjà commis. Damrosch avait laissé sur le bureau devant lui un morceau de papier avec les mots BLUE ROSE.

Mais c'était une erreur d'interprétation – une faute d'imagination. Ce que la plupart d'entre nous appellent intelligence n'est rien d'autre que l'imagination : de l'imagination sympathique. La police de Millhaven se trompait, et moi aussi. Pour des raisons évidentes, la police voulait enterrer l'affaire. Moi, je voulais l'enterrer pour des raisons personnelles.

Cela fait six ans maintenant que je vis à New York. Tous les deux mois, je prends à Grand Central la ligne de New Haven. Je descends à la gare de Green Farms. Je reste tard le soir chez Peter à boire et à discuter avec lui. Il boit du whisky pur malt de vingt-cinq ans d'âge parce que c'est son genre, et moi, je bois du soda. Sa femme et ses enfants dorment, la maison est silencieuse. Par la verrière de son bureau, j'aperçois les étoiles. Je contemple la voûte noire de la nuit au-dessus de nos têtes, les ténèbres immenses qui recouvrent la moitié de la planète. De temps en temps, on entend le bruit d'une voiture qui passe dans la rue, allant à Burying Hill Beach et South Port.

Koko décrivait certains événements vécus par des membres de mon ancienne section pendant et après la guerre. *Mystery* évoquait les lointaines conséquences d'un meurtre commis autrefois dans une localité touristique du Wisconsin. Comme l'idée nous plaisait, nous avions situé l'intrigue du roman sur une île des Caraïbes. Le principal personnage, Tom Pasmore –

qu'on retrouvera plus loin dans ces pages –, était quelqu'un que j'avais connu autrefois à Millhaven. Il était étroitement lié aux meurtres signés Blue Rose qu'on avait imputés à William Damrosch, et une grande partie de *Mystery* concerne la découverte de ce lien.

Après *Mystery*, je croyais en avoir fini avec Damrosch, avec Millhaven et avec les meurtres de Blue Rose. Et puis je reçus un coup de téléphone de John Ransom, encore quelqu'un que j'avais connu autrefois à Millhaven. Comme beaucoup de choses avaient changé dans sa vie, la mienne changea aussi. John Ransom habitait toujours Millhaven. Sa femme avait été victime d'une agression. Elle était dans le coma, et le criminel avait griffonné les mots BLUE ROSE sur le mur au-dessus de son corps.

2

Je n'ai jamais très bien connu John Ransom. Il vivait dans une grande maison du Quartier Est et fréquentait l'école de Brooks-Lowood. Moi, j'habitais Pigtown, à la lisière de la vallée dans le quartier sud de Millhaven, à un bloc de l'hôtel Saint-Alwyn, et j'allais à l'école du Saint-Sépulcre. Pourtant je le connaissais vaguement parce que nous étions tous deux avants et que nos équipes de football se rencontraient deux fois par an. Ni l'une ni l'autre n'était très bonne. Le Saint-Sépulcre n'était pas un très grand établissement et Brooks-Lowood était une école minuscule. Nous avions une centaine d'élèves dans ma tranche d'âge. Brooks-Lowood une trentaine.

La première fois que nous nous trouvâmes face à face pour un match, John Ransom me dit : « Salut ! » Ces élèves de cours privés sont de drôles de numéros, pensai-je. Quand la rencontre commença, il me rentra dedans comme un bulldozer et me fit reculer d'au moins trente centimètres. Le demi d'ouverture de Brooks-Lowood, un nommé Teddy Heppenstall, un garçon blond et arrogant, me fila sous le nez. A l'engagement suivant, je dis : « Oh, salut à toi aussi », nous nous heurtâmes de front sans bouger d'un pouce pendant que Teddy Heppenstall déboulait de l'autre côté du terrain. J'eus des courbatures pendant une semaine après cela.

Chaque mois de novembre, le Saint-Sépulcre organisait un banquet de l'Association des athlètes chrétiens, que nous appelions « le dîner de football ». C'était une soirée organisée dans le sous-sol de l'église pour se procurer des fonds. L'administration invitait des sportifs de tous les lycées de Millhaven à venir dépenser dix dollars : ça donnait droit à des hamburgers, des frites, des haricots blancs, une salade de macaronis, un punch hawaïen et un discours de Mr. Schoonhaven, notre entraîneur, sur le Christ considéré comme un demi de mêlée. Mr. Schoonhaven croyait en ce qu'on appelait le christianisme musclé. Il pensait que si on avait passé à Jésus un ballon de football, Il aurait démoli quiconque aurait osé s'interposer entre Lui et la ligne de but. Ce Jésus-là ne ressemblait guère à Teddy Heppenstall. Et pas du tout au personnage émouvant et plutôt affligé qui tenait entre Ses mains Son propre cœur flamboyant sur le tableau aux couleurs criardes accroché juste à l'intérieur des lourdes portes de l'église.

Il y avait peu d'athlètes d'autres établissements à assister au banquet de football. Pourtant on pouvait toujours compter sur la présence d'une poignée de grands Polonais de Saint-Ignace, aux cheveux coupés en brosse. Les garçons de Saint-Ignace mangeaient penchés sur leurs assiettes comme s'ils savaient que, jusqu'à la prochaine saison de football, ils devraient maîtriser leur envie collective de démolir quelqu'un. Ils aimaient faire peser une atmosphère de *menace* et semblaient en parfait accord avec l'image du Jésus pugnace de Mr. Schoonhaven.

C'est cette saison au cours de laquelle John Ransom m'avait salué puis écarté du chemin de Teddy Heppenstall qu'un grand garçon solidement bâti pénétra dans le sous-sol de l'église à la fin de la première partie du banquet, la partie sans cérémonie. Dans deux secondes, il nous faudrait nous redresser sur nos sièges et prendre un air respectueux. Le nouveau venu portait une veste de sport en tweed, un pantalon kaki, une chemise blanche au col boutonné et une cravate à rayures. Il alla prendre un hamburger, secoua la tête devant les haricots et la salade de macaronis, prit un gobelet de punch et vint se glisser à côté de moi avant que j'aie pu le reconnaître.

Mr. Schoonhaven se leva et toussa devant le micro. Un fracas comparable à une rafale de mitrailleuse retentit dans le sous-sol. Même les délinquants de Saint-Ignace se redressèrent. « Qu'est-ce qu'un évangile ? » tonna Mr. Schoonhaven. Comme d'habitude, il commençait sans préambule. « Un évangile est quelque chose à quoi il est permis de croire. » Il nous foudroya du regard et hurla : « Et qu'est-ce que le football ? C'est quelque chose aussi en quoi nous pouvons croire. »

« Voilà qui est parler comme un authentique entraîneur », me murmura l'étranger. Je reconnus alors John Ransom.

Le Père Vitale, notre professeur de trigonométrie, se rembrunit au bout de la table. C'était simplement le froncement de sourcils dont il souhaitait gratifier Mr. Schoonhaven : lui, un protestant, ne pouvait s'empêcher dans ces occasions-là de le montrer.

« De quoi parlent les évangiles ? Du salut. Le football aussi est une affaire de salut, reprit l'entraîneur. Jamais Jésus n'a laissé tomber le ballon. Il a gagné la grande partie. Chacun, à notre façon, on nous demande d'en faire autant. Que faisons-nous quand nous sommes en face des poteaux de but ? »

Je pris mon stylo dans ma poche de chemise et j'écrivis sur une serviette en papier froissée : *Qu'est-ce que tu fiches ici ?* Ransom lut ma question, retourna la serviette et écrivit au dos : *J'ai pensé que ce serait intéressant*. Je haussai les sourcils.

Si ! c'est intéressant, écrivit John Ransom sur la serviette.

Je sentis en moi une bouffée de colère à l'idée qu'il s'encanaillait. Pour le reste d'entre nous, même pour les voyous de Saint-Ignace, le sous-sol en parpaing de l'église était aussi familier que la cafétéria. Qui ressemblait d'ailleurs beaucoup au sous-sol de l'église. J'avais entendu dire que des domestiques, hommes et femmes, servaient les élèves de Brooks-Lowood à des tables dressées avec des nappes et de l'argenterie. De vrais serveurs. De la véritable argenterie, en argent. Une idée aussitôt me vint. J'écrivis : *Tu es catholique ?* en donnant un coup de coude à John Ransom. Il ferma les yeux, sourit et baissa la tête.

Bien sûr, il était protestant.

Alors ? écrivis-je.

Je ne sais pas encore, répondit-il.

Je le dévisageai, mais il s'était retourné vers Mr. Schoonhaven : celui-ci proclamait à la multitude que l'athlète chrétien avait le devoir d'y aller à fond et de tuer *pour* Jésus. *Piétinez ! Cognez !* Parce que c'était ça qu'Il voulait vous voir faire. Pas de prisonniers !

John Ransom se pencha vers moi en murmurant : « Il me plaît bien, ce type. »

Je sentis de nouveau un frémissement d'indignation. John Ransom s'imaginait qu'il valait mieux que nous.

Bien sûr, je trouvais que moi aussi je valais mieux que Mr. Schoonhaven. J'estimais que je valais mieux que le sous-sol de l'église, sans parler du Saint-Sépulcre ni, par extension, des huit rues entrecroisées qui constituaient notre quartier. La plupart de mes camarades de classe finiraient par travailler dans les tanneries, les conserveries, les brasseries, les ateliers de rechapage de pneus qui nous séparaient du centre de Millhaven. Je savais que, si je pouvais décrocher une bourse, j'irais à l'Université ; je comptais bien quitter notre quartier le plus tôt possible. Certes, j'aimais bien l'endroit d'où je venais, mais je l'aimais surtout parce que c'était là que j'étais né.

J'étais donc irrité de voir John Ransom venir marcher sur mes plates-bandes et surprendre les platitudes débitées par Mr. Schoonhaven. J'allais lui dire quelque chose de désagréable quand je remarquai le Père Vitale. Il s'apprêtait à se lever de sa chaise pour venir me donner une tape sur la nuque. Le Père Vitale croyait que l'homme est déjà pécheur dans le ventre de sa mère et que « la Nature, blessée par le premier être humain, est misérable », comme le dit saint Augustin. Je regardai droit devant moi et je joignis les mains devant mon assiette. John Ransom avait remarqué aussi que ce ronchon de vieux prêtre s'apprêtait à frapper et il s'empressa de joindre à son tour les mains sur la table. Le Père Vitale se rassit.

Il avait dû y avoir dans son irritation une certaine envie. John Ransom était un assez beau garçon, pour une époque où on considérait John Wayne comme un bel homme, et il portait des vêtements coûteux avec beaucoup d'aisance. Un coup d'œil à John Ransom me confirma qu'il avait des penderies pleines de belles vestes et de costumes superbes, que ses tiroirs étaient bourrés de chemises en oxford. Et qu'il avait son propre porte-cravates.

Mr. Schoonhaven se rassit, le prêtre de la paroisse se leva pour dire une prière. Le banquet était terminé. Tous les joueurs de football et de base-ball de Saint-Ignace et du Saint-Sépulcre commencèrent à se diriger vers l'escalier montant à la nef.

John Ransom me demanda si nous étions censés porter nos assiettes à la cuisine.

« Non, elles vont le faire. » Je désignai de la tête des femmes à l'air las, des bénévoles qui s'affairaient maintenant devant les tables. Elles avaient cuisiné pour nous, et la plupart d'entre elles avaient apporté directement de leur propre cuisine des haricots et des macaronis dans des plats recouverts d'un torchon. « Dis-moi, comment as-tu entendu parler de ce banquet ?

– J'ai vu une annonce sur notre tableau d'affichage.

– Ça ne doit pas ressembler beaucoup à Brooks-Lowood », dis-je.

Il sourit. « C'est bien. Ça m'a plu. Ça m'a beaucoup plu. »

Nous avancions dans l'escalier derrière les autres : certains lui jetaient par-dessus leur épaule un regard méfiant.

« Tu sais, Tim, j'ai bien aimé jouer contre toi », dit John Ransom. Il me souriait en me tendant la main.

Je contemplai stupidement cette main pendant une seconde avant de la prendre. Au Saint-Sépulcre, on ne se serrait pas la main. Personne de ma connaissance n'échangeait de poignées de main comme ça, sauf pour conclure un marché sur une voiture d'occasion.

« Ça te plaît pas d'être trois-quarts ? » demanda-t-il.

J'éclatai de rire et je levai les yeux au spectacle de nos mains jointes pour observer le visage du Père Vitale et de quelques serveuses bénévoles. Il me fallut un moment pour comprendre leur expression. Ils me regardaient avec intérêt et respect, un mélange dont j'avais si peu l'habitude que c'en était un événement. Ni le Père Vitale ni les bénévoles, je le compris, n'avaient jamais eu beaucoup de contacts avec quelqu'un comme John Ransom ; pour eux, on aurait dit qu'il avait fait tout le chemin depuis le Quartier Est rien que pour venir me serrer la main.

J'aurais voulu protester. *Non, ça n'était pas moi.* Parce que je finis par comprendre : chaque année, le Saint-Sépulcre envoyait des prospectus à tous les établissements scolaires de la ville pour le banquet de l'Association des athlètes chrétiens. Non seulement John Ransom était le premier élève de Brooks-Lowood à être jamais venu, mais il était le seul de tout le côté Est à avoir jamais manifesté assez d'intérêt pour assister au banquet. C'était ça, l'important : il était intéressé.

Les autres étaient déjà dans le vestibule de l'église quand John Ransom et moi arrivâmes au bas des marches. Je les entendais rire à propos de Mr. Schoonhaven. Et j'entendis la voix de Bill Byrne, qui pesait dans les cent trente-cinq kilos et qui était l'avant-centre de l'équipe des Bluebirds : il disait quelque chose à propos d'un « connard de touriste », et puis, plus horrible encore, il parlait d' « un pédé du Quartier Est qui a rappliqué pour faire une pipe à Underhill ». Il y eut des rires gras. C'était de la pure hostilité gratuite, mais je priai le ciel que John Ransom n'eût pas entendu. Je ne pensais pas qu'un garçon bien habillé et qui vous serrait la main comme John Ransom aimerait être traité de pervers – de tante, de pédé, de *suceur de queues* !

Mais il avait dû entendre lui aussi et, à en juger par la respiration sifflante du Père Vitale derrière moi, le prêtre également. John Ransom me surprit en éclatant d'un rire bruyant.

« Byrne ! cria le Père Vitale. Vous, Byrne ! » Il posa une main sur son épaule droite, l'autre sur l'épaule gauche de John Ransom et nous écarta pour passer. Mes camarades de classe ouvraient la petite porte grinçante qui donnait sur Vestry Street au moment où le Père Vitale se faufila entre John Ransom et moi. Il avait oublié que nous étions là, je crois, et son gros visage basané passa près du mien sans me jeter un coup d'œil. J'aperçus d'énormes points noirs sur son nez, comme si sa peau elle aussi avait du mal à respirer. Quand il arriva en haut de l'escalier, il soufflait comme un phoque. Dans son sillage flottaient des relents de tabac.

« Ce prêtre fume trop », observa John Ransom.

Nous arrivâmes en haut des marches juste au moment où la porte se refermait en claquant. Nous traversâmes le vestibule en entendant des pas précipités dans Vestry Street et le prêtre qui criait : *Mes enfants ! Mes enfants !*

« On devrait peut-être lui laisser une minute », dit John Ransom. Il fourra ses mains dans les poches et déambula vers le passage voûté qui donnait accès à l'intérieur de l'église.

« Lui laisser une minute ? demandai-je.

– Qu'il retrouve son souffle. Il ne va certainement pas les retrouver, *eux.* » John Ransom promenait un regard admirateur sur la longue nef sombre du Saint-Sépulcre. On aurait pu croire qu'il était dans un musée. Je le vis embrasser d'un coup d'œil le bénitier et les rangées de cierges aux flammes vacillantes. Les uns neufs, les autres réduits à de petits tas de cire qui coulaient. Ransom inspecta les profondeurs de notre église comme s'il cherchait à en retenir tous les détails : il ne souriait plus mais son plaisir manifeste ne fut en rien diminué par la réapparition du Père Vitale qui revint par la porte de Vestry Street soufflant comme une locomotive. Il ne nous adressa la parole ni à l'un ni à l'autre. En descendant le bas-côté, le Père Vitale perdit presque instantanément son individualité : il devint un élément décoratif de l'église, comme un château sur une falaise d'Allemagne ou un âne sur une route poussiéreuse d'Italie. Je voyais soudain le Père Vitale comme John Ransom le voyait.

Ce dernier se retourna pour examiner de la même façon le vestibule, comme si le *voir* c'était le *comprendre*. Il n'était pas le touriste hautain pour qui je l'avais pris à tort. Il voulait embrasser du regard l'église, une expérience dont jamais sans doute aucun autre élève de Brooks-Lowood n'aurait eu l'idée. Je songeai que John Ransom aurait eu la même attitude au bout de l'enfer.

Plus tard, John Ransom et moi allions nous y retrouver.

J'avais sept ans quand ma sœur April fut tuée : assassinée. Elle en avait neuf. Je fus témoin du meurtre. Je crus voir *quelque chose* se passer. J'essayai de venir à son secours. J'essayai d'empêcher ce qui était en train de se passer, et puis je fus tué moi aussi, mais pas de façon aussi permanente qu'April.

Il me semble que le bout de l'enfer est le *centre* du monde ; et que, tôt ou tard, il nous est à tous donné de le voir, tous autant que nous sommes, suivant nos possibilités.

Je ne devais rencontrer à nouveau John Ransom que des années plus tard : au Viêt-nam.

3

Dix mois après être sorti de Berkeley, je fus appelé sous les drapeaux : je me laissai faire, sans pour autant avoir le moins du monde le sentiment que je devais à mon pays un an de service militaire. Depuis que j'avais quitté l'Université, je travaillais dans une librairie de Telegraph Avenue et, le soir, j'écrivais des nouvelles. On me les retournait invariablement dans les enveloppes timbrées à mon adresse que j'avais pliées à l'intérieur de ces envois adressés au *New Yorker*, à l'*Atlantic Monthly* et à *Harper's* – sans parler de *Prairie Schooner, The Canyon Review, Antheus, The Massachusetts Review,* et *Ploughshares.* Je crois du moins que c'était *Ploughshares.* Je savais que je ne voulais pas être professeur et je ne croyais absolument pas que les sursis accordés aux enseignants tiendraient longtemps : je ne m'étais pas trompé. Plus mes nouvelles mort-nées me revenaient, plus je trouvais décourageant de passer quarante heures par semaine entouré des livres écrits par d'autres. Quand je passai de la catégorie 2-S à 1-A, j'eus le sentiment qu'on m'avait peut-être trouvé une issue pour sortir de l'impasse.

Je fis le trajet jusqu'au Viêt-nam à bord d'un avion commercial. Les trois quarts environ des passagers de la classe touriste étaient des bleus comme moi, et les hôtesses avaient du mal à nous regarder en face. Les seuls passagers vraiment détendus dans notre section de l'appareil étaient les condamnés à perpétuité du fond de la cabine : des sous-offs qui formaient une bande aussi joyeuse que des golfeurs sur un vol de week-end à destination de Myrtle Beach.

Dans la cabine de première classe, à l'avant de l'avion, étaient assis des hommes en costumes sombres : des fonctionnaires du Département d'État, des hommes d'affaires qui profitaient le plus longtemps possible des ventes au Viêt-nam de ciment ou de matériaux de construction. Ils souriaient en nous regardant : après tout, nous étions leurs soldats, nous protégions leurs idéaux et leurs capitaux.

Mais, entre les patriotes de l'avant et les condamnés à perpétuité détendus et sans illusion de l'arrière, sur deux rangées, juste après les premières classes, se trouvait un autre groupe que je n'arrivais pas à identifier : des hommes minces, musclés, aux cheveux courts comme des soldats, mais qui portaient des chemises hawaïennes ou bien des chemises bleues à col boutonné avec des jeans bien repassés. On aurait dit une équipe de football universitaire à une réunion d'anciens élèves. Ils ne s'occupaient absolument pas de nous. Je surpris quelques bribes de conversation : du jargon militaire vif et tranchant.

Un des condamnés à perpète passa près de mon siège pour se dégourdir les jambes avant d'aller dormir. Je lui touchai le poignet et lui demandai qui étaient les hommes à l'avant de la cabine.

Il se pencha et lâcha juste deux mots.

« Bérets verts ? »

Nous atterrîmes à Tan Son Nhut par un soleil dont la lumière semblait presque avoir une épaisseur. Quand les hôtesses ouvrirent la porte du jet, une chaleur stupéfiante s'y engouffra : j'eus le sentiment que ma vie d'autrefois avait à jamais disparu. Je décidai alors de n'avoir peur de rien jusqu'au moment où il le faudrait vraiment : j'avais l'impression qu'il était possible d'échapper à mon enfance. Ce fut le premier de ces étranges sentiments d'exaltation – cette brusque conscience d'une liberté toute neuve – qui parfois me visitaient au Viêt-nam et que je n'ai jamais ressentis ailleurs.

Je devais rejoindre le Camp White Star, une base du 2e Corps à côté de Nha Trang. Je devais retrouver là d'autres nouvelles recrues de mon régiment et on devait tous nous acheminer dans le nord, au Camp Crandall du 1er Corps. Par une de ces bourdes inexplicables qui sont monnaie courante dans la vie militaire, les hommes que j'étais censé retrouver étaient déjà partis. Je restai là une semaine à attendre des ordres.

Chaque jour, je me présentais à un capitaine cynique du nom de McCue, Hamilton McCue. Il frottait alors ses doigts boudinés sur ses joues roses de bébé et me confiait toutes les corvées qui lui passaient par la tête. J'allais déplacer les tonneaux sous les latrines et j'y versais du kérosène pour que de vieilles Vietnamiennes puissent incinérer notre merde ; je démontais des Jeeps accidentées pour récupérer des têtes de delco ou des alternateurs ; je ratissais les quinze mètres carrés de poussière devant le club des officiers. McCue finit par décider que je prenais à tout cela un plaisir inconvenant et il m'affecta donc à l'escouade des corps. Laquelle avait pour mission de décharger les cadavres transportés par hélicoptère. Elle les transférait à la « morgue » pendant qu'on remplissait la paperasserie. Puis elle les chargeait dans les cales des appareils en partance pour Tan Son Nhut, d'où on les rapatriait aux États-Unis.

Les sept autres membres de l'escouade terminaient le temps qui leur restait au Viêt-nam. Tous avaient appartenu jadis à des unités régulières et la plupart d'entre eux avaient rempilé pour pouvoir passer encore un an sur le champ de bataille. Ce n'étaient pas des gens ordinaires : le régiment les avait affectés à l'escouade pour les retirer de l'unité à laquelle ils appartenaient. Ils s'appelaient Scoot, Hollyday, Di Maestro, La Croche, Ratman, Attica et Pirate. Ils avaient tous un air de famille : pas rasés, hirsutes – même Ratman, avec sa calvitie précoce, était velu –, sales, ayant perdu une ou deux dents de devant. Scoot, Pirate et Di Maestro étaient tatoués (NÉ POUR MOURIR, MARCHAND DE MORT), avec chacun une tête de mort au-dessus d'une pyramide couleur terre de Sienne. Pendant ma première journée, ils ne m'adressèrent pas la parole. Dans un silence glacial, ils vaquaient à leurs occupations : ils trimballaient les lourds sacs contenant les cadavres de l'hélicoptère jusqu'au camion, puis du camion jusqu'à la « morgue ».

Le lendemain, le capitaine McCue m'annonça que mon ordre de mission n'était toujours pas arrivé et que je devais retourner à l'escouade des corps. Il me demanda comment je m'entendais avec mes camarades de travail. C'est comme ça qu'il les appelait, mes « camarades de travail ».

« Ils ont plein d'histoires à raconter, dis-je.

– D'après ce qu'on me dit, ils sont surtout le genre à *faire* des histoires », rétorqua-t-il en découvrant deux rangées de dents marron qui donnaient à ses grosses joues l'air d'être rongées de l'intérieur. Il avait dû comprendre : je venais de décider que je préférais la compagnie de Ratman et des autres à la sienne. Il m'annonça donc que je travaillerais avec l'escouade jusqu'à l'arrivée de ma feuille de route.

Le deuxième jour, le mépris que me portaient mes nouveaux camarades était moins vif et ils reprirent l'interminable dialogue que j'avais interrompu.

Ils racontaient toujours des histoires de morts.

« On s'en est cogné de la jungle, dit Ratman en poussant un autre corps enveloppé dans son sac à l'arrière de notre camion. Vingt jours. Tu écoutes. Miteux ? »

J'avais un nouveau nom.

« Vingt jours. Tu ne sais pas ce que c'est là-bas, hein, Miteux ? »

Pirate cracha par terre un épais jet de salive jaunâtre.

« C'est comme quarante jours en enfer. En enfer, tu es déjà mort, dans la jungle, tout le monde essaie de te tuer. Ça veut dire que tu ne dors jamais vraiment. Que tu *vois* des choses. »

Pirate ricana et lança sur le plateau un autre cadavre.

« C'est foutrement vrai.

– Tu vois ta petite amie s'envoyer un connard, tu vois tes copains se faire bousiller, tu vois les *arbres* bouger, tu vois des trucs qui ne sont jamais arrivés et qui n'arriveront jamais, mon vieux.

– Sauf ici, dit Pirate.

– Vingt jours », répéta Ratman. Le fond du camion était maintenant bourré de corps dans leurs sacs. Ratman releva le hayon et le bloqua. Il s'y adossa en secouant la tête. Il avait l'extrémité des doigts gros comme des balles de golf. J'appris plus tard qu'il avait mérité son surnom en mangeant deux rats vivants dans un tunnel où sa section avait découvert une tonne de riz. « Trop gras pour courir », était-il censé avoir dit.

« T'as les sens à *vif*, là-bas, vieux, tu entends une souris bouger...

– T'entends les rats bouger », renchérit Di Maestro. Il donna une claque sur le côté du camion comme pour réveiller les cadavres dans leurs sacs verts.

« ... T'entends la rosée qui gicle des feuilles, les insectes qui remuent sous l'écorce. T'entends tes ongles pousser. T'entends des trucs dans la terre.

– Des trucs dans la terre ? demanda Pirate.

– Merde, fit Ratman. Tu ne connais pas ? Tu sais, quand tu es allongé sur la piste, t'entends toutes sortes de merdes. Les bestioles, les singes, les oiseaux, les gens qui marchent devant toi...

– Vaut mieux être sûr qu'ils ne rappliquent pas dans ta direction, lança Di Maestro de l'avant du camion. Tu prends des notes, Miteux ?

– ... Toutes sortes de merdes, tu piges ? Et puis t'entends le reste : une sorte de bourdonnement en fond sonore. Comme si un gros générateur tournait, très loin au-dessous de toi.

– Oh, ce truc-là, fit Pirate.

– C'est la terre », dit Ratman. Il recula d'un pas et lança à Pirate un regard fou. « Cette foutue terre fait du bruit toute seule. T'entends ça ? Ce moteur-là, il ne s'arrête jamais. Il dort jamais.

– Bon, allons-y », fit Di Maestro. Il s'installa au volant. Hollyday, Scoot et Attica s'entassèrent sur la banquette auprès de lui. Ratman grimpa derrière la cabine. La Croche, Pirate et moi le suivîmes. Le camion cahotait à travers champs vers la partie principale du camp. Le pilote d'hélicoptère et les membres du personnel à terre se retournaient sur notre passage. Nous étions comme des éboueurs, me dis-je. On croirait travailler sur un camion poubelle.

« En plus de ça, reprit Ratman, les gens essaient sérieusement d'intervenir dans ton existence. »

La Croche se mit à rire mais se reprit aussitôt. Jusque-là, ni lui ni Pirate ne m'avaient vraiment regardé.

« Ça suffit à te foutre en l'air, à moins de t'y habituer, dit Ratman. Une mission de vingt jours. J'en ai connu de plus longues, mais jamais de pire. Le lieutenant y est passé. Le radio y est passé. Mes meilleurs copains à l'époque, ils y sont passés.

– C'était où ? demanda Pirate.

– Dans la province de Darlac, répondit Ratman. Pas bien loin.

– La porte à côté, dit Pirate.

– Le vingtième jour, reprit-il, on est là-bas. On poursuit je ne sais quel foutu groupe. On n'a presque plus rien à bouffer, on doit venir nous reprendre dans quarante-huit heures. Notre objectif n'arrête pas de se déplacer : ces types vont de ville en ville, de vrais Robins des Bois. »

Ratman secoua la tête. Le camion descendit une pente à l'entrée de la base et un des sacs glissa de la pile pour venir atterrir doucement à ses pieds. Il le repoussa d'un geste presque tendre.

« Ce type, un copain, Bobby Swett qu'il s'appelait. Il était juste devant moi, à moins de deux mètres. On entend unc sorte de bruit extraordinaire, et puis ce grand oiseau rouge et jaune file devant nous, gros comme une dinde, mon vieux. Avec des ailes, de vraies hélices. Et je me dis : allons, qu'est-ce qui a réveillé cette bestiole ? Bobby Swett se tourne pour me regarder, et il a un grand sourire. Son sourire est la dernière chose que je vois pendant près d'une minute. Quand je reviens à moi, je me souviens d'avoir vu Bobby Swett s'en aller en morceaux d'un seul coup, comme s'il avait explosé de l'intérieur. Mais – tu comprends ? – je me souviens de quelque chose que je n'ai pas vraiment vu. Je crois que je suis mort. Je sais foutrement bien que je suis mort. Je suis couvert de sang et une fille à la peau brune est penchée sur moi. Des cheveux noirs, des yeux noirs. Alors, maintenant je sais. Les anges existent, les anges ont les cheveux noirs et les yeux noirs, parole d'honneur. »

Une palissade brune dissimulait le long hangar que nous appelions la morgue. Nous passâmes devant le panneau avec l'inscription au pochoir ENREGISTREMENT DES TOMBES. Ratman sauta à l'arrière du camion et ouvrit la porte du dépôt. Nous avions quatre heures pour nous retourner et aujourd'hui il y avait beaucoup de corps.

Di Maestro entra le camion en marche arrière et nous commençâmes à décharger les longs sacs dans le hangar.

« Avec un long nez ? demanda Pirate.

– Un long nez, foutre oui.

– Une Yard.

– Sûr, mais qu'est-ce que j'en savais ? C'était une Rhade – la plupart des Yards de Darlac, et il y en a à peu près deux mille, sont des Rhades. “ Je suis mort ”, dis-je à cette fille que je prends toujours pour un ange. Et elle me roucoule quelque chose en réponse. Il me semble me souvenir de grands éclairs lumineux : je veux dire, c'est quelque chose que j'ai vraiment *vu*.

– Ce pauvre vieux Bobby Swett avait sauté sur une mine », dit Pirate.

Je commençais à bien aimer Pirate. Il savait que c'était pour moi qu'on racontait cette histoire, et il avait la bonté de relancer le récit avec de petites interjections et des explications. Pirate me méprisait un peu moins que les autres. J'aimais bien aussi son allure : des airs de matamore, mais sans avoir la dégaine de Ratman. Comme moi, Pirate était plutôt du genre lourdaud. Dans la journée, il portait rarement sa chemise et il avait toujours un foulard noué autour de la tête ou du cou. Au bout d'un moment, je me surprenais à l'imiter, sauf quand les moustiques devenaient vraiment mauvais.

« Tu crois que je ne le sais pas ? Ce que je dis, c'est – Ratman poussa un autre soldat mort dans son sac à fermeture à glissière au fond des ténèbres du hangar –, c'est que j'étais mort, moi aussi. Pendant une minute, peut-être plus longtemps.

– Mort de quoi ?

– De choc, dit Ratman avec simplicité. C'est pour ça que je n'ai jamais vu Bobby Swett sauter. Tu n'as jamais entendu parler de ça ? Moi, si. Des tas de types que j'ai rencontrés, ça leur est arrivé : sinon à eux, à quelqu'un qu'ils connaissaient. On meurt, et puis on revient.

– C'est vrai ? » demandai-je.

Une seconde, Ratman eut l'air furieux. J'avais mis en doute ses croyances et j'étais vraiment quelqu'un qui ne connaissait rien à rien.

Pirate vint à mon secours. « Comment se fait-il que tu aies pu te rappeler avoir vu ce type se faire bousiller si pour commencer tu ne l'as pas vu du tout ?

– J'étais sorti de mon corps.

– Nom de Dieu, Miteux, dit La Croche en saisissant la poignée d'un sac si lourd que j'avais failli le lâcher. Qu'est-ce qui te prend ? » D'une seule main, il le lança derrière nous.

« Miteux, ne fais jamais tomber les sacs », fit Di Maestro en en laissant délibérément choir un sur le ciment. Ce qu'il y avait dedans gargouilla dans un bruit d'éclaboussures.

Pendant quelques instants nous continuâmes à décharger les corps dans le hangar.

Puis Ratman reprit : « Bref, environ une seconde plus tard, j'ai découvert que j'étais toujours en vie.

– Qu'est-ce qui t'a fait croire ça ? interrogea Attica.

– Voilà que ce type me regarde sous le nez et là, c'est sûr, ce n'est pas un ange. J'aperçois la saloperie de voûte de verdure au-dessus de sa tête. Les oiseaux recommencent à piailler. La première chose que je sais avec certitude, c'est que Bobby Swett est mort, mon vieux. Je suis *couvert* de ce qui reste de lui. Ce type me dit : " Debout, soldat. " C'est tout juste si je comprends ce qu'il dit tellement j'ai les oreilles qui bourdonnent. Mais, tu sais, ce trou du cul a l'habitude qu'on lui obéisse. J'ai poussé un gémissement quand j'ai essayé de bouger. Parce que, mon vieux, chaque centimètre carré de ma personne, on aurait dit un hamburger.

– Ah », firent La Croche et Attica, presque à l'unisson. Puis Attica ajouta : « Tu es un sacré veinard.

– Bobby Swett n'a même pas fini dans un de ces trucs-là, dit Ratman. Le pauvre vieux s'est volatilisé. » Il attrapa soudain les poignées d'un autre sac, l'inspecta une seconde, dit : « Pas de plaque d'identité », et il le jeta par-dessus les autres.

« Oh, miam-miam », fit Attica. Attica avait une tête brune et lisse. On voyait rouler ses biceps quand il soulevait les sacs. Il tira un marqueur de sa salopette, fit une croix bien nette à l'extrémité du sac. Il revint vers le camion et me lança un grand sourire : il plissait les lèvres sans ouvrir la bouche et je me demandais ce qui allait suivre.

« J'ai fini par me relever, complètement abruti, continua Ratman. J'étais toujours pratiquement sourd. Ce type est planté devant moi et je vois qu'il est complètement dingue, mais pas comme *nous* on peut l'être. Ce fils de pute est en proie à une forme absolument nouvelle de folie. Je suis encore si vaseux que je n'arrive pas à voir ce qu'il y a de si différent chez lui, mais il a des yeux qui ne sont pas des yeux humains. » Il se tut, évoquant ses souvenirs. « Tous les autres gars de ma section font une sorte de cercle. Ils regardent. Il y a la petite mascotte Yard qui flotte un peu dans sa salopette. Et il y a ce grand type devant moi au milieu du chemin avec le soleil derrière la tête. Vous comprenez, c'est ce connard qui commande. C'est *lui*, le patron. Même le lieutenant est là, immobile, raide comme un piquet. Merde alors, que je me dis : il vient de voir ce type me faire revenir d'entre les morts et qu'est-ce qu'il va faire encore ? Le grand type continue à m'inspecter. Il me regarde des pieds à la tête. Il a de ces yeux... comme un animal dans une fosse qui a tué tous les autres qui étaient là avec lui.

– Le genre Attica, fit Di Maestro.

– Absolument, lança Attica. Je suis un guerrier, moi, je ne suis pas comme vous autres mauviettes : je suis un vrai dieu de la guerre.

– Et je vois alors ce qu'il y a de vraiment drôle chez ce gusse, explique Ratman. Il a une chemise kaki ouverte sur la poitrine, un pantalon marron et un petit porte-documents noir posé par terre à côté de lui.

– Oh oh, fit Di Maestro.

– En plus, il a des cicatrices sur toute la poitrine : des cicatrices faites par un piège. Le salaud est tombé sur des bambous taillés en pointe et il s'en est tiré.

– C'est lui, s'exclama Di Maestro.

– Oui, c'est lui. Bachelor.

– Ça se passe après *vingt jours* en opérations. Bobby Swett est transformé en... en brouillard rouge juste devant moi. Je me fais tuer ou il m'arrive *quelque chose* comme ça, et personne ne bouge à cause de ce mec avec sa petite serviette.

" Je suis le capitaine Franklin Bachelor, j'ai entendu parler de vous ", qu'il me dit. Comme si je ne le savais pas. Mais en fait il s'adresse à nous tous. Il veut seulement évaluer la gravité de mes blessures.

« Puis je regarde mes mains et je vois qu'elles ont cette drôle de couleur : violacée. Même sous la couche du sang de Bobby, je vois bien que ma peau prend cette couleur violette. Je remonte ma manche et voilà que j'ai tout le bras comme ça. Qui gonfle. Rapidement.

« “ Cet idiot est une plaie ambulante ”, déclare le capitaine Bachelor. Il lance à toute la section un regard écœuré. Nous sommes maintenant sur son territoire, bon Dieu, et autant qu'on le sache. Ça fait deux semaines qu'on l'emmerde et il veut qu'on évacue. On nous le demande poliment. Après tout, on est dans le même camp : il ne faut pas l'oublier. Mais si on ne se tire pas de son secteur, ça pourrait mal tourner pour nous. Il nous fait une sorte de sourire et la petite montagnarde est plantée juste auprès de lui : elle a un M-16 et lui, un drôle d'engin comme je n'en avais jamais vu et comme je n'en ai jamais revu. Je crois que c'était un truc suédois. Et puis je me mets à penser à ce qu'il y a dans le porte-documents, et tout d'un coup j'ai compris. D'un coup.

– Compris quoi ? » demandai-je et tout le monde dans l'escouade baissa les yeux ou regarda le tas de cadavres dans le hangar, puis on déchargea les deux derniers corps. Nous entrâmes dans le baraquement pour nous attaquer à la partie suivante du travail. Personne ne dit un mot. On attendit que Di Maestro regarde la plaque fixée au sac le plus proche de lui et se mette à pointer les noms.

« Alors, tu t'es sorti de là, dit-il.

– Le lieutenant a utilisé la radio de Bachelor. La discussion n'était même pas terminée qu'on était en route vers la zone d'atterrissage. Quand on est revenu à la base, on a eu nos douches, un vrai repas, on s'est pété la gueule de toutes les façons possibles mais, après ça, je ne me suis jamais senti comme avant. Ces cicatrices. Cette foutue serviette, mon vieux. La petite montagnarde. Et tu sais quoi ? Il était aux anges. Il s'amusait comme un petit fou.

– Ils ont un peu fait leur guerre à eux », dit Scoot. C'était un petit homme maigrelet. Des yeux enfoncés dans des orbites. Une queue de cheval. Un énorme couteau pendu à la ceinture au bout d'une lanière de cuir fendillée et desséchée qui avait l'air de faire partie de son corps. Il était capable de soulever deux fois son propre poids et, comme un haltérophile, il existait dans son monde à lui.

« Les Bérets verts me foutent la paix », déclara Attica. Je compris alors une partie de l'histoire.

« Il y en avait sur mon vol, dis-je. Ils...

– On ne peut pas travailler un peu par ici ? » demanda Di Maestro. Pendant quelque temps, nous contrôlâmes les plaques d'identité d'après nos listes.

Puis Pirate ajouta : « Ratman, comment ça s'est terminé ? »

Ratman leva les yeux et dit : « Cinq jours après notre retour au camp, on a entendu dire qu'une vingtaine de Rhades des montagnes se sont attaqués à un *millier* de Viets. Au beau milieu de la nuit, ils se sont lancés sur tous ces hameaux. Bien sûr, à ce qu'on m'a dit, quelques-uns de ces milliers de Viets étaient des bébés, mais le CIDG a fait du bon boulot cette nuit-là aussi.

– CIDG ? demandai-je.

– On a parlé de cinquante, soixante gars, 1er régiment de cavalerie aéroportée, liquidés par le tir de soutien des nôtres, dit Scoot. Ces merdes-là, ça arrive.

– Le tir de soutien ? fis-je.

– Il y en a de toutes sortes », dit Scoot. Et il sourit d'une façon que je ne compris que plus tard.

Ratman émit un son à mi-chemin entre le ricanement et le rire. « Pour finir, j'ai presque doublé de volume. J'avais l'impression d'être un ballon de football. Mon vieux, même mes paupières étaient enflées. On a fini par m'envoyer à l'hôpital de la base et on m'a foutu sur un lit de glace : pas un os de cassé, mon vieux. Pas un.

– Je me demande dans quel état est ce gars », fit Attica, en palpant le corps qui n'avait pas de plaque. Quand on nous les livrait, presque tous les sacs avaient été identifiés. Notre tâche était de nous assurer qu'ils avaient tous des noms quand ils repartaient. Il fallait ouvrir la fermeture à glissière des sacs, vérifier que le nom sur l'étiquette fixée au sac correspondait au nom de la plaque d'identité qu'on avait soit glissée dans la bouche du mort, soit attachée au corps. Du Viêt-nam, les corps rentraient en Amérique. Là, l'armée les laissait décanter dans des cercueils de bois et les renvoyait à la famille.

« A ton tour, Miteux, fit Attica. Tu ne t'es pas encore sali les mains, hein ? Contrôle-moi ce sac-là.

– Tu dégueules dessus et je te piétine les tripes », lança Di Maestro et il m'étonna en éclatant de rire. Je n'avais pas encore entendu Di Maestro rire. C'était un braiment grinçant et sans humour qui aurait très bien pu sortir d'un des sacs alignés devant nous.

« Et, ne dégueule pas sur l'occupant, dit Pirate. Ce serait vraiment moche. »

Dès l'instant où Attica avait fait remarquer que le sac n'avait pas d'étiquette, il s'était dit qu'il allait me le faire ouvrir pour retrouver la plaque du soldat mort. « Tu es nouveau, déclara-t-il. C'est le boulot du nouveau. »

La liste à la main, je m'approchai d'Attica et du sac. Je me demandai un moment si, quand j'allais faire coulisser la fermeture, quelque horrible créature n'allait pas me sauter dessus, ruisselante de sang comme Ratman quand Bobby Swett s'était désintégré devant lui. *Parce que c'était pour ça qu'il avait raconté l'histoire.* Ils voulaient me faire hurler, ils voulaient voir mes cheveux devenir blancs. Quand j'aurais vomi, ils se relaieraient pour me piétiner les tripes. C'était leur version à eux du tir de soutien.

Au fond, je n'avais pas encore totalement abandonné mon moi d'autrefois sur la piste d'atterrissage de Tan Son Nhut.

Scoot m'examinait avec une réelle curiosité. « C'est vraiment le boulot du nouveau », répéta Attica. Même si le terme était ridicule quand on le lui appliquait, je me dis qu'avant moi il avait été le nouveau aussi.

Je me penchai sur le long sac en plastique. Il y avait des poignées en tissu à chaque extrémité et le fermoir coulissait de l'une à l'autre.

Je le saisis en me promettant de ne pas fermer les yeux. Derrière moi, les autres retenaient leur souffle. Je tirai sur le curseur.

Et je faillis bel et bien vomir : non pas à cause du spectacle mais à cause de la puanteur de mort qui se faufilait comme un grand chien noir par l'ouverture du sac.

Pendant une seconde je dus fermer les yeux. Une sorte de film graisseux était plaqué sur mon visage. Le visage gris et ravagé à l'intérieur du sac me fixait de ses yeux grands ouverts. Un spasme me secoua l'estomac. C'était ce qu'ils attendaient : je le savais. Je retins mon souffle et je fis glisser la fermeture encore d'une trentaine de centimètres.

Le visage couleur de boue du mort avait été arraché à partir de la joue gauche. La mâchoire supérieure se refermait sur le vide. Quelques dents égarées étaient venues se loger dans sa nuque. La plaque n'était pas dans la cavité. La chemise d'uniforme était raide et noire de sang. La déflagration qui avait arraché au soldat sa mâchoire inférieure lui avait aussi lacéré la gorge. Les petits os délicats des vertèbres inférieures étaient souillés de sang.

« Ce type n'a pas de plaque », dis-je. Et ce que j'aurais voulu faire, c'était hurler.

« Tu n'as pas encore fini », expliqua Di Maestro.

Je levai les yeux vers lui. Son gros ventre débordait de son pantalon et, sous ses yeux de rapace, s'épanouissait une barbe de quatre ou cinq jours. On aurait dit un bouc un peu gras.

« Qui nettoie ces gars ? », demandai-je. Puis je me rendis compte que la réponse pourrait bien être : le nouveau.

« Ils les rendent présentables à l'arrivée. » Di Maestro eut un grand sourire et croisa les bras sur sa poitrine. Sur son avant-bras droit, un tatouage représentant une tête de mort s'épanouissait au-dessus d'une pyramide brune. Millhaven, *mon* Millhaven m'entourait maintenant de toute part : les maisons de bois à la peinture écaillée, les terrains vagues et l'hôtel Saint-Alwyn. Le visage de ma sœur.

« Si tu n'arrives pas à trouver la plaque dans la chemise, ils la mettent quelquefois dans les poches ou dans les brodequins. » Di Maestro se détourna. Les autres avaient cessé de s'intéresser à l'affaire.

Je m'escrimai sur le premier bouton de la chemise empesée de sang, en essayant de ne pas toucher les lambeaux de chair autour du col. L'odeur m'assaillait les narines. J'avais les yeux embués.

Le bouton finit par passer par la boutonnière, mais le col ne voulait pas s'ouvrir. Je tirai dessus. Du sang séché craqua comme des céréales au petit déjeuner. Il avait la gorge ouverte : on aurait dit une planche de manuel de chirurgie. Il y avait encore quelques dents incrustées dans la chair. Je savais que ce que j'étais en train de voir, je le verrais jusqu'à la fin de mes jours. Les tendons, la cavité béante qui aurait dû déverser des mots. Des dents perdues.

Pas trace de la plaque.

Je défis les deux boutons suivants pour ne trouver qu'une poitrine pâle tachée de sang.

Là-dessus, je dus me détourner pour respirer. Je vis le reste de l'escouade qui opérait sur les rangées de corps : ils plongeaient la main dans les sacs ouverts, s'assurant que les noms correspondaient bien. Je revins à mon cadavre anonyme et m'acharnai sur une poche de chemise.

Le bouton finit par passer et je poussai les doigts dans l'ouverture : elle s'ouvrit en craquant comme la poche d'une chemise amidonnée. Je sentis sous mon ongle un mince rebord métallique. La plaque se détacha du tissu dans une succession de petits crépitements secs.

« Voilà, dis-je.

– Attica, observa Di Maestro, te dégotait ça en cinq secondes pile.

– Deux secondes », corrigea Attica, sans se donner le mal de lever la tête.

Je m'écartai du corps grimaçant dans le sac et je brandis la plaque : illisible.

« Le Miteux est un vrai pêcheur de perles, annonça Di Maestro. Maintenant, lave-la. » Il y avait un évier encroûté de crasse auprès d'une cuvette de cabinet tout éclaboussée. Je passai la plaque d'identité sous un filet d'eau brûlante. La puanteur du cadavre me collait encore à la peau : gluante sur mes mains et sur mon visage comme cette pellicule de graisse sur des pieds de porc. Des caillots de sang en tombèrent pour se dissoudre dans l'eau qui devint toute rouge. Je lâchai la plaque et me frottai les mains et le visage avec du Phiso-Hex jusqu'à ce que l'impression poisseuse eût disparu. Derrière moi, l'escouade était en plein boulot. Je me frictionnai le visage avec le chiffon un peu moisi accroché entre l'évier et les toilettes.

« On a hâte d'aller sur le terrain, hein ? demanda Ratman.

– Le nom, dis-je, en repêchant la plaque dans l'eau rosée au fond de l'évier, est Andrew T. Majors.

– C'est exact, fit Di Maestro. Maintenant, attache-la au sac et viens nous donner un coup de main.

– Vous connaissiez son nom ? » J'étais trop stupéfait pour être en colère. Puis je me souvins qu'il avait la liste fournie par l'officier sur le terrain : Andrew T. Majors était le seul nom y figurant dont on n'avait pas retrouvé la plaque.

« Tu t'y feras », dit Di Maestro, avec une certaine bienveillance.

Je n'avais même pas compris ce que le reste de l'escouade avait tout de suite perçu : que Bobby Swett avait été tué par une mine américaine. Que le capitaine Franklin Bachelor, le Béret vert au porte-documents et à la maîtresse Rhade, avait obligé le lieutenant de Ratman à rentrer dare-dare au camp : c'était lui qui dirigeait le « groupe » que le lieutenant pourchassait depuis deux semaines.

Quand je me présentai au hangar le lendemain, Attica m'accueillit chaleureusement. Je cahotais à l'arrière du camion avec Pirate et lui et je ressentis un orgueil naïf à l'idée de ce que je faisais.

Cinq unités portant la bonne plaque attendaient sur le tarmac. Les cinq hommes étaient tous morts de commotion dans un champ. (Traverser tout ce qui ressemble à un champ aujourd'hui me rend encore nerveux.)

A part les avoir tués, l'explosion ne leur avait causé aucun dommage visible. Trois d'entre eux étaient des garçons de dix-huit ans qui ressemblaient à des mannequins de cire. L'un était un robuste lieutenant au visage de bébé et le cinquième était un capitaine d'une trentaine d'années. En trois minutes, tout fut terminé.

« On passe au club faire quelques trous de golf ? demanda Attica avec un accent britannique étonnamment bien imité.

– J'irais volontiers à un thé dansant », proposa Scoot. Son accent traînant donnait à sa phrase une sonorité si bizarre que cela ne fit rire personne.

« Oh, il y a bien une chose qu'on pourrait faire », dit Pirate.

Je sentis de nouveau entre eux une complicité dont j'étais exclu.

« Ah oui, c'est vrai », fit Di Maestro. Il se leva. « Tu as combien d'argent sur toi, Miteux ? »

Je fus tenté de mentir, mais je sortis ce que j'avais dans ma poche et lui montrai.

« Ça ira, dit-il. Tu n'es jamais allé au village ? » Comme je ne répondais rien, il dit : « Après le poste de garde. L'autre partie du camp. »

Je secouai la tête. En arrivant à White Star, j'étais encore si retourné que j'avais tout juste remarqué le passage d'un tourbillon asiatique au désordre plus discipliné d'une base militaire. J'avais la vague impression d'avoir traversé une petite bourgade.

« Jamais ? » Il avait du mal à le croire. « Eh bien, il serait temps que tu t'humectes un peu le gosier.

– C'est l'heure du biberon, annonça Pirate.

– Tu passes la porte. Dès l'instant que tu es à pied, on ne t'emmerde pas. Les sentinelles sont censées empêcher les bridés d'entrer, pas nous garder enfermés. Ils savent où tu vas. Tu prends la première allée et tu continues jusqu'au second virage...

– Au niveau de la bulle, précisa Attica.

– Tu vois un panneau avec BULLE en grosses lettres. Là tu tournes à droite et tu passes sous le panneau. Tu vas six portes plus loin. Tu frappes à la verte sur laquelle il y a écrit LY.

– Lee ? »

Il épela : « Li Ly. Dis que tu en veux six de cent. Ça

te fera dans les trente dollars. On te les donne dans un sac en plastique que tu fourres sous ta chemise et tu n'y penses plus. Il ne faut pas que tu aies l'air de marcher sur des œufs quand tu reviendras.

– Prends du Jack, dit Scoot.

– Pourquoi pas ? En face de BULLE, entre dans cette petite cahute, tu prends deux bouteilles, du Jack Daniels. Ça ne devrait pas coûter plus de dix dollars.

– Le nouveau paie toujours une tournée », observa Attica.

Sans avouer que je ne savais absolument pas ce que c'était qu'un cent, je hochai la tête et je me relevai.

« Va faire tes courses », dit Scoot.

Je sortis du hangar dans l'extraordinaire chaleur du midi. En passant la clôture qui nous isolait, j'aperçus des soldats qui se mettaient en rang devant le réfectoire, là-bas. Je vis des passages poussiéreux, des rangées de baraquements, deux tentes grandes comme des salles de bal, des drapeaux. Une Jeep roulait vers la porte.

Quand j'arrivai à l'entrée, j'étais en nage. Pas de poste de garde ni de poste de contrôle : rien qu'un soldat esseulé sur le bord du chemin de terre. La route qui quittait la partie principale du camp traversait tout droit un labyrinthe de bâtiments délabrés et de ruelles en zigzag : la route militaire était la seule ligne droite en vue. Deux cents mètres plus loin, sous la dure lumière, j'aperçus un vrai point de contrôle avec un drapeau, un poste de garde et une barrière métallique sur laquelle on avait peint des rayures. La Jeep approchait et une sentinelle vint se poster devant la barrière pour l'accueillir. Dès que je l'eus franchie, je me rendis compte qu'on me guettait : comme quand on sort de l'ascenseur au rayon des costumes pour hommes. Un panneau peint à la main annonçait BIÈRE HEINEKEN GLACÉE. A côté, un garçon vietnamien en chemise blanche traînait sur le seuil. Une vieille femme descendait un escalier plutôt raide, chargée d'un panier de linge. Des pièces à l'étage parvenaient des voix vietnamiennes. Deux enfants presque nus surgirent entre mes jambes et se mirent à réclamer *dollah, dollah*.

Quand j'arrivai au panneau BULLE, cinq ou six enfants s'étaient attachés à mes pas. Les uns continuaient à mendier des *dollahs*, d'autres me posaient des questions dans un mélange incompréhensible d'anglais et de vietnamien. Deux filles se penchèrent aux fenêtres de BULLE et me regardèrent passer sous le panonceau.

Je tournai à droite et j'entendis les filles qui me lançaient des plaisanteries. Je sentais maintenant une odeur de feu de bois et d'huile chaude. La surprise de trouver ce monde inattendu si près du camp et le plaisir que j'en éprouvais me firent presque oublier que j'avais une mission à remplir.

Mais je me souvins de la porte verte, je vis le mot LY soigneusement inscrit en lettres noires au-dessus du heurtoir. Les enfants piaillaient en tirant sur mes vêtements. Je frappai doucement à la porte. Les gosses devenaient frénétiques. Je fouillai dans mes poches et je lançai une poignée de piécettes dans la rue. Les enfants partirent en courant et commencèrent à se battre pour les ramasser. J'étais en nage.

La porte s'entrouvrit : une vieille femme aux cheveux blancs et à la mine sévère me dévisagea. Sans un mot, elle me communiqua aussitôt une information : j'arrivais trop tôt. Les clients la faisaient veiller jusqu'au milieu de la nuit. Elle me rendait vraiment service en m'ouvrant la porte. Elle me regarda longuement dans les yeux, puis me toisa de la tête aux pieds. Je tirai les billets de ma poche. Elle s'empressa d'ouvrir la porte et me fit signe d'entrer : elle me protégeait des enfants, qui avaient vu les billets et qui couraient vers moi, en couinant comme des chauves-souris. Elle claqua la porte derrière moi. Les enfants ne martelèrent pas la porte de coups comme je m'y attendais : on aurait dit qu'ils s'étaient volatilisés.

La vieille femme s'écarta d'un pas et plissa le nez d'un air dégoûté, comme si j'étais un putois. « Nom.

– Underhill.

– Connais pas. Vous partir. »

Elle m'examinait toujours en reniflant, comme si elle allait me situer à l'odeur.

« Je suis venu acheter quelque chose.

– Connais pas. Partir. »

Li Ly claqua des doigts devant la porte, comme pour l'ouvrir par magie. Elle m'inspectait encore en fronçant les sourcils, comme si sa mémoire lui faisait défaut. Puis elle trouva ce qu'elle cherchait. « Dimstro, dit-elle, avec une esquisse de sourire.

– Di Maestro. »

Elle me désigna une table pliante et une chaise en bois à fond de paille. « Qu'est-ce que vous vouloir ? »

Je lui dis.

« Sis ? » De nouveau le petit demi-sourire. Six, c'était plus que la commande habituelle de Di Maestro : elle savait que je me faisais rouler.

Elle s'enfonça dans une arrière-boutique. Elle ouvrit et ferma une série de tiroirs. Puis elle ressortit, portant un paquet de cigarettes faites à la main enroulé dans de la cellophane. *Ah*, songeai-je, du *hash*. Nous retrouvions les distractions de Berkeley.

Je donnais à Ly vingt-cinq dollars. Elle secoua la tête. J'ajoutai un dollar. Elle secoua de nouveau la tête. Je lui donnai deux autres dollars et elle acquiesça. Elle tira sur le devant de son ample robe pour expliquer ce que je devais faire du paquet. Elle me regarda fourrer les cigarettes à l'intérieur de ma chemise. Puis elle ouvrit la porte sur le soleil, les odeurs et la chaleur.

De nouveau les enfants m'entourèrent. Je regardai le plus petit d'entre eux, le gamin crasseux de deux ans que j'avais vu tout à l'heure. Il avait les yeux ronds et la peau un rien plus foncée que le doré poussiéreux des autres. Il avait les cheveux rassemblés en papillotes. Chaque fois que les autres prenaient la peine de remarquer sa présence, ils lui allongeaient un gnon. Je traversai la rue en courant pour m'engouffrer dans une autre boutique où j'achetai du Jack Daniels à un squelette qui s'inclina bien bas. Les enfants me suivirent presque jusqu'à la porte où le soldat de garde les dispersa en agitant son M-16.

Dans le hangar, Di Maestro ouvrit le paquet de cellophane et inspecta chaque cylindre blanc bien serré. « Ton petit cul bien élevé a plu à Ly », annonça-t-il.

Scoot s'était procuré un sac de glaçons au foyer du soldat et en avait mis quelques-uns dans des gobelets en plastique. Puis il ouvrit la première bouteille et servit. « A la vie au front », dit-il. Il but d'une gorgée tout le contenu de son gobelet. « Remarquable. » Il se resservit.

« Vas-y doucement, me conseilla Di Maestro. Tu n'es pas habitué à cette camelote-là. En fait, tu ferais peut-être mieux de t'asseoir.

– Qu'est-ce que tu crois qu'on faisait à Berkeley ? » dis-je. Quelques-uns de mes collègues me traitèrent de péteux.

« Celles-là sont un peu différentes, fit Di Maestro. Ça n'est pas que de l'herbe.

– Donne-lui-en et boucle-la, dit Attica.

– Qu'est-ce que c'est ? demandai-je.

– Tu vas aimer », assura Di Maestro. Il me mit une cigarette entre les lèvres et l'alluma avec son Zippo. Je tirai une bouffée âcre et parfumée, et Scoot se mit à chanter : « *Hourra et alléluia, tu vas voir ce que ça te fait. C'est du nanan pour elle. Du nanan nanan pour moi. J'espère que ça va te plaire, vieille canaille.* »

Je soufflai la fumée tandis que Di Maestro inhalait et passait la longue cigarette à Ratman. Je pris quelques cubes de glace dans un récipient en plastique. Di Maestro me fit un clin d'œil et Ratman tira deux grandes bouffées avant de passer la cigarette à Scoot. Je versai le bourbon sur la glace et je fis quelques pas.

« *Hourra et alléluia* », fit Scoot d'une voix rauque en gardant la fumée dans ses poumons.

J'avais les genoux bizarrement engourdis, comme s'ils étaient en caoutchouc. Quelque chose au centre de mon corps irradiait la chaleur : ça devait être le Jack Daniels. La Croche alluma la seconde cigarette et elle m'arriva le temps que j'aie pris deux gorgées de whisky.

Je m'assis, adossé à la cloison.

« Nanan nanan, nanan de merde, nanan de guerre, nanan de pute... »

« Il nous faudrait de la musique, observa Ratman.

– On a Scoot », fit remarquer Di Maestro.

Là-dessus, le monde disparut brusquement et je me retrouvai tout seul dans un vide noir. Un vide plein de rires m'entourait, un monde où il n'y avait ni temps, ni espace, ni sens.

Je me retrouvais dans le hangar. Scoot disait : « Foutre oui. »

Puis je n'étais plus dans le hangar avec l'escouade et les cinq cadavres, mais dans un monde familier, plein de bruits et de couleurs. Je voyais la peinture écaillée sur le mur de L'Heure de Loisir. Une enseigne au néon pour une marque de bière scintillait dans la vitrine. La peinture autrefois avait été blanche, mais dans leur déchéance les choses étaient aussi belles qu'à leur naissance. Des feuilles d'orme s'amassaient dans le caniveau, brunes et rouges, et l'eau filtrait à travers jusqu'à la bouche d'égout. Cette expérience avait un caractère sacré. Les détails en étaient sacrés. J'étais un être neuf dans un monde qu'on venait de créer.

Je me sentais sain et sauf, intact : l'enfant qu'il y avait en moi, lui aussi, était intact. Il renonçait à sa rage et à son malheur et regardait le monde d'un œil neuf. Pour la seconde fois ce jour-là je savais qu'il y avait quelque chose dont je voulais encore : ça ne me suffisait pas d'en goûter juste un peu. Je savais de quoi j'avais besoin.

Ce fut le début de mon accoutumance à la drogue, qui dura, avec des interruptions, un peu plus d'une décennie. Je me disais que je voulais encore et encore de cette béatitude. Mais, à mon avis, je voulais vraiment retrouver cette première expérience et la revivre intégralement, car rien au cours de cette dizaine d'années ne la surpassa jamais.

Durant cette période, un garçon de Millhaven qui a beaucoup plus à voir que moi avec cette histoire commença son étrange vie schizophrène. Il avait perdu sa mère à l'âge de cinq ans ; elle lui avait enseigné à haïr, à aimer, à redouter une divinité sévère et un monde de pécheurs. Le garçon s'appelait Fielding Bandolier, mais jusqu'à dix-huit ans on l'appela Fee. Après cela, il eut bien des noms, au moins un pour chaque ville où il passait. On l'a déjà rencontré dans ce récit sous l'un de ces noms.

Je vécus à Singapour et à Bangkok. Les diverses existences de Fee Bandolier n'avaient d'autre lien avec la mienne que le nom d'un disque, *Blue Rose*, enregistré en 1955 par le saxo ténor Glenroy Breakstone en hommage à son pianiste, James Treadwell, qui avait été assassiné. Breakstone était le seul grand musicien de jazz de Millhaven, le seul digne d'être mis sur le même plan que Lester Young, Wardell Grey, Ben Webster. Glenroy Breakstone était capable de jongler devant vos yeux avec des phrases musicales. Un rayonnement passionné les illuminait et, tout en virevoltant, elles restaient là imposantes, comme des monuments.

Je me souvenais de *Blue Rose*, note pour note, depuis mon enfance : je m'en fis la démonstration quand j'en découvris un enregistrement à Bangkok en 1981 et que je l'écoutai de nouveau, au bout de vingt et un ans, dans ma chambre au-dessus du marché aux fleurs. C'était un disque Prestige. Tonny Flanaghan remplaçait James Treadwell, le pianiste assassiné. Face un : « These Foolish Things » ; « But Not For Me » ; « Someone to Watch Over Me » ; « Star Dust ». Face deux : « It's You or No One » ; « Skylark » ; « My Ideal » ; « This Autumn » ; « My Romance » ; « Blues for James ».

4

Quand j'émergeai de la transe où m'avaient plongé les cigarettes de Li Ly, je me retrouvai assis sur le sol du hangar, auprès du bureau devant la plate-forme de chargement. Di Maestro était planté au milieu de la salle, le regard fixé dans le vide, l'air très concentré : on aurait dit un chat. Il avait l'index de la main droite levé, comme s'il écoutait un morceau de musique compliqué. Pirate était assis contre le mur d'en face, tenant d'une main une nouvelle « cent » et dans l'autre un liquide brun foncé.

« Ton trip t'a plu ?
– Qu'est-ce qu'il y a là-dedans à part de l'herbe ? » J'avais la bouche pleine de colle.
« De l'opium.
– Ha ha, fis-je. Il en reste ? »
Il respira une bouffée et du menton désigna le bureau. Je me démanchai le cou et j'aperçus de longues cigarettes posées entre la machine à écrire et la bouteille. Je les pris et les fourrai dans ma poche de chemise.
Pirate fit *tsss, tsss* avec sa langue contre ses dents.
En plissant les yeux dans la lumière du soleil dehors, j'aperçus La Croche allongé sur le plateau du camion, endormi ou sonné. On aurait dit un gros chien. Si on approchait trop près, ses poils allaient se hérisser et il allait se mettre à aboyer. Di Maestro ne s'occupait que de sa musique. Scoot faisait les cent pas en enjambant les sacs et fredonnait tout en regardant les plaques d'identité. Attica avait disparu. Ratman aussi, semblait-il. Je distinguai une paire de brodequins qui dépassait de sous un camion. Une des bouteilles de Jack Daniels avait disparu, sans doute avec Attica et l'autre était au trois quarts vide.
Je découvris le gobelet dans ma main. Tous les glaçons avaient fondu. Je bus un peu du liquide tiède et délavé qui passa à travers la colle que j'avais dans la bouche.
« Qui vit en dehors du camp ? demandai-je.
– Où tu es allé ? C'est *dans* le camp.
– Mais qui sont ces gens ?
– Nous avons conquis leur cœur et leur esprit, dit Pirate.
– D'où viennent les gosses ?
– Benny vient du ciel », dit Pirate. Ça me parut très obscur.
Di Maestro baissa son doigt. « Je crois que je ne refuserais pas un autre cocktail. » A ma surprise, Pirate se leva, s'approcha de moi en traversant le hangar et prit dans sa main un verre resté sur le bureau. Il y versa deux doigts de whisky et tendit le verre à Di Maestro. Puis il regagna sa place.

« La première fois que je suis venu dans ce foutu paradis, fit Di Maestro, en fixant toujours un point invisible dans l'espace, il ne devait pas y avoir plus de deux ou trois gosses là-bas. Maintenant, il y en a près de dix. » Il but à peu près la moitié de ce qu'il y avait dans son gobelet. « Je trouve qu'ils ressemblent tous un peu à Atwater le Chien rouge. » C'était le nom de notre commandant.

Scoot cessa de fredonner. « Oh, merde, fit-il. Oh, doux Jésus de mes deux.

– Écoutez-moi ce péquenot », fit Di Maestro.

Scoot était si excité qu'il tirait sur sa queue de cheval. « Ils ont fini par l'avoir. Il est là. Le bougre d'enfant de salaud est mort.

– C'est un ami de Scoot », expliqua Pirate.

Scoot était agenouillé auprès d'un des sacs, il passait les mains dessus en riant.

« Un ami proche, précisa Pirate.

– Il a failli passer et repartir avant que je puisse lui rendre hommage », dit Scoot. Il fit glisser d'un geste vif la fermeture du sac et leva les yeux comme s'il mettait au défi Di Maestro de l'arrêter. Cette odeur qui nous distinguait des autres venait du sac.

Di Maestro se pencha pour regarder à l'intérieur.

« Alors, c'est lui. » Scoot riait comme un bébé. « Ça c'est vraiment super. Et dire que j'ai failli le manquer. Je savais qu'il se ferait descendre un jour, alors je n'arrêtais pas de vérifier les noms, et voilà qu'aujourd'hui il répond enfin présent à l'appel.

– Regarde-moi ce vilain petit nez, remarqua Di Maestro. Et ces affreux petits yeux. »

Sur le plateau du camion, La Croche s'agita, s'assit sur son séant, se frotta les yeux et sourit. Comme Scoot, La Croche était généralement ragaillardi par tout ce qui lui rappelait qu'il était au Viêt-nam. La porte au bout du hangar s'ouvrit et, en me retournant, je vis Attica entrer d'un pas nonchalant. Il avait des lunettes de soleil et une chemise propre, et il amenait avec lui une bonne odeur de savon.

« Une blessure à la poitrine, déclara Di Maestro.

– Au moins, dit Scoot, il est mort lentement.

– C'est Havens ? » Attica hâta un peu le pas. Il pencha la tête et, en passant devant moi, souleva un chapeau imaginaire.

« J'ai trouvé Havens », fit Scoot. Il y avait du respect dans sa voix. « Il a failli m'échapper.

– Qui a vérifié sa plaque ? », demanda Attica. Un instant, il s'arrêta.

Di Maestro se tourna lentement vers moi. « Debout, Miteux. »

Je me mis sur mes pieds. Je retrouvai un fragment de cette paix qui avait modifié ma vie.

« C'est toi qui as vérifié la plaque du capitaine Havens ? »

Ça faisait un long moment, mais j'avais le vague souvenir d'avoir vérifié une plaque de capitaine.

Le rire d'Attica sonnait comme de la musique. En fait, comme du Glenroy Breakstone. « Le professeur ne savait rien de Havens.

– Ouais, ouais. » Scoot couvait des yeux l'intérieur du sac d'une façon qui me mettait mal à l'aise.

Je demandai qui était Havens.

Scoot tira de nouveau sur sa queue de cheval. « Pourquoi crois-tu que je porte ce foutu truc ? A cause de Havens. C'est ma façon de *contester.* » Le mot le frappa. « Je suis un contestataire, Di Maestro. » Il brandit deux doigts pour dessiner le symbole de la paix.

« Bébé, dit Di Maestro. Il n'y a qu'à bombarder Hanoi.

– Mon cul, il n'y a qu'à bombarder Saigon. » Il braqua un index sur moi. Ses yeux brûlaient dans leurs orbites, on aurait dit que ses joues s'étaient creusées. Scoot hésitait toujours entre la concentration et la violence et le seul effet des drogues c'était de rendre la chose plus apparente. « Je ne t'ai jamais parlé de Havens ? Je ne t'ai jamais fait le topo Havens ?

– Tu n'en as pas encore eu l'occasion, dit Di Maestro.

– Merde pour le topo Havens », répondit Scoot. Son regard intense était effrayant précisément dans la mesure où cela montrait qu'il réfléchissait. « Tu sais ce qui ne va pas avec cette merde, Miteux ? » Il refit le symbole de la paix et regarda sa main comme s'il voyait le geste pour la première fois. « Tous les gens qui se trompent font ça. Les gens qui croient qu'il existe des règles derrière les règles. C'est une erreur ; on se bat pour sa vie jusqu'à ce que la mort nous sépare, et alors, tu l'as dans le baba. Le vrai combat, mon vieux, c'est la paix. Si tu ne sais pas ça, tu es baisé.

– Le vrai combat, c'est la paix, dis-je.

– Parce qu'il n'y a pas de règles derrière les règles. »

J'étais affolé de presque comprendre ce qu'il disait : je ne voulais pas savoir ce que savait Scoot. Ça coûtait trop cher.

C'était sans doute à cause de Havens que Scoot appartenait à l'escouade des corps au lieu d'être sur le terrain, comme il l'aurait dû. Je m'étais demandé ce que quelqu'un comme Scoot avait pu faire d'assez terrible pour qu'on le chasse de son unité régulière. L'idée me vint tout d'un coup que maintenant j'allais le découvrir.

Scoot considéra Di Maestro. « Tu sais ce qui va se passer ici.

– On va le renvoyer chez lui, fit Di Maestro.

– Donne-moi à boire », dit Scoot. Je versai dans mon verre le fond du Jack Daniels et je traversai le hangar pour jeter un coup d'œil au capitaine Havens. Je donnai le gobelet à Scoot et j'aperçus un Américain aux cheveux bruns. Il avait la mâchoire carrée, comme son front. Il avait ce vilain petit nez et ces affreux petits yeux. Une feuille transparente de plastique adhésif recouvrait le trou sur la poitrine. Scoot me lança le verre vide et détacha son couteau de cette drôle de lanière qui ressemblait plus que jamais à une partie de son corps. Je vis alors ce que c'était.

Scoot remarqua mon frisson de révulsion et il braqua de nouveau sur moi son regard fou. « Tu crois que c'est une histoire de vengeance. Tu as tort. C'est une preuve. » La preuve qu'il avait raison et que le capitaine Havens avait tort. Tort depuis le début. Attica s'approcha d'un air intéressé. La Croche se redressa à l'arrière du camion.

Scoot se pencha sur le cadavre du capitaine Havens et se mit à lui découper l'oreille gauche. Ça demandait plus d'effort que je l'aurais imaginé, et on voyait ses muscles se gonfler sur son bras. Le bout de chair d'un blanc grisâtre finit par s'étirer et par céder : il avait l'air plus petit que quand il était sur la tête du capitaine Havens.

« En la faisant sécher, ça sera parfait dans une semaine ou deux », dit Scoot. Il posa l'oreille auprès de lui sur le ciment et se pencha vers le capitaine Havens comme un chirurgien en pleine opération. Il souriait, l'air concentré. Scoot poussa la pointe à double tranchant sous les cheveux juste à côté de la plaie qu'il venait de faire. Il fit remonter la lame le long de la naissance des cheveux.

Je détournai la tête. Quelqu'un me tendit la dernière des cigarettes de Ly. Je tirai une bouffée, rendis le clope à mon voisin et passai devant Attica en me dirigeant vers la porte. « Ça fera bien, accroché au mur », déclara Attica.

J'étais à peine dehors que le soleil m'envahit les yeux et que le sol bascula vers moi. Je trébuchai. Le grondement d'une canonnade lointaine me parvint. Je détournai la tête de la partie principale du camp : j'avais la peur irraisonnée de voir des morceaux de corps tomber du ciel.

J'avançai sans but le long du chemin de terre qui traversait un bouquet d'arbres malingres : des troncs maigrichons avec tout en haut une poignée de feuilles et quelques branches qui avaient l'air rajoutées après coup. L'idée me vint que l'armée avait choisi de laisser debout ces arbres misérables. Normalement, on abattait tous les arbres qu'on voyait. On voulait donc cacher quelque chose qui se trouvait derrière. Fallait-il que je sois génial pour avoir deviné ça.

Un village vide avait été bâti de l'autre côté du bouquet d'arbres. Des bâtiments de bois à un étage bordaient de chaque côté les deux rues qui se croisaient. Pas de barrière et pas de garde. Devant moi, au centre de l'agglomération, sur un petit tertre au carrefour des deux rues, un drapeau inconnu pendait mollement auprès de la bannière étoilée.

On aurait dit une ville fantôme.

Un homme avec lunettes de soleil noires, costume gris impeccable, sortit d'un des petits baraquements et me regarda. Il traversa l'herbe devant les deux constructions suivantes, en me jetant de temps en temps un coup d'œil. En arrivant au troisième bâtiment, il grimpa les marches et disparut à l'intérieur. Il avait l'air aussi déplacé qu'une locomotive de Magritte sortant d'une cheminée.

La porte se referma derrière Magritte. Une autre s'ouvrit et un grand soldat en treillis vert apparut. On aurait dit une farce : un décor d'horloge où une porte s'ouvrait aussitôt qu'une autre se fermait. Le grand soldat me regarda, parut hésiter et se dirigea vers moi.

Je t'emmerde, pensai-je. J'ai le droit d'être ici. C'est moi qui fais le sale boulot pour vous autres trous du cul.

Tout en marchant, il donnait des coups de pied dans la poussière. Il trimballait un Colt 45 dans un étui de cuir noir qui pendait à son ceinturon. Deux stylos à bille dépassaient de la poche gonflée de sa chemise. Il avait deux fusils croisés sur ses pointes de col et une étoile de capitaine à ses épaulettes. Il tenait quelque chose de mou dans une main. Une montre avec un bracelet d'acier était accrochée à l'envers à la boutonnière de son col.

Je pensai trop tard à saluer. J'avais encore la main à la hauteur du front quand je vis que l'homme qui s'avançait vers moi avait le visage que je venais de voir dans un sac de plastique. C'était le capitaine Havens. Mon regard se baissa vers le bout de tissu avec son nom brodé cousu à sa chemise. La montre d'acier couvrait les deux ou trois premières lettres et tout ce que je pus lire, ce fut SOM.

Joli tour, me dis-je. D'abord je le vois se faire scalper, et puis je le vois qui s'approche de moi.

Je pensai aux feuilles d'orme dans le caniveau.

Le fantôme du capitaine Havens sourit. Le fantôme m'appela par mon nom et demanda : « Comment as-tu trouvé que j'étais ici ? »

Quand il s'approcha, je vis que le fantôme était John Ransom.

5

« Une idée comme ça », dis-je. Devant son air interrogateur j'ajoutai : « Je suivais le chemin pour voir où il menait.

– C'est à peu près comme ça que moi aussi je suis arrivé ici », dit Ransom. Il était assez près pour me serrer la main. En la tendant, il avait dû sentir la puanteur du hangar, peut-être des relents de whisky et d'herbe aussi. Il fronça les sourcils. « Qu'est-ce que tu fabriques ?

– Je suis dans l'escouade des corps. Là-bas. » De la tête je désignai la route. « Et toi, qu'est-ce que tu fiches ? Qu'est-ce que c'est que cet endroit ? »

Il m'avait pris par la main, mais au lieu de la serrer, il me fit faire volte-face et m'éloigna de ce camp désert pour s'enfoncer parmi les arbres rabougris. « Tu ferais mieux de ne pas te montrer avant d'avoir récupéré, me conseilla-t-il.

– Je voudrais que tu voies les autres », dis-je. Mais je m'assis quand même au pied d'un des arbres et m'adossai à l'écorce glissante et spongieuse. L'homme au complet gris et aux lunettes noires sortit du bâtiment dans lequel je l'avais vu entrer tout à l'heure et traversa la pelouse à grands pas pour gagner celui d'où il était venu. Il bondit sur le porche et tâta sa poche de poitrine avant d'entrer.

« Johnny-s'en-va-t'en-guerre, dis-je.

– C'est Francis Pinkel, l'assistant du sénateur Burrman. Pinkel se prend pour James Bond. C'est un Walther PPK qu'il a dans son baudrier. Nous faisons une petite conférence au sénateur, et puis on l'emmène en hélicoptère pour lui montrer un de nos projets.

– Tu es dans une sorte d'armée privée ? »

Il me montra le béret vert qu'il avait à la main.

« Tu es un de ces types en chemise à la Harry Truman

qui trimballent des porte-documents. Qui vivent dans la province de Darlac et qui fricotent avec les Rhades. » Je me mis à rire.

« On nous demande parfois de voler en tenue civile », dit-il. Il posa le béret sur sa tête : vert sombre, bardé d'une bande de cuir. Avec un écusson : deux flèches croisées sur une épée au-dessus des mots *De Oppresso Liber*. Ça lui allait bien. « Comment est-ce qu'un simple troufion comme toi en sait tant ?

– On en apprend, en travaillant à l'escouade des corps. Qu'est-ce que c'est que cet endroit ?

– Groupe d'opérations spéciales. On revient par camion à White Star quand nous ne sommes pas dans la province de Darlac, à fricoter avec les Rhades.

– C'est vraiment ce que tu fais ? »

John Ransom m'expliqua que le programme CIDG, le recrutement de maquisards indigènes, dans la province de Darlac existait depuis le début des années soixante. Lui avait été chargé de la surveillance des frontières sur les hauts plateaux, près du Laos, à Khan Duc. L'an dernier, on leur avait parachuté un bulldozer et ils avaient construit une piste d'atterrissage en bordure de la jungle. Ils recherchaient les indigènes Khatu avec qui il était censé travailler, mais le gros de ses troupes était des jeunots racolés de force à Danang et à Hué. Pas vraiment des recrues de tout repos, dit Ransom. Pas du tout comme les montagnards Rhades. Il avait l'air frustré quand il me parlait de ses troupes. Et il s'en voulait de me laisser voir sa frustration : ces jeunes écoutaient leurs transistors en patrouille, me raconta-t-il. « Mais ils tirent sur tout ce qui bouge. Y compris les singes.

– Ça fait combien de temps que tu es ici ?

– Cinq mois, mais je suis dans le service depuis trois ans. J'ai suivi l'entraînement des Forces spéciales à Bragg, je suis arrivé ici juste à temps pour aider à mettre sur pied l'opération de Khan Duc. Ça n'est pas comme l'armée régulière. » Je trouvai qu'il commençait à prendre un ton bizarrement défensif. « On va vraiment faire des choses. On va dans des coins du pays que l'armée ne voit jamais et nos commandos d'intervention font beaucoup de dégâts chez les Viets.

– Je me demandais aussi qui faisait tous ces dégâts, dis-je.

– Aujourd'hui, les gens ne croient pas à une élite. Même l'armée a des problèmes avec ça, mais c'est ce que nous sommes. Tu n'as jamais entendu parler de Sully Fontaine ? Jamais entendu parler de Franklin Bachelor ? »

Je secouai la tête. « Nous aussi, on est une petite élite, à l'escouade des corps. Tu n'as jamais entendu parler de Di Maestro ? De La Croche, de Scoot ? »

Il réprima un frisson. « Je te parle de héros. Nous avons des types qui ont combattu les Russes avec l'Allemagne, en Tchécoslovaquie.

– Je ne savais pas qu'on se battait déjà contre les Russkis, dis-je.

– Nous combattons le communisme, ajouta-t-il avec simplicité. C'est ça notre but. Arrêter l'extension du communisme. »

Il avait conservé sa foi même après cinq mois à jouer les chiens de berger pour des voyous de seize ans sur les hauts plateaux, et je croyais comprendre comment il y était parvenu. Il attendait avec ferveur une sorte d'illumination à l'état brut.

J'aurais voulu qu'il puisse rencontrer Scoot et Ratman. Je pensais que le sénateur Burrman devrait les rencontrer aussi. Ils pourraient échanger leurs opinions.

« Comment t'es-tu retrouvé à l'équipe des corps ? », me demanda Ransom.

Francis Pinkel jaillit d'un bâtiment et patrouilla la ville fantôme, cherchant des Viets en maraude. Un homme corpulent, aux cheveux gris, sans doute le sénateur, déboucha après lui, suivi par un colonel des Forces spéciales. Le colonel était petit et râblé. Il marchait comme s'il essayait d'enfoncer ses pieds dans le sol par la seule force de sa personnalité.

« Le capitaine McCue a pensé que ça me plairait. » Je vis que Ransom gravait le nom dans sa mémoire. Il me demanda où j'étais censé rejoindre mon unité. Je le lui dis.

Il regarda la montre qui pendait à son col. « C'est l'heure que j'aille retrouver mes caniches savants. Tu ne veux pas prendre une douche, et plein de café, je ne sais pas ?

– Tu ne comprends pas ce que c'est que l'escouade des corps, dis-je. On travaille mieux comme ça.

– Je vais m'occuper de toi », dit-il. Il partit au trot vers le bâtiment du sénateur. Puis il se retourna et agita le bras. « Peut-être qu'on se rencontrera à Camp Crandall. » De toute évidence, il n'y croyait pas beaucoup.

Je rencontrai à deux reprises John Ransom à Camp Crandall. Tout chez lui avait changé depuis la première fois où nous nous étions retrouvés. La seconde fois, il avait changé davantage encore. Il s'en était tiré de justesse dans un village montagnard fortifié du nom de Lang Vei. La plupart de ses indigènes Bru avaient été tués. Comme la plupart des Bérets verts qui se trouvaient là. Au bout d'une semaine, Ransom s'était échappé d'une casemate souterraine où s'entassaient les cadavres de ses camarades. Quand les Bru survivants finirent par regagner Khe Sanh, les Marines leur prirent leurs fusils et les renvoyèrent dans la jungle. À cette époque, un officier de haut rang des Marines avait publiquement tourné en ridicule la guerre « anthropologique » des Bérets verts.

6

J'ai utilisé deux fois la phrase « le bout de l'enfer » et c'est deux fois de trop. Ni moi, ni John Ransom, ni personne à en être revenu n'a jamais vu le vrai bout de l'enfer. Ceux qui l'ont vu ne pourront jamais en parler. Élie Wiesel utilise l'expression « enfants de la nuit » pour décrire les survivants de l'Holocauste : des enfants sont sortis de cette nuit-là et d'autres pas, mais ceux qui sont revenus ont été changés à jamais. Sur un décor de nuit et de ténèbres se dresse un enfant. L'enfant, qui tend la main vers nous, qui a un sourire énigmatique, est sorti tout droit de ces ténèbres. L'enfant peut parler ou doit garder le silence à jamais, selon les circonstances.

7

La mort de ma sœur April – son meurtre – s'est passée comme ceci : elle avait neuf ans, j'en avais sept. Après l'école, elle était allée jouer avec son amie Margaret Rasmussen. Papa était là où il se trouvait toujours vers six heures du soir : au bout de la 6e Rue Sud, notre rue, au café de L'Heure de Loisir. Maman faisait une sieste. La maison de Margaret Rasmussen était à cinq blocs de là, de l'autre côté de Livermore Avenue. Ça ne faisait que deux blocs si on traversait Livermore et qu'on passait par le tunnel qui reliait l'hôtel Saint-Alwyn à son annexe. Des clochards et des ivrognes – notre quartier n'en manquait pas – se rassemblaient parfois dans ce tunnel. Ma sœur April savait qu'elle devait longer les trois blocs pour contourner le Saint-Alwyn et puis revenir par Pulaski Street. Mais elle était toujours impatiente d'arriver chez Margaret Rasmussen, et je savais qu'en général elle passait par le tunnel.

C'était un secret. Un de nos secrets.

J'écoutais la radio tout seul dans notre salon. Je veux me rappeler – je crois parfois que je m'en souviens vraiment – un sentiment d'épouvante directement lié au tunnel du Saint-Alwyn. Si ce souvenir est exact, je savais qu'April allait traverser Livermore Street en moins d'une minute. Qu'elle allait sans se soucier des risques emprunter ce passage. Et que quelque chose de terrible l'attendait là-bas.

J'écoutais « *The Shadow* », le Spectre, la seule émission de radio qui me faisait vraiment peur. *Qui sait quel mal rôde dans le cœur des hommes ? Le Spectre le sait.* Après cela, un rire sinistre, même effrayant. Il n'y avait pas bien longtemps, Papa m'avait montré un article de *Ledger* affirmant que le véritable Spectre, le personnage dont le feuilleton radiophonique s'était inspiré, était un vieil homme qui habitait Millhaven. Il s'appelait

Lamont von Heilitz et voilà longtemps qu'il se qualifiait de « criminologue ».

J'éteignis la radio puis, sournoisement, je la rallumai au cas où Maman se réveillerait en se demandant ce que je faisais. Je sortis par la porte de la rue et je me mis à courir vers Livermore Street. April n'était pas au coin à attendre que le feu passe au vert : ça voulait dire qu'elle avait déjà traversé Livermore et qu'elle devait être dans le tunnel. Tout ce que je voulais, c'était passer devant L'Heure de Loisir sans me faire remarquer et voir la frêle silhouette blonde d'April émerger dans le soleil à l'autre bout du tunnel. A ce moment-là, je pourrais faire demi-tour pour rentrer à la maison.

Je ne crois pas aux prémonitions, pas personnellement. Je pense que d'autres gens en ont, pas moi.

Un camion qui avait calé m'empêcha de voir jusqu'à Livermore. Le camion était long et étincelant. Il y avait un nom peint sur le côté. Peut-être ALLERTON ou ALLINGHAM. Dans ce temps-là, des ormes bordaient encore les rues de Millhaven. Leurs feuilles engorgeaient le caniveau où l'eau pure d'une bouche d'incendie cassée glougloutait par-dessus et entre elles. Elle en emportait quelques-unes, comme des radeaux couleur de pain brûlé, jusqu'à l'égout au bas de la rue. Un journal plié gisait moitié dans l'eau, moitié hors de l'eau. Je me souviens de la photographie d'un boxeur frappant son adversaire dans un jaillissement de sueur et de salive.

Le camion finit par avancer : ALLERTON ou ALLINGHAM. Il passa devant le petit pont qui mène à l'annexe du Saint-Alwyn et je me penchai pour voir au milieu de la circulation. Les voitures passaient et me bouchaient la vue. La robe bleu pâle d'April avançait sans encombre dans le tunnel. Elle en avait franchi à peu près la moitié. Il ne lui restait plus que peut-être un mètre ou deux avant d'émerger dans le jour déclinant... Le flot des voitures la dissimula de nouveau à mon regard. Puis me laissa voir encore une tache bleue.

Une silhouette d'adulte sortit de l'ombre et se dirigea vers April. La circulation une fois de plus me boucha la vue.

C'était juste quelqu'un qui rentrait chez lui par le tunnel : quelqu'un qui se rendait à L'Heure de Loisir. Mais la grande ombre se dirigeait *vers* April, elle ne la dépassait pas. Je m'imaginai avoir vu quelque chose dans la main de la grande ombre.

Malgré le vacarme des klaxons et des moteurs, je crus entendre une voix pousser un cri, mais un nouveau concert de klaxons l'étouffa. Ou bien quelque chose d'autre l'étouffa. Les klaxons cessèrent de hurler quand la circulation reprit : les gens rentraient chez eux à six heures et quart un soir d'automne, passant sous la voûte des ormes qui ombrageaient Livermore et la 6e Rue Sud. J'essayai de voir entre les voitures, sautillant sur place d'angoisse et j'aperçus le dos étrangement amolli d'April. Ses cheveux tombaient sur ses épaules et la tache blonde et bleu pâle qui était son dos se soulevait. Le bras de l'homme se leva. La terreur me figea sur place.

Il me parut un moment que tout dans la rue, peut-être tout à Millhaven, s'était immobilisé, moi compris. L'idée de ce qui était en train de se passer de l'autre côté de la rue me poussa vers les feuilles qui s'entassaient dans le caniveau et sur la chaussée. La circulation s'était ralentie : juste une brèche entre les voitures par laquelle j'aperçus la robe d'April flottant dans l'air. Je me précipitai. Ce fut seulement alors que je me rendis compte que les voitures filaient devant et derrière moi et que la plupart d'entre elles klaxonnaient. Pendant un instant, qui faillit bien être pour moi le dernier, je sus que tout mouvement avait cessé dans le tunnel. L'homme ne bougeait plus. Il se tourna vers les rumeurs de la rue et j'aperçus la forme de sa tête, la carrure de ses épaules.

Au même instant, mais je n'en savais rien, mon père sortait de L'Heure de Loisir. Quelques autres consommateurs sortirent avec lui, mais mon père fut le premier à franchir le seuil.

Un klaxon retentit à mon oreille et je tournai la tête. La calandre d'une automobile s'approchait de moi avec ce qui me parut une lenteur terrifiante. J'étais absolument incapable de faire un geste. Je savais que la voiture allait me toucher. Cette certitude existait tout à fait indépendamment de ma terreur. C'était comme connaître la réponse à la plus importante question d'un examen. La voiture allait me heurter et j'allais mourir.

C'est plus facile de raconter tout cela à la troisième personne comme je l'ai fait dans *Mystery*.

Ma vision des choses s'arrête sur la voiture qui vient vers moi avec une terrifiante lenteur : elle approche, image par image.

Papa et ses copains virent la voiture me heurter. Ils me virent me cramponner à la calandre, puis glisser pour être arrêté par le montant du pare-chocs et traîné sur une dizaine de mètres avant que la voiture stoppe et me projette sur le sol.

Je mourus à cet instant : le garçon du nom de Timothy Underhill, sept ans, mourut du choc et de sa blessure. Il avait une fracture du crâne, le bassin et la jambe droite fracassés, et il mourut. Ce n'est pas d'un trottoir qu'on voit ces choses-là. Je me souviens de cette sensation : je me rappelle avoir été arraché de mon corps par une force irrésistible pour être précipité dans une autre dimension totalement différente. Je me rappelle la lumière éblouissante. Ce qui reste, c'est l'impression de laisser son moi derrière, d'abandonner toute personnalité, tout caractère, tout ce qui est un peu personnel. Tout cela avait disparu et il restait autre chose. Je veux croire que j'avais conscience d'April loin devant moi, volant comme une feuille pour franchir d'immenses et sombres piliers de nuages. Il y eut une grande lumière qui anéantissait tout, une béatitude, une extase qu'on ne mérite qu'en mourant. Une terreur irraisonnée entoure et engloutit ce souvenir, si c'est bien de cela qu'il s'agit. J'en rêve à peu près deux ou trois fois par semaine, un peu plus souvent que de l'homme que j'ai tué face à face. C'était une expérience totalement inexprimable et, en fait, profondément *inhumaine*. Une de mes impressions les plus nettes et les plus fortes, c'est que les vivants *ne sont pas censés savoir*.

Je me réveillai plâtré, une véritable épave, dans une chambre d'hôpital. Suivit une année épouvantable, de fauteuil roulant et de colère inutile : tout cela est dans *Mystery*. Ce qu'il n'y a pas dans ce livre, c'est le chagrin infini et muet de mes parents. Mes problèmes personnels étaient totalement éclipsés par la mort d'April. Et, comme je vois son fantôme bienveillant de temps en temps, surtout dans les avions, je pense que je ne me suis jamais totalement rétabli non plus.

Le 15 octobre, alors que j'étais encore à l'hôpital, le premier des meurtres de Blue Rose eut lieu presque exactement à l'endroit où April était morte. La victime était une prostituée du nom d'Arlette Monaghan, nom de trottoir Fancy. Vingt-six ans. Au-dessus de son corps, sur le mur de briques du Saint-Alwyn, le meurtrier avait tracé les mots BLUE ROSE.

Tôt le matin du 20 octobre, on découvrit le corps de James Treadwell dans le lit de la chambre 218, au Saint-Alwyn. Lui aussi avait été assassiné par quelqu'un qui avait écrit les mots BLUE ROSE sur le mur au-dessus du cadavre.

Le 25 octobre, un autre jeune homme, Monty Leland, fut assassiné tard le soir au coin de la 6e Rue Sud et de Livermore. Le peu de circulation qu'il y avait à cette heure sur Livermore au coin de L'Heure de Loisir fit qu'il n'y eut aucun témoin. Sitôt que la police le permit au propriétaire de L'Heure de Loisir, Roman Majestyk, on effaça le slogan habituel peint sur la porte du café.

Le 3 novembre, un jeune médecin du nom de Charles « Buzz » Laing survécut aux blessures infligées par un agresseur invisible qui l'avait laissé pour mort dans sa maison du quartier Est de Millhaven. On lui avait tranché la gorge et son meurtrier avait écrit BLUE ROSE sur le mur de sa chambre.

Le dernier meurtre de Blue Rose, celui qui parut pendant quarante et un ans être le dernier, fut celui de Heinz Stenmitz : un boucher qui habitait Muffin Street avec sa femme et une ribambelle d'enfants adoptés, tous des garçons. Quatre jours après l'agression dont avait été victime le docteur, Stenmitz fut tué devant sa boutique, juste à côté de sa maison. Je n'ai aucun mal à me souvenir de Mr. Stenmitz. C'était un personnage déconcertant. Quand je vis son nom dans le sous-titre du *Ledger* (la manchette proclamait BLUE ROSE FAIT UNE QUATRIÈME VICTIME), j'éprouvai une satisfaction perverse qui aurait scandalisé mes parents.

Mes parents l'ignoraient – ou plutôt ils refusaient de le croire malgré un énorme scandale survenu l'année précédente – mais moi, je savais qu'il y avait deux Mr. Stenmitz. L'un était le boucher teuton, sans humour mais efficace qui leur vendait des côtelettes et des saucisses. Grand, blond, barbu, les yeux bleus, il affichait une vertu agressive qui faisait l'admiration de mes parents. Il avait une attitude militaire comme ce personnage joué cent fois par C. Aubrey Smith dans les films hollywoodiens des années trente et quarante.

L'autre Mr. Stenmitz était celui que je voyais quand mes parents me confiaient deux dollars et m'envoyaient chez le boucher acheter de la viande hachée. Mes parents ne croyaient pas à l'existence de cet autre facette de Mr. Stenmitz. Si j'avais insisté sur la réalité de sa présence, leur incrédulité aurait cédé la place à la colère.

Le Mr. Stenmitz que je voyais quand j'étais seul sortait toujours de derrière le comptoir. Il se penchait, me frictionnait la tête, les bras, la poitrine. Sa grande tête blonde et barbue s'approchait bien trop. Des relents de viande crue et de sang, qui flottaient toujours dans la boutique, semblaient s'intensifier, comme si c'était ce que le boucher mangeait et buvait. « Alors, on est venu voir son ami Heinz ? » Une petite tape sur la joue : « On ne peut pas se passer de son ami Heinz, n'est-ce pas ? » Une petite tape sèche, presque douloureuse sur les fesses. Ses gros doigts rouges trouvaient mes poches et commençaient à s'y glisser. Il avait les yeux du bleu le plus clair et le plus pâle que j'aie jamais vu : les yeux d'un chien de traîneau finnois. « Tu as deux dollars ? Pour quoi faire, ces deux dollars ? Pour que ton ami Heinz te montre une jolie surprise, peut-être ?

– Je voudrais un steak haché », disais-je.

Les doigts pinçaient et exploraient le contenu de ma

poche. « Pas de lettre d'amour là-dedans ? Pas de photo de jeune fille ? »

Je voyais parfois le malheureux enfant qu'on avait placé chez lui, un enfant dont Mr. et Mrs. Stenmitz s'occupaient moyennant finances. Et la vue de ce désespérant Billy ou Joey me donnait envie de fuir à toutes jambes. Il était arrivé quelque chose à ces enfants. Ils avaient été desséchés et aplatis. Ils étaient un peu sales. Leurs vêtements avaient toujours l'air trop grands ou trop petits. Mais ce qui faisait peur, c'était qu'ils n'avaient pas d'humanité, pas de lumière en eux : on les avait vidés de tout cela.

Quand je lus le nom de Mr. Stenmitz sous cette horrible manchette, je me sentis stupéfait et fasciné. Mais surtout soulagé. Je n'aurais plus à aller tout seul dans sa boutique. Et je n'aurais plus à supporter la terrible angoisse d'y accompagner mes parents et de voir ce que *eux* voyaient : C. Aubrey Smith en tablier de boucher, tout en imaginant l'autre, le terrible Heinz Stenmitz me lançant des clins d'œil et gambadant à l'abri de son masque.

J'étais content qu'il soit mort. Il n'aurait jamais pu être assez mort pour moi.

8

Puis les meurtres cessèrent. Le dernier endroit où quelqu'un écrivit BLUE ROSE sur un mur, ce fut devant la boucherie Stenmitz, Viandes de qualité et Saucisses fabrication maison. L'homme qui écrivait ces mots mystérieux auprès du cadavre de ses victimes avait renoncé. Quel qu'il fût, son plan s'était réalisé ou alors sa rage s'était satisfaite. Millhaven attendait que quelque chose se passe ; Millhaven voulait entendre tomber la seconde chaussure.

Au bout d'un mois, dans un grand battage publicitaire, la seconde chaussure tomba bel et bien. Un de mes souvenirs les plus nets du début de mon année de convalescence, c'est d'avoir lu dans le *Ledger* les révélations sur les dessous de ces crimes. Le *Ledger* trouvait une secrète cohérence entre les meurtres de Blue Rose et en était ravi : le genre de ravissement qui se fait passer pour un choc horrifié à la fin de l'histoire. Je lus énormément cette année-là, mais rien aussi avidement que le *Ledger*. C'était terrible, c'était tragique, mais c'était une formidable histoire. Elle devint la mienne, l'histoire qui fit le plus pour m'ouvrir au monde.

A mesure que chaque épisode du récit de William Damrosch paraissait dans le *Ledger*, je le découpais et le collais dans un album qui commençait déjà à gonfler. Quand on le découvrit, cet album provoqua une certaine excitation. Maman pensait qu'un garçon de six ans qui portait un tel intérêt à des choses horribles devait lui-même être horrible. Papa trouvait que tout cela était honteux. Ça le dépassait, ça lui échappait. Il renonça à tout, y compris à nous. Il perdit son travail de liftier au Saint-Alwyn et s'en alla. Avant même d'être congédié de l'hôtel, il avait commencé à être un de ces ivrognes qui traînaient dans le Tunnel de l'homme mort. Une fois licencié il s'installa dans un logement sur Oldtown Way, et se glissa quelque temps parmi eux. Papa ne buvait pas dans le Tunnel de l'homme mort. Il emportait son litron dans un sac d'épicerie à d'autres endroits de la Vallée, et dans le Quartier Sud voisin. Mais ses vêtements étaient sales et sentaient mauvais. Il se rasait rarement. Il commença à prendre un air vieux et hésitant.

Les premières pages du *Ledger* que je collai dans mon album Blue Rose racontaient comment l'inspecteur de la Brigade criminelle chargé de l'enquête sur le meurtre avait été trouvé assis à son bureau, dans son minable appartement en sous-sol, avec une balle dans la tempe droite. C'était la veille de Noël. Le *Ledger* étant ce qu'il était, on évoquait longuement le sang et l'inscription sur le mur auprès du corps. L'inspecteur Damrosch tenait encore dans sa main droite son arme de service, un Smith & Wesson 9 mm, dont on n'avait tiré qu'une seule balle. Sur le bureau devant le policier, une bouteille de bourbon Three Feathers, pratiquement vide. Un verre vide. Un stylo et une feuille de papier arrachée à un bloc-notes, tout ça sur le bureau. Sur la feuille, on avait inscrit en majuscules les mots BLUE ROSE. A un moment entre trois et cinq heures du matin, l'inspecteur Damrosch avait terminé son whisky, écrit deux mots sur une feuille du bloc et, en se suicidant, avait avoué les meurtres dont il était censé résoudre l'énigme.

La vie parfois est comme un roman.

Les manchettes qui suivirent évoquèrent les extraordinaires antécédents de l'inspecteur William Damrosch. Son vrai nom était Carlos Rosario. Il n'était pas tant venu au monde qu'il y avait été projeté par une glaciale journée de janvier : un citoyen anonyme avait vu l'enfant à demi mort sur la berge glacée de la rivière Millhaven. Ce bon citoyen avait appelé la police depuis la cabine téléphonique du Bar de la Femme verte. Quand des policiers étaient tant bien que mal descendus du pont pour trouver le bébé, on avait découvert sa mère, Carmen Rosario, tuée d'un coup de poignard sous la berge. Le mystère du crime ne fut jamais éclairci : Carmen Rosario était une immigrante clandestine de Saint-Domingue et une prostituée. La police ne fit donc que de très vagues efforts pour découvrir son meurtrier. L'enfant anonyme, baptisé Billy par l'assistante sociale qui l'avait repris à la police, fut placé dans une série de foyers. En grandissant, il devint un adolescent violent, à la sexualité incertaine et dont l'intelligence lui servait surtout à s'attirer des ennuis. Ayant à choisir entre la prison ou l'armée, il choisit l'armée : et sa vie changea. Il était maintenant Billy Damrosch : il avait pris le nom de son dernier père adoptif, et Billy Damrosch utilisa son intelligence pour survivre. Il fut démobilisé avec une boîte pleine de médailles, une foule de cicatrices et l'intention de devenir policier à Millhaven. Maintenant, avec la prescience que donne le recul, je crois qu'il voulait revenir à Millhaven pour découvrir qui avait tué sa mère.

D'après la police, il n'aurait pas pu tuer April, car Bill Damrosch n'assassinait que les gens qu'il connaissait.

Monty Leland, qui avait été tué devant L'Heure de Loisir, était un criminel à la petite semaine, un des informateurs de Damrosch. Au début de sa carrière, avant d'être muté des Mœurs à la Criminelle, Damrosch avait à plusieurs reprises arrêté Arlette Monaghan, la prostituée poignardée derrière le Saint-Alwyn. Un lien bien ténu, étant donné que d'autres inspecteurs appartenant ou ayant appartenu à la Brigade des mœurs l'avaient arrêtée tout aussi souvent. Quant à James Treadwell, le pianiste de l'orchestre de Glenroy Breakstone, on pensa qu'il avait été tué parce qu'il avait été témoin du meurtre d'Arlette par Damrosch.

Les liens les plus révélateurs entre l'inspecteur Damrosch et ses victimes apparurent avec les deux derniers meurtres.

Cinq ans avant les premiers crimes, Buzz Laing avait vécu un an avec William Damrosch. Cette information avait été fournie par une gouvernante que le docteur Laing avait congédiée. Ils étaient plus que de simples amis, déclara la gouvernante : jamais je n'ai eu à changer plus qu'une paire de draps, et je peux vous assurer qu'ils se battaient comme des chiffonniers. Millhaven est un endroit conservateur et Buzz Laing perdit la moitié de ses patients. Heureusement, il disposait d'une fortune personnelle – ce qui lui avait permis de s'offrir cette gouvernante mécontente et la grande maison sur le lac. Au bout d'un moment, la plupart de ses patients revinrent. Laing affirma toujours que ce n'était pas William Damrosch qui avait tenté de le tuer. Il avait été attaqué par-derrière dans le noir. Il avait perdu connaissance avant de pouvoir se retourner, mais il était certain que son agresseur était plus grand que lui. Buzz Laing mesurait un mètre quatre-vingt-cinq, Damrosch avait cinq ou six centimètres de moins.

Mais le plus significatif, c'étaient les rapports de l'inspecteur avec la dernière victime de Blue Rose. On aura déjà deviné que Billy Damrosch était un des malheureux garçons à être passé par les mains baladeuses de Heinz Stenmitz. Stenmitz était maintenant un homme déshonoré. Une assistante sociale méfiante, du nom de Dorothy Greenglass, avait fini par découvrir ce qu'il faisait aux enfants confiés à sa garde : il avait été envoyé au pénitencier de l'Utah pour attentats à la pudeur sur la personne de mineurs. Pendant son année de prison, sa femme continua à travailler à la boucherie tout en exprimant ses doléances : son mari, un chrétien travailleur et qui craignait Dieu, avait été emprisonné sur le témoignage de menteurs et de fourbes. Certains de ses clients la crurent. Quand Stenmitz rentra chez lui, il reprit sa place derrière le comptoir comme si de rien n'était. D'autres gens se rappelaient le témoignage de l'assistante sociale et des quelques adolescents qui avaient accepté de déposer pour le ministère public.

On pouvait s'y attendre : un des garçons victimes de ce harcèlement sexuel était revenu pour se faire justice. Il avait voulu oublier le passé : il détestait le genre d'homme que Stenmitz avait fait de lui. C'était tragique. Les gens convenables oublieraient tout ça et reprendraient une vie normale.

Mais je tournais inlassablement les pages de mon album, m'efforçant de trouver une phrase, un regard, un pli de la bouche, qui me dirait si William Damrosch était l'homme que j'avais vu dans le tunnel avec ma sœur.

Quand j'essayais d'y penser, j'entendais dans ma tête de grands battements d'ailes.

Je songeais à April disparaissant devant moi dans ce monde d'éblouissantes lumières qui anéantissaient tout, le monde qu'aucun vivant n'est censé connaître. C'était William Damrosch qui avait tué Heinz Stenmitz, mais je ne savais pas s'il avait tué ma sœur. Et cela voulait dire qu'April voguait à jamais dans ce royaume que j'avais entr'aperçu.

Alors, bien sûr, je voyais parfois son fantôme. A huit ans, en regardant derrière moi dans un bus, j'aperçus April quatre rangs plus loin, son pâle visage tourné vers la fenêtre. Le souffle coupé, je m'obligeai à regarder devant moi. Quand je me retournai, elle avait disparu. A onze ans, je la vis sur le pont inférieur du bac que nous prenions ma mère et moi pour traverser le lac Michigan.

Puis je la surpris un jour une baguette de pain à la main se dirigeant vers une voiture dans le parking d'un supermarché de Berkeley. Elle m'apparut au milieu de tout un camion d'infirmières à Camp Crandall au Viêt-nam : une fillette blonde de neuf ans au milieu des infirmières en uniforme, et qui me regardait d'un air grave. Je l'ai vue à deux reprises, passant en taxi dans une rue de New York. L'année dernière, je me rendais à Londres sur un vol de British Airways. Je me retournai pour chercher l'hôtesse et je vis April assise dans le dernier fauteuil de la dernière rangée des premières classes, qui regardait par le hublot, le menton appuyé sur sa main. Retenant mon souffle, je regardai devant moi. Je me retournai de nouveau, la place était vide.

9

C'est ici que je plonge mes seaux, que je viens remplir mon stylo.

10

Mon premier livre, *Un monstre en vue*, était une histoire d'usurpation d'identité et il se trouva que *L'Homme divisé* tournait aussi autour du même sujet. J'étais obsédé par William Damrosch, un authentique enfant de la nuit, qui m'intriguait car il semblait être à la fois un homme bien et un assassin. Comme toute la population de Millhaven, je présumais qu'il était coupable. *Koko* racontait pour l'essentiel une nouvelle histoire de fausse identité et *Mystery* concernait la plus grande erreur jamais commise par Lamont von Heilitz, le célèbre détective privé de Millhaven. Il croyait avoir identifié un meurtrier qui par la suite s'était suicidé. Ces livres expliquent comment l'histoire connue n'est presque jamais la bonne ni la véritable histoire. Je vis April parce qu'elle me manquait et parce que je *voulais* la voir. Et aussi parce qu'elle tenait justement à rappeler qu'à vouloir enfouir le passé, on enfouit aussi la vérité. Autant dire qu'une partie de moi attendait le coup de téléphone de John Ransom et ce depuis que je lisais et relisais dans le *Ledger* la description du corps de William Damrosch assis mort derrière son bureau. Avec la bouteille et le verre vide, l'arme de service dans sa main, les mots tracés sur la feuille de bloc-notes. En majuscules.

L'homme que j'ai tué avait jailli devant moi sur un sentier qu'on appelait la piste du Tigre qui frappe. Il portait des lunettes et avait un visage rond et avenant, un instant pétrifié d'étonnement. C'était un mauvais soldat, encore plus mauvais que moi. Il trimballait un long fusil à crosse de bois qui avait l'air d'une antiquité. Je tirai sur lui, il s'affala comme une marionnette et disparut dans les hautes herbes. Mon cœur se mit à battre fort. J'avançai pour le regarder et je l'imaginais tapi dans l'herbe, brandissant un couteau ou braquant sur moi ce vieux fusil. Pourtant je l'avais vu tomber comme les oiseaux morts dégringolent du ciel, et je savais qu'il n'allait pas braquer son arme sur moi. Derrière moi, un soldat du nom de Linklater poussait des cris de triomphe. « Vous avez vu ça ? Vous avez vu comme Underdown a épinglé un Viet ? » Machinalement, je dis : « Underhill. » Connor Linklater souffrait de légers troubles mentaux qui l'amenaient à mélanger les mots et les phrases. Il avait dit un jour : « La vérité est dans le pudding. » Et là c'était le pudding. J'éprouvais un étrange et violent sentiment de triomphe, de victoire, comme un gladiateur ensanglanté dans l'arène. J'avançai dans l'herbe et j'aperçus une jambe de pantalon noir, puis une autre écartée. Puis le torse grêle et les bras en croix. Et pour finir la tête. La balle avait pénétré dans sa gorge et lui avait arraché la nuque. On aurait dit le reflet d'Andrew T. Majors : ce cadavre qui m'avait forcé à jouer les pêcheurs de perles avec l'escouade des corps. « Tu l'as eu, mon vieux, répéta Connor Linklater, tu l'as bien eu. » La sauvage impression de victoire disparut. Je me sentais vidé. Sous ses minces chevilles, il avait les pieds osseux. Au-dessus du menton, on aurait dit qu'il travaillait à un de ces problèmes d'algèbre où deux trains doivent se rencontrer en circulant à des vitesses différentes. De toute évidence à mes yeux cet homme avait une mère, un père, une sœur, une petite amie. Je songeai à poser sur la plaie de sa gorge le canon de mon M-16 et à tirer encore une fois. Des gens qui ne connaîtraient jamais mon nom, dont je ne saurais jamais le nom allaient me détester. (Cette pensée me vint plus tard.) « Allons, ça va, dit Connor, ça va bien. » Le lieutenant lui dit de la boucler et nous repartîmes sur la piste du Tigre. Tout en sachant parfaitement que ce ne serait pas le cas, je m'attendais presque à entendre l'homme que j'avais tué s'éloigner en rampant dans les hautes herbes.

11

Le matin du jour où John Ransom me téléphona, je m'éveillai tout d'un coup en frissonnant. J'étais la proie d'un terrible cauchemar. Je sautai à bas du lit pour m'en débarrasser. A peine étais-je debout que je compris que je n'avais fait que rêver. Il était un peu plus de six heures. La lumière d'un matin de juin brûlait au bord des rideaux près de mon lit. De mon estrade, j'examinai le loft : je vis les livres entassés sur ma table basse. Les canapés avec leurs housses froissées. La pile de feuillets sur mon bureau représentant un tiers du premier jet d'un roman. L'écran et le clavier de l'ordinateur. L'imprimante laser sur sa tablette. Trois bouteilles de Perrier vides étaient posées sur mon bureau. L'ordre régnait dans mon royaume, mais il me fallait d'autres Perrier. Et j'étais encore secoué par ce rêve.

J'étais assis dans un restaurant immaculé, style high-tech, très différent du Saigon, le restaurant vietnamien deux étages au-dessus de mon loft sur Grand Street. (Deux amis, Maggie Lah et Michael Poole, occupent l'appartement qui sépare le mien du restaurant.) Des murs blancs et nus au lieu de frondaisons peintes. Des nappes de toile rose où l'on voit encore les plis du repassage. Le serveur me tendit une longue carte blanche avec le nom du restaurant. L'Imprimé. J'ouvris le menu et parmi les *viandes* je trouvai de la main humaine. La main humaine, me dis-je, ça doit être intéressant. Quand le serveur revint, j'en commandai. Le plat arriva presque aussitôt : deux grandes mains rouges proprement sectionnées et couvertes de ce qui ressemblait plus à de la couenne de jambon qu'à de la peau. Rien d'autre sur le disque blanc de l'assiette. Je découpai un morceau de la base du pouce gauche et la portai à ma bouche. Cela ne me parut pas tout à fait assez cuit. Puis je pris conscience avec dégoût que je mâchais un morceau de main : j'eus un haut-le-cœur et je recrachai la bouchée dans ma serviette rose. Je repoussai mon assiette en espérant que le serveur n'allait pas remarquer que je n'avais pas le courage de manger. Là-dessus, je m'éveillai en frissonnant et je me levai d'un bond.

A la lumière qui flamboyait au bord du rideau je sus que la journée allait être chaude. Nous allions avoir un de ces insupportables étés new-yorkais où les crottes de chien fument comme des beignets sur les trottoirs. En août, la ville tout entière allait être enveloppée dans une serviette humide brûlante. Je me rallongeai sur le lit en m'efforçant de maîtriser mes tremblements. Dehors, dans l'espace ensoleillé entre les immeubles, j'entendis le roucoulement d'un oiseau et il me sembla que c'était une colombe blanche.

Je me levai pour prendre une douche. Comme certains chantonnent en faisant leur toilette, j'essayai d'imiter le roucoulement de la colombe. Après m'être séché, je me souvins des deux mains rouges sur l'assiette blanche et je notai ce souvenir dans un calepin. Le rêve était un message et, même si je ne parvenais jamais à le décoder, je pourrais peut-être l'utiliser dans un livre.

Mon travail avançait lentement, comme c'était le cas depuis quatre ou cinq matins de suite. Dans mon livre j'étais arrivé à une impasse : il me fallait résoudre un problème que me posait le récit. J'écrivis quelques phrases pour gagner du temps, je pris quelques notes et décidai d'aller faire une longue promenade. Marcher offre à l'esprit une page vierge. Je me levai, glissai un stylo dans ma poche de chemise, mon carnet dans la poche revolver de mon pantalon et je quittai le loft.

Quand je marche ainsi, je couvre de grandes distances. Je suis à la fois distrait et bercé par ce qui se passe dans la rue. Théoriquement, tandis que mon attention est ailleurs, les seaux plongent dans les puits de l'inspiration et me rapportent des messages pour mon calepin. Je ne m'impose rien : je pense à d'autres choses. Les blocs d'immeuble défilent, mots et phrases commencent à emplir la page blanche. Mais durant toute la traversée de Soho, la page resta vide et j'étais déjà au milieu de Washington Square que je n'avais pas encore tiré mon carnet de ma poche. Je regardai un adolescent manœuvrer son skate-board entre les dealers de drogue, avec leurs sacs à dos et leurs porte-documents. Je vis un canot à moteur fendant l'eau bleue. C'était un de mes personnages qui le pilotait.

Il plissait les paupières sous le soleil et de temps en temps levait une main pour se protéger les yeux. L'heure était très matinale, juste après l'aube, et il filait au milieu d'un lac. Il portait un costume gris. Je savais où il allait. Je pris mon calepin et écrivis : *Charlie – canot à moteur – costume – aube – appontement devant chez Lily – cache le canot dans les roseaux.* Je distinguai les gouttelettes d'eau sur les revers du beau costume gris de Charlie.

Voià donc ce que mijotait Charlie Carpenter.

Je remontai la Cinquième Avenue tout en regardant les gens qui allaient travailler. Je vis Charlie qui cachait son canot derrière de grands roseaux au bord de la propriété de Lily Sheehan. Il sauta sur la terre humide, laissant son embarcation dériver sur le lac. Il avança parmi les roseaux, s'essuyant le visage et les mains avec son mouchoir. Puis il tamponna les taches d'humidité sur son costume. Il s'arrêta un instant pour se donner un coup de peigne et rajuster son nœud de cravate. On ne voyait pas de lumière aux fenêtres de Lily. Il traversa d'un pas vif la grande pelouse jusqu'à son perron.

A la 14ᵉ Rue, je m'arrêtai pour prendre une tasse de café. A la 24ᵉ Rue, Lily sortit de sa cuisine et trouva Charlie Carpenter planté sur le pas de sa porte. *Alors, Charlie, on a décidé de s'arrêter sur le chemin du bureau ?* Elle portait un long peignoir de cotonnade blanche imprimé de petites fleurs bleues, elle était toute décoiffée. Je constatai que Lily s'était récemment mis sur les ongles de pied du vernis couleur aubergine. *Tu m'étonneras toujours.*

Puis tout s'arrêta, au moins jusqu'à ce que ça redémarre. A la 52ᵉ Rue, j'entrai dans la grande librairie Dalton pour chercher quelques livres. Au rayon des ouvrages religieux, au rez-de-chaussée, j'achetai *Le Gnosticisme* de Benjamin Walker, *La Bibliothèque de Nag Hamadi* et *L'Évangile selon saint Thomas*. Je pris les livres et décidai de marcher jusqu'à Central Park. Après avoir dépassé le zoo, je m'assis sur un banc, pris mon calepin et cherchai Charlie et Lily Sheehan. Ils n'avaient pas bougé. Lily disait toujours *Tu es plein de surprises*. Charlie Carpenter était toujours planté sur le seuil, les mains dans les poches, souriant comme un petit garçon. Ils avaient l'air très bien tous les deux, mais ce n'était pas à eux que je pensais maintenant. Je pensais à l'escouade des corps et au capitaine Havens. Je me souvenais des hommes étranges et à l'esprit dérangé avec qui j'avais passé cette période de ma vie et je les voyais devant moi, dans ce hangar. Je me rappelais mon premier cadavre et l'histoire que racontait Ratman à propos de Bobby Swett qui s'était transformé en une brume rouge. Surtout je voyais Ratman raconter son histoire, les yeux flamboyant de colère, son doigt braqué devant lui, tout son être s'éveillant quand il parlait du bruit que la terre faisait toute seule. Ratman me paraissait maintenant étonnamment jeune : décharné comme un collégien.

Puis, sans le vouloir, je me souvins de certains événements qui s'étaient passés plus tard, comme cela m'arrive de temps en temps quand un cauchemar me réveille. Il me fallut me lever de mon banc, fourrer mon calepin dans ma poche et me remettre à déambuler dans le parc. Je savais par expérience qu'il me faudrait des heures avant de pouvoir travailler ou même converser normalement avec quelqu'un. J'avais l'impression de marcher sur des tombes : on aurait dit qu'un tas de gens comme Ratman et Di Maestro, qui tous deux étaient alors des garçons trop jeunes pour voter ou rentrer dans un bar, reposaient à quelques pieds sous l'herbe. Je me crispai en entendant quelqu'un arriver derrière moi. Il était temps de rentrer. Je fis demi-tour et me dirigeai vers ce que j'espérais être la Cinquième Avenue. Un pigeon battit des ailes et s'envola. Un cercle d'herbes sous lui s'aplatit comme sous l'effet d'un hélicoptère au décollage.

On dirait qu'une partie ancienne de vous-même s'éveille, terrifiée, inutile aujourd'hui, mais ses talents et ses habitudes destructrices encore intactes. Et ce qui reste de votre moi actuel, la personne que vous êtes devenu, se fane et se flétrit de tristesse ou de désespoir. La personne que vous êtes devenu n'est qu'une mince carapace qui recouvre cet autre moi plus électrique et plus exposé. Les parties les plus fortes, les moins dirigées de votre expérience peuvent se dresser soudain et vous ramener là où vous étiez quand c'est arrivé. Et tout le reste de votre personnalité recule et pleure.

Je crus voir le visage de l'homme que j'avais tué. C'était un Chinois portant sa fille sur ses épaules. Il jaillit au milieu d'une allée presque invisible. Son visage semblait pétrifié : tant de stupéfaction était presque comique. Je regardai le Chinois et sa fille se diriger vers un vendeur de hot dogs. Le visage rond de la fillette était comme un verre, empli d'une concentration sérieuse et joyeuse. Son père tenait à la main un dollar plié en deux. Il portait un ridicule vieux fusil probablement encore moins précis qu'une carabine à air comprimé. Il prit un hot dog enveloppé dans du papier blanc et le tendit à sa fille. Pas de ketchup, pas de moutarde, pas de choucroute. Rien qu'un hot dog nature. J'épaulai mon M-16, je lui tirai une balle dans la gorge et il s'effondra. On aurait dit un tour de magie.

Charlie Carpenter et Lily Sheehan avaient détourné la tête. Ils grinçaient des dents et gémissaient.

Je m'assis sur un banc au soleil. J'étais en nage. Je ne savais pas très bien si j'avais pris à l'est vers la Cinquième Avenue ou à l'ouest en m'enfonçant plus profondément dans le parc. Je respirai lentement, en m'efforçant de maîtriser ma soudaine panique. C'était une vilaine crise. Plus forte que d'habitude. Mais rien de grave. Je pris un des livres que j'avais achetés et l'ouvris au hasard. C'était *L'Évangile selon saint Thomas*, et voici ce que je lus :

Le Royaume des Cieux
Est comme une femme qui porte un pot
Contenant un repas pour un long voyage.
Quand l'anse se brisa
Le repas se répandit derrière elle si bien
Qu'elle ne remarqua rien d'anormal jusqu'au moment où,
Arrivée chez elle, elle posa la cruche à terre
Et constata qu'elle était vide.
Le Royaume des Cieux
Est comme un homme qui voulait assassiner un noble.
Chez lui il dégaina son épée et en frappa le mur.
Pour s'assurer que ses mains étaient assez fortes.
Puis il sortit et tua le noble.

Je pensai à mon père en train de boire dans la ruelle derrière l'hôtel Saint-Alwyn. La lumière du fleuve se reflétait, éblouissante, sur les briques rouges et le béton taché d'huile. Inondé de lumière étincelante, mon père buvait.

Je me levai et m'aperçus que j'avais les jambes qui tremblaient encore. Je me rassis avant qu'on pût le remarquer. Deux jeunes femmes sur le banc voisin riaient, et je leur jetai un coup d'œil. L'une d'elles disait : « Tu jures de garder le secret. Commençons par le commencement. »

De retour à Grand Street, je recopiai mes notes sur ma machine à traitement de texte et j'en fis une sortie imprimante. Je constatai que j'avais tracé le programme de travail des quelques jours suivants. J'envisageai de descendre déjeuner pour pouvoir montrer à Maggie Lah ces vers énigmatiques et barbares de l'évangile gnostique. Je me rappelai qu'on était vendredi, un des jours où elle travaillait sur son doctorat de philosophie à l'Université de New York. J'allai donc dans ma propre cuisine et j'ouvris le réfrigérateur. Fixée à la porte se trouve une photographie que j'ai découpée dans le *New York Times* le lendemain de l'exécution de Ted Bundy. On y voit sa mère un combiné téléphonique à l'oreille tandis qu'elle se bouche l'autre avec son index. Elle a une frange, de grosses lunettes et fronce ses épais sourcils d'un air concentré. La légende est : *Louise Bundy, de Tacoma, Washington, faisant ses adieux par téléphone à son fils, Theodore Bundy, le tueur en série qui a été exécuté pour meurtre ce matin en Floride.*

Chaque fois que je vois cette terrible photo, je songe à l'enlever. Je tâche de me rappeler pourquoi j'ai commencé par la découper. Puis j'ouvre la porte du réfrigérateur.

Le téléphone sonna au moment où je posais la main sur la poignée. Je refermai la porte et passai dans la pièce principale du loft pour répondre.

Je dis « allô ». La voix à l'autre bout du fil dit la même chose puis il y eut un silence. « C'est bien Timothy Underhill à l'appareil ? Timothy Underhill, l'écrivain ? »

Quand j'avouai que oui, mon interlocuteur ajouta : « Eh bien, ça fait longtemps qu'on ne s'est pas vus. Tim, c'est John Ransom. »

Je me dis alors *bien sûr* : comme si j'avais su qu'il allait appeler. Qu'une suite d'événements prédéterminés allaient se dérouler et qu'en fait c'était ce que j'attendais depuis des jours.

« Je pensais justement à toi », dis-je. Car à Central Park je m'étais rappelé la dernière fois où je l'avais vu : il ne ressemblait plus du tout à l'aimable capitaine soucieux de se justifier que j'avais rencontré en bordure de Camp White Star, répétant comme un perroquet un slogan sur la nécessité de barrer la route au communisme. Il m'avait rappelé Scoot. Il avait autour du cou un collier de petites choses noires et desséchées que j'avais prises pour des oreilles avant de m'apercevoir que c'étaient des langues. Je ne l'avais pas vu depuis, mais je n'avais jamais oublié certaines choses qu'il avait dites ce jour-là.

« Eh bien, fit-il, j'ai pensé à toi aussi. » Il avait l'air bien différent de celui qui portait un collier de langues. « J'ai lu *L'Homme divisé*.

– Merci », dis-je en me demandant si c'était pour cela qu'il téléphonait. Il semblait fatigué et parlait avec lenteur.

« Ça n'est pas ce que je veux dire. J'ai pensé qu'il y a quelque chose que tu aimerais savoir. Peut-être même que tu auras envie de venir ici.

– Où ça, ici ?

– A Millhaven », dit-il. Puis il éclata de rire et je pensai qu'il était peut-être ivre. « Tu ne sais sans doute pas que j'y suis revenu. Je suis professeur, au Collège d'Arkham. »

C'était une surprise. Arkham, un groupe de bâtiments de brique rouge rassemblés autour d'une petite prairie piétinée, était un sinistre établissement un peu à l'ouest du centre de Millhaven. Les briques avaient depuis longtemps foncé sous la couche de suie et les fenêtres avaient toujours l'air sale. Ce n'avait jamais été un collège particulièrement brillant, et je ne voyais aucune raison pour que cela se fût amélioré.

« J'enseigne la théologie, dit-il. Nous avons un petit département.

– C'est bon de t'entendre de nouveau », dis-je. Cette conversation commençait à m'ennuyer.

« Écoute. Il est arrivé quelque chose qui pourrait t'intéresser. Je voudrais, j'aimerais t'en parler.

– Qu'est-ce qui est arrivé ? demandai-je.

– Quelqu'un a attaqué deux personnes et a écrit BLUE ROSE près de leurs corps. La première victime est morte mais la seconde est dans le coma. Encore en vie.

– Oh, fis-je, incapable d'en dire plus. C'est vrai ?

– La seconde était April », dit-il.

Mon cœur cessa de battre.

« Ma femme, April. Elle est toujours dans le coma.

– Mon Dieu, fis-je. Je suis désolé, John. Qu'est-ce qui s'est passé ? »

Il me fit un récit sommaire de l'agression dont sa femme avait été la victime. « Je voulais juste te poser une question. Si tu as la réponse, c'est formidable. Et si tu ne l'as pas, ça ne fait rien. »

Je lui demandai quelle était la question, mais je croyais savoir déjà ce qu'il allait me demander.

« Crois-tu que cet inspecteur, Damrosch, celui que tu as appelé Esterhaz dans le livre, a bien tué ces gens ?

– Non », dis-je. Presque dans un soupir, car je me doutais un peu de ce qu'allait provoquer une réponse sincère à cette question. « J'ai appris certaines choses depuis que j'ai écrit mon livre.

– A propos du meurtrier Blue Rose ?

– Tu ne penses tout de même pas qu'il s'agit de la même personne ? demandai-je.

– Eh bien, justement si. » John Ransom hésita. « Après tout, si Damrosch n'était pas le meurtrier, alors personne n'a jamais arrêté ce type. Il s'est tout simplement volatilisé.

– Ça doit être très dur pour toi. »

Il hésita encore : « Je voulais simplement t'en parler. Je... je ne... je ne suis sans doute pas en grande forme, mais je ne veux pas te déranger davantage. Tu m'en as déjà dit plus qu'assez. Je ne suis même pas sûr de ce que je cherche.

– Si, dis-je.

– Je crois que je me demandais si tu pourrais avoir envie de venir discuter. Je crois que je me disais que j'aurais besoin d'un coup de main. »

Tu jures de garder le secret.

Commençons par le commencement.

— Oh, [illegible] incapable d'y faire face. [illegible]
— Le second était Agnès, dit-il.
Mon cœur cessa de battre.
« Ma femme, Agnès. Elle est toujours dans [illegible]
— Mon Dieu, [illegible] je suis désolée, [illegible] qu'il s'est passé ?
« Il [illegible] dont sa femme avait été la victime [illegible] une question [illegible]
[illegible] pas, [illegible] lui dit-il. »
Je lui demandai quelle était la question, mais je [illegible] déjà ce qu'il allait me répondre.
« [illegible]
[illegible]
[illegible] presque [illegible]
[illegible] qu'il allait provoquer une [illegible] à cette question, [illegible] depuis que [illegible] mort. »
— À propos du meurtre de Mme Rose ?
— [illegible] ou même qu'il s'agit de la même personne ? demandai-je.
— [illegible]
[illegible]
[illegible]
— Cela fut très dur pour moi.
[illegible]
[illegible]
[illegible]
[illegible]
[illegible]
[illegible] demandai [illegible] vingt [illegible]
[illegible]
J'ai [illegible]
Comment [illegible]

DEUXIÈME PARTIE

FRANKLIN BACHELOR

1

Ma seconde rencontre avec John Ransom au Viêtnam eut lieu alors que j'essayais de me réadapter après une étrange et perturbante patrouille de quatre jours. Je ne comprenais pas ce qui s'était passé : je ne comprenais pas quelque chose que j'avais vu. En fait, deux événements inexplicables s'étaient produits le dernier jour et, quand je tombai sur John Ransom, il me les expliqua tous les deux.

Nous campions sous un bouquet d'arbres au bord d'une rivière. Ce jour-là, nous avions perdu deux hommes si nouveaux dans notre unité que j'avais déjà oublié leurs noms. Un crépuscule humide et gris tombait autour de nous. Nous ne pouvions pas fumer et nous n'étions pas censés parler. Un Noir d'un mètre quatre-vingt-quinze, un gaillard de plus de cent dix kilos du nom de Leonard Hamnet, tripotait une lettre qu'il avait reçue des mois auparavant. Il clignait des yeux en essayant de la relire pour la millième fois tout en enfournant dans sa bouche des pêches en conserve. La précieuse lettre se réduisait maintenant à des lambeaux maintenus ensemble avec du ruban adhésif.

Là-dessus, quelqu'un se mit à tirer sur nous. Le lieutenant cria « Merde ! », nous lâchâmes notre nourriture et ripostâmes au feu des soldats invisibles qui s'efforçaient de nous tuer. Comme ils continuaient à tirer, nous dûmes nous engager dans la rizière.

L'eau tiède nous arrivait à la poitrine. Parvenus aux

digues, nous les escaladâmes et replongeâmes dans l'eau croupie de l'autre côté. Un garçon de Santa Cruz, en Californie, un nommé Thomas Blevins, reçut une balle dans la nuque et tomba mort dans l'eau juste avant le premier remblai. Un autre, Tyrell Budd, toussa et tomba juste à côté de lui. Le lieutenant réclama un barrage d'artillerie. Nous nous adossâmes aux deux dernières digues quand les obus commencèrent à tomber. Le sol tremblait, l'eau jaillissait, la lisière de la forêt éclata en une série de boules de feu. On entendait hurler les singes.

Un par un, nous rampâmes par-dessus la dernière digue jusqu'à la terre ferme de l'autre côté de la rizière. A travers les rares arbres, on apercevait un petit groupe de huttes aux toits de chaume. Puis, l'une après l'autre, il se passa deux choses que je ne compris pas. Quelqu'un dans la forêt nous envoya une salve de mortier : rien qu'une. Un seul mortier, une seule salve. Je me plaquai au sol et m'enfouis le visage dans la boue. Tout le monde autour de moi en fit autant. Je songeai que ça pourrait bien être ma dernière seconde sur terre. J'essayai de vivre pleinement, avec avidité, cet ultime instant. Je connus cet interminable moment de pure impuissance où l'âme tout à la fois se cramponne au corps et s'apprête à le quitter. L'obus atterrit sur la crête de la dernière digue et la fit voler en éclats. De la poussière, de la boue et de l'eau dévalèrent sur nous. Un éclat passa en sifflant au-dessus de nos têtes. Il découpa dans un arbre une rondelle d'écorce et de bois de la taille d'un hamburger et vint frapper le casque de Spanky Burrage avec le bruit d'une brique qui heurte une poubelle. L'éclat d'obus retomba sur le sol. Il en montait un peu de fumée. Nous nous redressâmes. Spanky avait l'air mort mais il respirait. Leonard Hamnet le ramassa et le jeta sur son épaule.

Quand nous pénétrâmes dans le petit village au milieu des bois de l'autre côté de la rivière, j'éprouvai un avant-goût des calamités que nous devions rencontrer plus tard dans un endroit appelé Ia Thuc. Si je peux le dire sans éveiller des échos de romans fantastiques, ce lieu respirait le mal : il était trop silencieux, trop calme ; pas un bruit, pas un mouvement. Pas de poulets, de chiens ni de cochons, pas de vieilles femmes venant nous examiner, pas de vieillards pour nous offrir des sourires conciliants. Les huttes étaient vides : quelque chose que je n'avais jamais encore vu au Viêt-nam et que je n'ai jamais revu depuis.

D'après la carte de Michael Poole, l'endroit s'appelait Bong To.

A peine avions-nous atteint le centre du village désert que Hamnet déposa Spanky dans les hautes herbes. Je lançai quelques mots en faisant appel à mes rudiments de vietnamien.

Spanky poussa un gémissement. Il tâta doucement les bords de son casque. « J'ai été blessé à la tête, annonça-t-il.

– Tu n'aurais plus de tête du tout si tu n'avais porté que ton casque léger, dit Hamnet.

Spanky se mordit la lèvre et repoussa son casque en arrière. Un filet de sang ruisselait derrière son oreille. Le gros casque finit par passer par-dessus une bosse de la taille d'une pomme qui se gonflait sous ses cheveux. Grimaçant, Spanky palpa cette énorme protubérance. « Je vois double, dit-il. Jamais je ne pourrai remettre ce casque.

– T'inquiète pas, fit l'infirmier, on va te sortir d'ici.

– *D'ici ?* fit Spanky, radieux.

– On va te renvoyer à Crandall », répondit l'infirmier.

Un vilain petit bonhomme du nom de Spitalny se coula jusqu'à nous et Spanky se rembrunit en le voyant. « Il n'y a personne ici, déclara Spitalny. Bon sang, qu'est-ce qui se passe ? » Ce village abandonné lui semblait un affront personnel.

Leonard Hamnet tourna le dos et cracha.

« Spitalny, dit le lieutenant, allez dans la rizière chercher Tyrell et Blevins. Tout de suite. »

Tattoo Tiano, qui devait mourir six mois plus tard et qui était le seul ami de Spitalny, répondit : « Cette fois-ci c'est vous qui y allez, mon lieutenant. »

Hamnet pivota sur lui-même et se dirigea vers Tiano et Spitalny. On aurait dit qu'il avait doublé de volume, comme si ses mains allaient pouvoir ramasser des rochers entiers. J'avais oublié combien il était costaud. Il avait la tête baissée et on voyait autour des iris une bordure blanc clair. Je n'aurais pas été étonné s'il lui était sorti de la fumée des narines.

« Hé, c'est comme si j'y étais déjà », lança Tiano. Spitalny et lui filèrent au milieu des arbres. L'homme qui avait envoyé la salve de mortier avait plié bagage et disparu. Maintenant il faisait presque nuit et les moustiques nous avaient repérés.

Hamnet s'assit assez lourdement pour que j'en sente le choc dans mes brodequins.

Poole, Hamnet et moi inspectâmes le village.

« Je ferais peut-être mieux d'aller jeter un coup d'œil », dit le lieutenant. Il essaya son briquet et s'éloigna vers la hutte la plus proche. Nous restâmes plantés là comme des idiots, à écouter les moustiques et les bruits que faisaient Tiano et Spitalny en halant les corps par-dessus les digues. De temps en temps, Spanky poussait un gémissement et secouait la tête. Il s'écoula beaucoup trop de temps.

Le lieutenant ressortit de la hutte en souriant.

« Underhill, Poole, dit-il. Venez-voir ça. »

Poole et moi échangeâmes un coup d'œil. Poole semblait hésiter entre se payer la tête du lieutenant ou exploser complètement. Dans son visage couvert de boue, ses yeux étaient gros comme des œufs. Il était tendu comme un ressort. Je me dis que j'avais sans doute à peu près le même air.

« Qu'est-ce qu'il y a, mon lieutenant ? » demanda-t-il.

Le lieutenant nous fit signe de le suivre et revint dans la paillote. Poole semblait avoir envie de tirer une balle dans le dos du lieutenant. Moi aussi, ça me tentait : je m'en rendis compte une seconde plus tard. Je marmonnai quelque chose et me dirigeai vers la hutte. Poole me suivit.

Sur le seuil, le lieutenant tripotait son pistolet. Il nous

lança un regard sévère comme pour nous faire comprendre que nous avions mis du temps à lui obéir. Puis il alluma son briquet.

« Poole, dites-moi ce que c'est. » Il s'avança à l'intérieur, en brandissant son briquet comme une torche.

Il fit deux ou trois pas, se pencha et tira sur les bords d'un panneau de bois dans le sol. Je sentis l'odeur du sang. Le Zippo s'éteignit et les ténèbres se refermèrent sur nous. Le lieutenant fit pivoter le panneau sur ses gonds. L'odeur de ce qu'il y avait là-dessous monta jusqu'à nous. Le lieutenant ralluma son briquet et son visage apparut dans l'obscurité. « Maintenant, dites-moi ce que c'est.

– C'est là qu'ils cachent les gosses quand des gens comme nous débarquent. Vous avez regardé ? »

Je vis à ses joues creuses et à sa bouche presque sans lèvres qu'il n'en avait rien fait. Il n'avait pas l'intention de descendre là-dedans pour se faire dévorer par le Minotaure pendant que sa section attendait dehors.

« Underhill, dit-il, c'est votre boulot de jeter un coup d'œil. »

Pendant trente secondes nous contemplâmes tous les deux l'échelle de branches écorcées attachées ensemble avec des chiffons qui descendait dans la fosse.

« Passez-moi le briquet », dit Poole. Il l'arracha des mains du lieutenant. Assis au bord du trou, il se pencha, abaissant la flamme au-dessous du niveau du sol. Je ne sais pas ce qu'il vit, mais il poussa un grognement et nous surprit tous les deux, le lieutenant et moi, en se poussant par l'ouverture. La flamme du briquet s'éteignit. Le lieutenant et moi regardions le rectangle sombre ouvert dans le sol.

Le briquet se ralluma. J'aperçus le bras tendu de Poole, la petite flamme vacillante, le sol de terre battue. Le plafond de la salle souterraine était à quelques centimètres au-dessus de la tête de Poole. Il s'éloigna.

« Qu'est-ce que c'est ? Est-ce qu'il y a des... des corps ? fit le lieutenant d'une voix qui grinçait un peu.

– Descends ici, Tim », appela Poole.

Je m'assis par terre, balançai mes jambes dans la fosse puis je sautai.

Là-dessous, l'odeur du sang prenait à la gorge.

« Qu'est-ce que vous voyez ? » cria le lieutenant. Il essayait de parler comme un meneur d'hommes, mais sa voix dérapa sur le dernier mot.

Je distinguai une salle vide ayant la forme d'une gigantesque tombe. Les parois étaient recouvertes d'une sorte de papier épais maintenu en place par des poteaux de bois plantés dans la terre. Sur le papier brun, comme sur les deux poteaux, on voyait de vieilles taches de sang.

« Fait chaud, dit Poole en refermant le briquet.

– Allons, bon Dieu, fit la voix du lieutenant. Sortez de là.

– Oui, mon lieutenant », répondit Poole. Il ralluma le briquet. De nombreuses couches du même papier formaient un revêtement isolant entre la terre et la salle. La couche supérieure, la plus mince, était couverte de lignes verticales en écriture vietnamienne. L'écriture évoquait les pages maladroites des traductions de Tu Fu et de Li Po par Kenneth Rexroth.

« Tiens, tiens », fit Poole. En me retournant, je le vis qui désignait ce qui ressemblait au premier abord à des restes de cordage fixé aux poteaux de bois tachés de sang. Puis il fit un pas en avant et l'on distingua nettement les bouts de corde. A un peu plus d'un mètre au-dessus du sol, on avait vissé dans les poteaux des chaînes de fer. L'épais revêtement entre les deux longueurs de chaînes avait été arrosé de sang. Le mètre de terrain entre les deux poteaux semblait couvert de rouille. Poole approcha le briquet des chaînes : nous vîmes du sang séché sur les maillons.

« Je veux que vous sortiez d'ici, et *tout de suite* », gémit le lieutenant. Poole éteignit le briquet et nous revînmes vers l'ouverture. J'avais l'impression d'avoir vu un autel dédié à une divinité immonde. Le lieutenant se pencha pour nous tendre la main, mais, bien sûr, pas assez loin pour que nous puissions la saisir, et nous nous hissâmes tout seuls hors du trou. Le lieutenant recula. Il avait un visage maigre avec un gros nez charnu et sa pomme d'Adam dansait sur son cou comme un haricot sauteur.

« Alors, combien ?
– Combien de quoi ? demandai-je.
– Combien y en a-t-il ? » Il voulait rentrer à Camp Crandall avec un compte de cadavres exact.
« Il n'y avait pas de corps à proprement parler, mon lieutenant », fit Poole en essayant de ne pas être trop sévère avec lui. Il décrivit ce que nous avions vu.
« Alors, à quoi ça sert ? » Il voulait dire : *En quoi est-ce que ça va m'aider ?*
« Sans doute à des interrogatoires, dit Poole. Si on questionnait quelqu'un là-dedans, personne en dehors de la hutte n'entendrait rien. La nuit, on n'avait plus qu'à traîner le corps dans les bois.
– Centre d'interrogatoire de campagne, dit le lieutenant en essayant la phrase tout haut. Fortes présomptions d'emploi de la torture. » Il hocha la tête. « D'accord ?
– Fortes présomptions, répéta Poole.
– Ça vous montre à quel genre d'ennemi nous avons affaire dans ce conflit. »
Je ne pouvais plus supporter d'être dans cet espace confiné avec le lieutenant et je fis un pas en direction de la porte. Je ne savais pas ce que Poole et moi avions vu. Mais je savais qu'il ne s'agissait pas d'un centre d'interrogatoire de campagne, avec fortes présomptions d'emploi de la torture, à moins que les Vietnamiens ne se soient mis à interroger des singes. L'idée me vint que les caractères sur les murs auraient bien pu être des noms et pas de la poésie : je me dis que nous étions tombés sur un mystère qui n'avait rien à voir avec la guerre, un mystère vietnamien.
Pendant une seconde, la musique de ma vie d'autrefois, une musique trop belle pour être supportable, se mit à jouer dans ma tête. Je finis par la reconnaître : « The Walk to the Paradise Gardens », extrait d'*Un Roméo et Juliette de village*, de Frederick Delius. Autrefois, à Berkeley, je l'avais écoutée des centaines de fois.
S'il ne s'était rien passé d'autre, je crois que j'aurais pu rejouer tout le morceau dans ma tête. Des larmes

plein les yeux, je me dirigeai vers la porte de la paillote. Puis je m'immobilisai. Du fond de la hutte, un garçon de sept ou huit ans me considérait d'un air très grave. Je savais qu'il n'était pas là. Je savais que c'était un esprit. Je ne croyais pas aux esprits, mais c'était pourtant bien ça. Une partie de mon cerveau, avec le détachement d'un journaliste spécialisé dans les affaires criminelles, me rappela que « The Walk to the Paradise Gardens » parlait de deux enfants qui allaient mourir et que, dans une certaine mesure, la musique *était* leur mort. Je me frottai les yeux du revers de la main et, quand je baissai le bras, le petit garçon était toujours là. J'aperçus ses cheveux blonds, ses yeux sombres et ronds, la vieille chemise à carreaux et la salopette élimée qui le faisaient ressembler à quelqu'un que j'aurais pu connaître à Pigtown dans mon enfance. Puis il disparut soudain, comme la flamme vacillante du Zippo. Je faillis pousser tout haut un gémissement.

Je marmonnai quelque chose à mes deux compagnons et, franchissant le seuil, m'enfonçai dans l'obscurité. J'entendais très vaguement le lieutenant demander à Poole de répéter sa description des poteaux et de la chaîne ensanglantée. Hamnet, Burrage et Calvin Hill étaient assis, adossés à un arbre. Victor Spitalny s'essuyait les mains sur sa chemise crasseuse. Une volute blanche montait de la cigarette de Hill et Tina Pumo exhalait un long panache de fumée. La folle pensée me vint avec une absolue certitude que c'étaient bien les Paradise Gardens. Les hommes attendant dans le noir, les arabesques de la fumée des cigarettes, la disposition des soldats, assis ou debout, les ténèbres qui nous enserraient, avec une présence aussi physique qu'une couverture, la silhouette des arbres et l'arrière-fond plat et d'un vert gris de la rivière.

Mon âme était revenue à la vie.

Puis je m'aperçus qu'il y avait quelque chose de bizarre chez les hommes groupés devant moi. De nouveau, mon intelligence mit un moment à rattraper mon intuition. J'avais enregistré qu'il y avait deux hommes de trop. Au lieu de sept, il y en avait neuf, et les deux hommes qui complétaient notre groupe de neuf étaient encore derrière moi dans la paillote. Un admirable soldat du nom de M. O. Dengler me regardait avec une curiosité de plus en plus vive. Je me dis qu'il savait exactement ce que je pensais. Un frisson me parcourut. Je voyais Tom Blevins et Tyrell Budd plantés tout à la droite de la section. Un peu plus couverts de boue que les autres, mais à part cela ne différant d'eux que parce que, comme Dengler, ils me regardaient droit dans les yeux.

Hill lança sa cigarette qui décrivit une trajectoire lumineuse. Poole et le lieutenant Joys sortirent de la hutte derrière moi. Leonard Hamnet tâta sa poche pour s'assurer qu'il avait toujours sa mystérieuse lettre. Mon regard revint à la droite du groupe. Les deux morts avaient disparu.

« En selle, dit le lieutenant. On ne va pas rester à glander par ici.

– Tim ? » demanda Dengler. Il ne m'avait pas quitté des yeux depuis que j'étais sorti de la paillote. Je secouai la tête.

« Alors, demanda Tina Pumo, qu'est-ce que c'était ? C'était juteux ? »

Spanky et Calvin éclatèrent de rire et battirent des mains. « On ne va pas foutre le feu à ce bled ? », demanda Spitalny.

Le lieutenant l'ignora. « Assez juteux, Pumo. Un centre d'interrogatoire. Un centre d'interrogatoire de campagne.

– Merde alors, fit Pumo.

– Ces gens-là ont le goût de la torture, Pumo. Ça n'est qu'une indication de plus.

– Compris. »

Pumo me lança un coup d'œil et son regard se fit inquisiteur. Dengler s'approcha.

« J'étais juste en train de me rappeler quelque chose, dis-je. Quelque chose du monde extérieur.

– Vous feriez mieux d'oublier le monde extérieur pendant que vous êtes ici, Underhill, dit le lieutenant. Je fais ce que je peux pour vous garder en vie, au cas où vous ne l'auriez pas remarqué, mais il faut coopérer. » Sa pomme d'Adam tressautait comme un chiot qui mendie un sucre.

Le lendemain soir, douches, vrai repas, lit de camp pour dormir. Draps et oreillers. Deux nouveaux remplacèrent Tyrell Budd et Thomas Blevins. On ne mentionna plus jamais leurs noms, du moins pas avant longtemps après la fin de la guerre : quand Poole, Lyn Clatter, Pumo et moi allâmes rechercher leurs noms, avec le reste de nos morts, sur le mur du Mémorial de Washington. Je voulais oublier cette patrouille, surtout ce que j'avais vu et éprouvé à l'intérieur de la hutte.

Je me souviens qu'il pleuvait. Je me souviens de la vapeur montant de la terre et de la condensation ruisselant sur les piquets métalliques des tentes. L'humidité faisait luire les visages autour de moi. J'étais assis dans la tente de mes frères d'armes, à écouter la musique que Spanky Burrage jouait sur le gros magnétophone qu'il avait acheté pendant sa perme à Taipei. Spanky Burrage n'écoutait jamais du Delius, mais ce qu'il jouait était paradisiaque. Du formidable jazz allant d'Armstrong à Coltrane, sur des bobines enregistrées pour lui par ses copains de Little Rock : il les connaissait si bien qu'il retrouvait chaque piste et chaque solo sans prendre la peine de regarder le compteur. Spanky aimait faire le disc-jockey durant ces longues séances : il changeait de bobines et faisait défiler à toute allure des centaines de mètres de bande pour nous faire entendre les mêmes thèmes joués par différents musiciens, voire la même chanson cachée sous différents titres : « Cherokee » et « Koko », « Indiana » et « Donna Lee ». Ou bien toute une série de morceaux dont le titre utilisait le même mot : « I Thought About You » (Art Tatum), « You and the Night and the Music » (Sonny Rollins), « I Love You » (Bill Evans), « If I Could Be with You » (Ike Quebec), « You Leave Me Breathless » (Milt Jackson). Et même, pour s'amuser, « Thou Swell » de Glenroy Breakstone. Dans son récital, ce jour-là, Spanky parcourait l'œuvre d'un grand trompettiste du nom de Clifford Brown.

Par cette journée étouffante et pluvieuse, Clifford Brown se dirigeait vers les Paradise Gardens. L'écouter, c'était comme regarder un homme pousser en souriant une énorme porte pour laisser pénétrer les rayons d'une lumière éblouissante. Le monde où nous étions transcendait la souffrance et les privations. L'imagination avait banni la peur. Même Cotton et Calvin Hill, qui préféraient James Brown à Clifford Brown, étaient allongés sur leurs couchettes à écouter Spanky suivre son instinct d'une piste à l'autre.

Après avoir joué au disc-jockey pendant à peu près deux heures, Spanky rembobina la longue bande en disant. « Assez. » Le bout du ruban magnétique vint claquer contre la bobine vide. Je regardais Dengler : il avait l'air abruti, comme s'il s'éveillait d'un long sommeil. Le souvenir de la musique nous entourait encore. De la lumière filtrait par la fente de la grande porte.

« Je m'en vais aller fumer une clope *et* boire un coup », annonça Cotton en se levant de son lit de camp. Il s'approcha de la porte de la tente. Il écarta le pan, révélant la bruine verdâtre. La lumière éblouissante, celle d'un autre monde, commençait à se dissiper. Cotton soupira, enfonça sur sa tête un chapeau à larges bords et sortit. Avant que le pan de toile se referme, je le vis sauter entre les flaques jusqu'à la cabane de Wilson Manly. J'avais l'impression d'être rentré d'un long voyage.

Spanky rangea l'enregistrement de Clifford Brown dans sa boîte. Quelqu'un au fond de la tente alluma la radio pour écouter le programme des Forces Armées. Spanky me regarda et haussa les épaules. Leonard Hamnet tira sa lettre de sa poche, la déplia et se mit à la lire très lentement.

Dengler me regarda en souriant. « A ton avis, qu'est-ce qui va arriver ? Je veux dire à nous. Tu crois que ça va simplement continuer comme ça jour après jour, ou tu penses que ça va devenir de plus en plus bizarre ? » Il n'attendit pas ma réponse. « Je crois que ça aura toujours l'air d'être un peu la même chose, mais que ça ne le sera pas : je pense que ça va commencer à fondre sur les bords. Il me semble que c'est ce qui se passe quand on reste ici assez longtemps. Ça se met à fondre sur les bords.

– Il y a longtemps que toi, tu es fondu, Dengler », fit Spanky enchanté de sa plaisanterie.

Dengler me dévisageait toujours. Il ressemblait à un enfant grave, aux cheveux bruns. Il n'avait pas l'air fait pour l'uniforme. « Tu comprends, dit-il, voilà à peu près ce que je veux dire. Quand nous écoutions ce joueur de trompette...

– *Brownie*, Clifford *Brown*, murmura Spanky.

– ... je distinguais les notes dans l'air. Comme si elles étaient écrites sur un long parchemin. Et quand il les avait jouées, elles flottaient encore en l'air un long moment.

– Ma louloute, fit doucement Spanky. Tu es drôlement à la coule pour un petit cave.

– Quand on était dans ce village là-bas, reprit Dengler. Parle-moi un peu de ça. »

Je lui dis qu'il y était aussi.

« Mais il t'est arrivé quelque chose. Quelque chose de spécial. »

Je secouai la tête.

« Bon, fit Dengler. Mais ça peut arriver, n'est-ce pas ? Les choses changent. »

Je ne pouvais pas parler. Je ne pouvais pas dire à Dengler devant Spanky Burrage que j'avais cru voir les fantômes de Blevins, de Budd, et un enfant américain. Je souris en secouant la tête. Je songeai avec un grand et secret frisson qu'un jour je pourrais écrire pour raconter tout ça, et que l'enfant était venu me chercher, sortant d'un livre qu'il me fallait encore écrire.

2

Je quittai la tente avec la vague impression de sortir dans la légère fraîcheur qui suit la pluie. Le soleil, de nouveau visible, était une boule orange foncé loin à l'ouest. Il y avait au fond de la poche droite un paquet de poudre blanche. Mais si profondément enfoncé que mes doigts en effleuraient tout juste le haut. Je décidai que j'avais besoin d'une bière.

La cabane où un petit malin du nom de Wilson Manly vendait de la bière et de l'alcool de contrebande était à l'autre bout du camp. Au foyer des simples soldats, on servait, dit-on, de la bière vietnamienne, de la « 33 » de mauvaise qualité dans des canettes américaines.

Il y avait encore un autre endroit, plus loin que le foyer de soldat, mais plus près de la cabane de Manly, avec un statut qui se situait quelque part entre les deux. A une vingtaine de minutes, dans le virage de la route qui descendait en pente abrupte vers le terrain d'aviation et le parc à voitures, se dressait une construction isolée en bois qu'on appelait « Chez Billy ». Billy était rentré au pays depuis longtemps, mais sa boîte, un ancien poste de commandement français, racontait-on, avait subsisté. Quand l'établissement était ouvert, une succession de jeunes et sveltes montagnards qui dormaient dans les chambres du haut presque toutes inoccupées servaient à boire. Je m'étais rendu là deux ou trois fois, mais je n'avais jamais découvert où allaient ces garçons quand c'était fermé chez Billy. L'endroit ne ressemblait absolument pas à un poste de commandement français. On aurait dit une auberge en bord de route.

Voilà longtemps, le bâtiment avait été peint en brun. Quelqu'un avait un jour cloué des planches sur les deux fenêtres de devant de l'étage inférieur. Quelqu'un d'autre avait arraché une étroite latte de bois en travers de chacune d'elles, si bien que la lumière pénétrait en deux bandes blanches qui se déplaçaient sur le plancher pendant la journée. Pas d'électricité, pas de glace. Pour les toilettes, on allait dans un petit réduit avec des marques de semelles métalliques inversées de chaque côté d'un trou creusé dans le sol. Le baraquement était situé au milieu d'un bouquet d'arbres dans le virage. Au moment où je descendais dans le soleil couchant, une Jeep camouflée et maculée de boue apparut à droite du bar, flottant parmi les arbres comme une illusion d'optique.

Des voix masculines étouffées se turent quand je m'avançai sur le perron aux marches pourrissantes. Je cherchai un insigne sur la Jeep, mais la boue recouvrait d'une couche épaisse les panneaux des portières. Sur la banquette arrière un objet blanc brillait vaguement. En y regardant de plus près, j'aperçus dans un rouleau de cordage une masse osseuse de forme ovale. Il me fallut un moment pour reconnaître là le haut d'un crâne humain nettoyé et blanchi avec soin.

Je n'avais pas encore posé la main sur la poignée que la porte s'ouvrit. Un garçon du nom de Mike se dressa devant moi : short kaki flottant et chemise blanche sale trop grande pour lui. Il vit alors qui j'étais. « Oh, fit-il. Oui. Tim. D'accord. Tu peux entrer. » Il semblait bizarrement sur ses gardes et me lança un sourire embarrassé.

« Je peux entrer ? demandai-je car tout chez lui m'assurait du contraire.

– Mais oui. » Il s'écarta pour me laisser passer.

Le bar avait l'air vide et la bande de lumière qui passait par l'ouverture des fenêtres avait déjà atteint le long miroir, créant une zone éblouissante, comme un feu blanc. Une âcre odeur de cordite flottait dans l'air. Je fis deux pas à l'intérieur et Mike me contourna pour reprendre son poste.

« Oh, merde, dit quelqu'un sur ma gauche. Il faut qu'on supporte ça ? »

Je tournai la tête et vis trois hommes assis contre le mur autour d'une table ronde. On n'avait pas encore allumé les lampes à kérosène et l'éblouissant reflet du miroir rendait plus sombres encore les recoins de la salle.

« Il est okay, okay, fit Mike. Vieux client. Vieil ami.

– Tu parles, fit la voix. Tu ne laisses pas entrer de femmes ici.

– Pas de femmes, répondit Mike. Pas de problème. »

Je passai entre les tables pour gagner celle qui était le plus à droite.

« Tim, demanda Mike. Tu veux whisky ?

– Tim ? fit l'homme. *Tim ?*

– Une bière », dis-je en m'asseyant.

Une bouteille presque vide de Johnny Walker Carte noire, trois verres et une douzaine de boîtes de bière encombraient la table devant eux. Le soldat adossé au mur écarta quelques canettes pour que je puisse voir le Colt 45 posé auprès de la bouteille de whisky. Il se pencha avec des gestes précautionneux d'ivrogne. Les manches de sa chemise avaient été arrachées et la crasse noircissait sa peau comme s'il ne s'était pas lavé depuis plusieurs années. On lui avait coupé les cheveux avec un couteau.

« Je voudrais juste m'assurer d'une chose, dit-il. Tu n'es pas une femme, n'est-ce pas ? Tu le jures ?

– Sur tout ce que tu veux », fis-je.

Il posa sa main sur son pistolet.

« J'ai compris », fis-je. Mike arriva précipitamment avec ma bière.

« Tim, drôle de nom. Il me rappelle un petit bonhomme... comme lui... » De la main gauche, il désigna Mike : de la main tout entière et non pas seulement de l'index, tandis que sa main droite restait posée sur le Colt. « Ce petit mec devrait porter une robe. D'ailleurs, il en porte pratiquement une.

– Tu n'aimes pas les femmes ? », demandai-je. Mike posa sur ma table une boîte de Budweiser et secoua rapidement la tête à deux reprises. Il avait tenu à me faire entrer parce qu'il avait peur de voir le soldat ivre l'abattre, et voilà maintenant que je ne faisais qu'aggraver la situation.

Je regardai les deux hommes accompagnant l'ivrogne. Ils étaient sales et épuisés : ce qui était arrivé à l'ivrogne leur était arrivé à eux aussi. Une seule différence : ils n'étaient pas encore ivres.

« Ce connard de l'échelon arrière vient personnellement troubler ma paix d'esprit », déclara l'ivrogne au costaud assis à sa droite. Dis-lui de foutre le camp d'ici ou bien il va se passer des choses assez désagréables.

– Fous-lui la paix », répondit l'autre. Des traînées de boue séchées sillonnaient son visage émacié et hagard.

L'officier ivre me surprit en se penchant vers l'autre

homme et en s'exprimant dans un vietnamien très clair. C'était un vietnamien démodé, presque littéraire : il avait dû penser et rêver dans cette langue pour la parler si bien. Il supposait que ni moi ni le jeune montagnard ne le comprendrions.

C'est grave, dit-il. *La plupart des gens que je ne méprise pas sont déjà morts ou devraient l'être.*

Il poursuivit encore et je ne pourrai pas jurer que c'étaient exactement ses propos, mais pas loin.

Puis il ajouta dans ce même vietnamien courant qui même à mes oreilles semblait aussi guindé que la langue d'un roman victorien de troisième ordre : *Vous devriez vous souvenir de ce que nous avons rapporté avec nous.*

Il faut beaucoup de temps et une infinie patience pour nettoyer et blanchir de l'os. Pour un crâne ça doit être plus difficile que pour le reste du squelette.

Votre prisonnier a besoin de boire, dit-il. Il se renversa sur son siège en me regardant, la main posée sur son pistolet.

« Whisky », dit le grand soldat. Mike prenait déjà la bouteille sur l'étagère. Il se rendait compte que l'officier essayait de se mettre lui-même K.–O. avant d'éprouver le besoin d'abattre quelqu'un.

Il me sembla un moment que le soldat corpulent à sa droite avait un air familier. Il avait le crâne rasé de si près qu'il avait l'air chauve. Ses yeux étaient énormes au-dessus des traînées de crasse. Une montre en acier inoxydable pendait d'une boutonnière de son col. Il tendit un bras musclé pour prendre la bouteille que Mike lui passa en restant aussi loin de la table qu'il le pouvait. Le soldat ouvrit la bouteille et versa du whisky dans les trois verres. L'homme assis au milieu but aussitôt tout ce qu'on lui avait servi et frappa le verre sur la table pour qu'on le lui remplisse à nouveau.

Le soldat à l'air hagard, qui jusqu'alors était resté silencieux, dit : « Il va se passer quelque chose ici. » Il me regarda droit dans les yeux. « Pas vrai, camarade ?

– Ce type n'est le camarade de personne », déclara l'ivrogne. Avant qu'on ait pu l'en empêcher, il saisit le pistolet, le braqua vers l'autre bout de la salle et tira. Il y eut une courte flamme, une formidable explosion et une odeur de cordite. La balle traversa la mince cloison de bois à environ deux mètres cinquante sur ma gauche. Un rai de lumière filtra par le trou qu'elle venait de faire.

Je restai un moment assourdi. J'avalai le reste de ma bière et me levai. J'avais la tête qui sonnait.

« Il est clair que je déteste être obligé de faire ce genre de truc, déclara l'ivrogne. C'est bien compris ? »

Le soldat qui m'avait appelé « camarade » se mit à rire et son gros compagnon versa une nouvelle rasade de whisky dans le verre de l'ivrogne puis il se leva et s'approcha de moi. Sous son air épuisé et les traînées de crasse, il avait le visage crispé par l'angoisse. Il se plaça entre moi et l'homme au pistolet.

Le capitaine se mit à me tirer vers la porte, gardant toujours son corps entre moi et l'autre table. Il me lança un regard agacé parce que je refusais de me déplacer à son rythme. Et puis je le vis fixer mes pupilles. « Merde alors. » Puis il s'arrêta et dit encore « Merde alors », sur un ton différent.

J'éclatai de rire.

« Oh, ça... – il secoua la tête – c'est vraiment...

– Où étais-tu passé ? », lui demandai-je.

John Ransom se tourna vers la table. « Hé, je connais ce type. C'est un vieux copain de football à moi. »

Le major ivre haussa les épaules et reposa son Colt sur la table. Il avait les paupières presque fermées. « Je me fous du football », annonça-t-il, mais il n'avait plus les mains sur son arme.

« Offrez un verre au sergent », dit l'officier à l'air hagard.

John Ransom se dirigea rapidement vers le bar et prit un verre que lui tendait le pauvre Mike, complètement déconcerté. Ransom passa entre les tables. Il emplit son verre et le mien et les rapporta tous les deux pour venir trinquer avec moi.

Nous regardions la tête du major glisser par à-coups vers sa poitrine. Quand son menton finit par toucher sa chemise, Ransom dit : « Ça va, Jed », et l'autre homme retira le Colt de sous la main du major. Il le fourra dans sa ceinture.

« Il est dans les vapes », nous annonça Jed.

Ransom se retourna vers moi. « Il a passé trois jours avec nous sans dormir, et Dieu sait combien avant. »

Ransom n'avait pas besoin de préciser de qui il s'agissait. « Jed et moi avons dormi un peu à tour de rôle mais lui n'arrêtait pas de parler. » Il se laissa tomber sur une des chaises à ma table et porta son verre à ses lèvres; je vins m'asseoir auprès de lui.

Pendant un moment, personne ne dit un mot. Le rai lumineux passant par l'ouverture entre les planches avait déjà quitté le miroir et s'accrochait à un endroit du mur où on sentait qu'il allait disparaître. Mike souleva le manchon d'une des lampes et se mit à tailler la mèche.

« Comment se fait-il que tu sois toujours complètement pété quand je te vois ?

– Tu le demandes ? »

Il sourit. Il était très différent de la dernière fois où je l'avais vu en train de préparer un petit speech à l'intention du sénateur Burrman à Camp White Star. Cet homme-ci avait davantage assimilé la guerre : il en était maintenant imprégné.

« Ne t'ai-je pas tiré de l'enregistrement des cadavres à White Star ? »

Je reconnus qu'il l'avait fait.

« Comment appelais-tu ça : l'escouade des corps ? Ça n'était même pas une unité d'enregistrement régulière, hein ? » Il sourit en secouant la tête. « Le seul à avoir une certaine formation, c'était ce sergent... comment s'appelait-il ? Un nom italien.

– Di Maestro. »

Ransom acquiesça. « Tout ça déraillait complètement. » Mike craqua une grosse allumette de cuisine et l'approcha de la mèche de la lampe. « J'ai entendu des choses... » Il s'affala contre le mur et but une gorgée de whisky. Je lui demandai s'il avait entendu parler du capitaine Havens. Il ferma les yeux.

Je lui demandai s'il était toujours en poste sur les hauts plateaux du côté de la frontière laotienne. Il soupira presque en secouant la tête.

« Tu n'es plus avec les indigènes ? C'était quoi, déjà : des Khatu ? »

Il ouvrit les yeux : « Tu as une bonne mémoire. Non, je ne suis plus là-bas. » Il allait en dire davantage mais il se ravisa. « Je suis un peu en réserve jusqu'à ce qu'on m'envoie du côté de Khe Sanh. Ce sera mieux là-bas : les Bru sont formidables. Mais, pour l'instant, tout ce que j'ai envie de faire, c'est de prendre un bain et de me coucher dans un lit. N'importe lequel. Je me contenterais d'un endroit sec en terrain plat.

– D'où arrives-tu ?

– De l'intérieur. » Une grimace plissa son visage, découvrant ses dents. L'effet était si déroutant que je ne m'aperçus pas tout de suite qu'il souriait. « Loin à l'intérieur. Il a fallu sortir le major de là.

– On dirait que vous avez dû l'arracher, comme une dent. »

Mon ignorance le fit se redresser sur son siège. « Tu veux dire que tu n'as jamais entendu parler de lui ? De Franklin Bachelor ? »

Et puis il me sembla que si. Que quelqu'un m'avait parlé de lui voilà longtemps.

« Dans la brousse depuis des années. Bachelor a fait des trucs que le commun des mortels n'imagine même pas. C'est une légende vivante. Le dernier irrégulier. Il est tombé sur des pointes de bambou et a survécu : il a encore des cicatrices. »

Une légende, me dis-je. C'était un des Bérets verts dont Ransom m'avait parlé voilà une éternité à White Star.

« Il commandait ce qui était pratiquement une armée privée. Il a fait du bon boulot dans la province de Darlac. Il était là-bas tout seul. Un héros, ce type. C'est vrai. »

Franklin Bachelor était capitaine quand Ratman et sa section étaient tombés sur lui après qu'un soldat du nom de Bobby Swett se fut transformé en brume rouge sur une piste dans la province de Darlac. Ratman avait cru que sa femme était un ange aux cheveux noirs.

Je compris alors à qui appartenait le crâne enroulé dans un cordage sur la banquette arrière de la Jeep.

« J'ai bien entendu parler de lui, dis-je. J'ai connu quelqu'un qui l'a rencontré. Et la femme Rhade aussi.

– Son épouse », précisa Ransom.

Je lui demandai où ils emmenaient Bachelor.

« Nous nous arrêtons pour la nuit à Crandall pour nous reposer un peu. Ensuite nous filons sur Tan Son Nhut pour le ramener aux États-Unis... A Langley. Je croyais que nous devrions peut-être l'attacher. Mais je pense qu'il suffira de continuer à le gaver au whisky.

– Il va vouloir récupérer son pistolet.

– Je le lui donnerai peut-être. » Je devinai à son regard qu'il savait ce que le major Bachelor ferait de son Colt si on le laissait seul avec assez longtemps. « Il va passer un mauvais quart d'heure à Langley. Ça va chauffer.

– Pourquoi Langley ?

– Ne me demande pas. Mais ne sois pas naïf non plus. Tu ne crois pas qu'ils vont... » Il ne termina pas cette phrase-là non plus. « Pourquoi penses-tu qu'il a déjà fallu le tirer de là ?

– Je pense que quelque chose a mal tourné.

– Ce type a passé les limites, peut-être des tas de limites : mais dis-moi ce qu'on est pouvoir censé faire sans passer certaines limites. »

Pendant une seconde, je regrettai de ne pas avoir la possibilité de voir les graves et sombres messieurs de Langley, en Virginie, les messieurs aux cheveux gominés et aux costumes à rayures, en train d'interroger le major Bachelor. Eux se prenaient pour des gens sérieux.

« Bizarrement, c'est un peu comme cet endroit qui s'appelle Bong To. » Ransom attendit que je pose une question. Comme je ne disais rien, il reprit : « Je veux dire une ville fantôme. Je ne pense pas que tu aies jamais entendu parler de Bong To.

– Mon unité en revient. » Il sursauta. « Un tir de mortier nous a fait chercher refuge dans le village.

– Tu as vu l'endroit ? » J'acquiesçai.

« Drôle d'histoire. » Je regrettais maintenant d'en avoir parlé.

Je dis que je ne lui demandais pas de révéler le moindre secret.

« Ça n'est pas un secret. Ce n'est même pas militaire.

– C'est juste une ville fantôme. »

Ransom était toujours mal à l'aise. Il fit longuement tourner son verre entre ses mains avant de boire.

« Entièrement équipée de fantômes.

– Franchement, je n'en serais pas surpris. » Il but ce qui restait dans son verre et se leva. « Jed, dit-il, occupons-nous du major Bachelor.

– Très bien. »

Ransom rapporta notre bouteille au bar.

Ransom et Jed soulevèrent le major. Ils étaient assez forts pour le porter sans mal. La tête de Bachelor dodelinait. Jed fourra le Colt dans sa poche, et Ransom la bouteille dans la sienne. Puis tous deux portèrent le major jusqu'à la porte.

Je les suivis dehors. L'artillerie pilonnait des collines au loin. Il faisait nuit et la lueur de la lanterne filtrait par les brèches des fenêtres.

Nous descendîmes les marches pourries, le major oscillant entre les deux autres.

Ransom ouvrit la portière de la Jeep et ils durent manœuvrer un moment pour installer le major sur la banquette arrière. Jed s'installa auprès de lui et l'aida à se redresser.

Ransom se mit au volant et soupira. Il envisageait sans entrain la suite de sa mission.

« Je vais te déposer au camp », dit-il.

Je m'assis à côté de lui. Ransom démarra et alluma les phares. Il passa en marche arrière et recula. « Tu sais pourquoi il y a eu cette salve de mortier, n'est-ce pas ? », me demanda-t-il. Il me regarda avec un grand sourire tandis que nous cahotions sur la route pour regagner la partie principale du camp. « Il essayait de vous éloigner de Bong To. Et au lieu de ça, ton crétin de lieutenant y est allé tout droit. » Il souriait toujours. « Ça a dû le foutre en rogne de voir une bande d'abrutis débarquer là.

– Il n'a pas tiré d'autres salves.

– Non. Il ne voulait pas endommager l'endroit. C'est censé rester en l'état. Je ne pense pas que c'est le mot qu'ils emploieraient, mais ce village est une sorte de monument. » Il me jeta de nouveau un coup d'œil.

Ransom remarqua un temps puis demanda : « Tu es entré dans une des paillotes ? As-tu vu quelque chose d'anormal là-dedans ?

– Je suis entré dans une hutte. J'ai vu quelque chose d'anormal.

– Une liste de noms ?

– J'ai pensé que c'était ça.

– Bon, dit Ransom. Il y a une différence entre la honte privée et la honte publique. Entre ce qui est de notoriété publique et ce qui ne l'est pas. Certaines choses sont acceptables, dès l'instant qu'on n'en parle pas. » Il me regarda de côté tandis que nous approchions de l'extrémité nord du camp proprement dit. Il s'essuya le visage et un peu de boue séchée tomba de ses joues. Dessous, la peau restait rouge, tout comme ses yeux. « J'ai appris des choses », fit Ransom.

Je me souvins avoir pensé que le sous-sol de la hutte était comme un autel à une divinité immonde.

« Un jour à Bong To, un petit garçon a disparu. » Mon cœur se mit à battre.

« Un gosse de... mettons trois ans. Assez grand pour parler et pour s'attirer des histoires, mais trop jeune pour se débrouiller tout seul. Il a simplement disparu... *Poof.* Deux mois après, ça a recommencé. La mère se demande où diable le petit a pu filer. Cette fois-ci, on fouille le village. Les *villageois* fouillent le village, centimètre carré par centimètre carré. Puis ils font la même chose dans la rizière et puis ils fouillent la forêt.

« Le plus intéressant, c'est ce qui s'est passé ensuite. Une vieille femme un beau matin va chercher de l'eau au puits. Et voilà qu'elle aperçoit le fantôme d'un vieux misérable d'un autre village, un bon à rien du coin, en fait. Il est planté là, près du puits, les mains jointes. Il a faim : c'est ce que ces gens savent des fantômes. Ce vieux salopard décharné en veut *plus*. Il veut qu'on le nourrisse. La vieille dame pousse un hurlement et tombe dans les pommes. Quand elle revient à elle, le fantôme a disparu.

« La vieille dame raconte à tout le monde ce qu'elle a vu et la panique s'empare du village. Voilà que deux fillettes de treize ans qui travaillent dans la rizière lèvent les yeux et voient une vieille femme qui était morte quand elles avaient dix ans. Et à moins de deux mètres d'elles. Elle a les cheveux gris et emmêlés et les ongles de près de trente centimètres. Elles se mettent à hurler, elles éclatent en sanglots. Mais elles sont les seules à la voir. Elle vient de plus en plus près. Les deux gosses essaient de s'enfuir mais l'une d'elles tombe et la vieille femme bondit sur elle comme une chatte. Tu sais ce qu'elle fait ? Elle passe ses mains crasseuses sur le visage de la fillette qui hurle et elle lèche les larmes et la bave qu'elle a sur ses doigts.

« Le lendemain soir, deux hommes vont inspecter les latrines du village derrière les maisons : qu'est-ce qu'ils voient ? Deux fantômes dans la fosse en train d'enfourner des excréments dans leurs bouches. Ils rentrent en courant au village et voilà qu'ils voient une demi-douzaine de fantômes autour de la hutte du chef. Ils veulent manger. Un des hommes pousse des hurlements parce que non seulement il a vu son épouse morte : il l'a vue entrer dans la paillote du chef sans même utiliser la porte.

« L'épouse morte ressort par le mur de la hutte. Lèche du sang qu'elle a sur les mains.

« L'ancien mari reste planté là à la montrer du doigt et à débiter n'importe quoi. Les mères et les grand-mères des enfants disparus sortent de leurs huttes. Toutes ces femmes se rendent en hurlant jusqu'à la porte du chef. Quand celui-ci sort, elles le bousculent et mettent la paillote en pièces. Et tu sais ce qu'elles trouvent. »

Ransom avait garé la voiture près du QG de mon bataillon cinq minutes plus tôt et il souriait maintenant comme s'il avait tout expliqué.

« Mais qu'est-ce qui est arrivé ? demandai-je. Comment en as-tu entendu parler ? »

Il haussa les épaules. « J'ai probablement entendu cette histoire une demi-douzaine de fois. Mais Bachelor en savait plus là-dessus que tous ceux que j'ai rencontrés jusqu'à présent. Ils ont probablement transporté les morceaux du corps du chef pour les jeter dans la fosse à excréments. Et au long des mois, peu à peu, tous les membres du village ont franchi une sorte de frontière. A cette époque-là ils n'arrêtaient pas de voir des fantômes. Bachelor dit qu'ils s'étaient transformés en fantômes.

– Tu crois que c'était le cas ?

– Je crois que le major Bachelor était lui-même devenu un fantôme, si tu veux mon avis. Laisse-moi te dire une chose. Le monde est plein de fantômes et certains d'entre eux sont encore des gens. »

Je descendis de la Jeep et refermai la portière.

Ransom me dévisagea par la fenêtre de la voiture. « Fais bien attention à toi.

– Bonne chance avec tes Bru.

– Les Bru sont fantastiques. » Il embraya et démarra. Il donna un coup de volant pour faire décrire à la Jeep un énorme cercle devant le QG du bataillon. Puis il passa en seconde et partit pour s'en aller Dieu sait où.

TROISIÈME PARTIE

JOHN RANSOM

1

Dès l'instant où j'avais commencé à me souvenir de John Ransom, je ne pouvais plus m'arrêter. J'essayai d'écrire, mais mon livre avait perdu tout relief pour devenir un film avec en vedette Kent Smith et Gloria Grahame. J'appelai une agence de voyages et je pris un billet à destination de Millhaven pour le mercredi matin.

L'imagination a parfois des exigences auxquelles le reste de l'esprit résiste et, le mardi soir, je rêvai que le corps que Scoot était occupé à démembrer était le mien. Je m'éveillai en sursaut dans une obscurité suffocante.

Le drap sous moi était froid et moite de sueur. Le lendemain matin, la vague forme jaune de mon corps se dessinerait sur la toile. J'avais le cœur qui battait. Je retournai l'oreiller et cherchai une place sèche dans le lit.

2

Je compris enfin que l'idée de revoir Millhaven m'emplissait de crainte. Millhaven et le Viêt-nam étaient étrangement interchangeables : c'étaient des fragments d'un plus vaste ensemble, d'une plus grande histoire – une histoire perdue qui avait précédé les fables d'Orphée et de la femme de Lot disant : *Tu vas tout perdre si tu te retournes*. On se retourne, on regarde en arrière. Est-on détruit ? Ou bien est-ce qu'on voit la partie manquante du puzzle, le secret plein d'une très ancienne terreur divine qu'on n'a jamais voulu regarder ?

Le mercredi matin de bonne heure, je pris une douche, bouclai ma valise et sortis pour prendre un taxi.

3

J'allai jusqu'à la salle d'embarquement, je montai dans l'avion, je m'installai à ma place, je bouclai ma ceinture. Et l'idée me frappa soudain qu'à près de cinquante ans voilà que je traversais la moitié d'un continent pour aider quelqu'un à rechercher un dément.

Mes motifs pourtant étaient clairs depuis l'instant où John Ransom m'avait dit le nom de sa femme. J'allais à Millhaven parce que je croyais pouvoir finalement découvrir qui avait tué ma sœur.

L'hôtesse apparut devant moi pour me demander ce que je voulais boire. Mon cerveau dit les mots « Club soda, s'il vous plaît », mais ce qui sortit de mes lèvres, ce fut : « Une vodka avec des glaçons. » Elle sourit et me tendit une mignonnette de compagnie aérienne et un gobelet en plastique plein de cubes de glace. Cela faisait huit ans que je n'avais pas bu d'alcool. Je dévissai le bouchon et versai la vodka sur les glaçons : j'en croyais à peine mes yeux. L'hôtesse passa à la rangée suivante. L'odeur âcre et mordante de l'alcool montait du verre. Si j'avais voulu, j'aurais pu me lever, aller jusqu'aux toilettes et vider tout cela dans la cuvette. La Mort était adossée à la cloison à l'avant de l'appareil et me souriait. Je lui rendis son sourire, levai mon verre et m'octroyai une bonne rasade de vodka glacée. Ça avait un goût de fleurs. Une petite voix en moi, que je n'écoutais pas, criait : non non non, oh mon Dieu, ce n'est pas ce que tu veux. Mais j'avalai la gorgée de vodka et j'en pris aussitôt une autre, car c'était exactement ce dont j'avais envie. Le liquide cette fois avait le goût d'un nuage glacé : le plus délicieux nuage glacé de l'histoire du monde. La Mort, un homme aux cheveux bruns, l'air narquois, vêtu d'un costume gris croisé, hocha la tête en souriant. Je me souvins de tout ce que j'aimais autrefois dans l'alcool. A la réflexion, huit ans d'abstinence méritaient vraiment un verre ou deux pour fêter ça. Quand l'hôtesse revint, je lui fis un charmant sourire, je brandis mon verre et lui en demandai un autre. Elle me le donna, comme ça.

Je me retournai machinalement pour voir qui d'autre il y avait dans l'avion, et l'alcool que j'avais absorbé se transforma aussitôt en glace : à deux rangées derrière moi, côté hublot, au dernier rang des premières classes, se trouvait ma sœur April. Nos regards un instant se croisèrent, puis elle tourna la tête vers le néant gris derrière le hublot, le menton appuyé sur sa petite paume. Je ne l'avais pas vue depuis si longtemps que j'étais parvenu à oublier les sensations violentes et conflictuelles que ses apparitions provoquaient chez moi. J'éprouvais une bouffée d'affection, mêlée comme toujours de chagrin, de tristesse et de colère. Je l'examinai : ses cheveux, son air ennuyé, un peu mécontent. Elle portait encore la robe bleue dans laquelle elle était morte. Son regard revint vers moi et je faillis me lever et m'avancer dans le couloir. Avant d'avoir eu le temps de bouger, je me trouvai nez à nez avec les boutons d'uniforme de l'hôtesse qui s'était interposée entre April et moi. Je levai les yeux vers elle et elle recula d'un pas.

« Vous voulez quelque chose ? demanda-t-elle. Une autre vodka, monsieur ? »

J'acquiesçai et elle s'avança dans le couloir pour aller chercher ma boisson. La place d'April était vide.

4

Je traversai d'un pas rêveur les halls immaculés et sonores de l'aéroport de Millhaven, cherchant une autre apparition grisâtre comme moi : je ne reconnus pas dans son beau costume gris l'homme presque chauve et un peu enveloppé qui inspectait mes compagnons de voyage. Il finit par se planter devant moi. Il dit : « Tim ! » et éclata de rire. Je reconnus finalement le visage familier de John Ransom et je souris. Il avait pris quelques kilos et perdu pas mal de cheveux depuis Camp Crandall. A part un je ne sais quoi d'énigmatique et d'un peu nerveux dans sa physionomie, l'homme qui prononçait ainsi mon nom aurait fort bien pu être le président d'une compagnie d'assurances. Il me prit par les épaules et, pendant une seconde, tout ce que nous avions vu de la guerre de notre génération reprit vie autour de nous : avec un peu de distance maintenant, une partie de nos existences à laquelle nous avions survécu.

« Pourquoi es-tu rétamé chaque fois que je te vois ? demanda-t-il.

– Parce que, quand moi je te vois, je ne sais jamais dans quoi je me lance, lui dis-je. Mais ce n'est qu'une défaillance passagère.

– Ça ne me gêne pas que tu boives.

– Ne dis pas n'importe quoi, fis-je. Je crois que l'idée de venir ici a dû m'impressionner. »

Ransom, bien entendu, ne connaissait rien de ma vie d'autrefois : j'avais encore à lui raconter pourquoi j'étais à ce point fasciné par William Damrosch et par les meurtres qu'il était censé avoir commis. Il laissa donc tomber son bras et recula d'un pas. « Bien. Comme ça, nous sommes deux. Descendons chercher tes bagages. »

Quand John Ransom quitta l'autoroute pour traverser le centre de Millhaven et gagner le Quartier Est, je vis une ville qui ne m'était qu'à demi familière. Des rangées entières de vieux bâtiments de brique rendus marron par la pollution avaient été remplacées par de nouveaux édifices clairs qui étincelaient dans la lumière de l'après-midi. Un parking avait été transformé en un charmant petit jardin public. Sur le site du sinistre et vieil auditorium, il restait un plaisant ensemble de salles de concert et de théâtre que Ransom me présenta comme le Centre d'art dramatique.

J'avais l'impression de traverser un studio de

cinéma : les nouveaux hôtels et les immeubles de bureau tout neufs qui avaient remodelé le paysage semblaient illusoires comme des décors de film bâtis sur la véritable face du passé.

Après New York, Millhaven semblait incroyablement propre et tranquille. Je me demandai si la cité troublante et désordonnée dont je gardais le souvenir avait disparu après un millier de liftings.

« J'imagine qu'aujourd'hui le Collège d'Arkham ressemble à Stanford, dis-je.

– Non, grommela-t-il. Arkham est le même vieux tas de pierres qu'il a toujours été. On s'en tire. Tout juste.

– Comment t'es-tu retrouvé là, d'abord ?

– Quand j'y réfléchis, ce que je fais rarement, ça doit sembler un peu bizarre. »

J'attendis l'histoire.

« Je suis allé là à cause d'un certain homme, Alan Brookner, qui était à la tête du département des Religions. Il était connu dans ce domaine, je veux dire *vraiment* connu : un des trois ou quatre spécialistes les plus remarquables. Quand j'étais à l'Université, je recherchais tout ce qu'il avait écrit. Bien sûr, c'était le seul véritable érudit d'Arkham. Je crois que c'est là qu'on lui a proposé son premier poste, et il n'a même jamais songé à le quitter pour une chaire plus glorieuse. Ce genre de prestige ne signifiait rien pour lui. Quand le Collège s'est rendu compte de ce qu'il avait, on l'a laissé s'organiser comme il voulait, parce qu'on a pensé qu'il attirerait d'autres gens de sa stature.

– En tout cas, il t'a attiré, toi.

– Oh, mais je n'arrive même pas à la cheville d'Alan – il était unique en son genre. Et quand d'autres et célèbres spécialistes de la religion sont venus ici, en général ils ont jeté un coup d'œil à Arkham et sont retournés aux établissements d'où ils venaient. Il a quand même amené pas mal d'excellents étudiants, mais même ça a un peu baissé ces temps-ci. A dire vrai, beaucoup même. » John Ransom secoua la tête et resta un moment silencieux.

Nous roulions maintenant devant les vastes demeures

de pierre de Goethe Avenue, divisées depuis longtemps en bureaux et en appartements. Les grands ormes qui jadis bordaient ces artères étaient tous morts, mais Goethe Avenue semblait presque inchangée.

« Je suppose que tu es devenu très proche de ce professeur, dis-je, ayant oublié son nom.

– D'une certaine manière, oui, répondit Ransom. J'ai épousé sa fille.

– Ah, fis-je. Raconte-moi. »

Après le Viêt-nam, il était parti pour l'Inde et, en Inde, il était revenu à la vie. Il avait étudié, médité, étudié, médité, recherché la paix de l'âme et l'avait trouvée : il serait toujours la personne qui avait creusé dans une montagne de cadavres, mais il était aussi celui qui s'était frayé un passage jusqu'à l'autre côté et qui avait survécu. Dans tout cela, il avait eu un Maître, et le Maître l'avait aidé à voir plus loin que les horreurs qu'il avait subies. Son Maître, le guru d'un petit groupe ne comprenant que quelques rares non-Indiens comme Ransom, était une jeune femme très simple et d'une grande beauté du nom de Mina.

Après une année passée à l'ashram, ses cauchemars et ses crises de panique avaient cessé. Il avait vu l'autre côté des ténèbres absolues où le Viêt-nam l'avait entraîné. Mina l'avait renvoyé intact dans le monde. Il avait passé trois ans à étudier en Angleterre, trois encore à Harvard sans dire à plus d'une demi-douzaine de personnes qu'il avait jadis été un Béret vert au Viêt-nam. Puis Alan Brookner l'avait fait revenir à Millhaven.

Un mois après avoir commencé à travailler à Arkham sous la direction de Brookner, il avait rencontré la fille de celui-ci, April.

John était persuadé d'être tombé amoureux d'April Brookner la première fois qu'il l'avait vue. Elle était entrée dans le bureau pour emprunter un livre pendant qu'il aidait son père à préparer la publication d'un recueil d'essais. April, une grande fille blonde d'une vingtaine d'années, à l'air athlétique, lui avait donné une poignée de main d'une étonnante énergie et l'avait regardé en souriant. « Je suis content que vous l'aidiez à trier tout ce fatras, avait-elle dit. Abandonné à lui-même, il s'embrouillerait entre le *Vorstellung* et le *vijnapti*. Ça ne l'en empêchera d'ailleurs pas. » Le contraste entre la joueuse de tennis et ses allusions à Brentano et à la philosophie sanscrite l'avait surpris : il avait souri. Son père et elle avaient échangé quelques joviales insultes. Puis April s'était dirigée vers les rayonnages où son père rangeait les romans. Elle allongea le bras pour prendre un livre. Ransom n'avait pu détacher d'elle son regard. « Je cherche un ouvrage qui soit d'une impureté délibérée, dit-elle. Qu'est-ce que vous me conseillez : Raymond Chandler ou William Burroughs ? » La dissertation de Ransom avait pour titre « Le concept de la conscience pure » et son sourire s'élargit. « *Sur un air de Navaja* », dit-il. « Oh, je ne crois pas que ce soit assez impur », répliqua-t-elle. Elle tourna et retourna le livre entre ses mains en agitant la tête. « Mais je crois que je vais m'en contenter. » Elle lui montra le titre du livre qu'elle avait déjà choisi : c'était *Sur un air de Navaja*. Puis elle lui fit un sourire éblouissant et quitta la pièce. « Une impureté délibérée ? », avait demandé Ransom au vieil homme. « Méfiez-vous de cette petite, lui dit le professeur ; je crois que le premier mot qu'elle a prononcé était *virtuoso*. » Ransom demanda si elle connaissait vraiment la différence entre *Vorstellung* et *vijnapti*. « Pas aussi bien que moi, avait grommelé Brookner. Venez donc dîner vendredi prochain. » Le vendredi, Ransom était arrivé, trop habillé, avec son plus beau costume. Il avait quand même apprécié le dîner. April pourtant était tellement plus jeune que lui qu'il ne pouvait vraiment pas s'imaginer l'invitant à sortir. Et il était sûr de ne plus vraiment savoir ce que c'était que « sortir » avec une fille, si tant est qu'il l'eût jamais su. Il ne pensait pas que ça pourrait représenter la même chose pour April Brookner et pour lui : elle voudrait le faire jouer au tennis et passer la moitié de la nuit à danser. Elle avait l'air d'adorer *l'effort*. Ransom était plus costaud qu'il n'en avait l'air – surtout quand il portait une tenue de banquier. Il faisait du jogging, il faisait des longueurs à la piscine du Collège mais il ne dansait pas, il ne jouait pas au tennis. Sa conception d'une sortie impliquait un repas intéressant et une bonne bouteille de vin. April semblait le genre de fille à faire suivre deux heures de tir à l'arc d'une bonne trotte rapide sur les premiers contreforts des Alpes. Il lui demanda si elle avait aimé le roman de Chandler. « Quel livre poignant, dit-elle. Le héros se fait un ami et à la fin, il ne peut plus le supporter. Le sentiment de solitude est si brutal que les passages les plus émouvants concernent soit la violence, soit les bars. » « Ransom, dit Brookner, délivrez-moi de cette jeune personne. Elle me fait peur. » Ransom demanda : « Est-ce que *virtuoso* a vraiment été le premier mot qu'elle a prononcé ? » « Non, dit April. Mes premiers mots ont été *démence sénile*. »

Voilà environ un an, le souvenir de cette remarque avait cessé d'être drôle.

Ransom lui avait fait une cour effrénée. April Brookner semblait constamment l'évaluer en le mesurant à un étalon connu d'elle seule. April était quelqu'un de très sensé, mais sa santé mentale transcendait les définitions habituelles. Ransom découvrit par la suite que deux années auparavant elle avait refusé d'épouser un garçon qui avait fait ses études avec elle à l'Université de Chicago parce que – pour reprendre ses propres termes – « je me suis rendu compte que j'avais horreur de toutes ses métaphores. Je ne pouvais pas vivre avec quelqu'un qui ne comprendrait jamais que les métaphores sont *vraies*. » Elle avait reconnu le sentiment de solitude du roman de Chandler car il faisait écho au sien.

April avait perdu sa mère quand elle avait quatre ans et elle avait été élevée comme la fille brillante d'un homme brillant. Sortie de l'Université de Chicago avec la mention Très Bien, elle était revenue pour donner des cours à la filiale de Millhaven de l'Université d'Illinois. April n'avait jamais eu l'intention d'enseigner mais elle voulait être près de son père. Ransom avait parfois l'impression qu'elle l'avait épousé parce qu'elle ne voyait pas trop comment faire autrement.

« Pourquoi moi ? lui avait demandé un jour Ransom.

– Oh, tu étais manifestement l'homme le plus intéressant dans les parages, avait-elle répondu. Tu ne te comportais pas comme un idiot simplement parce que tu trouvais que j'étais belle. Tu commandais toujours ce qu'il fallait dans les restaurants chinois, tu avais une certaine expérience et mes plaisanteries ne t'exaspéraient pas. Tu ne te comportais pas comme si ta mission dans la vie était de corriger mes erreurs. »

Sitôt mariée, April cessa ses cours et trouva une situation chez un agent de change. Ransom était persuadé qu'elle abandonnerait au bout de six mois. Mais April le stupéfia par la rapidité et le plaisir avec lesquels elle avait appris le métier. Au bout de dix-huit mois, elle connaissait dans le détail des centaines de sociétés – des sociétés de toutes tailles. Elle savait comment les directeurs de départements s'entendaient avec leurs conseils d'administration ; elle savait quelles usines étaient en train de s'écrouler ; elle connaissait les nouveaux brevets, les vieilles rancœurs et les actionnaires mécontents. « Vraiment, ça n'est pas plus dur que d'apprendre tout ce qu'on peut connaître sur la poésie anglaise du XVIe siècle, déclara-t-elle. Ces types arrivent, la bave aux lèvres à l'idée de s'enrichir. Je n'ai qu'à leur montrer comment ils peuvent gagner encore plus d'argent. Quand je fais ça, ils me confient une miette de leurs fonds de pension et quand ça marche bien, ils tombent à mes genoux et me baisent les pieds. »

« Vous avez corrompu ma fille, lui dit un jour Brookner. Aujourd'hui, c'est une machine à faire de l'argent. Ma seule consolation est que je n'aurai pas à passer les années qui me restent dans une chambre avec une enseigne au néon qui clignote derrière la fenêtre.

– Pour April, lui avait dit Ransom, ça n'est qu'un jeu. Elle dit que son vrai maître est Jacques Derrida.

– J'ai engendré une capitaliste postmoderne, déclara Brookner. Vous comprenez, à Arkham, c'est gênant de posséder tout d'un coup beaucoup d'argent. »

Le mariage tourna à une association affairée mais

paisible. April lui annonça qu'elle était la seule yuppie du monde à avoir le sens de l'humour. A trente-cinq ans, elle démissionnerait pour avoir un bébé, gérer leurs investissements personnels, apprendre la grande cuisine et poursuivre ses projets de recherche sur l'histoire locale. Ransom s'était demandé si April abandonnerait jamais son métier, bébé ou pas. Aucun de ses clients assurément ne voulait qu'elle les quittât. La communauté financière de Millhaven lui avait décerné son prix annuel au cours d'un dîner qu'April, en privé, avait déclaré ridicule. Le *Ledger* avait publié une photographie de leur couple souriant d'un air un peu gêné tandis qu'April serrait contre elle l'énorme coupe sur laquelle on avait gravé son nom.

Ransom ne devait jamais savoir si sa femme aurait cessé son travail. Quelques jours après qu'elle eut remporté l'abominable coupe, quelqu'un avait poignardé April, l'avait rossée et laissée pour morte.

Il habitait toujours le duplex qu'April et lui avaient loué au début de leur mariage. Le 21 Ely Place était à trois blocs au nord de Berlin Avenue. C'était loin de Shady Mount, mais tout près du campus où April avait jadis donné des cours. Et à dix minutes seulement en voiture du centre de Millhaven où April et lui avaient tous deux leurs bureaux. L'argent d'April leur avait permis d'acheter tout l'immeuble et d'en faire une maison familiale. Ransom avait maintenant un bureau tapissé de livres au troisième étage. Celui d'April était bourré d'ordinateurs étincelants, de piles de rapports annuels, avec un fax qui dégorgeait des documents sans discontinuer. Le premier étage avait été transformé en une gigantesque chambre de maître et une chambre d'amis plus petite, chacune avec sa salle de bains. Au rez-de-chaussée, il y avait le living-room, la salle à manger et la cuisine.

5

« Comment ton beau-père prend-il tout ça ?

– Alan ne sait pas vraiment ce qui est arrivé à April. » Ransom hésita. « Il... Il a changé pas mal depuis un an environ. » De nouveau il marqua un temps et regarda d'un air sombre les livres entassés sur sa table basse. Tous concernaient le Viêt-nam. *Fields of Fire, The Thirtheenth Valley* *, *365 Days, The Short Timers* **, *The Things They Carried.* « Je vais faire du café », annonça-t-il.

Il passa dans la cuisine et je me mis à examiner, avec admiration et un peu d'envie, la maison où s'étaient installés Ransom et sa femme. Des tableaux extraordinaires, des toiles que je n'arrivais pas tout à fait à situer, occupaient le mur en face du long canapé où j'étais assis. Je fermai les yeux. Quelques minutes plus tard, le tintement du plateau contre la table m'éveilla. Ransom ne remarqua pas que je m'étais assoupi.

« Je veux une *explication*, déclara-t-il. Je veux savoir ce qui est arrivé à ma femme.

– Et tu ne fais pas confiance à la police, dis-je.

– Je me demande si la police ne croit pas que c'est *moi* le coupable. » Il leva les bras d'un geste découragé puis versa le café dans des tasses en céramique. « Ils croient peut-être que j'essaie de les égarer en remettant sur le tapis toute la vieille histoire de Blue Rose. » Il emporta sa tasse jusqu'à un gros fauteuil de cuir.

« Mais on ne t'a accusé de rien.

– J'ai l'impression que Fontaine, l'inspecteur de la Criminelle, n'attend qu'une occasion pour me sauter dessus.

– Je ne comprends pas pourquoi l'inspecteur de la Criminelle s'occupe de cela : ta femme est à l'hôpital.

* Traduit en français sous le titre *La Treizième Vallée.*

** Adapté au cinéma par Stanley Kubrick, sous le titre *Full Metal Jacket.*

– Ma femme est en train de mourir à l'hôpital.

– Tu ne peux pas en être vraiment sûr », protestai-je.

Il se mit à secouer la tête : le chagrin et les contradictions se lisaient clairement sur son visage. « Je crois que je suis un peu perdu, dis-je. Comment un policier de la Criminelle peut-il enquêter sur un décès qui ne s'est pas encore produit ? »

Il leva vers moi un regard surpris. « Oh, je vois ce que tu veux dire. C'est à cause de l'autre victime. »

J'avais complètement oublié l'autre victime.

« L'agression d'April entre dans le cadre d'une enquête criminelle en cours. Bien sûr, quand elle mourra et si cela arrive, Fontaine sera aussi chargé de l'enquête.

– Est-ce qu'April connaissait ce type ? »

Ransom secoua la tête. « Personne ne sait qui il est.

– On ne l'a jamais identifié ?

– Rien ne permettait de l'identifier, absolument rien. Et personne n'a jamais signalé sa disparition. Ce devait être un vagabond, un sans-abri. Quelque chose comme ça. »

Je demandai s'il avait vu le cadavre de l'homme.

Il s'agita dans son fauteuil. « Je crois que le tueur a répandu les morceaux de son corps sur tout Livermore Avenue. »

Sans me laisser le temps de répondre, Ransom poursuivit : « Le type qui fait ça se moque pas mal de savoir qui il tue. Je ne crois même pas qu'il avait besoin d'un véritable mobile. C'était simplement pour lui le moment de se remettre au travail. »

Si John Ransom avait voulu que je revienne à Millhaven, c'était que depuis des semaines il n'arrêtait pas de se parler tout seul dans sa tête : il avait besoin maintenant d'exprimer tout haut certaines de ses hypothèses.

« Parle-moi de la personne qui a fait cela, dis-je. Dis-moi qui tu crois qu'il est. Le genre de personne que tu te représentes quand tu penses à lui. »

Ransom eut l'air soulagé.

« Bien sûr, j'ai réfléchi à tout. J'ai essayé d'imaginer quel genre d'individu serait capable de faire une chose pareille. » Il se pencha vers moi. Il était prêt à me faire partager ses thèses. Il en mourait d'envie.

Je me calai dans mon fauteuil, trop conscient du décalage entre ce dont Ransom et moi discutions et du cadre où nous le faisions. C'était une des plus belles pièces que j'eusse jamais vues : superbe avec retenue, destinée à mettre en valeur les toiles qui occupaient les murs. Je vis que l'une d'elles devait être un Vuillard. Les autres me semblaient étrangement familières. Les douces couleurs et les formes fluides des tableaux se faisaient sentir dans toute la pièce, dans le mobilier et dans les quelques sculptures qu'on apercevait sur des tables basses.

« A mon avis, il a dans les soixante ans. Il a peut-être eu des parents alcooliques et il a sans doute été un enfant maltraité. On pourrait trouver une blessure à la tête dans son histoire médicale : ça se rencontre étonnamment souvent chez ce genre d'individu. Il a un très grand contrôle de soi. Je parie qu'il a une sorte de calendrier intérieur immuable. Chaque jour, il fait les mêmes choses à la même heure. Il est encore costaud : il pourrait même continuer à faire régulièrement de l'exercice. Il semblerait sans doute la dernière personne qu'on soupçonnerait de ces crimes. Et il est intelligent.

– A quoi ressemble-t-il ? Qu'est-ce qu'il faisait pour gagner sa vie ? Pour se détendre ?

– Je crois que le seul détail qui le distingue physiquement – à part le fait que pour son âge il soit en excellente condition – c'est qu'il a l'air très respectable. Je pense qu'il pourrait fort bien habiter le quartier où les meurtres ont eu lieu car, à une exception près, il n'en a pas bougé.

– Tu veux dire qu'il habite mon ancien quartier ? » L'exception à laquelle il avait fait allusion devait concerner sa femme.

« Je crois. Les gens le voient, mais ne le remarquent pas vraiment. Quant à la détente, je ne crois pas qu'il puisse vraiment se détendre. Il ne prendrait donc pas de vacances. Il n'en aurait sans doute pas les moyens, d'ailleurs. Mais je parierais qu'il a été jardinier.

– C'est la formule *Blue Rose* qui te fait penser ça ? »

Ransom haussa les épaules. « C'est un choix de mots bizarres. Sa façon de s'identifier. Il me semble que le jardinage conviendrait très bien à ce type. Il pourrait éliminer ainsi certaines de ses tensions. Il pourrait satisfaire son besoin maniaque d'ordre. Et il peut faire ça tout seul.

– Si donc nous allons dans le quartier qui borde la partie sud et si nous trouvons un sexagénaire apparemment en bonne santé mais assommant, avec un jardin bien soigné derrière sa maison, nous tenons notre homme. »

Ransom sourit. « Ce sera lui. A manier avec précaution.

– Après avoir été Blue Rose pendant deux mois voilà quarante ans, il a réussi à se maîtriser jusqu'à cette année. A ce moment-là, il a de nouveau craqué. »

Ransom se pencha en avant, excité d'être parvenu au cœur de sa théorie. « Peut-être n'était-il pas à Millhaven pendant ces années-là. Peut-être avait-il un travail qui l'a emmené ici et là : peut-être qu'il vendait des bas, des lacets de chaussures ou des chemises. » Ransom se redressa et fixa sur moi un regard ardent. « Mais je crois qu'il était dans l'armée. Je pense qu'il s'est engagé pour éviter tout risque d'arrestation et qu'il a passé tout le temps entre cette époque et aujourd'hui dans des bases militaires aux États-Unis et en Europe. Il a dû aller en Corée, il aurait même pu être au Viêt-nam. Il a sans doute passé quelque temps en Allemagne. A n'en pas douter, il a beaucoup vécu sur ces bases installées auprès de petites villes dans le Sud et le Middlewest. Et, de temps en temps, je parie qu'il s'en allait tuer quelqu'un. Je ne crois pas qu'il ait jamais cessé. Je pense que c'était un tueur en série avant même qu'on sache que ces choses-là existaient. Personne n'a jamais fait le rapprochement entre ses crimes. Personne n'a jamais comparé les détails. Tim, on n'a commencé à penser à ça qu'il y a cinq ou six ans. Le FBI n'a jamais entendu parler de ce type parce qu'on ne lui a jamais rien signalé de ce qu'il avait fait. Il quittait la base, persuadait un civil de le suivre dans une ruelle ou dans un hôtel – c'est quelqu'un de très persuasif – et puis là il tuait. »

6

Tout en écoutant John Ransom, mon regard revenait sans cesse à la toile qui me semblait être un Vuillard. Une famille bourgeoise qui semblait ne comprendre que des femmes, des enfants et des domestiques, évoluait dans un petit jardin luxuriant sous les grandes branches d'un arbre énorme. Une lumière d'un jaune citron très vif filtrait à travers le vert électrique intense des grandes feuilles.

Ransom ôta ses lunettes et les essuya sur sa chemise. « Tu as l'air fasciné par cette pièce et surtout par les tableaux. » Il souriait de nouveau. « April serait ravie. C'est elle qui les a presque tous choisis. Elle prétendait que je l'aidais, mais c'est elle qui a tout fait.

– En effet, je suis fasciné, dis-je. C'est un Vuillard, non ? Quel tableau magnifique ! » Les autres toiles et les petites sculptures de la pièce semblaient on ne sait comment apparentées au Vuillard. Mais manifestement elles étaient l'œuvre de plusieurs artistes. Il y avait des paysages avec des personnages. Des toiles à thèmes religieux, des tableaux presque abstraits. Puis je reconnus qu'un petit tableau, une descente de Croix, était de Maurice Denis. Je compris alors ce qu'avait fait April Ransom et je fus ébloui par son extraordinaire intelligence.

Elle avait collectionné l'œuvre du groupe qu'on appelait les nabis, les « prophètes » : elle avait trouvé des œuvres de Sérusier, de K.-X. Roussel et de Paul Ranson, ainsi que de Denis et de Vuillard. Tout ce qu'elle avait acheté était bon, et toutes ces toiles avaient un rapport entre elles : le groupe avait une place significative dans l'histoire de l'art. Et, comme la plupart de ces peintres n'étaient pas très connus en Amérique, leurs œuvres n'avaient pas dû coûter grand-chose. En tant que collection, l'ensemble avait une valeur plus grande que chaque pièce individuellement. Et chacune d'elles devait déjà valoir plus que les Ransom n'avaient payé. Et puis c'étaient des toiles plaisantes : elles esthétisaient la souffrance et la joie, le chagrin et l'émerveillement et leur donnaient un caractère élégant.

« Il doit y avoir plus de tableaux nabis dans cette pièce que n'importe où ailleurs aux États-Unis, dis-je. Comment avez-vous trouvé tout cela ?

– April était très bonne pour ces choses-là », dit Ransom. Brusquement, il avait de nouveau l'air épuisé. « Elle allait voir beaucoup de particuliers et la plupart étaient prêts à céder quelques toiles. C'est bien que tu aimes le Vuillard. C'était notre préféré aussi. »

C'était le clou de leur collection ; le tableau le plus profond, le plus mystérieux et le plus rayonnant. C'était une totale célébration du soleil sur le feuillage, de l'interaction des gens au sein d'une famille et dans la nature.

« Il a un titre ? » Je me levai pour l'examiner de plus près.

« Je crois qu'il s'appelle *Le Genévrier.* »

Je le regardai par-dessus mon épaule. Mais il n'avait pas l'air de savoir qu'un conte des frères Grimm portait ce titre ni que ce nom ait pu représenter quelque chose pour moi.

Il hocha la tête pour confirmer que j'avais bien entendu. Je m'approchai de la toile, frappé par la coïncidence du titre. Les personnages sous le grand arbre semblaient esseulés et détachés, prisonniers de leurs pensées et de leurs passions. L'occasion qui les avait rassemblés était une imposture, rien de plus qu'un exercice de style. Ils n'accordaient aucune attention à la lumière radieuse et aux feuilles vibrantes. Pas davantage aux frémissements de couleurs qui les entouraient et dont eux-mêmes étaient partie intégrante.

« Quand je regarde cette toile, je crois voir April, dit Ransom derrière moi.

– C'est un magnifique tableau », dis-je. L'œuvre avait quelque chose de déchirant et d'étrange, et ces sentiments en accroissaient le rayonnement d'une façon magique : la peinture elle-même apportait sa consolation.

Il se leva et vint vers moi, le regard fixé sur la toile. « Il y a tant de bonheur dans ce tableau. »

Il pensait à sa femme. J'acquiesçai de la tête.

« Je peux compter sur toi, n'est-ce pas ? demanda Ransom. Nous pourrons peut-être aider la police à mettre un nom sur cet homme. Je veux dire : en examinant les dossiers des meurtres d'autrefois.

– C'est pour ça que je suis ici. »

Ransom m'étreignit le bras...

« Mais il faut que je te dise : si je découvre qui a attaqué ma femme, j'essaierai de le tuer. Si je le retrouve, je lui ferai subir ce qu'il a infligé à April.

– Je te comprends, dis-je.

– Non, tu ne peux pas. » Il me lâcha et s'approcha du tableau. Il y jeta un bref coup d'œil et revint à pas lents vers son fauteuil. Il posa une main sur la pile de romans du Viêt-nam. « Parce que tu n'as jamais eu l'occasion de connaître April. Demain, je t'emmènerai avec moi à l'hôpital. Mais tu ne la connaîtras pas vraiment... tu sais... la personne qui gît dans ce lit n'est pas... »

Ransom leva la main pour se couvrir les yeux. « Excuse-moi. Je vais te resservir du café. »

Il rapporta ma tasse pleine et de nouveau j'examinai la pièce : la cheminée de marbre était assortie aux roses et aux gris des toiles. Une tache d'un rouge vif était de la même nuance que le ciel du tableau de Maurice Denis représentant la descente de Croix. Au-dessus de la cheminée, une œuvre énorme, tableau dans des tons pâles : une femme agenouillée, levant les mains dans ce qui semblait un geste de prière ou de supplication. Puis je remarquai autre chose : le rebord plat d'une plaque de bronze posée sur le marbre.

Je fis le tour du meuble pour mieux regarder. John Ransom s'avança vers moi avec ma tasse au moment où je redressais la plaque. « Oh, tu as trouvé ça. »

Je lus les lettres en relief sur la surface du bronze. « Le prix de l'Association des financiers professionnels de la ville de Millhaven pour 1991 est décerné à April Ransom. »

John Ransom se rassit. Il tendit la main pour reprendre la plaque. Je l'échangeai contre la tasse de café et il la contempla une seconde avant de la remettre en place sur le dessus de cheminée. « La plaque n'est qu'une sorte de diplôme : la vraie récompense c'est d'avoir son nom gravé sur une grande coupe dans une vitrine du Club des fondateurs. »

Ransom leva les yeux vers moi. « Si je te montrais la photo prise le soir où elle a remporté ce stupide prix ? Tu pourras voir au moins comment elle était. Bien sûr, tu viendras aussi avec moi à l'hôpital, mais au fond la véritable April est plutôt celle de la photo. » Il se leva d'un bond et passa dans le couloir pour monter au premier étage.

Une fois de plus, je m'approchai du tableau de Vuillard. J'entendais John Ransom ouvrir des tiroirs dans sa chambre au premier.

Quelques minutes plus tard, il revint dans le salon en tenant à la main une page pliée du *Ledger*. « Ça m'a pris un moment pour la retrouver : je comptais découper la photo et la coller dans mon album. Mais ces derniers temps, j'ai du mal à faire quoi que ce soit. »

Il me tendit la page de journal.

La photo occupait le coin supérieur droit de la première page de la section financière. John Ransom était en smoking. Sa femme avait une toilette de soie blanche avec une veste vague portée sur un décolleté plongeant. Elle rayonnait devant l'objectif, tenant dans ses bras une grande coupe gravée comme un trophée de tennis. Lui était de profil, et il la regardait. April Ransom était presque aussi grande que son mari. Elle avait les cheveux coupés court pour former un casque de mèches blondes qui mettait en valeur son long cou. Elle avait une large bouche et un petit nez droit. Des yeux très brillants. Un air malin, décidé et triomphant. C'était une surprise. April Ransom ressemblait beaucoup plus à ce qu'elle était – une spécialiste de la finance, rusée et agressive – qu'à la femme que son mari m'avait décrite pendant le trajet depuis l'aéroport. La femme de la photographie ne s'embarrassait pas de problèmes moraux inutilement compliqués : elle achetait des toiles parce qu'elle savait qu'elles feraient bien sur ses murs tout en quadruplant de valeur. Elle n'abandonnerait jamais son travail pour avoir un enfant. C'était une femme travailleuse et un peu dure et elle ne devait pas être tendre avec les imbéciles.

« N'est-ce pas qu'elle est belle ? », demanda Ransom.

Je regardai la date en haut de la page : lundi, 3 juin. « Combien de temps après la publication de cette photo a-t-elle été agressée ? »

Ransom haussa les sourcils. « La police a découvert April environ quatre jours après le dîner, qui tombait un vendredi, le 31 mai. L'inconnu a été tué le mercredi suivant. Le lundi soir, April n'est pas rentrée du bureau. J'étais fou d'inquiétude. Vers deux heures du matin, j'ai fini par appeler la police. On m'a dit d'attendre encore vingt-quatre heures, qu'elle rentrerait probablement avant. J'ai reçu un coup de téléphone l'après-midi suivant : on l'avait découverte. Elle était inconsciente mais toujours en vie.

– On l'a retrouvée sur un parking, non ? »

Ransom reposa la page de journal pliée sur la table basse près de la pile de livres. Il soupira.

« Il me semblait te l'avoir dit. Une femme de chambre du Saint-Alwyn l'a découverte en allant inspecter une chambre. » Il y avait comme un défi dans son regard et dans son attitude, dans la façon dont il se redressa pour m'annoncer cela.

« April était dans une chambre de l'hôtel Saint-Alwyn ? »

Ransom tira sur le revers de son veston et rajusta son nœud de cravate. « La chambre où la domestique l'a retrouvée était restée vide toute la journée. Quelqu'un devait l'occuper ce soir-là. April est montée dans cette chambre. Ou bien on l'a *portée* jusque-là, consciente ou non, sans que personne la voie entrer dans l'hôtel.

– Alors, demandais-je, comment est-elle arrivée

là ? » J'étais navré pour John Ransom. Je posai ma question stupide pour gagner du temps tout en digérant cette information.

« En volant, est-ce que je sais ? Je n'ai aucune idée de la façon dont elle est entrée dans l'hôtel, Tim. Tout ce que je sais, c'est que jamais April n'aurait retrouvé le moindre petit ami au Saint-Alwyn. Parce que, même si elle en avait un, ce qui n'était pas le cas, le Saint-Alwyn est trop minable. Elle ne mettrait jamais les pieds dans cet endroit. »

A moins, me dis-je, qu'elle n'ait justement cherché un côté un peu minable.

« Je la connais... tu ne l'as jamais rencontrée. Je suis son mari depuis quatorze ans et tu n'as vu qu'une photo d'elle. Elle n'aurait jamais mis les pieds dans un endroit pareil. »

Bien sûr, John avait raison. C'est vrai qu'il la connaissait. Moi, je n'avais fait que tirer des conclusions d'une photo de journal et de ce qui m'avait paru l'étonnant esprit calculateur avec lequel elle avait constitué sa collection d'art.

« Attends une seconde, dis-je. Quel était le numéro de la chambre ?

– La domestique a retrouvé April dans la chambre 218. Chambre 218 à l'hôtel Saint-Alwyn. » Il me regarda en souriant. « Je me demandais quand tu allais me poser cette question. »

C'était la même chambre où James Treadwell avait été tué, lui aussi par quelqu'un qui avait apposé sur le mur la signature BLUE ROSE.

« Ton inspecteur ne pense pas que ça ait une signification ? »

Ransom leva les bras au ciel.

« Pour la police, rien de ce qui s'est passé en 1950 n'a le moindre rapport avec ce qui est arrivé à ma femme. William Damrosch les a tous dédouanés. Il s'est tué, les meurtres ont cessé. Voilà.

– Tu disais que la première victime a été découverte sur Livermore Avenue. »

Ransom acquiesça énergiquement de la tête.

« Où ça, sur Livermore Avenue ?
– A toi de me le dire. Tu sais bien où c'était.
– Dans ce petit tunnel derrière le Saint-Alwyn ? »
Ransom me fit un sourire. « Oh, c'est là où je parierais qu'ils ont trouvé le corps. Le journal ne donnait pas de précisions : on disait simplement " dans les parages de l'hôtel Saint-Alwyn ". L'idée ne m'est jamais venue que ça pouvait être au même endroit où on avait retrouvé la première victime dans les années cinquante. Jusqu'à ce qu'April... Jusqu'à ce qu'ils aient... jusqu'à ce qu'ils l'aient trouvée. Tu sais. Dans cette pièce. » Son sourire était devenu épouvantable : sans doute ne contrôlait-il plus l'expression de son visage. « Et je ne pourrais être sûr de rien parce que tout ce que j'avais, c'était ton livre, *L'Homme divisé*. Je ne savais pas si tu avais changé un des lieux...
– Non, dis-je. Je n'ai rien changé.
– Alors, j'ai lu ton livre et j'ai pensé que je pourrais t'appeler rien que pour voir...
– Si je croyais encore que Damrosch était l'homme que tu appelles Blue Rose. »
Il hocha la tête. Son sourire crispé s'effaçait. Mais on aurait quand même dit qu'il avait un hameçon pris dans la bouche. « Et tu m'as dit non.
– Et alors... » Je marquai un temps, abasourdi par ce que je venais de découvrir. « Et alors, on dirait bien que Blue Rose non seulement recommence à tuer des gens à Millhaven, mais qu'il les tue aux mêmes endroits qu'il y a quarante ans.
– C'est l'impression que j'ai, dit Ransom. La question est : pourrons-nous trouver quelqu'un d'autre pour le croire ? »

7

« Ils le croiront vite après un nouveau meurtre, dis-je.
– Le troisième était l'exception dont je t'ai parlé : le médecin, dit Ransom.
– Je croyais que tu parlais de ta femme. »

Il fronça les sourcils. « Eh bien, dans le livre, le troisième était le médecin. Dans cette grande maison du Quartier Est.

– Il n'y en aura pas dans le Quartier Est, dis-je.

– Regarde ce qui se passe, fit Ransom. Ce sera la même adresse. Là où le docteur est mort.

– Le docteur n'est pas mort. C'est un des détails que j'ai modifiés quand j'ai écrit le livre. La personne qui a essayé de tuer Buzz Laing, le Dr Laing, lui a tranché la gorge et a écrit BLUE ROSE sur le mur de sa chambre. Mais elle s'est enfuie sans s'apercevoir que sa victime n'était pas encore morte. Laing est revenu à lui juste à temps. Il a réussi à arrêter l'hémorragie et à se traîner jusqu'à un hôpital.

– Qu'est-ce que tu veux dire par " la personne qui a essayé de le tuer " ? C'était Blue Rose. »

Je secouai la tête.

« Tu es sûr de ça ?

– Aussi sûr que je peux l'être en l'absence de preuve, dis-je. En fait, je crois que la même personne qui a tranché la gorge de Buzz Laing a tué aussi Damrosch et a maquillé son crime en suicide. »

Ransom ouvrit la bouche, puis la referma. « Tué Damrosch ? »

Je souris : Ransom avait l'air un peu sonné. « Certains renseignements sur l'affaire Blue Rose sont apparus voilà deux ans, alors que je travaillais à un livre sur Tom Pasmore et Lamont von Heilitz. » Il allait dire quelque chose, mais je l'arrêtai d'un geste de la main. « Tu te souviens sans doute d'avoir entendu parler de von Heilitz, et je crois que tu es allé en classe avec Tom.

– J'étais dans la classe en dessous de la sienne à Brooks-Lowood. Qu'est-ce qu'il pourrait bien avoir à faire avec les meurtres de Blue Rose ?

– Absolument rien, mais il sait qui a tenté de tuer Buzz Laing. Et qui a assassiné William Damrosch.

– Qui est-ce ? » Ransom semblait fou d'excitation. « Il vit encore ?

– Non. Et je pense qu'il vaudrait mieux que ce soit Tom qui te raconte ça. D'abord, c'est vraiment son histoire.

– Est-ce qu'il voudra bien me la raconter ?

– Je lui ai téléphoné avant de quitter New York. Il va te dire ce qui, selon lui, est arrivé à Buzz Laing et à l'inspecteur Damrosch.

– Bon. » Ransom hocha la tête. Il réfléchissait à tout cela. « Quand est-ce que je vais pouvoir lui parler ?

– Si tu veux, il serait probablement disposé à nous voir ce soir.

– Est-ce que je pourrais l'engager ? »

Pratiquement tous les habitants de Millhaven ayant dépassé trente ans devaient savoir que Tom Pasmore avait travaillé quelque temps comme détective privé. Voilà vingt ans, même les journaux de Bangkok avaient raconté comment un enquêteur indépendant, un « criminologue amateur », comme il le disait lui-même, habitant l'obscure bourgade de Millhaven, dans l'Illinois, avait brillamment donné une nouvelle interprétation de toutes les preuves et de tous les documents dans l'affaire Whitney Walsh : celle du président de la compagnie d'assurances TransWorld, abattu d'une balle près du neuvième trou au club de golf de Harrison, dans l'État de New York. On avait jugé un jardinier qui nourrissait une vieille rancune contre Walsh. Il avait été déclaré coupable et condamné à la prison à perpétuité. Travaillant seul, sans jamais quitter Millhaven, Tom Pasmore avait réussi à trouver la preuve essentielle nécessaire à l'arrestation et à la condamnation du véritable assassin, un ancien employé. On avait libéré l'innocent. Il avait raconté son histoire à un certain nombre de journaux et de magazines ; on avait ainsi découvert que Tom Pasmore avait pratiquement fait la même chose dans peut-être une douzaine d'affaires : il avait utilisé des informations à la disposition du public ainsi que des comptes rendus de procès pour faire sortir de prison des innocents et y faire entrer des coupables. L'affaire Walsh avait simplement été la plus marquante. Les mêmes journaux et magazines publièrent un certain nombre d'extraordinaires récits sur « Le nouveau Sherlock Holmes ». Chacun contenait des détails croustillants : ce génie refusait en général de faire payer ses enquêtes. Il avait une fortune qu'on évaluait entre dix et vingt millions de dollars. Il habitait seul une maison dont il sortait rarement. Il s'habillait avec une élégance étrangement démodée. Le clou de ces révélations fut que Tom Pasmore était le fils naturel de Lamont von Heilitz, l'homme qui avait inspiré le personnage de Lamont Cranston dans le feuilleton radiophonique « *The Shadow* ». Quand on avait découvert tout cela. Tom avait cessé d'accorder des interviews. Il semblait aussi s'être arrêté de travailler : poussé à la retraite par une publicité inopportune. La presse ne déterra jamais un autre incident dans lequel Tom Pasmore, de Millhaven, Illinois, était intervenu pour faire libérer un innocent et jeter en prison un homme coupable de meurtre. Pourtant, d'après les contacts que j'avais avec lui, je pensais que selon toute probabilité, il continuait anonymement son travail : il avait créé l'illusion de la retraite pour maintenir dans d'absolues ténèbres le secret que la presse n'avait pas encore découvert. Qu'il avait été longtemps l'amant d'une femme mariée appartenant à l'une des plus riches familles de Millhaven.

Tom ne consentirait jamais à se laisser engager par John Ransom, et je le lui dis.

« Pourquoi donc, s'il est disposé à passer ici ?

– Tout d'abord, il n'a jamais été homme à louer ses services. Et, depuis l'affaire Walsh, il a tenu à faire croire aux gens qu'il ne travaille même plus. Deuxièmement, Tom n'est pas disposé à " passer ici ". Si tu veux le voir, il faudra que nous allions chez lui.

– Mais nous étions au collège ensemble !

– Vous étiez amis ?

– Pasmore n'avait pas d'amis. Il n'en voulait pas. » Cela lui fit évoquer un autre souvenir. Il détourna les yeux de ses mains jointes pour tourner vers le mien son visage méfiant. « Puisqu'il insiste tant pour ne pas se montrer, pourquoi est-il prêt à me parler maintenant ?

– Il préférerait t'expliquer lui-même ce qui est arrivé à Buzz Laing et à l'inspecteur Damrosch. Tu verras pourquoi. »

Ransom haussa les épaules et consulta sa montre. « A

cette heure-ci, en général je suis à l'hôpital. Peut-être que Pasmore pourrait nous rejoindre pour dîner ?

– C'est nous qui devons aller chez lui », répétai-je.

Il réfléchit un moment « Peut-être alors pourrions-nous avoir une audience avec Sa Sainteté entre la visite à April et le dîner ? Ou bien y a-t-il autre chose à propos du sacro-saint programme de Thomas Pasmore que tu ne m'as pas encore dit ?

– Eh bien, sa journée commence généralement assez tard, dis-je. Mais, si tu me montres où est le téléphone, je vais lui laisser un peu de temps pour se préparer. »

Ransom me désigna de la main le devant du salon et je me souvins d'être passé dans l'entrée devant une table sur laquelle était posé un téléphone. Je me levai et quittai la pièce. En sortant, je vis Ransom s'approcher des tableaux. Il se planta devant le Vuillard, les mains dans les poches, regardant d'un air absorbé les personnages sous l'arbre. Tom Pasmore devait dormir encore, je le savais. Mais il laissait son répondeur branché pendant la journée. La voix sèche et précise de Tom me pria de laisser un message. Je dis que Ransom et moi aimerions le voir vers sept heures : j'appellerais de l'hôpital pour voir si ça lui convenait.

Quand je revins dans le salon, Ransom pivota sur ses talons. « Alors, est-ce que Sherlock a accepté de nous recevoir avant minuit ?

– J'ai laissé un message sur son répondeur. Quand nous serons prêts à quitter l'hôpital, j'essaierai encore. Je pense que ça marchera.

– J'imagine que je dois lui être reconnaissant de bien vouloir me recevoir, n'est-ce pas ? »

Il me regarda d'un air furieux, puis jeta un coup d'œil à sa montre. Il enfonça ses mains dans ses poches de pantalon et me foudroya du regard. Il attendait une question à une réponse qu'il avait posée pour la forme.

« Il sera probablement content de te voir aussi », dis-je.

Il tira une main de sa poche et la passa dans ses cheveux clairsemés.

« Bon, ça va, dit-il. Pardonne-moi. » Il m'indiqua la direction du vestibule et de la porte donnant sur la rue.

8

Une fois dehors, j'attendis que John Ransom se dirige vers sa voiture. Il tourna à gauche en direction de Berlin Avenue et continua à marcher sans s'arrêter devant aucune des voitures garées le long du trottoir. Je hâtai le pas pour le suivre.

« J'espère que ça ne t'ennuie pas de marcher. Il fait un peu humide, mais c'est à peu près le seul exercice que je prends. Et l'hôpital n'est vraiment pas très loin.

– Je marche beaucoup à New York. Ça me va très bien.

– Si tu es d'accord, nous pourrions même aller à pied jusque chez Tom Pasmore en sortant de l'hôpital. Il habite toujours Eastern Shore Road ? »

J'acquiesçai. « En face de la rue où j'ai grandi. » Ransom me lança un regard étonné. J'expliquai que Tom s'était installé voilà longtemps dans la maison de von Heilitz.

« Alors, il est toujours là, sur Eastern Shore Road. Le veinard. J'aurais bien aimé pouvoir reprendre ma vieille maison de famille. Mais mon père a vendu tout ce qu'il avait en ville quand mes parents sont allés s'installer en Arizona. »

Nous descendîmes Berlin Avenue. Les rumeurs du trafic, le bruit des klaxons et le chuintement des pneus sur l'asphalte se précisaient. Les étudiants de la session d'été du Collège remontaient le bloc par groupes de deux ou trois, pour se rendre aux cours de l'après-midi. Ransom eut une petite grimace. « Bien sûr, il a fait une très bonne affaire mais je regrette qu'il n'ait pas gardé ces propriétés. Le Saint-Alwyn à lui tout seul est parti pour huit cent mille dollars. Aujourd'hui, il vaudrait quelque chose comme trois millions. Nous avons bien plus de congrès ici qu'autrefois et un hôtel convenable a un gros potentiel.

– Ton père était propriétaire du Saint-Alwyn ?

– Et de tout le pâté de maisons. » Il secoua lentement la tête et sourit en voyant mon expression. « Je pensais que tu le savais. Ça ajoute une certaine ironie à la situation. L'établissement était bien tenu quand mon père en était propriétaire, laisse-moi te le dire. Un très bon d'hôtel. Mais je ne pense pas que le fait que mon père ait été propriétaire de l'hôtel voilà vingt ans ait rien à voir avec le fait qu'April se soit retrouvée dans la chambre 218, tu ne crois pas ?

– Sans doute que non. » Sauf, me dis-je, si le fait que son père possédait l'hôtel avait quelque chose à voir avec les premiers meurtres de Blue Rose. Je chassai aussitôt cette idée.

« Je regrette quand même que le paternel n'ait pas tenu le coup jusqu'à ce qu'il y ait une reprise économique en vue, dit Ransom. On ne va pas très loin avec un salaire d'universitaire. Surtout un salaire du Collège d'Arkham.

– April a plus que compensé cela », dis-je.

Il secoua la tête. « L'argent d'April est le sien, pas le mien. J'ai toujours refusé de me dire que je n'avais qu'à puiser dans ce qu'elle avait gagné. »

Ransom sourit en évoquant un souvenir. Le soleil adoucit son air malheureux.

« J'ai une vieille Pontiac que j'ai achetée d'occasion : Je m'en sers quand il faut que j'aille quelque part. April a une Mercedes 500 SL. Elle travaillait dur : elle passait parfois toute la nuit à son bureau. C'était vraiment son argent.

– Il y en a beaucoup ? »

Il me lança un regard sinistre.

« Si elle meurt, je serai un veuf rentier. Mais l'argent n'avait aucun lien avec ce qu'elle était vraiment.

– Ça pourrait paraître un mobile aux yeux de gens qui ne comprennent pas ton mariage.

– Comme l'admirable police de Millhaven ? » Il se mit à rire : un aboiement bref et désagréable. « Raison de plus pour que nous découvrions le nom de Blue Rose. Comme s'il nous en fallait une. »

9

Nous tournâmes le coin après la salle de repos du second étage. Un petit policier d'une vingtaine d'années à l'air agressif sortit d'une chambre d'un pas traînant. Sur sa plaque on lisait MANGELOTTI. Il consulta sa montre, puis lança à Ransom un regard sévère. J'eus droit au même.

« A-t-elle dit quelque chose, sergent ? demanda Ransom.

– Qui c'est celui-là ? » Le petit policier s'avança comme pour m'empêcher d'entrer dans la chambre. Le haut de sa casquette m'arrivait au menton.

« Je suis juste un ami », dis-je.

Ransom venait d'entrer et le policier le suivit. Puis il renversa la tête en arrière et me gratifia d'un nouveau regard mauvais. Nous entendîmes tous les deux une femme à l'intérieur de la chambre d'hôpital annoncer que Mrs. Ransom n'avait pas encore parlé.

Le flic recula. Il se retourna et entra dans la chambre pour s'assurer qu'il ne manquait rien. Je lui emboîtai le pas et pénétrai dans la pièce blanche et ensoleillée. Des bouquets de fleurs dans des vases occupaient toutes les surfaces disponibles. Des vases pleins de lis, de roses et de pivoines s'alignaient sur la longue tablette de la fenêtre. Le parfum des lis emplissait la pièce. John Ransom et une femme à l'air efficace en uniforme blanc se tenaient de l'autre côté du lit. On avait écarté les rideaux qui, contre le mur, encadraient la tête de la patiente. April Ransom était allongée dans un enchevêtrement complexe de fils, de tubes et de cordons qui allaient du lit à une batterie d'appareils et d'écrans de contrôle. Accroché à un montant, un sac transparent lui versait goutte à goutte une solution de glucose dans les veines. On lui avait enfoncé dans le nez de minces tubes blancs. Des étoiles de sparadrap maintenaient en place des électrodes sur son cou et sur ses tempes. Le drap au-dessus de son lit dissimulait une sonde et d'autres tubes. Elle avait la tête posée à plat et les yeux fermés. Le côté gauche de son visage n'était qu'une énorme meurtrissure d'un bleu violacé. Une autre recouvrait sa mâchoire droite. On lui avait rasé quelques mèches sur le front qui paraissait encore plus large et plus blanc. De fines rides le sillonnaient et deux autres, presque invisibles, encadraient sa grande bouche. Ses lèvres étaient incolores. On aurait dit qu'on lui avait ôté plusieurs couches de peau là où son visage était intact. Elle ne ressemblait que très peu à la femme sur la photo du journal.

« Vous avez amené de la compagnie aujourd'hui », dit l'infirmière.

John Ransom fit les présentations : Eliza Morgan, Tim Underhill. Nous échangeâmes un signe de tête à travers le lit. Le policier regagna le fond de la chambre et vint s'asseoir sous les baies vitrées. « Eliza, annonça John, Tim va rester un moment avec moi.

– Ce sera bien pour vous d'avoir un peu de compagnie », dit l'infirmière. Elle me regarda, me laissant m'habituer au spectacle qu'offrait April Ransom.

« April, dit Ransom, tu m'as entendu parler de Tim Underhill. Il est venu te rendre visite aussi. Est-ce que tu te sens mieux aujourd'hui ? » Il écarta un peu le drap et referma sa main sur la sienne. J'aperçus des bandages blancs et des rubans de sparadrap encore plus blancs autour de son avant-bras. « Très bientôt, tu seras assez forte pour rentrer à la maison. »

Il leva les yeux vers moi. « Elle avait l'air bien plus mal mercredi dernier, quand on m'a finalement autorisé à la voir. Je croyais vraiment qu'elle allait mourir ce jour-là. Mais elle s'en est tirée, n'est-ce pas, Eliza ?

– Je pense bien, dit l'infirmière. Elle n'a pas arrêté de se battre depuis. »

Ransom se pencha sur le lit et se mit à parler à sa femme d'un ton doux et réconfortant. Je m'éloignai. Le flic assis sous les baies vitrées se redressa sur son siège et me lança un regard agressif. Sa main gauche se dirigea vers le carnet qui gonflait sa poche de chemise.

« Le salon des visites est généralement désert vers

cette heure-ci », dit l'infirmière en m'adressant un sourire.

Je descendis le couloir jusqu'à l'entrée d'une grande pièce bordée de canapés et de fauteuils verts, certains disposés autour de tables en bois. Tout au fond, deux femmes obèses en tee-shirts qui leur collaient à la peau fumaient et jouaient aux cartes au milieu d'une litière de magazines étalés partout et de sacs en plastique. Elles avaient tiré un des rideaux sur la fenêtre la plus proche. Une femme d'un certain âge en tailleur gris occupait un fauteuil à deux ou trois mètres d'elles, tournant le dos à une fenêtre. Elle lisait un roman de Barbara Pym comme si sa vie en dépendait. Je me dirigeai vers la fenêtre du coin gauche de la salle. La vieille femme leva le nez de son livre et me lança un coup d'œil plus farouche encore qu'aucun de ceux dont m'avait gratifié le sergent Mangelotti.

J'entendis des pas derrière moi. Je me retournai pour voir l'infirmière personnelle d'April Ransom entrer en portant un gros sac à main noir. La vieille femme la foudroya du regard elle aussi. Eliza Morgan laissa tomber bruyamment son sac sur une des tables près de l'entrée et me fit signe d'approcher. Elle fouilla dans les profondeurs de son sac. Elle en tira un paquet de cigarettes et me regarda d'un air d'excuse. « C'est le seul endroit dans toute cette aile de l'hôpital où on a le droit de fumer », dit-elle d'une voix qui était à peine plus qu'un murmure. Elle alluma sa cigarette avec une allumette qu'elle lança dans un cendrier de cuivre noirci. Elle exhala un panache blanc de fumée et s'assit. « Je sais que c'est une mauvaise habitude, mais je suis en train de réduire ma consommation. J'en fume une ici pendant mon tour de garde, une après le dîner, et c'est tout. Enfin, c'est *presque* la vérité. Tout au début de ma garde, je m'installe ici et j'en grille trois ou quatre ; sinon, je ne tiendrais jamais la première heure. » Elle se pencha vers moi en baissant de nouveau la voix. « Si Mrs. Rollins vous a lancé un sale regard quand vous êtes entré, c'est parce qu'elle avait peur que vous ne vous mettiez à polluer l'atmosphère. Je la mets dans tous ses états parce qu'à son avis les infirmières ne devraient pas fumer ; et elle a sans doute raison ! »

Je lui souris : c'était une femme avenante qui avait à peine quelques années de plus que moi. Ses cheveux noirs coupés court avaient un air propre et soyeux. Son amabilité un peu brusque l'empêchait d'être indiscrète.

« J'imagine que vous êtes ici depuis l'arrivée de Mrs. Ransom à l'hôpital », dis-je.

Elle acquiesça en soufflant une autre vigoureuse bouffée de fumée. « Dès qu'il a appris la nouvelle, Mr. Ransom m'a engagée. »

Elle posa la main sur son sac. « Vous êtes descendu chez lui ? »

J'acquiesçai.

« Tâchez de le faire parler : c'est un homme intéressant, mais il ne connaît pas la moitié de ce qui se passe en lui. Ce serait terrible s'il se mettait à craquer.

– Dites-moi, fis-je. Est-ce que sa femme a une chance ? Croyez-vous qu'elle sortira de son coma ? »

Elle se pencha sur la table. « Si vous êtes un de ses amis, soyez juste là pour l'aider. » Elle s'assura que j'avais bien entendu. Puis elle se redressa et écrasa sa cigarette : elle n'avait pas l'intention d'en dire plus.

« Je pense que ça répond à ma question », dis-je. Nous nous levâmes tous les deux.

« Qui a jamais dit qu'il y avait des réponses ? »

Puis elle s'approcha de moi et ses yeux sombres semblaient énormes dans son petit visage de femme compétente. Elle posa sa main à plat sur ma poitrine. « Je ne devrais pas vous dire ça, mais si Mrs. Ransom meurt, il faut que vous alliez fouiller l'armoire à pharmacie de son mari et que vous cachiez tous les tranquillisants. Et ne le laissez pas boire trop. Ça fait longtemps qu'ils sont mariés et c'était un mariage qui marchait bien. S'il la perd, il va devenir quelqu'un de tout à fait différent. »

Elle me donna une petite tape sur la poitrine, laissa retomber sa main, tourna les talons sans ajouter un mot. Je revins avec elle dans la chambre d'April Ransom. John était penché au bord du lit, à lui dire des choses trop bas pour qu'on puisse entendre. April avait l'air d'une coquille blanche et vide.

Il était cinq heures passées : Tom Pasmore devait être levé. Je demandai à Eliza où je pourrais trouver un téléphone. Elle m'envoya jusqu'au poste des infirmières puis, au bout d'un long couloir, jusqu'à une autre batterie d'ascenseurs. Une rangée de six téléphones était fixée au mur juste en face : tous disponibles. De part et d'autre, des portes battantes s'ouvraient sur de larges couloirs. Des flèches vertes, rouges et bleues striaient le sol indiquant le chemin de divers services.

Tom Pasmore répondit au bout de cinq ou six sonneries. Oui, ce serait parfait si nous venions vers huit heures et demie. Je sentais qu'il était déçu : les rares fois où Tom recevait, il aimait voir ses invités arriver tard et rester jusqu'à l'aube. Il semblait intrigué à l'idée que nous serions à pied.

« Est-ce que Ransom va partout à pied ? Va-t-il à pied dans le centre depuis, mettons Ely Place ?

– Il m'a conduit chez lui en voiture depuis l'aéroport, dis-je.

– Dans sa voiture ou celle de sa femme ?

– Dans la sienne. Je crois que sa femme a une Mercedes.

– Elle est garée devant leur maison ?

– Je n'ai pas remarqué. Pourquoi ? »

Il éclata de rire. « Il a deux voitures et il vous fait venir à pied jusqu'au fond du Quartier Est.

– Je marche beaucoup aussi. Ça ne me gêne pas.

– Eh bien, j'aurai des serviettes froides et de la citronnade glacée qui vous attendront quand vous vous traînerez le long de l'allée au lever du jour. D'ici là, tâchez donc de savoir ce qui est arrivé à la voiture de sa femme. »

Je promis d'essayer. Puis je raccrochai et, en me retournant, je me trouvai nez à nez avec un grand type aux épaules larges. Queue de cheval et barbe. La tache d'or d'une boucle d'oreille d'un seul côté. Un costume croisé à quatre boutons de chez Armani. Il s'approcha du téléphone en ricanant. Je ricanai à mon tour. J'avais l'impression d'être Philip Marlowe.

10

A sept heures, John Ransom et moi quittâmes l'hôpital et descendîmes l'allée bordée de haies qui rejoignait Berlin Avenue. Il marchait d'un pas vif et sans regarder où il allait, comme s'il était tout seul dans un paysage désert. L'air était aussi humide qu'une éponge et la température s'était rafraîchie : il faisait quelque chose comme trente degrés. Encore au moins une heure et demie de soleil. Ransom hésita quand nous atteignîmes le trottoir. Je crus une seconde qu'il allait se lancer dans le flot de la circulation : je pensais qu'il ne voyait rien d'autre que la chambre qu'il venait de quitter. Mais, au lieu de descendre sur la chaussée, il baissa la tête si bien que son menton s'appuyait contre le bourrelet de graisse de son cou. Il s'essuya le visage à deux mains. « Bon », fit-il, s'adressant plus à lui-même qu'à moi. Puis il me regarda. « Eh bien, maintenant, tu l'as vue. Qu'est-ce que tu penses ?

– Tu dois lui faire du bien en venant tous les jours, dis-je.

– Je l'espère. » Un moment, il ressembla à une version bedonnante et déplumée de l'élève de Brooks-Lowood qu'il avait été. « Je crois qu'elle a perdu du poids ces derniers jours. Et on dirait que ce gros bleu refuse de s'effacer. Tu ne crois pas que c'est mauvais signe quand un bleu ne disparaît pas ? »

Je lui demandai ce qu'avait dit son médecin.

« Comme d'habitude, rien du tout.

– Allons, dis-je, Eliza Morgan fera tout ce qui est possible pour April. Tu sais au moins qu'elle est bien soignée. »

Il me regarda brusquement. « Elle s'en va subrepticement fumer des cigarettes dans le salon, tu as remarqué ? Je ne pense pas que les infirmières devraient fumer. Et je ne crois pas qu'on devrait laisser April seule.

– Il n'y a pas toujours ce flic ? »

Ransom haussa les épaules et repartit dans la direction par laquelle nous étions arrivés. « Il passe le plus clair de son temps à regarder par la fenêtre. » Il avait toujours les mains enfoncées dans les poches de son pantalon et il marchait un peu voûté. Il me toisa et secoua la tête.

« Ça ne doit pas être facile de voir April dans cet état », dis-je.

Il soupira. Un soupir venant de si loin qu'il semblait monter de ses talons. « Tim, elle est en train de mourir sous mes yeux. »

Nous nous arrêtâmes tous les deux. Un instant, Ransom se couvrit le visage de ses mains. Quelques passants, en nous croisant, restèrent bouche bée devant le spectacle insolite d'un homme mûr dans un élégant costume gris qui pleurait dans la rue. Quand il baissa les mains, des traînées de larmes marquaient son visage. « Voilà maintenant que je ne sais plus me tenir en public. » Il prit un mouchoir dans sa poche et s'essuya les joues.

« Tu veux toujours voir Tom Pasmore ? Tu ne préférerais pas rentrer ?

– Tu plaisantes ? »

Il se redressa et repartit. Nous passâmes devant la papeterie, l'épicerie et le fleuriste avec son vélum à rayures et son étalage de fleurs devant le magasin. « Qu'est-il arrivé à la Mercedes d'April ? Il ne me semble pas l'avoir vue quand nous avons quitté la maison. »

Ransom se rembrunit. « Tu aurais eu du mal. Elle a disparu. Je suppose qu'on finira par la retrouver : j'ai eu d'autres soucis, tu sais.

– Où crois-tu qu'elle soit ?

– A te dire la vérité, je me fiche de ce qui est arrivé à cette voiture. Elle était assurée. Ça n'est jamais qu'une bagnole. »

Nous parcourûmes encore quelques blocs dans la chaleur, sans échanger un mot. De temps en temps John Ransom tirait son mouchoir de sa poche pour s'éponger le front. Nous approchions du campus de l'Université : des librairies et de petits restaurants avaient remplacé les épiceries et les fleuristes. Le Royal, le seul cinéma d'art et d'essai de Millhaven, proposait un programme de thrillers des années quarante et cinquante : un programme commençant par une soirée avec deux films, *Assurance sur la mort*, puis *En quatrième vitesse* et se terminant dans le courant d'août sur *Le Port de la drogue* et *L'Inconnu du Nord-Express*. Entre-temps, on passait différents films : *L'Appel des profondeurs, Le Grand Sommeil, Quand la ville dort, Enquête à Chicago, Laura, La Griffe du passé, Les Enchaînés*. C'étaient les films de ma jeunesse : je me rappelai le plaisir de me glisser dans la fraîcheur du Beldame Oriental par une journée brûlante, d'acheter du popcorn et de regarder un film noir dans la salle presque déserte.

Je me souvins tout d'un coup du cauchemar que j'avais fait le matin du jour où John Ransom m'avait téléphoné. Les grosses mains sur la grande assiette blanche. Le découpage de la chair humaine. La bouchée que j'avais prise et comment je l'avais recrachée dans un geste de révulsion. La chaleur me donnait des étourdissements et le souvenir du rêve me laissait le goût de cendre de la dépression. Je m'arrêtai et regardai la façade du cinéma.

« Ça va ? », fit Ransom en se retournant vers moi.

Le titre d'un des films semblait flotter quelques centimètres au-dessus des autres : une illusion d'optique, ou bien un jeu de lumière. « As-tu jamais entendu parler d'un film intitulé *L'Appel des profondeurs* ? demandai-je. Je ne connais absolument pas. »

Ransom vint me rejoindre. Il regarda la façade couverte d'affiches. « C'est plutôt mélo comme titre, non ? »

Ransom traversa Berlin Avenue et suivit un pâté de maisons de brique rouge et de bois à deux étages séparées par des haies basses et touffues. Sur certaines des minuscules pelouses, on apercevait des bicyclettes et des jouets d'enfant et toutes avaient des traînées brunes comme des marques de brûlure. D'une fenêtre du premier parvenaient les accents d'un disque de rock and roll, métallique et sans âme.

« Je me souviens de Tom Pasmore, dit Ransom. Un type très solitaire. Il n'avait pas vraiment d'amis. L'argent venait de son grand-père, n'est-ce pas ? Son père ne valait pas grand-chose. Je crois qu'il a plaqué sa famille quand Tom était en dernière année d'Université. »

C'était le genre de détail que tout le monde devait connaître à Brooks-Lowood.

« Et sa mère était une alcoolique, poursuivit Ransom. Jolie femme, pourtant. Elle vit toujours ?

– Elle est morte il y a une dizaine d'années.

– Et maintenant, il est à la retraite ? Il ne fait rien du tout ?

– J'imagine que s'occuper de son argent est déjà un travail à temps complet.

– April aurait pu faire ça pour lui », remarqua Ransom.

Nous traversâmes Waterloo Parade et longeâmes un autre pâté de maisons en silence tandis que Ransom pensait à sa femme.

Nous traversâmes Balaclava Lane. Les maisons commencèrent à être un peu plus grandes, construites sur des terrains plus spacieux. Entre Berlin Avenue et Eastern Shore Drive, la valeur des propriétés augmente rue après rue : en nous dirigeant vers l'est, nous approchions du quartier où John Ransom avait passé son enfance.

Il resta silencieux tandis que nous traversions Omdurman Road, Victoria Terrace, Salisbury Road. Nous arrivâmes à la longue rue appelée The Sevens, où de vastes maisons sur d'immenses pelouses semblaient proclamer qu'elles valaient bien des résidences une rue plus à l'est, sur Eastern Shore Road. Il s'arrêta et s'essuya de nouveau le front. « Quand j'étais gosse, je sillonnais à pied tout ce quartier. Aujourd'hui, il me paraît si étranger. C'est comme si je n'avais jamais vécu là.

– Est-ce que ce ne sont pas fondamentalement toujours les mêmes gens qui y habitent ?

– Que non : les gens de l'âge de mes parents sont morts ou sont allés s'installer sur la côte ouest de la Floride. Les gens de ma génération sont tous partis pour Riverwood. Même Brooks-Lowood a déménagé. Tu savais ça ? Il y a quatre ans, ils ont vendu la propriété et bâti un grand établissement de style géorgien à Riverwood. »

Il regarda autour de lui. On aurait pu croire un moment qu'il envisageait d'acheter une de ces grandes baraques prétentieuses. « La plupart des gens comme April, les nouveaux riches, ont acheté des maisons à Riverwood. Elle ne voulait pas en entendre parler. April aimait bien être en ville, pouvoir marcher. Elle était attachée à notre petite maison. Elle l'aimait comme elle est. »

Je remarquai qu'il utilisait l'imparfait et je sentis monter en moi une vague de pitié en songeant à l'épreuve qu'il traversait.

« Parfois, dit-il, je suis découragé. »

Nous remontâmes le reste du bloc pour prendre à droite Eastern Shore Drive. De vastes demeures de tous les styles imaginables s'alignaient de chaque côté de la large avenue. D'énormes entassements de brique avec des tours et des tourelles. Des constructions à colombages de style Tudor. Des fantaisies mauresques. D'immenses palais de pierre avec des fenêtres à vitraux : l'argent s'exprimant sans contrainte et sans se laisser brider par le goût. Rivalisant entre eux, les gens qui avaient fait bâtir ces gigantesques structures avaient acheté de la grandeur au mètre.

Je finis par désigner la maison de Tom Pasmore. Elle était sur le côté ouest de l'avenue, pas du côté du lac. Du lierre vert foncé recouvrait la pierre grise de sa façade. Comme du temps de Lamont von Heilitz, les rideaux étaient soigneusement tirés.

Nous remontâmes l'allée jusqu'à la porte d'entrée et je sonnai. Nous attendîmes longtemps, me sembla-t-il. John Ransom me regarda comme si j'étais un étudiant qui n'avait pas remis sa copie à temps. Je sonnai encore. Il s'écoula peut-être vingt secondes.

« Es-tu sûr que Sa Seigneurie est debout ?

– Attends », dis-je. Dans la maison, des pas se dirigeaient vers la porte.

Après m'avoir lancé un nouveau regard critique, John prit dans sa poche son mouchoir trempé pour se tamponner la nuque et le front. Il y eut un déclic dans la serrure. John redressa les épaules et afficha une assez bonne imitation de sourire. La porte s'ouvrit. Tom Pasmore apparut de l'autre côté du grillage, clignant des yeux et souriant. Il portait un costume bleu pâle avec un veston croisé à demi boutonné sur une chemise d'un blanc de neige, et une cravate de soie bleu marine. Ses cheveux humides étaient coiffés en raie. Il avait l'air fatigué et pas dans son assiette.

11

« Salut, mon grand ! fit Ransom avec un entrain forcé. On croyait que tu n'étais pas là !

– Tim et John, quel plaisir », fit Tom. Tout en s'affaissant sur les boutons de son gilet, il nous regardait tour à tour. « C'est quelque chose, hein ? » Il ouvrit grand la porte et John Ransom dut faire un pas en arrière. Il tendit sa main droite. Tom la prit et dit : « Eh bien, vous vous rendez compte ! Ça fait longtemps, John Ransom. Trop longtemps. »

« Entrez donc », fit Tom. Il s'enfonça dans l'obscurité relative de la maison. En entrant, je sentis les traces de savon et de shampooing qu'avait laissées sa douche. Des petites lampes étaient allumées çà et là, sur les tables et aux murs. Le bric-à-brac habituel emplissait l'énorme pièce. Je m'écartai pour laisser entrer John Ransom.

« Tu as été très gentil d'accepter. » Ransom s'interrompit en voyant à quoi ressemblait le rez-de-chaussée de la maison de Tom Pasmore. Il resta un moment bouche bée, puis se reprit « ... d'accepter de me voir. Ça représente beaucoup pour moi. D'autant plus que, d'après ce que m'a expliqué Tim, ce que tu peux me dire est d'ordre... plutôt personnel... »

Il examinait toujours l'intérieur qui ne correspondait visiblement pas à ce qu'il attendait. Lamont von Heilitz, le précédent propriétaire de la maison, avait fait de presque tout le rez-de-chaussée une seule et immense pièce. Bourrée de classeurs, de piles de livres et de journaux, de tables encombrées de dossiers concernant le meurtre sur lequel Pasmore travaillait pour le moment, de canapés et de fauteuils qui semblaient disposés au hasard. Tom Pasmore n'avait pas changé grand-chose. Les rideaux étaient toujours tirés. Les vieilles lampes sur pied et celles avec des abat-jour verts de bibliothèque étaient encore allumées çà et là. Elles baignaient d'une chaude lumière les milliers de livres alignés sur des rayonnages de bois sombre le long des murs et sur la grande table au fond de la pièce. D'énormes haut-parleurs étaient posés le long des murs reliés à un équipement compliqué installé sur des étagères. Les disques compacts étaient appuyés les uns contre les autres, comme des dominos, sur une demi-douzaine de rayonnages et on en avait entassé des centaines d'autres en piles instables sur le sol.

« Je sais, dit Tom, qu'au premier abord cette pièce a l'air terriblement en désordre. Mais, je vous promets, il y a un endroit confortable pour s'asseoir au fond. » D'un geste large il désigna le désordre. « Nous y allons ? »

John Ransom examinait toujours la profusion de classeurs métalliques et de meubles de bureau. Tom s'engagea dans le labyrinthe.

« Dis donc, fit John Ransom, je sais que je ne t'ai pas vu depuis le collège, mais j'ai lu dans les journaux des tas de choses sur toi et sur un travail étonnant que tu as fait à propos du meurtre de Whitney Walsh. Stupéfiant. C'est d'ici que tu as tout reconstitué, hein ?

– Dans cette maison même », déclara Tom. Il nous fit signe de nous asseoir sur deux canapés placés à angle droit près d'une table basse dont la plaque de verre était couverte de livres. Il y avait quand même au milieu une petite place pour un seau à glace, trois verres, une carafe d'eau et quelques bouteilles. « Tout était là, dans les journaux, reprit-il. N'importe qui aurait pu le voir. Tôt ou tard quelqu'un d'autre l'aurait découvert.

– Oui, mais est-ce que tu n'as pas fait la même chose des tas de fois ? » John Ransom s'était assis en face d'un mur lambrissé où étaient accrochés une demi-douzaine de tableaux. Je pris le canapé à gauche de la table. Ransom contemplait les bouteilles. Tom s'assit dans un fauteuil en face de moi.

« De temps en temps, j'arrive à faire remarquer quelque chose qui a échappé aux autres. » Tom avait l'air extrêmement mal à l'aise. « John, je suis absolument navré de ce qui est arrivé à ta femme. Quelle horrible affaire. Est-ce que la police a progressé un peu ?

– J'aimerais pouvoir répondre oui.

– Comment va ta femme ? Vois-tu des signes d'amélioration ?

– Non, dit Ransom en fixant le seau à glace et les bouteilles.

– Je suis navré. » Tom marqua un temps. « Tu dois être d'humeur à prendre un verre. Est-ce que je peux t'offrir quelque chose ? »

Ransom dit qu'il prendrait volontiers de la vodka avec des glaçons. Tom se pencha sur la table et, avec des pinces en argent, fit tomber des cubes de glace dans un verre épais avant de l'emplir de vodka presque jusqu'en haut. Je le regardai agir comme si rien n'était plus important pour lui que de mettre John Ransom à l'aise, et je me demandai s'il allait se servir un verre. Je savais – ce que Ransom ignorait – que Tom n'était pas levé depuis plus d'une demi-heure.

Nous avions au milieu de la nuit des conversations téléphoniques qui duraient parfois deux ou trois heures. Je m'imaginais parfois que Tom Pasmore se mettait à boire dès qu'il passait le pied hors du lit et qu'il ne s'arrêtait que quand il parvenait à y retourner. C'était l'être le plus esseulé que j'aie jamais rencontré.

Il avait passé toute son enfance entre une mère

ivrogne et un père – Victor Pasmore, l'homme qu'il croyait être son père – distant et coléreux. Tom n'avait connu Lamont von Heilitz, son père biologique, que peu de temps avant qu'il ne fût assassiné à la suite de la seule enquête que les deux hommes avaient menée ensemble. Tom avait découvert le cadavre de son père au premier étage de cette maison. Cette enquête avait rendu Tom Pasmore célèbre à dix-sept ans et l'avait laissé à la tête de deux fortunes. Mais cela l'avait figé dans la vie qu'il continuait à mener. Il habitait la maison de son père, il portait les vêtements de son père et il poursuivait l'œuvre de son père. Il avait fait un bref passage par la filiale locale de l'Université d'Illinois. Il avait alors écrit deux monographies – l'une sur la mort de Thomas Chatterton, le poète faussaire du XVIIIe siècle, l'autre sur l'enlèvement du bébé Lindbergh. Toutes deux causèrent une certaine émotion dans les milieux universitaires. Il entra à la faculté de droit de Havard l'année où un étudiant anglais fut arrêté pour meurtre, après avoir été retrouvé sans connaissance dans la chambre d'un motel de Cambridge auprès du cadavre de sa petite amie. Tom interrogea des gens, réfléchit à divers indices et présenta à la police des preuves si convaincantes que l'étudiant fut libéré et qu'on arrêta un célèbre professeur anglais. Tom refusa l'offre que lui firent les parents de l'étudiant de payer la fin de ses études de droit. Des journalistes commencèrent à le suivre jusqu'à ses cours. Il abandonna ses études et rentra précipitamment chez lui. Il ne pouvait être que ce qu'il était : il était trop bon pour faire autre chose. Ce fut alors, à mon avis, qu'il se mit à boire.

Compte tenu de cette histoire, il ressemblait étonnamment au jeune homme qu'il avait été : il avait tous ses cheveux et, contrairement à John Ransom, il n'avait pas pris beaucoup de poids. Malgré l'élégance raffinée et démodée de sa tenue, Tom Pasmore ressemblait plus que Ransom à un professeur de collège. Les traces de son alcoolisme, les poches sous les yeux, les joues un peu bouffies et sa pâleur auraient bien pu être le résultat de quelques soirées trop tardives passées dans un recoin de bibliothèque.

Il s'arrêta, les mains posées sur la bouteille de vodka et un verre propre. Il me fixa de ses yeux bleus au regard épuisé et je sus qu'il avait lu exactement dans mes pensées.

« Tu veux boire quelque chose ? » Il connaissait tout de mon histoire.

John Ransom me regarda d'un air songeur.

« N'importe quelle boisson sans alcool, dis-je.

– Ah, fit Tom. Il va falloir chercher ça dans la cuisine. Viens donc avec moi : tu pourras voir ce que j'ai au frigo. »

Je le suivis jusqu'au fond et nous passâmes la porte de la cuisine. Elle aussi était restée comme du temps de Lamont von Heilitz. Hauts placards de bois. Double évier de cuivre. Boiseries, éclairage discret et insuffisant. La seule addition moderne était un réfrigérateur blanc étincelant presque aussi encombrant qu'un piano à queue. On avait découpé toute une longueur de placards pour le loger. Tom ouvrit la porte de ce monument : on aurait dit qu'il ouvrait la porte d'un carrosse. Le réfrigérateur était presque vide à l'exception du rayon d'en bas où se trouvaient au moins une douzaine de boîtes de Coca–Cola et de Pepsi Cola et des paquets de six bouteilles de Club soda. Ce fut ce que je choisis. Tom mit des glaçons dans un grand verre et me servit.

« Tu lui as demandé pour la voiture de sa femme ?

– Il dit qu'à son avis on va la retrouver.

– A son avis, qu'est-ce qu'elle est devenue ?

– On aurait pu la voler devant le Saint–Alwyn. »

Tom plissa les lèvres. « Ça paraît plausible.

– Tu savais que son père était propriétaire du Saint–Alwyn ? », demandai-je.

Tom me regarda et je vis dans ses yeux briller une sorte d'étincelle. « Vraiment ? », dit-il de telle façon que j'aurais été bien en peine de dire s'il le savait ou pas. J'allais lui poser la question quand un cri de douleur ou de stupéfaction parvint de l'autre pièce, accompagné d'un bruit sourd et d'un autre cri, cette fois clairement de douleur.

Je me mis à rire car je sus soudain exactement ce qui était arrivé. « John a fini par voir tes tableaux », dis-je.

Tom haussa les sourcils. D'un geste ironique il me désigna la porte.

Quand nous revînmes de la cuisine, John Ransom était planté de l'autre côté de la table et regardait les toiles accrochées aux murs. Il se penchait pour se frotter le genou et il était bouche bée.

Il se tourna pour nous dévisager.

« Tu t'es fait mal ? demanda Tom.

– Tu possèdes un Maurice Denis, fit John Ransom en se redressant. Bonté divine, tu as aussi un Paul Ranson.

– Tu t'intéresses à leur œuvre ?

– Mon Dieu, quel magnifique Bonnard là-haut », dit John. Il secoua la tête. « Je suis tout simplement confondu... ma femme et moi possédons pas mal d'œuvres des nabis, mais nous ne... » *Mais nous n'avons rien d'aussi bon que ça*, s'apprêtait-il à dire.

« J'aime particulièrement celui-là, dit Tom. Tu collectionnes les nabis ?

– C'est si rare de les voir chez d'autres gens... » Un moment, Ransom resta haletant devant les tableaux : le Bonnard était une petite peinture à l'huile représentant une femme nue qui se séchait les cheveux dans un rai de lumière.

« Je ne sors pas très souvent », dit Tom. Il contourna son fauteuil et s'y assit. Il considéra un moment les bouteilles et le seau à glace, puis se versa un verre d'une autre marque de vodka, moins chère que celle qu'il avait offerte à John Ransom. Sa main ne tremblait absolument pas. Il but une petite gorgée. Puis il me sourit. Je m'assis en face de lui. Une petite tache de couleur, comme du fard, apparut sur ses joues.

« Je me demande si tu as jamais envisagé d'en vendre une, dit John en se tournant vers lui.

– Non, je n'y ai jamais songé, dit Tom.

– Est-ce que je pourrais te demander où tu as trouvé certaines de ces œuvres ?

– Je les ai trouvées exactement où tu les vois, dit Tom. Aux murs de cette pièce.

– Comment est-ce possible ?

– J'en ai hérité quand Lamont von Heilitz m'a légué

cette maison. J'imagine qu'il les a achetées à Paris, dans les années vingt. » Une seconde encore il se prêta au jeu de John Ransom qui semblait avoir envie de tirer une loupe de sa poche pour examiner les coups de pinceau d'un Maurice Denis, puis il dit : « J'avais cru comprendre que tu voulais parler des meurtres de Blue Rose. »

Ransom tressaillit.

« J'ai lu ce que le *Ledger* a dit à propos de l'agression dont a été victime ta femme. Tu dois avoir envie d'apprendre tout ce que tu peux sur les affaires précédentes.

– Oui, absolument », dit Ransom. Il finit par s'éloigner du tableau et d'un pas un peu hésitant regagna son siège.

« Maintenant que j'ai mentionné le nom de Lamont von Heilitz, autant continuer. »

Ransom s'installa sur un autre canapé. Il s'éclaircit la gorge et, comme Tom ne disait rien, il but une gorgée de vodka avant de commencer. « Est-ce que Mr. von Heilitz a jamais travaillé sur les meurtres de Blue Rose ?

– C'était une question de temps », répondit Tom. Il regarda le verre qu'il avait posé sur la table, mais le laissa là. « Des affaires l'appelaient dans tous les coins du pays. Et puis, il parut parvenir à une conclusion précise. Je crois pourtant qu'elle ne le satisfaisait pas pleinement. Certaines pièces du puzzle ne semblaient pas être en place et, quand j'ai fait sa connaissance, il commençait à y réfléchir de nouveau. Là-dessus, j'ai rencontré à Eagle Lake quelqu'un qui avait eu un rapport avec l'affaire. »

Il se pencha, prit son verre et but une autre gorgée. Je n'avais jamais eu la chance de rencontrer Lamont von Heilitz mais, en regardant Tom Pasmore, j'avais l'étrange impression de voir devant moi le vieux détective. Peut-être John Ransom croyait-il le voir aussi, à en juger par son attitude brusquement tendue.

« Qui as-tu rencontré à Eagle Lake ? », demanda John. C'était le lieu de villégiature, dans le nord du Wisconsin, où l'élite des grandes familles de Millhaven se rendait chaque été.

« Pour te raconter cela, reprit Tom, il faut que je te fasse certaines confidences à propos de ma famille. Je voudrais te demander de ne pas répéter ce que je vais te dire. »

John promit.

« Alors, laisse-moi te raconter une histoire », dit Tom.

12

« Tu te rappelles sans doute avoir rencontré de temps en temps ma mère à des réceptions du Collège.

– Je me souviens de ta mère, dit Ransom. C'était une très belle femme.

– Et fragile. Je suis sûr que tu te souviens de ça aussi. Ma mère passait des journées entières dans sa chambre. Parfois elle pleurait pendant des heures, même si elle ne savait pas pourquoi. J'en arrivais à être furieux contre elle de ne pas être comme la mère d'aucun de mes camarades. Eh bien, au lieu de me mettre en colère, j'aurais dû réfléchir à ce qui pouvait la plonger dans un tel désarroi. » Tom resta un moment songeur, puis reprit son verre. Ses lèvres s'arrondirent pour avaler une gorgée un peu plus abondante de vodka. Il avait horreur d'avoir à raconter cette histoire, je le sentais. Il le faisait parce qu'il aurait encore plus détesté me l'entendre raconter et parce qu'il estimait que John Ransom devait la connaître. Il reposa son verre et poursuivit : « Je pense que tu savais certaines choses à propos de mon grand-père. »

John tressaillit. « Glendenning Upshaw ? Bien sûr. Un homme puissant. » Il hésita. « Il est mort quand tu étais en dernière année. Suicide, je me souviens. »

Tom me lança un coup d'œil : nous connaissions tous deux les véritables circonstances de la mort de son grand-père. Puis son regard revint à John. « Oui, il était puissant. Il avait fait fortune à Millhaven et possédait une certaine influence politique. Un homme redoutable, et qui détenait un tas de secrets. Mais il y en avait un qu'il devait protéger par-dessus tout car cela l'aurait ruiné si jamais on l'avait découvert. Il avait tué trois personnes pour protéger ce secret et il a failli réussir à en tuer une quatrième. Sa femme l'a appris en 1923. Elle s'est noyée dans Eagle Lake : cela l'avait anéantie. »

Tom regarda ses mains posées sur ses genoux. Puis il leva brièvement les yeux vers moi avant de se tourner vers John Ransom. « Mon grand-père a congédié tous ses domestiques quand ma mère avait environ deux ans. Il n'en a jamais engagé d'autres, même après la mort de sa femme. Il ne pouvait pas se permettre qu'on découvre qu'il violait sa fille.

– Il la violait ? fit Ransom incrédule.

– Peut-être n'avait-il pas à employer la force. Mais il a obligé ou contraint ma mère à avoir des relations sexuelles avec lui depuis l'âge de deux ans jusqu'à ce qu'elle en ait quatorze.

– Et pendant tout ce temps, personne ne s'en est aperçu ? »

Tom but une autre gorgée, soulagé, je crois, d'avoir fini par le dire. « Il s'est donné beaucoup de mal pour s'en assurer. Pour des raisons évidentes, ma mère consultait le médecin qui avait toujours été celui de son père. Au début des années cinquante, cet homme a pris un jeune associé. Inutile de le dire : ce jeune docteur, Buzz Laing, n'a pas compté ma mère au nombre de ses patients.

– D'accord, Buzz Laing, fit Ransom. Tout le monde a toujours cru qu'il était la quatrième victime de Blue Rose. Mais Tim m'a dit qu'il avait été attaqué par quelqu'un d'autre. Pourquoi ? Il avait découvert la vérité à propos de ta mère ?

– Buzz rapportait le soir chez lui les dossiers du bureau pour mieux connaître les antécédents de ses patients. Une fois, il a simplement pris le dossier qu'il ne fallait pas. Ce qu'il a vu là l'a troublé. Il est venu trouver son associé pour en discuter. Des années auparavant, le vieux médecin avait noté tous les signes classiques de violences sexuelles. Saignements vaginaux, verrues vaginales, troubles de la personnalité, cauchemars, etc. Tout était là, dans les dossiers. »

Quand Tom reposa son verre, il l'avait vidé. Ransom poussa le sien vers lui et Tom y mit de la glace et de la vodka.

« Alors le vieux docteur a appelé ton grand-père, dit John Ransom quand Tom se fut rassis.

« Un soir, Buzz Laing rentre chez lui et monte l'escalier. Un grand gaillard l'empoigne par-derrière et lui coupe presque la tête. On le laisse pour mort mais il réussit à arrêter l'hémorragie et à appeler au secours. L'homme qui avait tenté de le tuer avait écrit BLUE ROSE sur le mur de sa chambre, et tout le monde a supposé que Laing était la quatrième victime.

– Mais William Damrosch ? Il avait été l'amant de Laing. Ce boucher, Stenmitz, avait abusé de lui. Et on a clos le dossier quand il s'est tué.

– Si on a clos le dossier, pourquoi es-tu assis ici à écouter une vieille histoire ?

– Mais comment ton grand-père pouvait-il être au courant de la vie privée d'un inspecteur ?

– Il avait un ami dans la police. Une sorte de protégé ; au long des années, ils se sont rendu mutuellement pas mal de services. Cet individu s'arrangeait pour savoir tout ce qui pourrait lui être utile et il partageait ses découvertes avec mon grand-père. C'était une de ses fonctions.

– Donc ce flic...

– ... a raconté à mon grand-père l'histoire de Damrosch. Mon grand-père, ce bon vieux Glendenning Upshaw, a vu comment il pourrait faire de tout ça un joli petit paquet.

– Il a tué Damrosch aussi ?

– Je crois qu'il l'a suivi chez lui un soir. Il a attendu trois ou quatre heures ou le temps qu'il fallait à son avis pour que Damrosch soit trop ivre pour se défendre. Et puis il a frappé à sa porte. Damrosch l'a laissé entrer. Mon grand-père lui a pris son arme de service et lui a tiré une balle dans la tête. Puis il a inscrit BLUE ROSE sur une feuille de papier et il est ressorti. Affaire classée. »

Tom se renversa dans son fauteuil.

« Et après cela, les meurtres ont cessé.

– Ils ont cessé avec l'assassinat de Heinz Stenmitz. »

Ransom réfléchit. « Pourquoi crois-tu que Blue Rose a cessé de tuer des gens pendant quarante ans ? Et penses-tu que ce soit la même personne qui ait attaqué ma femme ?

– C'est une possibilité.

– As-tu remarqué que les nouvelles agressions ont eu lieu aux mêmes endroits que celles d'autrefois ? »

Tom hocha la tête.

« Alors, il se répète, n'est-ce pas ?

– Si c'est le même homme, fit Tom.

– Pourquoi dis-tu cela ? A quoi penses-tu ? »

Tom Pasmore avait l'air de ne penser à rien d'autre qu'à nous voir quitter sa maison. Il dodelinait de la tête contre le dossier de son fauteuil. Je me dis qu'il voulait nous voir partir pour pouvoir se mettre au travail. Sa journée commençait tout juste. Il me surprit en répondant à la question de Ransom. « Ma foi, j'ai toujours pensé que ça pourrait avoir un rapport avec le lieu du crime.

– Ça a certainement un rapport », dit Ransom. Il reposa son verre vide. Il avait une tache rouge sur les pommettes. « C'est le quartier du meurtrier. Il tue là où il habite.

– Personne ne connaît l'identité de l'homme de Livermore Avenue, n'est-ce pas ?

– Un sans-abri qui croyait se procurer un peu d'argent. »

Tom hocha la tête : il enregistrait plus qu'il n'approuvait. « C'est une possibilité aussi.

– Oh, bien sûr », fit John Ransom.

Tom acquiesça d'un air absent.

« Je veux dire... qui n'arrive-t-on pas à identifier de nos jours ? Tout le monde a des cartes de crédit, des permis de conduire...

– Oui, ça tient debout, ça tient debout », fit Tom. Il fixait toujours un point au milieu de la pièce.

Ransom s'avança au bord du canapé. Il balança un

moment sur la table son verre vide et leva les yeux vers les toiles que Lamont von Heilitz avait achetées à Paris soixante ans plus tôt. « Tu n'es pas vraiment à la retraite, n'est-ce pas, Tom ? Est-ce que tu ne fais pas un peu de travail par-ci, par-là, sans en parler à personne ? »

Tom sourit : un lent sourire, presque de jouisseur.

« Mais si », insista Ransom. Je ne pensais pourtant pas que ça expliquait cet étrange sourire intérieur.

« Je ne sais pas si on pourrait appeler ça du travail, dit Tom. Quelque chose parfois attire mon attention. J'entends une petite musique.

– Tu ne l'entends pas maintenant ? »

Le regard de Tom revint sur lui. « Qu'est-ce que tu me demandes ?

– Nous nous connaissons depuis longtemps. Quand ma femme est rouée de coups et poignardée par un homme qui a commis les meurtres les plus enveloppés de mystère de Millhaven, il me semble que tu ne pourrais t'empêcher de t'y intéresser.

– Ça m'a suffisamment intéressé pour t'inviter à venir ici.

– Je te demande de travailler pour moi.

– Je ne prends pas de clients, répondit Tom. Désolé.

– J'ai besoin de ton aide. » John Ransom se pencha vers Tom, les mains tendues à quelques centimètres seulement de lui. « Tu as un don merveilleux et je voudrais que tu l'utilises pour moi. »

Tom semblait à peine l'entendre.

« Par-dessus le marché, je t'offre la chance de découvrir le nom de Blue Rose. »

Tom s'enfonça dans son fauteuil : son menton reposait sur sa poitrine. Il amena ses mains jointes sous sa lèvre inférieure et considéra Ransom d'un air méditatif. Il semblait plus à l'aise, plus présent qu'il ne l'avait été de toute la soirée.

« Envisageais-tu de me proposer un paiement pour cette aide ?

– Absolument, dit John Ransom. Si c'est ce que tu veux.

– Un paiement de quel ordre ? »

Ransom paraissait déconcerté. Il me jeta un coup d'œil comme pour me demander assistance et leva les mains. « Oh, c'est difficile de te répondre. Dix mille dollars ?

– Dix mille dollars pour identifier l'homme qui a attaqué ta femme. Pour faire mettre derrière les barreaux l'homme que tu appelles Blue Rose.

– Ça pourrait être vingt mille, reprit John. Ça pourrait même être trente.

– Je vois. » Tom se redressa, posa les mains sur les bras de son fauteuil et d'une poussée se remit debout. « Eh bien, j'espère que ce que je t'ai dit te sera d'une certaine utilité. J'ai été ravi de te revoir, John. »

Je me levai à mon tour. John Ransom resta assis, son regard allant de Tom à moi. « C'est tout ? Tom, nous parlions d'une proposition. Je t'en prie, dis-moi que tu vas l'envisager.

– Je crois malheureusement, dit Tom, que je ne loue pas mes services. Pas même pour la magnifique somme de trente mille dollars. »

Ransom avait l'air complètement dérouté. Il se leva à contrecœur. « Si trente mille, ce n'est pas suffisant, dis-moi combien tu veux. Je veux que tu marches avec moi.

– Je ferai ce que je pourrai », dit Tom. Il se dirigea vers le labyrinthe des classeurs et la porte de la rue.

Ransom tenait bon. « Qu'est-ce que ça veut dire ?

– Je te ferai signe de temps en temps », dit Tom.

Ransom haussa les épaules et fourra les mains dans ses poches. Chacun d'un côté de la table basse, nous nous dirigeâmes vers Tom. Pour la première fois je regardai les piles de livres entassés auprès des bouteilles et du seau à glace. Je fus surpris de constater que, comme ceux que j'avais vus sur la table de John Ransom, presque tous concernaient le Viêt-nam. Mais ce n'étaient pas des romans : la plupart des ouvrages posés là semblaient être des histoires militaires, œuvres d'officiers en retraite. *L'Infanterie américaine au Viêt-nam. Actions de petites unités au Viêt-nam, 1965-1966. Histoire des Bérets verts.*

« Je voulais que tu saches dans quel état j'étais, dit Ransom. Il fallait que j'essaie.

– J'ai été très flatté », fit Tom. Tous deux se frayaient un chemin vers la porte.

Je les rejoignis juste au moment où Ransom jetait un coup d'œil par-dessus son épaule pour voir les toiles accrochées au mur du fond.

« Et si jamais ça t'intéresse de vendre certains de tes tableaux, j'espère que tu t'adresseras à moi en premier.

– Bien », dit Tom. Il ouvrit la porte sur la chaleur brûlante de la fin du jour. La lune s'était déjà levée au-dessus des toits des maisons en bordure du lac, dans un ciel qui s'assombrissait et où quelques nuages flottaient poussés par le vent, bien trop haut pour nous apporter la moindre fraîcheur.

« Merci de ton aide », dit John Ransom en tendant la main. Tom la prit. Ransom fit une grimace en haussant une épaule, donnant une poignée de main énergique pour montrer sa gratitude.

« Au fait », dit Tom. Ransom desserra son étreinte. Tom dégagea sa main. « Je me demande si tu as envisagé la possibilité que l'agression contre ta femme ait en fait été dirigée contre toi.

– Je ne vois pas ce que tu veux dire. » John Ransom me regarda, essayant de voir si j'avais compris le sens de cette question. « Tu veux dire que Blue Rose croyait qu'April pouvait être *moi* ?

– Non. » Tom sourit et s'adossa au montant de la porte. « Bien sûr que non. » Il regarda le trottoir d'en face, puis d'un bout à l'autre de la rue et leva enfin les yeux vers le ciel. Dehors, à la lumière naturelle, sa peau ressemblait à du papier chiffonné qu'on aurait essayé de défroisser. « Je me demandais simplement si tu pouvais penser à quelqu'un qui voudrait t'atteindre à travers ta femme. Quelqu'un qui souhaiterait te faire beaucoup de mal.

– Je ne connais personne comme ça », dit Ransom.

Au bout du bloc, une petite voiture tourna dans Eastern Shore Road. Elle fit quelques mètres dans notre direction, puis se dirigea brusquement sur le côté et se gara. Le conducteur ne sortit pas de la voiture.

« Je ne crois pas que Blue Rose ait rien pu savoir sur April ou sur moi, dit Ransom. Ce n'est pas comme ça que ces types-là fonctionnent.

– Tu as certainement raison, dit Tom. J'espère que tout va s'arranger pour toi, John. Au revoir Tim. » Il me fit un petit geste de la main et attendit que nous descendions l'allée. Il nous fit encore un petit salut en souriant et referma sa porte. C'était comme si nous l'avions vu disparaître à l'intérieur d'une forteresse.

« De quoi voulait-il parler ? demanda Ransom.

– Allons manger un morceau », dis-je.

13

John Ransom passa presque tout le dîner à se plaindre : Tom Pasmore était un de ces génies que ne semblaient pas trop perspicaces, un ivrogne pontifiant. Il restait assis toute la journée dans cette maison aux rideaux tirés à siroter de la vodka. Même au collège, Pasmore était l'Homme invisible. Il ne jouait pas au football. Il n'avait pratiquement pas d'ami : « Cette jolie fille, belle à tomber, Sarah Spence, longues jambes, corps superbe, eh bien, elle avait *quelque chose* pour ce vieux Tom Pasmore. Je me suis toujours demandé comment diable le vieux Tom était arrivé à ça... »

Je ne confiai pas à Ransom qu'à mon avis c'était Sarah Spence, aujourd'hui Sarah Youngblood, qui se trouvait au volant de la voiture que nous avions vue déboucher dans la rue pour discrètement s'arrêter le long du trottoir à dix mètres de la maison de Tom Pasmore au moment où nous partions. Je savais qu'elle allait voir Tom et je savais qu'il souhaitait garder le secret sur ses visites mais je ne savais rien d'autre de leurs relations. J'avais l'impression qu'ils passaient beaucoup de temps à bavarder : Sarah Spence Youngblood était la seule personne dans toute la ville de Millhaven qui avait libre accès à la maison de Tom Pasmore. Quand elle s'était glissée par la porte d'entrée, au cours de ces longues soirées et de ces longues nuits, une fois les bouteilles ouvertes et les cubes de glace versés dans le seau de cuivre, je crois qu'il lui parlait. Je pense qu'elle était devenue la personne dont il avait le plus grand besoin. Peut-être la seule : parce que c'était l'être qui en savait le plus sur lui.

John Ransom et moi étions chez Jimmy's, un vieux restaurant du quartier Est de Berlin Avenue. C'était un agréable établissement avec des boiseries aux murs, des banquettes confortables, un éclairage tamisé et un long comptoir. Ç'aurait pu être un restaurant n'importe où à Manhattan et toutes les tables auraient été occupées. Comme nous étions à Millhaven et qu'il était près de neuf heures, nous étions pratiquement les seuls clients.

John Ransom commanda un cabernet Far Niente et fit tout un cirque pour le goûter.

Notre commande arriva : un faux-filet pour Ransom. Des scampi pour moi. John oublia Tom Pasmore et se mit à me parler de l'Inde et de l'ashram de Mina. « Cet être merveilleux était une beauté de dix-huit ans. Très réservée, elle parlait en phrases simples et courtes. Parfois elle préparait le petit déjeuner et elle faisait le ménage seule, comme une domestique. Mais tout le monde autour d'elle se rendait compte qu'elle avait cet extraordinaire pouvoir : elle possédait une grande sagesse. Mina a posé ses mains sur mon âme et l'a ouverte. Je lui en serai éternellement reconnaissant et je n'oublierai jamais ce que j'ai appris d'elle. » Il mastiqua un moment, avala, but une gorgée de vin. « Quand je me suis retrouvé à l'Université, Mina était devenue quelqu'un de connu. Les gens commençaient à comprendre qu'elle représentait une version très pure de l'expérience mystique. Comme j'avais étudié avec elle, cela me conférait une certaine autorité. Son nom ouvrait toutes les portes : comme si j'avais été le disciple d'un grand professeur. D'ailleurs, c'était bien ça, mais en plus profond.

– Tu n'as jamais été tenté de retourner la voir ?

– Je ne peux pas, dit-il. Elle a été extrêmement ferme là-dessus. Je devais continuer ma route.

– En quoi cela affecte-t-il ta vie maintenant ? », demandai-je. J'étais vraiment curieux d'entendre ce qu'il allait dire.

« Ça m'aide à tenir le coup », dit-il.

Il termina ce qu'il y avait dans son assiette, puis regarda sa montre. « Ça t'ennuierait que j'appelle l'hôpital ? Il faut que je prenne des nouvelles. »

Il fit signe au serveur d'apporter l'addition, but ce qui restait de vin dans son verre et se leva. Il prit dans sa poche une poignée de monnaie et se dirigea vers la cabine téléphonique dans un couloir au fond du restaurant.

Le serveur apporta l'addition sur une soucoupe. Je la retournai, je lus le total et je tendis au serveur une carte de crédit. Il n'était pas encore revenu avec le ticket que Ransom regagnait la table au pas de course. Il me prit le bras. « C'est... c'est incroyable. Ils croient qu'elle pourrait être en train de sortir de son coma. Où est l'addition ?

– J'ai payé avec ma carte.

– Tu ne peux pas faire ça, dit-il. Ne sois pas idiot. Je veux régler et filer là-bas.

– Va à l'hôpital, John. Je rentrerai à pied chez toi et je t'attendrai.

– Bon, ça faisait combien ? » Il fouilla dans ses poches de pantalon puis explora celles de son veston.

« J'ai déjà payé. File. »

Il me lança un regard vraiment exaspéré. Il pêcha une clé dans sa veste et la sortit sans me la donner. « C'était un vin très cher? Et mon plat coûtait deux fois plus que le tien. » Il regarda la clé comme s'il l'avait oubliée, puis me la remit. « Je t'assure que tu ne peux pas payer ce dîner.

– Tu paieras le prochain », dis-je.

Il sautait presque sur place dans sa hâte d'aller à l'hôpital, mais il vit le serveur s'approcher de nous avec le reçu de la carte de crédit. Il se pencha par-dessus mon épaule pour voir la somme pendant que je calculais le pourboire et que je signais. « Tu laisses un trop gros pourboire, dit-il.

– Tu vas t'en aller ! », fis-je en le poussant vers la porte.

14

A part deux étudiants en short et en tee-shirt entrant dans un bar qui s'appelait le Smoking d'Axel, les trottoirs devant chez Jimmy's étaient vides. John Ransom s'éloignait rapidement, balançant les bras en suivant Berlin Avenue vers Shady Mount. En passant de la relative obscurité aux brillantes lumières devant la façade du Royal, son costume d'été changea de couleur comme la peau d'un caméléon.

En deux ou trois secondes, il replongea dans l'ombre. Une voiture démarra de l'autre côté de la rue. Ransom était à une quinzaine de mètres : je le distinguais encore nettement, marchant d'un pas vif et régulier entre les flaques de lumière jaune projetée par les lampadaires.

En tournant pour remonter la rue, j'aperçus une voiture bleue qui démarrait. Je m'immobilisai une seconde : un déclic s'était produit dans ma mémoire. Juste au moment où la voiture allait entrer dans la zone de lumière du Royal, je me rappelai : la même voiture s'était garée sur Eastern Shore Drive pour échapper à nos regards quand Sarah Youngblood s'était engagée dans l'allée de Tom Pasmore. Puis la lumière du cinéma éclaira la voiture et, au lieu de Sarah Youngblood, je vis au volant un homme aux larges épaules et aux longs cheveux gris tirés en queue de cheval. La lumière fit briller une boucle d'oreille à son oreille gauche. C'était l'homme que j'avais failli heurter devant les téléphones publics de l'hôpital. Il nous avait suivis jusqu'à la maison de Tom Pasmore, puis chez Jimmy's et voilà maintenant qu'il suivait John jusqu'à l'hôpital.

Et, comme c'était là-bas que je l'avais vu d'abord, il avait dû nous suivre aussi. Je me retournai pour voir la voiture bleue descendre lentement la rue. Le conducteur suivait John de façon un peu saccadée. Quand celui-ci était trop loin devant lui, l'homme passait dans la file de gauche et parcourait lentement une dizaine de mètres avant de se rabattre vers le trottoir. S'il y avait eu un peu plus de circulation, on ne l'aurait absolument pas remarqué.

Je le suivis à pied, m'arrêtant en même temps que lui. J'entendais les semelles de Ransom marteler le trottoir. L'homme dans la voiture bleue démarra une nouvelle fois et s'avança sans bruit dans la rue presque déserte, le traquant comme un prédateur.

Marchant toujours à grands pas, Ransom n'était maintenant qu'à un bloc de l'hôpital. Il allait toujours d'une flaque de lumière à l'autre. L'homme à la voiture bleue émergea d'une zone d'ombre et fit quelques mètres. Il me surprit en dépassant Ransom. Je crus qu'il m'avait vu dans son rétroviseur et je me maudis de n'avoir même pas noté le numéro de sa voiture. Et puis il me surprit encore en montant sur le trottoir en face de l'hôpital. Je le vis bouger la tête pour repérer John Ransom dans son rétroviseur.

Je hâtai le pas.

Ransom s'engagea dans l'étroite allée bordée de haies qui menait à l'entrée des visiteurs de Shady Mount. La portière de la voiture bleue s'ouvrit et le conducteur descendit. Il referma la portière et traversa lentement la rue. Il avait à peu près ma taille, une démarche désinvolte, la tête un peu renversée en arrière. Une apostrophe de cheveux gris se dressait sur sa tête pour retomber sur sa nuque. Il balançait ses larges épaules et l'ample veste de son costume flottait un peu. Je constatai qu'il avait les hanches étonnamment larges et un gros ventre un peu mou. Sa façon de se déplacer, en tanguant, donnait l'impression qu'il nageait dans l'air humide.

Je pris mon carnet et notai le numéro de sa voiture : c'était une Lexus. Il remonta sur le trottoir et s'engagea dans l'allée. Il avait laissé à John Ransom le temps de prendre un ascenseur. Je descendis le bloc aussi vite que je pus et, quand je pénétrai à mon tour dans l'allée, il franchissait tout juste la porte des visiteurs qui se referma derrière lui. Je montai au petit trot et j'arrivai alors qu'il voguait encore en direction de l'ascenseur. Je traversai le couloir presque vide et lui posai une main sur l'épaule.

Il se retourna avec une grimace agacée. « Je peux vous aider ? », dit-il. Il avait un pur accent de Millhaven : un ton sourd, haché, légèrement nasillard.
« Pourquoi suivez-vous John Ransom ? », demandai-je.

Il me répondit par un ricanement : seule la moitié de son visage bougeait. « Vous avez perdu la tête. »

Il allait tourner les talons, mais je le pris par le bras. « Qui vous a dit de suivre Ransom ?

– Et vous, qui êtes-vous ? »

Je lui donnai mon nom.

Il parcourut le couloir du regard. Derrière le long comptoir, deux employés gardaient une immobilité un peu fanée devant leurs claviers d'ordinateur. Ils faisaient semblant de ne pas écouter. L'homme fronça les sourcils et m'entraîna vers l'autre bout du corridor, où se trouvait une rangée de fauteuils vides. Il se planta devant moi et me toisa de la tête aux pieds. Il essayait de décider comment il allait s'y prendre avec moi.

« Si vous voulez vraiment aider ce Ransom, dit-il enfin, je crois que vous devriez retourner là d'où vous venez.

– C'est une menace ?

– Vous ne comprenez pas du tout, dit-il. Ça ne vous concerne en rien. » Il pivota sur lui-même et s'éloigna à grands pas vers l'entrée des visiteurs.

« Peut-être qu'un de ces employés qui ont l'air un peu nerveux pourrait appeler la police. »

Il se retourna vers moi. Son visage était d'un rouge malsain. « C'est la police que vous voulez ? Écoutez, trou du cul, je suis de la police. »

Il tira de sa poche revolver un gros portefeuille noir. Il l'ouvrit rapidement pour me montrer un de ces petits insignes dorés qu'on donne aux femmes des policiers et aux gens qui font des dons à la police.

« Très impressionnant », dis-je. Il enfonça sur ma poitrine son gros index et approcha de moi son large visage. « Vous ne savez pas dans quel guêpier vous vous fourrez, pauvre abruti. »

Puis il passa devant moi et franchit la porte. Je lui emboîtai le pas et le vis remettre son portefeuille dans son pantalon en descendant l'allée. Il traversa la rue sans même regarder les voitures qui arrivaient. Il ouvrit la portière de la Lexus, se pencha et se glissa à l'intérieur. Il claqua la portière, démarra et regarda par la vitre ouverte pour me voir en train de l'observer. Son visage semblait occuper tout l'espace de la vitre. Il déboîta sur Berlin Avenue et partit en trombe. Je m'avançai sur la chaussée et vis l'éclat de ses feux arrière s'affaiblir tandis qu'il s'éloignait. Les stops s'allumèrent : il s'était arrêté à un feu rouge deux rues plus bas. La Lexus continua encore un bloc puis tourna à gauche, sans se donner le mal de mettre son clignotant. Il n'y avait pas d'autre voiture en vue. La nuit semblait immense et noire.

Je remontai entre les baies et entrai dans l'hôpital.

15

Je n'étais pas arrivé à l'ascenseur qu'une voiture de police s'arrêta à l'entrée des ambulances devant la salle des urgences. Dans le couloir, des lampes rouges et bleues se mirent à clignoter comme un message en morse. Quelques employés se penchèrent par-dessus la cloison. Un petit homme un peu chauve avec un gros nez descendit de la voiture. L'inspecteur s'engouffra par les portes vitrées qui s'écartaient. Une infirmière trottina vers lui en souriant, les mains jointes sous son menton. L'inspecteur lui dit quelque chose que je n'entendis pas. Il la souleva de terre et la porta sur quelques mètres avant de lui chuchoter quelque chose à l'oreille et de la reposer sur le sol juste à l'entrée du couloir. Pliée en deux, l'infirmière reprit sa respiration et lui fit de grands gestes d'adieu tout en se redressant et en rajustant son uniforme. Les yeux fixés sur moi, l'inspecteur approchait.

Je m'arrêtai et attendis. A peine entré dans le couloir il dit : « Allons, appelez l'ascenseur, ne restez pas planté là. » De la main il me désignait les boutons. Les employés qui s'étaient penchés par-dessus la cloison pour voir ce qui se passait le regardèrent en souriant. « Vous aviez bien appelé l'ascenseur, n'est-ce pas ? »

J'acquiesçai et, me dirigeant vers les portes fermées, je pressai le bouton MONTÉE.

L'inspecteur fit un signe de tête aux employés. Son visage massif semblait immobile, mais ses yeux étincelaient.

« Ce n'est pas vous qui nous avez appelés, n'est-ce pas ?

– Non, fis-je.

– Alors, très bien. »

Je souris et le pétillement disparut de façon spectaculaire de son regard. C'était un vrai comédien, avec sa tête de cocker et son complet chiffonné. « La police ne devrait jamais mettre les pieds dans les hôpitaux. » Il avait ce genre de visage capable d'exprimer des sentiments subtils sans qu'un seul trait ait l'air de bouger. « Voudriez-vous entrer là-dedans, s'il vous plaît ? » La porte de l'ascenseur s'était ouverte devant nous.

J'entrai dans la cabine et il me suivit. Je pressai la bouton du second étage. L'ascenseur monta puis s'arrêta. L'homme sortit et prit la direction de la chambre d'April Ransom. Je lui emboîtai le pas. Après le bureau des infirmières nous tournâmes à droite. Un jeune policier en uniforme sortait de la chambre d'April.

« Alors ? fit l'inspecteur.

– Il se pourrait en effet que ça arrive », dit le policier en uniforme. Sur sa plaque on lisait THOMPSON. « Qui est-ce, inspecteur ? »

L'inspecteur me regarda. « Qui est-ce ? Je n'en sais rien. Qui êtes-vous ?

– Je suis un ami de John Ransom, répondis-je.

– Les nouvelles vont vite », dit l'inspecteur. Il entra le premier dans la chambre d'April.

John Ransom et un médecin qui avait l'air d'un collégien étaient debout au pied du lit. Ransom avait l'air un peu sonné. Il leva la tête en me voyant : son regard se dirigea vers l'inspecteur, puis revint vers moi : « Tim ? Qu'est-ce qui se passe ?

– Ce qui se passe ? demanda l'inspecteur. Il y a plus de monde ici que dans la cabine des Marx Brothers. Ça n'est pas vous qui avez appelé ce type ?

– Non, je ne l'ai pas appelé, dit John. Nous avons dîné ensemble.

– Je vois, fit le policier. Alors, comment va Mrs. Ransom ? »

John prit un air vague et hésitant. « Ma foi...

– Bon, toujours autant de mordant, dit l'inspecteur. Docteur ?

– L'état de Mrs. Ransom présente des signes nets d'amélioration », dit le médecin. Il martelait ses mots comme des coups frappés sur une grosse planche.

« Est-ce que la petite dame va pouvoir bientôt nous dire quelque chose, ou bien est-ce qu'on est en train de faire la queue à Lourdes ?

– Il y a des indications précises », dit le docteur. La grosse voix sourde avait l'air de sortir d'un personnage beaucoup plus corpulent et plus âgé planté derrière lui.

John à travers le lit me jeta un regard égaré. « Tim, elle va peut-être s'en sortir. »

L'inspecteur se glissa derrière lui au chevet de la malade. « Je suis Paul Fontaine, l'agression dont a été victime la femme de votre ami a un rapport avec une affaire de meurtre dont je m'occupe.

– Tim Underhill », dis-je.

Il pencha de côté sa grosse tête ovale. « Tiens, Tim Underhill. J'ai lu un de vos livres, *L'Homme divisé*. C'est de la merde. Mais j'ai bien aimé.

– Merci, dis-je.

– Maintenant, qu'est-ce que vous êtes venu dire à Mr. Ransom ? A moins que ce ne soit quelque chose que vous préféreriez dissimuler à notre remarquable service de police ? »

Je le regardai. « Voulez-vous noter pour moi un numéro minéralogique ?

– Thompson », dit-il. Le jeune policier sortit son carnet.

Je lui lus le numéro de la voiture. « C'est une Lexus bleue. Son propriétaire nous a suivis toute la journée, John et moi. Quand je l'ai arrêté dans le couloir en bas, il m'a brandi un insigne bidon en me disant qu'il était policier. Il a filé juste avant votre arrivée.

– Hum, dit Fontaine. C'est intéressant. Je vais voir ça. Vous souvenez-vous d'un détail à propos de cet homme ? Un signe particulier ?

– C'est un type aux cheveux gris avec une queue de cheval. Une boucle d'oreille en or à l'oreille gauche. Environ un mètre quatre-vingt-cinq et sans doute plus de cent kilos. Un gros ventre, des hanches larges, comme celles d'une femme. Je crois qu'il portait un costume de chez Armani.

– Oh, encore un. » Il se permit un sourire. Il prit des mains de Thompson le bout de papier avec le numéro minéralogique et le fourra dans la poche de sa veste.

« Il me *suivait* ? demanda John.

– Je l'ai vu ici cet après-midi. Il nous a filés jusqu'à Eastern Shore Drive, puis jusque chez Jimmy's. Il allait monter à cet étage, mais je l'ai intercepté dans le couloir.

– C'est dommage, dit Fontaine. Est-ce que cet individu a vraiment dit qu'il était policier ? »

J'essayai de me souvenir. « Je crois qu'il a dit qu'il était de la police. »

Fontaine fronça les lèvres. « Une façon de dire qu'on est de la famille.

– Il m'a montré un de ces petits insignes dorés.

– Je vais m'occuper de ça. » Il tourna la tête. « Thompson, les heures de visite sont terminées. Nous allons attendre pour voir si Mrs. Ransom sort de son coma et dit quelque chose d'utile. Mr. Underhill peut attendre dans le salon s'il veut. »

Thompson me lança un regard sans amabilité et recula d'un pas.

« John, je te retrouve à la maison », dis-je.

Il eut un pâle sourire et pressa la main de sa femme. Thompson fit le tour du lit et, un peu comme s'il s'excusait, me désigna la porte.

Il me suivit. Nous passâmes sans rien dire devant le bureau des infirmières. Les deux femmes derrière le comptoir s'efforcèrent sans y réussir de ne pas nous dévisager.

Thompson attendit que nous soyons presque aux ascenseurs. « Je voulais juste vous dire », commença-t-il. Il jeta un regard autour de lui pour s'assurer que personne n'écoutait. « Ne jugez pas mal l'inspecteur Fontaine. Il est dingue, c'est tout, mais c'est un grand policier. Pour les interrogatoires, c'est un vrai génie.

– Un génie fou, dis-je en pressant le bouton.

– Oui. » Le sergent Thompson avait l'air un peu gêné. Il mit les mains derrière le dos. « Vous savez comment on l'appelle ? Paul Fontaine le Fantastique. C'est vous dire comme il est bon.

– Alors il devrait pouvoir trouver qui est le propriétaire de cette Lexus bleue, dis-je.

– Il trouvera, dit Thompson. Mais il pourrait bien ne pas vous dire qu'il l'a trouvé. »

16

J'entrai dans la maison et cherchai à tâtons un commutateur. Un petit point rouge clignotait sur le répondeur, annonçant que des appels avaient été enregistrés. A part cela, le rez-de-chaussée baignait dans un noir profond et velouté. Chez Ransom, avec la climatisation, on se serait cru dans un réfrigérateur. Je trouvai un interrupteur juste à côté de l'encadrement de la porte et j'allumai un plafonnier en bronze et en verre qui avait l'air d'un chandelier. Puis je refermai la porte. Un bouton près de l'entrée du salon alluma à son tour la plupart des lampes de la pièce. J'entrai pour m'affaler sur un canapé.

Je finis par monter dans la chambre d'amis. On aurait dit une chambre d'hôtel à quarante dollars la nuit. J'accrochai mes vêtements dans la penderie auprès de la porte. Puis je remontai deux livres d'en bas : *La Bibliothèque de Nag Hammadi* et un roman de Sue Grafton en édition de poche. Je pris un fauteuil devant la cheminée. J'ouvris l'anthologie de textes gnostiques et je lus un long moment en attendant que John Ransom apporte de bonnes nouvelles de l'hôpital.

Vers onze heures, je décidai d'appeler New York et de voir si je pouvais parler à un nommé An Vinh, que j'avais pour la première fois rencontré au Viêt-nam.

Six ans auparavant, quand mon vieil ami Tina Pumo avait été tué, il avait légué son restaurant, Le Saigon, à Vinh, qui en était tout à la fois le chef et le directeur adjoint. Vinh finit par en donner la moitié à Maggie Lah, l'ancienne amie de Tina, qui en avait assuré la direction tout en préparant son doctorat de philosophie à l'Université de New York. Nous habitions tous au-dessus du restaurant, dans divers lofts.

Cela faisait deux ou trois jours que je n'avais pas vu Vinh, et son bon sens me manquait.

Il était onze heures à Millhaven, minuit à New York. Avec un peu de chance, Vinh aurait confié le restaurant au personnel et serait monté pour une heure ou deux en attendant le moment de fermer et de faire les comptes de la journée. J'allai dans le vestibule et je composai le numéro de Vinh sur le téléphone posé à côté du répondeur. Au bout de deux sonneries, j'obtins le déclic d'une autre machine et j'entendis le bref message de Vinh : *Pas là.* Un silence, puis le bip. « C'est moi, dis-je. Séjour merveilleux, regrette que tu ne sois pas là. Je vais appeler en bas. »

Ce fut Maggie Lah qui répondit au téléphone dans le bureau du restaurant. Elle éclata de rire en entendant ma voix. « Tu n'as pas supporté ta ville natale plus d'une demi-journée ? Pourquoi ne reviens-tu pas ici, chez toi ?

– Je ne vais probablement pas tarder.

– Tu as tout découvert en un seul jour ? » Maggie se remit à rire. « Tu es plus fort que Tom Pasmore. Plus fort que Lamont von Heilitz !

– Je n'ai rien découvert du tout, dis-je. Mais April Ransom a l'air d'aller mieux.

– Tu ne peux pas rentrer avant d'avoir trouvé au moins *quelque chose*, dit-elle. Ce serait trop humiliant.

J'imagine que c'est Vinh que tu veux. Il est juste à côté de moi. Ne quitte pas. »

Une seconde plus tard, j'entendis la voix de Vinh prononcer mon nom : aussitôt je me sentis plus en paix avec moi-même et avec le monde. Je me mis à lui raconter ce qui s'était passé pendant la journée, sans omettre aucun détail : quelqu'un comme Vinh ne se laisse pas troubler par l'apparition d'un fantôme familier.

« Ta sœur a faim, dit-il. C'est pour ça qu'elle t'apparaît. Faim. Emmène-la au restaurant, on s'occupera de ça.

– Je sais ce qu'elle veut, et ce n'est pas de la nourriture », dis-je. Mais ces paroles m'avaient soudain rappelé John Ransom assis à l'avant d'une Jeep boueuse.

« Toi dans un cirque, dit Vinh. Trop vieux pour le cirque. Quand tu avais vingt et un, vingt-deux ans, toi *aimais* cirque. Maintenant toi complètement différent, tu sais. Mieux.

– Tu crois ? demandai-je, un peu abasourdi.

– Totalement », dit Vinh. Il employait cet anglais approximatif qui lui rendait de tels services. « Tu n'as plus besoin du cirque. » Il se mit à rire. « Je crois que tu devrais quitter Millhaven. Plus rien pour toi là-bas, c'est sûr.

– Qu'est-ce qui a amené tout ça ? demandai-je.

– Tu te souviens comment tu étais ? Bruyant et brutal. Maintenant tu ne bombes plus le torse. Tu ne te drogues plus, tu n'es plus fou. »

J'éprouvai cette crispation douloureuse qu'on ressent quand quelqu'un vous confronte avec le jeune idiot qu'on était. « Bah, j'étais un soldat en ce temps-là.

– Tu étais un ours de cirque, fit Vinh en riant. *Aujourd'hui* toi un soldat. »

Après quelques phrases encore, Vinh passa l'appareil à Maggie. Elle me gronda un peu, et puis nous raccrochâmes. Il était près de minuit. Je laissai une des lampes allumée et je montai en emportant le roman de Sue Grafton.

17

Le claquement de la porte d'entrée me réveilla. Je me redressai dans un lit inconnu. Quel hôtel était-ce, dans quelle ville ? J'entendais quelqu'un monter l'escalier. Le visage ricanant de l'homme à la queue de cheval flottait sur l'écran de ma mémoire. Je le reconnaissais et il essayait de me tuer comme il avait tenté de tuer April Ransom. Les pas pesants arrivèrent sur le palier. Je roulai à bas du lit. J'avais la bouche sèche et la tête qui résonnait. Je me plantai derrière la porte, tous mes muscles tendus.

Les pas approchèrent de ma porte et passèrent sans même une hésitation. Une seconde plus tard, une autre porte s'ouvrit et se referma.

Je me souvins alors où j'étais. J'entendis John Ransom pousser un gémissement en s'écroulant sur son lit. Je me décollai du mur.

Il était un peu plus de huit heures du matin.

Je frappai à la porte de la chambre de Ransom. Une voix à peine audible me dit d'entrer.

Je poussai la porte et j'entrai dans la pièce obscure. Elle était trois fois grande comme la chambre d'amis. Derrière le lit, à l'autre extrémité de la pièce, un mur de miroirs sur les portes d'une penderie reflétait vaguement la porte qui s'ouvrait et mon visage plongé dans l'ombre. La veste de son costume gisait toute froissée sur le plancher près du lit. Ransom était allongé à plat ventre en travers du matelas. Des bretelles aux couleurs criardes faisaient un Y en travers de son dos.

« Comment va-t-elle ? demandai-je. Est-ce qu'elle sort du coma ? »

Ransom roula sur le côté et me regarda en clignant des yeux comme s'il ne savait pas très bien qui j'étais. Il se mordilla les lèvres, soupira. Puis il se releva. « Mon Dieu, quelle nuit. » Il se pencha en avant et ôta ses mocassins marron. Il les lança vers la penderie et ils retombèrent avec un bruit sourd sur la moquette. « April va beaucoup mieux, mais elle n'est pas encore tirée d'affaire. » Il haussa les épaules et laissa tomber ses bretelles.

Ransom me regarda en souriant et je m'aperçus à quel point il avait l'air fatigué quand il ne souriait pas. « Mais, d'après le docteur, les choses prennent bonne tournure. » Il dénoua sa cravate et la lança vers un canapé. Elle tomba à côté et s'étala sur la moquette rose. « Je m'en vais dormir quelques heures et puis je retournerai à Shady Mount. » Il poussa un grognement et s'installa au pied du lit.

Deux énormes tableaux étaient accrochés au mur, face à face : un nu masculin allongé sur une herbe drue. Un nu féminin appuyé contre un arbre, les bras tendus. Les deux personnages dans le style des Nabis.

C'étaient les peintures nabis les plus sensuelles que j'eusse jamais vues. John vit mon regard aller de l'une à l'autre. Il s'éclaircit la gorge tout en déboutonnant sa chemise.

« Tu aimes ces tableaux ? »

J'acquiesçai.

« April les a achetés à un jeune type du coin l'année dernière. Je croyais que c'était une sorte d'escroc. » Il jeta sa chemise par terre. Posa ses clés, sa monnaie et ses billets sur une table de chevet. Détacha sa ceinture, ôta son pantalon et le poussa par terre. Il parvint à en extraire ses jambes, se débarrassa de ses chaussettes et se traîna vers le haut du lit. Une âcre odeur de sueur émanait de son corps. « Je suis désolé, mais je suis vraiment crevé. »

Il entreprit de se glisser sous le drap. Puis il cessa de bouger et remonta les couvertures jusqu'à son menton. « Tu veux te servir de la voiture ? Tu pourrais te balader dans Pigtown, voir si ça a l'air... » Il s'affala dans le lit en se frappant le front. « Je suis navré, Tim. Je suis encore plus claqué que je ne croyais.

– Laisse, dis-je. Même les gens qui vivent là l'appellent Pigtown. »

Ce n'était pas tout à fait vrai : les gens qui vivaient

dans mon ancien quartier n'avaient jamais aimé ce nom, *la ville des cochons*. Mais ç'avait l'air de lui faire plaisir. « Tant mieux pour eux », dit-il. Il s'installa plus confortablement. Il roula sa tête sur l'oreiller et me regarda avec des yeux injectés de sang. « Une Pontiac blanche.

– Je crois que je vais aller jeter un coup d'œil », dis-je.

Ransom ferma les yeux, frissonna et s'endormit.

QUATRIÈME PARTIE

WALTER DRAGONETTE

1

Sur le chemin de mon ancien quartier, je me rendis compte que je voulais d'abord aller ailleurs. J'engageai la Pontiac blanche de Ransom sur Redwing Avenue et je passai devant des vestiges du vieux Millhaven : des bars de quartier dans des endroits qui n'étaient plus de vrais quartiers. Un accablant soleil matinal semblait vouloir enfoncer dans les trottoirs brûlants les bâtiments de bois et de pierre. Millhaven, mon Millhaven s'effilochait autour de moi, disparaissait dans un paysage urbain typique du Middlewest.

J'aurais été moins convaincu de la disparition du vieux Millhaven si j'avais allumé la radio : j'aurais entendu Paul Fontaine et le sergent Michael Hogan annoncer l'arrestation du tueur en série qui allait bientôt devenir célèbre, Walter Dragonette, le Boucher. Mais je ne l'allumai pas et je restai quelques heures encore dans l'ignorance de son nom.

Trois ou quatre kilomètres défilèrent ainsi : images floues de voitures qui passaient et de paysage de béton sur la voie express est-ouest. Devant moi, l'énorme gâteau de mariage du stade de base-ball grandissait de plus en plus. Je pris la sortie juste avant. A cette heure matinale, seules les voitures des jardiniers stationnaient dans le vaste parking. Deux blocs après le stade, j'entrai par les grilles ouvertes du cimetière de Pine Knoll et je m'arrêtai près de la petite maison en pierre grise du gardien. Quand je descendis, la chaleur me frappa comme le souffle d'un lion. Des rangées de stèles de toutes tailles s'alignaient derrière comme un Arlington en désordre. De gros sapins du Canada bordaient le fond. Des allées de gravier blanc divisaient des pelouses parfaites. Au loin, des tourniquets projetaient des brumes d'eau irisée. A une dizaine de mètres de là, un vieil homme anguleux en chemise blanche, cravate noire, pantalon noir et casquette militaire noire s'affairait entre les stèles : il ramassait des boîtes de bière et des emballages de confiserie abandonnés par des adolescents qui avaient escaladé le mur du cimetière pour y festoyer après leur partie de base-ball de la veille au soir.

Les tombes que je cherchais se trouvaient dans la partie plus ancienne de Pine Knoll, près du haut mur de pierre qui borde le côté gauche du cimetière. Les trois pierres tombales étaient côte à côte : Albert Hoover Underhill, Louise Shade Underhill, April Shade Underhill. Les deux premières, plus récentes que celle d'April, avaient encore l'air neuf, desséché sous l'ardent soleil. Toutes trois devaient être tièdes. La pelouse était tondue très ras et des brins d'herbe çà et là étincelaient au soleil.

Si j'avais quelque chose à dire à ces tombes, ou elles à moi, c'était le moment. J'attendis, debout sous le soleil, serrant mes mains devant moi. Quelques souvenirs lumineux jaillirent d'un tourbillon de ténèbres : moi, assis bien au chaud et à l'abri sur le grand canapé avec ma mère, à regarder des conducteurs enfonçant dans la neige jusqu'à la taille après avoir abandonné leur voiture. April sautant à la corde sur le trottoir. Moi, couché dans mon lit avec la fièvre le jour de la Saint-Patrick, tandis que ma mère faisait le ménage en accompagnant les chansons irlandaises que diffusait la radio. Même ces chants étaient teintés de regret, de souffrance, de chagrin.

On aurait dit que quelque terrible secret était enfoui sous ces pierres, tout comme un Millhaven plus vibrant et plus réel brillait et brûlait sous la surface de tout ce que je voyais.

2

Vingt minutes plus tard, je pris la sortie sud de la voie express à Goethals Street et je continuai à l'ombre des ponts qui menaient aux bretelles d'accès. Les ateliers de photographie minables, les boutiques de confection sur le déclin cédèrent la place aux grands murs nus des tanneries et des brasseries. Je sentis l'odeur du houblon, les relents plus âcres du tanin. Des camionnettes fatiguées et cabossées s'alignaient dans la rue. Profitant de la pause, des hommes fumaient une cigarette, adossés aux murs ternes. Dans la pénombre, leurs visages avaient une couleur de copeaux métalliques.

Avec Goethals Street, on revenait aux vieux pavés disjoints. Je tournai à droite devant un bar où des serveuses aux seins nus débitaient des verres de cognac à la foule bruyante de l'équipe de nuit. Une rue plus au sud, je m'engageai sur Livermore Avenue. La grande ombre du viaduc flotta un instant au-dessus de ma tête. Les vastes prisons des bureaux disparurent derrière moi. J'étais de retour à Pigtown.

Là où jadis s'entrecroisaient les grands ormes, on avait posé des dalles de ciment. Le soleil tombait sans pitié sur les rares personnes, pour la plupart dans les soixante ou soixante-dix ans, qui se traînaient devant les salons de coiffure déserts et les débits de boisson aux vitrines grillagées. J'avais la gorge serrée et je ralentis à quarante à l'heure, la vitesse imposée. L'avenue était presque aussi déserte que les trottoirs et il y avait si peu de voitures en stationnement que les parcmètres projetaient des ombres parallèles.

Tout me parut aussitôt familier et étranger : comme si j'avais souvent rêvé de cette partie de Livermore Avenue, mais sans jamais la voir. De petites maisons de bois identiques à celles des rues transversales se dressaient auprès de tavernes aux toits en papier goudronné, de pompes à essence et de petits bistrots. Tous les deux ou trois blocs, une grande épicerie neuve, une banque avec guichet pour les automobilistes avaient remplacé les anciennes constructions. Mais la plupart des édifices que j'avais vus étant enfant, quand je vagabondais loin de la maison, étaient toujours là. Un moment, j'eus l'impression d'être redevenu cet enfant : chaque construction à demi oubliée devant laquelle je passais étincelait à mes yeux. Ces bâtiments me paraissaient d'une beauté sans complication, avec leur peinture écaillée, leurs briques sales, leurs enseignes au néon éteintes dans leurs vitrines poussiéreuses. J'avais l'impression qu'on m'avait ôté plusieurs couches de peau. Mes mains commençaient à trembler. Je me garai le long du trottoir et j'attendis que cela passe.

Le spectacle des tombes de ma famille avait fait craquer ma coquille. Le monde tremblait autour de moi. Il allait exploser. Le vieux mythe d'Orphée et de la femme de Loth dit : surtout ne te retourne pas.

3

Des rubans jaunes entourant les lieux du crime fermaient l'extrémité du passage en brique derrière le Saint-Alwyn. Ils pendaient comme si le soleil les avait fait fondre. Je me penchai aussi loin dans le petit tunnel que je le pouvais sans toucher le ruban. L'endroit où ma sœur avait été tuée était plus grand que j'en avais gardé le souvenir : environ trois mètres de long sur deux mètres soixante-dix de haut à l'endroit le plus élevé de la voûte. Le vent, l'humidité ou les pas des policiers avaient peu à peu effacé le contour du corps tracé à la craie sur l'asphalte du passage.

Puis je levai les yeux et je vis les mots. J'en eus le souffle coupé. Ils avaient été tracés sur une rangée de briques à un mètre cinquante environ au-dessus du sol en lettres de trente centimètres. Les mots penchaient un peu vers le haut comme si l'homme qui les avait écrits s'était incliné d'un côté. Les lettres étaient noires et minces, tracées à l'encre et les défauts des briques leur donnaient un air mâché. BLUE ROSE, comme une autre capsule où enfermer les vestiges d'une époque.

Je reculai et je me tournai vers Livermore Avenue. Une douleur imaginaire se mit à m'élancer dans la jambe droite. Un feu traversait mes os, se concentrant sur toutes les petites fêlures et soudures.

Puis, comme il le fait toujours, l'enfant que j'avais été, qui vivait en moi et voyait par mes yeux, énonça la vérité avec une éloquence qui n'avait pas besoin de mots.

Un fou surgi de ma propre enfance, une créature des ténèbres que j'avais un jour entr'aperçue dans l'étroit passage derrière moi, était revenu pour sacrifier d'autres vies. L'homme à la queue de cheval avait peut-être attaqué April Ransom et imité sa méthode, mais le vrai Blue Rose arpentait les rues de Millhaven comme un homme habité par un démon qui vient de s'éveiller. John Ransom avait raison. L'homme qui s'appelait Blue Rose était assis dans sa cuisine devant un bol de céréales et une tasse de café. Il allumait sa télévision pour voir si le temps allait se rafraîchir. Il fermait la porte de la maison pour aller faire un tour au soleil.

Tom Pasmore avait dit que le lieu du crime était l'élément qui liait entre elles les victimes. Comme son mentor, Tom Pasmore ne vous disait jamais tout ce qu'il savait, il attendait qu'on comprenne. J'allai jusqu'au coin et je traversai quand le feu passa au rouge en réfléchissant aux endroits où Blue Rose avait tué ses victimes voilà quarante ans.

Une derrière le Saint-Alwyn, une à l'intérieur. Une de l'autre côté de la rue, devant L'Heure de Loisir, le petit bâtiment de bois peint en blanc juste devant moi. Une autre, le boucher, à deux blocs de sa boutique. Ces quatre-là étaient les authentiques meurtres de Blue Rose. Planté devant L'Heure de Loisir, je me retournai pour inspecter la rue.

Trois des quatre meurtres originaux avaient eu lieu sur le seuil du Saint-Alwyn, sinon à l'intérieur. Je regardai le vieil hôtel de l'autre côté de la rue, en essayant de me replacer dans le passé. Le Saint-Alwyn avait été construit au début du siècle, quand le Quartier Sud avait prospéré et il gardait des traces de son élégance d'antan. A l'entrée, sur Widow Street, au coin de la rue, de larges marches de marbre menaient à une énorme porte en bois sombre avec des poignées de cuivre. Le nom de l'hôtel était gravé dans une arche de pierre au-dessus de la grande porte. De là où j'étais, je ne voyais que le côté de l'établissement. Au long des années, il s'était assombri jusqu'à être d'un gris sale. Neuf rangées de fenêtres, pour la plupart masquées à l'intérieur par des rideaux bruns, ponctuaient la pierre. Le Saint-Alwyn avait l'air vaincu, usé par le temps. Il n'était pas très différent quarante ans plus tôt.

4

Notre vieille maison se trouvait quatre numéros plus loin : une solide construction de bois rectangulaire avec deux marches de ciment devant la porte d'entrée, flanquée de fenêtres alignées sur celles du premier étage et devant, un petit bout de pelouse. On aurait dit un dessin d'enfant. Quand j'étais jeune, le premier étage était peint en marron et le rez-de-chaussée en jaune. Plus tard, mon père avait peint toute la maison d'un vert sinistre, mais les nouveaux propriétaires l'avaient restaurée dans ses couleurs originales.

Je ne fus guère affecté par le spectacle de la vieille maison. C'était comme une coquille dont j'étais sorti et que j'avais laissée derrière moi. J'avais été plus ému au cimetière de Pine Knoll. La simple traversée de Pigtown m'avait touché davantage. J'essayai de me laisser entraîner par les courants profonds, ceux qui vous relient à la Vie, mais j'avais l'impression d'être une pierre. Les souvenirs que j'avais de mon ancienne maison, c'était une vieille Underwood sur un bureau en pin dans une chambre où des roses bleues grimpaient sur le papier peint, avec des rubans de machine, des histoires propres à charmer les ténèbres : des souvenirs de frustration, de concentration ; du temps disparaissant dans une éblouissante éternité.

Il y avait encore un endroit qu'il me fallait voir. Je redescendis la 6e Rue Sud, traversai Livermore et tournai à gauche.

A deux blocs de là, j'aperçus l'auvent qui s'affaissait vers le trottoir. Mon cœur se serra. Le Beldame Oriental n'avait pas survécu aux trois dernières décennies aussi bien que le Royal. Des panneaux vitrés couverts de taches protégeaient jadis les lettres qui épelaient les titres des films. Rien ne restait de tous ces ornements dont je croyais me souvenir.

Deux étroites portes de verre donnaient sur le trottoir. Derrière elles, devant une double porte laquée noire, on n'apercevait plus qu'à peine la cage de verre de la caissière. Des éclats de ciment et des débris couleur de fumée jonchaient le carrelage noir et blanc entre les deux doubles portes. La faible distance qui les séparait, la petitesse de tout le cinéma, cela me donna un choc si profond que sur le moment je m'en rendis à peine compte.

Je reculai et j'inspectai la rue en cherchant le vrai Beldame Oriental. Puis j'allai jusqu'aux deux étroites portes vitrées et j'essayai de m'introduire à l'intérieur du vieux cinéma, ou simplement de mieux voir : je ne savais plus. Mon reflet s'avança à ma rencontre et nous nous touchâmes. J'eus l'impression qu'un énorme paquet d'émotions se détachait de ses secrètes amarres et remontait dans ma poitrine. Ma gorge se serra. Je ne respirais plus. Mes yeux brillaient. Je pris une inspiration saccadée, me demandant un moment si j'allais rester debout ; je ne pouvais même pas dire si j'éprouvais de la joie ou de l'angoisse. C'était simplement un sentiment dépouillé de tout contexte, jailli tout droit du cœur de mon enfance. Il avait même le goût de l'enfance. Je m'arrachai au vieux cinéma et fis quelques pas en vacillant sur le trottoir pour prendre appui sur un parcmètre.

La chaleur qui pesait sur ma tête et mes épaules me fit quelque peu reprendre mes esprits. Je me mouchai et me redressai. Je remis le mouchoir dans ma poche. Je m'éloignai du parcmètre et me frottai les yeux.

De l'autre côté de la rue, un petit vieux vêtu d'un ample costume croisé et d'un tee-shirt blanc me dévisageait. Il se tourna pour prendre à témoin quelques amis à l'intérieur d'un bistrot et de son index fit sur sa tempe un geste circulaire.

J'émis un bruit entre le soupir et le gémissement. Pas étonnant que j'aie eu peur de revenir à Millhaven, si des choses comme ça devaient m'arriver souvent. Ce qui me sauva d'une nouvelle crise, ce fut de me rappeler soudain ce que j'avais lu dans l'évangile gnostique en attendant que John rentre de l'hôpital : *Si tu accouches de ce qui est en toi, ce dont tu accouches te sauvera ; si tu n'accouches pas de ce qui est en toi, ce dont tu n'accouches pas te détruira.*

J'essayais d'accoucher : j'essayais depuis que je m'étais arrêté devant les tombes de Pine Knoll. Mais de quoi diable fallait-il que j'accouche ?

5

Je faillis revenir droit jusqu'à la Pontiac et rentrer à la maison de John. Je caressai l'idée de retenir une place pour rentrer à New York par le vol du soir. Je n'étais plus si sûr de m'intéresser à ce qui s'était passé voilà plus de quarante ans dans les parages ou « à cause » de l'hôtel Saint-Alwyn. Ce livre-là, je l'avais déjà écrit.

Était-ce en dépit ou en raison de l'expérience que je venais de ressentir, mais soudain j'avais faim. Ce que j'avais à faire, et quoi que ce fût, attendrait que j'aie pris une sorte de petit déjeuner. Le cimeterre de néon de la vitrine du restaurant n'était pas encore allumé, mais une pancarte OUVERT était accrochée à la poignée. J'entrai dans l'hôtel pour prendre à la réception un journal du matin.

Ce qui s'offrit à mon regard quand j'entrai dans le hall devait être presque exactement ce que Glenroy Breakstone et son pianiste assassiné, James Treadwell, avaient connu quarante ans plus tôt. Et ce que mon père avait vu en traversant le hall jusqu'à l'ascenseur. Des meubles de cuir usés. Un crachoir en cuivre. Tout cela dispersé sur un énorme tapis d'Orient usé jusqu'à la corde. Une unique ampoule brillait d'un faible éclat derrière un abat-jour vert auprès d'un canapé.

Une petite pile du *Ledger* de ce matin était posée sur le comptoir. J'en pris un exemplaire et glissai trente-cinq cents à l'employé de la réception. Il était assis à son bureau, le menton dans sa main, plongé dans la lecture du quotidien plié sur ses genoux. Au bruit des pièces de monnaie, il leva les yeux vers moi. « Oh ! Pardon ! » Il aperçut les trois exemplaires qui restaient sur son bureau. « Faut se lever de bonne heure pour avoir un journal aujourd'hui », dit-il en ramassant la monnaie. Je regardai ma montre. Neuf heures trente : on se levait tard au Saint-Alwyn.

J'emportai le journal dans la Taverne de Sinbad. Quelques hommes silencieux prenaient leur petit déjeuner au bar. Deux couples occupaient les tables du devant. Une serveuse en tenue bleu marine, qui paraissait trop sophistiquée pour une heure aussi matinale, était plantée au bout du bar. Elle bavardait avec la jeune femme en corsage blanc et nœud papillon noir qui travaillait derrière le comptoir. Il régnait dans la salle un calme de bibliothèque. Je m'assis dans une niche vide et fis des signes à la serveuse qui finit par prendre un menu et accourir. Elle portait des talons hauts. Elle avait le visage un peu rouge, mais c'était peut-être son maquillage. Elle posa le menu devant moi. « Je suis désolée, c'est si difficile de se *concentrer* aujourd'hui. Je vous apporte tout de suite du café. »

J'ouvris la carte. La serveuse s'approcha d'une desserte sur le côté du bar et revint avec une cafetière en verre. Elle remplit ma tasse. « Personne ici n'arrive à y croire, dit-elle. Personne.

– Aujourd'hui, dis-je, je croirais n'importe quoi. »

Elle me dévisagea. Elle avait environ vingt-deux ans et son maquillage lui donnait l'air d'un clown étonné. Puis son visage se durcit et elle tira son calepin d'une poche de son élégante tenue. « Vous êtes prêt à commander, Monsieur ?

– Un œuf poché et un toast au pain complet, s'il vous plaît. » Elle nota cela sans un mot, repartit entre les tables vides, s'engouffra par la porte d'aluminium qui donnait sur la cuisine.

Je regardai la fille blonde au nœud papillon au bout du bar et les couples assis au fond de la salle. Tous avaient des sections du journal du matin déployées devant eux. Même les hommes qui consommaient au bar sur des tabourets lisaient le *Ledger*. La serveuse émergea de la cuisine, me lança un regard noir et murmura quelque chose à la fille derrière le bar.

Les seuls clients à ne pas être plongés dans leurs journaux étaient quatre hommes silencieux installés autour d'une table de l'autre côté de la salle. Deux d'entre eux, en complet, affectaient ouvertement de n'avoir aucun lien avec les deux autres, qui auraient pu être des chauffeurs de camion. De ne pas non plus avoir de liens entre eux. Tous les quatre ignoraient les tasses posées devant eux. Ils avaient l'air de gens qui attendaient depuis longtemps. Cette impression de méfiance mutuelle était si forte que je me demandai ce qui les avait rassemblés. Un des hommes en costume de ville me vit les regarder et détourna aussitôt la tête, l'air très gêné.

Mon exemplaire du *Ledger* était posé sur la table devant moi. Je le pris et le dépliai. En découvrant l'énorme manchette, j'oubliai un instant les hommes assis là-bas et tout ce que j'avais pensé et éprouvé ce matin-là. Sous le gros titre, une photographie en couleur de douzaines de policiers en uniforme et en civil plantés sur la pelouse d'une petite maison de bois peinte en blanc. Un des inspecteurs était le loustic que j'avais rencontré à l'hôpital la veille au soir, Paul Fontaine. Un autre, un homme de haute taille à l'air autoritaire, avec un crâne qui commençait à se déplumer, des rides profondes lui marquant le visage et une petite moustache à la William Powell était présenté comme le supérieur immédiat de Fontaine, l'inspecteur en chef Michael Hogan. Je commençai à lire l'article à gauche de la photographie. Je découvris presque aussitôt que, parmi une douzaine au moins d'autres crimes insoupçonnés, on avait résolu l'énigme du meurtre de l'inconnu du passage derrière le Saint-Alwyn et de l'agression contre April Ransom. Walter Dragonette, vingt-six ans, employé au service de comptabilité de la Glax Corporation, avait passé des aveux. En fait, il avait avoué tout ce qu'on voulait. S'il y avait pensé, il aurait avoué avoir égorgé les sept femmes de Barbe-Bleue.

Le gros titre annonçait : SCÈNE D'HORREUR DANS LE QUARTIER NORD.

L'article faisait presque oublier le reste de l'actualité. Cinq millions de dollars de cocaïne saisis sur un bateau de pêche. Une inconnue prétendait qu'un neveu des Kennedy l'avait violée à New York trois ans avant d'être accusé de viol à Palm Beach. Un membre de la Chambre des représentants avait utilisé des appareils militaires pour ses déplacements personnels. Le reste du journal, comme tous les autres numéros de *Ledger* allaient le faire pendant une semaine, parlait presque exclusivement du jeune homme qu'on venait d'arrêter. Cerné par la police qui lui avait demandé : « Vous vous appelez bien Walter Dragonette ? », il avait répondu : « Alors, je pense que vous savez. » « Qu'est-ce que nous savons ? », avait demandé un policier en lui braquant un pistolet sur la poitrine. « Que je suis le Boucher », avait répondu Dragonette. Avec un sourire modeste. « Ou alors je dois avoir pas mal de contraventions impayées. »

Les reporters du *Ledger* avaient fait un travail stupéfiant. Ils étaient parvenus à déterrer le début de la saga de Walter Dragonette. Son histoire et ses exploits. Tout cela imprimé seulement deux heures après les faits. Les journalistes avaient bien travaillé, mais Walter Dragonette aussi.

La petite maison blanche de Dragonette sur la 20e Rue Nord, à un bloc du campus du Collège d'Arkham, était en plein milieu d'une zone « transitoire » : cela signifiait que le quartier, jadis, était entièrement blanc et qu'il était aujourd'hui de soixante à soixante-dix pour cent noir. C'était l'origine d'une grande partie des problèmes qui se posèrent plus tard. Les voisins noirs de

Dragonette prétendaient qu'ils avaient appelé la police pour se plaindre des bruits de lutte, des coups sourds et des hurlements tardifs qu'ils entendaient en provenance de la petite maison blanche : les policiers s'étaient contentés de passer en voiture dans la rue. Parfois ils se moquaient de celui qui les avait appelés, en disant que ces bruits-là n'étaient guère rares dans leur quartier maintenant, n'est-ce pas ? Si le plaignant voulait la paix, pourquoi ne pas essayer de s'installer à Riverwood : c'était toujours calme et paisible là-bas. Quand un plaignant avait insisté, le policier qui avait répondu au téléphone lui débita un long monologue comique qui se terminait ainsi : « Toi, face de rat, quand tu cognes ta bourgeoise sur la tête, tu as envie qu'on t'inculpe et qu'on te fasse des emmerdes ? Si on le faisait, est-ce que tu crois vraiment qu'elle porterait plainte ? » Face de rat, en l'occurrence un professeur d'anglais de quarante-cinq ans du nom de Kenneth Johnson, entendit à l'arrière-plan des gloussements et des rires.

Quand quelqu'un avait disparu depuis trois ou quatre jours, la police prenait des notes, remplissait des formulaires mais refusait en général de pousser les choses plus loin : le fils ou le frère disparu, le mari disparu (surtout le mari disparu) réapparaîtraient bien tôt ou tard. Qu'est-ce que la police était censée faire : perquisitionner de maison en maison pour un clown qui avait décidé d'obtenir un divorce sans attendre toute la paperasserie ?

Dans ces circonstances, les gens du quartier n'avaient même pas pensé à appeler la police pour se plaindre des bruits de scie électrique et de perceuse qu'ils entendaient parfois en provenance de la petite maison blanche. Pas plus que des odeurs de viande pourrie, parfois d'excréments, qui flottaient par ses fenêtres.

Ils ne savaient pas grand-chose du jeune homme bien convenable qui avait habité la maison avec sa mère et qui maintenant y vivait seul. Il était aimable. Il avait l'air intelligent et portait un costume pour aller travailler. Il avait un petit sourire timide et se montrait d'une amabilité un peu distante avec tous les gens du quartier.

Les plus vieux résidents avaient connu et respecté sa mère, Florence Dragonette, qui avait travaillé pendant plus de quarante ans à l'hôpital Shady Mount.

Mrs. Dragonette, une veuve d'une trentaine d'années avec une réputation irréprochable et un bébé, s'était installée dans la petite maison blanche à une époque où la 20e Rue Nord était presque aussi respectable qu'elle. Elle avait élevé cet enfant toute seule. Elle l'avait mis à l'école. Florence et son fils étaient des gens paisibles et convenables. Walter n'avait jamais eu beaucoup d'amis. Oh, il s'attirait bien quelques ennuis de temps en temps, mais plutôt moins que les autres garçons de son âge. Il était timide et sensible. Un rien renfermé. Et quand on les voyait dîner ensemble tous les samedis soir au restaurant chez Huff's, on constatait à quel point il était poli avec sa mère, comme il était aimable mais sans familiarité avec les serveurs : un parfait petit gentleman. Florence Dragonette était morte dans son sommeil voilà trois ans et Walter s'était occupé tout seul de tous les détails : certificat de décès, cercueil, concession au cimetière, service funèbre. Sans doute était-il brisé, mais il gardait son chagrin et sa peine pour lui et il s'assura que tout se passait exactement comme elle l'aurait souhaité. Certains des voisins étaient venus à l'enterrement : ça faisait partie des relations de bon voisinage, pas besoin d'invitation. Walter était là, dans un beau costume gris, serrant les mains et arborant son petit sourire, intériorisant sa douleur.

Après cela, Walter s'était un peu plus extériorisé. Il sortait le soir et ramenait des gens à la maison. Quelquefois les voisins entendaient chez lui une musique bruyante tard le soir. Une musique bruyante, des rires, des cris, des hurlements. Des choses comme on n'en avait jamais entendu du vivant de sa mère.

« Oh, je suis vraiment désolé », disait Walter le lendemain, planté près de la petite Reliant bleue que conduisait sa mère. Il avait hâte d'aller à son travail. Il était poli, charmant, l'air un peu honteux. « Je ne savais pas que ça faisait tant de bruit. Vous savez, je tiens surtout à ne déranger personne. »

De temps en temps, tard le soir, il se passait des disques et faisait marcher sa télévision un peu trop fort. Les voisins sentirent une odeur de viande pourrie et vinrent le trouver alors qu'il arrosait sa pelouse en disant : « Vous avez mis de la mort aux rats, Walter ? On dirait qu'un rat ou deux ont dû crever sous votre plancher. » Et Walter écartait soigneusement le tuyau d'arrosage en disant : « Oh, mon Dieu, je suis vraiment désolé de cette odeur. De temps en temps, notre vieux frigo a des ratés et s'arrête. Alors tout ce qu'il y a dedans pourrit. J'en achèterais bien un neuf tout de suite, mais je ne peux pas me permettre un nouveau frigo pour l'instant. »

6

Les rideaux de Walter Dragonette n'étaient entrouverts que de cinq ou six centimètres. Un étroit interstice. Trois fois rien, mais suffisant pour permettre à deux petits garçons, Akeem et Kwanza Johnson, de regarder à l'intérieur. De pouffer et de se bousculer en se battant pour se coller le nez à la vitre.

Akeem et Kwanza, neuf ans et sept ans, habitaient en face de chez Walter Dragonette. Leur père était Kenneth Johnson, le professeur d'anglais qui s'était fait traiter de « face de rat » par un policier de Millhaven dix-huit mois plus tôt. La maison des Johnson avait quatre chambres, une véranda et un premier étage. Mr. Johnson avait lui-même installé dans son salon des rayonnages de chêne du plancher jusqu'au plafond, tous bourrés de livres. D'autres s'entassaient en piles sur la table basse, sur les guéridons, sur le sol et même sur le téléviseur noir et blanc trente centimètres qui était le seul poste que Mr. Johnson avait chez lui.

Akeem et Kwanza Johnson s'intéressaient beaucoup plus à la télévision qu'aux livres. Ils *détestaient* le vieux récepteur noir et blanc installé dans la cuisine. Ils auraient voulu pouvoir regarder la télé dans le salon, comme leurs amis. Et ils auraient voulu la regarder en couleur, sur grand écran. Akeem et Kwanza se seraient contentés d'un trente-cinq centimètres, dès l'instant que c'était de la couleur, mais ce qu'ils désiraient vraiment, ce qu'ils rêvaient de faire acheter à leur père, c'était quelque chose ayant à peu près la taille des rayonnages. Ils savaient que leur voisin d'en face avait un poste comme ça. Ils l'entendaient depuis des années regarder des films de terreur au milieu de la nuit et ils savaient que la télé de Walter devait être *super*. Le poste de télé de Walter était si formidable que leur père avait appelé à deux reprises la police pour *s'en plaindre*. Le poste de télé de Walter était si formidable qu'on l'entendait *de l'autre côté de la rue*.

La veille du matin où Walter Dragonette accueillit quinze policiers armés jusqu'aux dents en leur disant qu'il était le Boucher, Akeem Johnson, neuf ans, s'était réveillé en entendant des bruits affaiblis mais reconnaissables d'un film de terreur *super* provenant des haut-parleurs du magnifique poste de télé de la maison d'en face. Son père ne le laissait jamais aller voir ce genre de films au cinéma. Il ne les permettait pas non plus sur le poste de télévision chez eux. Mais un ami d'Akeem lui avait montré des cassettes de Jason avec son masque de hockey et de Freddy Krueger avec son chapeau et il savait reconnaître les films au son. Auprès de ce qu'il entendait, si faible que ce soit, Jason et Freddy avaient l'air de mauviettes. Ce devait être un de ces films dont il avait entendu parler mais qu'il n'avait jamais vu comme *Evil Dead* ou *Massacre à la tronçonneuse*. Des films où les gens étaient poursuivis et découpés, mon vieux, là, sous vos yeux. Akeem entendit un homme qui hurlait comme un chien, qui sanglotait comme une femme, qui rugissait, qui poussait des hurlements, des gémissements.

Il sortit de son lit, s'approcha de la fenêtre et regarda de l'autre côté de la rue. Au lieu de se croiser comme d'habitude, les rideaux de Walter présentaient un espace étroit par où filtrait une lumière jaunâtre. S'il se glissait hors de la maison, se dit Akeem, il pourrait se cacher sous la fenêtre, jeter un coup d'œil et même regarder le film qui passait sur le grand poste de télévision de Walter. Il se rendit compte en même temps qu'il n'en ferait rien. Ce qu'il pouvait faire toutefois, c'était attendre que Walter quitte sa maison le matin et puis traverser la rue. Il regarderait par cette fenêtre et pourrait voir enfin si la télé de Walter était bien le monstre qu'il imaginait.

Les bruits assourdis qui traversaient la rue se turent : on arrivait dans le film à un de ces moments assommants qui suivaient toujours les scènes excitantes.

Le lendemain matin, Akeem descendit dans la cuisine. Il versa du lait sur ses céréales au cacao et s'installa à un endroit d'où il pouvait surveiller par la fenêtre la maison de Walter. Une dizaine de minutes plus tard, son petit frère arriva en traînant les pieds. Il se frottait les yeux et se plaignait d'avoir fait un cauchemar. Akeem lui expliqua ce qu'il était en train de regarder. Kwanza prit aussi des céréales et vint s'asseoir auprès de lui : tous deux guettèrent la maison d'en face comme un couple de cambrioleurs.

Juste après sept heures, Walter déboula par la porte de la rue. Il était en jeans et tee-shirt blanc. Où qu'il aille, il devrait rentrer se changer avant de se rendre à son bureau. Walter descendit précipitamment son allée, regarda à droite et à gauche tout en ouvrant la portière de la voiture. Monta et démarra en trombe.

« On y va ? demanda Akeem.

– Yep », dit son frère.

Ils se levèrent et se dirigèrent vers la porte d'entrée. Akeem fit sans bruit tourner le verrou et l'ouvrit. Ils se coulèrent dehors et Akeem laissa la porte entrouverte. Les deux frères traversèrent leur pelouse. La rosée collait sur leurs pieds nus des brins d'herbe. Ils se sentaient tout drôles, ils avaient l'impression de s'exposer en s'engageant sur la pelouse de Walter et en courant, le dos courbé jusqu'à la fenêtre. Akeem y arriva le premier, mais Kwanza le poussa comme une petite chèvre pour pouvoir regarder par l'entrebâillement des rideaux.

« Attends ton tour, dit Akeem. C'est moi qui ai eu l'idée.

– Moi aussi, je veux regarder aussi », protesta Kwanza. Il se glissa devant lui et se colla le nez contre le carreau. Les deux garçons regardèrent à l'intérieur pour contempler l'énorme poste de télévision.

A première vue, on aurait cru que Walter avait repeint son salon. Il avait repoussé contre le mur du fond la plupart des meubles et le sol était recouvert de journaux. « Akeem, dit Kwanza.

– Où est cet engin ? fit Akeem. Je sais qu'il est ici, c'est certain.

– Akeem », répéta son frère, exactement sur le même ton.

Akeem regarda le plancher dans la direction que lui indiquait son frère. Lui aussi vit le corps d'un grand Noir allongé au milieu d'un marécage de journaux ensanglantés. La tête de l'homme était à un ou deux mètres de là. Elle avait roulé sur le côté si bien qu'elle semblait contempler la lame de scie brisée à moitié enfoncée dans ce qui avait été son épaule gauche. Le large dos, un peu de la couleur des céréales au cacao en train de ramollir dans le bol de lait sur la table de cuisine des Johnson, était tourné vers eux. Il était sillonné de profondes coupures et on en avait découpé des morceaux de peau, ce qui laissait des entailles horizontales rouges.

Quelques maisons plus loin, une voiture démarra et les deux garçons poussèrent un hurlement : ils s'imaginaient que Walter était revenu pour les surprendre. Akeem fut le premier à être capable de bouger. Il recula en passant son bras droit autour de la taille de son frère et l'entraîna.

« Akeem, dit Kwanza, ce n'était pas un *film*. »

Akeem était trop bouleversé et trop effrayé pour parler. Il le regarda en grimaçant, lui indiquant par des gestes frénétiques qu'ils devraient *tout de suite* rentrer en courant à la maison. « Bon Dieu », dit Kwanza. Et il détala comme un lapin. Quelques secondes plus tard, ils foulaient l'herbe de leur pelouse et remontaient vers la porte de la maison.

Akeem l'ouvrit toute grande et les deux garçons se précipitèrent à l'intérieur.

« Ça n'était pas un film, dit Kwanza. Ça n'était pas... »

Akeem monta l'escalier quatre à quatre jusqu'à la chambre de ses parents.

Il réveilla son père en le secouant par l'épaule. Il se mit à lui parler d'un homme mort de l'autre côté de la rue avec la tête coupée. Ce type était tout ce qu'il y a de plus mort, avec plein de coupures, du sang partout...

Kenneth Johnson dit à sa femme de cesser d'engueuler le petit. « Tu as vu un homme mort dans la maison d'en face. La maison de Mr. Dragonette ? »

Akeem hocha la tête. Il s'était mis à pleurer et son frère se glissa dans la chambre pour assister à ce stupéfiant spectacle.

« Et toi aussi, tu l'as vu ? »

Kwanza acquiesça. « Ça n'était pas un film. » Mrs. Johnson s'assit dans son lit. Elle prit Akeem et le serra contre sa poitrine. Elle lança à son mari un regard affolé.

« Ne t'inquiète pas, je ne vais pas aller là-bas, dit-il. J'appelle la police. Cette fois on va voir ce qui se passe. »

Une dizaine de minutes plus tard, deux policiers arrivèrent dans une voiture à damier noir et blanc. L'un d'eux monta jusqu'à la maison des Johnson et sonna à la porte. L'autre traversa la pelouse d'en face d'un pas nonchalant et regarda par l'interstice entre les rideaux. Au moment où Kenneth Johnson ouvrait la porte, le second policier recula de la fenêtre, l'air abasourdi. « Je crois, dit Johnson à l'homme qui était sur le pas de sa porte, que votre camarade aimerait que vous alliez le rejoindre. »

Vingt minutes ne s'étaient pas écoulées que six voitures de police banalisées étaient stationnées du haut au bas de la rue. La première voiture à damier et une autre étaient garées à un coin de rue aux deux extrémités du bloc. En attendant, une jeune femme agent de police à la voix douce parlait à Kwanza et Akeem dans le salon. Kenneth Johnson était assis auprès de ses enfants, sa femme de l'autre côté.

« Aviez-vous déjà entendu des bruits violents en provenance de la maison de Dragonette ? »

Kwanza et Akeem acquiescèrent et leur père précisa : « Nous avons tous entendu ces bruits et deux ou trois fois, j'ai téléphoné à la police pour me plaindre. Vous ne gardez pas trace des plaintes au commissariat ? »

La jeune femme lui sourit et dit de sa voix apaisante : « Il faut bien dire, Mr. Johnson, que la situation actuelle dépasse de beaucoup une dispute trop bruyante. »

Johnson la regarda sans aménité jusqu'au moment où son sourire se fana. « Je n'en jurerais pas, mais je suis prêt à parier que ce Walter s'arrêtait rarement au stade de la dispute. »

Il fallut à la femme agent un moment pour comprendre cette remarque. Quand elle y fut parvenue, elle secoua la tête. « Nous sommes à Millhaven, Mr. Johnson.

– On dirait. » Il marqua un temps pour réfléchir. « Vous savez, je me demande si ce type-là possède même un congélateur. »

Une remarque aussi bizarre, c'en était trop pour la jeune femme. Elle était agenouillée devant les deux garçons. Elle se releva et caressa la tête de Kwanza avant de refermer son carnet et de remettre son stylo dans sa poche.

« C'est plus fort que moi, dit Johnson, je vous plains.

– Nous sommes à *Millhaven*, répéta la femme. Si vous le permettez, je vous dirai que vos deux garçons en ont déjà assez vu pour la journée. Dans des situations de ce genre, on recommande toujours de faire appel à un psychologue pour enfant et je peux vous donner les noms de...

– Mon Dieu, dit Johnson. Vous ne comprenez toujours pas. »

La femme agent dit : « Merci de votre coopération », et alla se planter à la fenêtre du salon des Johnson pour attendre que Walter Dragonette rentre chez lui.

7

Une heure et demie avant le moment où Walter Dragonette devait être à son bureau au service de comptabilité, la vieille Reliant bleue apparut au bout du bloc. D'autres voitures dans la rue commencèrent à sortir en marche arrière de l'allée où elles étaient et à s'éloigner du trottoir. Les voitures de patrouille à l'affût débouchèrent à chaque extrémité de la rue et se dirigèrent lentement vers la maison blanche au milieu du bloc. Walter Dragonette, sans se douter de rien, descendit la rue et s'arrêta devant chez lui. Il ouvrit sa portière et posa un pied sur le ciment.

Les deux voitures de police foncèrent et braquèrent sur le côté dans un hurlement de pneus pour bloquer les deux côtés de la rue. Les voitures banalisées se précipitèrent vers la Reliant et en un instant la rue était pleine de policiers braquant leurs armes sur le jeune homme qui sortait de la voiture.

Plus tard, Kenneth Johnson me décrivit tout cela, y compris ce qu'avaient fait ses enfants pour déclencher une pareille tempête dans la police de Millhaven. Il me raconta que, quand Walter Dragonette était descendu de sa voiture pour se trouver nez à nez avec tous ces flics armés jusqu'aux dents, il leur avait fait un petit sourire étrange.

La police lui ordonna de venir et il s'empressa d'obéir. Ils échangèrent quelques mots et Walter déclara qu'il était le Boucher. Oui, bien sûr, il était prêt à les suivre jusqu'au commissariat. Certainement, il allait poser le sac de papiers qu'il tenait à la main. Qu'y avait-il dedans ? Eh bien tout ce que contenait le sac, c'était la lame de scie qu'il venait d'acheter. C'était pour cela qu'il était sorti : pour acheter une lame neuve. Paul Fontaine, qui ne savait toujours rien de ce qui était arrivé à April Ransom depuis que John Ransom et lui avaient quitté son chevet ce matin-là, tira une fiche de sa poche et lut ses droits à Dragonette. Walter Dragonette acquiesça vigoureusement en disant que oui, il comprenait tout cela. Il lui faudrait un avocat, assurément, mais il était prêt à parler maintenant. Le moment était venu de parler, l'inspecteur n'était-il pas d'accord ?

L'inspecteur Fontaine estimait en effet que l'heure était venue. Et Mr. Dragonette autoriserait-il la police à perquisitionner sa maison ?

Le Boucher détourna son regard pour sourire et faire un signe de tête à Akeem et Kwanza qui le regardaient par la fenêtre de leur salon. « Oh, mais bien entendu, je veux dire, il faut absolument regarder partout. Absolument. » Puis son regard revint à l'inspecteur Fontaine. « Sont-ils préparés à ce qu'ils vont trouver ?

– Que vont-ils trouver, Mr. Dragonette ? demanda l'inspecteur Hogan.

– Ma famille, dit le Boucher. Pourquoi sans cela seriez-vous ici ?

– De quelle famille parlons-nous, Walter ? demanda Hogan.

– Si vous ne connaissez pas ma famille... » Il s'humecta les lèvres et tourna la tête pour regarder pardessus son épaule la petite maison blanche. « Si vous ne la connaissez pas, pourquoi êtes-vous venus ? » Il regarda tour à tour Fontaine et Hogan. Ni l'un ni l'autre ne répondit. Il porta la main à sa bouche et pouffa. « Ah, quand on entre chez moi, il faut s'attendre à une petite surprise. »

8

Je n'entendis même pas la serveuse déposer le plat sur la table. Je finis par sentir une odeur de pain grillé. Je levai les yeux et je vis un petit déjeuner qui fumait auprès de mon coude droit. Je fis glisser le plateau devant moi et j'attaquai mes œufs tout en lisant ce que les premiers policiers à pénétrer dans la maison de Walter Dragonette y avaient découvert.

Tout d'abord, bien sûr, Alfonzo Dakins, dont la clavicule avait brisé la lame de scie de Dragonette, l'obligeant à une expédition matinale jusqu'à la quincaillerie. Alfonzo Dakins avait rencontré Walter Dragonette dans un bar d'homosexuels qui s'appelait Le Perchoir. Il l'avait accompagné chez lui. Il avait accepté une bière agrémentée d'une généreuse dose de somnifères. Il avait posé pour une photo de nu prise au Polaroïd et avait perdu connaissance. Il s'était un peu réveillé pour trouver les mains de Walter autour de son cou. C'était la lutte suivant cette découverte qui avait tiré de son sommeil Akeem Johnson. Si Dakins n'avait pas été abruti de somnifères et d'alcool, il aurait sans mal tué Dragonette. Mais l'autre, bien que plus petit, parvint à l'assommer avec une bouteille de bière et à lui passer des menottes aux mains.

Poussant des rugissements, Dakins s'était remis debout, ses mains prisonnières devant lui. Dragonette lui avait donné deux ou trois coups de poignard dans le dos pour le calmer. Puis il l'avait touché au cou. Dakins l'avait poursuivi dans la cuisine et Walter l'avait frappé sur la tête avec une poêle en fonte. Dakins était tombé à genoux. Walter lui avait assené un nouveau coup de poêle à frire, sur la tempe, ce qui l'avait mis K.O.

Il couvrit de vieux journaux le sol du salon et y traîna Dakins. Trois couches supplémentaires de papier journal sous son corps et alentour. Puis Walter avait ôté son pantalon, son caleçon et ses chaussettes. Il s'était mis à califourchon sur le large torse de Dakins et avait achevé de l'étrangler.

Il avait alors photographié Dakins encore une fois.

Il avait ensuite « puni » Dakins pour lui avoir infligé ce mal inutile et il lui avait donné une demi-douzaine de coups de poignard dans le dos. Quand il eut l'impression que la punition était suffisante, il avait eu des rapports sexuels anaux avec le cadavre. Après quoi, il était allé chercher sa scie dans la cuisine et avait découpé la grosse tête de Dakins. Là-dessus, la lame s'était cassée.

Sur l'étagère du haut du réfrigérateur de Dragonette, la police découvrit quatre autres têtes tranchées : deux de Noirs, une d'un Blanc et celle d'une Blanche qui semblait avoir une douzaine d'années. Sur la seconde étagère, un pain complet non entamé, une demi-livre de viande hachée dans un emballage de supermarché, un flacon en plastique de moutarde French's et un paquet de six boîtes de bière Pforzheimer. Sur la troisième clayette, deux grands pots scellés contenant chacun deux pénis, un cœur humain sur une assiette de porcelaine blanche et un foie humain enveloppé dans du papier de cellophane. Dans le compartiment à légumes sur le côté droit du réfrigérateur, une tête de laitue moisie, un sac de carottes ouvert et trois tomates flétries. Dans le compartiment gauche, la police trouva deux mains humaines, dont l'une en partie dépecée.

La Main Humaine qui figurait sur le menu du restaurant L'Imprimé.

Sur un rayonnage de la penderie du vestibule, à côté de deux chapeaux de feutre, l'un gris l'autre marron, trois crânes entièrement dépouillés de leur peau. Deux manteaux, un marron et un gris, un blouson de duvet rouge et bleu, et un blouson de cuir pendus à des cintres. Sous les deux blousons, un baril métallique de trois cents litres avec trois corps, deux torses sans tête flottant dans un liquide brun : on crut d'abord que c'était de l'acide mais on reconnut plus tard que c'était de l'eau du robinet. A côté du baril, un pulvérisateur de désinfectant, du Lysol, et deux bouteilles d'eau de Javel. Quand on retira de la penderie le grand baril on en découvrit un plus petit derrière. Il contenait deux pénis, cinq mains et un pied conservés dans un liquide dont l'analyse révéla plus tard que c'était un mélange d'eau du robinet, de vodka, d'alcool à 90° et de vinaigre à cornichons.

Une rangée de crânes servait de presse-livres et de décoration sur une longue étagère du salon. On les avait méticuleusement nettoyés et peints avec une laque grise qui leur donnait un air artificiel, comme des masques de Halloween. (Les livres entre les crânes étaient surtout des livres de cuisine et des manuels de savoir-vivre ayant appartenu à Florence Dragonette.)

Un long congélateur en excellent état de marche était

posé contre une des cloisons du salon. En l'ouvrant, les policiers découvrirent six autres têtes, trois d'hommes et trois de femmes, chacune enfermée dans un grand sac de congélation, deux paires de jambes masculines sans les pieds, un sac transparent contenant des entrailles avec une étiquette portant la mention ÉTUDE. Une grande quantité de cornichons égouttés dans un sac d'épicerie. Un kilo de viande hachée et la main d'un individu du sexe féminin âgé de moins de dix ans à laquelle il manquait trois doigts. A gauche du congélateur, une perceuse électrique, une scie électrique, un paquet de bicarbonate de soude et un couteau à découper en acier inoxydable. Sur une coiffeuse dans la chambre, une enveloppe contenait des centaines de photographies de corps prises au Polaroïd : des photos prises avant la mort, après la mort et après le dépeçage. Derrière la maison, la police découvrit un certain nombre de sacs poubelles en plastique noir bourrés d'ossements et de chairs en décomposition. Un policier décrivit la courette de Dragonette comme un « dépôt d'ordures ». Des ossements et des fragments d'os jonchaient l'herbe mêlés à des vêtements déchirés, des vieux magazines, des paires de lunettes abandonnées, un fragment de râtelier et des pièces cassées de matériel électrique.

Les enquêteurs estimèrent au début avoir repéré chez Dragonette les restes d'au moins dix-neuf personnes. Un reporter d'Associated Press souligna un point évident. Cela faisait de l'affaire Dragonette – l'affaire du Boucher – un des cas les plus spectaculaires de meurtres en série de l'histoire américaine. A l'appui de ses dires, il énuméra quelques concurrents :

Années 1980 : une cinquantaine de femmes assassinées, pour la plupart des prostituées, découvertes près de la Green River dans la région Seattle-Tacoma.

1978 : les corps de trente-trois jeunes hommes et garçons découverts dans la maison de John Wayne Gacy, dans la banlieue de Chicago.

Années 1970 : vingt-six jeunes gens torturés et assassinés découverts dans la région de Houston. Elmer

Wayne Henley reconnu coupable de six de ces meurtres.

1971 : découverte en Californie des corps de vingt-cinq travailleurs agricoles tués par Juan Corona.

Le journaliste citait encore James Huberty, qui avait tué vingt et une personnes dans un McDonald. Charles Whitman, qui en avait abattu seize en tirant du haut d'une tour au Texas. George Banks, meurtrier de douze personnes en Pennsylvanie. Et quelques autres, dont Howard Unrush de Camden, dans le New Jersey, qui en 1948 tua treize passants en douze minutes et déclara : « J'en aurais tué mille si j'avais eu assez de balles. » Dans l'ardeur de ses recherches, le journaliste d'Associated Press oublia de mentionner Ted Bundy et Henry Lee Lucas, tous deux responsables de plus de morts qu'aucun de ceux-là. Ou peut-être n'avait-il jamais entendu parler d'Ed Gein, avec lequel Walter Dragonette avait plusieurs points communs, même s'il n'en connaissait certainement pas l'existence.

Un professeur de Collège de Boston qui avait écrit un livre sur les massacres et les tueurs en série déclara – sans doute par téléphone aux bureaux du *Ledger* – que les tueurs en série « avaient tendance à être soit du type désorganisé, soit du type organisé ». Walter Dragonette lui semblait un parfait exemple du type désorganisé. Les tueurs en série désorganisés, précisait le professeur, agissaient d'instinct. C'étaient en général des Blancs du sexe masculin, des solitaires d'une trentaine d'années qui travaillaient comme ouvriers, dont le passé était généralement une succession d'échecs dans leurs relations avec les autres. (Walter Dragonette, malgré les assurances du professeur, avait un emploi de bureau et avait connu une seule fois dans sa vie des rapports parfaitement réussis : avec sa mère.) Les tueurs en série désorganisés aimaient conserver chez eux les preuves de leurs crimes. Ils étaient plus faciles à arrêter que les tueurs organisés qui choisissaient leurs victimes avec soin et brouillaient les pistes.

Et comment, demandait le *Ledger*, pouvait-on faire

ce qu'avait accompli Walter Dragonette ? Comment Lizzy Borden avait-elle pu faire ça ? Ou Jack l'Éventreur ? Et comment, car les journalistes du *Ledger*, eux, se rappelaient ce nom, comment Ed Gein avait-il pu déterrer ces femmes de leurs tombes et écorcher leurs cadavres ? Si le professeur de Boston ne pouvait pas répondre à cette question – car n'était-ce pas le problème essentiel ? – alors, le *Ledger* avait besoin d'autres experts. Il n'eut aucun mal à en découvrir.

Un psychologue travaillant dans une clinique mentale municipale de Chicago proposa l'hypothèse suivante : c'était qu' « aucun de ces gens ne remporterait de prix en matière de santé mentale » ; ces criminels découpaient les corps de leurs victimes pour dissimuler leur forfait. Il rendait la « pornographie violente » responsable de leurs actions.

Un criminologue de San Francisco qui avait écrit un livre d' « histoires vraies » sur un tueur en série de Californie condamnait l'anonymat de la vie moderne. Un prêtre de Millhaven incriminait la disparition des valeurs religieuses et morales. Un sociologue de l'Université de Chicago évoquait la disparition de la famille traditionnelle. Le directeur de l'hôpital psychiatrique de Lakeshore confia au *Ledger* que les tueurs en série « confondaient sexe et agressivité ». Le chef d'une unité de la Brigade criminelle de New York s'en prenait au relâchement des mœurs sexuelles qui avaient rendu plus acceptables l'homosexualité et « la perversion en général ». Quelqu'un accusait les taches solaires et un autre « le climat de désespoir économique dans lequel nous baignons tous maintenant ».

Dans la foule qui s'était déjà rassemblée devant la maison blanche de la 20e Rue Nord, une femme qui portait sur ses épaules sa fillette de deux ans déclara qu'à son avis Walter Dragonette avait fait cela parce qu'il voulait devenir célèbre et qu'il était en bonne voie d'y réussir. « Tenez, dit-elle, regardez-moi : je me suis déplacée, non ? C'est de l'histoirc qui se déroule ici. Dans six mois, tout ce que vous voyez là va se retrouver dans un feuilleton télé sur la Deux. » Le *Ledger* répondait aussi à la question de savoir comment quelqu'un pouvait faire tout ce que Dragonette avait avoué avoir fait.

Un article affirmait que « d'Akron en Australie, de Boise à l'Angleterre, de Cleveland à Canton, les yeux du monde » étaient « tournés vers cette petite maison blanche de Millhaven ». Des voisins répondaient à des reporters de la BBC et d'autres équipes de télé. On entendit un journaliste de Philadelphie demander à un résident de la 20e Rue Nord de décrire ce qu'il appelait « l'odeur de la mort ». Et voici la réponse transcrite consciencieusement : « Ça pue, ça pue vraiment. »

Un article signalait que neuf cent soixante et un hommes, femmes et enfants avaient disparu dans l'État d'Illinois. Un porte-parole du FBI précisait que si on avait plus de vingt et un ans, on avait le droit de disparaître.

Les dirigeants du Collège d'Arkham prévinrent les élèves de faire attention aux risques de crime sur le campus. Mais les étudiants interviewés ne semblaient guère se soucier de leur sécurité. « C'est simplement trop étrange pour qu'on s'en inquiète, répondit Shelley Manigault, de Ladysmith, dans le Wisconsin. Pour moi, c'est beaucoup plus terrifiant de penser à la situation des femmes dans la société qu'à ce qu'un Blanc tordu peut faire quand il est chez lui. »

Le *Ledger* rapporta que Walter Dragonette n'avait pas un seul ami au lycée où ses notes variaient de 18 à 6. Selon ses camarades de classe, il avait un sens de l'humour « bizarre ». « Fasciné par les meurtres de Blue Rose, il avait un jour été candidat au poste de trésorier de la classe sous le nom de Blue Rose : il avait obtenu dans tout le lycée un total de deux voix. En quatrième, il collectionnait les cadavres de petits animaux ramassés dans la rue et les terrains vagues et faisait des expériences sur les procédés de nettoyage des squelettes. En seconde, il avait exhibé à quelques rares élus un coffre à cigares somptueusement capitonné contenant un objet qu'il avait prétendu être le squelette de la main d'un garçon de cinq ans. Ceux qui avaient vu la chose affirmaient qu'il s'agissait d'une patte de singe. Pendant plusieurs jours de suite, il avait fait semblant d'être aveugle : il venait en classe avec des lunettes noires et une canne blanche. Une fois, il avait presque réussi à persuader un surveillant qu'il était amnésique. A deux reprises, quand il était élève du Collège Carl-Sandburg, Dragonette avait utilisé de la craie pour dessiner sur le sol de la salle de gymnastique des silhouettes de corps comme le fait la police après un crime. Il déclara à l'inspecteur Fontaine et au chef Hogan que c'étaient les contours de gens qu'il avait bel et bien tués : tués pendant qu'il était au lycée.

Dragonette affirmait en effet avoir étranglé un jeune enfant du nom de Wesley Drum en 1979, après avoir eu des rapports sexuels avec lui dans un terrain vague. Il disait que lors de sa dernière année à Carl-Sandburg, celle où il avait brigué le poste de trésorier sous le nom de Blue Rose, il avait tué une femme qui l'avait pris en voiture alors qu'il faisait du stop : il l'avait poignardée avec un couteau de l'armée acheté aux surplus quand elle s'était arrêtée à un feu rouge. Il ne se rappelait pas son nom. Mais il savait qu'il l'avait frappée en pleine poitrine. Il s'était emparé de son sac et avait sauté à bas de la voiture deux secondes avant que le feu passe au vert. Il regrettait d'avoir volé le sac de la dame : il tenait à faire savoir qu'il ne demanderait pas mieux que de rendre à sa famille les 14 dollars 78 qu'il contenait si on voulait bien lui donner le nom et l'adresse.

Ces deux histoires correspondaient à des meurtres non éclaircis commis à Millhaven. Wesley Drum, cinq ans, avait été trouvé mort et mutilé (mais toujours en possession de ses deux mains) dans le terrain vague derrière le Collège d'Arkham en 1979. En 1980, Walter Dragonette avait quinze ans. Cette année-là, on avait retiré d'une voiture arrêtée au carrefour de la 12e Rue et d'Arkham Boulevard le corps d'Annette Bulmer, une femme de trente-quatre ans, mère de deux enfants, mortellement atteinte de nombreux et profonds coups de couteau.

Walter fournit spontanément à la police ce que le *Ledger* appelait « des renseignements » sur « plusieurs récentes affaires importantes ».

Tout en terminant mon petit déjeuner, je continuai à feuilleter le journal. Je me rendais compte que j'étais libre maintenant de faire ce que je voulais. April Ransom était en convalescence. Son agresseur avait été arrêté et avait passé des aveux. Un petit monstre pervers qui se baptisait le Boucher venait d'être arraché à ses habituelles distractions (si on pouvait appeler ainsi le fait de tuer des gens et d'avoir des rapports sexuels avec leur cadavre) assez longtemps pour rejouer les meurtres de Blue Rose. Aucun soldat en retraite d'une soixantaine d'années, retour de Corée ou d'Allemagne, ne patrouillait Livermore Avenue en quête de nouvelles victimes : aucune roseraie saignée par un meurtrier ne poussait dans l'arrière-cour d'une petite maison bien soignée de Pigtown. Le passé était toujours enterré à Pine Knoll avec le reste de ma famille.

Je repliai le journal et fis signe à la serveuse. Quand elle arriva dans la niche où je me trouvais, je lui dis que je comprenais pourquoi elle avait eu du mal ce matin à se concentrer sur son travail.

« Oh, oui, dit-elle, soudain plus aimable. Ces choses-là n'arrivent jamais à Millhaven : elles ne sont pas *censées* arriver. »

9

J'eus le répondeur quand j'appelai Ransom du hall du Saint-Alwyn : soit il dormait encore, soit il était déjà parti pour l'hôpital.

Je repris la Pontiac, fis demi-tour sur Livermore Avenue et repassai sous le viaduc pour regagner Shady Mount.

Je ne voulais pas avoir à mettre des pièces dans un parcmètre. Je m'engageai donc dans une des petites rues de l'autre côté de Berlin Avenue et je me garai devant une petite maison de brique. Un grand drapeau pendait à une fenêtre et on avait attaché un ruban jaune avec un superbe nœud à la porte d'entrée. Au milieu du bloc, je traversai la rue déserte en me demandant si April Ransom avait déjà ouvert les yeux et demandé ce qui lui était arrivé.

Je m'en rendais compte, c'était mon dernier après-midi à Millhaven.

Je passai par l'entrée des visiteurs, et je réfléchis un moment au titre que j'allais donner au livre que je n'avais pas encore terminé. Pour la première fois, après une longue période où je m'étais trouvé complètement sec, le livre reprit vie en moi : j'avais envie d'écrire un chapitre sur l'enfance de Charlie Carpenter. Ça allait être un long voyage en enfer. Pour la première fois depuis des mois, je vis mes personnages en couleurs et en trois dimensions : ils respiraient l'air pollué des villes et tiraient des plans pour obtenir les choses dont ils croyaient avoir besoin.

Ces fantasmes m'occupèrent agréablement tandis que j'attendais l'ascenseur. Puis je montai. Ce fut à peine si je remarquai les deux policiers qui prirent place dans la cabine derrière moi. Les radios accrochées à leurs ceintures grésillaient pendant notre montée et quand nous sortîmes au deuxième étage, j'avais l'impression d'avoir une escorte. Massifs et réservés comme un couple de percherons, les deux policiers passèrent devant moi puis tournèrent le coin, se dirigeant vers le bureau des infirmières.

Je débouchai dans le couloir quelques secondes plus tard. Ils tournèrent à droite devant le bureau des infirmières et se dirigèrent vers la chambre d'April Ransom devant laquelle se pressait un nombre étonnant de gens. Des policiers en uniforme, des inspecteurs en civil et ce qui ressemblait à une poignée de fonctionnaires formaient une foule confuse jusqu'au tournant avant la chambre. La scène me rappela désagréablement la photographie de la pelouse devant la maison de Walter Dragonette. Tous ces hommes avaient l'air de discuter par petits groupes. Il planait sur tout cela une atmosphère d'épuisement et de frustration, aussi palpable que de la fumée de cigare.

Un ou deux flics me jetèrent un coup d'œil tandis que j'approchai du poste des infirmières. Le sergent de ville Mangelotti était assis dans un fauteuil roulant devant le comptoir. Un pansement blanc taché de rouge au-dessus de son oreille lui enveloppait la tête, et son visage avait l'air écorché vif. Un homme avec les cheveux coupés comme un moine était agenouillé devant le fauteuil et parlait doucement. Mangelotti leva les yeux et m'aperçut. L'homme agenouillé devant lui se releva et se retourna : je vis alors son visage de clown triste et son long nez. C'était l'inspecteur Fontaine.

Un sourire triste lui crispait le visage. « Quelqu'un que je connais veut vous rencontrer », dit-il. Il avait de grosses poches sous les yeux.

Un policier en uniforme de plus de deux mètres de haut se dirigea vers moi dans le couloir menant à la chambre d'April Ransom. « Monsieur, à moins que vous n'apparteniez au personnel de cet hôpital, il va falloir évacuer cette zone. » Il commença à me pousser, m'empêchant de voir ce qui se passait derrière lui. « Tout de suite, Monsieur.

– Laisse-le, Sonny », dit Fontaine.

L'énorme flic se retourna pour s'assurer qu'il avait bien entendu. J'eus l'impression de suivre le mouvement d'un énorme arbre bleu. Derrière lui, deux hommes sortaient un chariot d'une des chambres après le tournant du couloir. Sur le chariot, un corps recouvert d'un drap blanc. Suivaient trois autres policiers, deux hommes en blouses blanches et un homme moustachu en costume d'été bleu à petites rayures. Ce dernier me parut familier. Avant d'avoir la vue bloquée par l'arbre bleu, j'aperçus Eliza Morgan adossée à la cloison du couloir. Elle s'écarta tandis que les hommes poussaient le chariot devant elle.

Paul Fontaine surgit derrière le grand policier. On aurait dit un singe prêt à monter sur l'épaule du colosse. « Laisse-nous seuls, Sonny. »

Le grand flic s'éclaircit la voix avec un bruit de chasse d'eau. Il lança « Bien, inspecteur », et s'éloigna.

« Je vous disais que la police ne devrait jamais mettre

les pieds dans les hôpitaux, n'est-ce pas ? » On aurait dit qu'il avait les yeux pochés au-dessus de cernes violets : je me souvins qu'il était resté debout toute la nuit, d'abord ici, puis dans la 20e Rue Nord, puis de nouveau ici. « Savez-vous ce qui s'est passé ? » Une sorte d'animation se manifesta sur son visage, mais en profondeur : ce qu'il éprouvait ne se montra donc que comme un éclair fugitif dans ses grands yeux tristes.

« Je pensais trouver John Ransom ici.

– Nous l'avons contacté chez lui. Je croyais que vous y seriez aussi.

– Mon Dieu, fis-je. Dites-moi ce qui s'est passé. »

Il ouvrit de grands yeux et son visage se figea. « Vous ne savez pas ? » Des hommes en blouses blanches firent avancer le chariot devant nous et trois policiers leur emboîtèrent le pas. Fontaine et moi regardâmes le petit corps recouvert d'un drap. Je me souvins d'Eliza Morgan adossée au mur et je compris tout d'un coup de quel corps il s'agissait. Un moment, mon estomac devint littéralement *gris*. J'eus l'impression que tout depuis le fond de ma cage thoracique jusqu'à mes entrailles était devenu plat, mort, bourbeux.

« Quelqu'un... ? » Je fis une nouvelle tentative. « Quelqu'un a tué April Ransom ? »

Fontaine hocha la tête. « Vous n'avez pas lu le journal ce matin ? Pas regardé la télé ? Écouté la radio ?

– J'ai lu le journal, dis-je. Je suis au courant pour cet homme, euh, Walter Dragonette. Vous l'avez arrêté.

– Nous l'avons arrêté », dit Fontaine. On aurait dit qu'il faisait une mauvaise plaisanterie. « Seulement pas assez tôt.

– Mais il a avoué avoir attaqué Mrs. Ransom. Dans le *Ledger*...

– Il n'a pas avoué l'avoir attaquée, dit Fontaine. Il a avoué l'avoir tuée.

– Mais Mangelotti et Eliza Morgan étaient dans la chambre.

– L'infirmière est allée chercher une cigarette juste après avoir pris son service.

– Et Mangelotti ?

– Pendant que Mrs. Morgan était sortie, notre ami Walter s'est faufilé devant le bureau des infirmières sans que personne le voie. Il s'est glissé dans la chambre et a frappé Mangelotti à la tempe avec un marteau. Notre brave policier était alors assis auprès du lit, à relire des notes dans son carnet. Notre ami a ensuite battu à mort Mrs. Ransom avec le même marteau. » Il leva les yeux vers moi, puis regarda Mangelotti. On aurait dit qu'il avait mordu dans quelque chose d'âcre. « Cette fois, il ne s'est pas donné le mal d'apposer sa signature sur le mur. Il est passé par le salon des malades. Il est descendu. Il est monté dans sa voiture pour aller à la quincaillerie acheter une lame de scie. » Il me regarda de nouveau. La colère et le dégoût brillaient dans ses yeux fatigués. « Il a dû attendre que la quincaillerie ouvre, alors nous avons dû attendre aussi. Entre-temps, l'infirmière est revenue et a découvert le corps. Elle a hurlé pour appeler les médecins, mais c'était trop tard.

– Dragonette savait donc qu'elle était sur le point de sortir de son coma ? »

Il acquiesça. « Walter a téléphoné pour demander de ses nouvelles ce matin. Ce doit être la dernière chose qu'il ait faite avant de quitter son domicile. Est-ce que ça ne vous réchauffe pas le cœur d'entendre ça ? » Il avait le regard un peu égaré et on distinguait des veinules rouges dans le blanc de ses yeux. Il imita le geste d'un homme qui décroche un téléphone. « Allô, je voulais simplement savoir comment allait ma chère et tendre amie April Ransom, oui, oui... Oh, pas possible, eh bien, en voilà une bonne nouvelle ! Dans ce cas, je vais peut-être passer lui faire une petite visite, oh, mais oui, mais oui, sitôt, sitôt que j'aurai coupé la tête du type qui est sur le sol de mon salon, alors assurez-vous bien qu'elle sera seule, et, si ça n'est pas possible, veillez à ce qu'il n'y ait dans la chambre avec elle que l'agent Mangelotti, oui, c'est ça. M-A-N-G-E-L-O DEUX T-I... »

Il s'arrêta ou plutôt l'émotion lui étrangla la voix. Les autres policiers l'observaient à la dérobée. Dans son fauteuil roulant, Mangelotti n'en avait pas perdu un mot et il tressaillit en entendant épeler son nom. Il avait l'air d'une vache allant à l'abattoir.

« Je ne comprends pas, fis-je. Il se serait donné tout ce mal pour se protéger et dès l'instant où vous sortez de vos voitures en braquant vos armes sur lui, il dit : " Oh, je n'ai pas seulement tué tout le monde dans cette maison, j'ai aussi poignardé les victimes des meurtres Blue Rose. " Et puis quelle chance il a eue d'arriver ici au moment précis où l'infirmière était sortie de la chambre. Ça m'a l'air invraisemblable. » Fontaine recula et ouvrit plus grand ses yeux injectés de sang. « Vous parlez d'invraisemblance ? L'invraisemblance ne compte plus.

– Non, mais ça embrouille les civils », dit une voix derrière moi. En me retournant, j'aperçus l'homme au complet à rayures qui avait suivi dans le couloir le corps d'April Ransom. De profondes rides verticales sillonnaient chaque côté de sa petite moustache. Ses cheveux châtain clair étaient peignés en arrière et il serait bientôt chauve. Son visage tout à l'heure m'avait paru familier parce que j'avais vu ce matin sa photo dans le journal. C'était Michael Hogan, le supérieur de Fontaine.

Hogan prit Fontaine par le coude.

« C'est lui qui voulait vous rencontrer », dit ce dernier.

J'eus aussitôt la sensation d'être en présence d'un vrai policier, quelqu'un que même Tom Pasmore respecterait. Michael Hogan possédait une forte personnalité. Il avait la virilité toute simple des vieilles vedettes de cinéma comme Clark Gable ou William Holden : il leur ressemblait d'ailleurs vaguement. On imaginait très bien Hogan commandant un trois-mâts au cœur de la tempête ou condamnant des mutinés à être pendus en bout de vergue. La remarque nonchalante à propos des « civils » n'avait rien de surprenant dans sa bouche.

Ce qui me parut le plus évident quand Michael Hogan me serra la main, c'était que je souhaitais son approbation : comme un garçon de quinze ans devant un adulte.

Et puis, au milieu de la foule des policiers et du personnel de l'hôpital, il eut un geste stupéfiant : il me donna son approbation.

« Ça n'est pas vous qui avez écrit *L'Homme divisé* ? » J'eus à peine le temps d'acquiescer qu'il reprenait déjà : « C'était un livre d'une grande sensibilité. Vous ne l'avez jamais lu, Paul ? »

Aussi stupéfait que moi, Fontaine dit : « Si je l'ai lu ?

– A propos des derniers développements de l'affaire Blue Rose.

– Oh, oui, dit Fontaine. Mais oui.

– Les derniers développements avant l'arrivée de Walter Dragonette », dis-je.

Hogan me fit un sourire comme si j'avais dit quelque chose d'astucieux. « Personne n'est très content en ce qui concerne Mr. Dragonette », dit Hogan. Puis sans rien perdre de sa remarquable civilité, il changea de sujet. « J'imagine que vous êtes venu ici pour retrouver votre ami Ransom.

– Oui, en effet, répondis-je. J'ai essayé de l'appeler, mais je n'ai eu que le répondeur. Est-ce qu'il sait... il sait ce qui est arrivé, n'est-ce pas ?

– Oui, oui, oui », dit Hogan. On aurait dit un vieil oncle se balançant devant la cheminée. « Quand Paul et moi avons reçu cet appel à propos de sa femme, nous l'avons eu chez lui.

– Vous avez appris qu'April avait été tuée avant que Dragonette ait avoué l'avoir fait ? », demandai-je. Je ne savais pas très bien pourquoi, mais ce détail me semblait important.

« Bon, je pense que ça suffit », dit Paul Fontaine. Je n'avais pas vu les implications de ma question qu'il y percevait déjà une critique latente. « Nous avons du travail à faire, Mr. Underhill. Si vous voulez voir votre ami... »

Hogan avait aussitôt compris la nature de ma critique. Il haussa les sourcils et interrompit Fontaine. « Nous connaissons généralement l'existence d'un crime avant de recueillir des aveux.

– Je sais cela, dis-je. C'est plutôt que je me demandais si Walter Dragonette avait entendu parler de ce crime avant d'avouer en être l'auteur.

– C'étaient de bons aveux bien nets », dit Fontaine.

Il commençait à avoir l'air agacé et Hogan intervint pour le calmer. « Il savait où elle se trouvait. C'est un renseignement qui n'a jamais été communiqué. Il y a huit hôpitaux à Millhaven. Quand nous avons demandé à Dragonette le nom de l'établissement où il avait tué April Ransom, il a dit Shady Mount.

– Connaissait-il le numéro de sa chambre ?

– Non », dit Hogan. Et au même moment Fontaine dit : « Oui. »

« Paul veut dire qu'il savait à quel étage elle était, reprit Hogan. Il ne l'aurait pas su s'il n'était pas venu ici.

– Alors, comment savait-il où la trouver ? demandai-je. Je ne pense pas que la standardiste lui ait donné de renseignements.

– Nous n'avons pas eu vraiment le temps d'interroger à fond Mr. Dragonette », déclara Hogan.

Des policiers en uniforme qui allaient et venaient devant la chambre d'April Ransom ralentirent le pas en nous croisant.

« Vous pourriez retrouver votre ami Ransom à Armory Place, suggéra Hogan. Il attend que Paul commence l'interrogatoire de Dragonette. Et Paul, je crois que vous pourriez utilement démarrer l'affaire là-bas. »

Il se retourna vers moi. « Vous savez où est Armory Place ? »

J'acquiesçai.

« Suivez Paul. Garez-vous sur le parking de la police. Mr. Ransom et vous pourriez assister à une partie de l'interrogatoire. » Il demanda à Fontaine : « Vous êtes d'accord ? »

Fontaine hocha la tête.

En bas, une femme d'un certain âge assise à un des bureaux derrière le comptoir leva les yeux en nous voyant et tressaillit comme si elle venait de recevoir une décharge électrique. Le meurtre d'April Ransom avait bouleversé tout l'hôpital. Fontaine me dit qu'il m'attendrait à l'entrée du parking.

« Je sais comment aller à la direction de la police, lui rappelai-je.

– Oui, mais si vous essayez d'entrer pour vous garer sans moi, quelqu'un pourrait vous prendre par erreur pour un journaliste », dit-il.

Je traversai en hâte la rue et remontai le bloc. Au moment où j'allais introduire la clé dans la portière de la Pontiac, un homme corpulent, en short à fleurs et chemise bleue à col boutonné, sortit en courant de la maison avec le drapeau et le ruban jaune. « Attendez une seconde, cria-t-il. J'ai quelque chose à vous dire. »

J'ouvris la portière et j'attendis qu'il eût traversé sa pelouse. Il avait un gros ventre, des jambes maigres et poilues et son visage de bouledogue était tout rouge. Il s'approcha et braqua son doigt sur moi. « Vous n'avez pas vu dans cette rue de panneaux disant PARKING DE L'HÔPITAL ? Les places de stationnement ne sont pas pour vous autres : vous pouvez vous garer devant les parcmètres ou faire le tour jusqu'à l'esplanade derrière l'hôpital. J'en ai par-dessus la tête de ces abus.

– Des abus ? Vous ne savez pas ce que ça veut dire. » J'ouvris la portière de la voiture.

« Attendez un peu. » Il passa devant ma voiture, un doigt toujours braqué sur moi. « Ce... sont... nos... places... J'ai payé très cher pour habiter ce quartier que des gens comme vous considèrent comme un jardin public. Ce matin, un type était assis sur ma pelouse... Sur ma propre pelouse ! Il est sorti de sa voiture et s'est assis là, comme s'il était chez lui, et puis il est allé jusqu'à l'hôpital !

– Votre ruban jaune lui a donné l'impression d'être chez lui, dis-je en montant dans ma voiture.

– Qu'est-ce que c'est censé vouloir dire ?

– Il a cru que nous étions dans un pays libre. » Je mis le moteur en marche pendant qu'il me faisait un discours sur la liberté. C'était un patriote et il avait un tas d'idées sur le sujet que des gens comme moi ne pouvaient pas comprendre.

10

La voiture bleue de Fontaine m'emmena à travers une ville qui semblait déserte. Cette impression de vide disparut dès que nous eûmes débouché sur Armory Place. Les articles de journaux avaient déjà attiré devant la direction de la police peut-être une centaine de personnes qui brandissaient des pancartes. La foule allait jusqu'aux marches du grand bâtiment gris et débordait sur le vaste terre-plein qui le séparait de la mairie. En haut du perron, un homme rapetissé par la distance vociférait dans un porte-voix. Des équipes de télévision se frayaient un chemin à travers son auditoire, enregistrant tout pour le journal du soir.

La voiture bleue tourna à droite au bout du terre-plein et, un bloc plus loin, tourna encore à droite dans une allée qui ne portait pas de plaque. Un panneau annonçait ACCÈS INTERDIT, RÉSERVÉ AUX VÉHICULES DE POLICE.

Des murs de brique rouge bordaient l'étroit passage. Je suivis la voiture de Fontaine dans un grand parking rectangulaire encombré de voitures de police. Des hommes en uniforme paraissant tout petits auprès des hauts murs bavardaient, appuyés aux portières de leurs véhicules. L'arrière de la direction de la police se dressait à l'autre bout du parking. Quelques policiers tournèrent la tête en voyant arriver la Pontiac. Quand je me garai à une place vide auprès de Fontaine, deux hommes surgirent devant ma portière.

Fontaine descendit de sa voiture et dit : « Ne tirez pas sur lui, il est avec moi. »

Sans regarder derrière lui, il s'éloigna vers une porte métallique noire à l'arrière de l'immeuble. Les deux flics s'écartèrent et je lui emboîtai le pas.

Comme un vieux collège, le bâtiment de la police était un labyrinthe de couloirs sombres aux parquets éraflés, de rangées de portes avec des fenêtres à meneaux et des escaliers sonores. Fontaine passa au pas de charge devant un tableau de service et se dirigea vers la porte ouverte d'un vestiaire. Un homme à demi nu assis sur un banc cria : « Comment va Mangelotti ?

– Mort », répondit Fontaine.

Il monta quatre à quatre un escalier et ouvrit brutalement une porte portant l'inscription BRIGADE CRIMINELLE. Je le suivis dans une salle où une demi-douzaine d'hommes assis à leurs bureaux se figèrent en m'apercevant. « Il est avec moi, annonça Fontaine. Au boulot. Interrogeons tout de suite cette merde. » Les hommes ne faisaient déjà plus attention à moi. « Donnons-lui l'occasion de s'expliquer. » Fontaine ôta sa veste et l'accrocha au dossier d'une chaise. Des papiers s'entassaient sur son bureau. « Essayons d'éclaircir tous les meurtres restés sans solution chez nous et repartons de zéro. Après ça, chacun pourra rentrer tranquillement chez lui. »

Il retroussa ses manches. La pièce sentait la sueur et le tabac froid. Il faisait un tout petit peu plus chaud que dans la rue. « Maintenant, lança un homme au fond de la pièce, ne perds pas la tête.

– Très bon, dit Fontaine.

– Dis donc, Paul, fit un inspecteur au visage rond et poupin installé au bureau voisin, l'idée ne t'est jamais venue – mais je suis sûr que si – que ton prisonnier là-bas donnait une signification nouvelle à l'expression “ la tête sur les épaules ” ?

– Je vous remercie tous les deux de ces spirituelles remarques, dit Fontaine. Quand il commencera à avoir faim, j'enverrai l'un de vous mettre les choses au point avec lui.

– Paul, est-ce que c'est mon imagination ou bien est-ce que ça sent drôle ici ? » Il renifla.

« Ah, l'odeur, dit Fontaine. Sais-tu ce qu'a dit notre ami quand on lui a fait remarquer que ça sentait mauvais ?

– Si vous ne contribuez pas à la solution, vous contribuez au problème ? proposa l'autre policier.

– Pas tout à fait.

– Il a dit, et je cite : *Je comptais faire quelque chose à ce sujet.* »

Éclat de rire général. Fontaine regarda ses hommes d'un air stoïque, comme s'il était résigné à leur puérilité. « Messieurs, messieurs. Je reprends les termes exacts du suspect. C'est quelqu'un qui a de bonnes intentions. Cet homme comptait faire quelque chose au sujet de cette mauvaise odeur aussi gênante pour lui que pour ses voisins. » Il leva les bras dans un geste de supplication comique et fit lentement un tour complet sur lui-même.

Quelque chose qui m'avait frappé presque dès l'instant où j'étais entré dans le bureau des inspecteurs finit par se préciser. Ces hommes me rappelaient l'escouade des corps. Les inspecteurs de la Criminelle étaient aussi caustiques et snobs que Scott, Ratman et les autres et leur humour était aussi corrosif. Ayant toute la journée affaire à la mort, ils étaient bien obligés d'en rire.

« Est-ce que nous sommes prêts pour enregistrer dans la salle numéro un ? demanda Fontaine.

– Tu plaisantes ? », fit l'inspecteur au visage poupin. Cheveux blonds et courts comme des plumes collées sur son crâne. Des yeux bleus au regard paisible très écartés l'un de l'autre, comme ceux d'un bœuf. « Tout est paré.

– Bon, dit Fontaine.

– Est-ce que... est-ce qu'on peut regarder, si on en a envie ? demanda l'inspecteur blond.

– J'aime bien *regarder*, lança un inspecteur aux larges épaules avec une grosse moustache qui moussait au-dessus de la lèvre supérieure. Je veux *regarder*.

– Libre à vous de vous joindre à Mr. Underhill et à Mr. Ransom dans la cabine, dit Fontaine avec toute la dignité dont il était capable.

– La séance va commencer », lança à travers la pièce l'inspecteur qui avait conseillé à Fontaine de ne pas perdre la tête. C'était un homme mince. La peau couleur café au lait. Un visage ironique, aux traits presque délicats. Seul de tous les hommes de l'assistance, il avait encore sa veste.

« Mes collègues, les amateurs de cadavres, me dit Fontaine.

– Ces types me font penser au Viêt-nam. »

Quelque chose chez Fontaine se fixa de façon presque imperceptible. « Vous étiez là-bas ? C'est comme ça que vous connaissez Ransom ?

– Je l'ai rencontré là-bas, dis-je. Mais je le connaissais de Millhaven.

– Vous étiez à Brooks-Lowood, vous aussi ?

– Au Saint-Sépulcre, dis-je. J'ai grandi dans la 6e Rue Sud.

– Bastian, voilà quelqu'un de ton quartier. »

Bastian était le chérubin aux cheveux blonds et aux grands yeux bleus. « J'allais à ces dîners d'athlètes de votre école quand je jouais au football à Saint-Ignace, dit-il. Je me souviens de votre entraîneur. Un personnage...

– Le Christ n'aurait pas laissé tomber le ballon, dis-je, à la stupéfaction des autres.

– Jésus est planté face au poteau de but », reprit Bastian. Il regardait vers le ciel, une main sur son cœur, l'autre désignant un horizon invisible.

« Il a dans son cœur une puissante volonté de gagner. Il sait que les chances sont contre lui, mais il sait aussi qu'à la fin de la journée, la victoire sera sienne. » Je connaissais ça encore mieux que Bastian : j'avais eu à l'écouter jour après jour pendant trois ans.

« La vertu est un... est un quoi ? fit Bastian en levant les yeux vers les tubes à néon.

– La vertu est un puissant...

– *Un feu puissant !* », hurla Bastian. Il imitait bien mieux Mr. Schoonhaven que moi. Il désignait toujours les poteaux de but au loin, la main posée sur son cœur.

« Exactement ça, dis-je. Il ne manque que les hamburgers et le punch hawaïen.

– Eh bien, maintenant nous sommes prêts, déclara Fontaine. Bastian, va chercher Dragonette dans sa cellule et emmène-le dans la salle numéro un. Ceux d'entre vous qui viennent, allons-y, d'accord ? »

Je compris enfin qu'il n'avait pas cherché à me planter là quand il était entré au pas de course dans l'immeuble. Malgré son épuisement, il était excité par la perspective de l'interrogatoire. Sa hâte était seulement l'expression d'un désir intense d'arriver dans ce bureau.

Il se dirigea vers la porte. L'inspecteur noir et le gros homme à la moustache en broussaille se levèrent pour le suivre. Bastian quitta le bureau par une porte latérale et s'engagea dans le long couloir que j'avais aperçu.

Le reste d'entre nous s'achemina vers le bout du bâtiment. Il faisait un peu plus frais dans le couloir que dans la salle. « Commençons par le commencement », dit Fontaine en s'engouffrant dans une pièce dont la porte était ouverte. Les tubes à néon éclairaient deux tables au plateau en formica et un assortiment de chaises. Trois hommes qui buvaient du café à une des tables levèrent les yeux en voyant entrer Fontaine. « Tu étais à l'hôpital ? demanda l'un d'eux.

– J'en reviens. » Fontaine s'approcha d'une des deux machines à café, prit un gobelet en carton et l'emplit de café noir brûlant.

« Comment va Mangelotti ?

– On va peut-être le perdre. » Il but une gorgée de café. Je me servis à mon tour.

Sur un mur de la salle était fixé un grand rectangle de papier blanc couvert de noms inscrits au marqueur rouge ou noir. La feuille était divisée en trois sections correspondant aux trois équipes de la Criminelle. Le lieutenant Ross McCandless commandait la première. Michael Hogan et William Greider étaient ses adjoints. Sur la liste de noms écrits au marqueur sous celui de Hogan, *April Ransom* me sauta aux yeux. Il était inscrit en rouge.

Les deux autres inspecteurs vinrent se servir du café et se présentèrent. Le Noir s'appelait Wheeler, le grand gaillard, Monroe. « Vous savez ce qui m'agace à propos de ces gens qui sont là dehors ? me demanda Monroe. S'ils avaient deux sous de bon sens, ils applaudiraient parce qu'on a collé ce type derrière des barreaux.

– Tu veux dire que tu t'attends à de la gratitude ? » Fontaine se servit un autre café et nous entraîna tous les trois dehors. Par-dessus son épaule, il lança : « Je vais quand même te dire une bonne chose. D'ici deux heures, il va y avoir un kilomètre d'encre noire sur le tableau de service. »

En sortant, nous pénétrâmes dans la partie neuve du bâtiment. Le sol était recouvert de linoléum gris, les murs bleu pâle avec des fenêtres aux vitres propres. La climatisation fonctionnait et il faisait presque froid dans le couloir. Nous tournâmes un coin et John Ransom, assis dans un fauteuil en plastique poussé contre une des cloisons bleues, leva les yeux vers nous. Il n'avait pas l'air plus frais que Fontaine. John portait un pantalon kaki et une chemise blanche. De toute évidence, il avait pris une douche et s'était rasé juste avant ou juste après avoir appris que sa femme avait été tuée. Il avait l'air d'un sac à moitié vide. Je me demandai depuis combien de temps il était assis là tout seul.

« Mon Dieu, Tim, je suis content que tu sois là, dit-il en se levant d'un bond. Alors, tu sais ? On t'a dit ?

– L'inspecteur Fontaine m'a raconté ce qui s'est passé. » Je ne voulais pas lui dire que j'avais vu le corps d'April emmené de sa chambre. « John, je suis vraiment désolé. »

Ransom leva les mains, comme pour saisir quelque chose. « C'est incroyable. Elle allait mieux... Ce type, ce monstre, a appris qu'elle allait mieux... »

Fontaine s'approcha. « Nous allons vous laisser, votre ami et vous, assister à une partie de mon interrogatoire. Vous tenez toujours à y assister ? »

Ransom acquiesça.

« Alors, je vais vous montrer où vous allez vous asseoir. Vous voulez du café ? »

Ransom secoua la tête. Fontaine nous fit passer derrière la paroi vitrée d'une grande pièce obscure où un certain nombre de gens assis en train de fumer attendaient d'être interrogés.

Il fit signe à Wheeler d'ouvrir une porte en bois clair. Environ deux mètres plus loin dans le couloir, sur une porte identique, il y avait une plaque bleu sombre avec le chiffre 1 en blanc au milieu. Fontaine me fit passer le premier et j'entrai dans une pièce sombre où se trouvaient six chaises autour d'une table en bois. Devant la table, une vitre donnait sur une pièce plus grande et plus claire où un mince jeune homme en tee-shirt blanc était assis auprès d'une table en métal gris. D'un geste machinal, il faisait glisser sur la table un cendrier d'aluminium. Son visage n'exprimait absolument rien.

Je pris la dernière chaise. L'inspecteur Monroe entra et vint s'installer auprès de moi. John Ransom le suivait. Il ne put retenir un grognement en apercevant Walter Dragonette. Puis il s'assit auprès de l'inspecteur noir. Monroe entra à son tour et prit une chaise de l'autre côté de Ransom. Cette savante chorégraphie permettait à deux inspecteurs de pouvoir maîtriser Ransom si cela s'avérait nécessaire.

Fontaine arriva. « Dragonette ne peut ni vous voir ni vous entendre mais, je vous en prie, ne faites pas de bruit, ne touchez pas la vitre. D'accord ?

– Entendu, fit Ransom.

– Je reviendrai quand la première partie de l'interrogatoire sera terminée. »

Il ressortit. Wheeler se leva et ferma la porte. Walter Dragonette avait l'air d'un homme occupé à tuer le temps dans un aéroport. De temps en temps, il souriait en entendant le *ting-ting-ting* du cendrier qu'il tapotait sur le plateau de la table. Une clé tourna dans la porte derrière lui et il cessa de jouer avec le cendrier pour regarder par-dessus son épaule. Un policier en uniforme fit entrer Paul Fontaine. Il avait un dossier coincé sous le bras et un gobelet de café dans chaque main.

« Bonjour, Walter, dit Fontaine.

– Salut ! Je me souviens de vous avoir vu ce matin. » Walter se redressa sur son siège et croisa les mains sur la table. Il tourna la tête pour regarder Fontaine s'installer au bout de la table. « Est-ce qu'on va finir par discuter ?

– Exactement, dit Fontaine. Je vous ai apporté du café.

– Oh, merci, mais je n'en bois pas. » Dragonette eut un drôle de petit tremblement du torse.

« Comme vous voudrez. » Fontaine ôta le couvercle en plastique d'un des gobelets et le jeta dans une corbeille à papiers. « Vous êtes sûr que vous n'en voulez pas ?

– La caféine, c'est mauvais pour la santé, dit Dragonette.

– Cigarette ? » Fontaine posa sur la table un paquet de Marlboro à peine entamé.

« Non, mais ça ne me gêne pas si vous fumez. »

Fontaine haussa les sourcils et tapota une cigarette devant lui.

« Je tiens simplement à dire une chose pour commencer », déclara Dragonette.

Fontaine alluma sa cigarette. Il exhala la fumée, éteignit l'allumette et d'un geste de la main calma Dragonette. « Vous pourrez dire tout ce que vous voulez, Walter. Mais nous devons d'abord régler quelques détails.

– Excusez-moi.

– Je vous en prie, Walter. Veuillez me donner votre nom, votre adresse et votre date de naissance.

– Mon nom est Walter Donald Dragonette. Mon adresse est 3421, 20e Rue Nord. J'ai toujours habité là depuis ma naissance, le 20 septembre 1965.

– Et vous n'avez pas souhaité la présence d'un avocat.

– J'en prendrai un plus tard. Je veux d'abord vous parler.

– Je dois vous dire aussi que nous faisons un enregistrement vidéo de cette conversation pour pouvoir nous y reporter plus tard.

– Oh, c'est une excellente idée. » Dragonette leva les yeux vers le plafond, puis sourit en nous montrant du doigt. « Je vois ! La caméra est derrière ce miroir, n'est-ce pas ?

– Non, répondit Fontaine.

– Elle est branchée maintenant ? Vous êtes sûr qu'elle marche ?

– Elle marche, dit Fontaine.

– Alors nous pouvons commencer ?

– Nous commençons en ce moment même », annonça Fontaine.

11

Ceci est un enregistrement de la conversation qui suivit.

W.D. : Bon. Il y a une chose que je tiens à dire tout de suite parce qu'il est important que vous le sachiez. J'ai été victime de violences sexuelles quand je n'étais qu'un petit garçon, à l'âge de sept ans. L'homme qui a fait cela était un voisin, et il s'appelait Mr. Lancer. Je ne connais pas son prénom. L'année d'après, il a déménagé. Il m'invitait souvent dans sa maison et alors, il... vous savez, il me faisait des choses. J'avais horreur de ça. Bref, j'ai réfléchi à tout ça. Pourquoi je suis ici et tout et je crois que Mr. Lancer, ça explique tout.

P.F. : N'avez-vous jamais parlé à personne de Mr. Lancer ? N'avez-vous jamais raconté ça à votre mère ?

W.D. : Comment aurais-je pu ? C'est à peine si je sais comment me décrire ça à moi-même ! D'ailleurs, je ne pensais pas que ma mère me croirait. Parce qu'elle aimait bien Mr. Lancer. Il maintenait le niveau du voisinage. Vous savez ce qu'il était ? Photographe : il prenait des photos de bébés et d'enfants. Il a pris des photos de moi tout nu.

P.F. : C'est tout ce qu'il a fait ?

W.D. : Oh, non. Est-ce que je n'ai pas dit qu'il avait abusé de moi ? Eh bien, c'est ce qu'il a fait. Sexuellement. C'est ce qui compte vraiment. Il me faisait jouer avec lui. Avec... vous savez... avec son machin. Il fallait que je le mette dans ma bouche et tout, et il prenait des photos. Je me demande si ces photos-là sont dans des magazines. Lui, il en avait des magazines avec des photos de petits garçons.

P.F. : Vous aussi, vous avez pris des photos, n'est-ce pas, Walter ?

W.D. : Vous les avez vues ? Celles qui sont dans l'enveloppe ?

P.F. : Oui.

W.D. : Eh bien maintenant, vous savez pourquoi je les ai prises.

P.F. : C'était la seule raison ?

W.D. : Je ne sais pas. Il me semble qu'il fallait que je le fasse. C'est important de se rappeler les choses, très important. Et puis il y avait une autre raison.

P.F. : Laquelle ?

W.D. : Eh bien, je pouvais m'en servir pour décider ce que j'allais manger. Quand je rentrais de mon travail. C'est pour ça que j'appelais parfois les photos, l'enveloppe où elles étaient, le « menu ». Parce que c'était un peu comme une liste de ce que j'avais à la maison. J'avais toujours l'intention de les coller dans un bel album avec les noms et tout, mais vous m'avez pincé avant que j'en aie eu le temps. Ça ne fait rien. Je ne vous en veux pas. Ce qui comptait c'était d'avoir les photos, vraiment, pas de les mettre dans un album.

P.F. : Ça vous aidait à choisir ce que vous alliez manger.

W.D. : C'était le menu. Comme dans ces restaurants où les plats sont photographiés. D'ailleurs, vous pouvez vous promener sur les sentiers de la mémoire et revivre ces expériences. Mais même après qu'on ait, si vous voulez, utilisé la photo, ça reste un trophée. Comme une tête d'animal qu'on fixe sur un mur. Parce que, voilà longtemps, je me suis dit que c'est ce que j'étais : un chasseur. Un prédateur. Croyez-moi, je n'aurais pas choisi cette vocation : ça demande énormément de travail et il faut garder le secret de façon incroyable. Mais c'est la vocation qui m'a choisi et voilà. On ne peut pas revenir en arrière, vous savez.

P.F. : Racontez-moi quand vous avez découvert que vous étiez un prédateur. Et je veux que vous m'expliquiez comment vous vous êtes intéressé aux meurtres de Blue Rose autrefois.

W.D. : Oh ! Eh bien, pour commencer, j'ai lu ce livre intitulé *L'Homme divisé* : ça parlait de ce flic tordu qui avait découvert qu'il tuait des gens et puis qui s'est suicidé. Le livre parlait de Millhaven ! Je connaissais toutes les rues ! Ça m'a vraiment intéressé, surtout quand ma mère m'a dit que toute cette histoire était vraie. J'ai donc appris d'elle qu'il existait cet homme qui tuait des gens et qui écrivait Blue Rose sur le mur près des cadavres. Seulement ça n'était pas le policier.

P.F. : Ah non ?

W.D. : Ce n'était pas possible, absolument pas. Pas question. Mais non. Cet inspecteur dans le livre, il n'était pas du tout un prédateur. J'en étais certain – simplement je ne savais pas encore comment on appelait ça. Mais, qui que ce prédateur ait réellement été, il était un peu mon vrai père. Il était comme moi, mais avant moi. Il les traquait, et puis il les tuait. En ce temps-là, tout ce que je tuais, c'étaient des animaux : histoire de m'entraîner, pour voir l'effet que ça faisait. Des chats et des chiens, un tas de chats et de chiens. Avec un couteau, c'était vraiment facile. Le plus dur, c'était de nettoyer les squelettes. Personne ne sait le travail que ça représente. Il faut vraiment *frotter*, et ça sent fichtrement mauvais.

P.F. : Vous pensiez que le tueur Blue Rose était votre père ?

W.D. : Non, je pensais qu'il était mon *vrai* père. Peu importe que ce soit mon père naturel ou pas. Ma mère ne m'a jamais dit grand-chose de mon papa, alors ç'aurait pu être n'importe qui. Mais quand j'ai lu ce livre et que j'ai découvert à quel point c'était réel, je me suis senti comme le vrai fils de cet homme parce que c'était comme si je marchais sur ses traces.

P.F. : Alors, voilà deux semaines, vous avez décidé d'imiter ce qu'il avait fait ?

W.D. : Vous avez vu ? Je n'étais pas sûr qu'on le remarquerait.

P.F. : Qu'on remarquerait quoi ?

W.D. : Vous savez. Vous l'avez presque dit.

P.F. : Dites-le vous-même.

W.D. : Les lieux... C'étaient les mêmes. Vous le saviez, n'est-ce pas ?

P.F. : Ces meurtres de Blue Rose, c'était il y a longtemps.

W.D. : Une ignorance pareille, c'est impardonnable. Vous n'avez pas remarqué parce que pour commencer vous n'avez jamais su. Je crois que ça n'est vraiment pas brillant de votre part.

P.F. : Je suis d'accord avec vous.

W.D. : Eh bien, vous avez raison. C'est minable.

P.F. : Vous vous êtes donné beaucoup de mal pour recréer les meurtres de Blue Rose et personne ne s'en est aperçu. Je veux dire personne n'a relevé les détails.

W.D. : Les gens ne remarquent jamais rien. C'est écœurant. Ils ne se sont même pas aperçus que tous ces gens avaient disparu. Maintenant, j'imagine que personne ne va même se rendre compte que j'ai été arrêté et prêter attention à tout ce que j'ai pu faire.

P.F. : Vous n'avez pas à vous inquiéter pour ça, Walter. Vous allez devenir très connu. Vous êtes déjà célèbre.

W.D. : Eh bien, c'est une erreur aussi. Je n'ai rien d'extraordinaire.

P.F. : Racontez-moi comment vous avez tué cet homme sur Livermore Street.

W.D. : Le type de Livermore Street ? Oh, c'était juste un gars qui passait. J'attendais dans cette petite ruelle, derrière cet hôtel. Un homme est passé. Il était, voyons, environ minuit. J'ai posé une question, n'importe quoi, par exemple, s'il pourrait m'aider à porter quelque chose dans l'hôtel en passant par la porte de derrière. Il s'est arrêté. Je crois lui avoir dit que je lui donnerais cinq dollars. Alors, il s'est avancé vers moi et je l'ai poignardé. J'ai continué à le frapper jusqu'à ce qu'il s'écroule. Et puis j'ai écrit Blue Rose sur le mur de brique. J'avais ce marqueur que j'avais pris avec moi, et ça a très bien marché.

P.F. : Pouvez-vous décrire cet homme ? Son âge, son physique, peut-être ses vêtements ?

W.D. : Un type vraiment très très ordinaire. Je n'ai même pas fait attention à lui. Il pouvait avoir dans les trente ans, mais je n'en suis même pas sûr. Il faisait sombre.

P.F. : Et la femme ?

W.D. : Oh, Mrs. Ransom ? Ça, c'était différent. Elle, je la connaissais.

P.F. : Comment la connaissiez-vous ?

W.D. : Je ne la connaissais pas à proprement parler. Mais je savais qui elle était. Ma mère m'a laissé un peu d'argent quand elle est morte, dans les vingt mille dollars, et je voulais les placer. Alors je suis allé voir Mr. Richard Mueller chez Barnett and C°. Il investissait l'argent pour moi. J'allais le voir, peut-être une fois par mois. En tout cas, je l'ai fait pendant quelque temps, avant que les choses commencent à se bousculer un peu par ici. Mrs. Ransom avait son bureau à côté de celui de Mr. Mueller : je la voyais donc presque à chaque fois que j'allais là-bas. C'était vraiment une jolie femme. Elle me plaisait. Et puis il y avait sa photo dans le journal le jour où elle a remporté ce prix. Alors j'ai décidé de l'utiliser pour le second personnage de Blue Rose : celui du Saint-Alwyn, chambre 218. Il fallait que ce soit la bonne chambre.

P.F. : Comment l'avez-vous amenée jusqu'à l'hôtel ?

W.D. : Je l'ai appelée à son bureau pour lui dire que j'avais des révélations à lui faire à propos de Mr. Mueller. J'ai fait comme si c'était vraiment grave. J'ai insisté pour qu'elle me retrouve à l'hôtel : j'ai expliqué que j'habitais là. Je l'ai donc retrouvée au bar et j'ai dit qu'il fallait que je lui montre ces papiers qui étaient dans ma chambre parce que je n'osais les emporter nulle part. Je savais que la chambre 218 était libre parce que j'avais vérifié juste avant le dîner, quand je m'étais glissé par la porte de derrière. Les serrures ne valent pas grand-chose au Saint-Alwyn et il n'y a jamais personne dans les couloirs. Elle a dit qu'elle allait monter voir les papiers. Et quand nous sommes arrivés dans la chambre, je l'ai poignardée.

P.F. : C'est tout ce que vous avez fait ?

W.D. : Non. Je l'ai frappée aussi. C'était même dans les journaux.

P.F. : Combien de coups de couteau avez-vous donné à Mrs. Ransom ?

W.D. : Peut-être sept ou huit. Dans ces eaux-là.

P.F. : Et où l'avez-vous frappée ?

W.D. : Au ventre et à la poitrine. Je ne me rappelle pas vraiment.

P.F. : Vous n'avez pas pris de photo ?

W.D. : Je n'en prenais qu'à la maison.

P.F. : Êtes-vous monté dans la chambre en passant par le hall ?

W.D. : Nous avons traversé le hall et nous avons pris l'ascenseur.

P.F. : L'employé de service affirme qu'il n'a jamais vu Mrs. Ransom ce soir-là.

W.D. : En effet. Nous ne l'avons pas vu non plus. C'est le Saint-Alwyn, pas le Pforzheimer. Ces types-là ne restent pas tout le temps derrière leur comptoir.

P.F. : Comment êtes-vous sorti ?

W.D. : J'ai pris l'escalier et je suis sorti par la porte de derrière. Je ne crois pas qu'on m'ait vu.

P.F. : Vous pensiez l'avoir tuée ?

W.D. : La tuer, c'était ce que je voulais.

P.F. : Racontez-moi ce que vous avez fait ce matin.

W.D. : Vous voulez que je vous raconte tout ?

P.F. : Laissons de côté pour l'instant Alfonzo Dakins et concentrons-nous sur Mrs. Ransom.

W.D. : D'accord. Laissez-moi réfléchir une seconde. Bon. Ce matin, j'étais inquiet. Je savais que Mrs. Ransom allait mieux et...

P.F. : Comment l'avez-vous su ?

W.D. : D'abord, j'ai découvert à quel hôpital elle était en appelant le Shady Mount et en disant que j'étais le mari de Mrs. Ransom. Est-ce qu'on pouvait me passer sa chambre ? Vous comprenez, j'allais appeler tous les hôpitaux jusqu'au moment où je tomberais sur le bon. J'ai commencé par le Shady Mount simplement parce que c'est celui que je connaissais le mieux. A cause de ma mère. Elle travaillait là-bas, vous le saviez ?

P.F. : Oui.

W.D. : Bon. Alors j'ai appelé et j'ai demandé si on pouvait me passer sa chambre. La standardiste m'a dit que non : Mrs. Ransom n'avait pas de téléphone et si j'étais son mari, je devrais le savoir. C'était vraiment idiot. Si on voulait que tout le monde devine immédiatement où elle était, on la collait au bon endroit. *Tous les gens* comme Mrs. Ransom vont au Shady Mount. Ma mère disait cela quand j'étais petit garçon, et c'est toujours vrai. Alors, permettez-moi de vous critiquer, vous et tout le monde : vous n'avez même pas cherché à la cacher. Si vous voulez mon avis, ça n'est pas du travail.

P.F. : Vous saviez donc qu'elle était au Shady Mount, mais comment avez-vous su dans quel état elle se trouvait ? Et comment avez-vous découvert son numéro de chambre ?

W.D. : Oh, ces choses-là, c'est enfantin. Je vous ai dit que ma mère travaillait au Shady Mount. Eh bien, quelquefois, bien sûr, elle m'emmenait là-bas avec elle. Je connaissais un tas de gens qui travaillaient au bureau. C'étaient des amies de ma mère : Cleota Williams, Margie Meister, Budge Dewdrop, Mary Graebel. Toute une bande. Elles allaient prendre le café ensemble et tout. Quand ma mère est morte, je me disais que je devrais peut-être tuer Budge ou Mary pour qu'elle ait un peu de compagnie. Parce que les morts sont comme vous et moi. Ils ont encore envie de certaines choses. Ils nous regardent tout le temps et ça leur manque de ne plus être en vie. Nous, nous avons le goût, la couleur, les odeurs et les sentiments : eux n'ont rien de tout ça. Ils nous regardent, *rien* ne leur échappe. Ils voient vraiment ce qui se passe, ce qui n'est pas notre cas. Nous sommes si occupés à penser aux choses et à tout comprendre de travers que nous manquons quatre-vingt-dix pour cent de ce qui se passe.

P.F. : Je ne sais toujours pas comment vous avez découvert que...

W.D. : Oh ! bonté divine, bien sûr que vous ne savez pas. Pardonnez-moi, je vous en prie. Je suis vraiment désolé. Je parlais des copines de ma mère, n'est-ce pas ? Vraiment, je devrais quelquefois avoir une fermeture Éclair sur la bouche. Bref. Bref, comme je le disais, Cleota est morte. Margie Meister a pris sa retraite pour aller s'installer en Floride. Mais Budge Dewdrop et

Mary Graebel travaillent toujours au bureau de Shady Mount. Budge, pour je ne sais quelle raison, a décidé au moment de la mort de ma mère que j'étais un personnage horrible. Elle ne veut même plus me parler. Alors, je crois que j'aurais vraiment dû la tuer. Quand je pense que je lui ai sauvé la vie ! Et voilà qu'elle me tourne le dos !

P.F. : Et l'autre amie de votre mère, Mary Graebel ?

W.D. : Elle se rappelle encore que je venais là quand j'étais petit garçon et tout ça. Bien sûr, j'aime bien passer de temps en temps au bureau de Shady Mount pour discuter le bout de gras. Tout ça a donc été un jeu d'enfant. Hier, à l'heure du déjeuner, je me suis arrêté à l'hôpital et Mary et moi on a eu une longue conversation. Elle m'a parlé de leur célèbre patiente. Qu'elle avait un policier pour la garder et une infirmière privée. Que tout d'un coup elle allait mieux, là-haut au second étage. Et je voyais la vieille Budge Dewdrop qui pestait et s'affairait toute seule devant les classeurs métalliques. Mais Budge, à mon avis, a trop peur de moi pour rien faire ouvertement. Elle s'est contentée de me lancer des regards noirs, vous savez, vraiment noirs. Et j'ai trouvé ce que j'avais à faire.

P.F. : Et cette Mary Graebel vous a dit que l'infirmière privée de service faisait une pause toutes les heures ?

W.D. : Non, là, j'ai eu du bol. Elle sortait de la chambre juste au moment où j'ai débouché dans le couloir. Alors je me suis dépêché d'entrer. J'ai fait mon truc. Puis je suis sorti sans traîner.

P.F. : Parlez-moi du policier dans la chambre.

W.D. : Eh bien, il a fallu que je le tue aussi, bien sûr.

P.F. : Vous l'avez tué ?

W.D. : Comment ça ? Vous voulez dire : est-ce qu'il fallait vraiment que je le tue ou est-ce que je l'ai vraiment tué ?

P.F. : Je ne vous suis plus très bien.

W.D. : C'est simplement... Oh, oubliez ça. Peut-être que je ne me souviens pas très bien du flic qui était là. C'est un peu flou. Ça a dû se passer très vite, et j'étais nerveux. Je *sais* que je vous ai entendu dire à quelqu'un que le policier de l'hôpital était mort. Vous passiez devant les cellules et j'ai surpris ce que vous disiez. Vous avez déclaré : « Il est mort. »

P.F. : J'exagérais.

W.D. : Bon, alors j'exagérais aussi. Quand j'ai dit que je l'avais tué.

P.F. : Comment avez-vous *tenté* de tuer le policier ?

W.D. : Je ne me rappelle pas. Ce n'est pas clair. J'étais tout excité.

P.F. : Qu'est devenu le marteau ? Vous ne l'aviez pas quand vous êtes revenu chez vous.

W.D. : Je l'ai jeté. Je l'ai jeté dans la rivière en rentrant de l'hôpital.

P.F. : Vous l'avez jeté dans la rivière de Millhaven ?

W.D. : Du haut du pont, le pont juste à côté de la Femme verte. Vous savez, là où on a trouvé cette femme morte. La prostituée.

P.F. : De quelle femme morte est-ce que vous me parlez maintenant, Walter ? C'est quelqu'un d'autre que vous avez tué ?

W.D. : Seigneur ! Vous autres, vous ne vous souvenez vraiment de *rien*. Bien sûr que ce n'était pas quelqu'un que j'ai tué : je parle de quelque chose qui s'est passé il y a longtemps. Cette femme était la mère de William Damrosch, le flic. Il était là-bas aussi : c'était un bébé et ils l'ont trouvé sur la berge, presque mort. Vous ne lisez donc jamais rien ? Tout ça est dans *L'Homme divisé*.

P.F. : Je ne suis pas sûr de comprendre pourquoi vous tenez à parler de ça.

W.D. : Parce que c'est à ça que je pensais ! Quand je suis passé en voiture sur le pont, j'ai vu le Bar de la Femme verte et je me suis souvenu de ce qui était arrivé sur la berge : la femme, la prostituée et son pauvre petit bébé qui est devenu William Damrosch. Dans le livre, il s'appelait Esterhaz. Je passais sur le pont. J'ai pensé à la femme et au bébé : je pense *toujours* à eux quand je franchis la rivière à cet endroit-là, à côté du Bar de la Femme verte. Parce que tout ça a un rapport avec les meurtres de Blue Rose. Ce type-là, ils ne l'ont jamais pris, n'est-ce pas ? Il s'en est tiré. A moins que vous ne soyez assez stupide pour croire que c'était Damrosch : je parie que c'est ce que vous pensez.

P.F. : En fait, je m'intéresse beaucoup plus à vous.

W.D. : Bref, j'ai balancé le marteau dans la rivière par la fenêtre de la voiture. Et puis je suis rentré directement chez moi et je suis tombé sur vous. Alors j'ai décidé qu'il était temps de dire la vérité. Temps que tout soit révélé au grand jour.

P.F. : Bien, nous vous sommes reconnaissants de votre coopération, Walter. Avant de nous séparer, je voudrais vous interroger encore sur un détail. Vous dites que l'amie de votre mère... elle s'appelait, voyons, elle s'appelait Budge Dewdrop, a cessé de vous parler après la mort de votre mère. Savez-vous pourquoi ?

W.D. : Non.

P.F. : Aucune idée ? Pas la moindre ?

W.D. : Je vous l'ai dit. Je ne sais absolument pas pourquoi.

P.F. : Comment est morte votre mère, Walter ?

W.D. : Elle est morte. Tout simplement dans son sommeil. D'une façon très paisible, comme elle l'aurait souhaité.

P.F. : Votre mère aurait été très malheureuse si elle avait découvert certaines de vos activités, n'est-ce pas, Walter ?

W.D. : Oh, je pense qu'on pourrait dire ça. Elle n'a jamais aimé ce que je faisais aux animaux.

P.F. : N'a-t-elle jamais parlé à ses amies des animaux ?

W.D. : Non. Enfin, peut-être à Budge.

P.F. : Et elle n'a jamais su que vous aviez tué des gens, n'est-ce pas ?

W.D. : Non. Bien sûr que non.

P.F. : Elle n'a jamais manifesté la moindre curiosité qui vous aurait mis mal à l'aise ? Elle ne s'est jamais doutée de rien ?

W.D. : Je ne veux pas parler de ça.

P.F. : Que croyez-vous qu'elle a dit à son amie Budge ?

W.D. : Elle ne m'en a jamais parlé, mais elle a dû lui dire quelque chose.

P.F. : Parce que Budge se comportait comme si elle avait peur de vous.

W.D. : Elle aurait dû avoir peur de moi.

P.F. : Walter, est-ce que votre mère a jamais découvert un de vos trophées ?

W.D. : Je vous l'ai dit, je ne veux pas parler de ça.

P.F. : Mais vous disiez qu'il était temps que tout soit révélé au grand jour. Racontez-moi ce qui s'est passé.

W.D. : Quoi ?

P.F. : Vous m'avez parlé de la mère qui était morte sur la berge. Maintenant parlez-moi de votre mère à vous.

W.D. : (Inaudible.)

P.F. : Je sais que c'est dur, je sais aussi que vous avez envie de le faire. Vous avez envie que je sache tout, même ça. Walter, qu'est-ce que votre mère a découvert ?

W.D. : Une sorte de journal. Je le cachais dans un blouson au fond de ma penderie – dans la poche intérieure. Elle ne fouinait pas, non, pas du tout, elle voulait simplement porter le blouson chez le teinturier. Et elle a trouvé le journal. C'était une sorte de cahier. J'avais noté certaines choses là-dedans, et elle m'a posé des questions à propos de ça.

P.F. : Quel genre de choses ?

W.D. : Comme des initiales. Et certains mots comme *tatouage* ou *cicatrice*. Des choses comme *cheveux roux*. Il y avait aussi *serviette ensanglantée*. Elle a probablement parlé à Budge Dewdrop. Elle n'aurait pas dû !

P.F. : Est-ce qu'elle vous a interrogé à propos du journal ?

W.D. : Bien sûr, voyons. Mais je n'ai jamais pensé qu'elle me croyait.

P.F. : Elle avait donc des soupçons avant cela.

W.D. : Je ne sais pas. Je ne sais vraiment pas.

P.F. : Racontez-moi comment votre mère est morte, Walter.

W.D. : Ça n'a vraiment plus d'importance, non ? Je veux dire : avec tous ces autres gens...

P.F. : Ça a de l'importance pour vous et ça en a pour moi. Racontez-moi, Walter.

W.D. : Eh bien, voilà ce qui s'est passé. C'était le lendemain du jour où elle avait trouvé mon journal. Quand elle est rentrée de son travail, elle était un peu drôle. J'ai tout de suite su ce que cela voulait dire. Elle en avait parlé à quelqu'un et elle se le reprochait. Je ne sais même pas ce qu'elle avait raconté exactement, mais je savais que ça avait un rapport avec le journal. J'ai préparé le dîner, comme je le faisais toujours. Elle est allée se coucher de bonne heure au lieu de rester à regarder la télé avec moi. J'étais très angoissé, mais je ne crois pas l'avoir montré. J'ai veillé tard, même si je comprenais à peine le film. J'ai bu deux verres de Harvey's Bristol Cream, et c'est une chose que je ne faisais *jamais*. Le film s'est terminé, et pourtant je ne me rappelais pas ce qu'il racontait. En fait, je ne le regardais que pour Ida Lupino. J'ai toujours aimé Ida Lupino. J'ai lavé mon verre. J'ai éteint les lumières. Et je suis monté. J'allais juste jeter un coup d'œil dans la chambre de ma mère avant d'aller me coucher. Alors, j'ai ouvert la porte et je suis entré. Il faisait si noir là-dedans que j'ai dû m'approcher tout près du lit pour la voir. Je me suis mis tout près d'elle. Et je me suis dit : si elle se réveille, je vais simplement lui dire bonsoir et aller me coucher. Et je suis resté là tout près d'elle un long moment. J'ai pensé à plein de choses. J'ai pensé à Mr. Lancer. Si je n'avais pas pris ces deux verres de Harvey's Bristol Cream, je crois que rien de tout ça ne serait arrivé.

P.F. : Continuez, Walter. Vous avez un mouchoir ?

W.D. : Bien sûr que j'ai un mouchoir. J'ai une douzaine de mouchoirs. Ça va bien, je veux dire ça va. Bref, j'étais là, debout auprès de ma... de ma mère. Elle dormait vraiment. Je n'avais pas l'intention de faire quoi que ce soit. Je n'ai pas eu le sentiment de faire vraiment quelque chose. C'était comme si rien du tout ne se passait. Je me suis penché et j'ai posé sur son visage l'autre oreiller. Et elle ne s'est pas réveillée, vous comprenez ? Elle n'a pas fait un geste. Il ne se passait rien du tout. Et puis j'ai juste appuyé sur l'oreiller. J'ai fermé les yeux et j'ai maintenu l'oreiller en place. Au bout d'un moment, je l'ai ôté et je suis allé me coucher. Dans ma chambre. Le lendemain matin, j'ai préparé notre petit déjeuner à tous les deux, mais elle n'est pas descendue quand je lui ai dit que c'était prêt. Alors je suis monté dans sa chambre et je l'ai trouvée dans son lit. Et j'ai su tout de suite qu'elle était morte. Voilà. J'ai appelé la police. De la chambre. Et puis je suis allé dans la cuisine, j'ai jeté le petit déjeuner que j'avais préparé et j'ai attendu qu'ils arrivent.

P.F. : Et quand les policiers sont arrivés, qu'est-ce que vous leur avez raconté à propos de la mort de votre mère ?

W.D. : Je leur ai dit qu'elle était morte dans son sommeil. C'était vrai.

P.F. : Pourtant, ça n'était pas toute la vérité, n'est-ce pas, Walter ?

W.D. : Non. Mais c'était à peine si je savais ce qu'était vraiment toute la vérité.

P.F. : Je comprends. Walter, nous allons faire une pause maintenant. Je m'en vais vous laisser deux minutes pour vous remettre. Ça ira ?

W.D. : Laissez-moi souffler tout seul un moment, d'accord ?

12

Fontaine repoussa sa chaise et se leva. Il hocha la tête à deux reprises et se détourna.

« Ça vous a satisfait, Mr. Ransom ? demanda Wheeler. Existe-t-il aucun doute dans votre esprit quant à l'identité du meurtrier de votre femme ?

– Comment pourrait-il y en avoir ? », demanda John.

Paul Fontaine m'épargna la peine de parler en ouvrant la porte et en entrant dans la cabine. « Je crois que ce sera tout pour vous, Mr. Ransom. Rentrez chez vous et reposez-vous un peu. S'il y a quoi que ce soit d'autre, nous vous contacterons.

– En tout cas, dit Wheeler, vous savez pourquoi il a tué votre femme.

– Il l'a tuée parce qu'elle lui plaisait, dit Ransom. Elle avait son bureau juste à côté de celui de l'homme qui s'occupait de placements. » Il avait l'air abasourdi, presque sonné.

« Beau travail, Paul », dit Wheeler en se levant.

Nous nous levâmes tous. Fontaine sortit de la cabine et nous le suivîmes dans la lumière du couloir.

« Tu as fait un joli numéro », dit Monroe.

Fontaine le gratifia d'un sourire triste. « Je pense que nous aurons nos chefs d'accusation prêts à la fin de la journée. Il faut que nous bouclions cette affaire plus vite encore qu'avec notre éblouissante rapidité habituelle : sans ça, les huiles nous colleront de corvée de chiottes. Je regrette de vous le dire, mais ça ne va faire aucun effet au lieutenant que j'aie réussi à faire avouer à Walter qu'il a tué sa mère.

– Bah, McCandless n'a jamais vraiment eu de mère, dit Monroe. Il est venu au monde grâce à la théorie du Big Bang. »

Fontaine recula d'un pas et contempla Wheeler et Monroe d'un air horrifié. « Il doit bien vous rester à tous deux quelques meurtres non résolus sur lesquels vous pencher.

– Il n'y a plus de meurtre non résolu à Millhaven, assura Monroe. On ne vous l'a pas dit ? »

Il nous regarda, Ransom et moi, avec un grand sourire et tourna les talons pour regagner le bureau de la Criminelle. Wheeler partit avec lui.

« On dirait qu'avec Mr. Dragonette, vous avez un fan de plus, me dit Fontaine.

– C'est dommage qu'il n'ait pas pu nous dire qui était le Blue Rose original. Il était trop occupé à nous raconter qui il n'était pas. »

Maintenant qu'il était sorti de la salle d'interrogatoire, Fontaine avait la peau d'une teinte intermédiaire entre le jaune et le vert. On aurait dit une vieille feuille de laitue.

« Est-ce que les nouvelles affaires ne vous amènent

jamais à consulter les dossiers de celles d'autrefois ? demandai-je.

– Blue Rose, c'était bien avant mon temps.

– Pensez-vous que je pourrais consulter ces archives ? » Comme il me dévisageait, j'ajoutai : « Je reste toujours très curieux à propos de l'affaire Blue Rose.

– Ça vous arrive de faire des recherches pour des livres *après* les avoir écrits ? »

John Ransom se tourna pesamment vers moi. « Pourquoi faire ?

– Oui, pourquoi faire, Mr. Underhill ?

– C'est une question personnelle », dis-je.

Fontaine cligna des paupières, à deux reprises, très lentement. « Ces dossiers sont très confidentiels. Enfin, comme Mike Hogan est un de vos admirateurs, nous pourrions peut-être autoriser cette entorse au règlement et vous faire accéder à la forteresse où nous les enfermons. Bien sûr, il faut commencer par les retrouver. Je vous tiendrai au courant. Merci de nous avoir accordé un peu de votre temps, Mr. Ransom. »

Ransom le salua de la main et s'éloigna vers la partie ancienne du bâtiment.

Une idée me vint soudain, et je posai à Fontaine une autre question. « Avez-vous jamais trouvé le nom de l'homme qui suivait John ? L'homme aux cheveux gris qui conduisait la Lexus ? »

Fontaine fronça les lèvres. Les rides autour de ses yeux et de sa bouche se creusèrent et son visage parut prendre une expression plus lugubre encore. « J'ai complètement oublié cette histoire, dit-il. Croyez-vous qu'il soit nécessaire de... ? »

Il sourit et haussa les épaules. Il me sembla que cette courtoisie voulait dire que, d'une façon ou d'une autre, il venait de me mentir. Une seconde plus tard, il me sembla impossible que Fontaine voulût me tromper à propos d'un détail aussi banal. Je le regardai repartir vers la salle d'interrogatoire, les épaules voûtées dans son costume informe. Ce qu'il venait de faire dans cette salle m'avait fait retrouver ma liberté, mais je ne me sentais pas libre.

Fontaine jeta un coup d'œil à un grand policier qui débouchait dans le couloir, des formulaires dactylographiés à la main. Il le prit par le coude. Je me souvins d'avoir vu ce jeune homme à l'hôpital le matin.

« Sonny, voulez-vous veiller à ce que ces deux messieurs retrouvent leur chemin jusqu'au parking ? Je le ferais bien moi-même, mais il faut que je reprenne mon interrogatoire.

– Bien, Monsieur, dit Sonny. Il doit bien y avoir deux cents personnes sur les marches. Comment savent-ils ces choses-là si vite ?

– Ils n'ont rien à faire. »

Sonny se mit à rire et se dirigea vers nous.

Nous descendîmes les marches bruyantes de l'escalier métallique dans la partie ancienne de l'immeuble. Sonny dit à John qu'il était désolé pour la mort de sa femme. « On est tous navrés, dit-il. C'est un peu comme quelque chose qu'on n'arrivait pas à croire quand on l'a entendu pour la première fois ce matin. J'étais avec l'inspecteur Fontaine, pour conduire ce type au commissariat.

– Vous étiez tous ensemble dans la voiture, demandai-je, quand on a annoncé la nouvelle à propos de Mrs. Ransom ? »

Il se retourna et leva les yeux vers moi.

« C'est ce que je viens de dire.

– Vous étiez au volant et vous avez pu entendre le rapport ?

– Très clairement.

– Qu'est-ce qu'on disait ?

– Au nom du ciel, Tom, fit John Ransom.

– Je veux juste savoir ce que disait le rapport.

– Eh bien, la femme qui a appelé était très excitée. » Sonny ralentit en descendant. Il empoigna la rampe tout en regardant par-dessus son épaule. « Elle a dit que Mrs. Ransom avait été battue à mort dans sa chambre, pardonnez-moi, Monsieur.

– Est-ce qu'elle a dit quelque chose à propos du sergent Mangelotti ?

– Oui, elle a dit qu'il était blessé. Elle était nouvelle

à l'hôpital, elle devait être excitée : elle a oublié d'utiliser les codes.

– Qu'est-ce que c'est que tout ça, Tim ? Je ne veux pas le savoir, dit Ransom. Qu'est-ce que ça change ?

– Probablement rien, dis-je.

– Dragonette s'est tout de suite mis à table, poursuivit Sonny. Il a dit à Fontaine : " Si vous aviez travaillé plus vite, vous autres, vous auriez pu la sauver aussi. " Fontaine lui dit : " Est-ce que vous avouez le meurtre d'April Ransom ", et il dit : " Bien sûr. C'est moi qui l'ai tuée, non ? " »

Il arriva en bas de l'escalier et s'engagea d'un pas vif dans le couloir qui m'avait fait penser à un vieux lycée quand j'avais suivi en courant Paul Fontaine dans l'immeuble. Tout cela maintenant me semblait souillé par ce que j'avais entendu là-haut. Les communiqués et les circulaires du tableau de service me semblaient autant de plaisanteries brutales. ARMES À VENDRE. BON ÉTAT. OCCASION : VOUS CHERCHEZ UN AVOCAT SPÉCIALISÉ DANS LES DIVORCES AVEC VINGT ANS D'EXPÉRIENCES DANS LA POLICE ? LEÇONS DE KARATÉ POUR POLICIERS. Quelqu'un avait déjà affiché une feuille jaune avec ces mots qu'on pouvait lire en majuscules : LISTE DES GENS QUE WALTER DRAGONETTE AURAIT DÛ INVITER CHEZ LUI. Le nom de Merlin Waterford, le maire de Millhaven, était en tête de la liste.

« Par là. » Sonny tendit le bras pour maintenir ouverte la porte donnant sur le parking. Il recula un peu pour ne pas bloquer le passage. John Ransom se glissa devant lui en grimaçant et je me faufilai par l'espace libre. Sonny me regarda en souriant.

« Ne vous en faites pas », dit-il. Et il laissa la porte se refermer derrière nous.

Nous nous dirigeâmes vers la voiture de Ransom, sous les regards des flics rassemblés dans le parking. Les différentes ailes des bâtiments nous entouraient : brique rouge et pierre grise. Et les policiers avaient l'air d'animaux en cage. Tout était sinistre, sentait le passage des années et la violence contenue.

Ransom se laissa tomber à la place du passager.

Quelques policiers au visage pétrifié s'approchèrent de notre voiture. Je m'installai au volant et mis le moteur en marche. Je n'avais pas eu le temps de passer une vitesse que l'un d'eux apparut auprès de moi et se pencha par la vitre ouverte. Son visage était très près du mien. Des plaques rouges d'alcoolisme flamboyaient sur ses joues charnues. Il avait les yeux pâles et le regard mort. *Damrosch*, me dis-je. Deux autres étaient plantés derrière la voiture.

« Vous aviez à faire ici ? demanda-t-il.

– Nous étions avec Paul Fontaine, répondis-je.

– Vraiment. » Ce n'était pas une question.

« Voici John Ransom, le mari d'April Ransom. »

Le terrible visage recula. « Filez, allez-vous-en. » Il se redressa, recula et nous fit signe de partir. Ses collègues derrière la voiture se dispersèrent.

Je traversai le passage plein de nids-de-poule entre les grands bâtiments municipaux et regagnai la rue. Quelque part dans le lointain des gens criaient des slogans. John Ransom soupira. Je le regardai et il se pencha en avant pour allumer la radio. La voix neutre d'un speaker déclarait : « ... Les rapports continuent d'arriver, certains d'entre eux contradictoires, mais il semble à peu près certain que Walter Dragonette est responsable d'au moins vingt-cinq décès. On parle de cannibalisme et de torture. Une manifestation spontanée se déroule actuellement devant la direction de la pol... »

Ransom pressa un bouton et les accents d'une trompette emplirent la voiture : Clifford Brown jouant « Joy Spring ». Surpris, je regardai Ransom et il dit : « La station de radio du Collège d'Arkham émet quatre heures de programme de jazz tous les jours. » Il se renfonça dans son siège. Il avait juste voulu ne plus entendre parler de Walter Dragonette.

Je tournai le coin et passai devant l'entrée d'Armory Place. Clifford Brown, mort aujourd'hui depuis plus de trente ans, lança quelques mesures dont la nonchalante éloquence faisait oublier la mort et le temps. La musique me tira presque de la dépression où m'avait plongé Walter Dragonette. Je me souvins d'avoir entendu la même phrase musicale voilà bien longtemps à Camp Crandall.

Ransom tourna la tête pour regarder la foule qui occupait la moitié d'Armory Place. Il y avait trois fois plus de gens que tout à l'heure : ils envahissaient le perron de la direction de la police et le terre-plein. Certains brandissaient des pancartes. Sur l'une d'elles on lisait VASS DOIT PARTIR. Une voix relayée par un haut-parleur hurlait qu'il était malsain de vivre dans la peur.

Je demandai à John Ransom qui était Vass.

« Le chef de la police, marmonna-t-il.

– Ça t'ennuie si nous faisons un petit détour ? », demandai-je.

Ransom secoua la tête.

Je laissai derrière moi la foule vociférante et je continuai vers Horatio Street, de l'autre côté de l'immeuble du *Ledger*, je passai devant le Centre d'arts dramatiques. Horatio Street nous fit traverser un quartier livré aux entrepôts en brique à deux étages, aux épiceries et à deux courageuses petites galeries d'art qui semblaient essayer de faire du secteur un nouveau Soho.

Clifford Brown jouait toujours. La lumière du soleil étincelait sur les vitres et les toits des voitures. Ransom était affalé sur son siège, muet, la main droite sur sa bouche, les yeux ouverts mais qui ne voyaient rien. A l'entrée du pont, un panneau annonçait que l'accès était interdit aux véhicules de plus d'une tonne. Je traversai la vieille passerelle qui gronda sous nos roues et je m'arrêtai de l'autre côté. John Ransom avait l'air de dormir les yeux ouverts. Je descendis et contemplai la rivière et les berges. Entre de grands murs verticaux de béton, les eaux noires roulaient paresseusement vers le lac Michigan. Le fleuve à cet endroit devait avoir cinq ou six mètres de profondeur, il était si noir qu'il aurait pu être sans fond. Les rives boueuses étaient jonchées de pneus et de caisses pourrissantes qui allaient des murs de béton jusqu'à l'eau.

Voilà soixante ans, c'était un quartier irlandais, plein de ces hommes brutaux et violents qui avaient construit le pont et posé des lignes de tramway. Pendant une brève époque, ces logements avaient abrité les hommes qui travaillaient dans les entrepôts de l'autre côté du fleuve. Pendant une période plus brève encore, les étudiants d'Arkham les avaient occupés car le loyer n'était pas cher. La criminalité avait chassé les étudiants et tous ces blocs étaient habités maintenant par des gens qui jetaient dans la rue leurs ordures et leur vieux mobilier. Le même fléau avait atteint le Bar de la Femme verte.

C'était un petit bâtiment à un étage, avec un toit en pente, bâti sur une dalle de béton qui émergeait tout juste de la rive Est. A l'arrière, on avait construit quelques annexes asymétriques. Avant qu'on ait bâti Armory Place, le bar était le lieu de rendez-vous des fonctionnaires et des flics qui avaient terminé leur service. L'été, on servait une cuisine qui se voulait irlandaise sur des tables blanches dominant la rivière : « Les gigots d'agneau de Mrs. O'Reilly » et « L'Irish Stew de Paddy Murphy ». Les tables avaient aujourd'hui disparu et des graffiti peints à la bombe dégoulinaient sur le ciment. Une enseigne de bière Pforzheimer était accrochée de travers à une vitrine sillonnée de bandes de ruban adhésif. Par une âpre nuit d'hiver, des gens avaient ri, bu et discuté là-dedans tandis qu'à moins de dix mètres de là quelqu'un assassinait une femme tenant un bébé dans ses bras.

« N'est-ce pas une histoire démente ? », dit une voix auprès de moi. Je sursautai et me retournai pour voir John Ransom planté juste derrière moi. La voiture était garée sur le côté de la route, portières ouvertes. Nous étions seuls tous les deux dans ce décor désolé malgré le soleil. Ransom avait l'air d'un spectre, sans substance, le visage lavé par la lumière. Je crus une seconde qu'il voulait dire que l'histoire de William Damrosch était démente et j'acquiesçai.

« Ce maniaque, dit-il en contemplant les ordures répandues sur la berge. Il a vu ma femme en allant au bureau de son agent de change. » Il s'avança et regarda le fleuve. L'eau noire coulait si lentement qu'elle semblait immobile. Le soleil la faisait briller comme une pellicule de glace.

Je regardai Ransom. Son visage avait retrouvé quelque couleur, mais il avait encore l'air sur le point de disparaître. « A te dire vrai, ça me tracasse toujours qu'il ait appris le meurtre d'April avant d'avoir avoué. Et il ne savait pas que Mangelotti a été frappé à la tête et non pas poignardé.

– Il avait oublié. D'ailleurs, ça n'avait pas l'air de préoccuper Fontaine.

– Ça aussi, ça m'agace, dis-je. Fontaine et Hogan semblent vouloir ajouter un maximum d'inscriptions au marqueur noir sur ce tableau de la salle. »

Le visage de Ransom redevint blanc. Il retourna vers la voiture et s'assit à la place du passager. Ses mains tremblaient. Tous les muscles de son visage s'agitaient comme s'il avait du mal à avaler. Il me jeta un coup d'œil à la dérobée : on aurait dit qu'il voulait voir si j'enregistrais vraiment tout cela. « S'il te plaît, est-ce qu'on pourrait rentrer chez moi ? »

Il ne dit pas un mot durant le reste du trajet jusqu'à Ely Place.

13

A peine arrivé, John pressa le bouton de son répondeur. Maintenant qu'il n'était plus sous la lumière dure et mordante du soleil, il semblait avoir plus de consistance, moins être sur le point de disparaître.

Quand la cassette eut fini de se rembobiner, il se redressa et son regard vague vint croiser le mien. Les véritables traits de son visage – ce visage mince, plus masculin, que j'avais vu voilà des années – émergèrent du coussin de chair qui les avait masqués jusque-là.

« Un de ces messages est de moi, dis-je. Je t'ai appelé ici avant de passer à l'hôpital. »

Il hocha la tête.

J'entrai dans le living-room et allai m'asseoir sur le canapé en face du tableau de Vuillard. Le premier interlocuteur, je m'en souvins, avait laissé un message la veille : Ransom n'avait pas pu écouter son répondeur depuis que nous avions quitté la maison ensemble hier après-midi. Une voix métallique mais parfaitement audible dit : « John ? Mr. Ransom ? Vous êtes chez vous ? » Je me penchai pour prendre un des livres sur le Viêt-nam que j'ouvris au hasard. « Je pense que non, poursuivit la voix. Bon, ici Byron Dorian. Excusez-moi de vous appeler mais je voudrais vraiment savoir comment va April, comment va Mrs. Ransom. A Shady Mount, on ne veut même pas me confirmer qu'elle est là-bas. Je sais combien ça doit être dur pour vous, mais pourriez-vous me rappeler quand vous rentrerez ? C'est important. Ou bien je vous rappellerai. Je veux simplement avoir des nouvelles : ne rien savoir, c'est si pénible. Bon. Au revoir. »

Une autre voix. « Bonjour, John, c'est Dick Mueller. Tout le monde chez Barnett se demande comment va April. On espère qu'il y a une amélioration. Nous sommes tous de tout cœur avec vous dans l'épreuve que vous traversez, John. » Ransom poussa un grand soupir. « Je vous en prie, passez-moi un coup de fil au bureau ou chez moi pour me donner des nouvelles. Mon numéro personnel est 474-0653. J'espère vous avoir bientôt au téléphone. Au revoir. »

J'aurais parié que l'agent de change du Boucher avait passé une matinée désagréable quand il s'était assis devant ses œufs brouillés avec son exemplaire du *Ledger*.

L'appel suivant était le mien, quand j'avais téléphoné du Saint-Alwyn. Je m'efforçai de ne pas entendre cette imitation rauque et asthmatique de ma vraie voix en me concentrant sur les toiles accrochées devant moi.

Puis une voix bien plus basse et plus rauque que la mienne jaillit du petit haut-parleur. « John ? John ? Qu'est-ce qui se passe ? Je suis censé partir en voyage. Je ne comprends pas... Je ne comprends pas où est ma fille. Est-ce que vous ne pouvez pas me dire quelque chose ? Rappelez-moi ou passez vite ici, voulez-vous ? Où diable est April ? » Un bruit de respiration domina le sifflement de la bande comme si l'homme attendait une réponse. « Enfin, bon sang », dit-il et on l'entendit encore respirer pendant dix secondes. Il s'y reprit bruyamment à plusieurs fois avant de réussir à raccrocher.

« Oh, mon Dieu, fit Ransom. Il ne manquait plus que ça. Le père d'April. Je t'ai parlé de lui : Alan Brookner. Tu te rends compte ? Il est censé donner l'année prochaine son cours sur les religions orientales en même temps que son cours sur le concept du sacré que nous faisons ensemble. » Il croisa les mains sur le haut de son crâne comme on essaie de contenir un jaillissement de pétrole et il sortit de la pièce.

Je reposai le livre sur la table basse.

Les mains toujours sur sa tête, Ransom poussa un énorme soupir. « Je pense que je ferais mieux de le rappeler. Il va peut-être falloir que nous allions là-bas. »

Je dis que ça ne me dérangeait pas.

« Au fait, peut-être que je vais te laisser rappeler ces autres gens, quand nous en aurons fini avec Alan.

– Comme tu voudras, dis-je.

– Je ferais mieux de téléphoner à Alan », reprit John. Il baissa les mains et revint vers le téléphone.

Il composa le numéro, puis attendit nerveusement durant une longue série de sonneries. Il finit par me dire « Ça marche » et il se tourna vers le mur, la tête penchée en arrière. « Alan, c'est John. Je viens de recevoir votre appel... Oui, j'entends... Non, April n'est pas ici, Alan, elle a dû s'absenter. Écoutez, voulez-vous que je passe ?... Bien sûr, pas de problème, j'arrive. Calmez-vous, Alan, je suis chez vous dans une minute ou deux. »

Il raccrocha et revint dans le salon. Il avait l'air si épuisé que j'aurais voulu lui conseiller de prendre un verre et d'aller se coucher. Il n'avait même pas pris de petit déjeuner et voilà maintenant que deux heures allaient sonner.

« Je suis désolé, dit-il, mais finissons-en. »

« Tu ne prends pas ta voiture ? lui demandai-je en le voyant passer devant la Pontiac et continuer à pied.

– Alan n'habite qu'à deux blocs d'ici. Et même avec

de la chance, on ne peut jamais trouver de la place par là. Les gens sont prêts à se tuer pour se garer. » Il me jeta un coup d'œil et je hâtai le pas pour le rejoindre. Nous marchions tous deux à grandes enjambées.

« Ce matin, un type de l'hôpital est venu m'engueuler pour avoir mis ma voiture devant sa maison, dis-je. Je peux m'estimer heureux qu'il ne m'ait pas tiré dessus. »

Ransom grommela et leva le pouce en geste de victoire au moment où nous approchions du coin suivant. Le col de sa chemise blanche était trempé de sueur et le devant lui collait à la poitrine, dessinant de grandes taches humides en forme d'amibes.

« Il était dans tous ses états parce que quelqu'un s'était assis sur sa pelouse avant de se relever et de se diriger vers l'hôpital. »

Ransom me lança un regard étonné comme un chevreuil qui repère un chasseur dans la forêt. « Ah », fit-il. Il regarda devant lui et fonça. « Je suis désolé de t'imposer tout cela.

– Je croyais qu'Alan Brookner était un de tes héros.

– Il a eu pas mal de problèmes.

– Il ne sait même pas qu'April avait été blessée ? »

Il hocha la tête et fourra ses mains dans ses poches. « Je te serais reconnaissant si tu voulais bien jouer le jeu avec moi. Je ne peux pas lui dire qu'April est morte.

– Il ne va pas le lire dans les journaux ?

– C'est peu probable, dit John. Nous y voici. »

La première maison sur le côté du bloc était une solide construction de style géorgien : deux étages de brique rouge avec une imposte au-dessus de la porte et des fenêtres symétriques dans des embrasures décoratives. Sur la pelouse, de grands chênes, un gazon laissé à l'abandon et envahi jusqu'à hauteur du genou de mauvaises herbes. « J'oublie tout le temps de faire tondre », dit John. A l'entendre, on aurait dit qu'il voulait asphalter la pelouse. Des rouleaux de journaux vieillissants entourés d'élastiques pointaient parmi les herbes, certains si délabrés par les intempéries qu'on aurait dit des bûches artificielles comme on en voit dans les cheminées chauffées au gaz.

« Ça ne doit pas être très propre là-dedans, me dit-il. Nous avons engagé une domestique pour lui l'année dernière, mais elle a donné son congé juste avant qu'April entre à l'hôpital et je n'ai pas eu... » Il haussa les épaules.

« Il ne sort jamais ? », demandai-je.

Ransom secoua la tête et frappa à la porte. Puis il se prit la tête à deux mains. « Il est dans un de ses *jours*. J'aurais dû m'en douter. » Il prit dans sa poche un gros trousseau de clés et chercha un moment avant de trouver celle qu'il inséra dans la serrure. Il ouvrit la porte. « Alan ? Alan, c'est moi, et j'ai amené un ami. »

Il entra et me fit signe de le suivre.

Je pataugeai au milieu des enveloppes non ouvertes qui jonchaient le tapis persan bleu de l'entrée. Des piles de livres et des magazines ne laissaient qu'un étroit passage pour accéder aux premières marches d'un escalier incurvé. John se baissa, ramassa une poignée de lettres et les emporta dans la pièce voisine. « Alan ? » Il secoua la tête avec agacement et jeta le courrier sur un chesterfield de cuir marron.

Sur le mur devant moi, de grandes peintures à l'huile représentaient des familles groupées devant des maisons de campagne anglaises. Des rayons de livres occupaient les trois autres murs et d'autres gisaient sur l'énorme tapis indien rose qui se déroulait d'un bout à l'autre de la pièce. Sur le large manteau de cheminée et sur une grande table au plateau de cuir devant le chesterfield, des livres ouverts, des pages de papier machine, des assiettes emplies d'œufs frits figés, de tranches de pain racornies et de hot dogs carbonisés. Toutes les lumières étaient allumées. Quelque chose dans la pièce me piquait les yeux, comme si j'avais nagé dans une piscine trop chlorée.

« Quel fatras, dit John. Tout serait parfait si la bonne n'avait pas donné son congé... regarde, il a déchiré un manuscrit. »

De gros flocons de poussière grise s'envolaient sous ses pas. Il ouvrit une fenêtre encastrée dans des rayonnages de livres.

Je perçus un léger relent bien reconnaissable d'excrément.

La voix de baryton asthmatique d'un vieil homme lança : « John ? C'est toi, John ? »

Ransom se tourna vers moi d'un air las et cria : « Je suis en bas !

– En bas ? » Le vieil homme parlait comme s'il avait un mégaphone incorporé dans la gorge. « Je t'ai appelé ? »

Ransom eut un air consterné. « Oui. Vous m'avez appelé.

– Tu as amené April avec toi ? Nous devons partir en voyage. » Des pas descendirent l'escalier.

« Je ne sais pas si je vais tenir le coup, dit Ransom.

– A qui parles-tu ? A Grant ? Grant Hoffman est ici ? »

Les pas arrivèrent au pied de l'escalier. « Mais non, répondit John, c'est un de mes amis, mais pas Grant Hoffman. »

Un vieil homme aux cheveux blancs, avec des bras et des jambes longs et décharnés, entra dans la pièce, n'ayant pour tout vêtement qu'un caleçon maculé de couches successives de jaune. Ses genoux et ses coudes semblaient trop grands pour le reste de sa personne, comme des nœuds sur un arbre. Une toison blanche bouillonnait sur sa maigre poitrine et des petits poils fins flottaient autour de son cou et de son menton. S'il s'était tenu droit, il aurait eu ma taille. Il amenait avec lui une odeur forte et aigre. Il avait des yeux de singe très brillants.

« Où est Grant ? rugit-il. Je t'ai entendu lui parler. » Son regard brûlant se fixa sur moi et son visage se ferma. « Qui est-ce ? Il est venu pour April ?

– Non, Alan, c'est mon ami, Tim Underhill. April n'est pas en ville.

– C'est ridicule. » Le visage de chimpanzé furieux se tourna vers Ransom. « April me préviendrait si elle partait en voyage. Est-ce que tu m'as bien dit qu'elle n'était pas en ville ?

– A plusieurs reprises. »

Le vieil homme s'approcha de nous sur ses jambes noueuses d'échassier. Ses cheveux flottaient autour de sa tête. « Bah, je ne me rappelle sans doute pas tout. Alors, vous êtes un ami de John ? Vous connaissez ma fille ? »

L'odeur se précisait quand il approchait et le picotement dans mes yeux empirait.

« Non, dis-je, je ne la connais pas.

– Dommage. Vous en tomberiez raide. Vous voulez un verre ? Un verre, c'est ce qu'il vous faut si vous devez affronter April.

– Il ne boit pas, dit John. Et vous ne devriez pas boire non plus.

– Venez avec moi dans la cuisine. Il y a là tout ce qu'il vous faut.

– Alan, il faut que je vous emmène là-haut, dit John. Vous avez besoin de vous nettoyer.

– J'ai pris une douche ce matin. » De la tête il désigna une porte sur le côté droit du salon. Il me fit un grand sourire pour me laisser entendre que, si nous parvenions à nous débarrasser de cet abruti, nous pourrions boire un coup dans la cuisine. Puis son visage se referma une fois de plus et il lança à John un regard hostile. « Tu peux venir dans la cuisine aussi si tu me dis où est April. Si tu le sais. Ce dont je doute. »

Sa main osseuse me broya le coude et il me tira par le bras.

– Bon, allons voir dans quel état est la cuisine, dit John.

– Je ne fais pas d'excès de boisson, déclara Alan Brookner. Je bois exactement la quantité dont j'ai envie. C'est différent. Les ivrognes, eux, boivent trop. »

Il m'entraîna à travers la pièce. Des traînées et des éclaboussures marron avaient séché sur ses jambes.

« Vous n'avez jamais rencontré ma fille ?

– Non.

– C'est un numéro. Un homme comme vous l'apprécierait. » Il poussa de l'avant-bras la porte encastrée dans les livres et elle s'ouvrit toute grande.

Nous suivions un couloir tapissé de diplômes encadrés, de certificats et de prix divers. Au milieu de tout cela, quelques photos de famille : je vis un Alan Brookner robuste, plus jeune, en veste de tweed, un bras passé autour d'une rayonnante jeune fille blonde à peine plus petite que lui. Ils avaient l'air de posséder le monde : l'assurance les entourait comme un bouclier.

Brookner passa devant la photo sans s'arrêter, comme il devait le faire une douzaine de fois tous les jours. Dans l'espace plus exigu du couloir, son odeur était bien plus intense. Une fourrure blanche comme un entassement de toiles d'araignée couvrait ses épaules osseuses. « Trouvez-vous une bonne femme et priez qu'elle vous survive. Voilà la solution. »

Il franchit une autre porte et le traîna dans le bric-à-brac de la cuisine avant que la porte ne se referme. L'odeur de nourriture en décomposition aidait à masquer la puanteur de Brookner. La porte se rabattit et vint frapper Ransom qui dit : « Nom de Dieu !

– Tu penses parfois à la damnation, John ? Un concept fascinant, plein d'ambiguïté. Au paradis, on perd sa personnalité dans la perpétuelle glorification de Dieu, mais en enfer nous continuons à être nous-mêmes. Qui plus est nous croyons mériter la damnation : le christianisme nous dit que nos premiers ancêtres nous ont infligé cette malédiction. Saint Augustin dit que même la nature était damnée et... » Il me lâcha le bras et pivota sur lui-même. « Voyons, où diable est cette bouteille ? Je devrais dire : ces bouteilles. »

Des bouteilles de whisky vides s'entassaient au bord de l'évier et, auprès de la porte du fond, un sac d'épicerie en était plein. Des cartons de pizzas jonchaient les plans de travail et basculaient dans l'évier : des insectes bruns et familiers rôdaient dans cet entassement, trottinant sur les assiettes encroûtées et les verres renversés.

« Aide-toi et le ciel t'aidera », dit Brookner en pêchant une bouteille de scotch intacte dans un carton sous l'évier. Il la frappa contre le bord et les cafards allèrent se réfugier dans les boîtes de pizza les plus proches. Il dévissa le bouchon. « Les verres sont là », me dit-il en me désignant un buffet près de ma tête. J'ouvris la porte. Cinq grands verres se trouvaient éparpillés sur une étagère où on aurait pu en ranger trente. J'en pris trois que je déposai devant Brookner. Il ressemblait un peu à un saint homme indien à l'air légèrement louche.

« Oh, ma foi, aujourd'hui je prendrais bien un verre, dit Ransom. Prenons-en un et ensuite on s'occupera de vous.

– Dis-moi où est April. » Brookner se cramponnait à la bouteille en le regardant d'un air mauvais.

« April n'est pas en ville, dit John.

– Les génies de la finance ne vont pas traîner ailleurs quand leurs clients ont besoin d'eux. Elle est à la maison ? Elle est malade ?

– Elle est à San Francisco », dit John. Il tendit la main et empoigna la bouteille que tenait son beau-père comme un flic arracherait un pistolet à un adolescent déconcerté.

« Qu'est-ce que diable ma fille fiche à San Francisco ? »

Ransom versa deux doigts de whisky dans un verre et le tendit au vieil homme. « Barnett va fusionner avec un autre cabinet d'investissement. Il est question qu'April ait une promotion et dirige une succursale là-bas.

– Quel autre cabinet d'investissement ? » Brookner siffla son whisky en deux gorgées. Il brandit son verre sans le regarder. Un peu d'alcool brillait sur sa lèvre inférieure proéminente.

« Bear et Stearns », dit John. Il versa dans son verre une généreuse rasade de whisky et en but une petite gorgée.

« Elle n'ira pas. Ma fille ne va pas m'abandonner. » Il tendait toujours son verre et John lui versa encore un doigt d'alcool. « Nous... nous devions partir quelque part ensemble. » Il me montra la bouteille.

Je secouai la tête.

« Allons, il en veut un aussi, tu ne vois donc pas ? »

Ransom se retourna, versa du whisky dans le troisième verre et me le tendit.

« A votre santé, mon garçon », dit Brookner en portant le verre à ses lèvres. Il but la moitié de son whisky et me regarda pour voir si ça m'intéressait toujours de prendre un peu de bon temps.

Je levai mon verre et avalai une infime gorgée de scotch. C'était brûlant, comme quelque chose de vivant. Je m'écartai du vieil homme et posai mon verre sur une longue table en bois. Je remarquai alors ce qu'il y avait d'autre sur la table. « Ta-ra-ra-boom-dee-ay, lança Brookner de sa voix étonnamment vaillante. Toutes les putains ont de la veine aujourd'hui. » Il avala une rasade.

Auprès de mon verre se trouvaient un revolver et un tas de billets de vingt dollars qui devaient représenter au moins quatre ou cinq cents dollars. A côté, une liasse de billets de dix, tout aussi épaisse. Un tas plus grand de billets de cinq était posé à côté et une centaine de billets de un dollar s'entassaient comme des feuilles mortes au bout de la table. J'émis une sorte de gargouillis. Le vieil homme se retourna et vit ce que je regardais.

« Ma banque, dit-il. J'ai mis ça au point tout seul. Ça me permet de payer les livreurs. De cette façon ils ne peuvent pas vous rouler, pas vrai ? J'ai toujours de la monnaie. Le revolver, là, c'est mon système de sécurité. Je l'empoigne et je les regarde compter les billets.

– Des livreurs ? demanda John.

– La pizzeria, celle qui a les camionnettes radio. Et le marchand de vin. Je leur demande s'ils aimeraient que je fasse un peu de tir. En général ils se contentent d'empocher l'argent et de filer.

– Ça ne m'étonne pas, dit John.

– Oh oh, mon estomac va mal. » Le vieil homme palpa de sa main droite son ventre décharné. « Tout d'un coup. » Il poussa un gémissement.

« Montez là-haut, dit John. Il ne s'agit pas d'avoir un accident ici. Je vais vous accompagner. Vous allez prendre une douche.

– J'en ai déjà...

– Eh bien, vous en prendrez une autre. » Ransom le fit pivoter et le poussa vers la porte battante.

J'entendais Brookner se plaindre amèrement de son estomac tandis qu'ils gravissaient un autre escalier au fond de la maison. La voix sonore passait d'une pièce à l'autre. Je versai mon whisky sur les cafards qui s'enfuirent en trottinant dans les cartons de pizza. Quand j'en eus assez de les observer, je m'assis auprès des tas de billets et j'attendis. Au bout d'un moment, je me mis à entasser les cartons de pizza et à les aplatir pour pouvoir les fourrer dans la poubelle. Puis j'aspergeai de savon liquide le tas de vaisselle dans l'évier et j'ouvris le robinet d'eau chaude.

14

Une quarantaine de minutes plus tard, Ransom revint dans la cuisine et s'arrêta net en voyant ce que je faisais. Son visage s'assombrit mais, après un moment d'hésitation, il prit un torchon blanc dans un tiroir et se mit à essuyer la vaisselle. « Merci, Tim, dit-il. C'était un vrai capharnaüm, n'est-ce pas ? Qu'est-ce que tu as fait de tout ce qui traînait ?

– J'ai trouvé des sacs poubelles, dis-je. Il n'y avait pas tant d'assiettes, alors j'ai décidé de m'en occuper pendant que tu passais le vieux au jet. Il était malade ?

– Il s'est surtout plaint. Je l'ai poussé sous la douche et je me suis assuré qu'il utilisait du savon. Il se met parfois dans de drôles d'états. Il ne se rappelle plus comment faire les choses les plus simples. A d'autres moments, comme quand il était en bas avec nous, il semble presque maître de lui : pas vraiment rationnel, bien sûr, mais dans le coup. »

Si je venais de voir Alan Brookner quand il était en forme, je me demandais comment cela pouvait être en temps normal.

Nous terminâmes de laver et d'essuyer la vaisselle.

« Où est-il maintenant ?

– Il s'est recouché. A peine sec, il s'est effondré. Et c'est exactement ce que, moi aussi, j'ai envie de faire. Ça t'ennuierait qu'on s'en aille d'ici ? »

Je fis couler l'eau de l'évier et je m'essuyai les mains au torchon mouillé. « As-tu jamais compris ce que c'était que ce voyage dont il parlait tout le temps ? »

Il ouvrit la porte de la cuisine et tourna le bouton de façon que la porte soit verrouillée quand il la refermerait derrière lui. « Le voyage ? April l'emmenait souvent au zoo, au musée, des endroits comme ça. Tu l'as probablement remarqué : Alan n'est pas vraiment en mesure de faire des excursions.

– Et il était dans un de ses bons jours ? »

Nous sortîmes par la porte de la cuisine et fîmes le tour de la maison. L'herbe trop haute cuisait au soleil. Un des grands chênes avait été frappé par la foudre : un pan entier était noir et sans feuille. Tout avait besoin d'être entretenu : la maison, la pelouse et les arbres.

« Ma foi, pour autant que je me souvienne, il tenait des propos cohérents. Il aurait été mieux s'il ne buvait pas depuis deux jours. »

Nous nous retrouvâmes sur le trottoir et repartîmes vers Ely Place. De petites boules brunes et piquantes étaient accrochées à mon bas de pantalon comme du Velcro. J'aspirai à pleins poumons l'air frais et humide.

« Il est censé enseigner l'année prochaine ?

– Il s'en est tiré l'année dernière avec juste un ou deux épisodes disons... pittoresques. »

Je demandai quel âge il avait.

« Soixante-seize.

– Pourquoi n'a-t-il pas pris sa retraite ? »

John éclata de rire : un rire sans gaieté. « C'est Alan Brookner. Il peut rester aussi longtemps qu'il le veut. Mais, s'il part, c'est tout le département qui disparaît avec lui.

– Pourquoi ça ?

– Le reste du département, c'est moi.

– Tu cherches un nouveau poste ?

– N'importe quoi pourrait arriver. Peut-être qu'Alan va se ressaisir. »

Nous marchâmes un moment en silence.

« Je pense qu'il faudrait que je lui trouve une nouvelle femme de ménage, dit-il enfin.

– Je crois que tu devrais commencer par te renseigner sur les maisons de retraite.
– Avec mon salaire ?
– Il n'a pas de l'argent à lui ?
– Oh, si, dit-il. Je pense qu'il en a. »

15

Quand nous rentrâmes chez lui, Ransom me demanda si je voulais manger quelque chose.

Nous traversâmes une salle à manger où trônait une table seigneuriale pour entrer dans une cuisine moderne : réfrigérateur grand comme un lit de deux personnes. Vaste plan de travail où s'alignaient un mixeur, une machine à faire les pâtes, un batteur et un appareil à faire le pain. Ransom ouvrit un placard et y prit deux verres sur une étagère encombrée. Il les poussa l'un après l'autre dans un engin qui fabriquait de la glace sur le devant du réfrigérateur et les emplit de petits glaçons argentés. « Tu veux de l'eau ? Un jus de fruit ?
– N'importe quoi », dis-je.

Il ouvrit le réfrigérateur, y prit une bouteille d'eau avec l'image d'un iceberg sur l'étiquette, l'ouvrit et emplit mon verre. Il me le tendit, remit la bouteille en place. Il prit sur les clayettes des sacs de viande coupée en tranches, un assortiment de fromages et un pain. De la mayonnaise, de la moutarde dans un pot de grès, de la margarine, un cœur de laitue. Il aligna tout cela sur le grand bloc de bois entre nous, disposa deux assiettes, des couteaux et des fourchettes. Puis il referma le réfrigérateur et ouvrit la porte du congélateur : sur les étagères, de la viande congelée, des boîtes de plats surgelés, une énorme pizza grosse comme un pneu de camion. Il y avait aussi deux rayons avec des bouteilles de vodka couchées sur le côté : Absolut Pepper et Citron ; Finlandia ; vodka japonaise ; vodka polonaise, Stolichnaya Cristal ; des vodkas vert pâle, brun pâle et d'autres avec des choses qui flottaient dans les bouteilles. De longs filaments d'herbe, des cerises, des bouts de citron, des raisins... Je me penchai pour mieux regarder.

Il prit la Stolichnaya, ôta le bouchon et emplit à moitié son verre. « Il faudrait vraiment glacer le verre, murmura-t-il, mais ça n'est pas tous les jours qu'on perd sa femme, puis qu'il faut pousser un vieillard de soixante-seize ans sous la douche pour s'assurer qu'il se nettoie de toute la merde dont il s'est barbouillé les jambes. » Il avala une gorgée de vodka et fit la grimace. « J'ai pratiquement dû entrer sous la douche avec lui. » Nouvelle gorgée, nouvelle grimace, nouvelle gorgée. « Il a fallu que je le sèche. Ces poils blancs qu'il a sur tout le corps... pouah. Du papier de verre.

– Tu devrais peut-être engager cette infirmière, Eliza Morgan, pour passer au moins la journée avec lui.

– Tu ne penses pas que mon beau-père avait l'air capable de se débrouiller tout seul ? Je me demande ce qui a pu te donner cette impression. » John fit tomber d'autres glaçons dans son verre et l'emplit encore à moitié de vodka glacée. « Tiens, voilà de quoi te faire un sandwich. Pioche là-dedans. »

J'entrepris d'empiler du rosbif et du gruyère sur une tranche de pain. « As-tu pensé à la façon dont tu vas lui dire la vérité à propos d'April ?

– La vérité à propos d'April ? » Il reposa son verre et me regarda, presque en souriant. « Non. Je n'ai pas encore pensé à ça. A la réflexion, il va falloir que je dise à un tas de gens ce qui s'est passé. » Il plissa les yeux et but une nouvelle rasade. « Peut-être que non. Ils liront tout ça dans le journal. » Ransom reposa son verre sur le comptoir et, d'un air un peu absent, se prépara un sandwich : une tranche de rosbif sur un morceau de pain, deux tranches de salami et une tranche de jambon. Il y ajouta un peu de fromage et fourra le tout dans sa bouche. Il plongea une cuillère dans le pot de moutarde et se mit à la tourner machinalement.

J'ajoutai de la laitue et de la mayonnaise à mon sandwich et le regardai remuer la moutarde.

« Et pour l'enterrement : un service, des choses comme ça ?

– Oh, oui, fit-il. L'hôpital a trouvé un entrepreneur de pompes funèbres.

– Est-ce que tu as un caveau de famille ou quelque chose de ce genre ?

– Qui pense à ces choses-là quand on a une femme de trente-cinq ans ? »

Il but encore. « Je pense que je vais la faire incinérer. C'est probablement ce qu'elle aurait voulu.

– Voudrais-tu que je reste ici encore quelques jours ? Ça ne me dérangerait pas, si je n'avais pas l'impression de gêner ou d'être un fardeau.

– Reste, je t'en prie. Je vais avoir besoin de parler à quelqu'un. Je n'ai pas encore vraiment digéré le choc.

– Je ne demande pas mieux », dis-je. Je le regardai encore un moment tourner sa cuillère dans la moutarde. Il finit par la soulever et par tartiner son étrange sandwich. Il referma le tout avec une tranche de pain.

« C'est vrai, ce que tu as dit à ton beau-père, à propos de la fusion du cabinet d'April avec l'autre firme ? demandai-je. Ça avait l'air si précis.

– Il faut toujours que les histoires inventées soient précises. » Il prit le sandwich et le regarda comme si quelqu'un venait de le lui tendre.

« Tu as tout inventé ? » L'idée me vint qu'il avait dû inventer l'histoire peu après le transport d'April à l'hôpital.

« Oh, je crois que, comme on dit, il y avait anguille sous roche. Il y a eu des bruits ici et là. » Il reposa son sandwich sur l'assiette. Prit son verre et but une lampée. « Tu sais ce qu'il y a de pire chez les gens qui font ce que faisait April, chez les gens de ce métier ? Je ne parle pas d'April, bien sûr : elle n'était pas comme ça, mais les autres ? Ils brassent du vent. Ils pérorent à leurs réunions du matin, ils bavardent au téléphone, ils font du bla-bla aux clients institutionnels durant le déjeuner, puis se remettent au téléphone. C'est ça, c'est le métier. On ne fait que *parler*. Ils adorent les *rumeurs*. Dieu, qu'ils adorent ça ! Et ce qu'il y a de pire ensuite chez ces gens, c'est qu'ils croient tous chaque mot que dit chacun d'eux ! Alors, à moins d'être absolument au courant des derniers rebondissements des bavardages stupides et sans intérêt qu'ils échangent à longueur de journée, à moins de savoir déjà ce que tout le monde chuchote dans ces foutus téléphones auxquels ils sont pendus jour et nuit, tu n'es pas dans le coup, mon vieux, tu es absolument *dépassé*. On dit que les universitaires n'ont pas les pieds sur terre. Tu sais, les gens, surtout les rois de l'esbroufe qui font le métier d'April, ils nous méprisent parce que nous ne sommes pas censés être dans le monde réel. Eh bien, au moins, nous avons des *sujets* d'intérêt réels : il y a un certain contenu intellectuel et éthique dans nos existences. Ce n'est pas comme cette grosse bulle où on passe son temps à répandre des demi-vérités, à colporter des rumeurs et à faire du *fric*. »

Il avait le souffle un peu rauque. Le visage coloré. Il vida ce qui restait dans son verre et le remplit aussitôt. Je connaissais la Stolichnaya : en un peu moins de dix minutes, John avait liquidé pour une quinzaine de dollars de vodka.

« Alors Barnett and C° ne vont pas vraiment ouvrir une succursale à San Francisco ?

– En fait, je n'en sais absolument rien. »

Une autre idée me vint. « Est-ce qu'elle tenait à garder cette maison parce que c'était si près de celle de son père ?

– C'était une des raisons. » John se pencha sur le comptoir et baissa la tête. On aurait dit qu'il avait envie de s'allonger là. « Et puis, April ne tenait pas à être coincée à Riverwood avec des abrutis comme Dick Mueller et la moitié des autres types de son bureau. Elle voulait être plus près des galeries d'art, des restaurants, de..., je ne sais pas, la vie culturelle. Ça se voit : il suffit de regarder notre maison. Nous n'étions pas comme ces connards de son bureau.

– Elle aurait aimé San Francisco, dis-je.

– On ne le saura jamais, n'est-ce pas ? » Il me lança un regard lugubre et mordit dans son sandwich. Il le mâchonna en baissant les yeux et des rides creusèrent son front. Il avala encore une gorgée. « Bon sang, qu'est-ce qu'il y a là-dedans ? » Il prit une autre petite bouchée. « De toute façon, tu as raison, elle n'aurait jamais abandonné Alan. » Il mordit dans son sandwich. Après avoir dégluti sa bouchée, il vida son assiette dans la poubelle et y fit glisser le plus clair de son sandwich. « Je m'en vais prendre ce verre et me coucher. C'est à peu près tout ce dont je suis capable pour l'instant. » Il but encore une longue gorgée et se versa une rasade. « Écoute, Tim, je t'en prie, reste un petit moment. Ça m'aiderait.

– Bon, dis-je. Il y a quelque chose que j'aimerais examiner si je pouvais rester deux ou trois jours.

– Quoi donc, de la documentation ?

– Quelque chose comme ça », dis-je.

Il essaya de sourire. « Bon Dieu, je suis vraiment pété. Peut-être que tu pourrais appeler Dick Mueller ? Il devrait être encore au bureau, à moins qu'il ne soit allé déjeuner quelque part. Je suis désolé de te demander de faire ça, mais il faut que les gens qui connaissaient April soient prévenus de ce qui s'est passé avant de le lire dans les journaux.

– Et celui qui a téléphoné ? Celui qui ne savait pas s'il devait t'appeler John ou Ransom ?

– Byron ? Laisse tomber. Il entendra ça aux informations. »

De sa main libre il me fit un geste d'adieu et sortit de la cuisine en tanguant. J'entendis son pas lourd monter l'escalier. La porte de sa chambre s'ouvrit et se referma. Quand j'eus terminé mon sandwich, je mis mon assiette dans le lave-vaisselle et rangeai tout le reste dans le réfrigérateur.

Dans la maison silencieuse, j'entendais l'air climatisé qui sortait en sifflant des bouches d'aération. Maintenant que j'avais accepté de tenir compagnie à John Ransom, je ne savais plus très bien ce que je voulais faire à Millhaven. Je regagnai le living-rom et m'assis sur le canapé.

Pour le moment, je n'avais absolument rien à faire. Je regardai ma montre et constatai avec plus que de la surprise, presque de l'incrédulité, que depuis que j'étais descendu de l'avion et que j'avais trouvé un John Ransom méconnaissable qui m'attendait dans la salle de débarquement, il s'était écoulé exactement vingt-quatre heures.

CINQUIÈME PARTIE

ALAN BROOKNER

1

Vers trois heures de l'après-midi arriva un trio de reporters du *Ledger*. Je leur dis que John dormait. Je me présentai comme un ami de la famille. Je m'entendis répondre qu'ils ne voyaient pas d'inconvénient que John se réveille. Une heure plus tard, on sonna de nouveau à la porte : c'était une délégation de Chicago. Nous échangeâmes à peu près le même genre de propos. A cinq heures, nouveau coup de sonnette alors que j'étais au téléphone dans l'entrée. Chargés de sacs de hot dogs, de carnets, de stylos et de magnétophones, les mêmes cinq personnages se présentèrent sur le perron. Je refusai de réveiller John. Je dus même finir par secouer le téléphone que j'avais à la main devant le visage du journaliste le plus entêté, Geoffrey Bough du *Ledger*. « Alors, pouvez-vous nous aider ? », demanda-t-il.

Malgré son nom qui évoque un quadragénaire corpulent, une veste de tweed et un gilet écossais, ce Bough en question était un personnage décharné d'une vingtaine d'années vêtu de jeans qui pochaient aux genoux et d'une chemise de batiste froissée. Ses cheveux noirs et tristes tombant sur ses lunettes aux verres épais, il s'apprêtait à déclencher son magnétophone. « Pourriez-vous nous donner quelques renseignements sur la façon dont Mr. Ransom réagit à l'annonce de la mort de sa femme ? A-t-il la moindre idée des circonstances dans lesquelles Dragonette a fait la connaissance de celle-ci ? » Je lui claquai la porte au nez et revins à Dick Mueller, le collègue d'April Ransom chez Barnett and C°, qui me dit : « Mon Dieu, qu'est-ce que c'était que ça ? » Il s'exprimait avec un accent de Millhaven presque comique tellement il était typique.

« Des journalistes.

– Ils savent déjà, ça alors...

– Ils savent, dis-je. Et il ne va pas leur falloir longtemps pour découvrir que vous étiez l'agent de change de Dragonette. Alors vous feriez mieux de vous préparer.

– De me préparer ?

– Eh bien, ils vont vivement s'intéresser à vous.

– A moi ?

– Ils vont vouloir parler à tous ceux qui ont jamais eu quelque chose à voir avec Dragonette. » Mueller poussa un gémissement. « Vous aimeriez donc peut-être trouver les moyens de leur interdire l'accès de votre bureau. Vous pourriez aussi vous abstenir d'entrer ou de sortir par la porte principale pendant une bonne semaine.

– Oui, d'accord, merci », fit-il. Il hésita. « Vous dites que vous êtes un vieil ami de John ? »

Je répétai les renseignements que je lui avais donnés avant d'être interrompu par Geoffrey Bough et les autres. Par les étroites fenêtres qui flanquaient la porte d'entrée, je vis une autre voiture s'arrêter et se garer en double file devant la maison. Deux hommes, l'un portant un magnétophone et l'autre un appareil photo, en descendirent pesamment et se dirigèrent vers la porte en faisant un grand sourire à Bough et à ses deux collègues.

« Comment John tient-il le coup ? demanda Mueller.

– Il a bu un verre ou deux et il est allé se coucher. Il va avoir un tas de choses à faire dans les jours qui viennent, alors je crois que je vais rester un peu pour l'aider. »

Avec une régularité de métronome, quelqu'un frappa à quatre reprises du poing contre la porte.

« C'est John ? » demanda Mueller. Il semblait soucieux, voire inquiet.

« C'est juste un de ces messieurs de la presse. »

Mueller eut un hoquet au bout du fil. Il s'imaginait une bande de reporters hurlant son nom tout en martelant les portes du bureau.

« Je vous rappellerai dans les jours qui viennent.

– Quand ma secrétaire vous demandera à quel sujet vous appelez, dites-lui que c'est à propos du projet de pont. Il va falloir que je commence à filtrer les communications et ça me rappellera qui vous êtes.

– Le projet de pont ? » Nouvelles vociférations, nouveaux coups de poing sur la porte.

« Je vous expliquerai plus tard. »

Je raccrochai, ouvris la porte et me mis à hurler. Quand j'eus fini d'expliquer que John dormait, on m'avait photographié un certain nombre de fois. Je refermai la porte sans tout à fait la claquer. Par la fenêtre je les regardai faire retraite sur la pelouse, mâchonner leurs hot dogs et allumer des cigarettes tout en élaborant un plan de bataille. Les photographes prirent quelques clichés sans intérêt de la maison.

J'allai vérifier au pied de l'escalier : aucun mouvement là-haut. John avait donc réussi soit à dormir malgré le vacarme, soit à l'ignorer. Je pris *La Bibliothèque de Nag Hammadi*, allumai la télévision et m'installai sur le canapé. Je m'attaquai au « Traité sur la résurrection », une lettre à un étudiant du nom de Rheginos. Je n'en lus que quelques mots avant de m'apercevoir que, comme presque toute la ville de Millhaven, la télévision locale avait capitulé devant Walter Dragonette.

J'avais espéré qu'un mélange de fatras gnostique et le programme des émissions d'entretiens de l'après-midi me distrairaient jusqu'au moment où John referait surface. Mais, au lieu de Phil Donahue ou d'Oprah Winfrey, voilà qu'apparut sur l'écran un présentateur de journal que je me souvenais d'avoir vu au début des années soixante. Il semblait extraordinairement bien conservé. Mêmes cheveux blonds peignés en arrière. Mêmes lunettes à grosse monture d'écaille. Même présence et même voix plate. Avec l'inébranlable bon sens dont je gardais le souvenir, il répétait, sans doute pour la vingtième ou la trentième fois, que le programme des émissions avait été bouleversé pour permettre à l'équipe d'information permanente de « transmettre un reportage continu de ce tragique événement ». J'avais vu cet homme débiter pendant des années les nouvelles du soir. Impossible de me rappeler son nom : Jimbo Machin ou Jimbo Truc. Il ajusta ses lunettes sur son nez. L'équipe d'information permanente allait suivre les développements de l'affaire Walter Dragonette. Les émissions du soir commenceraient à sept heures : explications et commentaires dispensés par des experts en criminologie et en psychologie. Conseils sur la façon d'aborder ces événements avec nos enfants. Efforts en tous genres pour rester au service d'une communauté consternée en lui prodiguant d'excellents reportages effectués par des journalistes sensibles. Sur un écran derrière son visage, une foule occupant le milieu de la 20ᵉ Rue Nord regardait des techniciens en combinaisons orange de l'équipe de déminage des sapeurs-pompiers sortir de la petite maison blanche de lourds barils.

Le maître de Rheginos, l'auteur du « Traité sur la résurrection », disait : « Ne crois pas que la résurrection soit une illusion. C'est une vérité ! En fait, il serait plus approprié de dire que le monde est une illusion plutôt que la résurrection. »

Le nouveau présentateur disparut tandis que l'écran était envahi par une vue en direct de la foule répandue sur Armory Place. Ces gens étaient furieux. Ils voulaient retrouver leur innocence. Jimbo expliquait : « On a déjà entendu réclamer la mise à pied du chef de la police Arden Vass, la révocation du commissaire principal Roman Novotny, la démission des conseillers municipaux du 4ᵉ arrondissement, Hector Rilk et George Vandenmeter, et la mise en accusation du maire, Merlin Waterford. »

Je distinguais les caractères sur certaines des pancartes qui montaient et descendaient au rythme des chants de la foule : OÙ ÉTAIS-TU MERLIN ? et DÉMEMBREZ HECTOR ET GEORGE. En haut du grand perron menant à la direction de la police, un Noir aux cheveux gris en costume croisé sombre prononçait une allocution en s'aidant d'un porte-voix : « ... revendiquer pour nous et pour nos enfants la sécurité de ces quartiers... devant la négligence... devant l'ignorance des autorités... » De pauvres ombres équipées de magnétophones, avec des pellicules sur les épaules et d'horribles chemises violettes, armés d'appareils photo, de carnets et de grosses lunettes glissant sur leur nez patrouillaient au milieu de la foule.

La tête d'un homme blond plus jeune, aussi carrée que celle de Jimbo mais surmontant un cou ruisselant de sueur et un torse revêtu d'un blouson de safari beige, vint noyer les propos du présentateur : c'était pour annoncer que le Révérend Clément Moore, depuis longtemps porte-parole de la communauté et actif défenseur des droits civiques, avait demandé une enquête approfondie sur la police de Millhaven et exigeait un dédommagement pour les familles des victimes de Walter Dragonette. Le Révérend Moore avait déclaré que ses « réunions de prières et de protestations » se poursuivraient jusqu'aux démissions du chef Vass, du commissaire Novotny et du major Waterford. D'ici quelques jours, le Révérend Moore s'attendait à obtenir le soutien de son collègue, le Révérend Al Sharpton, de New York.

A vous les studios, à vous, Jimbo.

Celui-ci pencha en avant sa lourde tête blonde et psalmodia : « Voici maintenant notre éditorial quotidien par Joe Ruddler. Joe, que pensez-vous de tout cela ? »

Je levai les yeux pour voir un autre visage gigantesque et familier envahir l'écran. Joe Ruddler, encore quelqu'un qui appartenait depuis longtemps à l'équipe d'information permanente, était connu pour sa totale assurance et sa défense passionnée des équipes locales. Son visage, toujours au bord du rouge vif et cette fois violacé, avait doublé de volume en quelques années. De toute évidence, Ruddler avait été promu commentateur politique.

« *Ce que je pense de tout cela ? Je vais vous dire ce*

que j'en pense! Je pense que c'est scandaleux! Qu'est-il arrivé au Millhaven où on pouvait aller boire une bière et croquer une saucisse sans trébucher sur une tête coupée? Et quant aux agitateurs de l'extérieur... »

J'utilisais la télécommande pour mettre fin à cette tirade en coupant le son, quand le téléphone sonna.

Comme tout à l'heure, je décrochai pour empêcher la sonnerie de réveiller John Ransom. Comme tout à l'heure, je dus me présenter comme un vieil ami de passage avant que mon interlocuteur veuille bien révéler sa propre identité. Mais cette fois, je crus reconnaître son nom sitôt qu'une voix hésitante demanda : « Mr. Ransom ? Pourrais-je parler à Mr. Ransom ? » Un nom que j'avais entendu sur le répondeur me vint aussitôt à l'esprit.

Je dis que John dormait et j'expliquai pourquoi c'était un étranger qui répondait.

« Oh, bon, fit mon interlocuteur. Vous restez quelque temps avec eux ? Vous êtes un ami des Ransom. »

Je confirmai.

Un long silence. « Eh bien, pourriez-vous me renseigner ? Vous savez, avec ce qui arrive à Mrs. Ransom et tout ça, je ne veux pas déranger tout le temps Mr. Ransom. Jamais il... je ne sais pas si... »

Je le laissai recommencer.

« Je me demande si vous pourriez expliquer un peu tout ça.

– Vous ne vous appelez pas Byron Dorian ? » Il tressaillit. « Vous avez entendu parler de moi ?

– Je reconnais votre style, dis-je. Vous avez laissé ce matin un message sur le répondeur de John.

– Oh ! Ah ! » Il eut un petit gloussement comme s'il m'avait surpris à vouloir me moquer de lui. « Alors, qu'est-ce qui se passe avec April, avec Mrs. Ransom ? J'aimerais bien vous entendre dire qu'elle va mieux.

– Voudriez-vous me préciser vos rapports avec les Ransom ?

– Mes rapports ?

– Vous travaillez chez Barnett ? »

Nouveau rire gêné. « Pourquoi, quelque chose ne va pas ?

– Comme j'agis au nom de la famille, dis-je, je veux simplement savoir à qui je m'adresse.

– Oh, bien sûr. Je suis peintre. Mrs. Ransom est venu à mon atelier quand elle a appris le genre de travail que je faisais. Ce qu'elle a vu lui a plu, alors elle m'a commandé deux toiles pour leur chambre à coucher.

– Les nus, dis-je.

– Vous les avez vus ? Mrs. Ransom les aimait beaucoup. C'était très flatteur pour moi. Vous avez sans doute vu le reste de leur collection, toutes ces toiles de maîtres, vous savez : c'était comme avoir un mécène. Enfin, un mécène qui était une amie... »

Sa voix se perdit dans un murmure. Par un des carreaux auprès de la porte de la rue, je regardai les journalistes lancer des emballages de barres de chocolat du côté de la haie. Cinq ou six personnes d'un certain âge s'étaient installées sur les marches et sur le trottoir d'en face, bien décidées à ne rien manquer du spectacle.

« Eh bien, dis-je, je crois que j'ai de mauvaises nouvelles pour vous.

– Oh, non, dit Dorian.

– Mrs. Ransom est morte ce matin.

– Oh, non. Elle n'a jamais repris connaissance ?

– Non, Byron, Mrs. Ransom n'est pas morte de ses blessures. Walter Dragonette a réussi à découvrir qu'elle était à Shady Mount et que son état s'améliorait. Il est entré ce matin malgré le garde et l'a tuée.

– *Le jour où il a été arrêté ?* »

Je reconnus que ça semblait presque incroyable.

« Enfin, quel... dans quel monde vivons-nous ? Qu'est-ce qui se passe ? Il savait quelque chose sur elle ?

– Il la connaissait à peine, dis-je.

– Parce qu'elle était... c'était la femme la plus étonnante... je veux dire elle avait tant de qualités : elle était incroyablement bonne, généreuse et compatissante... » Pendant un moment, j'écoutai son souffle haletant. « Je vais vous laisser. Je n'aurais jamais cru...

– Non, bien sûr que non, dis-je.

– C'est trop. »

Les journalistes se regroupaient pour un nouveau siège. Mais je ne pouvais pas raccrocher au nez de Byron Dorian dans l'état d'affliction où il était. Je regardai donc par l'entrebâillement de la fenêtre tout en écoutant ses gémissements et ses halètements étouffés.

Quand il se fut maîtrisé, il reprit : « Vous devez me trouver vraiment bizarre de me mettre dans un état pareil, mais vous n'avez jamais connu April Ransom.

– Et si vous me parliez d'elle un de ces jours ? proposai-je. J'aimerais bien passer à votre atelier juste pour bavarder.

– Ça m'aiderait probablement aussi », dit-il. Il me donna son numéro de téléphone et une adresse dans Varney Street : la partie triste de la ville, autrefois un quartier ukrainien du côté du stade.

J'examinai les journalistes qui s'étaient installés pour leur troisième ou quatrième repas de la journée sous les regards intéressés d'un nombre croissant de voisins. De temps en temps, un résident d'Ely Place naviguait au milieu des déchets pour s'adresser à Geoffrey Bough et à ses collègues. Je vis une vieille femme voûtée, portant un plateau d'argent, descendre les marches de la maison d'en face, monter la pelouse des Ransom et venir offrir du café aux hommes qui traînaient là.

De mon poste d'observation auprès de la porte, je vis Jimbo rappeler à ses téléspectateurs l'étendue et la nature des crimes de Walter Dragonette. Les protestations du public. Les assurances prodiguées par le maire Waterford que tout serait fait pour assurer la sécurité des citoyens. A un moment que je ne pourrais pas préciser, tandis que je continuais à surveiller Bough et les autres, le meurtre d'April Ransom tomba dans le domaine public. John manqua donc aussi l'apparition sur le petit écran de la photographie du *Ledger* : celle où sans lui, April portait dans ses bras un gigantesque trophée. Je sais à peu près à quel moment cela se produisit : vers quatre heures, car la foule rassemblée dans la rue doubla soudain ses effectifs.

Je passai tout l'après-midi alternativement à regarder la télévision, à picorer dans les évangiles gnostiques et à observer les curieux et les journalistes qui attendaient. Les visages des victimes de Walter Dragonette défilaient sur l'écran : depuis le petit Wesley Drum en tenue de cow-boy, à califourchon sur un cheval à bascule, jusqu'au grand Alfonzo Dakins brandissant une chope d'un air paillard. Vingt-deux victimes avaient été identifiées, dont seize étaient des Noirs du sexe masculin. Maintenant qu'on savait, on leur trouvait sur les photographies un air uniforme de condamnés. L'inconnu trouvé dans le Tunnel de l'homme mort était représenté par un point d'interrogation. On avait découpé la photographie d'April Ransom dans le *Ledger* pour ne conserver que son visage radieux. Pendant les quelques secondes où elle emplit l'écran, je m'aperçus que je contemplais la même personne dont j'avais déjà vu la photo. Mais mes idées sur elle avaient commencé à changer. La femme de John semblait intelligente et vibrante, non pas dure et âpre au gain. Et si belle que son meurtre avait l'air encore plus impitoyable que les autres. Il s'était passé quelque chose depuis la première fois où j'avais vu la photographie : comme John, Dick Mueller et Byron Dorian, j'étais devenu un de ceux qui lui avaient survécu.

Quelques instants plus tard, John dévala l'escalier. Sa chemise et son pantalon étaient tout froissés et il avait sur la joue gauche, comme une cicatrice, la marque d'un drap ou d'une taie d'oreiller. Il était pieds nus et tout ébouriffé.

« Qu'est-il arrivé ? demandai-je.

– Un connard a lancé des pierres sur ma fenêtre, dit-il en se dirigeant vers la porte.

– Attends. As-tu regardé dans le jardin avant de descendre ? Est-ce que tu sais ce qui se passe dehors ?

– Je m'en fous, dit-il.

– Écoute », fis-je en lui montrant le téléviseur. S'il avait pris la peine de jeter un coup d'œil à l'écran, il aurait vu la façade de sa propre maison filmée du bas de la pelouse : une jeune et jolie journaliste, au nom étonnamment littéraire d'Isobel Archer, commentait devant une caméra la carrière de la plus brillante victime du Boucher.

Il ouvrit la porte.

Une seconde, il resta figé, surpris par la caméra, les journalistes et la foule. Un peu comme s'il venait de se réveiller avec un brillant soleil qui l'éblouissait. Un murmure d'étonnement et de plaisir monta des gens rassemblés sur le trottoir et les vérandas de l'autre côté de la rue. Miss Archer sourit et lui brandit un microphone sous le nez. « Mr. Ransom, quelle a été votre première réaction en apprenant que Walter Dragonette avait attenté pour la seconde fois avec succès à la vie de votre femme ?

– Quoi ? »

Geoffrey Bough et les autres firent cercle, mitraillant avec leurs appareils photo et levant leurs magnétophones en l'air.

« Avez-vous le sentiment que Mrs. Ransom a été convenablement protégée par la police de Millhaven ? »

Il se retourna et me regarda d'un air exaspéré.

« Quel est votre avis à propos de Walter Dragonette ? cria Geoffrey Bough. Que pouvez-vous nous dire de cet homme ?

– J'aimerais vous voir plier bagage et...

– Diriez-vous qu'il est sain d'esprit ? »

D'autres reporters, y compris Miss Archer, lançaient d'autres questions.

« Qui est l'homme derrière vous ? cria Bough.

– Qu'est-ce que ça peut vous foutre ? répliqua John qui en avait par-dessus la tête. Vous lancez des pierres sur ma fenêtre, vos posez des questions stupides... »

Je m'avançai auprès de lui et un véritable crépitement de mitrailleuses monta du groupe de photographes. « Je suis un ami de la famille, déclarai-je. Mr. Ransom a traversé une terrible épreuve. » J'entendais vaguement ma voix sortir du poste de télévision derrière moi dans le salon. « Tout ce que nous pouvons dire pour l'instant, c'est qu'en ce qui concerne du moins Mrs. Ransom, le dossier contre Walter Dragonette semble moins solide qu'il ne devrait. »

Un brouhaha de questions monta de l'ensemble des journalistes. Isobel Archer me fourra son micro sous le nez et se pencha si bien que ses yeux bleus et ses cheveux fauves étaient tout près de moi : c'en était gênant. On aurait dit qu'elle quémandait un baiser, mais si j'avais embrassé quelque chose, ç'aurait été la tête ronde du microphone. La question fut brutale, directe. « Vous estimez donc que Walter Dragonette n'a pas tué Mrs. Ransom ?

– Non, je ne pense pas qu'il l'ait fait, dis-je. Et je pense que la police, en temps voulu, rejettera cette partie de ses aveux.

– Partagez-vous cette opinion, Mr. Ransom ? »

Le micro manié d'une main experte jaillit devant la bouche de John. Miss Archer se pencha et ouvrit de grands yeux, comme si elle le cajolait pour le faire parler.

« Foutez-moi le camp d'ici tout de suite, dit John. Prenez vos caméras, vos magnétophones, tout votre matériel et débarrassez ma pelouse. Je n'ai rien d'autre à dire. »

Isobel Archer dit : « Je vous remercie », puis elle s'arrêta pour me sourire. Les choses en seraient restées là, sauf qu'un détail incita John à faire un pas crucial qui le précipita dans le scandale. La ride rouge flamboyait sur sa joue. Il se mit à descendre les marches et se précipita sur les journalistes mâles les plus proches : Geoffrey Bough et son photographe. Isobel fit signe à son assistant. Celui-ci braquait déjà la caméra sur John qui poussait Bough, tout comme il m'avait poussé sur le terrain de football à l'automne de 1960.

Le maigrichon de journaliste recula en battant des bras et s'écroula avec un cri de surprise. Profitant de ce mouvement de stupeur, Ransom décocha un swing au photographe de Bough : celui-ci battit en retraite tout en prenant une série de clichés qui parurent le lendemain en tête de la section des faits divers. John pivota et se précipita sur le photographe de Chicago qui s'était glissé auprès de lui. Il empoigna d'une main l'appareil et de l'autre le cou du reporter et le fit tomber en tirant sur la courroie. John se détendit comme un lanceur de base-ball et jeta l'appareil photo en direction de la rue où il heurta une voiture et rebondit sur la chaussée. John alors se retourna vers l'homme qui tenait la caméra de télévision.

Geoffrey Bough parvint à se relever. John se détourna du cameraman qui semblait disposé à la bagarre et envoya à nouveau Bough par terre.

Isobel Archer s'était réinstallée au milieu d'Ely Place. Elle approcha son micro de son visage de charmante petite Américaine et dit quelque chose qui fit éclater des rires au milieu des voisins rassemblés. John baissa les bras et s'éloigna du journaliste qui se relevait en balbutiant. Bough se remit sur ses pieds et suivit les autres reporters et cameramen jusqu'à la rue. Il épousseta ses jeans poussiéreux. Il inspecta une tache d'herbe sur son genou sans voir la même tache sur son coude droit. « Nous reviendrons demain », annonça-t-il.

John brandit les poings et chargea. Je l'attrapai par le bras et l'arrêtai dans son élan. S'il n'avait pas cédé un peu, je n'aurais pas pu le retenir. Dans les deux ou trois secondes où il me résista, je compris que, malgré sa brioche, John Ransom était bien plus fort que moi. Nous remontâmes les marches. J'ouvris la porte. Ransom se précipita à l'intérieur et pivota sur lui-même pour me faire face.

« Qu'est-ce que c'étaient que ces conneries que tu débitais là-bas ?

– Je ne pense pas que Dragonette soit pour quelque chose dans le meurtre de ta femme, dis-je. Je ne pense pas qu'il ait tué l'homme derrière le Saint-Alwyn non plus.

– Tu es *dingue* ? » Ransom me dévisagea comme si je venais de le trahir. « Comment peux-tu dire ça ? Tout le monde sait qu'il a tué April. Nous l'avons même entendu le *déclarer* lui-même.

– Je pensais à tout cela pendant que tu étais en haut. Je me suis rendu compte que Dragonette n'en savait pas assez sur ces meurtres pour les avoir commis. Il ne sait même pas ce qui s'est passé. »

Il me foudroya un moment du regard puis détourna les yeux d'un air las. Il alla s'asseoir sur le canapé et regarda la télévision. Isobel Archer, superbe, se pavanait dans le champ de la caméra en disant : « C'est là un stupéfiant rebondissement dans l'affaire Dragonette : un ami de la famille Ransom met en doute les conclusions de la police. » Elle brandit un carnet juste devant la caméra. « Nous allons monter cela dès que possible, mais d'après mes notes, il a dit : " Je ne pense pas qu'il l'ait fait. Je pense que la police en temps voulu rejettera cette partie de ses aveux. " Elle abaissa le carnet et, sur un *pop* nettement perceptible, plongea dans le silence et les ténèbres.

Ransom reposa violemment sur la table la télécommande. « Tu ne comprends pas ? Ils vont commencer à m'accuser.

– John, dis-je, pourquoi Dragonette interromprait-il son petit programme de meurtres et de dépeçages chez lui pour rejouer les meurtres de Blue Rose ? Est-ce qu'on ne dirait pas deux genres de crimes complètement différents ? Deux mentalités radicalement différentes au travail ? »

Il me jeta un regard amer. « C'est pour ça que tu es sorti : pour aller jeter ça en pâture à ces monstres !

– Pas exactement. » Je vins m'asseoir auprès de lui sur le canapé. Ransom me considéra d'un air méfiant et s'écarta de quelques centimètres. Il se mit à ranger les livres sur le Viêt-nam en piles plus régulières, moins hautes. « Je veux savoir la vérité », dis-je.

Il poussa un grognement. « Quelles raisons as-tu de penser que Dragonette n'est pas coupable ? Le type me semble le meurtrier idéal.

– Dis-moi pourquoi.

– Très bien. » Ransom, qui était affalé contre les coussins, se redressa. « Un. Il a avoué. Deux. Il est assez fou pour avoir fait ça. Trois. Il connaissait April pour l'avoir rencontrée au bureau. Quatre. Il s'est toujours intéressé comme toi aux meurtres de Blue Rose. Cinq. Pourrait-il vraiment y avoir deux personnes à Millhaven assez dingues pour faire ça. Six. Paul Fontaine et

Michael Hogan, deux excellents policiers et qui ont arrêté des tas de meurtriers, pensent que ce type est coupable. Fontaine est peut-être un peu bizarre de temps en temps, mais Hogan c'est autre chose : c'est un homme intelligent, qui a de l'autorité. Je veux dire, il me rappelle les meilleurs types que j'ai connus dans l'armée. Hogan ne s'embarrasse pas de foutaises, absolument pas. »

J'acquiesçai. Comme moi, John avait été impressionné par Michael Hogan.

« Et enfin, où en sommes-nous, sept ? Il pouvait apprendre tout sur April et son état auprès de la vieille copine de sa mère, Betty Grable, à l'hôpital.

– Je crois que c'était Mary Graebel. Ce n'est pas la même orthographe, dis-je. Et tu as raison, il a découvert en effet qu'April était à Shady Mount. Quand j'ai pris l'ascenseur pour descendre avec Fontaine ce matin-là, une vieille dame travaillant à la réception a failli tomber dans les pommes en me voyant. Je parierais que c'était Mary Graebel.

– Elle savait que c'était un peu sa faute si on avait tué April, dit John. Cette andouille n'a pas pu la fermer.

– Elle pensait qu'elle avait aidé le fils de sa vieille amie à tuer April. C'est différent.

– Qu'est-ce qui te rend si sûr qu'il ne l'a pas fait ?

– Dragonette a prétendu qu'il ne se souvenait absolument pas de ce qu'il avait fait à ce flic dans la chambre d'April, Mangelotti. Il a entendu Fontaine lancer en plaisantant que Mangelotti était mort. Alors il a affirmé qu'il l'avait tué. Là-dessus, Fontaine a dit qu'il exagérait. Dragonette a déclaré qu'il exagérait lui aussi !

– Ce sont des jeux de l'esprit, dit John.

– Il ne savait pas ce qui était arrivé à Mangelotti. Et puis il ne se doutait absolument pas qu'April avait été tuée avant de l'entendre sur la radio de la police. C'est ça le point qui m'a toujours tracassé.

– Pourquoi avouerait-il si ce n'est pas lui ? Ça n'a pas de sens.

– Tu n'as peut-être pas remarqué, mais Walter Dragonette n'est pas l'homme le plus équilibré au monde. »

Ransom se pencha et fixa un moment le parquet. Il réfléchissait à ce que j'avais dit. « Il y a donc un autre type en liberté. »

Je crus revoir ces dessins où l'œil erre sur les feuilles d'un chêne jusqu'au moment où le poignard apparaît tout d'un coup et où les briques du mur d'une prison révèlent un homme qui court, une trompette ou une porte ouverte.

« Toi et tes idées de génie. »

Il secoua la tête. Maintenant, il souriait presque.

« J'ai brutalisé ce journaliste. Il va falloir que j'en supporte les conséquences.

– Que vont-elles être, à ton avis ? »

Il déplaça d'un centimètre une pile de romans, puis les repoussa en sens inverse d'un demi-centimètre. « J'imagine que mes voisins sont plus convaincus que jamais que c'est moi qui ai tué ma femme.

– Est-ce que tu l'as tuée, John ? demandai-je. Ça restera entre toi et moi.

– Tu me demandes si j'ai tué April ? »

Son visage se colora, mais sans exprimer la violence que j'avais vue en lui juste avant qu'il s'attaque à Geoffrey Bough. Il me regarda longuement, essayant de prendre un air intimidant. « C'est une question que Tom Pasmore t'a prié de me poser ? »

Je secouai la tête.

« La réponse est non. Si tu me la poses encore une fois, je te flanque dehors. Tu es satisfait ?

– Il fallait que je te demande », dis-je.

2

Pendant les deux jours suivants, John Ransom et moi regardâmes la ville s'écrouler devant les caméras de la télévision locale. Quand nous étions dans sa maison, nous ignorions le groupe de journalistes – allant d'un noyau régulier de trois à une foule grondante de quinze – qui occupait sa pelouse. Nous ignorions aussi leurs efforts pour nous attirer dehors. Ils sonnaient à intervalles réguliers, collaient leur visage aux fenêtres, criaient son nom ou le mien avec un acharnement de chiens. Environ toutes les heures, John ou moi nous arrachions pour la cinquième, sixième ou quinzième fois à la contemplation des noms et des visages des victimes : nous allions inspecter l'ennemi par les étroites fenêtres de part et d'autre de la porte. On aurait dit un siège médiéval, le téléphone en plus.

Nous déjeunions devant le poste de télévision, nous dînions devant le poste.

Quelqu'un frappa d'un poing impérieux à la porte. Un autre passa les doigts par la fente de la boîte à lettres et cria : « Timothy Underhill ? Qui a tué April Ransom ?

– Qui a tué Laura Palmer ? » marmonna Ransom, presque comme s'il se parlait à lui-même.

C'était le jour, un samedi, où le doyen du département de lettres d'Arkham avait laissé un message sur le répondeur. Il disait que les administrateurs d'Arkham, le Conseil de surveillance et l'Association des anciens élèves s'étaient plaints séparément du langage et du comportement à la télévision du professeur Ransom, du département d'histoire des religions. Le professeur Ransom voudrait-il donner l'assurance que tous les problèmes juridiques seraient réglés au début du trimestre d'automne ? Nous trouvâmes cela après nos efforts pour nous frayer un chemin à travers la foule et nous rendre à l'entreprise de pompes funèbres Trott Brothers.

Compte tenu de la situation, il ne s'en tirait donc pas trop mal. Quand nous étions allés chez Trott Brothers, l'aspect le plus éprouvant de notre expérience avait été les manières de Joyce « Appelez-moi donc Joyce » Trott Brophy, la fille unique du dernier Trott survivant. Auprès de Appelez-moi donc Joyce, les journalistes semblaient des agneaux. Obèse et fortement enceinte, endurcie au chagrin par sa profession, elle avait depuis longtemps décidé que la meilleure façon d'accueillir les gens affligés que la vie jetait sur son chemin était la bonne volonté résolue qu'elle aurait qualifiée de « sens commun ».

« Nous faisons un travail superbe sur votre petite

épouse, Mr. Ransom. Vous allez dire qu'elle paraît aussi belle qu'au jour de son mariage. Ce cercueil-ci est celui que je vous recommande pour la veillée avant le service. Nous pourrons parler plus tard de l'urne : nous avons des articles vraiment magnifiques. Regardez-moi ce satin, capitonné, ferme et brillant : le cadre parfait pour une belle image, si vous me permettez cette comparaison. Vous ne croiriez pas le mal que j'ai à trimballer ce bébé dans cette salle d'exposition. Mon Dieu, si Walter Dragonette arrivait ici, il en trouverait deux pour le prix d'un seul. Pour mon père, ce serait l'affaire de sa vie, vous ne trouvez pas, bon sang, cette fois, ce sont les gaz. Vous n'avez jamais de ces douleurs vraiment désagréables que donnent les gaz ? Il faut que je m'asseye ici pendant que vous et votre ami discutez. Ne vous occupez pas de moi. Seigneur, de toute façon, j'ai tout entendu : c'est à peine si les gens savent ce qu'ils disent quand ils viennent ici. »

Nous eûmes droit à au moins deux heures de Appelez-moi donc Joyce : cela nous démontra une fois de plus que, quand on le subit assez longtemps, même le comble de l'horreur peut devenir assommant. Durant ce temps, John loua le cercueil « d'exposition ». Il passa les commandes pour les annonces de décès et la notice nécrologique. Réserva une heure au crématorium. Il acheta une urne et une niche dans un mausolée. Il loua la Chapelle du Repos ainsi que les services d'un prêtre pour le service religieux. Et une voiture pour suivre le cortège jusqu'au mausolée. Commanda des fleurs. Donna des instructions pour qu'on maquille et qu'on coiffe la disparue. Engagea un organiste et paya pour quatre-vingt-dix minutes de musique classique enregistrée. Puis rédigea un chèque d'environ dix mille dollars. « Ah, dit Appelez-moi donc Joyce, j'aime bien un homme qui sait ce qu'il veut. Il y a des gens... ils viennent ici et ils discutent comme s'ils s'imaginaient qu'ils pourront emporter le cercueil en partant : je me suis occupée de tout ça et ce n'est pas possible.

– Vous vous êtes occupée de quoi ? demandai-je.

– Tout ce qui vous arrive après votre mort, je m'en

suis occupée, dit-elle. Et tout ce que vous avez envie de savoir là-dessus, je peux vous en parler.

– Je pense que nous pouvons rentrer maintenant », dit Ransom.

Au début de la soirée, Ransom resta assis dans la pièce qui s'obscurcissait. Il en fixait le seul point lumineux, l'écran, qui une fois de plus, nous offrait une image de la foule manifestant sur Armory Place. Je pensais à Appelez-moi donc Joyce et à son bébé. L'enfant un jour reprendrait l'entreprise de pompes funèbres. Je l'imaginais en homme d'une quarantaine d'années : large sourire, poignée de main énergique, grande claque sur le dos des veufs, et de temps en temps rompant la glace avec une anecdote sur la pêche à la truite : Seigneur, c'était la plus belle pièce qu'on ait jamais pêchée dans cette rivière. Ouille, voilà que ma sciatique me reprend, pardonnez-moi une minute, messieurs-dames.

Une porte s'ouvrit dans mon esprit, laissant pénétrer un flot de lumière. Sans rien dire à Ransom, je remontai dans ma chambre et je remplis une quinzaine de pages du carnet que j'avais, à la dernière minute, pensé à glisser dans mon sac de voyage. Voilà que tout seul mon livre avait fait encore un pas en avant.

3

Un incident avait ouvert cette porte sur l'espace imaginaire : c'était la rencontre du personnage de Walter Dragonette avec cette certitude que l'enfant de Appelez-moi donc Joyce serait exactement comme sa mère. En arrivant ce matin à Shady Mount, j'avais eu une idée que la mort d'April Ransom avait effacée. Mais tout depuis lors avait secrètement agrandi la petite pièce qu'occupait mon idée. Quand elle me revint par la porte de l'imagination, elle avait pris les dimensions de toute une aile, avec ses couloirs, ses escaliers et ses fenêtres.

Je compris que je pouvais utiliser les éléments de la vie de Walter Dragonette pour décrire l'enfance de Charlie Carpenter. Charlie avait tué d'autres gens avant de rencontrer Lily Sheehan. Un petit garçon, une jeune mère et deux ou trois autres personnes dans les îles où il avait vécu avant de rentrer au pays. Millhaven serait la ville natale de Charlie, mais dans le livre elle porterait un autre nom. Les méfaits de Charlie étaient comparables à ceux de Walter Dragonette. Mais les circonstances de son enfance étaient les miennes, poussées à un terrible paroxysme. Il y aurait un personnage comme le Mr. Lancer de Dragonette. Mon être tout entier fut ébranlé quand je vis la grosse tête de Heinz Stenmitz se baisser vers la mienne : ces pâles yeux bleus et l'odeur de la viande saignante.

Lors de la petite enfance de Charlie, son père avait tué plusieurs personnes sans autre motif que la vengeance. Et le petit Charlie, âgé de cinq ans, avait gardé en lui le secret de son père. Si je décrivais tout à travers les yeux de Charlie, je commencerais peut-être à comprendre ce qui pouvait transformer quelqu'un en un personnage comme Walter Dragonette. Le *Ledger* avait tenté de le faire : maladroitement, en interrogeant des sociologues, des prêtres et des policiers ; et c'était ce que j'avais fait quand j'avais placé la photo de la mère de Ted Bundy sur mon réfrigérateur.

Pour la seconde fois ce jour-là, mon livre s'épanouit en moi.

Je vis Charlie Carpenter, à cinq ans, dans mon ancienne chambre sur la 6e Rue Sud. Il regardait le motif de roses bleu sombre courant sur le bleu plus pâle du papier peint, au milieu d'un tourbillon de malheur et de désespoir tandis que son père rossait sa mère. Charlie essayait d'*entrer* dans le papier, de s'échapper dans la perfection rassurante et sans vie des pétales pliés et de l'enchevêtrement des tiges.

Je vis l'enfant marcher sur Livermore Avenue jusqu'au Beldame Oriental. Là, à une rangée du fond, le Minotaure attendait de le précipiter dans un film tout imprégné de traîtrise et d'émotion. La réalité perdait tout relief sous les ordres du Minotaure : les vrais sentiments provoqués par ses actes vous transformaient en chiffrons ensanglantés, et l'on oubliait tout. On découpait les souvenirs, on les enterrait dans un million de trous différents. Le Minotaure était content de vous : il vous serrait contre lui, ses mains vous broyaient et le monde disparaissait.

Comme il n'y avait rien de plus dépourvu d'émotion que des colonnes de chiffres, Charlie était comptable. Il vivait dans des chambres d'hôtel car elles étaient impersonnelles. Il avait des rêves qui revenaient périodiquement et des habitudes régulières. Il ne couchait jamais avec une femme à moins de l'avoir déjà tuée dans sa tête, avec beaucoup de soin et de minutie. Tous les deux mois, il faisait l'amour d'une façon rapide et impersonnelle avec des hommes et, peut-être une fois par an, quand il s'était laissé aller à boire un peu trop, il harcelait un homme qu'il avait ramassé dans un bar d'homosexuels : il balbutiait des propos hystériques de bébé tout en frottant sur son visage l'érection de l'étranger.

Charlie avait fait son service au Viêt-nam. Il voulait tuer Lily Sheehan sitôt qu'il aurait pénétré dans sa maison au bord du lac. Il avait donc volé le bateau, il l'avait laissé dériver dans les roseaux et il avait surgi chez Lily à une heure très matinale.

Il me fallut revoir le premier tiers du roman pour y introduire les changements nécessaires et faire comprendre les antécédents que je venais d'inventer pour Charlie. Ce que le lecteur voyait de lui – son attachement exsangue à un travail assommant, sa façon d'éviter toute intimité – ne manquerait pas d'avoir des implications sinistres. Le lecteur sentirait que Lily Sheehan s'exposait à des dangers en s'efforçant d'attirer Charlie dans une intrigue qui m'avait fait penser à Kent Smith et Gloria Grahame. Vous, mon cher cœur, cher lecteur, vous sans qui aucun livre n'existe, vous qui aviez commencé à lire ce qui semblait être l'histoire d'un innocent attiré dans un piège, vous comprenez peu à peu que la femme qui tentait de manipuler l'innocent allait au-devant d'une surprise déplaisante.

Le premier tiers du livre s'achèverait sur le meurtre de Lily Sheehan. Le second tiers évoquerait l'enfance de Charlie – et l'idée me vint que Charlie enfant aurait un nom différent : ainsi, cher lecteur, vous commenceriez par vous demander pourquoi vous suiviez soudain la vie d'un enfant pitoyable sans aucun lien avec les événements décrits dans les deux cents premières pages du livre ! Cette confusion prendrait fin quand l'enfant, à dix-huit ans, s'engagerait dans l'armée sous le nom de Charlie Carpenter. La capture de Charlie occuperait le dernier tiers.

Ce roman s'intitulerait *Le Royaume des cieux* et il aurait pour épigraphe les versets de l'évangile selon saint Thomas que j'avais lus à Central Park.

La musique intérieure du *Royaume des cieux* serait la quête du Minotaure. Charlie serait retourné à Millhaven (quel que fût le nom qu'on lui donnait dans le livre) car, même s'il n'avait fait qu'entr'apercevoir tout cela, il voulait retrouver l'homme qui avait abusé de lui au Beldame Oriental. Les souvenirs du Minotaure allaient hanter sa vie et le dernier tiers du livre. Une fois – sans très bien savoir pourquoi – il irait visiter la coquille vide du cinéma et il aurait une expérience comparable à la mienne hier matin. Le Minotaure serait comme un dieu redoutable tapi au fond d'une grotte profonde, qui laisserait des traces partout dans le monde visible.

Puis j'eus une dernière intuition avant de redescendre. Le film que le petit Charlie Carpenter à cinq ans regardait quand un monstre souriant s'était glissé à la place à côté de la sienne, c'était *L'Appel des profondeurs*. Peu importait que je ne l'eusse jamais vu – mais je *pourrais* le voir, si je restais assez longtemps à Millhaven – parce que tout ce dont j'avais besoin, c'était du titre.

Il me fallait maintenant une raison pour qu'on envoie plusieurs jours de suite un enfant aussi jeune au cinéma. Et je la trouvai dès que j'eus pris conscience de sa nécessité. La mère du jeune Charlie se mourait chez les Carpenter. Une fois de plus, l'image qu'il me fallait jaillit du passé immédiat. Je vis le visage pâle et meurtri d'April Ransom, son corps inerte allongé sur les draps blancs. Cette image m'apporta une nouvelle révélation.

Je compris que le père de Charlie avait battu sa femme jusqu'à ce qu'elle perde connaissance et qu'il était en train de la laisser mourir. Pendant une semaine ou plus, le petit garçon qui en grandissant devait devenir Charlie Carpenter avait vécu avec sa mère mourante et son père qui l'avait tuée : et c'était pendant ces jours terribles qu'il avait rencontré le Minotaure et qu'il avait été dévoré.

Je posai ma plume. J'avais maintenant un livre, *Le Royaume des cieux*. J'aurais voulu l'enrouler autour de moi comme une couverture. J'aurais voulu disparaître dans le récit comme le petit Charlie (qui ne s'appelait pas encore Charlie) désirait se fondre dans les roses bleues du papier peint de ma chambre. J'aurais voulu devenir la courbe d'une feuille d'orme sur Livermore Avenue, une voix éraillée par le tabac dans les ténèbres, la lueur d'une lumière argentée aperçue un instant sur une tête d'homme sombre et lisse, le faisceau de lumière plus pâle où dansait la poussière devant l'écran d'un cinéma presque vide.

4

A deux exceptions près, le week-end se passa de la même façon que les jours précédents. Sur le conseil de Ransom, je descendis mon manuscrit et mes nouvelles notes sur la table de la salle à manger. Je barrai avec entrain des paragraphes et des pages entières de ce que j'avais écrit. Puis, utilisant divers crayons taillés à la perfection dans un remarquable petit appareil électrique, je rédigeai les nouvelles pages évoquant l'enfance de Charlie sur un grand bloc à feuilles jaunes.

Ransom ne voyait pas d'inconvénient à partager le bloc, le taille-crayons électrique et la batterie de crayons, mais l'idée que je puisse vouloir passer deux heures à travailler l'irritait et le déprimait tour à tour. Ce problème apparut presque aussitôt qu'il m'eut aidé à m'installer à la table.

Il observa d'un œil méfiant le bloc, le taille-crayons, ma liasse de notes, ma pile de feuillets. « Tu as eu une autre idée de génie, je suppose ?

– Quelque chose comme ça.

– Ce doit être une bonne nouvelle pour toi. »

Il repartit dans le salon si brutalement que je le suivis. Il se laissa tomber sur le canapé et contempla le téléviseur.

« John, qu'est-ce qui se passe ? »

Il ne voulait pas me regarder. L'idée me vint qu'il s'était sans doute conduit de la même façon avec April. Après un long silence, il dit : « Si tu dois travailler tout le temps, tu ferais aussi bien de rentrer à New York. »

Les gens s'imaginent qu'on écrit toujours entre deux verres ou juste après de longues promenades dans les vallons du Yorkshire. John Ransom venait de se situer dans cette catégorie.

« John, dis-je, je sais que c'est une période terrible pour toi, mais je ne comprends pas pourquoi tu te comportes comme ça.

– Comment ?

– Oublie ça, dis-je. Essaie simplement de te dire que je ne te rejette pas toi personnellement.

– Crois-moi, dit-il, j'ai l'habitude d'avoir autour de moi des gens égoïstes. »

De tout le reste de la journée, John ne m'adressa pas la parole. Il se prépara à dîner, ouvrit une bouteille de Château Petrus et dégusta son repas en buvant sa bouteille de vin devant la télévision. Quand le show Walter Dragonette cessa pour la journée, il passa d'un programme d'information à l'autre. Quand les journaux télévisés furent terminés, il passa sur CNN jusqu'à l'heure de « Nightline ». Seule interruption juste après la fin de son repas : il apporta son verre de vin près du téléphone, appela l'Arizona et annonça à ses parents qu'April avait été assassinée. A ce moment-là, j'étais de retour dans la salle à manger : je mangeais un sandwich en révisant mon manuscrit. J'étais certain que Ransom savait que je pouvais l'entendre raconter à ses parents qu'un vieux camarade de régiment, l'écrivain Tim

Underhill, avait fait « le chemin depuis New York pour m'aider dans toute cette affaire. Tu sais, répondre aux coups de téléphone, la presse, prendre les dispositions pour l'enterrement ». Il conclut la conversation en fixant rendez-vous pour aller les chercher à l'aéroport. Une fois « Nightline » terminé, Ransom éteignit le téléviseur et monta dans sa chambre.

Le lendemain matin, j'allai faire une brève promenade avant l'arrivée des journalistes. Quand je revins, Ransom se précipita de la cuisine en me demandant si j'aimerais une tasse de café. Peut-être des œufs ? Il pensait que nous devrions prendre le petit déjeuner avant d'aller chez son beau-père pour lui annoncer la nouvelle.

Voulait-il que je l'accompagne pendant qu'il parlait à Alan ? Bien sûr que oui, bien sûr – à moins que je ne préfère rester ici à travailler. Franchement, ça ne le dérangerait pas non plus.

Ou bien j'avais cessé d'être égoïste, ou bien il m'avait pardonné. C'en était fini du Ransom boudeur et silencieux.

« Nous pouvons sortir par la porte de service et nous glisser par une brèche dans la haie. Les reporters ne s'apercevront pas que nous avons quitté la maison.

– Y a-t-il quelque chose que je ne sache pas ? demandai-je.

– J'ai appelé le doyen chez lui hier soir, dit-il. Il a fini par comprendre que je ne pouvais pas promettre d'avoir tout réglé pour septembre. Il m'a dit qu'il essaierait de calmer les administrateurs et le conseil de surveillance. Il pense pouvoir obtenir une sorte de vote de confiance en ma faveur.

– Alors au moins tu ne crains rien pour ton travail.

– Sans doute », dit-il.

Le second événement exceptionnel du week-end se produisit avant notre visite chez Alan Brookner. John revint dans la cuisine alors que je prenais mon petit déjeuner pour annoncer qu'Alan semblait être encore dans un de ses « bons jours » : il nous attendait dans la demi-heure suivante. « Il prépare des Bloody Mary, ça prouve qu'il est de bonne humeur.

– Des Bloody Mary ?

– Il en préparait pour April et pour moi chaque dimanche : nous allions presque toujours chez lui pour le brunch.

– Tu lui as dit pourquoi tu voulais le voir ?

– Je veux qu'il soit assez détendu pour bien comprendre. »

La sonnette retentit et des coups de poing ébranlèrent la porte. Une voix à peine audible demanda que John vienne ouvrir. La meute, d'ordinaire, n'était pas si polie.

« Foutons le camp d'ici, dit John. Jette un coup d'œil devant pour t'assurer qu'ils ne se glissent pas derrière la maison. »

J'allais sortir quand le téléphone se mit à sonner. On frappa à deux reprises à la porte et une voix appela : « Police, Mr. Ransom, ouvrez je vous prie, nous voulons vous parler. »

Les hommes à la porte regardaient à l'intérieur chacun par une fenêtre et je me trouvai nez à nez avec l'inspecteur Wheeler.

Le visage moustachu de l'inspecteur Monroe apparut à l'autre carreau. « Ouvrez, Underhill », dit Monroe.

Dans le répondeur, on entendit la voix de Paul Fontaine. « Mr. Ransom, on me dit que vous refusez d'admettre la présence des inspecteurs devant votre porte. Ne jouez pas les méchants et laissez ces braves policiers entrer. Après tout, la police est... »

J'ouvris la porte. Je fis signe à Monroe et à Wheeler d'entrer et je décrochai le téléphone. « Ici Tim Underhill, dis-je dans le combiné. Nous pensions que vos hommes étaient des journalistes. Je viens de les laisser entrer.

– La police est votre amie. Soyez gentils et parlez-leur, voulez-vous ? » Il raccrocha sans me laisser le temps de répondre.

John arriva dans le salon, furieux, le doigt déjà braqué sur nos trois silhouettes dans le vestibule. « Je veux que ces gens sortent d'ici *immédiatement*, tu m'entends ? » Il fonça et puis s'immobilisa brusquement. « Oh. Je vous demande pardon.

– Ça n'est rien, Mr. Ransom », dit Wheeler.

Les deux inspecteurs traversèrent à peu près la moitié du salon. Comme John ne venait pas au-devant d'eux, ils échangèrent un bref regard et s'arrêtèrent. Monroe mit les mains dans ses poches et inspecta longuement les tableaux.

« Vous étiez dans la cabine avec nous, dit John.

– Je suis l'inspecteur Wheeler et voici l'inspecteur Monroe. »

Un sourire glacial crispa les lèvres de Monroe.

« Je crois savoir pourquoi vous êtes ici, fit John.

– Le lieutenant a été un peu surpris par vos remarques de l'autre jour, dit Wheeler.

– Je n'ai rien dit, protesta John. C'était lui. Si vous voulez être plus précis. »

Il croisa les bras sur sa poitrine, en prenant appui sur son ventre rond.

« Nous pourrions peut-être tous nous asseoir ? suggéra Wheeler.

– Oui, bien sûr », dit John en décroisant les bras et se précipitant vers le fauteuil le plus proche.

Monroe et Wheeler s'assirent sur le canapé et je pris l'autre fauteuil.

« Il faut que je voie le père d'April, dit John. Il n'est toujours pas au courant de ce qui s'est passé. »

Wheeler demanda : « Voudriez-vous l'appeler, Mr. Ransom, pour lui dire que vous allez être retardé ?

– Ça n'a pas d'importance », dit John.

Wheeler hocha la tête. « Oh, comme vous voudrez, Mr. Ransom. » Il ouvrit un carnet.

John se tortillait dans son fauteuil comme un collégien qui a besoin d'aller aux toilettes. Wheeler et Monroe me regardèrent tous les deux. Monroe me gratifia une fois de plus de son sourire glacé et prit les choses en main.

« Je croyais que vous étiez satisfait des aveux de Dragonette. »

Ransom poussa un long soupir et s'affala dans son fauteuil.

« Pour l'essentiel, oui, en tout cas sur le moment.

– Moi aussi, intervint John.

– Avez-vous eu des doutes sur la sincérité de Dragonette au cours de l'interrogatoire ?

– J'en ai eu, répondis-je. Mais même avant cela, je me posais des questions. »

Monroe me jeta un coup d'œil mauvais et Wheeler dit : « Si vous nous parliez un peu de ces doutes ?

– De mes doutes en général ? »

Il acquiesça. Monroe tira sur sa veste et me lança un regard comme on donne un coup de poing.

Je leur répétai ce que j'avais dit à John deux jours plus tôt. Que le récit fait par Dragonette des agressions sur l'homme non identifié et sur le sergent Mangelotti m'avaient paru improvisé et sans substance. « Mais je pense surtout que tous ses aveux étaient contestables. Il ne s'est mis à parler de la femme de John qu'après avoir entendu un policier du Central annoncer qu'elle venait d'être tuée.

– Et si, reprit Monroe, vous nous racontiez un peu d'où vient ce conte de fées à propos de Dragonette et du policier au téléphone.

– J'aimerais, dis-je, connaître le motif de cette visite. »

Pendant un moment, les deux inspecteurs restèrent silencieux. Monroe finit enfin par me sourire une nouvelle fois. « Mr. Underhill, sur quoi fondez-vous cette affirmation ? Vous n'étiez pas dans la voiture avec Walter Dragonette. »

John m'adressa un regard interrogateur. Pas d'erreur, il se souvenait.

« Un des policiers qui se trouvait dans la voiture avec Dragonette m'a raconté ce qui s'est passé, répondis-je.

– C'est incroyable, fit Monroe.

– Pourriez-vous me dire qui se trouvait dans la voiture avec Walter Dragonette quand est arrivé cet appel du Central ? demanda Wheeler.

– Paul Fontaine, un policier en uniforme du nom de

Sonny étaient assis à l'avant. Dragonette était à l'arrière avec les menottes. Sonny a entendu son collègue du Central dire au radiotéléphone que Mrs. Ransom avait été assassinée à l'hôpital. Dragonette l'a entendu aussi. Il a dit alors : " Si vous aviez été plus rapides, vous auriez pu la sauver, vous savez. " L'inspecteur Fontaine lui a demandé s'il avouait le meurtre d'April Ransom. Dragonette a dit que oui. A ce moment-là, il aurait avoué n'importe quoi. »

Monroe se pencha en avant. « Qu'est-ce que vous cherchez à faire au juste ?

– Je veux voir arrêter le vrai coupable », dis-je.

Il soupira. « Comment avez-vous rencontré Sonny Berenger ?

– A l'hôpital, et puis de nouveau après l'interrogatoire.

– J'imagine que personne d'autre n'a entendu ces déclarations.

– Si, une autre personne. » Je ne regardai pas John. J'attendis. Les deux détectives avaient les yeux fixés sur moi. Nous restâmes tous assis en silence pendant ce qui me parut un bon moment.

« Je l'ai entendu aussi, finit par dire John.

– Nous voilà repartis, dit Wheeler.

– Nous voilà repartis », renchérit Monroe. Il se leva. « Mr. Ransom, nous voudrions vous demander de venir avec nous à Armory Place pour passer à nouveau en revue les événements qui se sont déroulés le matin de la mort de votre femme.

– Tout le monde sait où j'étais jeudi matin. » Il avait l'air inquiet et désemparé.

« Nous aimerions revoir ça avec plus de détails, répondit Monroe. C'est la procédure habituelle, Mr. Ransom. Vous serez de retour dans une heure ou deux.

– Est-ce que j'ai besoin d'un avocat ?

– Vous pouvez en avoir un si vous insistez.

– Fontaine a changé d'avis, dis-je. Il s'est repassé l'enregistrement et ces fragiles aveux ne lui ont pas plu. »

Les deux inspecteurs ne prirent pas la peine de me

répondre. « Mr. Ransom, reprit Monroe, nous vous serions reconnaissants de coopérer. »

Ransom se tourna vers moi. « Crois-tu que je doive appeler un avocat ?

– A ta place, dis-je, je le ferais.

– Je n'ai aucune raison de m'inquiéter. » Il détourna les yeux pour regarder Wheeler et Monroe. « Finissons-en. »

Ils se levèrent tous les trois et au bout d'un instant, j'en fis autant.

« Oh, mon Dieu, fit John. Nous devions aller voir Alan. »

Les deux policiers nous dévisageaient tour à tour.

« Tu veux bien passer là-bas ? demanda John. Explique-lui tout et dis que je le verrai dès que je pourrai.

– Qu'entends-tu par : explique-lui tout ?

– A propos d'April », dit-il.

Monroe eut un lent sourire.

« Vous ne croyez pas que vous devriez faire ça vous-même ?

– Je le ferais si je pouvais, dit John. Dis-lui que je viendrai lui parler le plus tôt possible. Ce sera mieux comme ça.

– J'en doute », dis-je.

Il soupira. « Alors appelle-le pour lui dire que j'ai dû me rendre au commissariat pour répondre à quelques questions, mais que je passerai dès que je pourrai cet après-midi. »

J'acquiesçai et les inspecteurs sortirent avec John. Geoffrey Bough et son photographe s'approchèrent au trot, impatients comme de jeunes chiots. L'appareil se mit à opérer avec le bruyant déclic d'une balle qu'on introduit dans la culasse. Monroe et Wheeler aidèrent Ransom à monter dans leur voiture, non sans le bousculer un peu. Bough se retourna vers la maison et cria mon nom. Il arrivait en courant. Je fermai la porte et mis le verrou.

Il y eut aussitôt une série de coups de sonnette. Je dis : « Allez-vous-en.

– Est-ce que Ransom est en état d'arrestation ? »

Comme je ne répondais rien, Geoffrey colla son visage à la petite fenêtre près de la porte.

Alan Brookner décrocha au bout de deux ou trois minutes. « Qui est à l'appareil ? »

Je lui dis mon nom. « Nous avons bu un verre dans la cuisine.

– Je vous remets maintenant ! Vous venez aujourd'hui ?

– Eh bien, j'allais le faire, mais il est arrivé quelque chose et John ne va pas pouvoir passer avant un moment.

– Qu'est-ce que ça veut dire ? » Il eut une toux bruyante, inquiétante, qui semblait lui déchirer la poitrine. « Et les Bloody Mary ? » Nouvelle quinte de toux. « Au diable les Bloody Mary. Où est John ?

– La police avait d'autres questions à lui poser.

– Dites-moi ce qui est arrivé à ma fille, jeune homme. Voilà assez longtemps qu'on se paie ma tête. »

Un poing se mit à marteler la porte. Geoffrey Bough regardait toujours par la fenêtre.

« Je ferai un saut dès que je pourrai, promis-je.

– La porte de la rue n'est pas fermée à clé. » Il raccrocha.

Je repassai dans le couloir. Sonnerie du téléphone. Tintement de la sonnette de l'entrée.

Je traversai la cuisine et débouchai sur la pelouse jaunie de Ransom. La haie rejoignait une rangée de thuyas semblables à des arbres de Noël. Au-dessus dépassaient les pointes et les pignons d'un toit voisin. Un brouhaha assourdi me parvenait du devant de la maison. Je traversai la pelouse et me glissai dans la brèche entre la haie et les derniers thuyas. La lumière disparut. L'âcre odeur des feuilles et de la résine m'entoura. Puis le thuya céda sous ma poussée et je débouchai dans une courette vide et noyée de soleil.

Je faillis éclater de rire. Je pouvais sortir de là sans problème. C'est ce que je fis.

5

Ce sentiment d'évasion réussie s'évanouit dès que je m'avançai sur les dalles de pierre au milieu de la pelouse luxuriante d'Alan Brookner.

Je tournai le bouton et pénétrai dans la maison. Des relents d'ordures pourrissantes flottaient dans l'air comme un parfum en même temps qu'une autre odeur, plus âcre.

« Alan, criai-je. C'est Tim Underhill. »

J'enjambai une épaisse couche de courrier pour passer dans le salon, la bibliothèque, ou Dieu sait ce que c'était. Les lettres que John avait lancées sur le chesterfield étaient toujours là, à peine visibles dans la pénombre. Les lumières étaient éteintes et on avait tiré les épais rideaux. L'odeur d'ordures se faisait plus forte en même temps que l'autre puanteur.

« Alan ? »

Je cherchai à tâtons un commutateur. Mais je ne sentais qu'une paroi lisse et nue, un peu gluante par endroits. Quelque chose de petit et de noir traversa la pièce comme une fusée pour se réfugier derrière un rideau. Des assiettes et des reliefs de nourriture jonchaient le sol.

« Alan ! »

Un grognement sourd parut sortir des murs. Je me demandai si Alan Brookner n'était pas en train de mourir quelque part dans cette maison : s'il n'avait pas eu une attaque. L'idée me vint et j'en éprouvai égoïstement un soulagement monstrueux – que je n'aurais peut-être pas à lui annoncer que sa fille était morte. Je revins dans le couloir.

Des papiers poussiéreux s'entassaient sur la table de la salle à manger. On aurait dit mon coin de travail chez John. Une chaise était poussée devant ce bout de la table.

« Alan ? »

Le grognement qui me répondit venait de plus loin dans le couloir.

Dans la cuisine, l'odeur de merde vous frappait comme une explosion. On avait entassé quelques cartons de pizza sur le comptoir. Les stores tirés ne laissaient pénétrer qu'une faible lumière qui semblait émaner de plusieurs sources. Des bords de verres et d'assiettes dépassaient de l'évier. Devant le four s'entassait un amoncellement de serviettes de bain et de torchons de cuisine. Un monticule sale et indistinct d'une trentaine de centimètres de haut et couvert d'un véritable tapis de mouches en délire.

Je poussai un gémissement et portai ma main droite à mon front. J'avais envie de quitter cette maison. La puanteur me donnait des nausées et le vertige. Puis j'entendis de nouveau le grognement et je vis une autre créature, une créature d'une autre espèce, qui m'observait.

Sous la table de la cuisine était accroupie une forme noire. Il émanait d'elle un sentiment concentré de rage et de souffrance. Deux yeux blancs apparurent dans les ténèbres. Je me trouvai devant le Minotaure. La puanteur de ses excréments grouillait autour de moi.

« Vous êtes dans le pétrin, grommela le Minotaure. Je suis un vieil homme, mais je ne me laisse pas faire facilement.

– Je le sais, dis-je.

– Les mensonges me rendent fou. *Fou.* » Il s'agita et le tissu qu'il avait sur la tête tomba. On apercevait les pellicules blanchâtres de ses favoris sous la table. Le regard furieux se dirigea sur moi. « Vous allez me dire la vérité. Maintenant.

– Oui, répondis-je.

– Ma fille est morte, n'est-ce pas ?

– Oui. »

Une secousse comme une décharge électrique lui fit redresser le dos et pousser son menton en avant. « Un accident de voiture ? Quelque chose comme ça ?

– Elle a été assassinée », dis-je.

Il renversa la tête en arrière et l'étoffe glissa sur ses

épaules. Il eut une grimace comme si on lui avait donné un coup de poignard dans le flanc. Avec le même terrible chuchotement, il demanda : « Il y a combien de temps ? Qui a fait ça ?

– Alan, ça vous ennuierait de sortir de sous cette table ? »

Il me gratifia d'un nouveau regard de rage concentrée. Je m'agenouillai. Le bourdonnement des mouches me parut soudain extrêmement bruyant.

« Dites-moi comment ma fille a été tuée.

– Il y a environ une semaine, une femme de chambre l'a découverte poignardée et battue dans une chambre de l'hôtel Saint-Alwyn. »

Alan poussa un épouvantable grognement.

« Personne ne sait qui lui a fait ça. April a été transportée à Shady Mount où elle est restée dans le coma jusqu'à mercredi dernier. Elle commençait à présenter des signes d'amélioration. Le jeudi matin, quelqu'un est entré dans sa chambre et l'a tuée.

– Elle n'est jamais sortie du coma ?

– Non. »

Il rouvrit ses yeux de Minotaure. « A-t-on arrêté quelqu'un ?

– Il y a eu de faux aveux. Sortez de sous la table, Alan. »

Des larmes brillaient sur ses joues mal rasées. Il secoua la tête d'un air farouche. « Est-ce que John me jugeait trop débile pour entendre la vérité ? Eh bien, fiston, je vous assure que ce n'est pas le cas.

– Je le vois bien, dis-je. Alan, pourquoi êtes-vous assis sous la table de cuisine ?

– Je me suis embrouillé. Je suis un peu perdu. » Il me foudroya du regard. « John était censé venir. J'allais enfin obtenir la vérité de mon foutu gendre. » Il secoua la tête et je retrouvai les yeux du Minotaure. « Alors, où est-il ? »

Malgré son état épouvantable, Alan Brookner avait une grande dignité. Je n'en avais eu auparavant qu'un aperçu. Son chagrin l'avait provisoirement arraché à sa démence sénile. J'étais terriblement navré pour le vieil homme. « Deux inspecteurs se sont présentés au moment où nous allions partir. Ils ont demandé à John de les accompagner au commissariat pour l'interroger, dis-je.

– Ils ne l'ont pas arrêté ?

– Non. » Il tira de nouveau l'étoffe sur ses épaules et la serra d'une main autour de son cou. On aurait dit une nappe. Je m'approchai. Mes yeux me piquaient comme si j'avais fait gicler du savon dedans.

« Je savais qu'elle était morte. » Il se replia sur lui-même et un moment il eut cet air de vieux singe que je lui avais vu lors de ma première visite. Il se mit à secouer la tête.

Je crus qu'il allait de nouveau disparaître dans les plis de sa nappe. « Voudriez-vous sortir de sous la table, Alan ? Voudriez-vous cesser de le prendre de haut avec moi ? » Ses yeux flamboyaient, mais ce n'étaient plus les yeux du Minotaure. « Bon. D'accord. Je veux bien sortir de sous la table. » Il avança et se prit les pieds dans le tissu. Se libérant les mains non sans mal, il serra sur sa poitrine le bout d'étoffe. Il avait un air affolé.

Je m'approchai et me penchai. Brookner se débattait avec la nappe. « Saloperie, dit-il. Je croyais que je serais en sécurité... J'ai peur. »

Je trouvai un bout de la nappe et tirai dessus. Brookner se dégagea l'épaule et son bras droit jaillit : il tenait son revolver à la main. « Ça y est, dit-il. Bah. Un jeu d'enfant. » Il libéra son autre épaule et le tissu tomba jusqu'à sa ceinture. Je lui pris le revolver et le posai sur la table. Nous parvînmes, à nous deux, à dérouler le tissu qui était autour de ses jambes. Alan posa un genou à terre, puis l'autre et émergea à quatre pattes de sous la table. La nappe l'accompagnait. Il finit par accepter ma main et se hissa sur un genou jusqu'au moment où il put glisser sous lui un pied couvert d'une chaussette bleu pâle. Je l'aidai alors à se relever. Il posa sur le tissu l'autre pied portant une chaussette noire. « Nous y voilà, dit-il. Frais comme l'œil. » Il trébucha en avant et me laissa le prendre par le coude. Nous traversâmes tant bien que mal la cuisine jusqu'à une chaise. « Mes vieilles articulations se sont raidies », expliqua-t-il. Il se mit prudemment à tendre les bras. Leva doucement les jambes. Des larmes brillaient encore dans ses favoris.

« Je vais débarrasser tout ce qu'il y a par terre, dis-je.

– Faites comme vous voulez. » La souffrance et la rage déferlèrent de nouveau en lui. « Est-ce qu'il y a un enterrement ? Ça vaudrait mieux, parce que j'ai l'intention d'y aller. » Son visage était crispé par la colère et le désir de contenir ses larmes. Le regard du Minotaure flamboya de nouveau. « Allons, dites-moi.

– La cérémonie a lieu demain. A une heure chez Trott Brothers. Elle va être incinérée. »

La même grimace vint de nouveau aplatir les trait de son visage. Il le dissimula derrière ses mains si noueuses et se pencha, les coudes sur ses genoux, en sanglotant bruyamment. Sa chemise était grise de poussière et noire autour du col. Il émanait de lui une odeur aigre de corps mal lavé, qu'on distinguait à peine des relents d'excréments.

Il finit par cesser de pleurer et s'essuya le nez sur sa manche. « Je le savais », dit-il en levant les yeux vers moi. Il avait les paupières rouges et irritées.

« Oui.

– C'est pour ça que je me suis retrouvé ici. » Il essuya les larmes égarées dans sa barbe. Un nuage de douleur et de désarroi presque aussi terrible que son chagrin passa sur son visage.

« April allait m'emmener... Il y avait cet endroit... » La colère soudain se transforma de nouveau en chagrin. Le haut de son corps tremblait sous l'effort qu'il faisait pour prendre un air féroce alors qu'il avait envie de pleurer.

« Elle devait vous emmener quelque part ? »

D'un geste de ses grandes mains, il écarta le sujet.

« Pourquoi tout ça ? » Je désignai l'amoncellement de serviettes bourdonnant de mouches.

« Des toilettes improvisées. Celles d'en bas se sont bouchées, je ne sais pas, en tout cas elles sont inutilisables. Et je ne peux pas toujours monter là-haut. Alors j'ai posé là un tas de serviettes.

– Avez-vous une pelle quelque part ?
– Dans le garage, je crois », dit-il.

Dans un recoin du garage enfoui sous les chênes, je découvris une pelle à charbon à fond plat. Sur la dalle de ciment, une collection de taches anciennes autour d'une vieille tondeuse, d'un long râteau, de deux ou trois lampes cassées et d'une pile de cartons. Des photos encadrées étaient appuyées contre le mur du fond. Je me penchai pour prendre la pelle. Une longue traînée de liquide encore assez frais pour briller se dessinait par-dessus les vieilles taches. J'y posai l'index : c'était huileux, pas encore sec. Je flairai mon doigt : peut-être du liquide de freins.

Quand je revins dans la cuisine, Alan était adossé au mur, un sac poubelle noir à la main. Il se redressa et le brandit. « Je sais que ça fait moche, mais les toilettes ne fonctionnaient pas.

– J'irai regarder quand nous aurons déblayé toutes ces saletés. » Il me tint le sac ouvert et je commençai à y jeter des pelletées. Je nouais alors le sac et le glissai à l'intérieur d'un autre avant de tout laisser tomber dans la poubelle. Je lavai par terre et Alan me dit à deux reprises, en utilisant exactement les mêmes mots, qu'il s'était éveillé un matin durant sa première année à Harvard pour constater que son compagnon de chambre était mort dans le lit voisin. A peine une pause de cinq secondes séparait-elle les deux récits.

« Intéressante histoire », dis-je. Je redoutai de l'entendre me la raconter une troisième fois.

« Avez-vous jamais vu la mort de près ?
– Oui, dis-je.
– Comment ça ?
– Mon premier travail au Viêt-nam était à l'escouade des corps. Nous devions vérifier l'identité des soldats morts.
– Quel effet cela vous a-t-il fait ?
– C'est difficile à décrire.
– Dites-moi, reprit Alan, pour John... Est-ce qu'il ne lui est pas arrivé quelque chose de bizarre là-bas ?
– Tout ce que je sais vraiment, c'est qu'il s'est

trouvé coincé dans un souterrain avec un tas de cadavres. L'armée l'avait déclaré mort au champ d'honneur.

– Qu'est-ce que ça lui a fait ? »

Je terminai de laver le dernier coin de carrelage. Je déversai l'eau sale dans l'évier. Je l'emplis d'eau chaude et savonneuse et j'entrepris de faire la vaisselle. « Quand je l'ai vu après cela, la dernière fois où je l'ai rencontré au Viêt-nam, il m'a dit ceci : *Tout sur terre est fait de feu, le nom de ce feu est le Temps. Dès l'instant où l'on sait qu'on est dans le feu, tout est permis. Une graine de mort est au cœur de chaque instant.*

– Pas mal », dit Alan.

Je posai dans l'égouttoir la dernière assiette. « Voyons maintenant si je peux arranger vos toilettes. »

J'ouvris des portes jusqu'au moment où je découvris une ventouse dans le placard à balais.

Dans un moment de lucidité, Alan avait essuyé ce qui avait débordé des toilettes et fait de son mieux pour nettoyer le sol. Des serviettes en papier froissées emplissaient la corbeille. J'enfonçai la ventouse dans l'eau et je pompai. Une boule de bouillie qui avait dû jadis être du papier machine émergea du tuyau. Je la coinçai, l'essorrai et la jetai dans la corbeille à papiers. « Gardez ça sous la main, Alan, n'oubliez pas de vous en servir si la même chose se reproduit.

– Bon, bon. » Son visage s'éclaira. « Dites donc, j'ai préparé un tas de Bloody Mary. Si on en prenait ?

– Un, dis-je. Pour vous, pas pour moi. »

De retour dans la cuisine, Alan prit un grand pichet dans le réfrigérateur. Il versa un peu du contenu dans un verre sans rien renverser. Puis il s'affala sur une chaise et but, en tenant le verre à deux mains. « Vous m'emmènerez à l'enterrement ?

– Bien sûr.

– J'ai du mal à me débrouiller dehors », dit Alan, l'air sombre. Il voulait dire qu'il ne sortait jamais.

« Qu'est-ce qui vous arrive ?

– J'ai habité quarante ans ici et voilà que tout d'un coup je ne me rappelle plus où sont les choses. » Il me regarda de nouveau et but une grande gorgée de son verre. « La dernière fois que je suis sorti, je me suis bel et bien perdu. Je ne pouvais même plus me rappeler pourquoi j'étais dehors. Quand j'ai regardé autour de moi, je ne savais même plus où j'habitais. » Son visage s'assombrit : un mélange de colère et de doute. « Je n'arrivais plus à trouver ma *maison*. J'ai marché pendant des *heures*. Finalement mes idées se sont éclaircies et je me suis rendu compte que j'étais simplement sur le mauvais trottoir. » Il prit son verre d'une main tremblante et dut le reposer sur la table. « Puis j'entends des choses. Des gens qui rôdent dehors. »

Je me rappelai ce que j'avais vu dans le garage. « Est-ce que personne n'utilise jamais votre garage ? Laissez-vous quelqu'un y mettre sa voiture ?

– Je les ai entendus fureter par là. Ils croient qu'ils peuvent me duper, mais je sais qu'ils sont là.

– Quand les avez-vous entendus ?

– C'est une question à laquelle je ne peux pas répondre. » Il parvint cette fois à porter le verre jusqu'à ses lèvres. « Mais si ça se reproduit, je m'en vais prendre mon fusil et les cribler de balles. » Il avala deux grandes lampées, reposa bruyamment le verre sur la table et se lécha les lèvres. « Ta-ra-ra-boom-dee-ay, dit-il. Toutes les putains ont de la chance aujourd'hui. » Un son qui était censé être un rire sortit de sa bouche. Il passa une main sur le bas de son visage et émit quelques hoquets. Ce manquement à la dignité le scandalisa. Son rire devint un long sanglot mal réprimé.

Je me levai et le pris par les épaules. Il lutta une seconde, puis s'effondra et se mit à pleurer doucement et régulièrement. Quand il eut terminé, nous étions trempés tous les deux.

« Alan, je ne vous insulte pas en vous disant que vous avez besoin que je vous aide un peu.

– C'est vrai que j'ai besoin qu'on m'aide un peu, dit-il.

– Allez faire un brin de toilette. Et il faut qu'on vous déniche une femme de ménage. Je ne pense pas non plus que vous devriez garder tout votre argent comme ça sur la table de la cuisine. »

Il se redressa et me lança le regard le plus sévère dont il était capable.

« Nous trouverons un endroit dont vous pourrez vous souvenir », dis-je.

Nous nous dirigeâmes vers l'escalier. Alain me conduisit docilement jusqu'à sa salle de bains. Il s'assit sur les toilettes pour ôter ses chaussettes et son pantalon de survêtement tandis que je faisais couler un bain.

Il réussit à défaire le dernier bouton de sa chemise et essaya de l'ôter en la faisant passer par-dessus sa tête, comme un enfant de cinq ans. Il s'emmêla dans les manches et je dus l'aider.

Brookner se leva. Il avait les jambes et les bras décharnés, la toison de poils argentés qui recouvraient son corps se concentrait en un tapis touffu autour de son sexe pendant. Il enjamba sans gêne le rebord de la baignoire et se plongea dans l'eau. « Ça fait du bien. » Il s'enfonça dans la baignoire et appuya la tête contre la porcelaine.

Il commença à se savonner et l'eau devint opaque. Il me fixa de nouveau. « Est-ce qu'il n'y a pas un extraordinaire détective privé ou quelque chose comme ça ici, en ville ? Un homme qui éclaircit des affaires tout en restant chez lui ? »

Je lui répondis que oui.

« J'ai pas mal d'argent de côté. Engageons-le.

– John et moi lui avons parlé hier.

– Bon. » Il plongea la tête sous l'eau et reparut ruisselant et se séchant les yeux. « Shampooing. » Je trouvai le flacon et le lui tendis. Il entreprit de se savonner la tête. « Croyez-vous à l'existence du bien et du mal absolus ?

– Non, fis-je.

– Moi non plus. Vous savez à quoi je crois ? A voir et à ne pas voir. A comprendre et à rester dans l'ignorance. A l'imagination et à l'absence d'imagination. » Le bouchon de shampooing avait l'air d'une perruque bouillonnante. « Je viens de condenser au moins soixante ans de réflexion. Est-ce que ça rimait à quelque chose ? »

Je lui dis que oui.

« Réfléchissez encore. Ça n'est pas tout. »

Même dans son délabrement, Alan Brookner était comme Eliza Morgan : quelqu'un qui pouvait évoquer pour vous la splendeur de la race humaine. Il enfonça sa tête sous l'eau et remonta en crachotant. « Il me faut cinq secondes de douche. » Il se pencha pour ouvrir le clapet d'écoulement. « Laissez-moi me lever. » Il se redressa, tira le rideau de douche autour de la baignoire et ouvrit l'eau. Il vérifia la température, mit la manette sur la position douche et sursauta quand l'eau jaillit. Au bout de quelques secondes, il tourna le robinet et écarta le rideau.

Il était rose et blanc, il fumait. « Drap de bain. » Il désigna le porte-serviettes. « J'ai un plan.

– Moi aussi, dis-je en lui tendant la serviette.

– Vous d'abord.

– Vous disiez que vous aviez de l'argent ? »

Il acquiesça.

« Dans un compte en banque ?

– Une partie.

– Laissez-moi appeler un service de nettoyage. Je ferai une partie du travail préliminaire pour qu'ils ne s'enfuient pas en courant dès qu'ils auront mis les pieds dans la maison. Mais il faut faire nettoyer tout ça, Alan.

– Très bien, certainement, dit-il se drapant dans la serviette.

– Et si vous en avez les moyens, quelqu'un devrait venir deux heures par jour pour faire la cuisine et s'occuper de la maison.

– Je vais y réfléchir, dit-il. Je voudrais que vous descendiez téléphoner au fleuriste Dahlgren sur Berlin Avenue pour commander deux couronnes. » Il m'épela le nom du fleuriste. « Peu m'importe si elles coûtent cent dollars pièce. Faites-en livrer une chez Trott Brothers et l'autre ici.

– Et je vais essayer les services de nettoyage. »

Il lança le drap de bain en direction du porte-serviettes, et sortit de la salle de bains d'un pas raide. Pour l'instant, parfaitement maître de lui, il s'avança dans le couloir et pivota lentement sur lui-même. Je me dis qu'il n'arriverait pas se rappeler où était sa chambre. « Au fait, dit-il, pendant que vous y êtes, appelez donc aussi un jardinier. »

Je descendis et laissai un message au service de nettoyage et chez un horticulteur pour qu'on me rappelle chez John. Puis je pris un autre sac poubelle et ramassai la plupart des débris qui jonchaient le sol du salon. Je téléphonai au fleuriste de Berlin Avenue. Je passai la commande d'Alan pour deux couronnes. Puis j'appelai l'agence d'infirmières et je demandai si Eliza Morgan pouvait commencer à travailler lundi matin. Je rangeai la vaisselle sale dans l'évier, en me jurant que c'était la dernière fois que je me chargeais du ménage d'Alan Brookner.

Quand je remontai, il était assis sur son lit à se débattre pour enfiler une chemise blanche. Ses cheveux étaient tout ébouriffés.

Comme un enfant, il tendit les bras. Je lui passai les manches et rapprochai les deux moitiés du devant. Je commençai à le boutonner. « Allez chercher le costume gris anthracite dans la penderie », dit-il.

Je lui fis enfiler le pantalon et pris dans un tiroir des chaussettes de soie noires. Alan enfonça ses pieds dans une vieille paire de richelieus noirs et noua les lacets d'un geste vif et précis : voilà qui témoignait de la persistance de certaines formes de mémoire mécanique.

« Avez-vous jamais vu un fantôme ? Un esprit ?

– Ma foi », dis-je en souriant. Ce n'est pas un sujet qu'il m'arrive d'aborder.

« Quand nous étions enfants, mon petit frère et moi étions élevés par mes grands-parents. C'étaient des gens merveilleux, mais ma grand-mère est morte dans son lit quand j'avais dix ans. Le jour de son enterrement, la maison était pleine des amis de mes grands-parents, mes oncles et tantes étaient tous venus. Il fallait décider quoi faire de nous. Je me sentais absolument perdu. J'errais à l'étage. La porte de la chambre de mes grands-parents était ouverte et, dans le miroir au dos de la porte, j'aperçus ma grand-mère allongée sur son lit. Elle me regardait et me souriait.

– Vous avez eu peur ?

– Pas du tout. Je savais qu'elle me disait qu'elle m'aimait encore et que j'aurais un foyer agréable. Plus tard, en effet, nous nous sommes installés chez un oncle et une tante. Mais, après cela, je n'ai plus jamais cru au christianisme orthodoxe. Je savais qu'il n'existait pas de vrai paradis ni d'enfer. Parfois, la frontière entre les vivants et les morts est perméable. Voilà comment je me suis lancé dans ma merveilleuse carrière. »

Il m'avait rappelé quelque chose que Walter Dragonette avait confié à Paul Fontaine.

« Depuis lors, j'essaie de *remarquer* les choses. De faire *attention*. J'ai donc horreur de perdre la mémoire. Je ne peux pas le supporter. Et j'adore des moments comme celui-ci, où il me semble être à peu près comme j'étais autrefois. »

Il s'inspecta, chemise blanche, pantalon, chaussettes, chaussures. Il grommela et remonta la fermeture Éclair de sa braguette. Puis il se leva. « Il faut que je fasse quelque chose pour ces favoris. Vous voulez retourner avec moi dans la salle de bains ?

– Qu'est-ce que vous faites, Alan ? » Je me levai pour le suivre.

« Je me prépare pour l'enterrement de ma fille.

– Ça n'est que demain.

– Comme disait Scarlett, demain est un autre jour. » Il m'entraîna dans la salle de bains et prit un rasoir électrique sur une étagère. « Voulez-vous me rendre un service ? »

J'éclatai de rire. « Après tout ce que nous avons vécu ensemble ? »

Il brancha le rasoir et poussa la petite lame pour tailler les favoris. « Rasez-moi tout ce que j'ai sous le menton et sur le cou. Au fait, passez cet engin sur tout ce qui a l'air trop long pour être rasé normalement. Ensuite, je ferai le reste moi-même. »

Il tendit le menton et je fauchai de longues mèches argentées qui tombaient en flottant comme des cheveux d'ange. Quelques-unes collaient à sa chemise et à son pantalon. Je passai l'instrument sur chacune des joues et d'autres duvets argentés tombèrent de son visage. Quand j'eus terminé, je reculai d'un pas.

Alan regarda le miroir. « Ça s'améliore », dit-il. Il promena le rasoir électrique sur son visage. « Ça peut aller. Tout à fait. Quand même, je pourrais me faire couper les cheveux. » Il trouva un peigne sur la coiffeuse et le passa dans le nuage blanc moutonneux qui lui recouvrait la tête. Les nuages s'écartèrent sur le côté gauche pour tomber en vagues molles sur le col de sa chemise. Il se retourna vers moi en hochant la tête. « Alors ? »

On aurait dit un mélange d'Herbert von Karajan et de Leonard Bernstein. « Ça ira », dis-je.

Il acquiesça. « Cravate. »

Nous retournâmes dans la chambre. Alan ouvrit la penderie et inspecta ses cravates. « Est-ce que celle-ci me donnerait l'air d'un chauffeur ? » Il prit une cravate de soie noire et la posa sur son cou pour avoir mon avis.

Je secouai la tête.

Alan retroussa son col, se passa la cravate autour du cou et la noua aussi facilement qu'il l'avait fait avec ses lacets de chaussures. Puis il boutonna son col et rectifia le nœud. Il décrocha de son cintre la veste dans la penderie et me la tendit. « J'ai quelquefois du mal avec les manches », expliqua-t-il.

Je brandis la veste et il glissa les bras dans les manches. Puis je l'ajustai sur ses épaules.

« Voilà. » Il épousseta quelques cheveux qui adhéraient à son pantalon. « Vous avez appelé le fleuriste ? »

J'acquiesçai. « Pourquoi vouliez-vous deux couronnes ?

– Vous verrez. »

Sur une table de chevet, il prit un trousseau de clés, un peigne, un gros stylo noir et répartit ces divers objets dans ses poches. « Pensez-vous que je vais pouvoir sortir sans me perdre ?

– J'en suis certain.

– Je ferai peut-être l'expérience après le retour de John. Au fond, c'est un brave garçon, vous savez. Si j'avais été à Arkham comme lui, je serais malheureux aussi.

– Vous avez été toute votre vie à Arkham, dis-je.

– Mais je n'étais pas coincé là. » Je le suivis dans le couloir. « John a vite eu la réputation d'être mon assistant : nous avons collaboré pour quelques articles, mais il n'a jamais rien fait vraiment tout seul. Bon professeur, mais je ne suis pas sûr qu'Arkham le garde après mon départ. Surtout ne lui parlez pas de ça. Je vais essayer de trouver un moyen d'aborder le sujet sans l'inquiéter. »

Nous descendîmes l'escalier. A mi-chemin, il se retourna pour me regarder. « Je vais être bien pour l'enterrement de ma fille. Je serai présent et à ma place. » Il tendit la main et me tapota la poitrine. « Je sais quelque chose à propos de vous. »

Je réprimai à grand mal un sursaut.

« Il vous est arrivé quelque chose quand je vous parlais de ma grand-mère. Vous avez parlé de quelque chose... vous avez *vu* quelque chose. Ça ne vous a pas surpris que j'aie vu ma grand-mère parce que – il m'appuya de nouveau l'index sur le torse – parce que... vous... avez... vu... quelqu'un aussi. »

Il me regarda en hochant la tête et descendit une marche.

« Je n'ai jamais pensé qu'on avait intérêt à manquer des choses. Vous savez ce que je disais toujours à mes étudiants ? Je leur disais : il y a un autre monde et c'est ce monde ci. »

Nous descendîmes pour attendre John : il ne vint pas. Je finis par persuader Alan de répartir l'argent étalé sur la table de la cuisine dans diverses poches de son costume. Je le laissai assis dans son salon. Je retournai dans la cuisine et fourrai le revolver dans ma poche. Puis je quittai la maison.

De retour à Ely Place, je posai le revolver sur la table basse, puis je montai retrouver mon manuscrit. John avait laissé un message dans la cuisine. Il était trop fatigué pour aller chez Alan et s'était couché. Tout allait bien, disait-il.

SIXIÈME PARTIE

RALPH ET MARJORIE RANSOM

1

Juste après une heure, je garai la Pontiac de John devant la maison de style géorgien de Victoria Terrace. Un homme monté sur une tondeuse de la taille d'un tracteur faisait habilement virer sa machine autour des chênes sur le côté de la maison. Un garçon d'une dizaine d'années taillait la haie qui bordait l'allée. De grands sacs noirs étaient disposés sur la pelouse tondue, comme des meules de foin. John secoua la tête, clignant des yeux dans le soleil et rongeant son frein.

« Ça ira plus vite si tu vas le chercher, dit-il. Je vais rester ici avec mes parents. »

Sur la banquette arrière, Ralph et Marjorie Ransom se mirent à protester. Il y avait dans leurs manières une politesse machinale et une tension qu'ils affichaient depuis que John et moi étions venus les chercher à l'aéroport ce matin.

C'était John qui avait conduit à l'aller. Mais quand nous eûmes accueilli ses parents, bronzés et vêtus de survêtements assortis noir et argent, il se demanda si ça ne m'ennuierait pas de prendre le volant pour le retour. Son père avait protesté. C'était John qui devrait conduire. C'était sa voiture, non ?

« Papa, dit John, j'aimerais que Tim le fasse. »

Là-dessus, sa mère était intervenue d'un ton agacé pour dire que John était fatigué. Qu'il voulait parler. Et n'était-ce pas gentil que son ami de New York fût disposé à conduire ? Sa mère était une petite femme en forme de sablier, large de poitrine et de hanches. Des lunettes lui dissimulaient la partie supérieure du visage. Ses cheveux argentés étaient exactement assortis à ceux de son mari.

« John devrait conduire, voilà tout », dit son père. Plus soigné que je ne m'y attendais, Ralph Ransom avait l'air d'un officier de marine en retraite passionné de golf. Son beau sourire aux dents blanches allait bien avec son hâle. « Là d'où je viens, un type conduit sa voiture. Bon sang, on pourra très bien bavarder, monte-là et sois notre chauffeur. »

John fronça les sourcils et me tendit les clés. « Je ne suis pas censé conduire pour quelque temps. J'ai eu une suspension de permis. » Il me lança un regard où se mêlaient la colère et les excuses.

Ralph dévisagea son fils. « Suspension ? Qu'est-ce qui s'est passé ?

– Quelle importance, fit Marjorie. Montons dans la voiture.

– Conduite en état d'ivresse ?

– J'ai traversé une assez sale période, oui, dit John. Mais ça n'est vraiment pas un problème. Je peux aller à pied partout où je dois aller. Le temps que le froid revienne, j'aurai récupéré mon permis.

– Une chance que tu n'aies tué personne », dit son père. Et sa mère dit : « *Ralph !* »

Le matin, John et moi avions installé mes affaires dans son bureau pour laisser la chambre d'amis à ses parents. John avait revêtu un élégant costume gris à veston croisé. Je pris un costume noir de chez Yohji Yamamoto que j'avais acheté dans un moment d'audace. Je trouvai une chemise de soie grise que je ne me rappelais pas avoir emportée : nous étions tous les deux prêts à aller chercher ses parents à l'aéroport.

Nous avons monté les bagages des Ransom dans la chambre d'amis et nous les avons laissés se changer. Je redescendis avec John dans la cuisine où il sortit ce qu'il fallait pour préparer des sandwiches.

« Ah, dis-je, je sais maintenant pourquoi tu vas partout à pied.

– Deux fois ce printemps, je me suis fais coincer avec un alcootest. C'est de la foutaise, mais il faut bien le supporter, comme beaucoup de choses... »

Il avait l'air éreinté. Tellement à bout de nerfs que je voyais la rage flamboyer dans ses yeux. Il se rendit compte que je m'en apercevais et l'étouffa en lui comme un charbon ardent. Ses parents descendirent, ils se firent des sandwiches et parlèrent de la pluie et du beau temps.

A Tucson, il faisait 45°. Mais une chaleur sèche. Partout où on allait, c'était climatisé. Pour le golf, il suffisait d'être sur le parcours vers huit heures du matin. « John, je vais te parler franchement : tu t'empâtes. Tu devrais t'acheter un bon jeu de clubs et t'en aller faire un parcours de temps en temps.

– Je vais y réfléchir, dit John. Mais on ne sait jamais. Un tas de graisse comme moi, tu le mets sur le terrain par 35° et il risque de tomber mort d'une crise cardiaque sur le green.

– Doucement, doucement, je ne voulais pas dire...

– John, tu sais bien que ton père voulait seulement...

– Je suis désolé, j'ai été... »

Les trois Ransom se turent aussi brusquement qu'ils avaient commencé. Marjorie se tourna vers les fenêtres de la cuisine. Ralph me lança un regard peiné, surpris, et ouvrit le réfrigérateur. Il y prit une bouteille rose sans étiquette et la montra à son fils.

John jeta un coup d'œil à la bouteille.

« De la vodka à la Jacinthe. Venue en contrebande de la mer Noire. »

Son père prit un verre dans un placard et versa deux doigts de vodka rose. Il but une gorgée, hocha la tête et but le reste.

« Trois cents dollars la bouteille », dit John.

Ralph Ransom la reboucha et la remit au réfrigérateur. « Oui. Enfin. A quelle heure part le train ?

– Maintenant », dit John. Il sortit de la cuisine. Ses parents se regardèrent puis le suivirent dans le salon.

John jeta un coup d'œil dans la rue par la petite fenêtre.

« Les re-voilà. »

Ses parents le suivirent dehors. Geoffrey Bough, Isobel Archer et leurs caméramen foncèrent sur eux. Marjorie poussa un cri aigu. Ralph prit sa femme par les épaules et l'entraîna vers la voiture. Il se glissa sur la banquette arrière auprès d'elle.

John me lança les clés. Je mis le contact et démarrai en trombe.

Ralph me demanda d'où venaient ces gens-là. John dit : « Ils ne s'en vont jamais. Ils cognent à la porte et lancent des ordures sur la pelouse.

– Tu es vraiment soumis à une pression terrible. » Ralph se pencha en avant pour tapoter l'épaule de son fils.

John se raidit, mais ne dit rien. Son père lui tapota de nouveau l'épaule. Dans le rétroviseur, je vis la vieille bagnole bleue de Geoffrey Bough et la camionnette d'Isobel aux couleurs criardes s'engouffrer dans la rue derrière nous.

Ils restèrent derrière quand je m'arrêtai devant chez Alan. John croisa les bras d'un air résolu et grinça des dents comme s'il était en train de mastiquer des charbons ardents.

Je sortis et les laissai à leurs affaires. L'homme monté sur la tondeuse aux allures de tracteur me salua de la main et j'en fis autant. On était dans le Middle-west.

Alan Brookner ouvrit la porte et me fit signe d'entrer. En la refermant derrière moi, j'entendis au premier étage le bourdonnement d'un aspirateur et le bruit d'un autre qui semblait provenir de la salle à manger. « Le type du nettoyage est déjà là ?

– Les temps sont durs, dit-il. De quoi est-ce que j'ai l'air ? »

Je lui dis qu'il était superbe. La cravate de soie noire avait un nœud impeccable. Pantalon repassé. Chemise blanche immaculée. Je sentis même un soupçon de lotion après rasage.

« Je voulais être sûr. » Il recula et se retourna. Le dos de sa veste était un peu froissée, mais je n'allais pas le lui dire. Il finit de pivoter comme un mannequin et me regarda d'un air grave. Sévère même. « Ça va ?

– Cette fois-ci, vous avez mis votre veste tout seul.

– Je ne l'ai pas enlevée, dit-il. Je n'ai pas voulu prendre de risques. »

Je le revis adossé à un mur, les genoux serrés. « Vous avez bien dormi ?

– Très très bien. » Alan tira sur sa veste puis la boutonna. Nous quittâmes la maison.

« Qui sont les deux vieux clowns avec John ?

– Ses parents. Ralph et Marjorie. Ils arrivent tout juste de l'Arizona.

– Quand vous voudrez », dit-il.

John était debout auprès de la voiture. Il considérait Alan avec stupéfaction et un soulagement non dissimulés.

« Alan, vous êtes magnifique, dit-il.

– Je me suis dit que j'allais faire un effort, dit Alan. Tu vas derrière avec tes parents ou tu préfères rester devant ? »

John se retourna pour lancer un regard gêné à l'épave de Geoffrey et à la camionnette extravagante d'Isobel, puis se glissa auprès de son père. Alan et moi montâmes en même temps.

« Je tiens à vous dire combien j'apprécie que vous ayez fait tout le trajet depuis... » Il hésita puis conclut d'un ton triomphant : « l'Alaska. »

Bref silence.

« Nous sommes tellement navrés pour votre fille, dit Marjorie. Nous aussi nous l'aimions beaucoup.

– April était adorable, dit Alan.

– C'est horrible, cette histoire de Walter Dragonette, dit Ralph. On se demande comment des choses pareilles peuvent arriver.

– On se demande comment un être comme lui peut même exister », renchérit Marjorie.

John se mordait les lèvres. Il avait les bras crispés sur sa poitrine et il se retournait pour regarder les journalistes. Ceux-ci nous suivirent jusqu'à l'immeuble des Trott Brothers.

« Vous allez retourner au Collège avec John l'année prochaine ? s'enquit Marjorie, ou bien envisagez-vous de prendre votre retraite ?

– Cédant à la demande générale, je vais y retourner.

– Vous n'avez pas d'âge obligatoire pour la retraite dans votre métier ? » ajouta Ralph.

– Dans mon cas, ils ont fait une exception.

– Je vais vous dire ce que vous devriez faire. Allez-vous-en et ne regardez pas derrière vous. Voilà dix ans que j'ai pris ma retraite et je m'amuse comme un petit fou.

– Je crois que j'ai déjà eu ça.

– Vous avez bien un peu d'argent de côté, non ? Je veux dire avec April et tout ça...

– C'est très gênant. » Alan se retourna sur son siège. « Vous-même, vous avez utilisé les services d'April ?

– J'avais mon propre conseiller financier. » Ralph marqua un temps. « Qu'est-ce que vous voulez dire par : c'est très gênant ? Elle réussissait trop bien ? » De nouveau il me regarda dans le rétroviseur, essayant de trouver quelque chose. Je savais quoi.

« Elle réussissait trop bien, dit Alan.

– Mon ami, vous vous êtes retrouvé avec quelque chose comme deux cent mille dollars, non ? Vivez comme il faut, surveillez vos dépenses, achetez des obligations à bon rendement et vous êtes paré.

– Huit cents, corrigea Alan.

– Pardon ?

– Elle a commencé avec trois fois rien et elle s'est retrouvée avec huit cent mille dollars. C'est très gênant. »

J'observai Ralph dans le rétroviseur. Il était bouche bée. J'entendais le souffle un peu court de Marjorie.

Ralph finit par demander : « Qu'est-ce que vous allez en faire ?

– Je crois que je vais les léguer à la bibliothèque municipale. »

Je m'engageai dans Hillfield Avenue. La silhouette grise de l'entreprise de pompes funèbres apparut. Ses tourelles coiffées d'ardoises, ses pâtisseries gothiques, ses lucarnes en pointe et son grand porche d'entrée la faisaient ressembler à une maison sortie d'un dessin de Chas Adams.

Je m'arrêtai au pied des marches conduisant à la pelouse des Trott Brothers.

« C'était prévu ici, John ? demanda son père.

– Nous nous recueillons un moment devant April. » Il descendit de la voiture. « Après cela, il y a la réception publique, les condoléances, appelle ça comme tu veux. »

Son père glissait difficilement sur la banquette essayant d'atteindre la portière. « Attends, attends, je ne t'entends pas. » Marjorie se poussa à son tour.

Alan Brookner eut un grand soupir, ouvrit sa portière et sortit sans bruit.

John répéta ce qu'il venait de dire. « Et puis il y a une sorte de service. Quand ce sera terminé, nous allons au crématorium.

– Fais les choses simplement, hein ? » lança son père.

John s'avançait déjà vers le perron. « Oh ! » Il se retourna, un pied sur la première marche. « Je pense qu'il faut que je vous prévienne. Au début, le cercueil est ouvert. Le maître de cérémonie avait l'air de penser que c'était ce qu'il fallait faire. »

J'entendis le souffle un peu rauque d'Alan.

« Je n'aime pas les cercueils ouverts, dit Ralph. Qu'est-ce qu'on est censé faire, s'approcher et dire deux mots à la personne ?

– J'aimerais bien pouvoir dire deux mots à la personne », remarqua Alan. Un moment, il parut absolument désespéré. « Bien sûr, dans certaines autres cultures, on pense qu'on peut communiquer avec les morts.

– Vraiment ? demanda Ralph. Vous voulez dire comme en Inde ?

– Allons-y, fit John en commençant à gravir les marches.

– Dans les religions indiennes, la situation est un peu plus compliquée », précisa Alan. Ralph et lui passèrent devant la voiture et emboîtèrent le pas à John. J'entendais des bribes de leur conversation.

Marjorie me jeta un regard embarrassé. Je lui inspirais quelques craintes. Peut-être étaient-ce les très décoratives fermetures à glissière de mon costume japonais. « Allons-y », dis-je en lui tendant le bras.

La main de Marjorie se referma sur mon coude telle la serre d'un perroquet.

2

Joyce Brophy tenait ouverte l'immense porte d'entrée. Elle portait une robe bleu marine qui ressemblait à une tenue de cocktail pour femme enceinte. Elle avait les cheveux collés au fixatif. « Mon Dieu, nous nous demandions ce qui vous prenait si longtemps ! » Elle eut un sourire bizarrement extatique et nous fit signe d'entrer comme si elle agitait un plumeau.

John était en conversation avec – ou plutôt il écoutait – un petit homme voûté d'environ soixante-dix ans au visage gris marqué de rides profondes. Je m'approchai d'Alan.

« Mais non, mais non, monsieur, il faut d'abord que vous fassiez la connaissance de mon père, dit Joyce. Finissons-en avant de nous rendre dans le salon de présentation. Vous savez, chaque chose en son temps et tous ces bons principes. »

L'homme courbé dans son ample costume gris me gratifia d'un sourire féroce et me tendit la main. Je la pris. « Oui, monsieur, dit-il. C'est un grand jour pour nous tous.

– Papa, dit Joyce Brophy, tu connais le professeur Ransom et le professeur Brookner. Voici l'ami du professeur Ransom, euh...

– Tim Underhill, dit John.

– Professeur Underhill, dit Joyce. Et voici Mrs. Ransom, la mère du professeur Ransom. Mon père, William Trott.

– Appelez-moi Bill. » Le petit homme eut un sourire

de carnassier. Il saisit dans sa main gauche la main droite de Marjorie : cela lui permettait de nous écraser les mains à tous les deux en même temps. « J'ai trouvé que c'était une bonne notice nécrologique, pas vous ? Nous nous sommes donné du mal, et ça en valait la peine. »

Aucun de nous n'avait vu le journal du matin.

« Oh, oui, fit Marjorie.

– J'ai simplement voulu exprimer notre chagrin. A partir de maintenant, ce qu'il faut, c'est simplement se détendre et apprécier la cérémonie. Et n'oubliez pas, nous sommes toujours ici pour vous aider. » Il nous lâcha les mains.

Marjorie se frictionna les paumes.

Appelez-moi-Bill nous fit un sourire qui se voulait compatissant et s'éloigna. « Ma petite fille va vous emmener dans la chapelle du repos. Nous ferons entrer vos invités au moment du service. »

Il avait alors reculé de six pas. Sur ce dernier mot, il pivota brusquement et s'engouffra avec une étonnante rapidité dans un couloir sombre.

Appelez-moi-Joyce le suivit quelques secondes d'un regard affectueux. « Il va brancher la dernière partie du programme musical : c'est le fond sonore pour vos méditations personnelles. Les sièges sont installés. Quand vos invités arriveront, nous aimerions que vous vous déplaciez vers le côté gauche du premier rang : c'est réservé à la famille immédiate. » Elle clignota des yeux dans ma direction. « Et aux amis intimes. »

Elle pressa sa main droite sur le monticule de son ventre et de la gauche nous désigna le couloir. John la suivit et ensemble ils s'engagèrent dans le vestibule. Au loin un haut-parleur déversait de la musique d'orgue. Alan s'avança comme un somnambule. Ralph lui emboîta le pas. « Alors on continue à renaître et à renaître ? A quoi ça rime ? »

Je n'entendis pas la réponse que marmonna Alan. Mais la question le ramena à la réalité : il leva la tête et avança d'un pas plus décidé.

« Je ne savais pas que vous étiez un des universitaires amis de John, dit Marjorie.

– C'est une promotion assez récente, dis-je.

– Ralph et moi, nous sommes si fiers de vous. » Elle me tapota les bras tandis que nous suivions les autres dans une salle de bal baignée de lumières tamisées et où ronronnaient les accents presque figés d'une musique d'orgue. Des rangées de chaises pliantes s'alignaient de chaque côté d'une allée centrale menant à une estrade où s'amoncelaient des couronnes et des fleurs dans des vases. Sur une plate-forme surélevée derrière l'estrade, un cercueil de bronze bien astiqué gisait sur une longue table drapée de tissu noir. On avait replié le quart supérieur du cercueil comme le couvercle d'un piano pour révéler un douillet capitonnage blanc. La tête appuyée sur un coussin de satin blanc, le profil d'April Ransom dépassait de l'ouverture et fixait les plaques du plafond perforées pour les besoins de l'acoustique.

« Les brochures sont ici. » Appelez-moi-Joyce montra une table d'acajou rectangulaire cirée avec soin et appuyée contre le mur. Des piles bien nettes de feuilles jaunes pliées se dressaient auprès d'un pichet d'eau et de quelques gobelets en plastique. Au bout de la table, une machine à café.

Tous les assistants, à l'exception d'Alan Brookner, détournèrent les yeux du profil d'April Ransom pour regarder les feuilles jaunes.

« *Yay Though I Walk* est un très bon choix, à notre avis. »

A environ un mètre cinquante de la porte, Alan fixait le cadavre de sa fille.

« Elle est toujours aussi belle, dit Joyce, même d'ici on le voit bien. »

Elle entraîna Alan avec elle. Après un instant de gêne, il la suivit.

John arriva ensuite avec ses parents. Joyce Brophy conduisit Alan jusqu'à la tête du cercueil. John s'approcha. Ses parents et moi nous postâmes de l'autre côté.

De près, le cercueil d'April semblait aussi grand qu'un canot. On la voyait jusqu'à la taille, les mains jointes. Joyce Brophy s'avança pour effacer un faux pli sur la veste blanche. Elle se redressa. Alan se pencha et posa un baiser sur le front de sa fille.

« Je serai dans le bureau au fond du couloir au cas où vous auriez besoin de quoi que ce soit. » Joyce recula d'un pas, pivota sur elle-même et descendit l'allée centrale. Elle portait de grandes chaussures de tennis sales.

Appelez-moi-Joyce avait mis trop de rouge d'une nuance trop vive sur les lèvres d'April. Sur ses pommettes, une touche de rose visiblement artificielle. Le casque de cheveux d'or avait été disposé de façon à dissimuler quelque chose qui avait été fait lors de l'autopsie. La mort avait effacé les rides autour des yeux et de la bouche d'April. Elle avait l'air d'une maison vide.

« N'est-ce pas qu'elle est belle, John ? demanda Marjorie.

– Oh oui », fit John.

Alan toucha la joue poudrée d'April. « Mon pauvre bébé, gémit-il.

– C'est si... si horrible », dit Ralph.

Alan s'éloigna vers la première rangée de chaises.

Les Ransom quittèrent le cercueil et vinrent prendre les deux places du premier rang sur le côté gauche de l'allée centrale. Ralph croisa les bras sur sa poitrine : un geste qu'il avait transmis à son fils.

John laissa une chaise vide entre sa mère et lui et deux entre moi et lui. Alan était assis de l'autre côté de l'allée, examinant une feuille jaune. Nous écoutâmes un moment la sirupeuse musique d'orgue.

Je me souvenais des descriptions de l'enterrement de ma sœur. Ceux qui étaient venus pleurer April emplissaient la moitié du Saint-Sépulcre. A en croire ma mère, elle semblait « paisible » et « très belle ». Ma vibrante sœur, parfois si malheureuse, cette tache blonde toujours en mouvement, qui claquait toujours les portes, était-elle donc si vide alors qu'elle était devenue paisible ? Dans ce cas, elle m'avait tout laissé, elle avait tout remis entre mes mains.

J'aurais voulu déchiqueter le passé, le démembrer sur une table ensanglantée.

Je me levai et me dirigeai vers le fond de la pièce. Je pris la feuille dans ma poche et lus les mot inscrits sur la couverture.

Oui, j'ai beau marcher dans la Vallée de l'Ombre de la Mort

Je ne redouterai pas le mal.

J'allai m'asseoir au dernier rang.

Ralph Ransom murmura quelque chose à l'oreille de sa femme, se leva, tapota l'épaule de son fils et s'éloigna vers le côté gauche de la chapelle. Quand il fut assez près pour se faire entendre en parlant doucement, il dit : « Hé » comme s'il venait de s'apercevoir que je m'étais installé au dernier rang. Du pouce, il désigna le fond de la salle. « Vous pensez qu'il y a du café dans ce machin ? »

Ce n'était pas la question qu'il voulait poser.

Nous nous approchâmes de la table. Le café n'avait absolument pas de goût. Pendant quelques secondes, nous restâmes là tous les deux, à observer les trois autres qui regardaient ou ne regardaient pas April Ransom dans son énorme nef de bronze.

« Il paraît que vous avez connu mon fils au Viêt-nam.

– Je l'ai rencontré là-bas deux ou trois fois. »

Maintenant, il pouvait me poser sa question.

Il me regarda par-dessus son gobelet, avala son café et fit une grimace : il était brûlant. « Vous ne seriez pas vous-même de Millhaven, par hasard, professeur Underhill ?

– Je vous en prie, fis-je, appelez-moi Tim. »

Je lui souris et il me rendit mon sourire.

« Vous êtes de Millhaven, Tim ?

– J'ai grandi à un bloc du Saint-Alwyn.

– Vous êtes le fils d'Al Underhill, dit-il. Bon sang, je savais bien que vous me rappeliez quelqu'un. Quand nous étions dans la voiture, ça a fini par me revenir. Al Underhill. C'est fou ce que vous lui ressemblez.

– Je crois que oui, un peu. »

Il me dévisagea, comme s'il évaluait la différence entre mon père et moi et secoua la tête. « Al Underhill. Voilà quarante ans que je n'ai pas pensé à lui. Vous savez sans doute qu'il travaillait pour moi, du temps où j'étais propriétaire du Saint-Alwyn.

– Je l'ai su, quand John m'a dit qu'autrefois l'hôtel vous appartenait.

– On a été désolés de le voir partir, vous savez. Je savais, moi, qu'il avait une famille. Je savais ce qu'il traversait. S'il avait pu s'arrêter de picoler, tout se serait arrangé.

– C'était plus fort que lui », dis-je. Ralph Ransom était bien bon : il n'allait pas faire allusion aux vols qui l'avaient amené à congédier mon père. Sans doute n'aurait-il pas tant volé s'il avait réussi à rester sobre.

« C'est votre sœur, n'est-ce pas ? C'est ça qui a tout déclenché chez lui, je veux dire. »

Je hochai la tête.

« Terrible. Je m'en souviens comme si c'était hier.

– Moi aussi », dis-je.

Au bout d'un moment, il demanda : « Comment va Al ces temps-ci ? »

Je lui répondis que mon père était mort quatre ans plus tôt.

« C'est moche. J'aimais bien Al. Sans ce qui est arrivé à votre sœur, il aurait été très bien.

– De toute façon, tout aurait été différent. » Je luttai contre l'agacement que je sentais monter en moi : c'est quand mon père était dans le pétrin que cet homme l'avait fichu dehors. Je ne voulais pas de ses creuses paroles de réconfort.

« Est-ce que ça n'a pas été une sorte ae lien entre vous et John, que votre père ait travaillé pour moi ? »

Mon exaspération devant ce Narcisse de country club aux cheveux argentés vira à la fureur. « Nous avions d'autres liens.

– Oh, je le vois bien. Évidemment. »

Je m'attendais à voir Ralph regagner sa place, mais il avait encore quelque chose à dire. Quand j'eus entendu ce que c'était, ma colère disparut presque complètement.

« C'était une drôle d'époque. Une époque terrible. Vous êtes sans doute trop jeune pour vous en souvenir, mais à peu près à ce moment-là, il y avait un flic en ville qui avait tué quatre ou cinq personnes et écrit les mots BLUE ROSE à côté de leurs corps. Une des victimes habitait même mon hôtel. Ça nous a tous secoués, je peux vous le dire. Ça a bien failli ruiner mon affaire aussi. Ce dingue, ce Dragonette, je pense qu'il se contentait d'imiter l'autre. »

Je reposai mon gobelet. « Vous savez, Ralph, ça m'intéresse beaucoup ce qui s'est passé en ce temps-là.

– Oh, c'était comme cette affaire aujourd'hui. Toute la ville était devenue dingue.

– Est-ce que nous pourrions sortir une seconde dans le couloir ?

– Bien sûr, si vous voulez. » Il haussa les sourcils d'un air surpris – pour lui, ces choses-là ne se faisaient pas – et sortit presque sur la pointe des pieds.

3

Je refermai la porte derrière moi. A deux ou trois mètres de là, Ralph Ransom, les mains dans les poches, était adossé au papier peint. Il avait toujours l'air étonné. Il n'arrivait pas à comprendre mes mobiles et cela le mettait mal à l'aise. Cette gêne se transformait en un réflexe d'agression. Il s'écarta du mur et me regarda.

« J'ai pensé qu'il valait mieux parler de ça ici, dis-je. Il y a quelques années, j'ai effectué certaines recherches qui montraient que l'inspecteur Damrosch n'était pour rien dans ces meurtres.

– Des recherches ? » Il se détendit. « Oh, je vois, vous êtes un type qui fait de l'histoire, comment dit-on ? un historien.

– J'écris des livres, dis-je m'efforçant de respecter autant que possible la vérité.

– Oh, je vois : le genre publier ou périr. »

Je souris. Dans mon cas, ce n'était pas qu'une formule.

« Je ne sais pas si moi je peux vous dire grand-chose.

– Y avait-il quelqu'un que vous soupçonniez, qui à votre avis aurait pu être le meurtrier ? »

Il haussa les épaules. « J'ai toujours pensé que c'était un client, un type de passage. C'est ce que nous avions surtout, des représentants qui venaient pour deux jours, s'en allaient et puis revenaient pour quelques jours.

– C'était à cause de la prostituée ?

– Ma foi, oui. Il y avait deux ou trois filles qui montaient dans les chambres en catimini. On essaie de les empêcher, mais on n'y arrive pas. Cette Fancy était l'une d'elles. Je me suis dit que quelqu'un l'avait surprise en train de le voler ou bien, vous savez, qu'il s'était querellé avec elle là-bas. Et puis j'ai pensé qu'il se doutait peut-être que le pianiste avait vu la chose. Sa chambre donnait droit sur l'arrière de l'hôtel.

– Il y avait des musiciens aussi qui descendaient au Saint-Alwyn ?

– Oh, oui, on avait de temps en temps des musiciens de jazz. Vous comprenez, on n'était pas trop loin du centre. Nos prix étaient intéressants. On avait un service d'étage qui marchait toute la nuit. Les musiciens étaient de bons clients. Pour vous dire la vérité, je crois qu'ils aimaient le Saint-Alwyn à cause de Glenroy Breakstone.

– Il habitait l'hôtel ?

– Oh, je pense bien. Glenroy était là quand j'ai acheté l'établissement et il était encore là quand je l'ai vendu. Il y est probablement toujours ! Il a été un des rares à ne pas bouger quand les histoires ont commencé. Si le pianiste habitait l'hôtel, c'est parce que Glenroy le lui avait personnellement recommandé. Jamais eu le moindre ennui avec Glenroy.

– Avec qui aviez-vous des ennuis ?

– Oh, vous savez, quelquefois des types qui avaient peut-être eu une mauvaise journée. Le soir ils démolissaient le mobilier : dans un hôtel, croyez-moi, il peut arriver n'importe quoi. Ceux qui devenaient dingues, on ne les recevait plus. C'est le directeur qui s'en occupait. Il s'efforçait de maintenir l'hôtel dans un état impeccable. Un type assez hautain, mais il ne supportait pas les histoires. Porté sur la religion, je crois. Un type sur qui on pouvait compter.

– Vous vous souvenez de son nom ? »

Il eut un grand rire. « Vous pensez ! Bob Bandolier.

Vous ne voudriez pas vous balader avec un gaillard comme lui sur un parcours de golf, mais c'était un sacré directeur.

– Peut-être que je pourrais lui parler ?

– Peut-être. Bob est resté quand j'ai vendu, il était pratiquement marié au Saint-Alwyn. Et puis il y en a un autre : Glenroy Breakstone. Rien ne lui échappait, vous pouvez compter là-dessus. Il en savait long sur tous ceux qui travaillaient à l'hôtel.

– Bob Bandolier et lui étaient amis ?

– Bob Bandolier n'avait pas d'amis », dit Ralph. De nouveau il se mit à rire. « Et Bob ne serait jamais copain avec, vous comprenez, avec un Noir.

– Vous pensez qu'il voudrait bien me parler ?

– On ne sait jamais. » Il consulta sa montre et regarda la porte de la chapelle. « En tout cas, si vous trouvez quelque chose, pourriez-vous me le dire ? ça m'intéresserait. »

Nous retournâmes dans la vaste salle. John, auprès de la table, tourna les yeux vers nous.

« Qui est censé occuper toutes ces chaises ? » dit Ralph.

John les examina d'un œil morose. « Des gens de chez Barnett et des clients, j'imagine. Et puis les journalistes vont rappliquer. » Il regarda d'un air maussade un gobelet en plastique. « Ils rôdent dehors comme des mouches à viande. »

Il y eut un moment de silence. Chacun de leur côté, Marjorie Ransom et Alan Brookner descendirent l'allée centrale. Marjorie dit quelques mots à Alan. Il hocha la tête d'un air hésitant, comme s'il ne l'avait pas vraiment entendue.

Je leur servis du café. Un moment, nous restâmes tous silencieux à contempler le cercueil.

« Jolies fleurs, dit Ralph.

– C'est ce que je viens de dire, remarqua Marjorie. N'est-ce pas, Alan ?

– Oui, oui, fit Alan. Oh, John, je ne t'ai pas demandé ce qui s'était passé au commissariat. Combien de temps t'a-t-on interrogé ? »

John ferma les yeux. Marjorie pivota vers Alan, renversant un peu de café sur sa main droite. Elle prit la tasse de sa main gauche et agita l'autre pour tenter de la sécher. Ralph lui tendit un mouchoir, mais son regard allait de John à Alan pour revenir à John.

« On t'a interrogé ?

– Non, Papa, pas interrogé.

– Voyons, pourquoi la police voudrait-elle te parler ? On a déjà arrêté le type.

– Il semble que Dragonette ait fait de faux aveux.

– Quoi ? dit Marjorie. Tout le monde sait que c'est lui qui a fait le coup.

– Ça ne colle pas très bien. Il n'a pas eu assez de temps pour aller à l'hôpital à l'heure du changement d'équipe, passer à la quincaillerie acheter ce qu'il lui fallait, et puis rentrer chez lui au moment où il l'a fait. L'employé qui lui a vendu la scie a dit qu'ils avaient eu une longue conversation. Dragonette n'aurait pas pu aller jusque dans le Quartier Est et revenir. Il a juste voulu faire croire que c'était lui.

– Ma foi, cet homme doit être fou », dit Marjorie.

Pour la première fois ce jour-là, Alan sourit.

« Johnny, je ne comprends toujours pas pourquoi la police voulait te poser des questions, dit son père.

– Tu sais comment sont ces gens-là. Ils veulent toujours tout remâcher. Ils veulent que je me souvienne de tous les gens que j'ai vus en allant à l'hôpital, de tous ceux que j'ai rencontrés en sortant, n'importe quoi qui pourrait les aider.

– Ils n'essaient pas de...

– Bien sûr que non. J'ai quitté l'hôpital et je suis rentré directement à la maison. Tim m'a entendu revenir vers huit heures cinq. » John me regarda. « Ils vont probablement vouloir que tu confirmes ça. »

Je dis que je ne demandais pas mieux que de l'aider.

« Est-ce qu'ils vont venir à l'enterrement ? demanda Ralph.

– Oh, oui, fit John. Nos toujours vigilants policiers assisteront à la cérémonie.

– Tu ne m'en avais pas soufflé mot. Nous n'aurions rien su si Alan n'en avait pas parlé.

– Ce qui est important c'est qu'April n'est plus là, dit John. C'est à ça que nous devrions penser.

– Pas à celui qui l'a tuée ? s'étonna Alan d'une voix où chaque mot sonnait comme un boulet de canon.

– Alan, je vous en prie, ne hurlez pas, dit John.

– L'homme qui a fait ça à ma fille est une *ordure* ! » Grâce à un don naturel, Alan parlait d'un ton deux fois plus fort qu'une personne normale. Quand il ouvrait la bouche, on aurait dit une voiture de course sur une longue ligne droite. Et même maintenant, alors qu'il faisait presque trembler les vitres, ce n'était pas parce qu'il criait.

« *Il ne mérite pas de vivre !* »

John s'éloigna, tout rouge.

Appelez-moi-Joyce jeta un coup d'œil par l'entrebâillement de la porte. « Quelque chose ne va pas ? Bonté divine, il y a assez de bruit ici pour réveiller vous savez qui. »

Alan s'éclaircit la voix. « Je crois que je fais pas mal de bruit quand je m'énerve.

– Les autres vont arriver dans une quinzaine de minutes. » Joyce nous lança un sourire totalement fabriqué et disparut. Son père devait rôder dans le couloir. A travers la porte, on entendit clairement Joyce dire : « Ces gens-là n'ont jamais entendu parler du Valium ? »

Même Alan eut un sourire, un faible sourire.

Il tourna la tête pour chercher des yeux John qui revenait vers nous, les mains dans les poches comme son père, le regard fixé sur la moquette pâle. « John, est-ce que Grant Hoffman vient ? »

Je me souvins d'Alan parlant d'Hoffman alors qu'il était en short crasseux et que des cafards grouillaient parmi les cartons de pizza dans l'évier.

« Je n'en ai aucune idée, dit John.

– Un de nos meilleurs candidats pour la chaire de philosophie, expliqua Alan à Marjorie. Il a débuté avec moi, mais nous l'avons fait passer chez John, voilà deux ans. Il a disparu. C'est bizarre, parce que Grant est un excellent étudiant.

– Il était sérieux, dit John.

– Grant, en général, venait me voir après ses conférences avec John, mais la dernière fois, il n'est même pas venu.

– Il n'est pas venu à notre réunion du 6 non plus, dit John. Il m'a fait perdre une heure, sans parler de tout le temps que j'ai perdu pour faire en bus l'aller-retour.

– Il est venu chez vous ? demandai-je à Alan.

– Absolument, dit Alan. Il venait environ une fois par semaine. Parfois il me donnait un coup de main pour nettoyer la cuisine. On parlait des progrès de sa thèse, des choses comme ça.

– Alors il faut l'appeler, dit Ralph à son fils.

– J'ai eu pas mal de choses à faire, dit John. D'ailleurs, Hoffman n'avait pas le téléphone. Il habitait une petite chambre quelque part en ville et, pour lui téléphoner, il fallait passer par sa logeuse. Non pas que je l'aie jamais appelé. » Il me regarda. « Hoffman donnait des cours au lycée d'une petite ville des environs. Il a mis un peu d'argent de côté et est venu ici poursuivre ses études avec Alan. Il avait au moins trente ans.

– Est-ce que des étudiants de cet âge disparaissent comme ça ?

– De temps en temps, ils partent en catimini.

– Ça n'est pas le style de Grant Hoffman, protesta Alan.

– Je n'ai pas envie de perdre mon temps à m'inquiéter de Grant Hoffman. Les gens s'en seraient aperçus, s'il avait été renversé par un bus ou s'il avait décidé de changer de nom et de partir pour Las Vegas. »

La porte s'ouvrit. Appelez-moi-Joyce fit entrer dans la chapelle un groupe d'hommes en costumes gris ou bleus très classiques. Au bout d'un moment, quelques femmes, elles aussi vêtues de sombre, mais plus jeunes que les hommes, apparurent au milieu d'eux. Ces nouveaux arrivants se dirigèrent vers John qui les conduisit jusqu'à ses parents.

Je m'assis sur une chaise au bord de l'allée. Ralph et un des courtiers plus âgés, un homme aux cheveux à peine moins grisonnants que les siens, se glissèrent dans un coin de la grande salle et se mirent à parler à voix basse.

Un déclic : la porte s'ouvrit encore une fois. En me retournant, je vis entrer Paul Fontaine et Michael Hogan. Fontaine avait une sacoche marron délabrée un peu trop grande pour être qualifiée de porte-documents. Hogan et lui s'installèrent chacun d'un côté de la salle. Cette autorité naturelle qui distinguait Michael Hogan émanait de lui comme une aura : la plupart des assistants, surtout les femmes, jetèrent un coup d'œil dans sa direction. Les grands acteurs aussi, j'imagine, ont ce don d'attirer automatiquement l'attention sur eux. Et Hogan avait le bonheur d'avoir un peu l'air d'un acteur sans paraître le moins du monde théâtral : une beauté profondément virile, qui respirait la confiance, la solidité, l'honnêteté et une intelligence impitoyable. Un physique que les autres hommes trouvaient rassurant et non pas menaçant. Hogan s'en alla vers le fond de la salle sous les regards approbateurs des gens venus pleurer April. Il était de ces personnages qu'une génération précédente d'acteurs avaient incarnés à l'écran : j'étais content qu'on lui eût confié le dossier d'April.

Moins voyant, Fontaine se servit du café et vint s'asseoir auprès de moi. Il posa sa sacoche entre ses jambes.

« Je vous rencontre dans de drôles d'endroits », dit-il.

Je ne lui fis pas remarquer que j'aurais pu en dire autant.

« Les propos que vous tenez, à ce qu'on me dit... » Il soupira. « S'il y a une chose que le policier ordinaire déteste, c'est un civil qui a une grande gueule.

– J'ai eu tort ?

– Ne tentez pas le diable. » Il se pencha vers moi. Les poches qu'il avait sous les yeux étaient un peu moins violacées. « A votre avis, à quelle heure votre ami Ransom est-il rentré de l'hôpital mercredi matin ?

– Vous voulez vérifier son alibi ?

– Je ferais aussi bien. » Il sourit. « Hogan et moi représentons la police dans ce grand show de la municipalité. »

An, les flics, et l'humour des flics.

Il remarqua ma réaction à sa plaisanterie et dit :

« Allons, allons, vous ne savez donc pas ce qui va se passer ici ?

– Si vous voulez me poser des questions, vous pouvez m'emmener à votre bureau.

– Voyons, voyons. Vous vous rappelez ce service que vous m'avez demandé de vous rendre ?

– Le numéro minéralogique perdu ?

– Non, l'autre. » Il ouvrit brièvement sa serviette au cuir éraillé pour me montrer une épaisse liasse de feuillets dactylographiés et manuscrits.

« Le dossier Blue Rose ? »

Il acquiesça, en souriant comme un gros chat.

Je tendis la main, mais il remit sa serviette entre ses jambes. « Vous alliez me dire à quelle heure votre ami est rentré mercredi matin.

– Huit heures, dis-je. Il faut une vingtaine de minutes pour revenir à pied de l'hôpital. Je croyais vous avoir entendu dire que ça allait être difficile à trouver.

– Tous ces papiers étaient posés par-dessus un dossier dans le sous-sol des archives. Quelqu'un d'autre a été curieux et n'a pas pris la peine de le remettre en place.

– Vous ne voulez pas le lire d'abord ?

– J'ai tout photographié, dit-il. Rendez-le-moi dès que vous pourrez.

– Pourquoi faites-vous ça pour moi ? »

Il me sourit. Un drôle de sourire, son visage n'avait pas l'air de bouger. « Vous avez écrit ce livre stupide que mon sergent adore. Et peut-être après tout il y a quelque chose dans cette idée ridicule.

– Vous trouvez ridicule de penser que les nouveaux meurtres de Blue Rose ont un rapport avec les anciens ?

– Bien sûr, que c'est ridicule. « Il se pencha sur sa serviette. « Au fait, ça vous ennuierait de ne plus essayer de rendre service devant les caméras ? Pour le public, Mrs. Ransom a été une des victimes de Walter. L'homme de Livermore Avenue aussi.

– On ne l'a toujours pas identifié ?

– C'est exact, dit Fontaine. Pourquoi ?

– Avez-vous jamais entendu parler d'un étudiant de John qui a disparu, un nommé Grant Hoffman ?

– Non. Depuis combien de temps a-t-il disparu ?

– Une quinzaine, je crois. Il n'est pas venu à un rendez-vous qu'il avait avec John.

– Et vous pensez qu'il pourrait être notre victime ? »

Je haussai les épaules.

« Quand était le rendez-vous auquel il n'est pas venu, vous le savez ?

– Je crois que c'était le 6.

– C'est le lendemain du jour où on a découvert le corps. »

Fontaine jeta un coup d'œil à Michael Hogan qui bavardait avec les parents de John. Le visage tourné vers l'inspecteur, Marjorie buvait chacune de ses paroles. On aurait dit une jeune fille à un bal.

« Sauriez-vous par hasard quel âge avait cet étudiant ?

– Dans les trente ans », dis-je. J'essayai de m'intéresser à l'effet que faisait Michael Hogan à la mère de John. « Il préparait une thèse.

– Après la cérémonie, peut-être que nous pourrions... » Il s'interrompit et se leva. Il me donna une tape sur l'épaule. « Rendez-moi le dossier d'ici un jour ou deux. »

Il passa devant la rangée de chaises vides et s'approcha de Michael Hogan. Les deux policiers s'écartèrent des Ransom et firent quelques pas. Hogan leva les yeux : il me regarda pendant une longue seconde et je sentis tout le poids de son extraordinaire concentration, puis il regarda John. Je sentais encore l'impact de son attention. Fascinée, Marjorie Ransom contemplait toujours l'inspecteur. Ralph l'entraîna doucement vers le courtier aux cheveux gris. Même alors, elle tourna la tête, pour l'apercevoir par-dessus son épaule. Je comprenais ce qu'elle éprouvait.

Quelqu'un planté derrière moi dit : « Pardonnez-moi, vous êtes bien Tim Underhill ? »

J'aperçus un homme trapu. Dans les trente-cinq ans. Lunettes noires. Costume d'été bleu marine. Son large visage affable exprimait l'expectative.

J'acquiesçai.

« Je suis Dick Mueller... de chez Barnett. Vous vous rappelez, nous nous sommes parlé au téléphone. Je voulais vous remercier de votre conseil. A peine la presse a-t-elle appris la chose pour moi et, ah, vous savez... les journalistes sont devenus fous. Mais comme vous m'aviez prévenu de ce qui allait se passer, j'ai pu trouver un moyen d'entrer dans le bureau et d'en sortir. »

Il s'assit devant moi, souriant déjà de plaisir, en pensant à une histoire qu'il allait me raconter. La porte s'ouvrit de nouveau. En tournant la tête, je vis Tom Pasmore se glisser dans la chapelle derrière un jeune homme en jeans et blouson noir. Le jeune homme était presque aussi pâle que Tom, mais ses épais cheveux bruns et ses gros sourcils noirs faisaient flamboyer ses grands yeux. A peine entré dans la salle, il fixa son regard sur le cercueil. Tom me fit un petit signe de la main et s'éloigna vers le côté de la salle.

« Vous savez ce que je dois supporter pour aller à mon bureau ? » demanda Mueller.

J'avais envie de me débarrasser de lui pour pouvoir parler à Tom Pasmore.

« J'ai demandé à Ross Barnett s'il voulait bien me... »

J'interrompis le récit de Comment-J'arrive-à-mon-bureau. « Est-ce que Mr. Barnett devait envoyer April Ransom à San Francisco pour ouvrir une succursale, un projet d'association avec une autre maison de courtage ? »

Il tressaillit. Ses yeux étaient grands ouverts derrière les gros verres de ses lunettes. « Quelqu'un vous a raconté ça ?

– Pas exactement, dis-je. C'était plutôt un bruit qui courait.

– Eh bien, il a en effet été question voilà quelque temps d'ouvrir un bureau à San Francisco. » Il avait l'air soucieux maintenant.

« Ça n'était pas ce que vous vouliez dire en parlant du “ contrat du Pont ” ?

– Le contrat du Pont ? » Puis, d'un ton plus aigu : « Le contrat du Pont ?

– Vous m'aviez demandé de dire à votre secrétaire... »

Il eut un grand sourire. « Oh, vous voulez parler du projet de pont ? Oui. Pour que je me rappelle qui vous étiez. Vous avez pensé que je voulais parler du pont du Golden Gate ?

– A cause d'April Ransom.

– Ah, je vois. Non, ça n'était pas du tout ça. Je parlais du pont d'Horatio Street. Ici, en ville. April était passionnée d'histoire locale.

– Elle écrivait quelque chose à propos de ça ? »

Il secoua la tête. « Tout ce que je sais, c'est qu'elle appelait ça le projet du Pont. Mais, il faut que je vous raconte. Ross – il regarda de côté et pencha la tête vers l'homme cossu aux cheveux gris qui discutait tout à l'heure avec Ralph Ransom – Ross a mis au point ce formidable petit plan. » Muller se mit à me parler d'une histoire compliquée : il entrait par la boutique de Palmer Street, descendait au sous-sol, prenait un escalier de service jusqu'au troisième étage où il pouvait pénétrer dans le bureau des secrétaires de chez Barnett.

« Très astucieux », fis-je. Il fallait bien dire quelque chose. Mueller était de ces gens qui s'imposaient à quiconque voulait bien écouter ce qui les passionnait. J'essayai d'imaginer ses rencontres avec Walter Dragonette : Mueller pérorant à propos d'obligations. Walter assis en face de lui, hébété, se demandant quel effet ferait cette grosse tête de professeur sur une clayette de son réfrigérateur.

« April Ransom doit vous manquer », dis-je.

Il se carra sur son siège. « Oh, je pense bien. Elle jouait un grand rôle au bureau. C'était une sorte de vedette.

– Comment était-elle, personnellement ? Comment la décririez-vous ? »

Il fronça les lèvres et jeta un coup d'œil en direction de son patron. « April travaillait plus dur que n'importe qui. Elle était intelligente, elle avait une mémoire stupéfiante et passait des heures au bureau. Une énergie incroyable.

– Les gens l'aimaient bien ? »

Il haussa les épaules. « Ross l'aimait certainement bien.

– On a l'impression qu'il y a quelque chose que vous ne dites pas.

– Oh, je ne sais pas. » Nouveau regard de Mueller vers son patron. « C'est le genre de personne qui fonce toujours à cent à l'heure. Si vous n'alliez pas à la même vitesse, tant pis pour vous.

– Avez-vous jamais entendu dire qu'elle songeait à s'arrêter de travailler pour avoir un bébé ?

– Elle, s'arrêter ? Pour faire des bébés ? » Mueller plaqua une main grassouillette sur sa bouche et regarda autour de lui pour voir si on avait remarqué son rire étouffé. Il portait une bague un peu rosée ornée d'un petit brillant et un gros anneau de collège avec des lettres en relief. Des bourrelets de graisse encerclaient les deux bagues.

« On pourrait dire qu'elle était agressive, reprit-il. Ce n'est pas une critique. Nous sommes censés être agressifs. » Il essaya pendant une seconde de prendre un air terriblement agressif : il ne réussit qu'à paraître un peu sournois.

Pendant que nous parlions, les gens étaient arrivés par deux et par trois : environ les trois quarts des places étaient occupés. Je reconnus, pour les avoir vus à la télévision, quelques-uns des voisins de John. Quand Mueller se leva, je quittai ma chaise et emportai la lourde sacoche au fond de la salle où Tom Pasmore buvait un gobelet de café.

« Je ne pensais pas que vous viendriez, dis-je.

– Je n'ai généralement pas l'occasion de jeter un coup d'œil à mes meurtriers, dit-il.

– Vous croyez que l'assassin d'April est ici ? » Je promenai mon regard sur l'assemblée de courtiers et d'universitaires. Dick Mueller s'était rapproché de Ross Barnett. Ce dernier secouait furieusement la tête : il niait sans doute avoir jamais eu l'intention d'envoyer April où que ce soit. On ne sait jamais ce qui pourra être utile : je m'approchai donc et pris mon calepin pour noter une phrase à propos d'un courtier en valeurs si mauvais qu'il se servait de sa bague de collège pour obtenir la clientèle de gens qui avaient fréquenté le même établissement. Un ensemble de lettres et de chiffres occupait déjà la dernière page et il me fallut un moment pour me rappeler ce qu'ils représentaient. Tom Pasmore me souriait. Je remis le carnet dans ma poche.

« A mon avis, il y a de bonnes chances. » Il regarda la serviette posée entre mes jambes. « Les dossiers Blue Rose ne seraient pas là-dedans par hasard ?

– Comment l'avez-vous deviné ? »

Il se pencha et ramassa la serviette pour me montrer les initiales dorées à demi effacées poinçonnées juste au-dessous du fermoir : W.D.

Fontaine m'avait donné la propre serviette de William Damrosch : il l'utilisait sans doute comme valise quand il partait en voyage et comme porte-documents en ville.

« Ça vous ennuierait d'apporter ça ce soir chez moi pour que je puisse faire des copies ?

– Vous avez une photocopieuse ? » Comme Lamont von Heilitz, Tom donnait l'impression de résister au progrès technologique.

« J'ai même des ordinateurs. »

Je pensais qu'il plaisantait : je n'étais même pas sûr qu'il utilisait une machine à écrire électrique.

« Ils sont en haut. De nos jours, la plupart de mes informations m'arrivent par le modem. » La surprise qu'il lut sur mon visage le fit sourire. Il leva la main droite. « Parole d'honneur. Je suis un mordu de l'informatique. J'ai des terminaux dans toute la maison.

– Pouvez-vous trouver le nom de quelqu'un à partir du numéro minéralogique de sa voiture ? »

Il hocha la tête. « Quelquefois. » Il me regarda d'un air songeur. « Pas dans tous les États.

– Je pense à une plaque de l'Illinois.

– Pas de problème. »

Je lui parlai du numéro d'immatriculation sur le bout de papier que je croyais avoir donné à Paul Fontaine. A l'avant de la salle, le jeune homme qui était entré derrière Tom s'éloigna du cercueil d'April Ransom et fit un grand détour pour éviter John. Celui-ci lui tournait le dos, soit par hasard, soit intentionnellement. La musique devint plus forte. Mr. Trott apparut par une porte blanche que je n'avais pas remarquée et ferma le cercueil. Au même instant, tous les assistants se retournèrent : les grandes portes au fond de la chapelle s'ouvrirent devant deux hommes d'une soixantaine d'années. L'un d'eux, solide comme un bœuf, arborait sur la poitrine de son uniforme de policier une rangée de décorations digne d'un général russe. L'autre avait un brassard noir sur la manche de son costume gris anthracite. Ses cheveux, aussi argentés que ceux de Ralph Ransom, étaient plus drus, presque en broussaille. Ce devait être le pasteur.

Isobel Archer et son équipe s'engouffrèrent dans la salle, suivis d'une douzaine d'autres journalistes. Isobel fit arrêter ses gens à moins de deux mètres de Tom Pasmore et de moi. Les autres reporters s'alignèrent sur les côtés, griffonnant déjà dans leur calepin et parlant dans leur magnétophone. Le grand gaillard aux cheveux argentés s'avança jusqu'à Ross Barnett et lui murmura quelque chose.

« Qui est-ce ? demandai-je à Tom.

– Vous ne connaissez pas Merlin Waterford ? Notre maire ? »

L'homme en uniforme qui était arrivé avec lui serra énergiquement la main de John et l'entraîna au premier rang. Des éclairs jaillirent, éblouissants. La musique s'arrêta. Le pâle jeune homme en veste noire se cogna à une rangée de genoux tout en s'efforçant de trouver une place. Isobel Archer brandit un micro devant elle et se mit à parler devant la caméra et les projecteurs. John se pencha en avant et s'enfouit le visage dans ses mains.

« Mesdames et messieurs, vous qui êtes venus comme nous rendre un dernier hommage à April Ransom. » Le maire s'était installé derrière l'estrade. La lumière blanche faisait étinceler ses cheveux. Briller ses dents. Il avait la peau de la couleur d'une plage des Caraïbes. « Il y a quelques semaines, j'ai eu le plaisir d'assister au dîner au cours duquel une brillante jeune femme a reçu le prix de l'Association de la communauté financière. J'ai été témoin du respect que lui manifestaient ses pairs et j'ai partagé l'orgueil justifié qu'elle éprouvait à recevoir cette récompense. April Ransom connaissait à fond la finance. Son intégrité, son humanité et son dévouement au bien de notre communauté ont été une inspiration pour nous tous ce soir-là. Elle était devant nous, ses amis et ses collègues, brillant exemple de tout ce que j'ai essayé d'encourager et de représenter au cours des trois mandats pendant lesquels j'ai eu le privilège de servir comme maire de cette belle ville. » Pour qui aimait ce genre-là, le maire était un excellent orateur. Il prenait l'engagement, en fait, il allait jusqu'à faire la promesse que jamais ne le quitterait le souvenir de la personnalité et des accomplissements d'April Ransom : il penserait à elle tout en travaillant jour et nuit pour le bien de chaque citoyen de Millhaven. Il allait consacrer tout le temps qui lui restait...

Cela continua pendant un bon quart d'heure. Puis le chef de la police, Arden Vass, s'avança d'un pas conquérant jusqu'au micro. Il fronça les sourcils et tira de la poche intérieure de sa veste trois feuilles de papier pliées. Les feuillets craquèrent tandis qu'il les aplatissait du poing sur le pupitre. Je constatai qu'en fait il ne fronçait pas les sourcils. C'était simplement son expression habituelle. Il tira une paire de lunettes à monture métallique d'une poche située sous les rangées de décorations et les plaqua sur son visage.

« Je ne sais pas pontifier comme mon ami le maire », déclara-t-il. Sa voix rauque, qui sonnait comme des coups de matraque, assenait chacune de ses brèves phrases avant de passer à la suivante. Nous avions un formidable service de police. Chaque homme – et chaque femme – de ce département était un vrai professionnel. C'était pourquoi notre taux de criminalité était un des plus bas du pays. Nos inspecteurs avaient récemment appréhendé un des pires criminels qu'on ait jamais connus. Cet homme était maintenant sous bonne garde, attendant un acte d'accusation détaillé et ensuite le procès. La femme dont nous célébrions aujourd'hui l'existence comprendrait l'importance d'une coopération entre la communauté et les hommes courageux qui risquaient leur vie pour nous protéger. C'était cela le Millhaven représenté par April Ransom. Je n'ai rien d'autre à dire. Je vous remercie.

Vass s'éloigna du pupitre et descendit d'un pas pesant vers le premier rang. Pendant une seconde, tous restèrent figés dans l'incertitude, les yeux fixés sur l'estrade vide, les fleurs décolorées par les projecteurs. Puis les lumières s'éteignirent.

4

Les collègues d'April avançaient en groupe compact vers le parking. Le pâle jeune homme en veste noire avait disparu. En bas de la pelouse, Isobel et son équipe démarraient et le corbillard s'approchait déjà du panneau de stop au bout de la rue. Les voisins de John, plantés devant une longue file de voitures garées le long du trottoir d'en face, regardaient avec envie Isobel et les fonctionnaires municipaux s'éloigner sans problème.

Pétrifié de rage, John Ransom attendait avec ses parents en haut des marches. Fontaine et Hogan se tenaient à quelques mètres de Tom Pasmore et de moi : ils notaient tout, en vrais flics. Je croyais pouvoir déceler sur le visage de Hogan une nouvelle couche d'impassibilité mêlée d'ironie : on devinait ce qu'il avait pensé des discours ridiculement suffisants de ses supérieurs. Il prononça quelques mots sans paraître remuer les lèvres : on aurait dit un collégien lançant une remarque mordante sur son professeur. Je sus alors que j'avais raison. Hogan s'aperçut que je le regardais : une lueur d'amusement passa brièvement dans ses yeux. Il savait ce que j'avais vu. Il savait que j'étais d'accord avec lui. Fontaine le quitta et traversa la pelouse d'un pas vif, se dirigeant vers les Ransom. Je m'adressai à Tom :

« Vous venez avec nous au crématorium ? »

Il secoua la tête. Éclairé par le soleil, son visage avait retrouvé son aspect parcheminé et je me demandai s'il s'était même couché. « Qu'est-ce que ce policier demande à John ? me dit-il.

– Il veut probablement voir s'il peut identifier la victime de Livermore Avenue. »

Je voyais presque tourner les rouages de son esprit. « Dites-m'en davantage. »

Je parlai à Tom de Grant Hoffman et son visage retrouva quelque couleur.

« Vous voulez venir ?

– Je pense qu'Alan Brookner devrait venir aussi. » Je regardai alentour. Je m'aperçus que je n'avais pas encore vu Alan.

« Passez dès que vous pourrez vous libérer. Je veux que vous me racontiez ce qui se passe à la morgue. »

La grande porte s'ouvrit et se referma derrière nous. Appuyé au bras de Joyce Brophy, Alan Brookner s'avançait lentement dans la lumière. Joyce me fit signe : « Professeur Underhill, peut-être voudrez-vous bien accompagner le professeur Brookner à la voiture pour que nous puissions faire démarrer le cortège. Il y a des horaires à respecter ici aussi, comme partout ailleurs : nous sommes prévus pour deux heures trente. Peut-être pouvez-vous installer le professeur Ransom et sa famille ? »

Alan me prit par le bras. Je lui demandai comment il allait.

« Je suis toujours sur mes pieds, mon garçon. »

Nous nous dirigeâmes vers les Ransom.

Paul Fontaine vint nous rejoindre et dit : « Quatre heures trente ?

– D'accord, fis-je. Vous voulez qu'Alan vienne aussi ?

– S'il peut.

– Je peux me rendre à tout ce que vous pourrez organiser, dit Alan sans regarder l'inspecteur. On passe à la morgue ?

– Oui. C'est à un bloc d'Armory Place, sur...

– Je saurai me débrouiller », dit Alan.

Le corbillard tourna le coin et vint se garer devant la Pontiac. Deux voitures pleines de gens d'Ely Place complétaient le cortège.

« J'ai trouvé que le maire avait fait un très beau discours, dit Marjorie.

– Un homme impressionnant », renchérit Ralph.

Nous arrivâmes au bas des marches. Alan dégagea son bras. « Il y a trente-cinq ans, Merlin était un de mes étudiants. » Marjorie lui fit un sourire rayonnant. « C'était un crétin.

– Oh ? » piailla Marjorie. Ralph lui ouvrit la portière arrière et elle se glissa sur la banquette.

John et moi montâmes à l'avant. « On a fait de l'enterrement de ma femme une démonstration de matériel hi-fi, grommela-t-il. Je suis sûr que cinquante pour cent de la cérémonie est sponsorisée. » Je montai dans la voiture où tout le monde se taisait pour suivre le corbillard jusqu'au crématorium.

5

« Pourquoi faut-il que tu ailles à la morgue ? Je ne vois vraiment pas pourquoi.

– Moi non plus, Papa.

– Tout cela est ridicule, déclara Marjorie.

– Les policiers qui assistaient au service ont dû entendre quelque chose, dit John.

– Entendre quoi ?

– Quelque chose à propos de cet étudiant disparu.

– Ils n'ont rien entendu du tout, fis-je. C'est moi qui ai parlé de cet étudiant à Paul Fontaine. »

Au bout d'une seconde de silence, John dit : « Tu as bien fait.

– A quoi ça rime ? demanda Ralph.

– Il y a à la morgue un cadavre non identifié. Il pourrait avoir un rapport avec l'affaire d'April. »

Marjorie et Ralph se turent, bouleversés.

« L'étudiant disparu pourrait être la personne dont le corps est à la morgue.

– Oh ! mon Dieu, dit Ralph.
– Bien sûr que ce n'est pas lui, fit Marjorie. Ce garçon a simplement abandonné ses études, voilà tout.
– Grant ne ferait pas cela, dit Alan.
– Autant que j'aille à la morgue, si c'est ce que veulent les flics, dit John.
– Je vais y aller, dit Alan. John n'a pas besoin de venir.
– Fontaine veut que j'y sois. Vous, Alan, vous n'y êtes pas obligé.
– Si, j'irai », déclara Alan.
Pas d'autre conversation avant que je m'arrête devant la maison de John. Les Ransom descendirent. Comme Alan restait à la place du passager, John se pencha vers lui. « Vous n'entrez pas, Alan ?
– Tim va me raccompagner. »
John réussit à s'extraire de la voiture. Sa mère zigzaguait sur la pelouse pour ramasser les détritus.

6

Alan effectua pesamment la traversée du trottoir. De l'herbe fauchée brillait sur la pelouse. Nous entrâmes dans la maison. Un instant, il se retourna, fixa sur moi un regard voilé, hésitant. Mon cœur se serra. Il avait oublié ce qu'il avait prévu de faire ensuite. Pour cacher sa confusion, il se détourna et passa dans le vestibule.
Il s'arrêta juste à l'entrée du salon. On avait ouvert les rideaux. Le bois luisait et l'air sentait l'encaustique. Des piles de courrier bien rangées, essentiellement des catalogues et de la publicité, s'alignaient sur la table basse.
« Ah, oui », fit Alan. Il s'assit sur le canapé, s'adossant au cuir marron. « Le service du nettoyage. » Il parcourut des yeux la pièce étincelante. « J'imagine que personne ne va revenir ici. » Il s'éclaircit la voix. « Je croyais que les gens venaient toujours à la maison après un enterrement. »
Il avait oublié que sa fille habitait ailleurs.

Je m'assis dans un gros fauteuil capitonné.

Alan croisa les bras sur sa poitrine et fixa les fenêtres. Un moment je vis une émotion fugitive briller dans ses yeux. Puis il les referma et s'endormit. Sa respiration devint régulière. Au bout d'une minute ou deux, il rouvrit les yeux. « Tiens, Tim, fit-il. Bon.

– Vous tenez toujours à aller à la morgue ? »

Il parut déconcerté, mais juste un instant. « Je pense bien. Je connaissais ce garçon mieux que John. » Il sourit. « Je lui ai donné certains de mes vieux vêtements : quelques costumes devenus trop grands pour moi. Ce garçon avait économisé assez pour pouvoir payer ses cours et un loyer, mais il ne lui restait pas grand-chose après. »

Des pas lourds descendirent l'escalier. La personne qui se trouvait dans la maison s'engagea dans le vestibule. Alan me dévisagea d'un air surpris. Je me levai et me dirigeai vers l'entrée du salon. Une robuste femme en pantalon noir et T-shirt de l'Université d'Illinois s'avançait vers mois, traînant derrière elle un aspirateur.

« Je dois dire que de toute ma vie je n'avais jamais fait un boulot pareil. L'autre fille est rentrée chez elle, alors j'ai fini toute seule. » Elle me considéra comme si j'étais un peu responsable de l'état de la maison. « Ça fait six heures.

– Vous avez fait du très bon travail.

– Vous pouvez le dire. » Elle laissa tomber le tuyau de l'aspirateur et s'adossa pesamment à la moulure pour regarder Alan. « Vous n'êtes pas un homme très soigné, Mr. Brookner.

– Je me suis trouvé dépassé.

– Il va falloir faire des progrès si vous voulez que je revienne.

– Les choses s'arrangent déjà, dis-je. Une infirmière privée va venir tous les jours. »

Elle pencha la tête de côté et m'observa un moment d'un air songeur. « Il me faut cent vingt dollars. »

Alan fouilla dans une poche de son costume et en tira une poignée de billets de vingt. Il en compta six et se leva pour les donner à la femme de ménage.

« Vous êtes vraiment un type extraordinaire, Mr. Brookner. » Elle glissa les billets dans une poche. « Ce qui m'arrange le mieux, c'est le jeudi.

– Parfait », dit Alan.

La femme de ménage ramassa le tuyau de l'aspirateur et quitta la pièce. Puis elle traîna l'engin dans le vestibule. « Vous vouliez que je fasse quelque chose avec ces fleurs ? »

Alan la regarda sans comprendre.

« Je ne sais pas, vous les avez mises dans l'eau ? »

Alan resta bouche bée. « Où sont les fleurs ?

– Dans la cuisine.

– Les gerbes, ça n'a pas besoin d'eau.

– Comme vous voulez. » L'aspirateur s'éloigna dans l'entrée en cahotant. Une porte s'ouvrit et se ferma. Quelques minutes plus tard, la femme revint et je la raccompagnai jusqu'à la porte. Elle n'arrêtait pas de me lancer de petits coups d'œil. Quand je lui ouvris, elle dit : « Il doit être comme le Dr. Jeckel et Mr. Heckel, ou quelque chose comme ça. »

Alan arrivait dans le vestibule avec une couronne d'œillets blancs et de roses jaunes. « Vous connaissez Flory Park, n'est-ce pas ?

– J'ai grandi dans un autre quartier de la ville, dis-je.

– Alors je vais vous expliquer comment y aller. » Il posa la couronne le long du mur. « Je pense que vous pourrez trouver le lac. C'est plein est. »

Nous sortîmes sur le perron. « L'est est sur votre droite, expliqua Alan.

– Bien, monsieur », dis-je.

Il descendit l'allée et traversa le trottoir jusqu'à la Pontiac. Il s'installa à la place du passager, serrant contre sa poitrine la grande couronne.

Suivant les instructions d'Alan, je pris au nord sur Eastern Shore Drive. Je lui demandai s'il cherchait la petite plage en bas des falaises.

« C'est Bunch Park. April n'y allait pas souvent. Trop de monde. »

Il serrait toujours la gerbe contre lui. Au bout de quinze à vingt kilomètres, nous arrivâmes à Riverwood.

La route n'avait plus que deux voies. Elle se divisait en deux branches, l'une tournant à l'ouest, l'autre continuant vers le nord pour s'enfoncer dans une forêt de pins parsemée de grandes maisons modernes. Alan me dit d'aller tout droit. Au carrefour suivant, nous prîmes à droite. La voiture avançait dans une ombre épaisse.

Des lettres orange un peu écaillées sur un panneau de bois annonçaient FLORY PARK. La longue allée débouchait sur un parking circulaire où quelques Jeep et Range Rover étaient garées devant une haie d'arbres. « Un des plus beaux parcs du pays, dit Alan, et personne ne sait qu'il existe. »

Il s'extirpa de la voiture. « Par ici. » De l'autre côté du parking, il enjamba la petite barrière de ciment et traversa la pelouse jusqu'à un étroit sentier. « Je suis déjà venu ici une fois. April était à l'école primaire. »

Je lui demandai s'il voulait que je porte les fleurs.

« Non. »

Le sentier traversait un bouquet de pins et de bouleaux. Je marchai devant Alan, écartant çà et là des branches sur son passage. Il n'était pas essoufflé et avançait d'un bon pas de marcheur. Nous débouchâmes sur une vaste clairière qui se terminait par un petit monticule. De là-haut, j'apercevais les faîtes d'autres arbres et, plus loin, la longue étendue bleue du lac. Il faisait très chaud. La sueur trempait ma chemise. Je m'épongeai le front. « Alan, dis-je, je ne vais peut-être pas pouvoir aller plus loin.

– Pourquoi ?

– J'ai des problèmes dans des endroits comme ça. »

Il me regarda en fronçant les sourcils, essayant de comprendre ce que je voulais dire. Je fis un pas hésitant en avant. Aussitôt des mines jaillirent de la terre devant nous et firent sauter des hommes vers le ciel. Du sang jaillissait de là où étaient autrefois leurs jambes.

« Quel genre de problème ?

– Les terrains découverts me rendent nerveux.

– Pourquoi ne fermez-vous pas les yeux ? »

J'obéis. De petites silhouettes en vêtements noirs glissaient parmi les arbres. D'autres rampaient jusqu'au bord de la clairière.

« Est-ce que je peux faire quelque chose ?
– Je ne pense pas.
– Alors, j'imagine qu'il va falloir vous débrouiller tout seul. »

Deux adolescents en costume de bain émergèrent des arbres et nous dépassèrent. Ils nous jetèrent un coup d'œil par-dessus leur épaule en traversant la clairière pour gagner le monticule.

« Vous avez besoin de moi ?
– Oui.
– Alors, allons-y. » Je fis encore un pas en avant. Les petits hommes en noir s'approchaient de la ligne des arbres. J'avais le corps ruisselant de sueur.

« Je m'en vais marcher devant, déclara Alan. Regardez mes pieds et mettez vos pas dans les miens. D'accord ? »

J'acquiesçai. J'avais la bouche cotonneuse. Alan passa devant moi. « Ne regardez que mes pieds. »

Il fit un pas en avant, laissant sur le sol poussiéreux l'empreinte bien nette de sa chaussure. Je posai le pied droit juste dessus. Il fit encore un pas. Je le suivis. J'avais des picotements dans le dos. Je m'aperçus que le sentier commençait à monter sous mes pieds.

Les petites empreintes régulières d'Alan m'entraînaient. Il finit par s'arrêter.

« Vous pouvez regarder maintenant ? » demanda-t-il.

Nous étions au sommet de la colline. Devant nous, un chemin presque invisible descendait une pente boisée. La branche principale allait jusqu'à un escalier de fer conduisant, tout en bas, à une plage de sable blanc éblouissant et à l'eau calme et bleue. Au loin, sur le lac, des voiliers décrivaient des boucles nonchalantes. « Finissons-en », dis-je. Je descendis l'autre versant de la colline vers l'abri des arbres.

Je m'étais à peine engagé sur la branche principale du chemin qu'Alan cria : « Où allez-vous ? »

Je désignai l'escalier de fer et la plage.

« Par ici », dit-il en désignant l'autre côté.

Je le suivis. « Vous pourriez, dit-il, me porter ça un moment ? »

Je tendis les bras. La gerbe était plus lourde que je ne m'y attendais. Les tiges des roses s'enfonçaient dans mes bras.

« Quand elle était enfant, April prenait un livre et quelque chose à manger pour aller passer des heures dans un petit bois au bout de ce sentier. C'était son endroit préféré. »

Le chemin disparut : il se perdait au milieu de larges saillies rocheuses entre les arbres. Des trouées de lumière filtraient sur la pierre. Des hêtres et des érables poussaient parmi les plaques de schiste. Alan finit par s'arrêter devant un entassement de rochers. « Je ne peux pas monter ça tout seul. »

Sans la gerbe, ç'aurait été facile. Elle compliquait un peu les choses. Il fallait la porter et hisser Alan Brookner en même temps avec ma main libre. Seul et sans fardeau, j'aurais pu le faire en cinq minutes. Même pas. Trois minutes. Alan et moi y passâmes plus d'un quart d'heure. A l'arrivée, j'avais mon blouson trempé de sueur et une fermeture à glissière déchirée pendait du tissu.

Je m'agenouillai sur une dalle rocheuse. J'ôtai de mon épaule la gerbe et je regardai Alan qui s'efforçait de me rejoindre. Je le pris par le poignet et le tirai vers moi jusqu'au moment où il put saisir le col de mon blouson. Il se cramponnait comme un singe tandis que je le prenais par la taille pour le hisser sur la dalle.

« Vous voyez pourquoi j'avais besoin de vous ? » Il avait le souffle court.

Je m'essuyai le front et examinai les fleurs. Quelques fils de l'armature et quelques roses dépassaient. Une fougère vert sombre retombait comme la queue d'un chat. Je remis les roses en place et enroulai les fils de fer autour. Puis je me levai et tendis la main à Alan.

Nous marchâmes sur la surface irrégulière formée par la jonction de centaines d'énormes rochers. Il me redemanda la gerbe.

« C'est encore loin ? » demandai-je.

Alan désigna l'autre bout de la plate-forme. Un rideau d'érables rouges de cinq ou six arbres d'épaisseur se dressait devant la longue étendue bleue du lac.

Après les érables, la colline descendait en pente douce sur une dizaine de mètres. L'étroit sillon d'un sentier filait droit entre les arbres et les rochers jusqu'à une vallée. Un surplomb de granit s'avançait au milieu d'un bouquet d'érables comme la paume d'une main. Au-dessous, le soleil étincelait sur le lac. Alan me demanda une nouvelle fois la couronne.

« C'est là. » Il descendit d'un pas raide le chemin.

Au bout d'une demi-douzaine de pas, il reprit : « April venait ici pour être tranquille. » Quelques pas encore. « Elle adorait cet endroit. »

Il eut un bref frisson. « Je la vois encore. »

Il n'en dit pas davantage. Nous nous arrêtâmes sur la plaque de granit qui surplombait le lac. Je m'approchai du bord. Sur ma droite, les deux garçons qui nous avaient dépassés à l'entrée de la clairière nageaient dans un bassin profond formé par une courbe de la rive à six mètres environ au-dessous du surplomb rocheux : c'était un tremplin de plongeon naturel.

Je reculai.

« C'est l'enterrement d'April, dit Alan. Son véritable enterrement. »

J'avais l'impression d'être un intrus.

« Il faut que je lui dise adieu. »

La grandeur de son geste me frappa. Je reculai jusqu'à l'ombre des érables.

Alan s'avança lentement jusqu'au milieu de la plaque rocheuse. Le petit homme aux cheveux blancs me paraissait majestueux. Il avait dû prévoir ce moment presque dès l'instant où il avait appris la mort de sa fille.

« Mon bébé chéri », dit-il. Sa voix tremblait. Il serrait la gerbe contre sa poitrine. « April, je serai toujours ton père et tu seras toujours ma fille. Je te porterai dans mon cœur jusqu'au jour de ma mort. Je te promets que la personne qui t'a fait cela ne s'en tirera pas si facilement. Il ne me reste pas beaucoup de forces, mais cela suffira pour nous deux. Je t'aime, mon enfant. »

Il s'avança jusqu'au bord et regarda en bas. Du ton le plus doux que je lui avais jamais entendu, il dit : « Ton père te souhaite la paix. »

Alan recula d'un pas. Il balançait les fleurs dans sa main droite. Puis il recula son pied droit, prit son élan, détendit son bras en avant et lança la gerbe comme un disque. Elle plana trois ou quatre mètres puis piqua vers l'eau, tourbillonnant dans sa chute.

Les deux garçons se mirent à crier en la voyant. Ils commencèrent à nager vers l'endroit où elle allait tomber. Mais ils s'arrêtèrent en nous voyant Alan et moi plantés sur le rebord rocheux. La gerbe de fleurs heurta violemment la surface. De lumineuses éclaboussures jaillirent tout autour. Elle dansa un moment sur l'eau comme un radeau, puis commença à dériver vers le rivage. Les deux garçons repartirent vers la petite plage au pied des escaliers.

« Je suis toujours son père », déclara Alan.

7

Quand nous nous arrêtâmes devant la maison de John, seules les fentes brillant entre les paupières supérieures et les paupières inférieures d'Alan indiquaient qu'il ne dormait pas.

« Je vais attendre », annonça-t-il.

John ouvrit la porte et m'entraîna à l'intérieur. « Où étais-tu ? Tu sais quelle heure il est ? »

Ses parents étaient plantés dans le salon, nous regardant avec inquiétude.

« Alan va bien ? demanda Marjorie.

– Il est un peu fatigué, dis-je.

– Écoute, dit John, il faut que je file. Nous devrions être de retour dans une demi-heure. Ça ne peut pas prendre plus longtemps que ça. »

Ralph Ransom allait dire quelque chose, mais John me lança un regard mauvais et me poussa pratiquement dehors. Il claqua la porte et dévala le chemin, tout en boutonnant son veston.

« Mon Dieu, fit-il, le vieux s'est endormi. D'abord tu nous mets tous en retard. Ensuite tu le tires de son lit alors qu'il sait à peine qui il est.

– Il sait très bien qui il est. »

Nous montâmes dans la voiture. Au moment où je démarrais, John donna une tape sur l'épaule d'Alan. « Alan ? Ça va ?

– Et toi ? » demanda Alan.

John retira précipitamment sa main.

Je décidai de prendre le pont d'Horatio Street. Je me souvins alors d'une chose que Dick Mueller m'avait apprise.

« John, fis-je, tu ne m'avais jamais dit qu'April s'intéressait à l'histoire locale.

– Elle a fait quelques recherches ici et là. Rien de précis.

– Est-ce qu'elle ne s'intéressait pas particulièrement au pont d'Horatio Street ?

– Je n'en sais rien. »

Les petites bandes lumineuses entre les paupières d'Alan avaient disparu. Il avait le souffle lent et régulier.

« Qu'est-ce qui vous a pris si longtemps ?

– Alan a voulu aller à Flory Park.

– Qu'est-ce qu'il voulait faire là-bas ?

– April y allait souvent.

– Qu'est-ce que tu essaies de me raconter ? » Sa voix vibrait de colère.

« Il y a une plaque rocheuse qui surplombe le lac et quand April était au lycée, elle allait prendre des bains de soleil là et plonger. »

Il se détendit. « Oh, ça se pourrait.

– Alan voulait revoir l'endroit une dernière fois.

– Qu'est-ce qu'il a fait ? Il a flâné en pensant à April ?

– Quelque chose comme ça. »

Il eut un grommellement où se mêlaient l'irritation et l'envie de changer de sujet.

« John, dis-je, même après avoir entendu Walter Dragonette parler du pont d'Horatio Street, même après que nous sommes allés là-bas, tu n'as pas pensé que l'intérêt que portait April à ce pont méritait d'être évoqué ?

– Je ne savais pas grand-chose là-dessus, dit-il.

– Quoi ? marmonna Alan. Qu'est-ce qu'il y a à propos d'April ? » Il se frotta les yeux et se redressa, en clignant des paupières pour voir où nous allions.

John poussa un gémissement et détourna la tête.

« Nous parlions de certaines recherches que faisait April, dis-je.

– Ah.

– Elle ne vous en a jamais parlé ?

– April me parlait de tout. » Il attendit un moment. « Je ne me souviens plus très bien. Il était question d'un pont.

– En fait, dit John, c'était le pont juste devant nous. » Nous étions sur Horatio Street. Un bloc plus loin, on apercevait les quais de la rivière de Millhaven et les longues parois du pont.

« Est-ce qu'il n'était pas question d'un *crime* ?

– D'un crime, en effet », dit John.

Je regardai au passage le Bar de la Femme verte. Juste avant que la rembarde du pont ne la cachent à nos yeux, je vis une voiture bleue garée auprès du café. Deux cartons étaient posés à côté de la voiture et le coffre était ouvert. Puis nous traversâmes le pont dans un bruit de ferraille. Un instant plus tard, je pensai que la voiture ressemblait à la Lexus qui avait suivi John Ransom à Shady Mount. Je me penchai pour essayer de la voir dans le rétroviseur : les parois du pont me bouchaient la vue.

« Cet endroit te fascine. Comme Walter Dragonette.

– Comme April, dis-je.

– April avait une vie trop remplie pour consacrer beaucoup de temps à l'histoire locale. » Il avait dit cela d'un ton amer.

Bien avant que nous approchions d'Armory Place, des voix tonnaient sur la plaza. « *Waterford démission ! Vass démission ! Waterford démission ! Vass démission !* »

« On dirait que l'appel à l'unité n'a pas marché, dit John.

– Vous tournez ici pour aller à la morgue, précisa Alan.

8

Une rampe menait à l'entrée de la morgue du comté. Quand je m'arrêtai en bas, Paul Fontaine descendit d'une voiture banalisée et me fit signe de me garer à une place marquée RÉSERVÉ AUX VÉHICULES OFFICIELS. Il était là, toujours un peu voûté, les mains dans les poches de son costume gris. Nous avions dix minutes de retard.

« Je suis désolé, dis-je, c'est ma faute.

– Je préfère être ici qu'à Armory Place », répondit Fontaine. Il remarqua la lassitude d'Alan. « Professeur Brookner, vous pourriez vous installer dans la salle d'attente.

– Non, je ne pense pas, fit Alan.

– Alors, allons-y. » En haut de la rampe, Fontaine nous fit entrer dans une antichambre avec deux chaises en plastique de chaque côté d'un grand cendrier plein de mégots. Derrière la porte suivante, un jeune homme blond à lunettes était assis à un bureau délabré sur lequel il tambourinait avec un crayon. De grandes traces d'acné marquaient son menton.

« Teddy, annonça Fontaine, nous sommes tous ici maintenant. Je les ramènerai.

– Allez-y », dit Teddy.

Fontaine désigna l'intérieur du bâtiment. Deux rangées de tubes fluorescents poussiéreux étaient fixées au plafond. Les murs étaient peints dans le vert sombre des véhicules militaires. « Il vaut mieux que je vous prépare à ce que vous allez voir. Il ne reste pas grand-chose de son visage. » Il s'arrêta devant la quatrième porte sur la droite du couloir et regarda Alan. « Cela va peut-être vous bouleverser.

– Ne vous inquiétez pas pour moi », dit Alan.

Fontaine ouvrit la porte d'une petite pièce sans meuble ni fenêtre. Des rampes fluorescentes pendaient du plafond. Au milieu de la pièce, un corps recouvert d'un drap blanc gisait sur un chariot.

Fontaine s'approcha du cadavre. « C'est l'homme que nous avons trouvé derrière l'hôtel Saint-Alwyn. » Il replia le drap sur le haut du torse de l'homme.

Alan tressaillit. Presque tout le visage avait été découpé en bandes : on aurait dit du bacon cru. Sous les lambeaux de peau, les dents étaient étrangement saines et intactes. Une pommette faisait une tache blanche sous une orbite vide. La lèvre inférieure pendait sur le menton. De longues blessures lacéraient la chair du cou ; des plaies plus larges sur la poitrine se poursuivaient sous le drap.

Fontaine les laissa s'habituer au spectacle. « Y a-t-il quelque chose chez cet homme qui vous paraisse familier ? Je sais que ce n'est pas facile.

– Personne, dit John, ne pourrait l'identifier. Il ne reste rien.

– Professeur Brookner ?

– Ce pourrait être Grant. » Alan détourna les yeux de la table pour regarder John. « Grant avait les cheveux châtain clair comme ça.

– Alan, ça ne ressemble même pas à des cheveux.

– Professeur Brookner, êtes-vous disposé à identifier cet homme ? »

Alan examina de nouveau le corps et secoua la tête. « Je ne peux pas être affirmatif. »

Fontaine attendit de voir si Alan avait quelque chose à ajouter : « Est-ce que cela vous aiderait de voir ses vêtements ?

– J'aimerais les voir, oui. »

Fontaine recouvrit le corps avec le drap et nous le suivîmes par la porte qui donnait sur le couloir.

Nous nous trouvions dans une autre petite pièce sans fenêtre. Même disposition : Fontaine au bout d'un long chariot, nous trois devant. Des vêtements froissés et tachés de sang étaient répandus sur le plateau.

« Nous avons ici ce que le défunt portait le soir de sa mort. Une veste de coton avec une étiquette de Hatchett and Hatch, un polo vert de Banana République, un pantalon kaki du Gap, un slip de Fruit of the Loom, des chaussettes de coton marron, des mocassins marron. » Fontaine désignait tour à tour chaque article.

Le visage d'aigle d'Alan se redressa. « Une veste de coton ? Hatchett and Hatch ? C'était la mienne. C'est bien Grant. » Il était blême. « Et il m'a dit qu'il allait se payer quelques vêtements neufs avec l'argent que je lui avais donné.

– Vous avez donné de l'argent à Grant Hoffman ? demanda John. En plus des vêtements ?

– Vous êtes certain que c'était votre veste ? » insista Fontaine en prenant par les épaules la veste en lambeaux.

– J'en suis sûr, absolument », dit Alan. Il fit un pas en arrière. « Je la lui ai offerte en août dernier. Je triais de vieilles affaires. Il l'a essayée et elle lui allait. » Il porta une main à sa bouche en contemplant la veste déchiquetée.

« Vous en êtes absolument certain ? » Fontaine reposa la veste sur la table.

Alan acquiesça.

« Dans ce cas, monsieur, voudriez-vous, je vous prie, regarder une fois de plus le défunt ?

– Il l'a déjà fait, dit John d'une voix qui résonnait trop fort dans la petite pièce. Je ne vois aucune raison de soumettre une nouvelle fois mon beau-père à cette torture.

– Monsieur, reprit Fontaine ne s'adressant qu'à Alan, vous êtes certain que c'était la veste que vous avez donnée à Mr. Hoffman ?

– J'aimerais ne pas l'être », dit Alan.

John explosa. « Cet homme vient de perdre sa fille ! Comment pouvez-vous envisager de le soumettre à...

– Ça suffit, John », dit Alan. Il paraissait dix ans de plus que quand il avait lancé les fleurs dans le lac.

« Vous deux, messieurs, pouvez attendre dans le hall », dit Fontaine. Il fit le tour de la table et posa une main sur le dos d'Alan, juste sous la nuque. La douceur de son geste, toute son attitude envers Alan m'étonnaient. « Vous pouvez nous attendre dans le vestibule. »

Un technicien en pantalon blanc et T-shirt blanc arriva et s'approcha de la table. Sans nous regarder, il se mit à plier les vêtements ensanglantés pour les placer dans des sacs transparents. Comme ceux où on mettait les pièces à conviction. John leva les yeux au ciel et nous passâmes dans le hall.

« Quelle histoire », dit John. Il marchait de long en large dans le couloir. Je m'adossai à un mur. On entendait des voix étouffées venant de la pièce voisine.

« Je vous contacterai bientôt », dit Fontaine

Alan traversa le vestibule sans dire un mot ni regarder derrière lui.

« Alan ? » appela John.

Il ne s'arrêta pas.

« C'était quelqu'un d'autre, n'est-ce pas ? »

Alan passa devant Teddy et ouvrit la porte qui donnait sur l'entrée. « Tim, vous voulez bien me déposer ?

– Bien sûr », dis-je.

Alan poussa la porte et la laissa se refermer derrière lui. « Bon Dieu », fit John. Le temps d'arriver, la porte de dehors s'était aussi déjà refermée derrière Alan. Quand nous sortîmes, il était presque au bas de la rampe.

Nous le rattrapâmes. John le prit par les épaules et Alan se dégagea.

« Je suis désolé que vous ayez dû voir ça, dit John.

– Je veux rentrer chez moi.

– Bien sûr. » Nous arrivâmes à la voiture. Il ouvrit la portière au vieil homme, la referma derrière lui et monta à l'arrière. Je mis le moteur en marche. « En tout cas, dit John, c'est fini.

– Tu crois ? » demanda Alan.

Je sortis en marche arrière et me dirigeai vers Armory Place.

John se pencha et tapota l'épaule d'Alan.

« Vous avez été formidable toute la journée. Est-ce que je peux faire quelque chose pour vous maintenant ?

– Tu pourrais t'arrêter de parler, répliqua Alan.

– C'était Grant Hoffman, n'est-ce pas ? demandai-je.

– Oh, mon Dieu, fit John.

– Bien sûr que oui », dit Alan.

9

En passant devant le Bar de la Femme verte, je ralentis, mais la voiture bleue avait disparu.

« Pourquoi voudrait-on tuer Grant Hoffman ? » demanda John.

Personne ne répondit. Nous roulâmes jusqu'à sa maison dans un silence accentué plutôt que brisé par la rumeur des autres voitures et la brise légère qui soufflait par les vitres ouvertes. A Ely Place, John me dit de rentrer quand je le pourrais et descendit de voiture. Il s'arrêta un instant, se pencha vers la vitre côté passager et nous regarda, Alan et moi. Une sorte de pellicule transparente lui recouvrait les yeux comme un bouclier. « Pensez-vous que je devrais dire à mes parents que c'était Grant ? »

Alan ne broncha pas.

« Je vous suis », dis-je.

Il promit qu'il laisserait la porte ouverte et tourna les talons.

Je suivis Alan à l'intérieur de sa maison : il monta l'escalier, s'assit sur le lit et tendit ses bras comme un enfant pour que je puisse lui retirer sa veste. « Chaussures », dit-il. Je délaçai ses chaussures et les lui ôtai tandis qu'il dénouait sa cravate. Il essaya de déboutonner sa chemize, mais ses doigts n'y parvenaient pas : je dus le faire pour lui.

Il s'éclaircit bruyamment la gorge et sa grosse voix impressionnante emplit la pièce : « Est-ce qu'April était aussi abîmée que Grant ? Il faut que je sache. »

Il me fallut un moment pour comprendre. « Pas du tout. Vous l'avez vue à l'entreprise de pompes funèbres. »

Il poussa un soupir. « Ah. C'est vrai. »

Je fis glisser la chemise sur ses bras et la posai sur son lit. « Pauvre Grant. »

Je ne dis rien. Alan défit sa ceinture et se leva pour

baisser son pantalon. Il se rassit sur le lit et je l'aidai à l'ôter.

Abasourdi, comme dans une brume, il me regarda tirer de ses poches un mouchoir, des clés et des billets, et les poser sur sa table de chevet.

« Alan, savez-vous pourquoi April s'intéressait au pont de Horatio Street ?

– Ça avait un rapport avec le Vuillard de leur salon. Vous l'avez vu ? »

Je dis que oui.

« Elle prétendait qu'un des personnages du tableau lui rappelait un homme dont elle avait entendu parler. Un policier... Un policier qui s'était suicidé dans les années cinquante. Elle ne pouvait pas regarder la toile sans penser à lui. Elle a fait des recherches là-dessus : April faisait ça très bien, vous savez. » Il tassa l'oreiller sous sa tête. « Tim, il faut que je dorme un peu. »

Je me dirigeai vers la porte de la chambre et dis que je l'appellerais plus tard ce soir s'il voulait.

« Venez donc demain. »

Je crois qu'il dormait avant que je sois arrivé au pied de l'escalier.

10

Ralph et Marjorie Ransom avaient remis leur tenue de jogging noir et argent et restaient assis côte à côte sur un des canapés.

« Je suis d'accord avec John, dit Ralph. Une fine rayure et de la cotonnade foncée. C'est bien une veste en coton gaufré. Justement : toutes ces vestes se ressemblent. Hatchett and Hatch en a probablement vendu dix mille. »

A ce moment, j'arrivai dans le salon. Marjorie se pencha pour me regarder. « Vous avez vu ce pauvre garçon aussi, n'est-ce pas, Tim ? Est-ce que qu'à votre avis il ressemblait à l'étudiant de John ? »

Ralph intervint sans me laisser le temps de répondre.

« A ce stade, Alan Brookner n'aurait pas pu distinguer Frank Sinatra de Betty Grable.

– Oh, dis-je, je ne sais pas.

– Maman, lança John du pas de la porte en revenant de la cuisine avec un whisky à la main. Tim ne sait absolument pas quelle tête avait Grant Hoffman.

– C'est vrai, dis-je. Je suis un étranger ici.

– Prenons donc un verre, fiston, dit Ralph. C'est l'Heure de l'ajustement d'attitude.

– C'est ce qu'on dit à notre centre, expliqua Marjorie. L'Heure de l'ajustement d'attitude. N'est-ce pas que c'est amusant ?

– Je vais me préparer un verre à la cuisine », dis-je. Je passai derrière le canapé et examinai le Vuillard au-dessus de la tête des Ransom.

Un seul personnage de la toile, un enfant, regardait devant lui comme s'il soutenait le regard du spectateur. Tous les autres personnages, les femmes, les domestiques, les autres enfants, étaient pris dans un chatoiement de lumière. L'enfant tourné vers l'extérieur de la toile était assis tout seul sur l'herbe grasse, à quelques centimètres d'une brillante tache de lumière dorée. Il était peut-être à trois centimètres du centre du tableau : là où la silhouette d'une femme tournée vers un service à thé croisait une des branches du genévrier. Dès que je l'avais vu, il était devenu le véritable centre de la toile : un garçon grave et brun de sept ou huit ans, dont le regard malheureux mais ardent sortait à la fois de la scène et du cadre : pour me regarder, semblait-il. Il savait qu'il figurait sur un tableau dont il gardait en lui toute la signification.

« Tim n'est venu ici que pour admirer ma collection, dit John.

– Oh, c'est ravissant, fit Marjorie. Le grand tableau rouge là-bas ? »

Dans la cuisine, je me servis un verre d'eau gazeuse. Quand je revins, Ralph et Marjorie parlaient de quelque chose dont la journée avait éveillé le souvenir. Une période qui avait dû être la plus malheureuse de leur existence.

« Jamais je ne l'oublierai, dit Marjorie, j'ai cru que j'allais m'évanouir.

– Le type à la porte, fit Ralph. Mon Dieu, j'ai su ce que c'était dès que la voiture s'est arrêtée devant la maison. Il est descendu et resté là, à s'assurer que c'était la bonne adresse. Et puis l'autre, le sergent, est descendu de voiture et lui a remis le drapeau. Je ne savais pas si j'allais éclater en sanglots ou lui envoyer mon poing dans la figure.

– Puis nous avons reçu ce télégramme et c'était écrit noir sur blanc : capitaine John Ransom, des Forces spéciales, mort au champ d'honneur à Lang Vei.

– Personne ne savait où j'étais et on a pris pour moi un autre type.

– C'est ce qui s'est passé ? demandai-je.

– Quel gâchis, fit Ralph. Si vous faisiez une erreur comme ça dans les affaires, vous vous retrouveriez sur le trottoir.

– C'est surprenant qu'on n'ait pas fait davantage d'erreurs de ce genre, dis-je.

– A mon avis, John aurait dû avoir au moins une Silver Star, sinon la médaille d'honneur, déclara Ralph. Mon fiston a été un vrai héros là-bas.

– J'ai survécu, dit John.

– Ralph s'est effondré et a sangloté comme un bébé quand nous avons appris la nouvelle », dit Marjorie.

Ralph ne releva pas. « Je parle sérieusement, mon petit. Pour moi tu es un héros et je suis rudement fier de toi. » Il reposa son verre vide, se leva et s'approcha de son fils. John docilement se leva aussi et se laissa serrer dans les bras de son père. Ni l'un ni l'autre ne semblait avoir beaucoup d'expérience des embrassades.

Son père finit par le lâcher et John dit : « Si on allait tous dîner ? Il serait temps.

– C'est moi qui vous invite, dit Ralph, me rappelant son fils. Autant en profiter pendant que vous le pouvez. Je ne vais pas être là pour toujours. »

Quand nous rentrâmes de chez Jimmy's, je dis à John que j'avais envie de marcher un peu. Ralph et Marjorie allèrent prendre un dernier verre avant de monter se coucher. Je sortis. Je pris dans le coffre de la voiture la serviette de Damrosch et je m'en allai par les rues silencieuses sous une magnifique nuit étoilée jusqu'à la maison de Tom Pasmore.

SEPTIÈME PARTIE

TOM PASMORE

1

Les échos d'une musique de jazz familière venaient de la chaîne hi-fi de Tom : un saxo ténor haletant et impérieux jouant *Star Dust*.

« C'est " Blue Rose ", dis-je. Glenroy Breakstone. Je n'ai jamais entendu un aussi bon enregistrement.

– C'est sorti en compact il y a deux mois. » Il portait un costume écossais gris avec un gilet noir. J'étais certain qu'il s'était recouché après le service. Nous émergeâmes de l'extraordinaire désordre pour déboucher dans la clairière délimitée par le divan et la table basse. Auprès de l'habituel assortiment de bouteilles, de verres et de seaux à glace, le coffret du disque. Je le pris et regardai la photographie, une reproduction de l'album original : le large visage de Glenroy Breakstone penché sur l'embouchure de son instrument. Quand j'avais seize ans, il me paraissait un vieillard, mais la photographie montrait quelqu'un qui n'avait pas plus de quarante ans. Le disque bien sûr avait été enregistré longtemps avant que j'en découvre l'existence. Si Breakstone était encore en vie, il devait avoir plus de soixante-dix ans.

« Je crois que j'essaie de trouver l'inspiration », fit Tom. Il se pencha sur la table et versa dans un épais petit verre un doigt de whisky pur malt. « Vous ne voulez rien ? Il y a du café dans la cuisine. »

Je dis que j'en prendrais volontiers. Il repartit et revint un moment plus tard avec une grande tasse en céramique fumante.

« Racontez-moi la morgue. » Il s'assit dans son fauteuil et il me désigna le canapé devant la table basse.

« Ils ont étalé les vêtements de la victime et Alan a reconnu la veste : il l'avait donnée à son étudiant, Grant Hoffman.

– Et vous croyez que c'est bien lui ? »

J'acquiesçai.

Tom but une gorgée de whisky. « Un. Le meurtrier Blue Rose original est en train de torturer John Ransom. Sans doute a-t-il l'intention de le tuer aussi en fin de compte. Deux. Quelqu'un d'autre imite l'assassin original et lui aussi tente de détruire John. Trois. Un autre personnage utilise les meurtres de Blue Rose pour dissimuler ses véritables mobiles. » Il but encore une petite gorgée. « Il y a d'autres possibilités, mais je vais m'en tenir à celles-ci, du moins pour l'instant. Dans les trois cas, un personnage bien décidé garde encore l'heureuse conviction que la police prend Walter Dragonette pour l'auteur des crimes que lui-même a commis. »

Tommy Flanagan attaqua un étonnant solo sur le thème de *Star Dust*.

Je parlai à Tom de l'intérêt d'April Ransom pour le pont de Horatio Street et pour William Damrosch.

« A-t-elle écrit quelque chose à propos de ses découvertes ?

– Je ne sais pas. Je pourrais peut-être regarder dans son bureau et trouver ses notes. Je ne suis même pas sûr que John était au courant.

– Ne lui dites pas que vous vous intéressez aux notes, déclara-t-il. Pour l'instant, faites les choses discrètement.

– Vous y réfléchissez, n'est-ce pas ? Vous avez déjà vos idées là-dessus.

– Je veux comprendre qui l'a tuée. Je veux aussi découvrir qui a tué ce Grant Hoffman. Et j'ai besoin de votre aide.

– Vous et John.

– Vous aiderez John aussi, mais je préférerais que vous ne lui parliez pas de nos discussions tant que je ne vous ai pas donné mon accord. »

J'acceptai ses conditions.

« Je disais que je veux comprendre, dit Tom. C'est bien cela. Je veux savoir comment et pourquoi April Ransom et cet étudiant ont été tués. Si nous pouvons aider la police sur ce point, parfait. Sinon, c'est très bien aussi. La justice, ça n'est pas mon métier.

– Ça vous est égal qu'on n'arrête pas le meurtrier d'April ?

– Je ne peux pas prédire ce qui va se passer. Nous pourrions découvrir son identité sans pouvoir rien faire. Une solution que je serais disposé à accepter.

– Mais si nous découvrons qui il est, nous devrions pouvoir donner ce renseignement à la police.

– Ça se passe quelquefois comme ça. » Il se renversa dans son fauteuil, m'observant pour voir la façon dont je réagissais.

« Et si je ne peux pas l'admettre ? Je rentre chez John et j'oublie toute cette conversation ?

– Vous retournez chez John et vous faites ce que vous voulez.

– Je ne saurais jamais ce qui est arrivé. Je ne saurais jamais ce que vous avez fait et ce que vous avez trouvé.

– Probablement pas. »

Je ne pouvais pas supporter l'idée de m'en aller sans me douter de ce qu'il allait faire : j'avais besoin de savoir ce qu'à nous deux nous pourrions trouver.

« Si vous croyez que je vais repartir maintenant, vous êtes fou, dis-je.

– Ah, bon », fit-il en souriant. Il n'avait jamais douté que j'accepterais ses conditions. Montons là-haut, je vais vous montrer mes joujoux. »

2

Tout au fond sur la gauche de la grande pièce du rez-de-chaussée, après la chaîne stéréo et les rayonnages bourrés de disques compacts, un large escalier menait au premier étage. Tom se mit à monter les marches devant moi, m'expliquant déjà : « Je veux que nous commencions par le commencement. Si rien d'autre ne sort de tout cela, je veux comprendre au moins les premiers meurtres de Blue Rose. Longtemps, Lamont a été convaincu, je crois, d'en connaître la solution – tout comme vous, Tim. Mais je pense que ça l'a toujours tracassé. » Arrivé en haut de l'escalier, il se retourna pour me regarder. « Deux jours avant sa mort, il m'a raconté toute l'histoire des meurtres de Blue Rose. Nous rentrions en avion d'Eagle Lake et nous devions descendre au Saint-Alwyn. » Il éclata de rire. « Deux religieuses assises devant nous ont failli se démancher le cou : elles se donnaient tant de mal pour écouter. Lamont disait qu'on pourrait qualifier le suicide de Damrosch d'une sorte d'arrestation injustifiée : il savait alors que c'était mon grand-père qui avait tué Damrosch. Lamont faisait là deux choses à la fois. Il me préparait à affronter la vérité à propos de mon grand-père. »

Il recula pour me laisser arriver sur le palier.

« Et la seconde chose que faisait Lamont...

– C'était de m'intéresser aux meurtres de Blue Rose. Je crois que, tous les deux, c'est là-dessus que nous aurions travaillé ensuite. Et savez-vous ce que ça signifie ? S'il n'avait pas été tué, Lamont et moi aurions pu sauver April Ransom. »

Une grimace lui crispa le visage. « C'est une chose dont j'aimerais être sûr.

– Et moi donc », dis-je. J'avais aussi mes raisons de vouloir connaître l'identité du meurtrier original.

« Bon », dit-il. Tom maintenant n'avait plus l'air alangui, ennuyé, amusé, indifférent ni détaché. Il n'avait pas l'air perdu ni malheureux. J'avais vu bien des fois toutes ces expressions chez lui. Mais je ne l'avais jamais vu en proie à une excitation maîtrisée. Il ne m'avait jamais révélé ce côté impitoyable de sa personne. Cela semblait le centre même de son être.

« Mettons-nous au travail. » Tom tourna les talons, s'engagea dans le couloir jusqu'à ce qui était jadis la porte de la chambre de Lamont von Heilitz, et entra.

La vieille chambre à coucher était plongée dans l'obscurité. Tout me parut d'abord dans un désordre qui faisait penser à des soldes dans un magasin : comme dans la pièce d'en bas. J'aperçus les vagues formes de bureaux, de classeurs et de ce qui ressemblait aux écrans de plusieurs récepteurs de télévision. Les livres alignés sur des rayonnages en bois sombre couvraient presque tous les murs. Un épais rideau sombre masquait la fenêtre. Dans les profondeurs de la pièce, Tom alluma une lampe halogène au moment où je finissais par comprendre que les téléviseurs étaient des ordinateurs.

Il fit méthodiquement le tour de la chambre, en allumant des lampes. Je constatai alors que son bureau avait un double usage : la vieille chambre de maître était une version bien mieux rangée de la pièce d'en bas. C'était là où Tom vivait et travaillait. Contre un mur de livres, trois postes de travail étaient occupés par des ordinateurs, une quatrième machine, plus grande, était posée sur le long bureau de bois qui faisait face à la fenêtre aux rideaux tirés. Des classeurs sur lesquels s'empilaient des disquettes dans des boîtes en plastique étaient disposés auprès de chaque poste de travail et entouraient son bureau. A côté d'une de ces tablettes, une photocopieuse de professionnel. Le matériel stéréo remplissait deux hautes étagères parmi les rayonnages sur ma gauche. Un long canapé de cuir rouge comme celui d'Alan Brookner, avec une couverture écossaise pliée sur un des bras, était posé devant le mur de livres. Un fauteuil assorti, à angle droit avec le canapé. Entre les deux, une table en verre où s'entassaient livres et magazines, avec une rangée de bouteilles et un seau à glace comme sur la table d'en bas. Sur la tablette de la cheminée d'un blanc éblouissant, des orchidées jaunes bâillaient dans de grands vases de cristal. Des bouquets d'iris jaunes jaillissaient d'un gros vase bleu placé sur une petite boîte noire qui devait être un baffle.

Les lampes déversaient de douces flaques de lumière : elles faisaient chatoyer le tapis dont les bords venaient lécher les pieds du rayonnage.

Je me demandai combien de gens avaient été invités à pénétrer dans cette pièce. J'aurais parié que seule Sarah Spence était venue ici avant moi.

« Quand nous rentrions en avion d'Eagle Lake, mon père m'a dit une chose que je n'ai jamais oubliée. *Parfois, il faut revenir au commencement et tout voir sous un jour nouveau.* »

Tom reposa son verre sur son bureau et prit un livre relié de toile grise. Il le tourna et le retourna dans ses mains, comme s'il cherchait le titre. « Puis il a dit : *Parfois, il y a de puissantes raisons pour qu'on ne puisse pas ou pour qu'on ne veuille pas faire ça.* » Il chercha encore d'invisibles inscriptions. Même le dos du livre était vierge. « C'est ce que nous allons faire pour l'affaire Blue Rose. Nous allons revenir au commencement, au début de deux ou trois éléments, et nous nous efforcerons de tout voir sous un jour nouveau. »

Je sentis le frémissement, pas davantage, d'un profond malaise.

Tom Pasmore reposa le livre sur le bureau. Il s'approcha de moi les mains tendues. Je pris la vieille sacoche au cuir éraillé et la lui tendis.

Cet instant de malaise m'avait paru être presque du remords.

Tom alluma la photocopieuse. Elle se mit à bourdonner. Dans ses profondeurs, une vive lumière incandescente lança un bref éclair.

Tom prit dans la serviette une liasse de papiers jaunis de quinze à vingt centimètres d'épaisseur. La page du dessus avait de longues déchirures en haut et en bas, on aurait dit que quelqu'un avait essayé d'examiner les feuilles d'en dessous sans ôter l'élastique : seulement il n'y avait pas d'élastique. Je m'imaginais deux élastiques vieux de quarante ans desséchés et cassés coincés dans un pli du cuir au fond de la sacoche.

Il posa les documents sur la photocopieuse. « Mieux vaut pêcher par excès de prudence. » Il prit la feuille du dessus et répara les déchirures avec du ruban adhésif. Puis il tassa avec soin la pile de feuillets et inséra le tout dans un bac. Il tourna un cadran. « Je vais faire deux copies : une pour vous et une pour moi. » Il pressa un bouton et recula. Nouvel éclair incandescent : deux feuilles jaillirent dans des plateaux sur le côté de la machine. « Brave petite », dit Tom à la machine. Il se tourna vers moi avec un sourire un peu forcé : « Comme me l'a dit un jour un sage. Ne déballe pas tes affaires dans la rue. »

3

Des feuilles bien blanches jaillissaient de la photocopieuse. « Connaissez-vous Paul Fontaine et Michael Hogan ? demandai-je.

– Je sais quelques petites choses sur eux.

– Lesquelles ? Ça m'intéresse. »

Sans quitter la machine des yeux, Tom recula et chercha ses lunettes. Il se jucha au fond du chesterfield, surveillant toujours les pages qui giclaient de l'appareil. « Fontaine est un grand policier. Cet homme a opéré un nombre stupéfiant d'arrestations. Je ne compte même pas ceux qui ont avoué. Fontaine est censé être un génie dans la salle d'interrogatoire. Et Hogan est sans doute le flic le plus respectable de Millhaven : il avait fait un formidable travail comme inspecteur à la Criminelle et il a été promu commissaire voilà deux ans. D'après ce que j'ai vu, même les gens qu'on aurait pu s'attendre à être jaloux lui sont très fidèles. C'est impressionnant. Ils sont impressionnants tous les deux, mais Fontaine fait un peu le clown pour que ça ne se voit pas.

– Il y a beaucoup de meurtres à Millhaven ?

– Plus que vous ne croiriez. On doit arriver à une moyenne d'un par jour. Au début des années cinquante, il y avait peut-être deux homicides par semaine. C'est pour ça que les meurtres de Blue Rose ont causé une vraie sensation. » Tom se leva pour surveiller la progression des vieux documents dans la photocopieuse. « De toute façon, vous savez ce que sont la plupart des meurtres. Ou bien ils ont un rapport avec la drogue, ou bien ce sont des affaires familiales. Un type rentre chez lui ivre. Il a une scène avec sa femme. Il la bat à mort. Une femme en a assez de voir son mari la tromper. Elle l'abat avec son propre fusil. »

Tom vérifia de nouveau la machine. Satisfait il se rassit au bord du canapé. « Quand même, de temps en temps, il y a quelque chose qui a un *parfum* un peu différent de l'ordinaire. Un professeur du Milwaukee venu en ville voir ses cousins a disparu en allant dans un centre commercial : on l'a retrouvé nu dans un champ, pieds et poings liés. Il y a eu un spécialiste des maladies organiques assassiné dans les toilettes du stade au début d'un match de base-ball. C'est Paul Fontaine qui a éclairci les deux affaires : il a interrogé tout le monde, il a suivi toutes les pistes et obtenu des condamnations.

– Qui étaient les assassins ? demandai-je, en songeant à Walter Dragonette.

– Des paumés, fit Tom. Des abrutis. Aucun rapport avec leurs victimes. Ils ont simplement vu quelqu'un dont ils ont décidé qu'ils voulaient le tuer et ils l'ont fait. C'est pourquoi je dis que Fontaine est un policier brillant. Il a flairé partout jusqu'à ce qu'il ait rassemblé toutes les pièces du puzzle. Il a arrêté le suspect et a prouvé sa culpabilité. Ce sont des affaires que je n'aurais pas pu résoudre. Je suis comme le Petit Poucet : j'ai besoin d'une piste. Un dégénéré qui poignarde un médecin dans des toilettes. Qui se lave les mains pour enlever le sang. Qui achète un hot dog et qui regagne sa place : voilà un type qui ne risque rien avec moi. » Il me regarda avec une certaine mélancolie. « Mon genre d'enquêtes me semble parfois démodé. »

Tom reprit dans la photocopieuse la liasse de documents originaux pour les remettre dans la serviette. Il posa une des copies sur son bureau et me donna l'autre.

« Feuilletons ça rapidement ce soir. Rien que pour voir s'il n'y a pas quelque chose qui déclenche une étincelle. »

Je pensais toujours à Paul Fontaine. « Est-ce que Fontaine est de Millhaven ?

– Je ne sais vraiment pas d'où il vient », dit Tom. Je crois qu'il est arrivé ici voilà dix ou quinze ans. A cette époque-là, les policiers travaillaient toujours dans leur ville natale. Aujourd'hui, ils se déplacent, cherchent de l'avancement et un meilleur salaire. La moitié de nos policiers ne sont pas d'ici. »

Tom se leva. Il se dirigea vers le premier poste de travail et alluma l'ordinateur en pressant avec son pied un interrupteur du régulateur. Il procéda ensuite de la même façon avec le deuxième. Puis il alla se rasseoir à son bureau et se pencha pour mettre en marche le régulateur. « Voyons ce que nous pouvons trouver pour ce numéro de plaque minéralogique. »

Je pris mon carnet dans ma poche et m'approchai du pupitre pour voir ce qu'il allait faire.

Les doigts de Tom couraient sur les touches et une série de tableaux défilaient sur l'écran. Le dernier n'était qu'une liste de codes disposés sur une seule ligne. Tom inséra une disquette dans la machine – ma propre expérience me permettait de suivre l'opération – et il pianota des numéros sur le téléphone relié à son modem. L'écran n'afficha rien pendant un moment puis apparut un C l'incitant à continuer.

Tom tapa alors un code et pressa la touche ENTER. L'écran redevint blanc et les lettres LC, suivies d'un point d'interrogation, apparurent. « C'était quoi, ce numéro ? »

Je lui montrai le papier, il tapa les chiffres et poussa de nouveau le bouton ENTER. Les chiffres restèrent sur l'écran. Il pressa une touche marquée RECEIVE.

« Maintenant, vous êtes dans les archives des immatriculations de véhicules ?

– En fait, j'y ai accédé par l'ordinateur d'Armory Place. Il est branché vingt-quatre heures sur vingt-quatre.

– Vous avez accès directement à l'ordinateur central de la police ?

– Je suis un bricoleur de l'informatique.

– Pourquoi ne pouviez-vous pas tout simplement obtenir le dossier Blue Rose par l'ordinateur ?

– Les archives informatisées ne remontent qu'à huit ou neuf ans. Ah, nous y voilà. Ça prend un certain temps pour trier les dossiers. »

L'ordinateur de Tom afficha READY puis : ELVEE HOLDING CORPORATION, 503 4e RUE SUD, MILLHAVEN, ILLINOIS.

« Bon, voilà qui est le propriétaire de votre Lexus.

Voyons si nous pouvons aller un peu plus loin. » Tom pressa de nouveau le bouton ENTER, pianota une série d'ordres que je ne parvins pas à suivre et tapa un autre code. « Nous allons maintenant utiliser l'ordinateur de la police pour avoir accès à Springfield et voir à quoi ressemble cette société. »

Après une succession d'options et de menus, il arriva à une liste d'entreprises qui occupait tout l'écran. Toutes commençaient par la lettre A. Avec chacune d'elles figuraient les noms et les adresses des dirigeants. Il déroula rapidement la liste puis arriva à la lettre E. EAGAN CORPORATION, EAGAN MANAGEMENT CORPORATION, EAGLE CORPORATION, EBAN CORPORATION. Quand nous arrivâmes à ELVA CORPORATION, il procéda nom par nom et finit par arriver à ELVEE HOLDING CORPORATION.

Sous le nom, la même adresse dans la 4e Rue Sud à Millhaven. La société avait été fondée le 23 juillet 1973 et on trouvait ensuite les noms des dirigeants.

ANDREW BELINSKI 503 4e Rue Sud MILLHAVEN, Pt.
LEON CASEMENT 503 4e Rue Sud MILLHAVEN, Vice-Pt.
WILLIAM WRITZMANN 503 4e Rue Sud, MILLHAVEN, Dir. Fin.

« De plus en plus mystérieux, fit Tom. EL–VEE, ce sont des initiales. Qui est l'insaisissable LV ? Je pensais qu'un de ces types s'appellerait Léonard Vollman ou quelque chose comme ça. Et trouvez-vous vraisemblable que les dirigeants de cette entreprise habitent tous ensemble dans une petite maison ? Poussons les choses un peu plus loin. »

Il écrivit sur un bloc les noms et l'adresse puis repassa par les mêmes opérations qui lui avaient permis d'avoir accès aux archives de l'État. Il se brancha alors sur un programme intitulé NETWORK. Il pressa d'autres touches et désigna l'ordinateur du premier poste de travail qui se mit à bourdonner. « Je peux utiliser toutes mes machines en passant par celle-ci. Pour éviter d'avoir à utiliser un million de disquettes, j'ai différents types d'informations stockées sur les disques durs de ces autres ordinateurs. Là, avec plein d'autre documentation, j'ai une centaine de grandes villes. Tapons donc Millhaven. »

« Dieu bénisse l'informatique. » Il pianota quelques lettres apparemment sans suite, tapa l'adresse de la 4e Rue Sud et, au bout de deux secondes, la machine afficha : EXPRESSPOST COURRIER & FAX, avec un numéro de téléphone.

« La barbe.

– EXPRESSPOST COURRIER ? dis-je. Qu'est-ce que c'est ?

– Sans doute un bureau où on loue des casiers numérotés, un peu comme des boîtes postales privées. Étant donné l'adresse, ce doit être un magasin avec des rangées de casiers et un comptoir avec un fax.

– C'est légal de donner comme adresse un endroit comme ça ?

– Bien sûr, mais nous n'en avons pas encore fini. Voyons si ces gens-là sont jamais apparus dans l'annuaire du téléphone de Millhaven. Au cours, disons, des quinze dernières années. »

Il revint à NETWORK, retapa le même code et ouvrit d'autres dossiers. Il introduisit le nombre 91. Une longue liste de noms commençant par A apparut avec des adresses et des numéros de téléphone sur les écrans du premier pupitre et de l'ordinateur de son bureau.

« Surveillez cet écran là-bas et assurez-vous que je ne manque aucun de ces noms. »

Je m'assis devant l'ordinateur auxiliaire et regardai l'écran sauter à la liste des B. « C'est Andrew Belinski que nous recherchons », dit Tom. Il fit défiler les B jusqu'à en arriver à BELI. Puis ligne par ligne, il fit passer BELIARD, BELIBAS, BELICK, BELICKO, BELIN, BELINA, BELINELLI, BELING, BELISSIMO, BELMAN.

« Est-ce que je l'ai manqué, ou bien est-ce qu'il ne serait pas là ?

– Pas de Belinski, dis-je.

– Essayons Casement. »

Il passa rapidement à la lettre C et fit défiler une succession de noms jusqu'à CASE. Ce fut ensuite CASEMENT. CASEMENT, ARTHUR ; CASEMENT, HUGH ; CASEMENT, ROGER. Pas de LÉON.

« Ah, je crois que je sais ce que nous allons trouver, mais essayons quand même le dernier. »

Il passa aussitôt à W et fit défiler les pages sur l'écran. Un WRITZMANN figurait dans l'annuaire de Millhaven pour 1991, Oscar, 5460 Fond du Lac Drive.

« Qu'est-ce que vous en dites ? Ou bien ils n'existent pas, ou bien ils n'ont pas le téléphone. Qu'est-ce qui vous semble le plus probable ?

– Ils sont peut-être sur la liste rouge, dis-je.

– Pour moi, il n'y a pas de liste rouge. » Il me sourit, tout fier de ses joujoux. « Peut-être qu'ils se cachent. On peut avoir une ligne de téléphone sous un autre nom, ce qui empêche totalement de vous découvrir par ce moyen. Mais il y a cinq ans, ils ne savaient peut-être pas qu'ils voudraient que personne ne soit en mesure de les retrouver en 1991. Essayons les listes de 1990. »

Nouvelles manœuvres, nouveau pianotage des touches. Tous les numéros de téléphone, liste rouge ou non de Millhaven pour 1990 apparurent sur les deux écrans. Pas de BELINSKI. Les mêmes trois CASEMENT et OSCAR WRITZMANN, pas WILLIAM.

« Remontons à 1981 et voyons si nous pouvons les trouver là. »

Dans l'annuaire de 1981, pas de BELINSKI, bien CASEMENT, ARTHUR et ROGER, mais plus de HUGH, et toujours WRITZMANN, OSCAR au 5460 Fond du Lac Drive.

« Je crois que je commence à comprendre mais, pour le plaisir, jetons un coup d'œil à 1976.

Pas de BELINSKI, encore CASEMENT, ARTHUR, désormais privé de la compagnie de ROGER, et WRITZMANN, OSCAR, déjà au 5460 Fond du Lac Drive.

« On a fait chou blanc, dis-je.

– Je ne trouve pas, fit Tom. Nous avons beaucoup progressé. Nous avons découvert un fait très intéressant : la voiture que vous avez vue suivre John appartient à une société enregistrée dans l'État d'Illinois à une adresse de complaisance avec trois noms bidons. Je me demande si Belinski, Casement et Writzmann sont des gens bidons aussi. »

Je lui demandai ce qu'il entendait par là.

« Pour constituer une société, il faut un président, un vice-président et un directeur financier. Quelqu'un a rempli les papiers pour fonder la Elvee Holding Corporation, sinon l'entreprise n'existerait pas. Si je devais avancer une hypothèse maintenant, je dirais que la personne qui a fait les démarches administratives en 1979 était ce bon vieux LV. De toute façon, il suffit d'une personne pour faire ces démarches. On peut très bien inventer les noms des autres responsables de l'entreprise.

– Il faut donc qu'une de ces trois personnes existe vraiment.

– Absolument, mais elle peut exister sous un autre nom. Réfléchissez, Tim. Au cours de ces derniers jours, John a-t-il jamais mentionné quelqu'un dont le nom commençait par la lettre V ?

– Je ne crois pas, fis-je. Il n'a vraiment pas beaucoup parlé de lui.

– Vous n'avez sans doute pas entendu non plus Alan Brookner mentionner quelqu'un dont les initiales soient LV.

– Non, en effet. » C'était une question déroutante. « Vous ne pensez tout de même pas que ces meurtres pourraient avoir quelque chose à voir avec Alan, non ?

– Ils ont un étroit rapport avec lui. Qui sont les victimes ? Sa fille. Son meilleur élève. Mais, si c'est à ça que vous pensez, je ne crois pas qu'Alan soit en danger. »

Je me détendis.

« Vous l'aimez bien, n'est-ce pas ?

– Je crois qu'il a déjà assez de problèmes comme ça », fis-je.

Tom se pencha en avant, les coudes sur ses genoux et dit : « Oh ?

– Je crois qu'il pourrait avoir la maladie d'Alzheimer. Il a réussi à rassembler ses esprits pour l'enterrement. Mais je crains qu'il ne s'écroule de nouveau.

– Est-ce qu'il a enseigné l'année dernière ?

– Je crois que oui, mais je ne vois pas comment il peut recommencer cette année. Seulement, s'il démissionne, tout le département d'histoire des religions d'Arkham s'arrête avec lui, et John perd sa place. Même Alan s'en inquiète. Il a fait tous ces efforts l'an dernier en partie pour John. »

Je levai les bras au ciel. « Je voudrais bien pouvoir faire quelque chose pour l'aider. J'ai pris des dispositions pour qu'une infirmière vienne chaque jour chez Alan, mais c'est à peu près tout.

– Il en a les moyens ? » Tom avait l'air songeur. Je devinai soudain à quoi il pensait. Je me demandai combien de gens il aidait, discrètement et de façon anonyme.

« Alan a un peu d'argent, m'empressai-je de dire. April y a veillé.

– Eh bien alors, John ne devrait pas non plus avoir à se faire du souci.

– John a une attitude compliquée vis-à-vis de la fortune d'April. Je crois que c'est une question d'orgueil.

– C'est intéressant », fit Tom.

Il se redressa et regarda son écran qui affichait toujours le nom et et l'adresse d'Oscar Writzmann.

« Faisons passer ces noms par la rubrique Naissances et Décès. C'est sans doute courir après la lune, mais pourquoi pas ? »

Il se remit à pianoter sur son clavier et l'écran que j'avais sous les yeux devint soudain blanc. Une succession de codes défila ensuite. John tapa BELINSKI, ANDREW, CASEMENT LÉON ET WRITZMANN WILLIAM et les noms apparurent sur mon écran. D'autres codes qui devaient être des instructions données au modem les remplacèrent. De nouveau plus rien puis RECHERCHE apparut et se mit à clignoter sur l'écran.

« Et maintenant, on attend ?

– Oh, j'aimerais jeter un coup d'œil au dossier, dit Tom. Mais avant cela, parlons un peu de la notion de *lieu.* » Il avala une petite gorgée de whisky, se leva, se dirigea vers son canapé et s'assit. Je pris le fauteuil auprès du chesterfield. Tom avait les yeux pétillants d'excitation. Je me demandai comment j'avais pu leur trouver un air délavé. « Si William Damrosch n'est pas le lien entre les victimes de Blue Rose, alors quel est-il ? »

Durant le bref moment où Tom Pasmore et moi attendions que l'autre parle, j'aurais juré que nous pensions la même chose.

Ce fut moi qui finit par rompre le silence. « L'hôtel Saint-Alwyn.

– Oui », fit doucement Tom.

4

« Quand Lamont et moi descendîmes de l'avion qui nous ramenait d'Eagle Lake, nous allâmes au Saint-Alwyn. C'est là que nous avons passé la dernière nuit de sa vie. C'est au Saint-Alwyn que les meurtres ont eu lieu. Dans l'hôtel, derrière, en face.

– Et Heinz Stenmitz ? Son magasin était à cinq ou six blocs de l'hôtel. Et il n'y avait aucun rapport entre Stenmitz et le Saint-Alwyn.

– Il existait peut-être un rapport que nous ne connaissons pas encore, objecta Tom. Et réfléchissez aussi à ceci : combien de temps s'est-il passé entre le meurtre d'Arlette Monaghan et celui de James Treadwell ? Cinq jours. Combien de temps entre celui de Treadwell et celui de Monty Leland ? Cinq jours. Combien de temps entre Monty Leland et Heinz Stenmitz ? Presque deux semaines. Plus de deux fois l'intervalle qui séparait les trois premiers meurtres. Ça ne vous dit rien ?

– Il a essayé d'arrêter, mais il n'y est pas arrivé. A la fin, il ne pouvait plus se maîtriser. Il a dû s'en aller tuer quelqu'un encore. » Le regard pétillant de Tom était fixé sur moi et j'essayai d'imaginer ce qu'il pensait. « Peut-être que c'est quelqu'un d'autre qui a tué Stenmitz. C'était peut-être comme Laing, une copie conforme du meurtre pour des mobiles totalement différents. »

Il me regarda presque avec fierté. Malgré moi, je n'étais pas mécontent d'avoir deviné ce qu'il pensait.

« Je crois que c'est possible », dit Tom. Je sus alors que je n'avais pas du tout suivi son raisonnement. Mon orgueil en prit un coup. « Mais je pense que mon grand-père a été le seul imitateur de Blue Rose.

– Alors, qu'est-ce que vous en dites ?

– Je crois que vous avez à moitié raison. C'était le même homme, mais avec un mobile différent. »

J'avouai que j'étais perdu.

Tom se pencha, les yeux toujours brillants d'excitation. « Voyons, nous avons un homme vindicatif, impitoyable, qui fait tout suivant un plan. Quel est son mobile pour les trois premiers meurtres ? Une revanche à prendre sur le Saint-Alwyn ? »

J'acquiesçai.

« Un moment, tous les cinq jours pendant quinze jours, il tue quelqu'un dans le voisinage immédiat du Saint-Alwyn. Une fois même à l'*intérieur* de l'hôtel. Puis il cesse. A ce moment-là, combien de clients, à votre avis, y a-t-il au Saint-Alwyn ? L'hôtel doit ressembler à une ville fantôme.

– Bien sûr, mais... » Je me tus pour le laisser parler.

« Et alors il tue Stenmitz. Qui était Heinz Stenmitz ? Un maniaque sexuel du quartier voisin de Pigtown. Les trois autres victimes auraient pu être n'importe qui. Elles n'étaient que des pions. Mais quand quelqu'un se donne le mal d'aller tuer un amateur de petits garçons, un authentique pédé, je crois qu'il ne s'agit pas d'un meurtre commis au hasard. »

Il se renversa en arrière. Il avait fini. Il avait toujours les yeux brillants.

« Alors, dis-je, ce qu'il vous faut, c'est un homme vindicatif, impitoyable qui a une revanche à prendre sur le Saint-Alwyn... et...

– Et...

– Et un fils.

– Et un fils, dit Tom. Parfaitement. Le genre d'homme dont nous parlons ne pouvait pas supporter que quelqu'un moleste son propre enfant. S'il découvrait la chose, il lui fallait tuer l'homme qui avait fait ça. Si personne n'y a encore jamais songé, c'est que, justement, c'est à cause de ça que Stenmitz a été tué. » Il éclata de rire. « Bien sûr que c'est à cause de ça ! Seulement ça n'est pas Damrosch qui l'a tué ! »

Nous échangeâmes un regard, puis je me mis à rire à mon tour.

« Je crois que nous en savons long sur Blue Rose, dit Tom, souriant encore de sa véhémence. Il ne s'est pas arrêté parce que mon grand-père lui avait simplement garanti l'immunité en tuant William Damrosch. C'est ce que nous avons supposé depuis le début. Mais maintenant que je vois mieux Blue Rose, je crois qu'il s'est arrêté parce qu'il avait terminé : il avait terminé avant même de tuer Heinz Stenmitz. Il avait accompli ce qu'il avait décidé : il avait fait payer le Saint-Alwyn pour ce qu'on lui avait fait. S'il avait estimé que le Saint-Alwyn lui devait encore quelque chose, il aurait contribué à laisser un nouveau cadavre dans l'hôtel tous les cinq jours jusqu'au moment où il aurait été satisfait.

– Alors, qu'est-ce qui a de nouveau déclenché le mécanisme chez lui voilà deux semaines ?

– Il s'est peut-être mis à ruminer ses vieilles rancœurs. Il a décidé de rendre la vie intenable au fils de son ancien employeur.

– Et peut-être qu'il ne cessera pas avant d'avoir tué John.

– John est certainement au centre de cette nouvelle série de meurtres, fit Tom. Et vous, tout près de ce centre, au cas où vous ne l'auriez pas remarqué.

– Vous voulez dire que Blue Rose pourrait décider de faire de moi sa prochaine victime ?

– L'idée ne vous est pas venue que vous pourriez courir certains dangers ? »

Ça avait l'air idiot, mais je n'y avais pas pensé. Tom dut voir le doute et la consternation qu'il jetait en moi.

« Tim, si vous voulez reprendre votre vie habituelle, il n'y a aucune raison de ne pas le faire. Oubliez tout ce dont nous avons discuté auparavant. Vous pouvez dire à John que vous avez un rendez-vous impossible à remettre, reprendre l'avion pour New York et recommencer à écrire.

– Il me semble, dis-je, en essayant d'exprimer ce que jusqu'à cet instant je n'avais jamais traduit en mots, il me semble que mon travail est lié à tout ce dont nous avons parlé. De temps en temps, j'ai le sentiment qu'une réponse, une *clé* est toute proche de moi et qu'il me suffit d'ouvrir les yeux. » Tom me fixait d'un air très intense, sans rien trahir de ses sentiments. « D'ailleurs, je veux découvrir le nom de Blue Rose. Je ne vais pas décamper maintenant. Je ne veux pas retourner à New York pour que vous me téléphoniez dans une semaine en m'annonçant qu'on a retrouvé John poignardé devant L'Heure de Loisir.

– Dès l'instant que vous vous souvenez qu'il ne s'agit pas d'un livre.

– Ça n'est pas *Les Quatre Filles du Dr March*, en tout cas, dis-je.

– Bon. » Il regarda l'écran de l'ordinateur posé sur son bureau où RECHERCHE continuait à clignoter. « Parlez-moi de Ralph Ransom. »

5

Je lui décrivis ma conversation avec le père de John à l'enterrement. « Je ne savais pas, dit Tom, que votre père avait travaillé au Saint-Alwyn.

– Pendant huit ans, dis-je. Il était liftier. Il a été congédié peu de temps après que les crimes s'arrêtent. Son alcoolisme s'est accentué après le meurtre de ma sœur. Environ un an plus tard, il s'est ressaisi et a trouvé une place sur la chaîne de montage à la Société Glax.

– Votre sœur ? fit Tom. Vous aviez une sœur qui a été tuée ? Je l'ignorais. » Il me regarda droit dans les yeux. « Vous voulez dire qu'elle a été assassinée. »

J'acquiesçai.

« Ça s'est passé près de chez vous ? » Il voulait dire : c'est arrivé près de l'hôtel ?

Je lui dis où April avait été tuée.

« Quand ça ?

Je croyais qu'il le savait déjà, mais je lui précisai la

date. Puis j'ajoutai que je traversais la rue pour venir à son secours quand j'avais été renversé par la voiture. Tom savait cela, mais rien d'autre.

« Tim », dit-il en clignant des yeux. Je me demandai ce qui se passait dans son esprit. Quelque chose l'avait étonné. Il reprit : « C'était cinq jours avant le meurtre d'Arlette Monaghan. » Il était assis là à me regarder, bouche ouverte.

J'avais l'impression moi aussi d'être bouche bée. J'avais toujours été secrètement convaincu que Blue Rose était le meurtrier de ma sœur. Mais jusqu'à cet instant je n'avais jamais pensé à la succession des dates.

« C'est pour ça que vous êtes à Millhaven », dit-il. Et puis son regard fixa la table tandis qu'il murmurait : « C'est pour ça qu'il est à Millhaven. » Il se retourna vers moi, l'air songeur. « Vous n'êtes pas revenu pour John : vous vouliez découvrir qui a tué votre sœur.

– Je suis revenu pour les deux, dis-je.

– Et vous l'avez *vu*, dit Tom. Bon sang, vous avez bel et bien *vu* Blue Rose.

– L'espace d'une seconde. Je n'ai jamais distingué son visage... Rien qu'une silhouette.

– Sapristi. Vous... Vous êtes un malin. » Il va falloir que je vous aie à l'œil. Vous cachez ce renseignement depuis l'âge de sept ans et vous n'en parlez que maintenant. » Il posa une main sur sa tête comme pour l'empêcher de s'envoler. « Et dire que tout ce temps il y avait un autre meurtre de Blue Rose dont personne ne connaissait l'existence. Il n'a pas eu le temps de griffonner sa signature parce que vous vous êtes précipité et que vous vous êtes fait renverser. Alors, il a attendu cinq jours et il a recommencé. » Il me considérait toujours avec autant d'émerveillement. « Et par la suite personne n'a jamais fait le rapprochement entre votre sœur et Blue Rose parce que de toute façon ça ne collait pas avec Damrosch. Vous ne l'aviez même pas mentionné dans votre livre. »

Il retira sa main de sa tête et m'examina. « Qu'est-ce que vous cachez encore là-dedans ?

– Je pense que c'est tout, dis-je.

– Comment s'appelait votre sœur ?
– April. »
Son regard était de nouveau fixé sur moi. « Je comprends que vous ayez dû venir. Je ne m'étonne pas que vous ne vouliez pas partir.
– Je partirai quand j'aurai découvert qui il était.
– Ce doit être... c'est comme si tout le reste de votre enfance avait été hanté par une sorte de monstre. Pour vous, c'était un vrai croquemitaine.
– Le Minotaure, dis-je.
– Oui. » Je lisais dans les yeux de Tom l'intelligence, la compassion, et quelque chose d'autre, une sorte d'estime. Là-dessus, il y eut un déclic sur l'ordinateur et nous tournâmes tous les deux la tête vers l'écran. Des lignes d'information apparaissaient sur le fond gris. Nous nous levâmes pour nous approcher du bureau.

BELINSKI, ANDREW THÉODORE, 146 STREET VALLEY. NÉ LE 1/6/1940.

MORT LE 8/6/1940.

FIN DE LA RECHERCHE BELINSKI.

CASEMENT, LÉON. FIN RECHERCHE CASEMENT.

« Nous devions bavarder quand les renseignements sur Belinski sont arrivés. Cet Andrew Belinski n'a jamais été directeur de Elvee Holding. Il avait une semaine quand il est mort. C'est la seule raison pour laquelle sa mort figure dans l'ordinateur. Quand les deux dates sont aussi proches, elles sont généralement enregistrées. Et il n'y a rien dans l'ordinateur sur Léon Casement. Nous devrions avoir les renseignements sur Writzmann d'ici une dizaine de minutes. »

Je regagnai mon fauteuil. Je me versai de l'eau minérale d'une bouteille posée sur une table basse et j'ajoutai des glaçons dans mon verre. Tom faisait les cent pas devant la table, les mains dans ses poches, en me jetant de temps en temps des petits regards furtifs.

Il finit par s'arrêter. « Votre père le connaissait sans doute. »

Je me rendis compte qu'il avait raison. Mon père connaissait probablement le Minotaure.

« Ralph Ransom n'a pu trouver personne d'autre

qu'il ait congédié vers cette époque. Je pense que nous devrions partir de là jusqu'au moment où nous tomberons sur autre chose. Lui ou un de ses assistants a congédié ce type – le Minotaure. Pour se venger, le Minotaure a décidé de ruiner l'hôtel. Si on commence à s'interroger là-dessus et s'il y avait un autre mobile, il va sans doute apparaître.

– Vous demandez aux gens d'évoquer des souvenirs bien lointains.

– Je sais. » Il se dirigea vers le deuxième pupitre et s'assit devant l'ordinateur. « Comment s'appelait déjà ce directeur ?

– Bandolier, dis-je. Bob Bandolier.

– Voyons s'il est toujours dans l'annuaire. » Tom appela l'annuaire du téléphone sur l'autre machine et déroula la liste des noms commençant par un B. « Pas de Bandolier. Peut-être qu'il est dans une maison de retraite, ou qu'il a quitté la ville. Par pure curiosité, cherchons ce bon vieux Glenroy. »

La liste des noms se déroula sur l'écran. « C'est trop long. Je vais y accéder directement. » Il effaça tout sur l'écran sauf le code de l'annuaire et tapa BREAKSTONE, GLENROY et ENTER.

La machine se déclencha. Le nom, l'adresse et le numéro de téléphone apparurent sur l'écran. BREAKSTONE, GLENROY 670 LIVERMORE AVE, 542-5500.

Il me fit un clin d'œil. « A vrai dire, je savais qu'il habitait toujours le Saint-Alwyn. J'ai simplement voulu faire de l'esbroufe. Est-ce que le père de John n'a pas dit que Breakstone connaissait tout le monde à l'hôtel ? Vous pourrez peut-être le décider à vous parler. » Il écrivit sur un bout de papier le numéro de téléphone du joueur de saxophone et je m'approchai pour le prendre.

« Attendez. Trouvons d'abord où habitait ce merveilleux directeur quand les meurtres ont été commis. »

Je restai derrière lui pendant qu'il appelait l'annuaire de Millhaven pour 1950 puis passait à la liste des B. En cinq secondes, il eut l'adresse.

BANDOLIER, ROBERT 7e RUE SUD LIVERMORE 2-4581.

« Ce vieux Bob n'avait pas un grand trajet à faire, n'est-ce pas ? Il habitait à environ un bloc de l'hôtel.

– Juste derrière nous, dis-je.

– Nous pouvons peut-être découvrir combien de temps il est resté là. » Tom appela l'annuaire de 1960. BANDOLIER, ROBERT habitait toujours la 7e Rue Sud. « Un brave type, stable. » Il chercha l'annuaire de 1970 et le trouva encore là, à la même adresse avec un nouveau numéro. En 1971, toujours là, mais encore un nouveau numéro. « Il s'est passé quelque chose de bizarre, dit Tom. Pourquoi change-t-on son numéro de téléphone ? A cause d'appels de maniaques ? Pour éviter quelqu'un ? »

En 1975, il n'était plus dans l'annuaire. Tom remonta en 1974, 1973 et le retrouva en 1972. « Il a donc quitté la ville ou bien est entré dans une maison de retraite. Ou bien, si la chance vient de nous abandonner, il est mort en 1972. » Il nota l'adresse sur le même bout de papier et me le tendit. « Vous pourriez peut-être aller là-bas pour bavarder avec les gens qui y habitent maintenant. Ça vaudrait la peine d'interroger certains de ses anciens voisins aussi. Quelqu'un sait sans doute ce qui lui est arrivé. »

Il se leva et jeta un coup d'œil aux autres ordinateurs qui affichaient toujours RECHERCHE. Il s'approcha de la table pour prendre son verre. « A la recherche. » Je levai mon verre d'eau.

Un déclic sur l'ordinateur. L'information apparut sur les deux écrans.

« Tiens, voyez-vous ça. » Tom revint à son bureau. « Les naissances et les décès ont quelque chose à nous dire. » Il se pencha en avant et griffonna quelque chose sur son carnet.

Je me levai pour regarder par-dessus son épaule.

WRITZMANN, WILLIAM LÉON 346 34e RUE NORD, MILLHAVEN. NÉ LE 16/4/48.

« Nous venons de découvrir quelqu'un qui existe, dit Tom. Si c'est l'homme mystérieux qui suit John dans la voiture de la Société Elvee, je serais surpris qu'il ne se montre pas de nouveau.

– Il l'a déjà fait », dis-je. Je lui racontai ce que j'avais vu en conduisant John Ransom et Alan Brookner à la morgue cet après-midi-là.

« Et vous ne me le dites que maintenant ? fit Tom, l'air indigné. Vous l'avez vu de la Femme verte, en train de faire quelque chose de vraiment *bizarre*, et vous gardez ça pour vous ? Vous venez d'être recalé à l'École des grands détectives. »

Il se rassit aussitôt devant l'ordinateur et entreprit de donner une nouvelle série d'ordres compliqués. Le modem s'affaira. J'eus l'impression qu'il appelait le registre municipal des actes notariés.

« Oh, d'abord, je n'étais pas sûr que c'était lui, répliquai-je. Je n'y ai plus pensé dès l'instant où vous avez commencé à vous introduire dans la mémoire de tous les services de l'Administration.

– La Femme verte a fermé voilà longtemps », dit Tom pianotant toujours des codes.

Je lui demandai ce qu'il faisait.

« Je veux savoir à qui appartient ce bar. Imaginez que ce soit... »

L'écran n'afficha rien pendant une demi-seconde, puis il se mit à clignoter. Tom poussa un hourra et battit des mains.

BAR DE LA FEMME VERTE : 21b HORATIO STREET
ACHETÉ LE 7/1/1980 PAR ELVEE HOLDING CORPORATION
PRIX D'ACHAT : 5 000 $
ACHETÉ LE 21/5/1935 PAR THOMAS MULRONEY
PRIX D'ACHAT : 3 200 $.

Tom se passa les doigts dans les cheveux : maintenant, on aurait dit une meule de foin. « Qui sont ces gens et qu'est-ce qu'ils font ? » Il s'arracha à la contemplation de l'écran et me fit un large sourire. « Je n'ai pas la moindre idée de l'endroit où nous allons, mais nous allons certainement quelque part. Je peux vous assurer que vous avez bien vu notre ami dans la Lexus bleue. C'est certain. Je retire tout ce que j'ai jamais dit de désagréable sur votre compte. » Il revint à l'écran et s'ébouriffa encore un peu les cheveux. « Elvee a acheté le Bar de la Femme verte et regardez comme ils ont payé peu cher. Peut-être pourrions-nous même dire *il*, c'est-à-dire William Writzmann ? Writzmann a allongé sa misérable somme de 5 000 dollars. L'établissement n'était qu'une coquille qui prenait l'eau. A quoi cela peut-il l'avancer ? Quel usage pourrait-il en avoir ?

– On aurait dit qu'il y rangeait des affaires. Il y avait des cartons auprès de la voiture.

– Ou qu'il en retirait quelque chose, dit Tom. L'endroit était une remise. Ça ne peut servir que d'entrepôt. Notre ami Writzmann a acheté une remise pour 5 000 dollars. Pourquoi ? »

Le regard de Tom ne cessait d'aller de l'écran à moi, tandis qu'il soumettait ses cheveux à rude épreuve. « Il n'y a qu'une seule raison pour acheter cet endroit. *Il s'agit du Bar de la Femme verte.* Writzmann s'intéresse à la Femme verte.

– Peut-être était-il le neveu de Mulroney et aidait-il la veuve affamée.

– Ou peut-être qu'il était très très intéressé par l'affaire Blue Rose. Peut-être notre mystérieux ami Writzmann a-t-il quelque rapport avec Blue Rose lui-même. Il ne peut pas être Blue Rose. Il est trop jeune. Mais il pourrait être... »

Tom me regardait, son visage tout entier rayonnant d'une délicieuse révélation.

« Son fils ? demandai-je. Vous croyez que Writzmann est le fils de Blue Rose ? Simplement parce qu'il a acheté un bar délabré et qu'il a entreposé là quelques cartons ?

– C'est une possibilité, non ?

– Writzmann avait deux ans à l'époque des meurtres. C'est un peu jeune, même pour Heinz Stenmitz.

– Je n'en suis pas si sûr. On n'aime pas penser à quelqu'un qui violente un enfant de deux ans, mais ça arrive. Il suffit d'un Heinz Stenmitz.

– Vous croyez que ce Writzmann a tué April parce qu'il a découvert qu'elle faisait des recherches ? Peut-être même qu'il l'a vue traîner du côté du pont et du bar.

– Peut-être, fit Tom. Pourquoi assassiner Grant Hoffman ? »

Il fronça les sourcils, se passa la main dans ses cheveux blonds qui se remirent en place. « Il faut trouver ce qu'April faisait vraiment. Il nous faut ses notes, ses brouillons ou ce qu'elle avait réussi à trouver. Mais avant cela... »

Il quitta le bureau, prit une des piles de pages photocopiées et me la tendit. « Il faut nous mettre à lire. »

6

Pendant une heure encore, je restai donc assis dans le confortable fauteuil de cuir à feuilleter le dossier de la police sur l'affaire Blue Rose. A déchiffrer l'écriture d'une demi-douzaine de policiers et de deux inspecteurs, Fulton Bishop et William Damrosch. Bishop, qui devait faire une longue et presque sublime carrière de corrompu à la police de Millhaven, avait été retiré de l'affaire au bout de deux semaines. Ses protecteurs lui avait épargné ce qui leur semblait être une sorte de guêpier. Je regrettais qu'ils ne l'aient pas laissé enquêter pendant encore une quinzaine de jours ; sa petite écriture serrée était aussi facile à lire que des caractères imprimés. Ses rapports dactylographiés ressemblaient à ceux d'une bonne secrétaire. Damrosch griffonnait même quand il était relativement à jeun et gribouillait quand il ne l'était pas. C'était un méli-mélo où des mots entiers disparaissaient dans des enchevêtrements vermiformes. Il tapait comme un enfant en colère joue du piano. Au bout de dix minutes, j'avais mal à la tête : au bout de vingt, mal aux yeux.

Quand j'eus examiné toutes les dépositions et tous les rapports, j'avais simplement l'impression que Robert Bandolier n'était guère aimé. Le seul élément nouveau que je découvris, ce fut que les meurtres n'avaient pas été des mutilations sauvages, comme l'assassinat de Grant Hoffman ou les performances de Walter Dragonette : les victimes de Blue Rose avaient été tuées proprement d'un seul coup de poignard au cœur. Puis on leur avait coupé la gorge. C'était aussi dénué de passion qu'un meurtre rituel.

« Ma foi, dit Tom, rien ne m'a sauté aux yeux non plus. Il y a bien quelques points de détail, mais ça peut attendre. » Il me regarda d'un air presque méfiant. « J'imagine que vous êtes prêt à rentrer.

– Ma foi, votre café va me tenir éveillé un moment, dis-je. Je pourrais rester encore un peu. »

Tom m'était manifestement reconnaissant de bien vouloir rester : on aurait dit un enfant abandonné dans une magnifique demeure.

« Un peu de musique ? proposa-t-il, se levant déjà.

– Bien sûr. »

Il prit un coffret parmi les rangées de compacts, en retira un disque et l'introduisit dans l'appareil. Mitsuko Uchida se mit à jouer la sonate en fa pour piano de Mozart. Tom se renversa sur son canapé de cuir et, pendant un moment, nous n'échangeâmes pas un mot.

Malgré mon épuisement, j'aurais bien voulu rester encore une demi-heure. Et pas simplement pour lui tenir compagnie. J'estimais qu'être avec lui était un privilège. Je ne pouvais pas oublier les épreuves de Tom pas plus qu'il ne pouvait chasser de son esprit les miennes. Mais je l'admirais comme je n'ai jamais admiré personne.

« J'aurais aimé que nous découvrions un employé de la réception mécontent du nom de Lenny Valentine, dit-il.

– Vous croyez vraiment qu'il y a un rapport entre Elvee Holdings et les meurtres de Blue Rose ?

– Je ne sais pas.

– A votre avis, que va-t-il se passer ?

– Je pense qu'on va trouver un cadavre devant L'Heure de Loisir. » Il prit son verre et but encore une gorgée. « Parlons d'autre chose. »

J'oubliai que j'étais fatigué. Quand je regardai ma montre, je constatai qu'il était plus de deux heures.

Nous passâmes en revue ce que j'allais faire le lendemain. Puis Tom s'approcha de son bureau et prit le livre relié de simple toile grise. « Croyez-vous que vous aurez le temps de jeter un coup d'œil là-dessus dans les jours qui viennent ?

– Qu'est-ce que c'est ? » J'aurais dû savoir que le livre n'était pas sur son bureau par hasard.

« Les mémoires d'un vieux soldat publiés à compte d'auteur. J'ai lu beaucoup de choses sur le Viêt-nam et certaines questions se posent à propos de ce que John a fait au cours de ses derniers mois dans l'armée.

– Il était à Lang Vei, dis-je. Il n'y a aucun doute là-dessus.

– Je crois qu'on lui a donné l'ordre de dire qu'il était là-bas.

– Il n'y était pas ? »

Tom ne me répondit pas. « Savez-vous quelque chose à propos d'un étrange personnage du nom de Franklin Bachelor ? Un commandant de Bérets verts ?

– Je l'ai rencontré une fois, dis-je, me rappelant la scène chez Billy. C'était un des héros de John.

– Lisez ça et voyez si vous pouvez amener John à vous parler de ce qui lui est arrivé, mais...

– Je sais. Il ne faut pas que je lui dise que c'est vous qui m'avez donné le livre. Vous croyez qu'il va me mentir ?

– J'aimerais simplement savoir ce qui s'est vraiment passé. »

Tom me tendit le livre. « C'est sans doute une perte de temps, mais faites-moi plaisir. »

J'inspectai le volume et l'ouvris à la page de titre. *Là où nous nous sommes trompés* ou *Mémoires d'un simple soldat*, par le colonel Beaufort Runnel. Je tournai les pages jusqu'au moment où j'arrivai à la première phrase.

J'ai toujours méprisé et abhorré la fourberie, la prévarication et la malhonnêteté sous toutes leurs nombreuses formes.

« Je suis surpris qu'il ait jamais atteint le grade de colonel », dis-je. Puis une coïncidence, probablement sans signification, me frappa. « Lang Vei, ce sont les initiales LV, balbutiai-je.

– Peut-être qu'après tout vous ne serez pas collé à l'examen d'entrée de l'École des grands détectives. » Il me sourit. « Mais j'espère quand même qu'un de ces jours nous tomberons sur Lenny Valentine. »

Il me raccompagna en bas et me laissa partir dans la nuit tiède. Des millions d'étoiles semblaient piqueter les étendues sans limites du ciel. Quand j'arrivai sur le trottoir, je me rendis compte que pendant environ quatre heures, Tom avait siroté un unique verre de whisky de malt.

7

Les lumières étaient éteintes dans toutes les grandes maisons le long d'Eastern Shore Road. A deux blocs d'An Die Blumen, je vis les feux arrière d'une voiture qui se dirigeait vers Riverwood. Je tournai le coin derrière elle, ne songeant qu'à William Writzmann et à une coquille vide qui s'appelait le Bar de la Femme verte.

La longue rue déserte s'étendait devant moi, bordée des formes vagues de maisons qui semblaient se fondre dans la nuit. A de grands intervalles, des lampadaires projetaient des flaques de lumière sur le ciment craquelé. Tout devant moi avait un air paisible bien trompeur. L'immensité du ciel noir constellé d'étoiles me donnait le sentiment d'être tout petit. Je fourrai mes mains dans mes poches et hâtai le pas.

J'avais parcouru un demi-bloc quand je compris vraiment ce qui m'arrivait : non pas un brusque affolement, mais une approche graduelle de la peur, une impression différente de la façon dont le passé, en général, m'envahissait. Pas d'hommes en noir qui traversaient, invisibles, le paysage. Pas de gémissements qui montaient de la terre. Je ne pouvais pas me dire que c'était encore un cauchemar et m'asseoir sur une pelouse en attendant que ça passe. C'était quelque chose de nouveau.

J'avançais à grands pas, courbant machinalement les épaules. Je descendis d'un trottoir et traversai une rue déserte. La crainte qui m'avait envahi m'inspira soudain la conviction que quelqu'un ou quelque chose me guettait. Quelque part, dans les ombres qui bordaient chaque côté d'An Die Blumen, une créature qui semblait à peine humaine me suivait des yeux.

Puis, je le sus avec une absolue certitude : ce n'était pas la simple panique. C'était la réalité.

Je franchis le bloc suivant, sentant ces yeux qui m'appelaient de leur cachette. Le contact de ce regard me donnait une impression de stupéfiante souillure. J'étais comme sali d'une façon que je ne pouvais pas supporter de définir : l'être qui regardait avec ces yeux-là savait qu'il pouvait me détruire *secrètement*, qu'il pouvait m'infliger une *secrète blessure*, que seuls lui et moi pourrions voir.

J'avançais et il avançait avec moi, se coulant dans les ténèbres. Par moments, il traînait en arrière, s'appuyant contre une véranda, invisible et souriant. Puis il se fondait dans l'ombre, passait parmi les arbres et sans effort me devançait. Je sentais alors son regard s'attarder sur mon visage.

Je parcourus encore trois blocs. J'avais les paumes et le front moites. Il était dissimulé dans les ténèbres devant un immeuble qui se dressait comme une grande tombe à la stèle vierge. Il respirait par des narines grosses comme mes poings, avalant d'énormes goulées d'air et exhalant des panaches de vapeur.

Je ne peux pas le supporter, me dis-je. Sans me douter de ce que j'allais faire, je traversai la rue et vins me planter au bord du trottoir devant une maison en bois. Mes genoux tremblaient. Une grande silhouette avançait dans l'ombre. Puis elle se figea devant un rideau noir qui aurait pu être une haie de rhododendrons et redevint invisible. J'avais le cœur qui battait et je faillis m'évanouir. « Qui êtes-vous ? » dis-je. Le devant de la maison était comme une dalle lisse. Je fis un pas sur la pelouse.

Un chien se mit à grogner et je sursautai. Un pan des ténèbres devant moi se précipita vers le côté de la maison. Ma terreur céda la place à la fureur et je m'élançai sur la pelouse.

Une lumière apparut derrière une des fenêtres du premier étage. Une silhouette sombre se découpait contre la vitre. L'homme à la fenêtre mit sa main en visière au-dessus de ses yeux. Des pas légers et trottinants s'éloignèrent vers le côté de la maison. L'homme à la fenêtre me cria quelque chose.

Je tournai les talons et retraversai la rue en courant. Le chien était au bord de la dépression nerveuse. Je courus de toutes mes forces jusqu'au coin suivant, tournai et remontai la rue à grands pas.

Quand j'arrivai à la maison de John, j'attendis devant la porte pour reprendre mon souffle. J'étais couvert de sueur. Hors d'haleine, je m'appuyai à la porte. Je ne pensais pas que l'homme à la Lexus aurait pu se déplacer avec autant de discrétion ou de rapidité : qui donc alors pouvait-il être ?

Une image parut dans mon esprit, avec une puissance telle que je sus qu'elle avait toujours été cachée là. J'aperçus une créature nue avec de grosses jambes et d'énormes mains, des cordes de muscles gonflant ses bras et ses épaules. Une toison brune couvrait son large torse. Sur son cou massif était posée l'énorme tête cornue d'un taureau.

8

J'entrai dans le bureau de John. J'allumai des lumières. Je fis mon lit et tirai de la serviette le livre du colonel Runnel. Puis je glissai la serviette sous le divan. Je me déshabillai, j'éteignis tout sauf la lampe de chevet, je m'allongeai et ouvris le livre. Le colonel Runnel était planté devant moi : il parlait en hurlant de quelque chose qu'il méprisait et qu'il abhorrait. Il portait un uniforme de cérémonie aux plis impeccables. Des rangées de décorations lui barraient la poitrine. Au bout d'une heure, je me réveillai et j'éteignis la lampe. Une voiture passa sur Ely Place. Je finis par me rendormir.

9

Le mardi matin, vers dix heures et demie, je sonnai chez Alan Brookner. J'étais debout depuis une heure. J'en avais profité pour appeler l'agence d'infirmières et m'assurer qu'on avait bien parlé à Eliza Morgan et qu'elle avait accepté de travailler chez Alan. J'avais fait une rapide inspection du bureau parfaitement rangé d'April Ransom et lu quelques chapitres de *Là où nous nous sommes trompés*. Côté style, le colonel Runnel adorait les participes et les phrases morcelées. En fragments tonnants. Quand j'étais descendu, les trois Ransom prenaient leur petit déjeuner dans la cuisine : Ralph et Marjorie dans leur tenue de jogging, John en blue-jeans et polo vert, comme si la présence de ses parents avait refait de lui un adolescent. Je pris John à part et lui parlai de l'agence d'infirmières. Il me parut reconnaissant que je me fusse occupé de cela sans l'importuner avec les détails et accepta de me prêter sa voiture. Je lui dis que je serais de retour au milieu de l'après-midi.

« Tu as dû trouver une petite diversion, dit John. A quelle heure es-tu rentré hier soir ? Deux heures du matin ? Jolie promenade. » Il se permit l'esquisse d'un ricanement.

Quand je lui parlai de l'homme qui m'avait suivi, il parut inquiet et s'efforça aussitôt de le dissimuler. « Tu as probablement surpris un voyeur », dit-il.

Les journalistes habituels buvaient leur café sur la pelouse. Seul Geoffrey Bough m'arrêta au passage. Je n'avais pas de commentaire à faire et Geoffrey s'éloigna d'un pas traînant.

Ce fut Eliza Morgan qui m'ouvrit la porte. Elle parut soulagée de me voir. « Alan m'a demandé où vous étiez. Il ne veut pas que je l'aide, que je l'habille : il ne veut même pas me laisser approcher de sa penderie.

– Les poches de ses costumes sont pleines de billets », dis-je. Je lui expliquai. La maison sentait encore la cire et l'encaustique. J'entendais Alan vociférer : « Qu'est-ce que c'était encore ? C'est Tim ? Pourquoi diable personne ne veut-il me parler ? »

J'ouvris la porte de sa chambre et le vis assis tout droit dans son lit, torse nu, me foudroyant du regard. Ses cheveux blancs se dressaient en mèches folles. Ses favoris argentés brillaient sur ses joues. « Bon, vous voilà enfin, mais qui est cette femme ? Une blouse blanche ne veut pas automatiquement dire que c'est une infirmière, vous savez ! »

Alan se calma peu à peu tandis que j'expliquais.

« Elle a soigné ma fille ? »

Eliza parut blessée et je m'empressai de dire qu'elle avait fait tout son possible pour April.

« Hoomph. Je pense qu'elle fera l'affaire. Et nous ? Vous avez un plan ? »

Je lui répondis que je devais vérifier certaines choses moi-même.

« Pas question. » Alan repoussa le drap et la couverture et sortit ses jambes du lit. Il était encore en caleçon. A peine était-il debout que son visage devint gris. Il se rassit pesamment sur le lit. « Quelque chose ne va pas, dit-il en tendant ses bras maigres pour que je les examine. Je ne tiens pas debout. Je suis moulu.

– Pas étonnant, dis-je. Nous avons fait un peu d'escalade hier.

– Je ne me souviens pas de ça. »

Je lui rappelai que nous étions allés à Flory Park.

« Ma fille allait souvent à Flory Park. » Il avait un air désemparé.

« Alan, si vous vouliez vous habiller et aller passer un moment avec John et ses parents, je me ferais un plaisir de vous conduire là-bas. »

Il recommença à s'extraire du lit, mais ses genoux se dérobaient sous lui et il s'affala de nouveau, en grimaçant.

« Je vais vous faire couler un bain chaud, annonça Eliza Morgan. Vous vous sentirez mieux quand vous serez rasé et habillé.

– Excellente idée, fit Alan. De l'eau chaude. Ça va dissiper mes courbatures. »

Eliza sortit et Alan me lança un regard pénétrant. Il brandit l'index, pour me réclamer le silence. Au bout du couloir, l'eau se déversait dans la baignoire. Il hocha la tête. Maintenant, il pouvait parler sans risque. « Je me suis souvenu de cet homme qui habitait la ville. Tout à fait ce qu'il nous faut : un homme brillant. Lamont von Heilitz. Von Heilitz pourrait résoudre cette affaire en un rien de temps. »

Alan était quelque part dans les années quarante ou cinquante. « Je lui ai parlé hier soir, dis-je. Ne le dites à personne, mais il nous aide. »

Il me fit un grand sourire. « Motus et bouche cousue. »

Eliza revint. Elle l'entraîna dans la salle de bains. Je descendis et sortis.

10

Je traversai la rue et sonnai à la maison qui faisait face à celle d'Alan. Au bout de quelques secondes, une jeune femme en tailleur de lin bleu marine avec un rang de perles ouvrit la porte. Elle avait un porte-documents à la main. « Je ne sais pas qui vous êtes et je suis déjà en retard », annonça-t-elle. Puis il m'inspecta d'un bref coup d'œil. « Allons, vous n'avez pas l'air d'un témoin de Jéhovah. Faites marche arrière, je sors. Nous pourrons discuter pendant que je vais jusqu'à ma voiture. »

J'obéis. Elle sourit et ferma la porte à clé. Puis elle consulta sa montre. « Si vous vous mettez à me parler du Royaume de Dieu, je vous écrase le pied.

– Je suis un ami d'Alan Brookner, dis-je. Je voudrais vous poser quelques questions à propos d'un événement un peu bizarre qui s'est passé là-bas.

– Dans la maison du professeur ? » Elle me regarda d'un air interrogateur. « Tout ce qui se passe là-bas est bizarre. Mais si c'est vous qui l'avez décidé à faire tondre sa pelouse, le quartier tout entier va s'aligner pour vous baiser les pieds.

– Ma foi, c'est moi qui ai appelé le jardinier pour lui », dis-je.

Au lieu de me baiser les pieds, elle descendit d'un pas vif le petit sentier qui menait juqu'à la rue où une Honda Civic rouge étincelante était garée le long du trottoir.

« Il vaudrait mieux commencer à parler, dit-elle. Il ne vous reste presque plus de temps.

– Je me demandais si vous n'aviez pas vu quelqu'un rentrer une voiture dans le garage du professeur un soir de la semaine dernière ou celle d'avant. Il a cru entendre des bruits dans son garage et lui-même ne conduit plus.

– Il y a une quinzaine de jours ? Bien sûr que je l'ai vue : je rentrais tard chez moi d'un dîner avec un gros client, et la lumière était allumée. Je l'ai remarqué parce qu'il était plus d'une heure et que par ici il n'y a jamais de lumière après neuf heures du soir. »

Je contournai la voiture avec elle. Elle ouvrit la portière côté conducteur.

« Avez-vous vu la voiture ou la personne qui la conduisait ? Était-ce un modèle sport, une Mercedes noire ?

– Tout ce que j'ai vu, c'était la porte du garage qui redescendait. J'ai cru que le jeune type qui lui rend visite de temps en temps mettait sa voiture à l'abri et j'ai été étonnée car je ne l'ai jamais vu conduire. » Elle m'accorda encore une seconde et demie.

« Quel soir était-ce, vous vous souvenez ? »

Elle leva les yeux au ciel et s'agita sur ses hauts talons. « Bon, bon. C'était le 10 juin. Lundi soir, il y a deux semaines. Ça vous va ?

– Merci », dis-je. Elle était déjà dans la voiture et tournait la clé de contact. Je reculai et la Civic dévala la rue comme une fusée.

Lundi 10 juin : c'était le soir où April Ransom avait été battue et poignardée dans la chambre 218 de l'hôtel Saint-Alwyn.

Je montai dans la Pontiac et me dirigeai vers Pigtown.

11

La 7e Rue Sud commençait sur Livermore Avenue et se prolongeait à l'ouest sur une vingtaine de blocs : une succession régulière et ininterrompue de modestes maisons de bois à un étage, avec des vérandas à toit plat ou en pointe. Certaines façades avaient été couvertes d'une couche de briques. Sur quelques-unes des minuscules pelouses, on apercevait des animaux en plâtre peints de couleurs criardes : des faons Bambi et des chiens de berger aux grands yeux. Une maison sur vingt avait un autel de la Vierge Marie, protégé de la neige et de la pluie par un petit auvent de ciment. Par ce chaud mardi matin de juin, quelques vieillards et quelques vieilles femmes étaient assis sur leurs vérandas, et surveillaient ce qui se passait.

Le numéro 17 était dans le premier bloc en partant de Livermore : même position que notre maison, cinquième bâtiment après le coin de la rue. La peinture vert foncé était écaillée sur de grandes surfaces et un réseau de craquelures sillonnait ce qui restait. On avait tiré tous les rideaux. Je fermai la voiture à clé, montait les marches tandis que le vieux couple assis sur le perron voisin m'observait par-dessus ses journaux.

Je sonnai. Une toile métallique rouillée occupait l'encadrement de la porte. Pas un bruit ne venait de l'intérieur de la maison. Je sonnai encore, et je frappai. Puis j'ouvris la porte grillagée et tapai du poing contre la grande porte en bois. Toujours rien. « Hé, il y a quelqu'un ? » Je frappai encore un certain nombre de fois.

« Il n'y a personne », lança une voix.

Le vieil homme sur la véranda voisine avait replié son journal. Sa femme et lui me fixaient d'un regard sans expression. « Vous savez quand ils vont rentrer ?

– Vous vous êtes trompé de maison », dit-il. Sa femme acquiesça de la tête.

« C'est la bonne adresse, dis-je. Vous connaissez les gens qui habitent ici ?

– Eh bien, si vous dites que c'est la bonne adresse, continuez à frapper. »

J'allai jusqu'au bout de la véranda. Le vieil homme et sa femme n'étaient pas à plus de cinq mètres de moi. Lui portait une vieille chemise aux carreaux effacés qui lui serrait le cou. « Qu'est-ce que vous êtes en train de me dire : que personne n'habite ici ?

– On pourrait dire ça. » Sa femme acquiesça encore une fois.

– C'est vide ?

– Que non. Ne croyez pas que c'est vide.

– Ça n'est la maison de personne, mon bon monsieur, déclara sa femme. Il n'y a jamais personne là-dedans. »

Je les dévisageai tour à tour. C'était une énigme : la maison n'était pas vide, mais personne n'était jamais là. « Est-ce que je pourrais venir vous parler ? »

Il regarda sa femme. « Ça dépend qui vous êtes et de quoi vous voulez parler. »

Je leur dis mon nom. Il me sembla, à voir le visage de l'homme, que le nom lui disait quelque chose. « J'ai grandi juste au coin, sur la 6e Sud. Mon père était Al Underhill.

– Vous êtes le fils d'Al Underhill ? » Il consulta sa femme. « Venez donc. »

J'arrivai sur leur véranda. Le vieil homme se leva et me tendit la main. « Frank Belknap. Voici ma femme, Hannah. Je connaissais un peu votre père. J'ai passé trente et un ans chez Glax, à la soudure. Désolé de ne pas pouvoir vous offrir un siège. »

Je dis que c'était parfait et m'adossai à la balustrade.

« Un verre de citronnade ? Nous avons le mois d'août au beau milieu de juin maintenant que les politiciens ont empoisonné le temps. »

Je le remerciai. Hannah se leva et franchit la porte d'un pas lourd.

« Si votre père est encore en forme, dites-lui de passer un de ces jours pour tailler une bavette. Je n'ai jamais fait partie de la bande de L'Heure de Loisir, mais j'aimerais bien revoir Al. » Frank Belknap avait travaillé trente et un ans dans le vacarme de l'usine. Aujourd'hui il demeurait toute la journée sur son perron avec sa femme.

Je lui dis que mon père était mort voilà quelques années. Il parut résigné.

« La plupart des gens de cette bande sont morts, dit-il. Qu'est-ce qui vous amène chez le voisin ?

– Je cherche un homme qui vivait là autrefois. »

Hannah repassa la porte, portant un plateau de plastique vert avec trois grands verres pleins de citronnade glacée. J'avais l'impression qu'elle avait attendu pour entendre ce que je venais chercher. Je pris un verre et je bus une gorgée. La citronnade était glacée et bien agréable.

« Ce sont les Dumky qui habitaient là, annonça-t-elle en tendant le plateau à son mari.

– Eux, avec tous leurs gosses, et deux frères.

– Les Dumky étaient locataires. » Hannah se rassit. « Vous aimez la citronnade ?

– Elle est très bonne.

– J'en prépare un pot chaque matin. Ça reste frais toute la journée.

– C'était un des Dumky que vous vouliez voir ?

– Je cherchais l'homme qui était autrefois propriétaire de la maison. Bob Bandolier. Vous vous souvenez de lui ? »

Frank pencha la tête de côté et me dévisagea. Il but lentement une gorgée de citronnade et la garda dans sa bouche avant de l'avaler. Il n'allait rien me confier avant que je lui en dise davantage.

« Bandolier a été longtemps directeur au Saint-Alwyn.

– Ah oui ? »

Je ne lui disais rien qu'il ne savait déjà.

« Mon père a travaillé quelque temps là aussi. »

Il tourna la tête pour regarder sa femme. « Al Underhill a travaillé à l'hôtel. Il connaissait Mr. Bandolier.

– Ah bon. Je pensais bien.

– Ça devait être avant qu'Al n'arrive à l'usine, me dit Frank.

– Oui. Savez-vous où je pourrais trouver Bandolier ?

– Je ne pourrais pas vous le dire, répondit Frank. Mr. Bandolier n'était pas très bavard.

– Les Dumky louaient *meublé*, précisa Hannah.

– Alors Mr. Bandolier a déménagé en laissant son mobilier ?

– Exactement, dit Frank. C'est arrivé quand Hannah et moi étions dans notre pavillon. Il y a longtemps. En 1972, hein, Hannah ? »

Elle acquiesça.

« Nous sommes rentrés de vacances. Les Dumky étaient tous là. Ils n'entretenaient pas beaucoup de relations avec leurs voisins, mais quand même plus que Mr. Bandolier. Mr. Bandolier n'encourageait pas la conversation. Cet homme avait un regard qui vous transperçait.

– Mais Mr. Bandolier s'habillait comme un vrai gentleman. Toujours costume et cravate. Quand il travaillait à son jardin, il mettait un tablier. Il gardait ses problèmes pour lui, on ne peut pas le lui reprocher.

– Ce Bandolier était veuf, expliqua Frank. Nous l'avons appris du vieux George Milton, l'homme à qui il a acheté cette maison. Il avait une femme qui est morte deux ou trois ans avant que nous arrivions. Je pense qu'elle s'arrangeait pour qu'il soit au calme.

– Cet homme aimait le calme. Il était ferme, mais pas grossier.

– Et ses locataires du dessus, les Sunchana, étaient des gens charmants : des étrangers, mais charmants. On ne les connaissait pas vraiment non plus, bien sûr, juste bonjour bonsoir. Les Sunchana étaient très sur leur quant-à-soi.

– Ils parlaient un peu drôlement, dit Frank. Des étrangers. Mais c'était une jolie femme.

– Est-ce qu'ils sauraient comment je pourrais contacter Mr. Bandolier ? »

Les Belknap échangèrent un sourire. « Les Sunchana

ne s'entendaient pas avec Mr. Bandolier, dit Hannah. Il y avait de vieilles rancunes entre eux. Le jour où ils ont déménagé, ils entassaient des cartons dans une remorque. Je suis venue leur dire au revoir. Theresa m'a dit qu'elle espérait ne jamais être obligée de revoir Mr. Bandolier. Elle m'a expliqué qu'ils avaient quelques économies et qu'ils avaient fait un premier versement pour une maison dans le Quartier Ouest. Quand les Dumky sont partis, une des filles m'a raconté qu'un jeune homme en uniforme militaire était venu leur dire qu'ils devaient faire leurs paquets et s'en aller. Je lui ai répondu que l'armée ne se conduisait pas comme ça aux États-Unis, mais ce n'était pas une enfant très intelligente.

– Elle ne savait pas qui était le soldat ?

– Il est juste arrivé pour leur dire de déguerpir.

– Ça ne rime à rien, dit Frank, sauf que Mr. Bandolier pouvait faire des choses comme ça. A mon avis, Mr. Bandolier voulait habiter là tout seul. Alors, il a fait venir un type pour faire peur à ses locataires. Je pensais donc qu'on allait revoir Mr. Bandolier. Mais non : la maison est restée inoccupée. Mr. Bandolier en est toujours propriétaire, je crois : je n'ai jamais vu devant la maison un panneau A VENDRE. »

Je réfléchis un moment tout en terminant ma citronnade. « Alors, la maison est restée vide tout ce temps ? Qui est-ce qui tond l'herbe ?

– On le fait tous, à tour de rôle.

– Vous n'avez jamais vu ce soldat dont vous ont parlé les Sunchana ?

– Non, dit Frank.

– Ma foi... commença Hannah.

– Oh, cette vieille histoire idiote...

– Vous l'avez effectivement vu ?

– Hannah n'a rien vu du tout.

– Ç'aurait pu ne pas être un *soldat*, rétorqua Hannah. Mais ce n'est pas une histoire idiote non plus. »

Je lui demandai ce qu'elle avait vu, et Frank eut un grognement écœuré.

Hannah le désigna du doigt. « Lui ne me croit pas

parce qu'il ne l'a pas vu. Il s'endort à neuf heures tous les soirs, n'est-ce pas ? Mais ça m'est égal qu'il ne me croie pas, parce que moi, je sais. Je me lève au beau milieu de la nuit, et je l'ai vu.

– Vous avez vu quelqu'un entrer dans la maison ?

– Je l'ai vu *dans* la maison, mon bon monsieur.

– Hannah et son fantôme... ricana Frank.

– C'est moi qui l'ai vu, et ça n'était pas un fantôme. Ça n'était qu'un homme. » Elle se détourna pour me faire face. « Toutes les deux ou trois nuits, je me lève parce que je n'arrive pas à dormir. Je descends et je lis.

– Dis-lui ce que tu lis, lança Frank.

– Oh, c'est vrai, j'aime bien ces livres qui font peur. » Hannah sourit et Frank me regarda en grimaçant. « J'en ai toute une collection, et j'en achète des nouveaux au supermarché. J'en ai toujours un en train. En ce moment, je lis *Dragon Rouge*, vous connaissez ? J'aime bien ceux qui donnent vraiment la chair de poule. »

Frank porta la main à sa bouche pour étouffer un gloussement.

« Mais ça ne veut pas dire que j'ai inventé tout ça. J'ai vu cet homme qui marchait dans le salon de la maison d'à côté.

– Il marchait comme ça, dans le noir, fit Frank. Bien sûr.

– Quelquefois il a une petite torche électrique, mais la plupart du temps il entre là-dedans, il marche un moment et il s'assied. Et...

– Continue, insista Frank. Raconte le reste.

– Et il pleure. » Hannah me lança un regard de défi. « Je me sers de cette toute petite lampe pour lire. Quand je suis assise dans mon fauteuil, je le vois par la fenêtre sur le côté de la maison : à cette fenêtre-là il n'y a qu'un rideau de tulle. Il est là peut-être un soir tous les quinze jours. Il marche de long en large dans le salon. Par moments, il disparaît dans une autre pièce et je crois qu'il est parti. Mais quand je regarde un peu plus tard, il est assis là ; il parle tout seul ou il pleure.

– Il n'a jamais aperçu votre lumière ?

– Ces dragons rouges n'ont probablement pas bonne vue, commenta Frank.

– Elle est faible, dit-elle. Juste un petit pinceau de lumière.

– Vous ne l'avez jamais vu entrer dans la maison ?

– Je crois qu'il passe par l'autre côté et qu'il entre par-derrière, dit-elle.

– Il doit descendre par la cheminée.

– Vous n'avez jamais appelé la police ?

– Non. » Pour la première fois, elle eut l'air gêné.

« *Sanglots d'outre-tombe*, dit Frank, par I.B. Dingo.

– Les soudeurs, dit Hannah, ils sont tous comme ça. Je ne sais pas pourquoi. Mais ils se prennent tous pour des comiques.

– Pourquoi n'avez-vous pas appelé la police ?

– Je pense que c'est un de ces pauvres petits Dumky, qui a grandi maintenant et qui revient là où il était heureux.

– Les péquenots, répliqua Frank, ça ne se conduit pas comme ça. Et ces gens-là étaient des péquenots. Même les petits étaient tellement ivres qu'ils tombaient dans les pommes sur la pelouse. » Il fit de nouveau un grand sourire à sa femme. « Elle les aimait bien parce qu'ils lui disaient Madame. »

Elle lui lança un regard désapprobateur. « Il y a une grande différence entre être ignorant et être méchant.

– Vous n'avez jamais demandé à d'autres gens de la rue s'ils l'avaient vu aussi ? »

Elle secoua la tête. « Il n'y a personne dans ce quartier qui soit debout la nuit, sauf moi.

– Mr. Bandolier vivait seul ?

– Il faisait tout tout seul, dit Frank. C'était vraiment un type à part.

– C'est peut-être lui, dis-je.

– Il faudrait un microscope pour trouver des larmes chez Mr. Bandolier », déclara Frank. Et pour une fois sa femme parut d'accord avec lui.

Avant de partir, je demandai à Hannah Belknap de me téléphoner la prochaine fois qu'elle verrait l'homme dans la maison d'à côté. Frank me désigna les pavillons de deux autres couples qui avaient emménagé depuis leur arrivée. Mais, à son avis, ils ne pourraient pas m'aider à retrouver Robert Bandolier.

Un de ces couples habitait tout au bout de la rue et n'avait qu'un vague souvenir de leur ancien voisin. Pour reprendre leurs propres termes, ils lui trouvaient l'air d' « un snob coincé qui vous regardait de haut » et ils n'avaient aucune envie de parler de lui. Ils lui en voulaient encore d'avoir loué aux Dumky. L'autre couple, Millhauser, habitait deux maisons plus loin, de l'autre côté de la rue. Mr. Millhauser franchit la porte grillagée pour venir me parler. Sa femme cria d'un fauteuil roulant installé tout au fond d'un vestibule ténébreux. Ils partageaient l'antipathie générale qu'inspirait Bob Bandolier. C'était une honte que cette maison reste vide année après année. Mais ils n'avaient aucune envie de revoir les Dumky. Mrs. Millhauser cria du fond de son fauteuil qu'elle croyait que les Sunchana étaient allés s'installer... comment s'appelait cet endroit... à Elm Hill ? C'était un faubourg de Millhaven au bout du Quartier Ouest. Mr. Millhauser voulait rentrer. Je le remerciai de m'avoir parlé. Sa femme cria : « Ce Bandolier, il était beau comme Clark Gable, mais un méchant homme ! Il battait sa femme à bras raccourcis ! » Millhauser lui lança un regard affligé et lui dit de s'occuper de ses affaires. « Et vous feriez bien d'en faire autant, Monsieur », me dit-il. Il rentra dans sa maison et claqua la porte derrière lui.

12

Je laissai la voiture dans la 7e Rue Sud et allai à pied jusqu'au Saint-Alwyn dans la chaleur étouffante. Tout ce qu'on m'avait raconté ces deux derniers jours tournait dans ma tête. Plus je m'éloignais de la 7e Rue Sud, moins je croyais qu'Hannah Belknap avait vu quelqu'un. Je décidai de m'accorder le plaisir de rencontrer Glenroy Breakstone même si ça n'aboutissait à rien. Après cela, j'essaierais de retrouver les Sunchana.

J'avais des gargouillements d'estomac et je m'aperçus que je n'avais rien mangé depuis mon dîner avec les Ransom chez Jimmy's la veille au soir. Glenroy Breakstone pourrait attendre jusqu'après le déjeuner : d'ailleurs, il était sans doute encore au lit. J'achetai un exemplaire du *Ledger* à un distributeur automatique au coin de Livermore et de Widow Street. Je l'emportai avec moi en entrant dans la Taverne de Sindbad.

L'atmosphère du restaurant s'était détendue depuis le matin de l'arrestation de Walter Dragonette. La plupart des tables étaient occupées par des gens du quartier et des clients de l'hôtel qui déjeunaient. La jeune femme derrière le bar tirait des bières à la pression pour des ouvriers couverts de poussière de plâtre. La serveuse à qui j'avais parlé ce matin-là sortit de la cuisine toujours avec sa robe de cocktail bleue et ses talons hauts. Il y avait un brouhaha de conversations. La serveuse me désigna une table dans un coin au fond de la salle. A une table de l'autre côté, quatre hommes entre vingt et cinquante ans étaient assis à boire du café sans se regarder le moins du monde. Ils ressemblaient beaucoup aux autres hommes qui occupaient la même table le jour du meurtre d'April Ransom. L'un d'eux avait un costume d'été, un autre un sweat-shirt avec un capuchon et un pantalon sale. Le plus jeune du groupe avait des jeans un peu larges, un débardeur et une lourde chaîne d'or autour du cou. Ils ne m'accordèrent même pas un regard et j'ouvris mon journal.

Millhaven continuait à se déchirer. La moitié de la une était consacrée aux réunions de protestation sur Armory Place. Le Révérend Al Sharpton s'était présenté comme il l'avait promis et s'était déclaré prêt à prendre lui-même d'assaut la mairie si on ne suspendait pas ou si on ne révoquait pas les policiers qui n'avaient pas réagi aux appels des voisins de Walter Dragonette. Des photos du chef de la police et de Merlin Waterford discourant à l'enterrement d'April Ransom avec de longues légendes occupaient le haut de la page suivante. Les trois éditoriaux tiraient à boulets rouges sur Waterford et sur le fonctionnement des services de police.

Je lus tout cela en dévorant un club sandwich. Je commençai peu à peu à remarquer ce que faisaient les hommes attablés de l'autre côté de la salle. Ils se levaient les uns après les autres pour disparaître par une porte anonyme derrière leur table. Quand l'un sortait, un autre arrivait. J'aperçus un couloir gris où s'entassaient des barils métalliques vides. Parfois, l'homme qui revenait quittait le restaurant. Parfois, il attendait à la table. Les hommes fumaient et buvaient du café. Quand un de ceux qui étaient là au début partait, un autre venait de l'extérieur le remplacer. Ils parlaient rarement. Ils n'avaient pas l'air assez arrogant pour être des gangsters ni assez furtif pour être des revendeurs de drogue venus prendre livraison de la marchandise.

Quand je partis, des quatre que j'avais vus en arrivant, il ne restait que l'homme à la chaîne d'or. Il avait déjà fait l'aller-retour dans l'arrière-salle. Aucun d'eux ne me regarda quand je réglai mon addition pour sortir par la porte voûtée qui donnait dans le hall du Saint-Alwyn.

Sans plus penser à eux, je m'approchai de l'employé de la réception pour lui demander si Glenroy Breakstone était dans sa chambre.

« Oui, Glenroy est là-haut », dit-il en me désignant une rangée de téléphones intérieurs. Un vieil homme en costume gris était assis sur le long canapé du hall, fumant un cigare et marmonnant tout seul. L'employé me dit de composer le 925.

Une voix rauque et éraillée dit : « Vous êtes en communication avec la résidence de Glenroy Breakstone. Il est bien chez lui. Si vous avez un message, c'est le moment.

– Mr. Breakstone ?

– Est-ce que je ne l'ai pas déjà dit ? Maintenant, c'est à vous. »

Je lui donnai mon nom et dis que j'étais dans le hall. J'entendais en arrière-fond les accents de Nat King Cole qui chantait « Blame It on My Youth ». « J'espérais que je pourrais monter vous voir.

– Vous êtes un musicien, Tim Underhill ?

– Juste un fan, dis-je. Ça fait des années que j'adore vous entendre jouer. Je serais très honoré de vous rencontrer. Je voulais vous parler aussi de l'homme qui était directeur de cet hôtel dans les années cinquante et soixante.

– Vous voulez parler de l'abominable Bob Bandolier ? » Je l'avais surpris et il se mit à rire. « Mon vieux, personne n'a plus envie de parler de l'abominable Bob. Ce sujet-là est épuisé.

– Ça a un rapport avec les meurtres de Blue Rose », dis-je.

Il y eut un long silence. « Vous êtes un journaliste ?

– Je pourrais sans doute vous dire certaines choses que vous ignorez à propos de ces meurtres. Ça pourrait vous intéresser, ne serait-ce qu'à cause de James Treadwell. »

Nouvelle pause. J'avais peur d'être allé trop loin, mais il reprit : « Vous prétendez être un fan de jazz ? »

Je répondis que oui.

« Dites-moi qui jouait le solo de saxo ténor dans l'enregistrement par Lionel Hampton de " Flyin' Home ". Qui jouait le saxo ténor dans l'orchestre de Billy Eckstine avec Charlie Parker. Et le nom de l'homme qui a écrit " Lush Life ".

– Illinois Jacquet, je pense Gene Ammons ainsi que Dexter Gordon, et Billy Strayhorn.

– J'aurais dû vous poser des questions vraiment difficiles. La date de naissance de Ben Webster ?

– Je n'en sais rien.

– Je ne sais pas non plus, avoua-t-il. Prenez un paquet de Lucky à la réception avant de monter. »

Je n'avais pas fait trois pas en direction du bureau que l'employé me tendait déjà un paquet de Lucky Strikes. Il refusa les billets que je lui proposais. « Glenroy a un compte, mais je ne lui fais presque jamais payer les cigarettes. Bon sang, c'est quand même Glenroy Breakstone.

– Comme si je ne le savais pas », dis-je.

13

Le dernier étage du Saint-Alwyn. Au bout du long couloir à droite des ascenseurs, la porte noire du 925. Un papier peint à motifs jaunes tapissait les murs. Je frappai à la porte. Un homme sec et nerveux d'environ un mètre soixante-dix, cheveux blancs et drus taillés en brosse, regard vif et curieux, vint m'ouvrir et resta planté en face de moi. Il portait un chandail noir avec LAREN JAZZFEST brodé sur le devant et un pantalon noir à pattes d'éléphant. Il avait le visage plus émacié et les pommettes plus saillantes que quand il avait enregistré *Blue Rose*. Il tendit la main pour prendre le paquet de cigarettes, avec un sourire qui découvrit de belles dents blanches. J'entendais derrière lui Nat King Cole chanter.

« Entrez, dit-il. Ce que vous m'avez dit m'a plus intéressé qu'il ne le faudrait pour un vieil homme. » Il lança le paquet sur une table et me poussa dans la pièce.

Le soleil entrait à flots par les grandes baies vitrées. Il éclairait un long tapis Navajo bicolore, un télescope sur un pied de métal noir, une table octogonale où s'entassaient des partitions, des disques compacts et des livres de poche. Juste à côté, un groupe de chaises alignées devant une longue coiffeuse d'hôtel flanquée de haut-parleurs. Au mur deux grandes affiches encadrées : l'une pour la Grande Parade du jazz de Nice, l'autre pour un concert au Concertgebouw d'Amsterdam. Sur les deux, le nom de Glenroy Breakstone figurait en vedette. Sur les rayonnages où étaient rangés les disques, des photos sous verre : Breakstone plus jeune dans une loge avec Duke Ellington, avec Benny Carter et Ben Webster. Jouant sur une estrade auprès de Phil Woods et de Scott Hamilton.

Deux étuis de saxo ténor étaient posés par terre comme des valises. Un saxo baryton et une clarinette avec leurs embouchures, debout à côté. Il régnait dans la pièce une faible odeur de fumée de cigarette, masquée seulement en partie par l'encens.

Je me retournai pour voir Glenroy Breakstone qui me souriait : il avait vu mon expression étonnée. « Je ne savais pas que vous jouiez de la clarinette et du baryton, dis-je.

– Je n'en joue que dans cette chambre, dit-il. Vers 1970, j'ai acheté un saxo soprano à Paris, mais l'instrument m'a tant déçu que je l'ai donné. Maintenant j'envisage d'en racheter un autre pour pouvoir être de nouveau déçu.

– J'adore *Blue Rose*, dis-je. Je l'écoutais encore hier soir.

– Oui, les gens aiment bien ces albums de ballades. » Il me regarda un instant avec un certain amusement. « Des gens comme vous, vous devriez aller acheter de nouveaux disques au lieu de passer indéfiniment les vieux. J'en ai enregistré un avec Tommy Flanagan en Italie l'an dernier. Nous avons utilisé le trio de Tommy. J'aime bien cet enregistrement. » Il se dirigea vers la porte de la chambre à coucher. « Vous voulez un jus de fruits ou quelque chose ? J'en ai plein là-dedans : du jus de mangue, de papaye, de fruits de la passion, tout un assortiment. »

Je lui dis que je prendrais la même chose que lui et il disparut dans la chambre. Je me mis à examiner les affiches et les photographies.

Il revint avec deux grands verres et m'en tendit un. De la main, il désigna ce que je venais de regarder. « Vous voyez, c'est comme ça. Tout se passe à l'étranger. Dans une semaine, je vais en France pour les festivals. Quand je serai là-bas, je vais faire un disque avec Warren Vaché : tout est arrangé. Et puis je passe le reste de l'été en Angleterre et en Écosse. Si j'ai de la chance, j'ai un engagement pour une croisière et je fais deux ou trois soirées de jazz. Ça paraît beaucoup, mais ça n'est pas le cas. Je passe beaucoup de temps ici, à jouer de mes instruments et à écouter les gens que j'aime bien. Je vais vous dire une chose. » Il sourit de nouveau. « J'écoute presque toujours de vieux disques, moi aussi.

Vous aimez ce jus de fruits ? » Il attendait que je lui dise ce que c'était.

Je bus une gorgée. Je n'en avais pas la moindre idée. « C'est de la mangue ? »

Il me lança un regard écœuré. « Vous n'y connaissez pas grand-chose en matière de jus de fruits, on dirait. Ce que vous avez là, c'est de la papaye. Vous sentez comme c'est doux ? C'est une douceur naturelle.

– Depuis combien de temps habitez-vous le Saint-Alwyn ? »

Il hocha la tête. « Ça fait longtemps. La première année où j'ai emménagé ici, en 45, j'avais une chambre au deuxième étage. Un chambre minuscule. En ce temps-là, je travaillais avec Basie, j'étais rarement chez moi. Quand je suis parti pour former mon groupe, ils m'ont mis au quatrième étage, tout à fait à l'arrière parce que je voulais pouvoir faire des répétitions dans ma chambre. En 61, Ralph Ramson a dit que je pourrais avoir une des grandes chambres au sixième étage, pour le même prix, quand le type qui l'occupait est mort. Ralph était sympa avec moi parce qu'à ce moment-là, la musique, ça n'allait pas fort et il y avait des mois où je n'arrivais pas à payer le loyer. Quand Ralph a vendu, j'ai passé un accord avec le nouveau propriétaire, je suis monté ici et je me suis arrangé pour en faire un lieu sûr. »

Je lui demandai ce qu'il voulait dire par là.

« J'ai les seules chambres de l'hôtel avec des serrures neuves. »

Je me souvins avoir entendu dire que les serrures du Saint-Alwyn ne valaient rien. « Alors, quelqu'un pouvait garder sa clé quand il s'en allait, revenir un an plus tard et ouvrir la porte de la même chambre ?

– Je ne sais qu'une chose : j'ai perdu un saxo ténor très perfectionné et une clarinette neuve, et ça ne va plus m'arriver. Au train où vont les choses maintenant, avec ces serrures-là, on peut rentrer chez soi et trouver un cadavre planqué dans son lit. Si on est un flic de Millhaven, on peut être assez idiot pour croire que c'est un nommé Walter Dragonette qui l'a mis là. » Il recula et désigna les fauteuils. « J'ai beaucoup parlé, mais je crois que c'est à votre tour maintenant, Mr. Underhill. »

Nous nous assîmes de part et d'autre d'une table basse carrée sur laquelle il y avait un cendrier, un briquet, un paquet de Lucky et un objet noir plat qui avait l'air d'un miroir de voyage. Sur l'étui, une photo de Krazy Kat. A côté, une boîte en bois avec des incrustations. Breakstone posa son verre tout près du coffret et alluma une cigarette. « Vous croyez que vous pouvez me dire quelque chose de neuf à propos des meurtres de Blue Rose ? Ça m'intéresserait de l'entendre. » Il me regarda sans le moindre humour. « A cause de James Treadwell. »

Je lui parlai de Glendenning Upshaw, de Buzz Laing et des circonstances dans lesquelles je pensais qu'était mort William Damrosch. Breakstone était de plus en plus excité.

« Je sais pertinemment que tout le monde racontait des craques à propos de Bill Damrosch, dit-il. D'abord, Bill venait nous voir de temps en temps, quand on jouait dans ce club de la 2e Rue, le Black and Tan Bar. Il venait souvent là-bas. Il aimait bien notre musique. »

Il aspira une fumée, exhala et me dévisagea d'un air narquois. « Alors, c'est le vieux Upshaw qui a tué Bill. Mais qui a tué James ? James a grandi à deux pas de chez mes parents et, quand je l'ai entendu jouer, je l'ai pris dans mon orchestre. Il y a quarante ans de ça. Il ne se passe guère de semaine sans que je pense à lui.

– Un meurtre fait du mal aux survivants », dis-je.

Il leva sur moi un regard surpris, puis hocha la tête. « C'est vrai. Tout à fait. Après ça, je n'étais bon à rien pendant environ deux mois. Je ne pouvais pas toucher mon saxo. » Il resta un moment plongé dans ses méditations. Le disque de Nat King Cole s'arrêta. Breakstone parut ne pas s'en apercevoir. « Pourquoi dites-vous que l'homme qui l'a tué le connaissait sans doute de vue ?

– Je crois qu'il travaillait dans l'hôtel », répondis-je. Je lui rapportai alors une partie de la conversation que nous avions eue Tom Pasmore et moi.

Il pencha la tête de côté et me regarda d'un air amusé.

« Vous connaissez Tom ? Vous allez vous installer avec Tom dans son joli foutoir là-haut, au bord du lac, pour discuter avec lui ? »

J'acquiesçai, me rappelant le clin d'œil de Tom quand il avait cherché l'adresse de Breakstone.

« Pourquoi ne me l'avez-vous pas dit tout de suite ? Tous les trente-six du mois, Tom et moi nous passons une soirée à traîner en écoutant de la musique. Il aime bien écouter ces vieux disques de Louis Armstrong que j'ai. » Il réfléchit une seconde, puis me fit un grand sourire, étonné par l'idée qui venait de lui traverser l'esprit. « Tom va finir par se mettre à réfléchir à cette histoire Blue Rose. Il devait attendre que vous veniez lui donner un coup de main.

– Non, c'est à cause des nouveaux meurtres : la femme qu'on a retrouvée dans l'ancienne chambre de James, et l'autre en bas dans la ruelle.

– Je savais qu'il verrait ça, dit Breakstone. Je le savais. La police ne remarque rien, mais Tom Pasmore voit les choses. Et vous aussi.

– Et puis le mari d'April Ransom. C'est lui qui m'a appelé. »

Glenroy me posa une question là-dessus. Je lui parlai de John, de *L'Homme divisé* et je finis par lui parler aussi de ma sœur.

« Alors, cette petite fille était votre sœur ! Et votre père était le liftier, Al. » Il me considéra avec étonnement.

« Oui, en effet, dis-je.

– Al était un brave type. » Il avait envie de changer de sujet et tourna les yeux vers les baies vitrées. « J'ai toujours pensé que votre sœur était un élément de ce qui s'est passé par la suite. Mais quand Bill s'est retrouvé mort, ça leur était bien égal que ce soit exact, dès l'instant que ça se tenait.

– C'est ce que Damrosch pensait aussi ?

– Il me l'a dit juste en bas, au bar. » Il termina son jus de fruits. « Vous voulez que je réfléchisse à qui a été congédié à cette époque-là ? Tout d'abord, Ralph Ransom n'a jamais renvoyé personne directement. C'était

Bob Bandolier et le directeur de nuit, Dicky Lambert, qui faisaient ça. »

Alors, c'était peut-être Blue Rose qui avait obligé Bandolier à changer deux fois son numéro de téléphone.

« Bon. Je me rappelle un chasseur du nom de Tiny Ruggles : il s'est fait virer. Tiny allait parfois dans des chambres inoccupées pour piquer des serviettes et des trucs comme ça. L'abominable Bob l'a surpris et l'a flanqué dehors. Puis il y avait un nommé Lopez, on l'appelait Nando, qui travaillait aux cuisines. Nando était fou de musique cubaine et il avait deux ou trois disques de Machito qu'il me passait quelquefois. Bob Bandolier s'est débarrassé de lui : il disait que ce type mangeait trop. Et il avait un copain qui s'appelait Eggs : Eggs Benson, mais on l'appelait Eggs Benedict. Bob l'a flanqué dehors aussi et je crois que Nando et lui sont partis ensemble pour la Floride. Ça s'est passé un mois ou deux avant que James et les autres se fassent tuer.

– Ils n'ont donc tué personne.

– Juste pas mal de bouteilles. » Il contempla d'un air morose son verre vide. « Boire et voler : c'est pour ça que la plupart ont été congédiés. » Un moment il parut gêné, puis essaya de le dissimuler. « A vrai dire, tous ceux qui travaillent dans un hôtel s'approprient de temps en temps des choses.

– Pensez-vous à quelqu'un d'autre qui en aurait voulu à Ralph Ransom ? »

Glenroy secoua la tête. « Ralph était un type bien. Cet homme-là n'a jamais eu d'ennemis. Dicky et Bob Bandolier, ils auraient pu se faire des ennemis pour avoir flanqué des gens à la porte et trafiqué un peu ici ou là. Je crois que Dicky fricotait avec la blanchisserie, des choses comme ça.

– Que lui est-il arrivé ?

– Il est tombé raide mort au bar en bas, voilà vingt ans. Une attaque.

– Et Bandolier ? »

Glenroy sourit. « Ah, c'est lui qui aurait dû avoir l'attaque. Dicky se la coulait douce, mais le vieux Bob ne se détendait jamais. C'est le type le plus coincé que j'aie jamais connu. L'abominable Bob, c'est exact. Il n'était pas à sa place : on aurait dû faire de Bob le responsable des toilettes. Mon vieux, il les aurait fait briller et étinceler comme des arbres de Noël. Il n'aurait jamais dû diriger des *gens* : les gens ne seront jamais assez impeccables pour Bob Bandolier. » Il secoua la tête et alluma une autre cigarette. « Bob gardait son calme devant les clients, mais, avec le personnel, il se déchaînait. Ce type se conduisait comme un petit dieu. Il ne vous *voyait* jamais vraiment : il ne voyait jamais les autres. Il savait seulement si vous alliez lui faire des emmerdes ou pas. Quand il se lançait sur la religion...

– Ralph m'a dit qu'il était religieux.

– Bah, il y a différentes façons d'être religieux, vous savez. A l'église où j'allais quand j'étais gosse, il s'agissait d'être heureux. Tout le monde chantait tout le temps, vous savez, cette musique gospel. Bob, lui, pensait que religion était pour punir. A en croire Bob, le monde n'était que perversité. Quand il était lancé, il vous débitait de ces trucs. »

Il se mit à rire, sincèrement amusé par quelque souvenir. « A une époque, l'abominable Bob trouvait que tout le personnel devait se rassembler pour une réunion de prière au début de leur service. Ils devaient se retrouver dans la cuisine cinq minutes avant de commencer à travailler. Je crois d'ailleurs que la plupart y venaient. Mais Bob Bandolier a commencé à dire que Dieu nous observait toujours et que si on ne faisait pas bien son travail, Dieu vous condamnerait pour l'éternité à vous faire arracher les ongles. Il était tellement remonté que les gens ont pris leur travail avec dix minutes de retard. Ralph lui a dit qu'il n'y aurait plus de réunion de prière.

– Il vit encore ?

– Pour autant que je sache, oui : ce type était trop mauvais pour mourir. Il a fini par prendre sa retraite en 1971 ou 72, dans ces eaux-là. 71, je crois. Il a dû aller quelque part où il pouvait rendre la vie impossible à tout un nouveau groupe de gens. »

Bandolier avait pris sa retraite un an avant de disparaître en laissant sa maison aux Dumky. « Avez-vous une idée de l'endroit où je pourrais le trouver ?

– Voyagez jusqu'au jour où vous arriverez à un endroit où tout le monde grincera des dents à la fois : c'est tout ce que je peux vous dire. » Il se remit à rire. « Remettons un peu de musique. Qu'est-ce que vous aimeriez entendre ? »

Je lui demandai s'il voudrait me passer son nouveau compact avec Tonny Flanagan.

« Pourquoi pas ? » Il se leva d'un bond, prit un disque sur l'étagère, le glissa dans l'appareil et pressa quelques boutons. Une sonorité ample et rayonnante sortit des haut-parleurs : un thème de Charlie Parker intitulé « Bluebird ». Glenroy Breakstone jouait avec son habituelle inventivité passionnée et il savait encore lancer de longues phrases fluides.

Je lui demandai pourquoi il avait toujours habité Millhaven au lieu de s'installer à New York.

« Ici, je peux aller n'importe où. Je gare ma voiture à l'aéroport d'O'Hare et, en moins de deux heures, je suis à New York si j'ai quelque chose à faire là-bas. Millhaven est bien moins cher que New York. Et aujourd'hui, je sais à peu près tout ce qui se passe, vous comprenez ? Je sais ce qu'il faut éviter : Bob Bandolier, par exemple. Rien que de ma fenêtre, je vois la moitié de ce qui se passe à Millhaven. »

Cela me rappela ce que j'avais vu au restaurant en bas, et je lui posai la question.

« Ces types à la table du fond ? C'est de ça que je parlais, de ce qu'il faut éviter. »

Il plissa les yeux en souriant. « Disons que ce sont des types qui savent des choses. Ils parlent à Billy Ritz. Il peut les aider ou pas, mais ils savent tous une chose : Billy Ritz peut assurément leur empoisonner la vie s'ils ne filent pas droit.

– C'est un gangster ? La mafia ? »

Il sourit en secouant la tête. « Pas du tout. Il est intermédiaire. C'est un *contact*. Je ne dis pas qu'il ne fait pas une saloperie de temps en temps, mais il traite principalement un certain genre d'affaires. Et si vous ne parlez pas à Billy Ritz pour qu'il puisse contacter les gens avec qui *Lui* il a l'habitude de traiter, vous pourriez vous retrouver avec pas mal de plomb dans le corps.

– Qu'est-ce qui se passe si on ne joue pas le jeu ?
– A mon avis, vous pourriez bien vous apercevoir que vous avez toujours joué le jeu, seulement vous ne le saviez pas.
– Avec qui traite Billy Ritz ?
– Quand on vit à Millhaven, on n'a pas envie de le savoir.
– Millhaven est si corrompu que ça ? »
Il secoua la tête. « Comme intermédiaire, il rend service aux deux côtés. Vous voyez, tout le monde a besoin de quelqu'un comme Billy. » Il me regarda, cherchant à deviner si j'étais aussi naïf que j'en avais l'air. Puis il regarda sa montre : « Je vais vous dire : puisque vous êtes si curieux, vous avez une chance de pouvoir le voir. Vers cette heure-ci, Billy passe généralement Widow Street et fait quelques petites affaires au Bar du Plat du jour. »
Il se leva et je le suivis jusqu'à la fenêtre. Nous dominions de huit étages le trottoir. L'ombre du Saint-Alwyn assombrissait Widow Street et tombait en diagonale sur les bâtiments de brique d'en face. Un nain coiffé d'une petite casquette de base-ball entra dans l'épicerie du coin. Une naine poussait vers Livermore Avenue une voiture d'enfant minuscule.
« Un homme comme Billy doit avoir des habitudes régulières, dit Glenroy. Il faut qu'on puisse le trouver. »
Une voiture de police arriva du bout de Widow Street et se gara devant le vieil immeuble d'appartements de l'autre côté de la boutique du prêteur sur gages. Un des policiers en uniforme descendit de la voiture et remonta jusqu'à l'épicerie. C'était Sonny Berenger, le flic qui avait l'air d'un arbre bleu en mouvement. La porte du Plat du jour s'ouvrit. Un homme rond comme un tonneau, en chemise blanche et pantalon gris sortit et vint s'adosser à la devanture de l'établissement. Sonny passa devant lui sans le regarder.
« C'est lui.
– Non, c'est un nommé Frankie Waldo. Les Boucheries de l'Idaho. Sauf pendant deux ou trois ans, c'est cette boîte qui fournissait toute la viande qu'on utilisait

à l'hôtel, du temps où il y avait un service d'étage. Mais, vous voyez, Billy est en retard, et Frankie veut lui parler. Il se demande où il est. »

Frankie Waldo ne quittait pas des yeux l'entrée du Saint-Alwyn jusqu'au moment où Sonny ressortit de l'épicerie avec deux boîtes de café. Avant que Sonny arrive à sa hauteur, Waldo rentra à l'intérieur du bar. Sonny regagna sa voiture. Un fourgon et une camionnette passèrent et tournèrent dans Livermore. La voiture de police démarra et s'engagea dans la rue.

« Le voilà qui arrive, annonça Glenroy. Maintenant cherchez Frankie. »

J'aperçus le haut et le bord d'un chapeau gris foncé posé en arrière sur la tête d'un homme en train de traverser le trottoir devant l'entrée de l'hôtel. Frankie Waldo sortit du bar une nouvelle fois et laissa la porte ouverte. Billy Ritz descendit du trottoir et se mit à traverser Widow Street. Il portait un costume gris aux épaules larges et il marchait sans hâte, presque avec indolence.

Ritz s'approcha de Waldo et lui dit quelque chose : en l'entendant, l'autre parut littéralement fondre de soulagement. Waldo donna une claque sur l'épaule de Ritz et celui-ci franchit la porte ouverte comme un prince. La porte ne s'était pas refermée que Waldo était déjà sur ses talons.

« Vous voyez, Billy vient de faire un geste. » Glenroy quitta la fenêtre. « De toute façon, on n'a pas envie d'approcher davantage de Billy Ritz.

– Il lui a peut-être dit que le Saint-Alwyn va reprendre le service d'étage.

– Je voudrais bien. » Glenroy Breakstone me lança un regard qui disait que je lui avais déjà pris assez de son temps.

Je me dirigeais vers la porte quand une idée me passa par la tête. « Je pense que c'étaient les Boucheries de l'Idaho qui vendaient de la viande à l'hôtel, à l'époque des meurtres de Blue Rose. »

Il sourit. « Ma foi, c'était censé être cette compagnie. Mais vous savez qui a vraiment eu la commande ? »

Je lui demandai ce qu'il voulait dire par là.

« Rappelez-vous, je vous ai dit que les directeurs traficotaient un peu. Lambert avait un pourcentage sur la blanchisserie. L'abominable Bob touchait sur la viande. Ralph Ransom ne s'en est jamais aperçu. Bob avait fait imprimer des factures bidons : elles étaient toutes marquées « Payé » quand elles arrivaient sur le bureau de Ralph.

– Comment l'avez-vous découvert ?

– C'est Nando qui me l'a dit, un soir où il était bourré. Eggs et lui déchargeaient le camion chaque matin, en prenant leur service. Mais vous le saviez déjà, n'est-ce pas ?

– Comment aurais-je pu ?

– Vous ne m'avez pas dit que le Saint-Alwyn était le lien entre toutes les victimes de Blue Rose ? »

Je compris alors de quoi il parlait. « Le boucher local qui a eu la commande de viande, c'était Heinz Stenmitz ?

– Bien sûr que oui. Sinon, comment pourrait-il avoir un rapport avec l'hôtel ?

– Personne n'en a jamais rien dit à la police ?

– Il n'y avait aucune raison de le faire. »

Je remerciai Glenroy et fis un pas en direction de la porte, mais il ne bougea pas. « Vous ne m'avez jamais demandé ce que je pensais des circonstances de la mort de James. C'est la raison pour laquelle je vous ai laissé monter ici.

– Je croyais que vous m'aviez laissé monter parce que je savais qui avait écrit *Lush Life*.

– Tout le monde devrait savoir qui a écrit *Lush Life*, dit-il. Ça vous intéresse ou pas ? Je ne peux pas vous dire qui a été congédié vers cette époque-là. Je ne peux pas vous dire non plus où trouver Bob Bandolier. Mais je peux vous raconter ce que je sais à propos de James. Si vous avez le temps.

– Je vous en prie, fis-je. J'aurais dû vous le demander. »

Il fit un pas vers moi. « C'est rudement vrai. Écoutez-moi. James a été tué dans sa chambre, d'accord ? Dans son lit, d'accord ? Savez-vous ce qu'il portait ? »

Je secouai la tête, me maudissant de ne pas avoir lu plus attentivement les rapports de police.

« Rien du tout. Vous savez ce que cela veut dire ? » Je n'eus pas le temps de répondre. « Ça veut dire qu'il s'est levé pour ouvrir sa porte. Il savait qui il allait trouver là. James était peut-être jeune, mais il y avait un domaine où il ne s'en laissait pas compter. Le cul. James était prêt à sauter tout ce qui se présentait de pas mal. Il y avait quelques jolies femmes de chambre dans cet hôtel. James était lié avec l'une d'elles, une nommée Georgia McKee, à l'époque où nous jouions au Black and Tan.

– C'était quand ?

– Septembre 1950. Deux mois avant qu'il se fasse tuer. Il l'a laissée tomber, comme il laissait tomber toutes les autres filles avec lesquelles il sortait. Il s'est mis à voir une nana qui travaillait au club. Georgia venait souvent faire des histoires : ils ont fini par lui interdire l'entrée de la boîte. Elle voulait que James revienne. » Il s'assurait que je comprenais bien ce qu'il disait. « J'ai toujours pensé que Georgia McKee était entrée dans la chambre de James. Qu'elle l'avait tué et qu'elle s'était arrangée pour que ça semble être la même personne qui avait tué cette putain et lui aussi. *Il a ouvert la porte.* Ou alors, elle est entrée avec sa clé. L'un ou l'autre. James n'était pas du genre à faire des histoires s'il pensait qu'elle revenait pour coucher avec lui.

– Vous n'en avez jamais parlé à la police ?

– Je l'ai dit à Bill Damrosch. Mais à ce moment-là, Georgia McKee n'était plus ici.

– Qu'est-ce qui lui est arrivé ?

– Juste après que James s'est fait tuer, elle a quitté l'hôtel pour s'installer dans le Tennessee. Je crois qu'elle avait de la famille là-bas. À vous dire la vérité, j'espère qu'elle s'est fait poignarder dans un bar. »

Après cela, nous restâmes tous les deux à nous dévisager pendant quelques secondes.

« James aurait dû vivre plus longtemps, finit par dire Glenroy. Il avait quelque chose à offrir au monde. »

14

Il était encore trop tôt pour appeler Tom Pasmore. Je demandai donc à l'employé de la réception s'il avait un annuaire du téléphone de Millhaven. Il passa dans son bureau et en revint avec une épaisse brochure. « Comment va Glenroy aujourd'hui ?

– Bien, dis-je. Ça n'est pas toujours le cas ?

– Non, mais il reste toujours Glenroy », fit l'employé.

Je hochai la tête et feuilletai l'annuaire jusqu'à la lettre S. David Sunchana figurait à une adresse sur North Bayberry Lane, ce qui me parut être dans le quartier de Elm Hill. J'écrivis le numéro sur le papier que m'avait donné Tom puis, à la réflexion, je cherchai Oscar Writzmann, Fond du Lac Drive. Peut-être pourrait-il me dire quelque chose sur le mystérieux William Writzmann.

J'entrai dans la cabine téléphonique du hall du Saint-Alwyn. Je composai le numéro des Sunchana et je laissai sonner un long moment avant de raccrocher. Ils devaient être les seuls à Elm Hill à ne pas avoir de répondeur.

Je sortis et repartis à pied vers la vieille maison de Bob Bandolier. Il devait savoir quelque chose, me dis-je : peut-être avait-il vu Georgia McKee sortir de la chambre de James Treadwell et l'avait fait chanter au lieu de la livrer à la police.

Je m'engageai dans la 7e Rue Sud, les yeux baissés. Je passai devant la maison des Millhauser quand je vis Frank Belknap qui m'adressait de grands gestes depuis sa pelouse. Il me fit signe de rester où j'étais et descendit rapidement me rejoindre. Il jeta un coup d'œil à sa véranda, puis me fit signe de repartir vers Livermore. « J'ai dit à Hannah que j'allais faire un tour, m'annonça-t-il. J'ai monté et descendu quatre fois la rue en attendant votre retour. »

De la tête, il me désigna l'avenue. Nous nous éloignâmes suffisamment pour qu'il puisse être sûr que sa femme ne le verrait pas en train de me parler.

« Qu'y a-t-il ? » demandai-je.

Il hésitait encore. « J'ai rencontré ce soldat, celui qui a expulsé les Dumky de la maison d'à côté. Il est revenu le lendemain pour vérifier les lieux. Hannah était allée faire des courses. Je suis sorti pour parler à ce type quand je l'ai vu s'en aller : mon bon monsieur, il a été pire que grossier. Pour vous dire la vérité, il m'a fait peur. Il n'était pas grand, mais il avait l'air dangereux : ce garçon m'aurait tué en un instant et je le savais.

– Qu'est-ce qui s'est passé ? Il vous a menacé ?

– Eh bien, oui. » Belknap me regarda, l'air soucieux. « Je crois que ce type revenait tout juste du Viêt-nam, et qu'il était capable de n'importe quoi. Je respecte nos soldats, je tiens à vous le dire. J'estime que ce que nous avons fait à ces garçons est une véritable honte. Ce type, il avait quelque chose de spécial.

– Que vous a-t-il dit ?

– Il a dit qu'il fallait que j'oublie que je l'avais vu. Si jamais je racontais quoi que ce soit sur lui ou sur ses agissements, il mettrait le feu à ma maison. Et il parlait sérieusement. Il avait l'air d'en avoir brûlé quelques-unes en son temps : vous savez, comme on les voyait aux actualités avec leurs Zippo. » Frank s'approcha plus près : il avait mauvaise haleine. « Vous comprenez, il a dit qu'il n'y aurait aucun problème dès l'instant que je faisais comme s'il n'existait pas.

– Oh, dis-je. Je comprends.

– Vous voyez le tableau ?

– C'est l'homme que Hannah voit la nuit », dis-je.

Il hocha énergiquement la tête, comme si elle était montée sur un roulement à billes. « Je n'arrête pas de lui répéter qu'elle s'imagine tout ça. Ça n'est peut-être pas lui : tout ça se passait en 73, quand il m'a mis en garde. Je vais vous dire une chose : si c'est lui, je ne sais pas ce qu'il fait là-dedans, mais je peux vous assurer qu'il ne pleure pas.

– Merci de m'avoir prévenu », dis-je.

Il me regarda d'un air hésitant, se demandant s'il n'avait pas commis une erreur. « Je pensais que vous sauriez peut-être qui c'est.

– Il était en uniforme quand vous l'avez rencontré ?

– Je pense bien. J'ai eu l'impression qu'il n'avait pas encore de tenue civile.

– Quel genre d'uniforme était-ce ?

– Il avait un blouson avec des boutons de cuivre. Mais tout le reste, l'insigne, l'écusson, étaient arrachés. »

Ça ne m'aidait pas beaucoup. « Et pas trace de lui jusqu'au jour où Hannah l'a vu la nuit dans la maison.

– J'espérais qu'il était mort. C'est peut-être quelqu'un d'autre qu'elle voit là-bas ? »

Je lui dis que je n'en savais rien et il rentra à pas lents chez lui. Il se retourna deux ou trois fois pour me regarder, se demandant toujours s'il avait bien fait.

15

Je montai dans la Pontiac blanche, repris Livermore et m'enfonçai dans l'ombre de la vallée.

Je quittai l'autoroute à la sortie d'Elm Hill et je roulai au hasard par une succession de rues paisibles, en cherchant Bayberry Lane. A Elm Hill, on aimait bien les maisons à un étage en imitation de style colonial, les ranchs avec des balancelles tarabiscotées dans le jardin et les noms gravés sur des plaques métalliques fixées à des poteaux près de l'entrée : HARRISON, BERNHARDT, REYNOLD. Presque toutes les boîtes à lettres étaient moitié aussi grandes qu'une poubelle, et ornées de canards sauvages peints en vol, de granges rouges auprès d'un étang ou de saumons sautant hors de l'eau.

Au centre d'Elm Hill, je me garai dans le parking d'un demi-cercle de magasins gris de style colonial. Il ne manquait qu'une corde pour qu'on puisse attacher sa voiture à un poteau. De l'autre côté de la rue, la colline où poussaient les ormes. Il y avait maintenant une plaque racontant l'histoire des lieux et deux allées qui se croisaient avec des bancs de pierre. J'achetai un plan à la librairie et j'allai m'installer sur un des bancs. Bayberry Lane commençait juste derrière le centre commercial, devant la mairie. Elle tournait autour d'un étang et continuait ses méandres sur près d'un kilomètre avant de croiser Plum Barrow Way qui ramenait droit à l'autoroute.

La première demi-douzaine de maisons les plus proches du bâtiment trapu de la mairie, de modestes caisses en bois un peu délabrées auxquelles on avait ajouté des vérandas, étaient les plus vieux bâtiments que j'avais vus à Elm Hill : ils dataient des années vingt et trente. Une fois passé l'étang, je me retrouvai au milieu d'autres maisons blanches et grises. Je finis par arriver devant une longue haie de chênes qui jadis marquaient les limites d'une ferme.

De l'autre côté des arbres se dressait une maison à un étage, une ferme qui tombait un peu en ruine avec une véranda grillagée qui n'allait pas du tout avec le quartier. Deux bouteilles grises de propane étaient installées sur le côté. Une allée creusée d'ornières conduisait droit de la route à un garage en planches adossé à la maison. Le numéro effacé sur la boîte à lettres correspondait à celui que j'avais noté sur mon bout de papier. Les Sunchana avaient acheté la ferme du domaine puis avaient regardé une copie de Riverwood sortir du sol autour d'eux. Je remontai les ornières jusqu'à l'entrée du garage. J'arrêtai le moteur et je descendis de voiture.

Je suivis la véranda grillagée et j'essayai la porte : elle s'ouvrit. Je m'avançai. Des fauteuils d'osier décolorés par le soleil étaient disposés devant une fenêtre au milieu de la véranda. Je frappai à la porte d'entrée. Pas de réponse. Je savais qu'il n'y en aurait pas. Après tout, je venais de quitter les Ransom. Je me retournai et j'aperçus un homme qui me dévisageait, planté auprès de la rangée de chênes de l'autre côté de la rue.

Avec le treillage on aurait dit une silhouette sombre sur un tableau pointilliste. Un instant je me sentis menacé : sans réfléchir une seconde, je m'écartai pour m'accroupir auprès d'un des fauteuils d'osier. L'homme n'avait pas fait un geste, mais il avait disparu.

Je me relevai lentement. J'avais les nerfs à vif. L'homme s'était évanoui au milieu des chênes. Je revins jusqu'à la porte grillagée et regagnai Bayberry Lane, à l'affût du moindre mouvement dans la rangée de grands arbres. C'était peut-être un voisin, me dis-je, qui se demandait ce que je faisais sur la véranda des Sunchana.

Mais je savais que ce n'était pas un voisin.

Rien ne bougeait parmi les chênes. Je retraversai la rue en diagonale de façon à pouvoir voir entre les arbres. Il y avait entre chacun d'eux moins de deux mètres de pelouse. On n'apercevait pas âme qui vive. La rangée de chênes allait jusqu'à la rue derrière Bayberry : ce devait être la limite de la propriété. Quelque part dans le labyrinthe des petites rues d'Elm Hill, mais invisible, une voiture démarra et s'éloigna rapidement. Je me tournai en direction du bruit : tout ce que je vis, c'étaient des balancelles et l'arrière des maisons. Mon cœur battait encore très vite.

Je revins sur mes pas et j'attendis une demi-heure dans la Pontiac, mais les Sunchana ne rentrèrent pas chez eux. Je finis par écrire mon nom et le numéro de téléphone de John au bas d'un mot disant que je désirais leur parler de Bob Bandolier. J'arrachai la page de mon carnet et je remontai jusqu'à la véranda. Je tournai le bouton de la porte d'entrée : elle s'ouvrit. Je ressentis un dernier frisson d'angoisse. Comme tout à l'heure, comme si la maison vide abritait une menace. « Bonjour, il y a quelqu'un ? » criai-je en me penchant à l'intérieur. Mais je n'attendais pas de réponse. Je déposai mon message sur le parquet bien astiqué devant le tapis ovale du salon. Je refermai la porte et regagnai la voiture.

16

Deux sorties après le stade, je pris Teutonia Avenue et obliquai vers le nord, m'enfonçant dans le grand quartier résidentiel de Millhaven. Je ne savais pas très bien où se trouvait Fond du Lac Drive, mais il me semblait que la rue coupait Teutonia. Je passai devant une succession de petites boutiques et de pizzerias en surveillant les plaques des rues. J'arrivai au feu rouge de Fond du Lac Drive. Je fis rapidement mon choix et tournai à droite.

Fond du Lac Drive était une grande rue à six voies qui partait du lac avant de traverser en diagonale le centre de Millhaven. Pas un arbre le long des trottoirs blancs. Le soleil rôtissait les rangées d'immeubles 1930 et les petits pavillons qui bordaient la rue. Comme je ne cessais de le faire depuis que j'avais quitté Elm Hill, toutes les deux secondes, je jetais un coup d'œil dans mon rétroviseur.

Dans un groupe de trois maisons en béton identiques, le 5460 avait des volets noirs et un toit en terrasse. Les trois bâtiments étaient peints dans le même jaune pâle. Les propriétaires des maisons voisines avaient tenté d'adoucir la sévérité de l'extérieur en plantant des bordures de fleurs le long de leurs allées et autour de leurs maisons. Mais celle d'Oscar Writzmann avait l'air d'une prison.

Avant de frapper à la porte, j'inspectai la rue déserte.

« Qui est là ? » fit une voix derrière la porte.

Je donnai mon nom.

La porte s'entrouvrit. Par le grillage, j'aperçus un homme grand et chauve, dans les soixante-dix ans, qui me regardait de la tête aux pieds. Il ne dut pas me trouver menaçant, car il ouvrit toute grande la porte et s'approcha du grillage. Il avait un torse puissant et un cou de taureau, comme un vieil athlète. Il était vêtu d'un short kaki et d'un chandail bleu fatigué. « C'est moi que vous cherchez ?

– Si vous êtes Oscar Writzmann, oui », dis-je.

Il ouvrit la porte grillagée et s'avança assez loin pour en bloquer l'encadrement. De l'épaule, il la maintenait ouverte. Il me toisa, se demandant ce que je voulais. « Me voilà. Qu'est-ce que vous voulez ?

– Mr. Writzmann, j'espérais que vous pourriez m'aider à retrouver un des directeurs d'une entreprise qui a son siège à Millhaven. »

Il tourna la tête de côté, l'air sceptique et amusé à la fois. « Vous êtes sûr que c'est bien *Oscar* Writzmann que vous cherchez ?

– Avez-vous jamais entendu parler d'une société appelée Elvee Holding ? »

Il réfléchit une seconde. « Pas du tout.

– Avez-vous jamais entendu parler d'un certain Andrew Belinski ou d'un nommé Léon Casement ? »

Writzmann secoua la tête.

« L'autre directeur s'appelait Writzmann. Comme vous êtes le seul Writzmann qui figure dans l'annuaire, vous êtes un peu mon dernier espoir.

– Qu'est-ce que c'est que toute cette histoire ? » Il se pencha en avant, pas encore hostile, mais sans plus rien d'aimable. « Qui êtes-vous, d'ailleurs ? »

Je lui répétai mon nom. « J'essaie d'aider un vieil ami à moi. Nous avons besoin de plus de renseignements sur cette entreprise. Elvee Holding. »

Il me regardait en fronçant les sourcils.

« Il semble que le seul authentique directeur d'Elvee Holdings soit un homme du nom de William Writzmann. Nous ne pouvons pas aller au bureau de l'entreprise, car... »

Il sortit par la porte ouverte, descendit une marche et me donna un coup sec dans la poitrine. « Vous trouvez qu'Oscar ça ressemble à William ?

– Je pensai que vous pourriez être son père, dis-je.

– Je me fiche de ce que vous pensez. » Il me donna un nouveau coup dans la poitrine et avança d'un pas, m'obligeant à reculer. « Je n'ai pas besoin de sales combinards comme vous pour venir m'emmerder. Et je veux que vous filiez de chez moi avant que je vous envoie mon poing dans la gueule. »

Il parlait sérieusement. Je sentais la colère monter en lui.

« J'espérais juste que vous pourriez m'aider à retrouver William Writzmann. C'est tout. » Je levai les mains pour montrer que je n'avais aucune envie de me battre avec lui.

Son visage se durcit. Il s'avança vers moi. Je fis un

bond en arrière : un énorme poing emplit mon champ de vision et je sentis un déplacement d'air devant mon visage. Puis il s'arrêta à un mètre de moi, les poings serrés, le visage brûlant de rage.

« Je m'en vais, dis-je. Je ne voulais pas vous déranger. »

Il baissa les bras.

Il resta sur la pelouse jusqu'à ce que je sois remonté dans ma voiture. Puis il fit demi-tour et revint d'un pas pesant vers sa maison.

Je repartis vers Ely Place et mon vrai travail.

HUITIÈME PARTIE

COLONEL BEAUFORT RUNNEL

1

J'entrai dans la maison en lançant un salut retentissant. Le silence qui me répondit me donna à penser que les Ransom faisaient tous la sieste.

Dans la cuisine, je trouvai un petit message jaune collé sur le comptoir central auprès d'une bouteille de sauce Worcestershire et de trois verres maculés d'un liquide rouge. *Tim, où es-tu ? Nous allons au cinéma. Serons rentrés vers sept ou huit heures. Monroe et Wheeler sont passés. Voir preuves là-haut. John.*

Je jetai le message dans la poubelle et montai l'escalier. Marjorie avait disposé de petits pots et des flacons de cosmétique sur la table de la chambre d'ami. Un magazine d'automobile était ouvert sur le lit défait.

Rien n'avait été dérangé dans la chambre de John, sauf par lui-même. Il avait rangé sa vodka à trois cents dollars sur sa table de nuit, sans doute pour empêcher Ralph d'y goûter. Des chemises et des caleçons jonchaient le sol. Les deux grands tableaux de Byron Dorian, triste rappel de la mort d'April, avaient été décrochés et tournés face au mur. Au second étage, la sacoche de Damrosch était toujours sous le canapé.

Je traversai le vestibule et entrai dans le bureau d'April. On avait mis de côté une pile de bilans de société. De vieux fax étaient entassés sur les rayonnages. Je finis par remarquer que la majorité des étagères blanches étaient nues.

Monroe et Wheeler avaient rassemblé la plupart des

dossiers et des papiers d'April et les avaient emportés. A la tombée de la nuit, un expert-comptable de la police examinerait ces archives, en quête d'un mobile pour son meurtre. Monroe et Wheeler avaient sans doute vidé ce matin son bureau chez Barnett. J'ouvris un tiroir. Je trouvai deux trombones, un tube de crème Nivea et un élastique. J'arrivais deux heures trop tard pour découvrir ce qu'April avait appris sur William Damrosch.

Je retournai dans le bureau de John et je pris le livre du colonel Runnel. Puis je m'allongeai sur le divan pour lire jusqu'à ce que les Ransom rentrent du cinéma.

2

Joyeusement inconscient du handicap consistant à être un très mauvais écrivain qui n'a rien à dire, Beaufort Runnel avait vaillamment entassé en quatre cents pages trente ans de convictions stupides, d'anecdotes sans intérêt et de préjugés solidement enracinés. Le colonel s'était collé devant sa machine à écrire et avait gravé chaque phrase dans un triste et inébranlable granit. Il avait dû être furieux de constater qu'aucun éditeur ne voulait de son chef-d'œuvre.

Je me demandai comment Tom Pasmore avait réussi à découvrir cette perle.

Le colonel Runnel avait passé sa vie dans des dépôts d'intendance. Ses problèmes les plus immédiats concernaient le coulage et les factures inexactes. Ses longues et parfois tristes expériences en Allemagne, dans l'Oklahoma, le Wisconsin, en Californie, en Corée, aux Philippines et au Viêt-nam l'avaient inexorablement conduit à certaines convictions profondes.

3

« La plus belle force de combat au monde est sans aucun doute l'armée des États-Unis d'Amérique. C'est un fait incontestable. Valeureuse, prête à tout moment à se retrancher ou à charger à la baïonnette, disposée à se battre jusqu'au dernier homme, c'est l'armée telle que nous la connaissons et que nous l'aimons. Dans bien des bases à travers le monde, au cours d'une longue carrière qui n'a pas manqué d'éclat (même si elle est restée méconnue), l'armée m'a placé à bien des points " chauds ". A ces défis, l'humble colonel d'intendance que je suis a fait de son mieux pour répondre. J'ai vu de par le monde nos forces combattantes, au repos et sous pression. Et jamais elles n'ont bénéficié de moins que mes efforts les plus résolus et les plus dévoués.

Qu'est-ce qui fait de notre armée la première du monde ? Plusieurs facteurs, dont chacun a son importance, entrent en jeu quand on pose cette question.

La discipline, qui se forge à l'entraînement.

La loyauté, qui fait partie de notre patrimoine américain.

La force, la force physique et celle du nombre. »

Là, je sautai une brassée de pages.

« Pour expliquer cela, je vais évoquer certaines expériences d'installation aux quatre coins du monde de dépôts ordonnés et bien approvisionnés. Je donne ma parole au lecteur que les détails amusants ne sont en aucun cas les inventions ni les enjolivures de l'auteur. C'est ainsi que les choses se sont déroulées suivant la double perspective d'une longue expérience et de celle que j'ai depuis la véranda de la modeste mais confortable maison où s'écoule ma retraite, dans une région sans problèmes raciaux du comté de Prince George, Maryland. »

4

Avec un gémissement consterné, je passai Runnel à Can Ranh Bay, Runnel à Saigon, Runnel sur le terrain. Puis un lieu familier attira mon regard comme un hameçon. Runnel avait été au Camp White Star, ma première étape au Viêt-nam. Je vis un autre nom que je connaissais et je me mis à lire sérieusement.

5

« Ce fut durant les semaines surchargées pendant lesquelles je séjournai au Camp White Star que se produisit l'un des événements les plus déplaisants de ma carrière. Déplaisant et révélateur, car il me montra sans ambiguïté que la vieille armée que j'aimais avait été contaminée par des idées et des influences malsaines. Des virus nocifs coulaient dans son sang. »

Ici, je me remis à feuilleter, et tournai deux ou trois pages.

« Comme tout le monde, j'avais bien entendu parler des Bérets verts, créés par le démagogue catholique arrivé à la Présidence grâce aux millions mal acquis de son père et dépensés pour corrompre. On avait dans tout le pays vanté les mérites de cette unité et de nombreux jeunes gens, pourtant intelligents et patriotes, étaient tombés dans le piège. Mais je n'en avais jamais rencontré un spécimen jusqu'au jour où un certain capitaine, devenu plus tard, chose incroyable, commandant, Franklin Bachelor, arriva à mon dépôt du Camp White Star. Ce fut toute une éducation.

Il fit son entrée, sans le moindre uniforme pour le distinguer : mais c'était manifestement un officier, avec l'allure d'un officier. On laissait une certaine liberté aux hommes sur le terrain. Il me faut expliquer la procédure normale, du moins quand c'était moi qui dirigeais les opérations. On peut la formuler en une simple maxime. Rien n'entre sans certains papiers, rien ne sort sans certains papiers. C'est la base. Bien sûr, chaque responsable d'intendance a connu ce que c'était que d' " improviser ". Et moi, quand il m'a fallu le faire, je m'en suis acquitté à merveille, comme dans l'affaire des six bœufs du Réservoir de Cho Kin. Le lecteur se rappellera cet épisode. Je n'insisterai pas davantage.

Dans des circonstances normales, on présente les documents au bureau, les articles demandés sont rassemblés puis chargés dans le ou les véhicules qui attendent et on envoie des copies des formulaires à l'autorité appropriée. Le capitaine Bachelor, cela va sans dire, ne respecta aucune des formalités habituelles.

Ignorant ma présence, il ordonna à ses hommes de prendre sur les étagères des articles vestimentaires. Ces individus, il faut le souligner, n'étaient pas des soldats de l'armée américaine. Des aborigènes, à en juger par leur stature, affreux de visage et de corps, certains même barbouillés de teintures criardes. Ainsi étaient les « Yards », les indigènes avec lesquels de nombreux Bérets verts étaient contraints de s'acoquiner. On ne tint aucun compte de l'ordre que je donnai de replacer sur les étagères les articles volés. Je frappai du poing sur le comptoir et demandai, d'un ton que j'espérais ironique, si je pouvais voir les ordres de réquisition de l'officier. L'homme et ses gorilles continuèrent à ignorer ma présence. De petites créatures bestiales et tourbillonnantes, maculées de boue et couronnées de plumes, s'étaient emparées de mon dépôt.

J'émergeai de derrière le comptoir, mon arme de poing bien en vue dans ma main. Cette attitude, dis-je, est inacceptable et devrait cesser sur-le-champ. J'approchai de l'officier et, ce faisant, j'entendis derrière moi le bruit d'un M-16 dont on retirait le cran de sûreté. L'officier me conseilla de garder mon calme. Lentement, très lentement en vérité, je me retournai pour me trouver confronté à un des spectacles les plus stupéfiants que m'avait jusque-là offerts le conflit en Asie. Une femme d'une remarquable beauté, vêtue d'un treillis conventionnel, tenait l'arme braquée sur ma tête. Elle aussi était une « Yard », mais bien plus évoluée que ses écervelés de compatriotes. Je compris presque tout de suite deux choses : cette beauté allait m'abattre sur place avec ce mépris de la vie humaine habituel aux Asiatiques. Deuxièmement, elle était la compagne de l'officier des Bérets verts. C'est à dessein que je n'utilise pas de terme plus noble. Ils étaient des compagnons comme les créatures qui peuplent la basse-cour peuvent former un couple. Cela m'indiqua bien que l'officier n'était pas sain d'esprit. J'abandonnai toute résistance devant ce couple et leur tribu. Mon état-major s'était dispersé et je restai muet.

Je me rendis sur-le-champ au bureau de l'officier commandant le camp, un personnage dont nous tairons le nom. Au cours de divers problèmes de réorganisation, lui et moi avions eu quelques désaccords. Malgré nos différends, je m'attendais à une totale et immédiate coopération. Restitution des articles volés. Rapport détaillé et rassemblement des preuves. Action disciplinaire appropriée au méfait. A ma stupéfaction, le commandant de White Star refusa de lever le petit doigt.

J'avais simplement reçu la visite du capitaine Franklin Bachelor, m'expliqua-t-on. Le capitaine Bachelor passait tous les deux ans environ pour équiper ses soldats. Il ne s'embarrassait jamais de paperasserie : l'officier d'intendance évaluait ce qui avait été pris et remplissait les formulaires lui-même. Ou bien il en justifiait la disparition par le pillage. Le problème était que j'avais essayé de l'*arrêter*. On ne pouvait pas arrêter le capitaine Bachelor. Je demandai pourquoi et on me répondit à ma stupéfaction que cet officier était une légende vivante. Ce fut cet imbécile de commandant du camp qui me précisa que Franklin Bachelor était connu sous le surnom du “ Dernier Irrégulier ”. Irrégulier, en effet, me permis-je de murmurer *sotto voce*.

Le lecteur le comprendra, je m'intéressai désormais vivement à l'évolution de la carrière du jeune capitaine Franklin Bachelor.

Je me proclamai converti par des êtres comme Bachelor, un chaud partisan des “ Irréguliers ”. Je cherchai des récits et j'entendis des histoires comme celle qui permit au Maure de séduire Desdémone.

L'image qui émergeait des récits concernant Bachelor devenait inquiétante. S'il en était ainsi pour moi, combien ce devait l'être davantage pour Ceux-Dont-on-

Doit-Taire-le-Nom, qui l'avaient encouragé ? Cela les inquiétait dans des proportions incalculables en effet. Ce fut à cause du trouble manifesté dans les plus hautes sphères de l'État que l'infortuné Jack (je crois) Ransom, un capitaine des Forces spéciales, commença par se laisser prendre dans la toile perfide de ce maniaque de Bachelor, pour aboutir à l'ultime conspiration : la conspiration du silence. Silence qui laisse filtrer une éternelle honte. J'entends la dénoncer dans ces pages. »

6

« Un homme comme Bachelor avait pour tâche d'exploiter l'hostilité qui existait entre les Vietnamiens ordinaires et les indigènes en formant avec ces derniers ce qui était pratiquement des unités de commando, des groupes d'assaut capables d'actions aussi furtives que nos ennemis de la guérilla. Un autre objectif était de gagner l'appui de notre gouvernement en portant une aide active à la vie du villageois. En construisant des barrages, en creusant des puits, en améliorant le rendement des moissons. Ces hommes devaient absolument parler la langue de leurs indigènes, vivre comme eux, manger comme eux. L'objectif était d'entraîner des soldats de guérilla qu'on utiliserait dans cette forme de combat.

Bachelor ne tarda pas à se montrer sous son vrai jour en transformant ces villageois en meute de loups vagabonde. Au bout de quelques mois, la meute installa un camp permanent au cœur d'une vallée des hauts plateaux vietnamiens.

A cette époque, la réputation de Bachelor était à son zénith. Le soldat ordinaire idéalisait les exploits de Bachelor. Ses supérieurs l'appréciaient car il ne cessait de fournir des renseignements sur les mouvements de l'ennemi. L'éléphant solitaire restait en contact avec la meute.

Nous arrivons ici au cœur du sujet.

J'en suis convaincu, Bachelor avait commencé à

plonger dans les eaux les plus dangereuses, à jouer le rôle d'intermédiaire – d'agent double pourrait-on dire.

Opérant d'abord à partir de sa base secrète des hauts plateaux, puis d'une redoute encore plus puissamment défendue dans le nord, le commandant Bachelor devint un trafiquant en informations, une source de renseignements sur les mouvements de troupe et la stratégie militaire qu'on ne pouvait obtenir que par lui.

Même moi, absorbé que j'étais par mes fonctions, j'entendis parler de cas où nos forces allèrent surprendre un bataillon de Nord-Vietnamiens, dont on (qui donc ?) avait signalé qu'il faisait route au sud par des itinéraires détournés, pour ne rencontrer que quelques malheureux pelotons. Étions-nous victorieux ? Absolument. Dans les proportions où nos renseignements avaient permis de le penser ? Je répondrai par la négative. Ce dut être un raisonnement de ce genre qui amena Ceux-Dont-On-Doit-Taire-le-Nom à dépêcher sur les hauts plateaux un jeune capitaine des Forces spéciales, Jack Ransom, pour contacter le commandant Bachelor et le ramener dans les vertes vallées de la banlieue de Washington aux fins d'y être interrogé et débriefé. »

7

« Mes pieds me font mal et mon dos ne me laisse jamais un instant de répit.

Écrire, je m'en suis aperçu, est une activité qui vous vide, vous épuise et qui est soumise en outre à des interruptions sans fin. A peine une belle phrase s'esquisse-t-elle dans mon esprit qu'un misérable apparaît sur le seuil de la villa modeste mais confortable où je me suis retiré dans un coin tranquille du comté de Prince George. Il vient livrer un paquet sans intérêt, demander l'aumône, il recherche un personnage fantôme représenté par un nom illisible griffonné sur un bout de papier crasseux. Je retourne à mon bureau. Je m'efforce de retrouver les mots perdus et voilà que la sonnerie du téléphone retentit comme l'explosion d'un obus. Je décroche l'engin démoniaque, une voix me demande avec un fort accent si je souhaite vraiment la livraison de vingt-quatre pizzas aux champignons et aux anchois.

Ce n'est pas tout ! A toute heure de la journée, depuis la maison voisine, une résidence autrefois présentable et maintenant dans un état de triste délabrement, un adolescent va sans doute lancer une balle de tennis contre le mur devant mon bureau, la ramasser, la lancer de nouveau, si bien qu'un martèlement continue de BOUM, BOUM, BOUM vient faire écran entre moi et mes pensées. Les parents de cet enfant n'ont aucun sens des convenances, du devoir, de la discipline ni de l'esprit de bon voisinage. La seule fois où je leur ai rendu visite dans leur taudis empesté, ils ont répondu par des ricanements à mes doléances. J'en suis certain, ce sont ces gens pitoyables qui sont à l'origine des commandes de pizzas et de bien d'autres choses. J'inscris donc ici leur nom pour les faire trembler de honte : Dumky. Est-ce pour cela que nous avons combattu ? Pour que la progéniture dégénérée des Dumky puisse tout à loisir lancer une balle de tennis sur ma modeste demeure ? Alors qu'un homme ici *essaie* d'écrire, un homme qui lutte déjà contre le mal de dos et les pieds endoloris, qui peine sur ses mots pour les rendre mémorables ?

Revoilà la balle de tennis. BOUM, BOUM, BOUM. »

8

« Le lecteur me pardonnera cette sortie. C'est ce maudit sujet qui éveille mon courroux et fait monter ma tension, non pas mes misérables voisins.

Nombre de mes confidents m'ont affirmé qu'on avait envoyé sur les hauts plateaux Ransom et un autre officier pour repérer Bachelor et le ramener " du froid ", comme on dit. Ceux-Dont-On-Doit-Taire-le-Nom souhaitaient interroger le personnage. Mais ils ont eux-mêmes condamné leur entreprise en laissant parvenir à Bachelor la nouvelle de la mission de Ransom avant l'arrivée du capitaine en personne. Cela peut se produire de mille façons : une phrase murmurée dans l'oreille qu'il ne faut pas, un câble qu'on a laissé traîner, une conversation peu judicieuse au club des officiers. Les résultats, s'ils étaient prévisibles, n'en furent pas moins tragiques.

Au terme d'un voyage difficile et dangereux, Ransom réussit à repérer le campement secret de l'officier dégénéré. J'ai entendu différentes versions concernant ce qu'il a trouvé : dont certaines que je rejette comme purement invraisemblables. Je crois que Ransom et son camarade officier tombèrent en pénétrant dans le camp sur une scène de carnage. Des corps d'hommes et de femmes jonchaient le sol : leur proie s'était enfuie.

Ce qui suivit vint ajouter un étrange épisode à la légende de Franklin Bachelor. Le capitaine Ransom entra dans une cabane sans toit pour découvrir un Américain de type caucasien, vêtu des lambeaux d'un uniforme militaire, serrant contre lui le crâne dépecé et récuré d'une femme de race asiatique. Cet homme, à demi fou d'épuisement et de chagrin, déclara qu'il était Franklin Bachelor. Le crâne était celui de sa femme. En compagnie de son subordonné, un certain capitaine Bennington, raconta-t-il, ils s'étaient éloignés du campement, lorsque le secteur avait été envahi par les Viêtcongs qui les recherchaient depuis des années. L'ennemi avait massacré plus de la moitié de ses hommes, incendié le campement, puis *avait fait bouillir les corps, dévoré la chair et réduit à l'état de squelettes les hommes de Bachelor.* Bennington, en poursuivant l'ennemi, avait été tué.

Quand le capitaine Ransom remit son homme aux Gens de l'ombre, on découvrit qu'il s'agissait en réalité du capitaine Bennington, censé avoir été tué par le Viêtcong. Ce qui était arrivé, c'était que Franklin Bachelor avait bel et bien persuadé son second de se laisser interroger et éventuellement arrêter à sa place, tandis que Bachelor lui-même s'enfuyait dans la jungle avec les survivants de sa meute. Bennington fut déclaré atteint de démence incurable et enfermé dans un hôpital militaire où je suis sûr qu'aujourd'hui encore il pleure son commandant perdu.

L'histoire officielle s'arrête là. Il reste pourtant une question embarrassante à poser. Quelle probabilité y a-t-il que les Viêt-congs aient lancé une attaque contre le camp de Bachelor si peu de temps avant l'arrivée du capitaine Ransom ? Et que Bachelor, en l'occurrence, se soit comporté de cette façon ?

Voici ce qui transpira. Bachelor savait que le capitaine Ransom était en route pour le ramener aux États-Unis afin d'être interrogé. Il massacra alors ses propres partisans. De sang-froid, il indiqua ceux qui ne pourraient pas supporter une fuite précipitée en terrain difficile. Les femmes. Les enfants. Les vieillards et les faibles, tous furent exécutés ou mortellement blessés ainsi que tous les hommes valides hostiles au plan de Bachelor. Là-dessus, Bachelor et les hommes qui lui restaient firent bouillir la chair de certains des cadavres : ces morts constituèrent pour eux un dernier repas. Il se peut même, à mon avis, que les hommes de Bachelor aient *volontairement accepté la mort, aient coopéré à leur propre destruction.* Il les tenait sous sa coupe. Ils étaient persuadés qu'il possédait des pouvoirs magiques. Si Bachelor dévorait leur chair, *ils vivraient en lui.* »

9

« Bachelor conserva son petit noyau d'indigènes : je ne doute pas qu'un certain nombre d'entre eux se trouvaient parmi les sauvages tourbillonnants, barbouillés de boue et couverts de plumes, qui vinrent piller mes étagères bien rangées au Camp White Star. Ces gens, barbares jusqu'au fond de l'âme, étaient difficiles à tuer et impossibles à décourager. A ce petit groupe de sauvages fanatiques, il avait ajouté quelques Viêt-congs égarés et d'autres hors-la-loi. Ils s'étaient armés et équipés si furtivement et avec une violence si redoutable que l'armée qui les entretenait ne soupçonna jamais leur existence. Ce qu'ils recherchaient, c'était un autre campement clandestin, assez loin au nord dans le secteur montagneux et noyé de brume du 1er corps, pour éviter toute découverte accidentelle par des troupes américaines conventionnelles et pour occuper une position stratégique leur permettant de recueillir des renseignements. Bachelor allait maintenant attaquer sa partie la plus dangereuse.

Sa légende prit de l'ampleur quand, de sa nouvelle redoute, il se remit à transmettre des rapports d'une infaillible précision sur les mouvements de troupes nord-vietnamiennes. " Le Dernier Irrégulier " était bel et bien revenu d'entre les morts. Ses rapports concernaient les divisions nord-vietnamiennes faisant mouvement vers Khe Sanh et les environs.

Ce qui suit n'est qu'une simple esquisse de l'histoire de Khe Sanh, pour ceux qui ne connaîtraient pas ce triste épisode. En 1964, les Forces spéciales installèrent un camp autour d'un ancien fort français à Khe Sanh. Quand, en 1965, son terrain d'aviation prit une importance cruciale, on envoya là-bas les Marines qui, pour un temps, partagèrent les installations avec les Forces spéciales et leur bataillon de bandits indigènes. Les Marines évincèrent peu à peu les Bérets verts, peu habitués à leur efficacité, à leur discipline et à leur organisation supérieures. Les " Bru " et leurs maîtres se réinstallèrent à Lang Vei, où ils établirent un autre camp, malgré l'existence à une vingtaine de kilomètres de là, à Lang Vo, d'un *autre* camp CIDG de " Bru ", celui-là sous le commandement du capitaine Jack Ransom.

Si Ransom avait réussi à ramener Bachelor aux États-Unis huit mois auparavant, il aurait été récompensé par une promotion et un poste plus important. Comme il avait échoué, les maîtres de l'Ombre avaient relégué Ransom à un poste mineur dans le 1er corps, où son rôle aurait été de s'assurer que ses hommes recevaient la formation nécessaire concernant l'hygiène corporelle et des rudiments d'agriculture.

Entre alors en scène Franklin Bachelor.

Peu après que les Bérets verts et leurs sauvages eurent fortifié Lang Vei, le camp fut bombardé et mitraillé par un avion américain. Les installations furent détruites et nombre de femmes et d'enfants tués. On avança comme explication que l'appareil s'était perdu dans la brume des montagnes. Cette version est manifestement mensongère, même si on y ajoute foi encore aujourd'hui. La véritable histoire est bien pire que cette invention d'un pilote égaré. Bachelor cette fois avait commis une erreur cruciale. Le commandant solitaire avait longtemps nourri une haine démente contre le capitaine qui l'avait forcé à décamper : il fournit donc de faux renseignements qui conduiraient à la destruction du camp des Forces spéciales. Mais ce fut le *mauvais* camp qu'il choisit. Bachelor avait provoqué l'anéantissement de Lang Vei au lieu de Lang Vo à vingt kilomètres de là. Ransom était toujours en vie et, quand il découvrit son erreur, Bachelor entra dans une colère qui le poussa à une trahison plus grande encore.

En 1968, aussi bien Khe Sanh que la position moins connue de Lang Vei étaient assiégées. Vint alors l'assaut que le monde connaît : les Nord-Vietnamiens descendirent sur le minuscule poste de Lang Vei avec des chars, des troupes et des mortiers.

Ce qu'on ne sait pas, car cette information a été censurée, c'est que Lang Vo, un autre village montagnard sous le commandement d'un Béret vert, fut également attaqué, en même temps, par des chars et de l'infanterie du Nord-Viêt-nam. Pourquoi cela ? Il ne peut y avoir qu'une réponse. Franklin Bachelor avait amené ses contacts nord- vietnamiens à croire que Lang Vo serait la prochaine épine dans leur flanc, après la destruction de Khe Sanh. Il vendit ainsi son pays dans un seul but : faire tuer Jack Ransom.

Lang Vo fut rasé et Ransom, avec le gros de ses malheureuses troupes, se trouva pris au piège dans un poste de commandement souterrain. Ce fut là qu'on les découvrit, mitraillés et leurs corps enterrés. »

10

« En 1982, cinq ans après ma retraite ici dans ce cadre idyllique dont j'avais toujours rêvé, arriva dans ma boîte une lettre qui avait beaucoup voyagé. J'aurais pu commettre l'horrible erreur de la jeter immédiatement à la corbeille, si je n'avais remarqué l'étrange assortiment de tampons qui en recouvraient le dos. En suivant les voyages de cette héroïque missive, révélés par les cachets d'une succession de postiers, je découvris qu'elle était passée par des bases militaires de l'Oregon, du Texas, du New Jersey et de l'Illinois avant de parvenir finalement à la maison de ma sœur Elizabeth Belle à Baltimore, ma première résidence après avoir quitté la sécurité de l'armée des États-Unis et avant de venir m'installer ici. Elle était parvenue à chaque destination juste après mon départ : un départ précipité, regrettable et malheureux au bout du compte.

Mon correspondant, un certain Fletcher Namon, de Ridenhour en Floride, avait plus d'une fois, au cours de ses trois séjours dans l'armée, entendu parler de l'introuvable Franklin Bachelor et de ce drôle de colonel Runnel, de l'Intendance, qui recherchait inlassablement les histoires concernant le capitaine. Connaissant mon vif intérêt pour les aventures et la légende du " Dernier Irrégulier ", il voulait me faire connaître un récit qui était parvenu jusqu'à lui. Mr. Namon pouvait se porter garant de l'intégrité de l'homme qui le lui avait rapporté. Un remarquable barman de Ridenhour, ancien combattant lui-même, mais qui ne pouvait répondre de celui qui l'avait racontée, l'informateur de Namon.

Cet homme prétendait s'être rendu à Lang Vo la veille de l'attaque par les Nord-Vietnamiens : un certain Francis Pinkel, attaché au cabinet du bien-aimé Faucon sénatorial, Clay Burrman, lequel faisait sa tournée annuelle de ses projets favoris au Viêt-nam. Ceux-ci étaient si nombreux qu'il avait dépêché tout seul son assistant Pinkel à un camp de CIDG où apparemment il ne courrait pas de graves dangers. Pinkel arriva, constata rapidement que rien à Lang Vo n'intéresserait le sénateur et rédigea l'habituel ramassis de mensonges vantant le travail des Forces spéciales. Pinkel était venu pour chanter les louanges de César, pas pour l'enterrer. L'hélicoptère vint reprendre Pinkel pour le ramener auprès de son patron à Camp Crandall et décolla avant le lever du soleil.

Une fois en vol, Pinkel vit – ou crut voir comme on le lui conseilla plus tard – quelque chose qu'il ne comprit pas. Sous l'hélicoptère, à moins d'un kilomètre de Lang Vo, *se trouvait un autre groupe de " Yards " sous le commandement d'un homme de type caucasien.* Que faisaient-ils là ? Qui étaient-ils ? Il n'y avait pas d'autre officier affecté à Lang Vo et les indigènes de ce petit campement ne pouvaient pas être si nombreux. Le groupe et son chef s'éparpillèrent sur la crête où l'hélicoptère les avait surpris, courant pour se mettre à l'abri.

Pinkel ajouta un paragraphe à son rapport bidon.

Le lendemain, les Nord-Vietnamiens attaquèrent. Pinkel mentionna le spectacle bizarre auquel il avait assisté mais on ne l'écouta pas. Le sénateur en fit état également, provoquant de vives protestations : on n'était pas au courant, c'était impossible.

Fletcher Namon, de Ridenhour, Floride, se demandait si l'homme blanc aperçu par Francis Pinkel – qu'on avait vu rôder aux abords du camp commandé par le capitaine Ransom – ne pourrait pas être Franklin Bachelor. De retour à Washington, Francis Pinkel et le sénateur Clay Burrman avaient suggéré cette possibilité. Selon eux, Bachelor serait descendu de son nid d'aigle pour aider un camarade des Bérets verts en difficulté. Mais comment Bachelor aurait-il pu savoir ce que le reste du commandement ignorait ? Ou bien, s'il était au courant, pourquoi ne pas lancer un avertissement, comme il l'avait fait en d'autres occasions ?

Au bout du compte, avait raconté Pinkel au barman, les maîtres de l'Ombre avaient abouti à de déplaisantes conclusions et avaient fait disparaître des archives militaires toute trace du désastre de Lang Vo. Tous ceux qui se trouvaient là étaient morts, on annonça aux survivants que c'était à la suite d'une offensive ennemie sur Lang Vei. Au nom de la sécurité nationale, on imposa le silence à Pinkel et à Burrman.

La lettre s'achevait sur l'espoir que je trouverais cette information intéressante. Peut-être n'était-ce rien de plus qu'" une histoire racontée dans un bar ", mais si l'homme que Pinkel avait vu n'était pas Bachelor, alors, qui était-il ? Je trouvai en effet cela " intéressant ", le mot est faible. C'est le dernier élément de preuve qui permet de mettre tout le reste en place. Pour masquer la traîtrise d'un de ses fils préférés, l'armée a déclenché une énorme opération de dissimulation qui est encore en place aujourd'hui.

Je répondis à mon correspondant de Ridenhour mais ma reconnaissante missive me revint avec un cachet m'informant qu'aucune ville de ce nom n'existe dans l'État de Floride. Et j'ai remarqué depuis lors que " Namon " est *No man* (c'est-à-dire personne) épelé à l'envers. Cela n'ébranle en rien ma conviction que cette lettre qui avait tant voyagé rapportait des faits authentiques. Mr. " Namon " est un homme qui prend des précautions raisonnables et je l'en félicite ! »

11

« Franklin Bachelor disparut à nouveau, au Nord-Viêt-nam à ce qu'on raconta. Cette rumeur était fausse.

En 1971, une patrouille de Marines tomba, près de la zone démilitarisée, sur un ancien camp, détruit depuis longtemps, jonché des restes d'indigènes morts. Parmi ces cadavres on découvrit celui gravement décomposé d'un homme blanc d'âge indéterminé. Franklin Bachelor, trop tard il est vrai, avait eu la fin qu'il méritait. Les oiseaux avaient picoré ses entrailles et des renards avaient déchiré sa chair. Après de vaines recherches pour retrouver sa famille. Bachelor fut enterré par l'armée dans une tombe anonyme : jailli de nulle part, c'était là qu'il retournait.

Car, de toutes les bizarreries que nous avons observées dans le cas du commandant Franklin Bachelor, c'est peut-être la plus étrange de toute : *l'homme n'a jamais existé*. Il s'agit d'un de ces cas où un garçon s'engage dans l'armée sous un faux nom, pour cacher ses origines ou son identité. Il pénètre ainsi dans le monde du rêve, de l'ombre, de la nuit. Bien qu'il fût responsable d'une immense tragédie, ce personnage fictif fut accepté, que dis-je reçu à bras ouverts par l'armée protectrice et encouragé à une téméraire indépendance qui le conduisit à une mort déshonorante. Traitez-moi d'idiot, d'homme bourré de préjugés, tout ce que vous voudrez, mais, dans ce passage du sombre monde des rêves à la réussite, puis à la corruption, avec un retour au néant et aux ténèbres, je vois une leçon. Franklin Bachelor – " Franklin Bachelor " un authentique soldat inconnu – est le fantôme qui nous hante quand nous mettons de côté nos principes. »

Là-dessus, je refermai le livre pour reprendre mon travail.

NEUVIÈME PARTIE

AU ROYAUME DES DIEUX

1

Quelques minutes après onze heures, les trois Ransom débouchèrent de la porte donnant sur la rue dans un brouhaha de conversation. Ils venaient de voir une double séance de cinéma : *Assurance sur la mort* et *En quatrième vitesse*, puis ils s'étaient arrêtés pour prendre un verre au Jimmy's. C'était la première fois que je les voyais détendus et à l'aise entre eux. « Alors, dit John, tu as fini par rentrer. Qu'est-ce que tu as fait toute la journée, des courses ?

– Vous avez passé la journée à faire les boutiques, mon grand ? » Ralph s'effondra sur le canapé à mes côtés et Marjorie s'assit auprès de lui.

« J'ai parlé à quelques personnes », dis-je en regardant John pour lui faire comprendre que je voulais qu'il reste après que ses parents seraient montés se coucher.

« Laissez donc les flics s'occuper de tout : ils sont payés pour ça, dit Ralph. Vous auriez dû venir au cinéma avec nous.

– Franchement, je ne sais pas pourquoi nous sommes restés jusqu'à la fin de la séance », dit Marjorie. Elle se pencha pour me faire profiter de l'intensité de son regard. « C'était macabre ! Oh, seigneur.

– Dites donc ! fit Ralph. Vous ne deviez pas voir si le vieux Glenroy était toujours à l'hôtel ?

– Tu y es allé ? fit John.

– J'ai eu une longue conversation avec lui, c'est exact.

– Comment va ce vieux Glenroy ?
– Il est très occupé : il s'apprête à partir pour la France.
– Pour quoi faire ? » Il ne comprenait vraiment pas pourquoi.
– Il participe à un festival de jazz et enregistre un disque.
– Le pauvre. » Il secoua la tête, en songeant sans doute à une vieille épave comme Glenroy Breakstone essayant de jouer du jazz devant une foule de spectateurs français. Puis son regard s'éclaira et il braqua son index sur moi. « Est-ce que Glenroy vous a raconté comment il m'a présenté à Louis Armstrong ? A Satchmo ? Formidable. Un petit bonhomme, vous saviez ça ? Pas plus grand que Glenroy. »
Je secouai la tête et il laissa retomber sa main, déçu.
« Ralph, fit Marjorie. Il est tard et demain nous voyageons.
– Vous partez ?
– Eh oui, fit John.
– Nous estimons que nous avons fait ici tout ce que nous pouvions, dit Ralph. Ça ne rime pas à grand-chose de traîner là. »
Voilà pourquoi ils avaient pu se détendre.
Marjorie dit : « Ralph » et le tira par le bras. Tous deux se levèrent. « Bon, les enfants », dit Ralph. Puis il se tourna de nouveau vers moi. « C'est sans doute une perte de temps, vous savez. Je ne crois pas que j'aie moi-même viré plus d'une personne, et ça n'a pas duré. C'est Bob Bandolier qui s'occupait surtout de ce genre d'affaires.
– Qui était la personne que vous avez virée ? »
Il sourit. « Je m'en suis souvenu quand nous étions au cinéma, ça me paraît drôle maintenant d'y repenser.
– Qui était-ce ? demandai-je.
– Je parie que vous pourriez me le dire. Il n'y avait que deux personnes à l'hôtel que j'aurais pu congédier. Je veux dire moi, personnellement. »
Je le regardai avec surprise et puis je compris.
« Bob Bandolier et Dicky Lambert. Parce qu'ils étaient vos subordonnés directs.

– Pourquoi est-ce important ? demanda Marjorie.

– Cela *intéresse* l'ami de John, c'est pour ça que c'est important, dit Ralph. Il fait des recherches, tu l'as entendu. »

Marjorie eut un geste vague, tourna les talons et s'éloigna. « Je renonce. Monte bientôt, Ralph. Et je dis bientôt. »

Il la suivit des yeux puis se retourna vers moi. « Ça m'est revenu comme ça, en regardant *Assurance sur la mort*. Je me suis rappelé comment Bob Bandolier a commencé à carotter sur ses heures de travail, à arriver en retard, à partir de bonne heure, en invoquant toute sorte de prétextes. Et puis il a fini par venir me raconter que sa femme était malade et qu'il devait la soigner. Je peux dire que ça m'a surpris. Je ne pensais même pas qu'il était marié. Je vais vous dire : Bob Bandolier avec une femme, c'était une drôle d'idée.

– Il est arrivé en retard parce que sa femme était malade ?

– Il a pratiquement manqué deux jours. J'ai dit à Bob qu'il ne pouvait pas faire ça. Il m'a raconté une salade pour m'expliquer qu'en deux heures il faisait mieux son boulot de directeur que n'importe qui d'autre en huit heures, ou une foutaise comme ça, et j'ai fini par le flanquer à la porte. Je n'avais pas le choix. » Il tendit les mains, paumes ouvertes. « Il négligeait son travail. Ce type faisait partie des meubles, et il n'y avait vraiment pas d'autre solution, alors je l'ai foutu dehors. » Il enfonça les mains dans ses poches, redressa les épaules : ce geste commun au père et au fils. « D'ailleurs, je l'ai réengagé deux semaines plus tard. Quand Bob n'était plus là, ça n'allait plus. Par exemple les commandes de viande, c'était n'importe quoi.

– Qu'est-il arrivé à sa femme ? demanda John.

– Elle est morte – pendant cette période avant qu'il revienne. C'est Dicky Lambert qui me l'a dit : il avait réussi à lui arracher la nouvelle. Sinon Bob ne m'en aurait jamais soufflé un mot.

– C'était quand ? » demandai-je.

Ralph secoua la tête, amusé par mon insistance. « Oh,

je ne peux pas me souvenir de tout. Quelque part au début des années cinquante.

– Quand on a retrouvé James Treadwell dans sa chambre, c'est Bandolier qui s'est occupé des détails ? »

Ralph ouvrit la bouche et me regarda d'un air surpris. « Ma foi, je ne crois pas. Je me souviens avoir regretté justement qu'il n'ait pas pu s'occuper de ça, parce que j'avais mis Dicky au service de jour, et qu'il n'était pas bon du tout.

– Vous avez donc licencié Bob Bandolier environ à l'époque des meurtres.

– Ma foi, oui, mais... » Il me lança un regard incrédule puis se mit à secouer la tête. « Non, non, ça ne tient pas debout. Nous parlons de Bob Bandolier : ce type si bien qui organisait des réunions de prières. »

Je me rappelai quelque chose que m'avait dit Pasmore. « Avait-il des enfants ? Un fils, peut-être ?

– Seigneur, j'espère que non. » Ralph sourit en imaginant Bob Bandolier élevant un rejeton. « Bon, les gars, à demain matin. » Il nous salua d'un petit geste maladroit et s'engagea dans l'escalier.

John dit bonsoir à son père puis se tourna vers moi. Il avait l'air tendu et irrité. « Bon, alors, qu'est-ce que tu as fichu toute la journée ? »

2

« Essentiellement, je recherchais des traces de Bob Bandolier », dis-je.

John eut un petit grognement dégoûté et de la main me désigna le canapé. Ne prenant pas la peine de me regarder, il passa dans la cuisine et en revint avec un petit verre plein à ras bord de glace et de vodka. Il en but une gorgée tout en se dirigeant vers le fauteuil, sans cesser de me fixer d'un air furibond. « Et qu'est-ce que tu fabriquait hier soir ?

– John, qu'est-ce qui te prend ? Je ne mérite pas ça.

– Et moi, je ne mérite pas ça non plus. » Il but encore une gorgée, ne voulant pas s'asseoir avant d'avoir lâché ce qui le troublait à ce point. « Tu as dit à ma mère que tu étais professeur de collège ? Qu'est-ce qui te prend, tu es devenu une sorte d'imposteur ?

– Oh, John, Joyce Brophy m'a appelé Professeur Underhill, c'est tout. »

Il me foudroya du regard mais finit par s'asseoir. « J'ai dû donner à mes parents tous les détails sur ta brillante carrière. Je ne voulais quand même pas qu'ils sachent que tu es un menteur. Tu es professeur en titre à Columbia et tu as publié quatre ouvrages. Mes parents sont fiers que je connaisse un type comme toi.

– Tu n'avais pas besoin d'en rajouter à ce point-là. »

John eut un geste vague. « Tu sais ce qu'elle m'a dit ? Ma mère ? »

Je secouai la tête.

« Elle m'a dit qu'un jour je rencontrerais une merveilleuse jeune femme et qu'elle espérait encore être grand-mère. Je ne dois pas oublier que je suis encore un jeune homme en pleine santé, avec une belle maison et une belle situation.

– Allons, de toute façon ils partent demain. Tu ne regrettes pas qu'ils soient venus, n'est-ce pas ?

– Oh, j'ai dû écouter mon père discuter de théologie indienne avec Alan Brookner. » Il haussa les sourcils et éclata de rire. Puis il poussa un gémissement et se pressa les tempes, comme s'il essayait de mettre de l'ordre dans ses pensées. « Tu sais quoi ? Je n'ai même pas le temps de penser à moi. Au fait, Alan va bien ? Tu lui as trouvé une infirmière ?

– Eliza Morgan, dis-je.

– Parfait. Nous savons tous quel bon travail... » Il eut un geste brusque. « Non, je retire ça, je le retire. Je te suis reconnaissant d'avoir fait ça. Vraiment, Tim.

– Je ne m'attends pas du tout à ce que tu te comportes comme si le pire qui te soit jamais arrivé était cette contravention pour stationnement interdit, dis-je.

– Le problème, c'est que je suis furieux. La plupart du temps, je ne m'en rends même pas compte. Je ne m'en aperçois que quand je repense à ma journée et que je constate que j'ai passé tout mon temps à claquer des portes.

– Après qui en as-tu ? »

Il secoua la tête et but encore une gorgée. « Je crois, en fait, que la personne à qui j'en veux, c'est April. Comment puis-je en vouloir à April ?

– Elle n'était pas censée mourir.

– J'oubliais : tu as fait une licence de psycho en même temps que tu obtenais cette chaire de professeur à Columbia. » Il se renversa en arrière et contempla le plafond. « Ce qui ne veut pas dire que je pense que tu aies tort. Je ne veux tout simplement pas l'accepter. En tout cas, je te suis reconnaissant de me pardonner quand je me conduis comme un trou du cul. » Il s'enfonça plus profondément dans son fauteuil et posa les pieds sur la table basse. « Et maintenant, veux-tu me dire ce qui t'est arrivé aujourd'hui ? »

Je lui fis revivre ma journée : Alan, les Belknap, Glenroy Breakstone, le voyage à Elm Hill, le vieil homme en colère de Fond du Lac Drive.

« J'ai dû manquer quelque chose. Qu'est-ce qui t'a poussé à aller jusqu'à la maison de ce type ? »

Sans mentionner Tom Pasmore, je lui parlai d'Elvee Holding et de William Writzmann. « Le seul Writzmann dans l'annuaire était un Oscar Writzmann, Fond du Lac Drive. Je me suis donc arrêté pour le voir, et j'avais à peine dit que je cherchais William Writzmann qu'il m'a traité de salopard et essayé de m'assommer.

– Il a voulu te frapper ?

– Je pense qu'il en avait marre des gens qui venaient chez lui pour parler de William Writzmann.

– William n'est pas dans l'annuaire ?

– Il figure à Expresspost, dans la 4ᵉ Rue Sud. Tout comme les deux autres directeurs d'Elvee.

– Qui existent peut-être ou peut-être pas.

– Exactement », fis-je. Mais il y avait une autre raison pour laquelle je voulais trouver William Writzmann. »

Il était affalé dans son fauteuil, les pieds sur la table, son verre posé sur son ventre. Il m'observait, il attendait. Il ne savait pas encore combien ça allait être intéressant.

Je lui racontai que j'avais vu la Lexus bleue auprès du Bar de la Femme verte. Je n'avais pas terminé qu'il ôtait ses pieds de la table et se redressait sur son siège.

« La même voiture ?

– Elle avait disparu avant que j'aie pu être certain. Mais pendant que je recherchais Elvee Holding, j'ai pensé que je pourrais tout aussi bien essayer de savoir qui était propriétaire de la Femme verte.

– Ne me dis pas que c'est ce nommé Writzmann, dit-il.

– Elvee Holding a acheté le bar en 1980.

– C'est donc Writzmann ! » Il reposa sa vodka sur la table, me regarda. Il tourna les yeux vers le verre, le prit et le fit danser sur sa paume, comme s'il le soupesait. « Penses-tu qu'April a été tuée à cause de ces foutues recherches historiques ?

– Elle ne t'en a pas parlé ? »

Il secoua la tête. « En fait, elle était si occupée que nous n'avions pas tellement de temps pour bavarder. Ce n'était pas un problème ni rien. » Il leva les yeux vers moi. « Ma foi, à dire vrai, c'était peut-être un problème.

– Alan savait que ça avait un rapport avec un crime.

– Ah oui ? » John faisait visiblement un effort pour se rappeler la conversation que nous avions eue dans la voiture. « Oui, elle lui en a sans doute plus parlé.

– Plus à lui qu'à toi ?

– Tu sais, je n'étais pas emballé par ces recherches d'April. » Il hésita, se demandant s'il pouvait se confier à moi. Il se leva et se mit à rentrer sa chemise dans son pantalon. Après cela, il resserra sa ceinture. Toutes ces manœuvres dissimulaient mal son malaise. John se pencha pour reprendre le verre sur la table. « Ces projets m'agaçaient. Je ne voyais pas pourquoi elle prendrait du temps sur notre vie commune pour faire toutes ces petites idioties pour lesquelles elle n'était même pas payée.

– Sais-tu comment elle est arrivée à s'intéresser à l'affaire Blue Rose ? »

Il fixa d'un air soucieux son verre vide. « Ma foi, non.

– Ni ce qu'elle a réussi à trouver ?

– Aucune idée. Je suppose que Monroe et Wheeler ont emporté le dossier ce matin, avec tout le reste. » Il baissa les bras et soupira. « Attends. Je vais prendre encore une vodka. »

John fit deux pas vers la cuisine, puis s'arrêta et se retourna pour ajouter : « Ça n'est pas que nous avions des difficultés ni rien de ce genre : je voulais simplement qu'elle passe plus de temps à la maison. On ne se disputait pas. » Il me fit complètement face. « Oh, on discutait, bien sûr. Bref, je ne voulais pas parler de ça devant les flics. Ni devant mes parents. Tout ce qu'ils ont besoin de savoir, c'est que nous étions heureux ensemble.

– Je comprends », dis-je.

John fit un pas en avant. « Tu sais le temps que ça prend de rassembler une collection comme ça, dit-il en désignant les toiles. Quand April avait une période un peu calme dans ses affaires, elle sautait dans un avion pour Paris et restait deux jours là-bas à traquer un tableau qu'elle voulait. C'est comme ça qu'on l'avait élevée : pas de limites pour la petite April Brookner, non monsieur. April Brookner pouvait faire tout ce qui lui passait par la tête.

– Et tu lui en veux parce qu'elle t'a abandonné, dis-je.

– Tu ne comprends pas. » Il tourna les talons et entra dans la cuisine. J'entendis des bruits de vaisselle et d'eau. La porte du gros réfrigérateur se refermait. John revint et s'arrêta au même endroit du tapis, son verre tendu vers moi, le coude fléchi. Une liqueur transparente ruisselait sur les côtés. « April était quelquefois difficile à vivre. Il y avait en elle quelque chose de déséquilibré... »

John vit les taches sombres sur le tapis, essuya du revers de la main le fond de son verre et but une gorgée pour faire baisser le niveau. « Sa rencontre avec moi a été ce qui est arrivé de mieux à April. Et quelque part dans sa tête, Alan le sait. Quand elle a été mariée, il s'est détendu : je lui ai rendu un vrai service. Il savait que je pouvais l'empêcher de plonger complètement.

– C'était une femme douée, dis-je, que voulais-tu qu'elle fasse ? Qu'elle passe sa journée à faire de la pâtisserie ? »

Il but encore une gorgée puis regagna son fauteuil. « Qu'est-ce que c'était que ce don qu'elle avait ? April avait l'art de faire de l'argent. Est-ce que c'est un but si merveilleux dans la vie ?

– Je croyais que l'argent ne l'intéressait pas tellement. Est-ce qu'elle n'était pas la seule capitaliste post-moderne ?

– Ne te fais pas d'illusion, dit-il. Elle s'est laissé prendre au piège. » Du bout des doigts, il leva le verre devant lui et le contempla. Une profonde ride se creusait entre ses sourcils.

John poussa un grand soupir et appuya contre son front le verre glacé.

« Je suis sûr qu'elle t'était reconnaissante de la stabilité que tu lui apportais, dis-je. Songe depuis combien de temps vous étiez mariés. »

Sa bouche se crispa. Il serra fort les yeux et se pencha en avant, le verre toujours contre son front : « Je suis un infirme. » Il rit, mais sans gaieté.

« Comment est-ce que j'ai survécu au Viêt-nam ? Je devais être fichtrement plus costaud en ce temps-là. Peut-être que je n'étais pas plus costaud, j'étais simplement plus dingue.

– C'était le cas de tout le monde.

– Oui, mais j'étais sur une voie à part. Après être parti en croisade pour mettre un terme au communisme, j'ai voulu faire quelque chose que je comprenais à peine. » Il eut un sourire nostalgique.

« Qu'est-ce que c'était ?

– Je crois que j'ai voulu voir à travers les apparences », dit-il.

3

Il poussa un soupir qui paraissait émaner de tout son être : un bruit comparable à une des notes finales de Glenroy Breakstone. « Je ne voulais pas de voile entre moi et ce qu'était la réalité. J'estimais qu'on pouvait déboucher là-dedans à ciel ouvert. » Il eut de nouveau ce long soupir plein de regret. « Tu me comprends ? J'ai pensé qu'on pouvait *passer la frontière*.

– As-tu jamais pensé que tu en étais près ? »

Il se leva d'un bond et éteignit la lampe auprès de lui. « Il y a des moments où j'ai cru que... » Il prit son verre et alla éteindre la lampe à l'autre bout du canapé. « Il fait trop clair ici, ça ne te gêne pas ?

– Non ?

John contourna la table et alla éteindre la lampe auprès de moi. Il ne restait plus maintenant d'allumé près de l'entrée du vestibule qu'un grand lampadaire de cuivre qui projetait au plafond un cercle jaune.

« Il y a eu cette fois où je voyageais dans des conditions difficiles, je m'étais enfoncé à l'intérieur des terres. J'étais avec un autre homme. Jed Champion, un magnifique soldat. Nous voyagions à pied, surtout la nuit. Nous avions une Jeep, mais nous l'avions laissée là-bas, loin, loin de la piste et camouflée pour la retrouver quand nous reviendrions. »

Il évoluait selon un itinéraire complexe qui l'envoyait de la fenêtre à la cheminée, puis à son fauteuil ; de là en longeant le mur où étaient accrochés les tableaux jusqu'au parquet près du lampadaire de cuivre pour revenir enfin près de la fenêtre, son corps dessinant dans l'obscurité la forme d'une flèche.

« Au bout de deux ou trois jours, nous avions totalement cessé de parler. Nous savions ce que nous faisions et nous n'avions pas besoin d'en discuter. Si nous avions une décision à prendre, nous agissions de concert. C'était comme de la télépathie : je savais *exac-*

tement ce qui se passait dans son esprit et il savait ce qui se passait dans le mien.

« Nous opérions dans une région relativement déserte, mais il y avait quand même eu une certaine activité des Viets ici et là. Nous étions censés éviter tout contact. Si nous les apercevions, nous devions simplement les laisser passer. La sixième nuit, je me rendis compte que je voyais mieux que la nuit précédente : en fait, tous mes sens étaient étonnamment aiguisés. J'entendais tout.

« Je sentais pratiquement les racines des arbres pousser sous terre. Une patrouille viet passa à dix mètres de nous : nous nous assîmes sur nos sacs pour les regarder. Cela faisait une bonne demi-heure que nous les entendions approcher et tu te souviens combien ces gaillards pouvaient être silencieux. Mais je sentais leur sueur. Je sentais l'huile sur leurs fusils. Et eux ne pouvaient même pas nous voir.

« La nuit suivante, j'aurais pu attraper des oiseaux à mains nues. Je commençais à entendre des sons nouveaux et je crus tout d'abord que c'était un bruit provenant de mon propre corps, tant c'était intime. Et puis, juste avant l'aube, je compris que j'entendais les voix des arbres, des rochers, de la terre.

« La nuit suivante, mon corps faisait des choses absolument tout seul. J'étais simplement là, derrière mes yeux, à flotter. Je n'aurais pas pu faire un faux pas, même si j'avais essayé. » Ransom s'interrompit. Il était revenu jusqu'à la fenêtre et, quand il se tourna vers la pièce, un rideau de ténèbres était tombé sur ses traits et sur le devant de son corps. La froide lumière argentée qui venait du dehors lui baignait le haut de la tête et les épaules. « Tu sais de quoi je parle ? Ça veut dire quelque chose pour toi ?

– Oui, fis-je.

– Bon. Peut-être que la suite ne te paraîtra pas totalement dingue. »

Pendant un moment qui me parut interminable, il me dévisagea sans rien dire. Puis il finit par tourner les talons et se dirigea vers la cheminée. La lumière froide de la fenêtre lui éclairait le dos. « Peut-être que je ne voudrais même pas être encore à ce point vivant. Quand on est vivant à ce point-là, on est tout près de la mort. »

Il arriva devant la cheminée et, dans les ténèbres de cette partie de la pièce, je le vis lever un bras pour caresser le rebord de marbre. « Non, je ne le dis pas bien. Être vivant à ce point-là, ça *inclut* la mort. »

Il se détourna de la cheminée et revint vers la flaque de lumière argentée. Il avait l'air aussi impassible qu'un inspecteur de banque. « Peu avant cet épisode, j'avais perdu beaucoup de monde. Des indigènes. Nous avions dans notre camp deux commandos des forces sociales, l'un sous mes ordres, l'autre sous ceux d'un officier du nom de Bullock. Une nuit, Bullock et son équipe sont sortis et aucun d'eux n'est jamais revenu. Nous avons attendu encore douze heures, et puis j'ai emmené mes gars à leur recherche. » Il s'était maintenant avancé dans la zone d'ombre entre les fenêtres. « Il nous a fallu trois jours pour les retrouver. Ils étaient dans les bois, pas loin d'une petite ville, à une trentaine de mètres de la piste. Bullock et ses cinq hommes étaient attachés à des arbres. Ils avaient été étripés : on leur avait ouvert les entrailles et on les avait laissés saigner à mort. Encore une chose. »

Il passa devant la seconde fenêtre sans se tourner pour me regarder et de nouveau sa chemise et sa peau se trouvèrent baignées d'une lumière argentée. « On leur avait coupé la langue. » John s'approcha du lampadaire de cuivre et cette fois se retourna. Il était à moitié dans la douce lumière jaune et à moitié dehors. « On a coupé les liens et on a confectionné des brancards pour ramener les corps : j'ai enveloppé leurs langues dans un bout de tissu et je les ai prises avec moi. Je les ai fait sécher, je les ai traitées. Après ça, je les portais partout avec moi.

– Qui a tué Bullock ct son équipe ? » demandai-je.

Je vis dans l'ombre l'esquisse d'un sourire. « Les Viets coupaient parfois les langues, pour insulter le cadavre. Tout comme les Yards, pour vous obliger à garder le silence dans l'autre monde. »

Ransom contourna le lampadaire et repartit vers les fenêtres et le mur où étaient accrochés les tableaux.

« C'est donc à peu près notre huitième nuit dehors. Et là-dessus quelque chose dit : *Ransom*

« J'ai cru que c'était mon compagnon, mais je me suis branché sur sa fréquence, tu sais, et il ne faisait pas plus de bruit qu'un scarabée. Je peux t'assurer qu'il ne parlait pas.

« Et puis j'entends encore : *Ransom.*

« J'ai fait le tour d'un arbre dont le tronc avait bien six mètres de diamètre. Un peu à l'écart sous une fougère géante comme un toit, voilà que j'aperçois Bullock planté là et me regardant dans les yeux. Juste à côté de lui, son premier adjoint, son chef d'équipe. Ils sont couverts de sang. Ils restent là, à attendre. Ils savent que je peux les voir et ça ne les étonne pas. Moi non plus. »

Ransom était repassé devant les fenêtres et il était maintenant arrêté devant la cheminée, dans la partie la plus sombre de la pièce. C'était à peine si je pouvais distinguer sa grande silhouette marchant de long en large devant l'âtre.

« J'étais à l'endroit où la vie et la mort s'interpénètrent. J'avais l'impression de sentir ces petites langues sur ma peau comme des feuilles. Elle me laissaient passer. Elles savaient ce que je faisais, elles savaient où j'allais. »

J'attendis la suite du récit, mais il fixait la cheminée sans rien dire.

« Tu me parles en ce moment de la fois où tu étais parti pour ramener Bachelor. »

Je l'entendis presque sourire. « C'est exact. Il savait que j'arrivais et il était venu à ma rencontre. » Il tapait doucement une main contre le marbre de la cheminée, comme s'il faisait semblant de se punir. « C'est bizarre, il était comme ça tout le temps. Il vivait dans le royaume des dieux. »

J'attendais toujours la fin de l'histoire.

« As-tu jamais rien éprouvé de pareil ? Es-tu qualifié pour en juger ?

– Quelque chose de ce genre-là, oui, dis-je, mais je ne sais pas si je suis qualifié pour en juger. »

John s'écarta de la cheminée et alluma la lampe sur la petite table. La pièce se trouva baignée de vie et de couleur. « J'éprouvais une sensation extraordinaire : comme un roi. Comme un dieu. »

Il se retourna pour me dévisager.

« Quelle est la fin de l'histoire ? demandai-je.

– C'est ça, la fin.

– Qu'est-ce qui s'est passé quand tu es arrivé là-bas ? »

Il me regardait en fronçant les sourcils. Quand il parla, ce fut pour changer de sujet. « J'irais bien jeter un coup d'œil au Bar de la Femme verte. Tu veux venir avec moi ?

– Tu veux t'y introduire par effraction ?

– Tu sais, fit John, mon paternel était propriétaire d'un hôtel. J'ai un tas de passes. »

4

Le lendemain matin, j'appris que tandis que John Ransom et moi évoquions le spectacle de la mort traversant la vie, Mr. et Mrs. David Sunchana de North Bayberry Lane, à Elm Hill, avaient failli mourir dans un incendie provoqué par une explosion de gaz. Je me souvins des réservoirs de propane et me demandai ce qui avait causé l'explosion. L'idée que j'aurais pu en être responsable me rendit malade. Peut-être la personne qui m'avait suivi jusqu'à Elm Hill tenait-elle tellement à empêcher les anciens locataires de Bob Bandolier de me parler qu'elle avait essayé de les tuer.

5

Ralph et Marjorie étaient remontés, après leur petit déjeuner, faire leurs bagages pour rentrer en Arizona, et John était sorti. Ralph avait laissé le *Ledger* ouvert à la page des sports qui annonçait avec enthousiasme la victoire de Millhaven contre les Brasseurs de Milwaukee.

Je revins à la première page et lus les dernières dépêches sur les événements d'Armory Place. Des dirigeants religieux et des défenseurs locaux des droits civiques avaient constitué le Comité pour un Millhaven équitable. Ils avaient exigé un bureau à la mairie et une secrétaire.

Le Révérend Clément Moore devait prendre la tête d'un défilé de protestation sur Illinois Avenue à trois heures de l'après-midi. Le maire avait autorisé la manifestation et chargé tous les policiers qui n'étaient pas de service d'assurer la sécurité et le contrôle de la foule. Illinois Avenue serait fermée à la circulation de une heure trente à cinq heures de l'après-midi.

Un petit article de deux paragraphes en page cinq signalait que l'homme assassiné sur Livermore Avenue, dont on ne connaissait pas le nom, avait été formellement identifié : c'était Grant Hoffman, trente et un ans, étudiant de dernière année en histoire des religions à l'université d'Arkham.

Je tournai la page et je vis une petite photographie de ce qui ressemblait à une ferme et avait été à demi détruit par le feu. Le côté gauche de la maison s'était écroulé dans un amoncellement de cendres et de braises d'où émergeait un évier en porcelaine entouré de tuyaux métalliques brisés. Le feu avait noirci ce qui restait de la façade et laissé debout les montants de ce qui avait dû être une sorte de véranda. Auprès de la maison, un petit garage sans fenêtre ou un petit appentis. Je ne le reconnus même pas avant de voir le nom de Sunchana dans la légende en dessous de la photographie. J'en eus le souffle coupé et je lus l'article.

Un policier d'Elm Hill du nom de Jérôme Hodges patrouillait sur North Bayberry Lane au moment de l'explosion et il avait immédiatement alerté les pompiers par radio. Hodges avait pénétré dans la maison par une fenêtre de la chambre et il avait fait sortir Mr. Sunchana tout en portant Mrs. Sunchana dans ses bras. Les voitures de pompiers étaient arrivées à temps pour sauver une partie de la maison et du mobilier. Les Sunchana étaient sortis de l'hôpital de Western Hills où ils étaient restés en observation : leur état n'inspirait aucune inquiétude. On ne pensait pas que l'explosion avait une origine criminelle.

Je regardai dans l'annuaire le numéro de téléphone de la direction de la police de Millhaven et demandai à parler à l'inspecteur Fontaine. La standardiste me dit qu'elle allait me le passer.

Je n'aurais pas dû être surpris quand il me répondit, mais je le fus.

Je m'identifiai et il me demanda : « Vous avez trouvé quelque chose dans les vieux dossiers de Damrosch ?

– Non, pas grand-chose. je vais vous les rapporter. » Puis une idée me vint. « Vous ne m'aviez pas dit que quelqu'un d'autre avait consulté le dossier Blue Rose ?

– Ma foi, le petit carton était posé en haut du dossier dans le sous-sol.

– N'avez-vous rien ôté du dossier ?

– Les nus de Kim Basinger vous coûteront un supplément.

– C'est seulement que de toute évidence les chemises étaient maintenues par des élastiques – on voyait encore la marque – mais ils avaient disparu. Alors je me demandais si la personne qui a regardé le dossier avant moi l'avait parcouru pour essayer de trouver quelque chose.

– Il n'y avait plus trace, en effet, d'un élastique vieux de quarante ans. Avez-vous d'autres fascinantes informations de ce genre ? »

Je lui racontai que j'étais allé à Elm Hill pour parler aux Sunchana et que j'avais vu quelqu'un qui me suivait.

« C'est le couple chez qui il y a eu l'incendie ?

– Oui, les Sunchana. Quand j'étais sur la véranda, je me suis retourné et j'ai vu quelqu'un qui m'observait derrière une rangée d'arbres de l'autre côté de la rue. Quelqu'un qui a disparu dès que je l'ai vu. Ça ne veut pas dire grand-chose, mais on m'a suivi. » Je décrivis ce qui s'était passé l'autre nuit.

« Vous n'avez pas signalé cet incident ?

– L'homme a disparu si vite. Et John m'a dit que ça aurait pu être un voyeur. »

Fontaine me demanda pourquoi je voulais parler aux Sunchana.

« Ils louaient autrefois l'étage supérieur d'un duplex appartenant à un homme du nom de Bob Bandolier. Je voulais leur parler de Bandolier.

– Je suppose que vous aviez une raison pour ça ?

– Bandolier était directeur au Saint-Alwyn en 1950 et il pourrait se rappeler un détail qui nous aiderait.

– Eh bien, pour autant que je sache, on n'a rien relevé de suspect dans cette explosion là-bas. » Il attendit une seconde. « Mr. Underhill, vous imaginez-vous souvent au cœur d'un complot qui vous menace ?

– Pas vous ? »

Au-dessus de ma tête, les Ransom se querellaient tandis que Ralph traînait dans le couloir une valise à roulettes.

« Rien d'autre ? »

J'éprouvais une déraisonnable répugnance à partager avec lui le nom de William Writzmann. « Je ne pense pas.

– Les réservoirs de propane ne sont pas les objets les plus sûrs du monde, déclara-t-il. Laissez donc les Sunchana tranquilles et je vous recontacterai si je découvre quoi que ce soit que vous devriez savoir. »

En survêtement rose vif, Ralph descendit l'escalier avec l'autre valise, plus petite, et vint la déposer près de la porte à côté de celle qui avait des roulettes. Puis il revint vers la cuisine et se planta sur le seuil. « C'est à John que vous parlez ?

– John est rentré ? » dit Marjorie. Elle apparut chaussée de Reeboks roses et vêtue d'un survêtement assorti à celui de son mari. C'était peut-être pour ça que les Ransom s'étaient disputés. On aurait dit un couple de panthères roses.

« Non, dit Ralph, non, non.

– Comme vous l'imaginez sans doute, c'est un peu le cirque ici, poursuivait Fontaine. Profitez de notre belle ville. Joignez-vous à un défilé de protestation. » Il raccrocha.

Marjorie passa devant Ralph et se planta en face de

moi en me regardant d'un air mauvais à travers ses lunettes de soleil. Elle posa les mains sur ses généreuses hanches roses. « Ça n'est pas John, n'est-ce pas ? demanda-t-elle d'une voix forte. Si c'est lui, vous pourriez lui rappeler que nous devons aller à l'aéroport.

– Je te l'ai dit, fit Ralph. Ce n'est pas à John qu'il parle.

– Tu m'avais assuré que John n'était pas rentré », lança Marjorie. Elle avait encore haussé le ton. « En tout cas, c'est ce que tu m'as dit. » Elle sortit si précipitamment de la cuisine qu'elle laissa presque dans son sillage une traînée de vapeur.

Ralph alla prendre un verre d'eau à l'évier et me regarda avec un mélange de bravade et d'hésitation. « Elle est un peu nerveuse. Aller à l'aéroport, prendre l'avion, vous savez ce que c'est.

– Ce n'était pas moi », lança Marjorie du living-room. « Si mon fils n'est pas ici dans dix minutes, nous prendrons un taxi.

– Je vous conduirai », dis-je. Tous deux commençaient à refuser avant même que j'aie achevé ma proposition.

Ralph jeta un coup d'œil au living-room, puis alla s'asseoir en face de moi à la table de la cuisine.

« C'est cette histoire de permis de conduire : John n'est pas de ces gens à qui on devrait retirer son permis. Je lui ai demandé quel genre d'histoires il avait eues pour se faire ramasser trois fois en état d'ivresse. Ça fait du bien de parler de ces choses-là, d'ouvrir un peu son cœur.

– Le voilà », annonça Marjorie en aparté. Ralph et moi entendîmes le bruit de la porte d'entrée.

« J'espère qu'il peut oublier tout ça », observa Ralph.

La voix vibrante d'un entrain excessif, John lança : « Tout le monde est prêt ? Tous les bagages sont là ? »

Ralph se passa la main sur la bouche et répondit : « Tu as fait une bonne promenade ?

– Il fait fichtrement chaud dehors », répondit John. Il entra dans la cuisine et Marjorie apparut, arborant un sourire qui découvrait toutes ses dents. John portait des jeans délavés et une veste de sport en toile vert foncé boutonnée sur le ventre. Il avait le visage luisant de sueur. Il me jeta un coup d'œil, fit une petite grimace pour montrer son exaspération et dit : « Il n'y a que ces deux valises-là ?

– Ça et le petit sac de voyage de ta mère, dit Ralph. Nous sommes parés. Tu crois que nous devrions y aller ?

– On a largement le temps, dit John. Si nous partons dans vingt minutes, vous aurez encore une heure avant l'embarquement. »

Il vint s'asseoir à table entre Ralph et moi. Marjorie se planta derrière lui et posa les mains sur ses épaules. « Ça te fait du bien de marcher, dit-elle. Mais, mon chou, tu pourrais te détendre un peu. Tu as le dos si crispé ! » Elle resta derrière lui et se mit à lui pétrir les épaules. « Pourquoi ne retires-tu pas cette veste ? Tu es trempé ! » John poussa un gémissement et se dégagea des mains de sa mère.

6

A l'aéroport, Ralph insista pour que nous ne les accompagnions pas jusqu'à la porte d'embarquement. « C'est trop difficile de se garer... Nous allons nous dire au revoir ici. » Marjorie pencha la tête pour que son fils lui donne un baiser. « Ne te surmène pas avant de recommencer tes cours », dit-elle.

Ralph serra dans ses bras son fils qui se raidissait et il lui dit : « Tu es un sacré bonhomme. » Nous les regardâmes franchir les portes automatiques dans leurs tenues de panthères roses. Une fois les portes vitrées refermées, John s'installa à la place du passager et abaissa la vitre. « J'ai envie de casser quelque chose, dit-il. De préférence quelque chose de joli et de grand. » Ralph et Marjorie avançaient d'un pas incertain vers les files d'attente aux comptoirs des diverses lignes aériennes. Ralph fouilla dans une poche de son survêtement, en tira leurs billets et se pencha pour approcher sa valise. « Je pense qu'ils finiront par arriver à bon port », dit John. Il se renversa contre le dossier.

Je démarrai et fis le tour des différents terminaux pour retrouver la bretelle d'autoroute.

« Il faut que je te raconte ce qui s'est passé la nuit dernière, dis-je. Les gens que je suis allé voir à Elm Hill ont failli mourir dans un incendie.

– Oh, Seigneur. » John se retourna pour regarder derrière nous. « Je t'ai vu jeter un coup d'œil dans le rétroviseur. Est-ce que quelqu'un nous suivait ?

– Je ne pense pas. »

Il était presque agenouillé sur la banquette à scruter les voitures derrière nous. « Je ne vois pas de Lexus bleue, mais il a sans doute plus d'une voiture, tu ne crois pas ?

– Je ne sais même pas *qui* il est, dis-je.

– William Writzmann, ce n'est pas le nom que tu as dit hier soir ?

– Oui, mais qui est-ce ? »

D'un geste il écarta ma question. « Parle-moi de l'incendie. »

Je racontai ce que j'avais lu dans le journal et lui rapportai ma conversation avec Fontaine.

« J'en ai par-dessus la tête de ces flics. » John pivota sur lui-même et s'accroupit, sa jambe gauche sur la banquette. « Maintenant qu'il a été prouvé que les aveux de Walter Dragonette étaient bidons, leur seule idée est de me traîner au commissariat. C'est la faute de qui si on l'a tuée ? »

Il rabattit le pan de sa veste sur son ventre et passa le bras gauche sur le haut de la banquette. Il surveillait de temps en temps la circulation derrière lui. « Je ne vais pas me laisser marcher sur les pieds par Fontaine. » Il tourna la tête et me considéra d'un air sévère. « Tu es toujours prêt à rester pour m'aider ?

– Je veux retrouver Bob Bandolier.

– Celui que je veux retrouver, dit John, c'est William Writzmann.

– Il va falloir être prudent », dis-je. Je voulais simplement dire par là qu'il faudrait éviter Fontaine.

« Tu veux voir ce que c'est qu'être prudent ? fit John en me tapant sur l'épaule. Regarde. » Je tournai la tête : il déboutonna sa veste de toile et l'écarta. La crosse incurvée d'un pistolet dépassait de la ceinture de son pantalon. « Quand tu l'as pris à Alan, je l'ai mis au coffre. Ce matin je suis allé à la banque pour le reprendre.

– Mauvaise idée, dis-je. En fait, c'est une très très mauvaise idée.

– Je sais me servir d'une arme à feu, bon sang. Toi aussi, alors cesse de prendre un air si désapprobateur. »

Mes efforts pour ne plus paraître le condamner réussirent quand même à ce qu'il cesse de me regarder en ricanant.

« Qu'est-ce que tu comptais faire ensuite ? me demanda-t-il.

– Si je peux retrouver les Sunchana, j'aimerais leur parler. Je pourrais peut-être découvrir quelque chose si j'allais frapper à d'autres portes de la 7ᵉ Rue Sud.

– Il n'y a aucune raison de retourner à Pigtown, dit John.

– Tu ne te souviens pas du vieux couple dont je t'ai parlé et avec qui j'avais discuté : les gens qui habitaient à côté de la maison de Bandolier ? La femme, Hannah Belknap, m'a dit que tard le soir elle voit parfois un homme assis tout seul dans le salon. » Je lui racontai alors la réaction de Frank Belknap devant l'histoire de sa femme et ce qu'il m'avait dit en confidence sur le trottoir.

« C'est Writzmann, fit John. Il met le feu aux maisons.

– Attends un peu. Ce soldat a menacé Belknap voilà vingt ans. Fontaine dit que les réservoirs de propane ne sont pas ce qu'il y a de plus sûr au monde.

– Tu crois vraiment ça ?

– Non, avouai-je. Je pense que quelqu'un m'a suivi chez les Sunchana et a décidé de les empêcher de me parler. Ça veut dire qu'il y a quelque chose que nous ne sommes pas censés découvrir à propos de Bob Bandolier.

– J'aimerais d'abord rendre une petite visite à Oscar Writzmann. Je peux peut-être tirer quelque chose de lui. Tu veux que j'essaie ?

– Pas si tu dois braquer ce pistolet sur lui.

– Je vais simplement lui demander s'il a un fils qui s'appelle William. »

7

A contrecœur, je quittai l'autoroute nord-sud à l'endroit où elle coupe l'autoroute est-ouest. Une fois de plus, je pris vers l'ouest. Depuis la boucle de l'échangeur, les hautes silhouettes de l'hôtel Pforzheimer et de l'hôtel Hepton se dressaient comme des monuments antiques au milieu des hautes stèles des immeubles neufs à l'est de la Millhaven River.

John regardait l'horizon tandis que nous descendions la rampe pour nous mêler au flot des rares voitures qui se dirigeaient vers l'ouest.

« Tous les flics de la ville vont surveiller les manifestants cet après-midi. Je crois que nous pourrions mettre en pièces le Bar de la Femme verte et le remonter sans que personne s'en aperçoive. »

A Teutonia, je pris la longue diagonale qui va vers le nord en traversant les centres commerciaux de Piggly Wiggly, les bowlings et les McDonald. « Sais-tu si Alan laisse quelqu'un utiliser son garage ?

– Il a peut-être laissé Grant y entreposer des choses. » John me regarda comme si je jouais à un jeu qu'il ne comprenait pas encore. « Pourquoi ?

– La femme qui habite de l'autre côté de la rue a vu quelqu'un dans son garage, le soir où April a été attaquée. »

Machinalement, il tâta à travers le tissu de sa veste la crosse de son pistolet. Son visage était toujours aussi peu expressif, mais un tic se mit à lui secouer l'œil droit. « Qu'est-ce qu'elle a vu exactement ?

– Seulement la porte qui se refermait. Elle a pensé

que ça aurait pu être Grant, car elle l'avait vu dans les parages. Mais Grant était déjà mort.

– Eh bien, en fait, dit John, c'était moi. Je ne savais pas qu'on m'avait vu, sinon j'en aurais parlé plus tôt. »

Je m'arrêtai au feu et mis mon clignotant pour indiquer que je tournais. « Tu es allé là, le soir de la disparition d'April ?

– Je pensais qu'elle aurait pu être chez Alan : nous nous étions un peu disputés. Bref, quand je suis arrivé là-bas, toutes les lumières étaient éteintes et je n'avais pas envie de faire une scène. Si April voulait passer la nuit là, pourquoi pas ? »

Le feu passa au vert et je tournai en direction de la sinistre petite maison d'Oscar Writzmann.

« Nous avons quelques vieilleries dans son garage que je pensais rapporter à la maison, de vieilles photographies, des agrandissements, alors je suis entré pour jeter un coup d'œil. C'était vraiment trop encombrant à transporter et une fois que j'ai vu toute ça, l'idée m'a paru folle. » Il avait toujours son tic et il posa deux doigts sur œil droit comme pour le faire rester tranquille.

« J'ai pensé, dis-je, que ça aurait pu avoir un quelconque lien avec la Mercedes.

– Cette voiture doit être au Mexique maintenant. »

Par habitude, je regardai dans le rétroviseur. Pas trace, derrière nous, de la voiture de Writzmann dans aucune des trois voies de l'avenue. Elle n'était pas davantage parmi les quelques voitures que je voyais à contre-jour dans un soleil éblouissant devant nous. Je me garai devant la petite prison de ciment jaune.

« Je pense que c'est une erreur, dis-je. Tout ce que tu vas faire, c'est agacer ce type. Il ne va rien te dire que tu aies envie d'entendre. »

John essaya de reprendre son air supérieur, mais il avait toujours son tic sous l'œil. « Je suis navré de te dire ça, mais tu ne sais pas tout. » Il se pencha vers moi en me regardant droit dans les yeux. « Laisse-moi un peu de mou, Tim.

– Il s'agit de Franklin Bachelor ? » dis-je.

Il se figea, la main sur la bosse que faisait son pistolet sous la veste. Ses yeux avaient un éclat de pierre. Lentement sa main passa de la crosse du pistolet à la poignée de la porte.

« Hier soir, tu ne m'as pas raconté la fin de cette histoire. »

John ouvrit la bouche, il avait une expression égarée : on aurait dit un animal pris au piège. « Je ne veux pas parler de ça.

– Peu m'importe que ce soit vraiment arrivé ou pas, dis-je. C'était le Viêt-nam. Je veux simplement savoir la fin. C'est Bachelor qui a tué ces gens ? »

Le regard de John se figea.

« Et tu le savais, dis-je. Tu savais qu'il avait déjà disparu. Tu savais que c'était Bennington que tu ramenais avec toi. Je suis surpris que tu ne l'aies pas abattu en rentrant à Camp Crandall pour dire ensuite qu'il était devenu violent et qu'il avait tenté de s'échapper. » Je compris alors pourquoi il avait ramené Bennington. « Oh, Jed Champion ne voyait pas les choses comme toi. Il a cru que Bennington était Franklin Bachelor.

– Je suis arrivé là-bas deux jours avant Jed », dit John de la même petite voix. Il s'éclaircit la gorge. « A la fin, je me déplaçais beaucoup plus vite. Avant d'atteindre le camp, je sentais les corps depuis des heures. Les corps et... et une odeur de cuisson. Il y avait des cadavres dans tout le camp. Des petits feux partout. Bennington était assis là, sur le sol. Il avait brûlé les morts, ou en tout cas essayé.

– Est-ce qu'il les mangeait ? »

John me dévisagea un moment. « Pas ceux qu'il brûlait.

– Et la femme de Bachelor ? demandai-je. Tu avais son crâne à l'arrière de ta Jeep.

– Il lui a tranché la gorge et l'a étripée. Ses cheveux étaient pendus à un poteau. Il l'a préparée et nettoyée comme une peau de chevreuil.

– C'est Bachelor qui a fait ça, dis-je.

– Il l'a sacrifiée. Bennington était en train de faire bouillir des morceaux pour détacher la chair de ses os quand je suis arrivé là-bas.

– Et tu en as mangé », dis-je.

Il ne répondit pas.

« Tu savais que c'était une chose dont Bachelor était capable.

– Il l'avait déjà fait.

– Tu étais au royaume des dieux », dis-je.

Il me regarda de ses yeux sans expression, sans parler. Ce n'était pas la peine.

« Sais-tu ce qu'est devenu Bachelor ?

– Des Marines ont retrouvé son corps près de la zone démilitarisée. » Son regard maintenant brillait de défi.

« Quelqu'un a trouvé aussi ton corps, dis-je. Je te pose simplement la question.

– A qui as-tu parlé ?

– Tu n'as jamais entendu parler d'un colonel du nom de Beaufort Runnel ? »

Il tressaillit et son regard perdit sa lueur de défi. « Ce connard pontifiant du dépôt d'intendance de Crandall ? » Il eut un air étonné. « Comment donc as-tu rencontré Runnel ?

– Il y a longtemps, dis-je. A une réunion d'anciens combattants ou quelque chose comme ça.

– Les associations d'anciens combattants, c'est pour les connards. » Ransom ouvrit la portière. Quand je descendis de voiture, il avait plongé la main sous la ceinture de son blouson boutonné pour tirer sur le haut de ses jeans. Il se trémoussa un peu pour tout remettre en place, y compris sans doute le pistolet d'Alan. Puis il passa la main sur son blouson. Il avait repris son calme. « Laisse-moi régler ça », dit-il.

8

Ransom traversa en courant la pelouse à l'herbe fragile et jaunissante d'Oscar Writzmann, comme s'il fuyait ce qu'il venait de me dire.

Je le rejoignis sur le seuil et il me foudroya du regard pour que je recule d'un pas. Il redressa les épaules et pressa le bouton de sonnette. J'avais le pressentiment d'un désastre. Ce que nous faisions n'était pas bien, et de terribles événements allaient en découler.

« Vas-y doucement », dis-je. Il tressaillit encore une fois.

De ma place, une marche plus bas que John, je ne vis que le haut de la porte qui se dirigeait vers la tête de John.

« Vous vouliez me voir ? » demanda Writzmann. Il avait l'air un peu las.

« Vous êtes Oscar Writzmann ? »

Le vieil homme ne répondit pas. Il s'écarta et ouvrit la porte toute grande, ce qui obligea John à faire un pas en arrière. Je ne voyais toujours pas le visage de Writzmann. Il portait un survêtement bleu marine avec un blouson à fermeture éclair, comme les tenues de jogging des Ransom, mais avachi par un millier de passages dans la machine à laver. Ses pieds nus étaient robustes, carrés et sillonnés de petites veines.

« Nous aimerions entrer », dit John.

Writzmann regarda par-dessus l'épaule de John et m'aperçut. Il baissa sa grosse tête ronde comme un taureau qui va charger.

« Qu'est-ce que vous êtes, le gardien de ce type ? dit-il. Je n'ai rien à vous dire. »

John se cramponna au battant de la porte et la maintint ouverte. « Il faut que vous coopériez avec nous, Mr. Writzmann, ça vous facilitera les choses. »

Writzmann me surprit en reculant à l'intérieur. John avança et je le suivis dans le living-room de la maison jaune. Writzmann contourna une table en bois rectangulaire et s'arrêta auprès d'une chaise longue. Il y avait un coucou accroché au mur, mais pas de tableaux. Un canapé vert à deux places passablement usé était disposé devant le panneau d'accès à la cuisine. De l'autre côté du canapé, un fauteuil à bascule avec un blason sculpté dans l'appuie-tête au-dessus des arabesques de bois.

« Il n'y a personne ici que moi, déclara Writzmann. Pas la peine de mettre tout en désordre pour chercher.

– Tout ce que nous voulons, dit John, ce sont des renseignements.

– C'est pour ça que vous avez un revolver. Vous voulez des informations. » Je n'avais plus peur et ce que je voyais, c'était le même dégoût, proche du mépris, qu'il avait manifesté auparavant. John lui avait laissé apercevoir la crosse du revolver. Il s'assit dans la chaise longue en nous fixant tous les deux d'un air mauvais.

Je regardai l'espèce de blason du fauteuil à bascule. Autour du chiffre 25, les mots *Papeterie Sawmille* étaient inscrits dans un cercle plein de fioritures et de décorations.

« Oscar, dit John, parlez-moi de la société Elvee. » Il était à peine à un mètre du vieil homme.

« Bonne chance.

– Qui la dirige ? Qu'est-ce que fait cette compagnie ?

– Aucune idée.

– Parlez-moi de William Writzmann. Parlez-moi du Bar de la Femme verte.

Je vis une lueur passer dans les yeux du vieillard. « Il n'y a pas de William Writzmann », déclara-t-il. Il se pencha en avant en joignant les mains. Il avait les épaules voûtées. Les gros pieds sillonnés de veines bleues se replièrent sous ses genoux.

John fit un pas en arrière, plongea la main dans son blouson et la ressortit avec le revolver. Il n'était pas très impressionnant dans son rôle. Il braqua son arme sur la poitrine du vieil homme. Writzmann poussa un soupir et se mordilla la lèvre inférieure.

« C'est intéressant, dit John. Expliquez-moi donc ça.

– Qu'y a-t-il à expliquer? S'il y a jamais eu quelqu'un de ce nom, il est mort. » Writzmann considérait le canon du revolver. Lentement, prudemment, il fit glisser ses pieds en avant : les talons touchaient à peine le sol et les orteils recroquevillés étaient dressés.

« Il est mort », répéta John.

Writzmann détourna les yeux du pistolet pour regarder John. Il n'avait plus l'air en colère ni effrayé. « Des gens comme vous devraient rester là-bas sur Livermore : c'est là votre place. »

John abaissa son arme. « Et le Bar de la Femme verte ?

– C'était un établissement plutôt moche, à mon avis. » Writzmann posa entièrement les pieds par terre et se redressa. « Mais je n'ai guère envie d'en parler. » John leva le canon du revolver et le braqua sur le ventre du vieil homme. « Je n'ai envie de parler de rien avec vous deux. » Writzmann fit un pas en avant et John recula. Je me levai du fauteuil à bascule. « Tu ne vas pas me descendre, sale petite ordure. »

Il fit encore un pas en avant. Le revolver se redressa brusquement et une flamme jaune jaillit de la gueule du canon. Une onde de choc m'assourdit les tympans. Un petit nuage de fumée blanche flottait entre John et Oscar Writzmann. Je m'attendais à voir ce dernier s'écrouler mais il resta immobile, les yeux fixés sur le revolver. Puis il pivota lentement pour regarder derrière lui. Il y avait dans le mur au-dessus de la chaise longue un trou de la taille d'une balle de golf.

« Restez où vous êtes », fit John. Il avait relevé sa main droite dont le poignet était serré dans sa main gauche. Comme j'avais les oreilles qui tintaient encore, sa voix me parut menue et métallique. « Ne dites à personne que nous sommes venus ici. » John recula, son arme braquée sur la tête de Writzmann. « Vous m'entendez ? Vous ne nous avez jamais vus. »

Writzmann leva les mains en l'air.

John marcha à reculons jusqu'à la porte et je sortis sur la véranda avec lui. La chaleur s'abattit sur moi comme un coup de massue. J'entendis John dire : « Dis à l'homme dans la Lexus bleue que c'est fini. » Il improvisait. J'avais envie de le ceinturer pour le jeter dans la rue. Pour l'instant, le bruit de la détonation n'avait attiré personne. Deux voitures passèrent dans la large avenue. J'avais la tête qui résonnait.

Sitôt dehors, John baissa les bras, se retourna vers le trottoir et partit en courant. Il ouvrit la portière arrière et sauta dans la voiture. Tout en marmonnant des jurons, je pris les clés dans ma poche et fis démarrer la Pontiac. Writzmann apparut dans l'encadrement de la porte au moment où je partais. John hurlait : « Pied au plancher. Pied au plancher ! » J'écrasai la pédale de l'accélérateur et nous descendîmes mollement la rue.

« Pied au plancher !

– C'est ce que je fais », criai-je. La voiture, tout en roulant aussi lentement que dans un rêve, prit un peu de vitesse. Writzmann s'avança d'un pas incertain sur sa pelouse desséchée. La Pontiac tanguait comme un bateau mais finit quand même par foncer. Quand je tournai à droite au premier virage, la voiture pencha sur le côté dans un hurlement de pneus.

« Wooo ! » cria Ranson. Tenant toujours son revolver, il se pencha par-dessus le dossier de la banquette avant. « Tu as vu ça ? Ça l'a arrêté net, le salaud ! » Il se mit à rire. « Il s'approchait de moi... J'ai juste un peu levé cette petite chose... et vlan ! Comme ça !

– Je pourrais te tuer, dis-je.

– Ne te mets pas en colère, c'était trop beau, fit John entre deux éclats de rire. Tu as vu cette flamme ? Cette fumée ?

– Tu avais l'intention de tirer ? » Je virai successivement à droite, puis à gauche, en m'attendant à tout instant à entendre les sirènes.

« Bien sûr. Bien sûr que j'en avais l'intention. Cette vieille canaille allait me le prendre des mains. Il fallait bien que je l'arrête, non ? Sinon, comment pouvais-je lui montrer que j'étais sérieux ?

– Je devrais te casser le crâne avec ce machin, dis-je.

– Si tu savais ce qu'était ce type ! Il démantibulait des gens avec ses mains nues. » Il semblait peiné.

« Il a travaillé vingt-cinq ans dans une papeterie, dis-je. Quand il a pris sa retraite, on lui a offert un fauteuil à bascule. »

J'entendais John qui tripotait le revolver en l'admirant.

Je pris encore un virage et j'aperçus Teutonia Avenue à deux pâtés de maisons devant moi. « Pourquoi penses-tu qu'il nous a dit de retourner à Livermore Avenue, parce que c'était chez nous ?

– Je ne voudrais pas te vexer, mais ce n'est pas le quartier le plus élégant de la ville. »

Je ne dis pas un mot avant de déboucher sur Ely Place. Ce qui me fit alors parler, ce n'était pas le pardon, mais le choc. Une voiture de police était arrêtée devant la maison de John.

« Il a ton numéro de permis, dis-je.

– Merde », fit John. Il se pencha et je l'entendis glisser le revolver sous le siège du passager. « Continue. »

Mais c'était trop tard. La portière gauche de la voiture de police s'ouvrit toute grande et de longues jambes bleues apparurent. Un énorme tronc bleu suivit, puis une jambe gigantesque émergea. On aurait dit un numéro de cirque. Ce géant n'aurait pas pu tenir dans la petite voiture, mais il en sortait quand même. Sonny Berenger se redressa en attendant que nous nous garions devant lui.

« Nie tout, dit John, c'est notre seule chance. »

Je descendis nerveusement de la Pontiac. Je ne pensais pas que nier nous avancerait à grand-chose en face de Sonny. Sa haute silhouette dominait sa voiture de patrouille et il nous observait d'un regard glacé.

« Bonjour, Sonny », dis-je. Son visage aussitôt se durcit. Je me souvins que Sonny avait de bonnes raisons de ne pas m'aimer.

Il nous dévisagea tous les deux à tour de rôle. « Où est-il ? »

John ne put s'empêcher de jeter un regard furtif à la Pontiac.

« Vous l'avez dans la voiture ?

– Il y a une explication pour tout, dit John. Ne vous emballez pas avant d'entendre notre version.

– Passez-le-moi, je vous prie. Le commissaire Hogan veut le récupérer aujourd'hui. »

John se dirigeait vers la Pontiac et, quand il comprit la signification de la dernière phrase de Sonny, il ralentit le pas. C'est tout juste, me parut-il, s'il ne trébuchait pas. « Oh, est-ce que j'ai dit qu'il était dans la voiture ? » Il s'arrêta et se retourna.

« Qu'est-ce que le commissaire Hogan veut que vous lui remettiez ? »

Le regard de Sonny se tourna vers John puis revint vers moi. Il était planté là, encore plus droit que tout à l'heure. Sa poitrine semblait large comme deux manches de cognée. « Un vieux dossier. Voulez-vous me le trouver, Monsieur, quel que soit l'endroit où il est ?

– Ah, fit John. Mais oui. C'est toi qui l'as vu en dernier, n'est-ce pas, Tim ? »

Sonny se tourna vers moi.

« Attendez ici », dis-je et je remontai l'allée, John sur mes talons. J'attendis devant la porte tandis que John cherchait sa clé. Sonny, les bras croisés, avait réussi à s'appuyer contre la voiture de police sans la plier en deux.

Sitôt à l'intérieur, John poussa un grand éclat de rire. Depuis que j'étais arrivé à Millhaven, je ne l'avais jamais vu aussi content.

« Après tout ce beau discours pour nier en bloc, tu étais prêt à lui remettre le revolver.

– Fais-moi confiance, dit-il. J'aurais bien trouvé quelque chose. »

Nous nous engageâmes dans l'escalier. « Dommage que Hogan n'ait pas attendu deux heures de plus avant de nous envoyer King Kong. J'aurais bien voulu regarder ce dossier.

– Tu le peux encore, dis-je, j'en ai fait une copie. »

John me suivit jusqu'au second étage. Il attendit sur la porte de son bureau pendant que j'allongeais le bras sous le canapé pour retirer la sacoche. Je la tapotai afin d'enlever un peu de poussière et je l'ouvris pour en retirer l'épaisse liasse des photocopies. Je la remis à John.

Il me fit un clin d'œil. « Pendant que je commence à lire ça, pourquoi ne pas passer voir comment va Alan ? »

Quand je refermai la porte, Sonny était toujours adossé à la voiture, les bras croisés. Son immobilité exprimait clairement que je ne méritais aucun effort supplémentaire. Quand je lui tendis la sacoche, il se déplia et me la prit des mains.

« Remerciez Paul Fontaine de ma part, voulez-vous ? »

En guise de réponse, Sonny s'introduisit dans la voiture et posa la serviette sur le siège à côté de lui. Il enfonça la clé de contact.

« Au fond, dis-je, vous avez rendu service à tout le monde en me parlant ce jour-là. »

On aurait dit qu'il me regardait depuis une distance de plusieurs kilomètres. Il ne prenait même pas la peine d'accommoder pour me voir.

« J'ai une dette envers vous, dis-je, je vous revaudrai ça quand je pourrai. »

Pendant une infime fraction de seconde, l'expression de son regard changea. Puis il tourna la clé, fit demi-tour dans un hurlement de pneus et fonça en direction de Berlin Avenue.

9

Tout en parlant doucement, Eliza Morgan m'entraîna en direction du salon. « Je l'ai installé à déjeuner devant la télé. Sur le canal 4, il y a une table ronde de journalistes et ensuite ils vont montrer un reportage en direct du défilé sur Illinois Avenue.

– C'est donc là où sont allés tous les reporters, dis-je.

– Vous ne voulez pas manger quelque chose ? Soupe aux champignons et sandwich au poulet ? Oh, le voilà. »

On entendit la voix d'Alan retentir dans le couloir. « Que diable se passe-t-il ?

– Je meurs de faim, dis-je à Eliza. C'est une excellente idée. »

Je la suivis jusqu'au salon. Alan était assis sur le chesterfield : en se tortillant pour me regarder, il menaçait de renverser le plateau posé sur ses genoux. Au milieu de la pièce était placée une petite télévision couleurs sur un support roulant. « Ah, Tim, fit Alan. Bon. Il ne faut pas que vous manquiez ça. »

Je m'assis, prenant soin de ne pas faire basculer son plateau. Auprès du bol de soupe et d'une assiette contenant les miettes d'un sandwich, un petit vase avec une rose à peine éclose. Une serviette était posée sur la chemise d'un blanc immaculé et la cravate rouge sombre d'Alan. Il se pencha vers moi. « Vous avez vu cette femme ? C'est Eliza. Vous ne pouvez pas l'avoir. Elle est à moi.

– Je suis content que vous l'aimiez bien.

– Admirable femme. »

J'acquiesçai. Alan se carra dans le canapé et attaqua sa soupe aux champignons.

Geoffrey Bough, Isobel Archer, Joe Ruddler et trois journalistes que je ne reconnus pas étaient assis autour d'une table ronde sous le regard bienveillant, mais maintenant un peu incertain, dit Jimbo.

« ... nombre étonnamment élevé de meurtres sanglants pour une communauté de cette taille, ronronnait Isobel. Et je me demande, en voyant Arden Vass parader devant les caméras de télévision aux funérailles de ces personnes dont le meurtre n'a sans doute pas encore été éclairci, malgré...

– *Malgré quoi, cessez de tourner autour du pot !* », vociféra Joe Ruddler. Son visage rouge jaillissait de son col sans la protection habituelle assurée par son cou.

« ... malgré la ridicule tendance qu'ont certains de mes collègues à croire tout ce qu'on leur dit », conclut Isobel d'un ton suave.

Eliza Morgan me tendit un plateau identique à celui d'Alan, mais il n'y avait pas de rose. Une délicieuse odeur de champignons frais montait de la soupe. « Il y en a encore, si vous voulez. » Elle passa devant moi pour s'asseoir dans un fauteuil auprès d'Alan.

Jimbo s'efforçait de reprendre le contrôle de la discussion. Joe Ruddler hurlait : *« Si ça ne vous plaît pas ici, Miss Archer, essayez donc la Russie : vous verrez jusqu'où vous irez !*

– Je pense que c'est intéressant à imaginer, Isobel », dit Geoffrey Bough. Il n'insista pas.

« Oh, nous l'imaginerions tous, si nous pouvions ! s'exclama Ruddler.

– Miss Archer, dit Jimbo, tentant désespérément d'intervenir, à la lumière de tous les événements qui agitent actuellement notre ville, estimez-vous que ce soit une attitude responsable que de porter de nouvelles critiques contre...

– *Exactement!* rugit Ruddler.

– Parce que c'est un acte de responsable que de ne pas le faire? interrogea Isobel.

– *Je me tirerais une balle dans la tête à l'instant même si je pensais que cela pourrait protéger un seul bon policier!*

– Quelle idée intéressante, dit Isobel avec une grande douceur. Pour le moment, et pour en revenir à notre sujet, laissons de côté les deux récents meurtres de Blue Rose, et considérons le meurtre de Frank Waldo, un homme d'affaires de notre ville dont la réputation n'est pas inintéressante...

– Je crains que vous ne vous éloigniez du sujet, Isobel.

– *On les aura et on les coffrera! On y arrive toujours!*

– On coffre toujours quelqu'un. » Isobel se tourna en souriant vers Geoffrey Bough qu'elle réduisit d'un regard en un tas de cendres.

« Qui ça? demandai-je. Qu'est-ce qu'elle a dit?

– Vous avez fini, Alan? » demanda Eliza. Elle se leva pour lui ôter son plateau.

« Qui est-ce qu'elle a dit qu'on avait tué? répétai-je.

– Un nommé Waldo, répondit Eliza en revenant dans la pièce. J'ai lu ça dans le *Ledger*, en dernière page.

– On l'a trouvé mort sur Livermore Avenue? Devant un bar qui s'appelle L'Heure de Loisir?

– Je crois qu'on l'a découvert à l'aéroport, dit-elle. Voudriez-vous voir le journal? »

Je n'avais pas lu plus loin que l'article à propos de l'incendie d'Elm Hill. Je répondis que oui, volontiers, et Eliza ressortit pour m'apporter la seconde partie du journal.

Le corps mutilé de Francis (Frankie) Waldo, propriétaire et président des Boucheries en Gros de l'Idaho, avait été retrouvé vers trois heures ce matin, mort dans le coffre d'une Ford Galaxy au parking longue durée de l'aéroport de Millhaven. Un employé de l'aéroport avait remarqué du sang qui tombait goutte à goutte du coffre. On disait dans des milieux proches de la police que Mr. Waldo était sur le point d'être inculpé.

Je me demandais ce que Billy Ritz avait fait pour que Waldo ait eu l'air aussi content et ce qui avait mal tourné dans leur accord.

« Oh, Tim, je pense que ça vous intéresserait de voir ce texte qu'April écrivait ? Le projet concernant le pont ? »

Alan me regardait, plein d'espoir. « Vous savez, l'étude historique à propos des premiers meurtres de Blue Rose ?

– Il est ici ? »

Alan acquiesça. « April avait l'habitude d'y travailler de temps en temps dans ma salle à manger. Je crois que John ne la laissait guère le faire à la maison. Mais elle pouvait toujours lui dire qu'elle venait ici passer un moment avec le vieux. »

Je me souvins des papiers couverts de poussière sur la table de la salle à manger d'Alan.

« J'avais complètement oublié tout ça, dit-il. Cette femme de ménage a dû croire que c'étaient des papiers à moi : elle les a rassemblés, a passé le chiffon dessous et les a remis en place. C'est Eliza qui m'a demandé hier ce que c'était.

– Si vous voulez, dit Eliza, je vais vous les chercher. Avez-vous assez déjeuné ?

– Oui, c'était merveilleux », dis-je. Je pris le plateau et m'avançai.

Quelques secondes plus tard, Eliza revenait avec un dossier beige dans les mains.

10

Compte tenu de mes préjugés concernant le genre de livres qu'écrivent généralement les agents de change, le manuscrit n'était pas le compte rendu chronologique des meurtres de Blue Rose que je pensais. Le texte d'April Ransom était un mélange de genres inclassables. *Le Projet du pont* était bien le titre du livre, et pas seulement une référence provisoire. De toute évidence, April voulait exprimer par là que le livre en soi était une sorte de pont. Entre la recherche historique et le journalisme, entre l'événement et le décor, entre elle et le jeune garçon du tableau intitulé *Le Genévrier,* entre le lecteur et William Damrosch. Elle avait mis en épigraphe quelques vers de Hart Crane :

Par les fils tressés du câble, la voie se cambre
Vers le ciel, vibrante de lumière, dans l'envol des cordes,
. . . .
Comme si un dieux naissait des cordes...

April avait commencé par étudier l'histoire du pont de Horatio Sreet. En 1875, un citoyen avait exprimé ses doléances dans les colonnes du *Ledger* : un pont reliant Horatio Street à la rive ouest de la Millhaven River contaminerait les quartiers sains de la ville en leur transmettant les fléaux du crime et de la maladie. Un porte-parole des droits civiques disait en parlant du pont : « Cette triste monstruosité qui a ôté son travail à un honnête passeur. » A peine terminé, le pont avait été le théâtre d'un crime affreux. L'enlèvement dans une voiture à chevaux d'un bébé par un sauvage en haillons monté sur un cheval. L'homme avait sauté dans la voiture, arraché l'enfant à sa nourrice, puis était remonté sur son cheval qui continuait à avancer. Le ravisseur avait fait faire demi-tour à sa monture et était parti au galop dans le labyrinthe des taudis et des baraquements de la rive est du fleuve. Deux jours plus tard, les fouilles menées par la police permirent de découvrir le corps sur un autel rudimentaire installé dans le sous-sol du Bar de la Femme verte. On n'avait jamais identifié le ravisseur.

April avait découvert la légende locale du vieillard aux ailes blanches démolies qu'une bande d'enfants avait aperçu couché dans une caisse au bord de la rivière : ils l'avaient lapidé à mort, riant des terribles cris que poussait la créature dans une langue étrangère sous la grêle de pierres qui le frappait. Moi aussi j'étais tombé sur cette histoire, mais April avait repéré de vieux comptes rendus de la légende dans la presse. Elle avait rapproché ce personnage d'ange de l'épidémie de grippe qui avait tué près d'un tiers de la population irlandaise vivant près du pont. Néanmoins, racontait-elle, on trouvait dans des rapports de police datant de 1911 les traces d'un individu connu seulement sous le nom de M. Ange : il serait mort lapidé et avait été par la suite enterré dans l'ancien cimetière des pauvres (recouvert maintenant par une section de l'autoroute est-ouest).

Le Bar de la Femme verte, qui était à l'origine la cabane du passeur, était fréquemment cité dans les documents de la police de la fin du XIXe et du début du XXe siècle. L'établissement avait été le théâtre de bagarres, de duels au couteau et d'échanges de coup de feu comme on en voyait souvent dans les tavernes de l'époque : la Femme verte s'était distinguée, en outre, comme étant le quartier général officieux des Illuminés, le gang le plus redoutable de l'histoire de la ville. Les chefs des Illuminés, disait-on, étaient ces mêmes hommes qui, enfants, avaient tué le mystérieux M. Ange. Ils organisaient des vols et des meurtres dans tout Millhaven et on disait qu'ils contrôlaient l'activité criminelle de Milwaukee et de Chicago. En 1914, le Bar fut détruit par un incendie suspect où trois des cinq chefs des Illuminés trouvèrent la mort. Les deux survivants, apparemment, se diversifièrent dans des activités légales, achetèrent de grandes maisons sur Eastern Shore Drive et jouèrent un rôle important dans la politique de Millhaven.

Ce fut du haut des marches de la Femme verte récemment rebâtie qu'un employé municipal licencié tira sur Theodore Roosevelt et le blessa ; ce fut aussi des ombres de la Femme verte que jaillit, en brandissant son pistolet, un autre employé municipal psychopathe qui tira sans le toucher sur Dwight D. Eisenhower.

Le dieu né de ces cordes, laissait entendre April Ransom, s'exprimait le plus clairement à travers la vie et la mort de William Damrosch, qui s'appelait à l'origine Carlos Rosario. Il avait été déposé bébé au pied du pont de Horatio Street par sa mère, convoquée là par son meurtrier.

Pendant des semaines après la découverte du bébé vivant et de la femme morte sur la berge gelée au pied de la Femme verte, écrivait April, la légende de l'homme ailé refit surface : modifiée maintenant pour expliquer la mort de Carmen Rosario. L'ange, cette fois, était un individu sain, robuste et non pas affaibli par l'âge, ses cheveux d'or flottaient dans le vent de février et il tuait au lieu d'être tué.

Comment April savait-elle que la légende avait resurgi ? Le deuxième dimanche après la découverte du bébé, deux églises de Millhaven, l'église méthodiste de Matthias Avenue et l'église presbytérienne de Mont Horeb avaient annoncé des sermons, intitulés respectivement « L'Ange de la Mort, le Fléau du Pécheur » et « Le Retour d'Uriel ». Un éditorial du *Ledger* conseillait aux habitants de Millhaven de ne pas oublier que les crimes ont des origines humaines et non pas surnaturelles.

Trois semaines après le meurtre de sa mère, l'enfant fut confié au premier d'une série d'orphelinats et de foyers adoptifs qui le conduirait cinq ans plus tard chez Heinz Stenmitz, un jeune boucher récemment marié, qui venait d'ouvrir une boutique auprès de sa maison de Muffin Street, dans le quartier de Millhaven connu depuis longtemps sous le surnom de Pigtown.

A ce moment de sa vie, écrivait April, Stenmitz était un personnage au physique remarquable qui, avec ses longs cheveux blonds et sa belle barbe blonde, ressemblait beaucoup aux portraits conventionnels de Jésus ; en outre, il dirigeait le dimanche des séances de prières dans sa boutique. Longtemps après, quand il fut jugé pour avoir abusé d'un certain nombre d'enfants, on cita comme preuve des bonnes mœurs du boucher prédicateur que souvent il était allé chercher ses paroissiens au train ou à la gare routière et qu'il avait accordé une attention particulière à ces émigrants apeurés et désemparés venant des pays d'Amérique du Sud et d'Amérique centrale, handicapés par leur ignorance de l'anglais aussi bien que par leur pauvreté.

11

April Ransom cherchait tranquillement à démontrer que Heinz Stenmitz avait assassiné la mère de William Damrosch. Elle était convaincue que par une froide et sombre nuit de février, des témoins crédules et un peu ivres avaient vu la chevelure flottante du boucher et s'étaient rappelé les vieilles histoires de l'ange persécuté.

En levant les yeux, je constatai qu'Alan émergeait de sa sieste. Il avait les mains croisées sur son ventre, la tête droite et les yeux brillants de curiosité. « Vous trouvez ça bon ?

– C'est extraordinaire, dis-je. Je regrette qu'elle n'ait pas pu le terminer. Je ne sais pas comment elle a réussi à rassembler toute cette documentation.

– C'est ça, l'efficacité. Et puis, après tout, c'était ma fille. Elle savait faire des recherches.

– J'aimerais pouvoir lire tout le texte, dis-je.

– Gardez-le aussi longtemps que vous voudrez, proposa Alan. Je ne sais pas pourquoi, mais je n'avance pas beaucoup dans ma lecture.

Sur le moment, je n'arrivai pas à cacher le choc de la révélation qu'Alan venait de me faire. Il ne pouvait pas lire le manuscrit de sa fille : cela signifiait qu'il ne pouvait plus lire du tout. Pour cacher mon désarroi, j'allumai la télévision. L'écran montrait un panoramique d'Illinois Avenue. Les gens étaient massés là sur trois ou quatre rangs le long des trottoirs, en criant en même temps que quelqu'un qui psalmodiait dans un porte-voix.

« Oh, mon Dieu, dis-je en regardant ma montre. Il faut que je rentre chez John. » Je me levai.

« Je savais que vous trouveriez ça bon », dit Alan.

[illegible]

[illegible]

[illegible]

[illegible]

[illegible]

[illegible]

[illegible]

[illegible]

[illegible]

DIXIÈME PARTIE

WILLIAM WRITZMANN

1

Ransom était en bras de chemise. Il me fit signe d'entrer et passa dans le salon pour éteindre la télévision qui montrait les mêmes images d'Illinois Avenue avec ses barrages de police que je venais de voir sur le poste d'Alan. Les livres avaient été repoussés sur le côté de la table basse et les pages du rapport Blue Rose occupaient la surface restante. La veste de toile verte était drapée sur le dossier du canapé. John arrivait auprès du poste quand Isobel Archer, un peu essoufflée, apparut sur l'écran, micro à la main et disant : « Le décor est planté pour un événement différent de tout ce qui s'est passé dans cette ville depuis les premiers temps du mouvement des droits civiques. Un événement qui ne manquera pas de susciter des controverses. A mesure que les tensions s'exacerbent à Millhaven, les chefs religieux et des partisans des droits civiques exigent... »

John se pencha pour éteindre le poste. « Je pensais que tu reviendrais plus tôt. » Il remarqua le gros classeur que j'avais sous le bras. « Qu'est-ce que c'est ? L'autre partie du dossier ? »

Je posai le classeur auprès du téléphone. « Tout ce temps, le manuscrit d'April était dans la maison d'Alan. »

Il prit la veste verte sur le canapé et l'enfila. « Alors, tu as dû y jeter un coup d'œil.

– Bien sûr que oui », dis-je. J'ouvris la chemise du

côté des dernières pages. Je n'avais parcouru qu'environ le premier quart du *Projet du pont*, et je me demandais ce qu'April avait écrit à la fin. A travers les feuilles du haut de la pile, on apercevait vaguement du papier à en-tête. Curieux, je pris la feuille et la retournai. C'était du papier personnel d'April, portant son nom et son adresse. La lettre était datée d'environ trois mois plus tôt et adressée au chef de la police, Arden Vass.

John s'approcha de moi, en tirant sur les manches de sa veste.

April Ransom expliquait dans sa lettre qu'elle était en train d'écrire un texte sur les meurtres de Blue Rose commis quarante ans auparavant. Elle espérait que le chef Vass lui donnerait l'autorisation de consulter les dossiers de police concernant l'affaire.

Je passai à la lettre suivante, écrite deux semaines plus tard et exprimant le même souhait dans des termes un peu plus énergiques.

En dessous se trouvait une lettre adressée au commissaire Michael Hogan, rédigée cinq jours après la seconde lettre à Arden Vass. April se demandait si le commissaire pourrait l'aider dans ses recherches : le chef n'avait pas répondu à ses requêtes et, si le commissaire Hogan s'intéressait le moins du monde à ce fascinant recoin de l'histoire de Millhaven, Mrs. Ransom lui en serait très reconnaissante. Bien sincèrement.

Suivait une autre lettre à Michael Hogan : April regrettait ce qui pourrait passer pour de la mauvaise éducation de sa part mais espérait y remédier en étant prête à consacrer elle-même son temps à essayer de retrouver dans les archives un dossier vieux de quarante ans.

« Hogan savait qu'elle s'intéressait à la vieille affaire Blue Rose », dis-je. John lisait la lettre par-dessus mon épaule. Il acquiesça. « Curieux qu'il ait gardé ça pour lui, tu ne trouves pas ? »

John vint auprès de moi et retourna la feuille suivante, une lettre encore. Celle-ci était destinée à Paul Fontaine.

Cher Inspecteur Fontaine, je m'adresse à vous un peu en désespoir de cause, après n'avoir reçu aucune réponse du chef Vass pas plus que du commissaire Michael Hogan. Je suis une historienne amateur dont le plus récent projet concerne l'histoire et les origines du pont de Horatio Street, du Bar de la Femme verte et notamment les rapports entre ces divers lieux et les meurtres Blue Rose survenus à Millhaven en 1950. J'aimerais beaucoup voir le dossier original de la police pour l'affaire Blue Rose et j'ai déjà expliqué que j'étais parfaitement prête à rechercher ce dossier moi-même, où qu'il puisse être rangé.

Inspecteur Fontaine, je m'adresse à vous en raison de votre brillante réputation d'enquêteur ? Comprenez-vous que moi aussi je parle d'une enquête, d'une enquête qui nous fait remonter jusqu'à une époque fascinante ? Je suis persuadée que vous m'accorderez au moins la faveur d'une réponse.

Avec tous mes espoirs,
Bien à vous,
April Ransom.

« Elle se payait sa tête, dit John. Avec tous mes espoirs ? April ne dirait jamais une chose pareille.

– Penses-tu qu'elle ait jamais pu jeter un coup d'œil à la Femme verte ? »

Il se redressa et me regarda. « Je commence à me demander si je peux répondre à des questions pareilles. » Il leva les bras au ciel. « Je ne savais même pas vraiment sur quoi elle travaillait !

– Elle ne le savait pas exactement non plus, dis-je. Ce n'était qu'en partie un texte historique.

– Elle n'était jamais satisfaite ! reprit John en s'avançant vers moi. Voilà la vérité. Ça ne lui suffisait pas d'être la star du cabinet Barnett, ça ne lui suffisait pas d'écrire le même genre d'articles que n'importe qui d'autre écrirait, ça ne... » Il se tut brusquement et considéra le manuscrit d'un air morose. « Bon, descendons en ville avant que ce foutu défilé soit terminé. »

Il ouvrit toute grande la porte et sortit précipitamment.

A peine dans la voiture, il se pencha, posa une main sur ma cuisse, sa tête sur mon genou et fouilla sous mon siège. « Oh, non, dis-je.

– Oh, mais si. » John se redressa, le revolver dans sa main. « Je suis navré de te le dire, mais nous pourrions en avoir besoin.

– Alors, sans moi.

– Très bien, j'irai seul. » Il se cala le dos contre la banquette, rentra son ventre et glissa le pistolet dans sa ceinture de pantalon. Puis il me regarda de nouveau. « Je ne pense pas non plus que nous aurons besoin d'arme, Tim. Mais si nous rencontrons quelqu'un, je veux avoir de quoi me défendre. Tu n'as pas envie d'aller jeter un coup d'œil à cet établissement ? »

J'acquiesçai.

« C'est juste pour une confirmation. »

Je mis le moteur en route mais sans quitter John des yeux. « Comme chez Writzmann ?

– J'ai commis une erreur. » Il eut un grand sourire et je coupai le contact. Il tendit les mains, paumes ouvertes. « Non, je suis sérieux : je n'aurais pas dû faire ça et je le regrette. Allons, Tim. »

Je redémarrai. « Ne refais jamais ça. Jamais.. »

Il secouait la tête et fit passer sa veste par-dessus la crosse du revolver. « Mais imagine qu'un type arrive quand nous serons là-bas. Est-ce que tu ne te sentirais pas plus à l'aise si tu savais que nous avons un peu d'artillerie ?

– Si elle était entre mes mains, peut-être », dis-je.

Sans un mot, John ouvrit son blouson, retira le pistolet de son pantalon et me le tendit. Je le posai sur la banquette auprès de moi et je le sentis pressé de façon inconfortable contre ma cuisse. Quand j'arrivai à un feu rouge, je le pris et enfonçai le canon dans le côté gauche de ma ceinture. Le feu passa au vert et je démarrai brutalement.

« Pourquoi Alan achèterait-il une arme ? »

John me regarda en souriant. « C'est April qui lui a apporté ce revolver. Elle savait qu'il avait pas mal d'argent à la maison malgré tous ses efforts pour le lui faire mettre à la banque. Elle devait se dire que si quelqu'un s'introduisait dans la maison, tout ce qu'Alan aurait à faire serait de brandir ce revolver et que le voleur s'enfuirait à toutes jambes.

– S'il était juste censé le brandir, elle n'aurait pas dû lui acheter de balles.

– Elle ne l'a pas fait, répondit John. Elle lui a simplement dit de braquer l'arme sur quiconque entrerait par effraction. Un jour de l'année dernière où elle était en voyage, Alan a appelé, très vexé de voir qu'April ne lui faisait pas assez confiance pour lui donner des balles : il savait se servir d'une arme mieux que moi...

– C'est vrai ? » Alan Brookner ne m'avait pas l'air d'un homme qui aurait passé beaucoup de temps à manier des armes à feu.

« Qu'est-ce que j'en sais ? En tout cas, il m'a donné jusqu'au moment où j'ai renoncé et où je l'ai emmené à un magasin de Central Divide. Il a acheté deux boîtes de balles à ogive creuse. Je ne sais pas s'il en a jamais parlé à April, en tout cas, moi pas. »

Je descendis Horatio Street. Les lointaines rumeurs de la foule nous parvenaient du côté d'Illinois Avenue et de l'autre rive du fleuve. Des voix clamant des slogans s'élevaient au-dessus du brouhaha des applaudissements et des huées.

Au croisement suivant, je regardai en direction d'Illinois. Une grosse masse de gens, dont certains brandissaient des panneaux, bloquait l'avenue. Un chevalier en armure, sergent de la police montée coiffé d'un casque d'émeute, les dépassa au trot. Dès que j'eus traversé la rue, les rumeurs du défilé s'estompèrent de nouveau.

Les immeubles à bon marché de cette partie d'Horatio Street semblaient abandonnés. Quelques hommes étaient installés à boire de la bière et à jouer aux cartes dans des voitures en stationnement.

« Tu as étudié ce dossier ? demandai-je.

– C'est drôle, non ?

– Ils ne se sont même jamais posé la question de savoir qui s'était fait virer avant les meurtres.

– Tu n'as pas remarqué ? Allons donc. » Il se

redressa sur la banquette et me dévisagea pour voir si je faisais simplement semblant de ne pas être observateur. « Qui est la seule personne à qui ils auraient dû parler ? Qui en savait plus sur le Saint-Alwyn que n'importe qui d'autre ?

– Ton père.

– Mais ils ont parlé à mon père. »

Je m'en souvins et j'essayai un autre nom. « Glenroy Breakstone, mais j'ai lu ses déclarations aussi.

– Tu ne réfléchis pas.

– Alors, dis-moi. »

Il était assis là, tourné de côté, et me regardait avec un exaspérant sourire aux lèvres. « Il n'y a aucune déclaration du célèbre Bob Bandolier. Tu ne trouves pas ça un peu bizarre ? »

2

« Tu dois te tromper », dis-je.

Il ricana.

« Je suis sûr d'avoir lu le nom de Bob Bandolier dans ces déclarations.

– D'autres personnes le mentionnent de temps à autre. Mais il ne travaillait pas à l'hôtel quand les meurtres ont eu lieu. Donc pour ce qui est de Damrosch... Sans doute le nom de Bandolier ne lui a-t-il jamais traversé l'esprit. »

Le pont était juste devant nous. Je tournai à gauche dans Water Street. A une quinzaine de mètres de là, le Bar de la Femme verte était posée sur sa dalle de béton au milieu des immeubles à bon marché. Des pigeons trottinaient et se pavanaient par-dessus les traces de graffiti.

A trois mètres devant l'établissement, un passage bétonné de quatre ou cinq mètres descendait en pente douce jusqu'au niveau de la rue. Les pigeons sautillaient et battaient des ailes devant mes pneus. Je passai devant le côté gauche du café. La seconde partie du bâtiment, surélevée, se terminait par un mur lisse dans lequel s'ouvrait une porte.

Je passai derrière le bâtiment. Du papier goudronné tapissait toute cette partie de la construction. Au-dessus de la porte de service, on avait percé deux fenêtres dans la grande façade nue. Ransom et moi refermâmes doucement nos portières. Presque arrivée maintenant au pont d'Illinois Avenue, protégée des regards par la courbe de la rivière et les murs de prison d'une usine abandonnée, l'armée des manifestants avançait. Une voix démesurément amplifiée hurlait : « *Justice pour tous ! Justice pour tous !* »

Un éclair d'une éblouissante blancheur attira mon attention et je me tournai dans cette direction : l'éclatante lumière du soleil tombait comme un faisceau sur une colombe plantée dans une immobilité absolue sur le béton.

Je regardai le visage blanc et sans ombre de Ransom par-dessus le toit de la voiture. « Peut-être que quelqu'un a ôté ses pages du dossier.

– Pourquoi ?

– Pour qu'April ne les voie pas. Pour que nous ne les voyions pas. Pour que personne ne les voie jamais.

– Et si on essayait d'entrer dans cette baraque avant que la manifestation se disperse ? » fit Ransom.

3

John s'acharna un moment sur le bouton de la porte. Puis essaya de l'enfoncer à coup d'épaule.

Je pris le revolver et m'approchai. Il s'escrimait toujours sur la poignée. De plus près, je vis qu'il tirait sur un cadenas d'acier. Je l'écartai et braquai le canon du pistolet sur le cadenas.

« Doucement, Wyatt. » John, de l'index, abaissa le canon vers le sol. Il retourna jusqu'à la voiture et ouvrit le coffre. Après une période qui me parut incroyablement longue, John referma le coffre et revint vers moi, une manivelle de cric à la main. Je lui laissai le passage.

John glissa la barre métallique dans l'anse du cadenas. Puis il tourna la manivelle jusqu'au moment où la serrure l'immobilisa, et appuya de toutes ses forces sur l'autre extrémité. Il avait le visage tendu, les muscles de ses épaules gonflés sous la veste de toile. Son teint tournait au rouge sombre. Je pesai encore sur la manivelle. Quelque chose devint doux et malléable comme du mastic et l'anse céda.

John trébucha en avant et je faillis tomber sur le derrière. Il ramassa la manivelle, détacha le cadenas cassé du crochet et le déposa sur le béton auprès de la manivelle du cric. « Qu'est-ce que tu attends ? » dit-il.

Je poussai la porte et j'entrai dans le Bar de la Femme verte.

4

Nous étions dans une salle presque vide d'environ trois mètres sur trois. Au fond, un escalier menait à la pièce au-dessus. Un grand canapé-lit en plastique brun au tissu déchiré était poussé contre le mur du fond et il y avait un bureau sur ma gauche. Un tapis vert en triste état recouvrait le plancher. En face de nous, une autre porte. John referma celle par laquelle nous étions entrés et il n'y eut pratiquement plus de lumière dans la pièce.

« C'est là où tu as vu Writzmann sortir des trucs de sa voiture ? me demanda John.

– Sa voiture était garée devant et la porte de la rue était ouverte. »

Quelque chose bougea au-dessus de nos têtes et nous levâmes tous les deux les yeux vers le carrelage grêlé du plafond.

« Tu veux aller regarder devant et que moi j'aille vérifier en haut ? »

J'acquiesçai et Ransom se dirigea vers l'escalier. Il s'arrêta et se retourna. Je savais à quoi il pensait. Je tirai le Colt de ma ceinture et le lui tendis, la crosse vers lui.

Revolver au poing, il se dirigea vers l'escalier. Au moment de poser le pied sur la première marche, il me fit signe d'aller inspecter les autres pièces : je traversai le bureau vide et ouvris la porte qui donnait sur la partie intermédiaire du bâtiment.

Un long comptoir en bois coupait la salle en son milieu. Des éviers délabrés et un petit comptoir cannelé occupaient la paroi du fond. Jadis des armoires étaient fixées aux épais poteaux de bois appuyés contre les murs de plâtre nus. Des canalisations jaillissant du sol amenaient le gaz jusqu'aux fours. Un rayon d'une lumière laiteuse tombait au fond de la pièce. Là-haut, Ransom ouvrit une porte qui grinça.

Une demi-porte donnait accès au bar. D'épais moutons de poussière s'envolaient sous mes pas.

Je me plantai sur le seuil et inspectai le vieux bar. La fenêtre teintée au milieu de la salle assombrissait la lumière du jour pour lui donner l'air d'une journée nuageuse de novembre. Juste devant moi, l'extrémité incurvée du comptoir, avec une large ouverture et une charnière pour permettre au barman d'en relever une partie. Tout le long du bar, de longs robinets décorés se terminant en tête d'animaux ou d'oiseaux.

Sur ma droite, des niches vides s'alignaient, incongrues, le long du mur comme des bancs d'église au XVIIe siècle. Une épaisse couche de poussière recouvrait le sol. Aussi distinctes que des traces dans la neige, de doubles empreintes de pieds conduisaient jusqu'à une surface d'un mètre carré près des niches puis s'en éloignaient. Je franchis la porte à battant. Je baissai les yeux : je vis dans la poussière de petites empreintes aux longs doigts.

J'eus l'impression d'avoir affronté précisément ce vide à une époque antérieure de ma vie. Je fis encore un pas en avant et cette impression s'intensifia, comme si le temps s'émiettait autour de moi. Une musique assourdie, une musique que j'avais bien connue autrefois mais que je n'arrivais plus à situer, retentissait faiblement dans ma tête.

Un frisson me parcourut.

Je m'aperçus alors qu'il y avait quelqu'un d'autre dans la salle déserte et je restai pétrifié de terreur. Un enfant était planté devant moi, et me regardait avec une terrible insistance qui parlait d'elle-même. L'eau coulait au pied des ormes condamnés de Livermore Avenue pour ruisseler sur des mourants hurlant au milieu de morts démembrés dans un enfer de verdure puante. J'avais déjà vu cet enfant, il y a bien longtemps.

Il me sembla qu'un autre garçon était planté derrière lui et que si cet enfant pouvait tendre la main jusqu'à moi, j'allais aussitôt devenir à mon tour un des morts démembrés.

Les Jardins du Paradis, le Royaume des Cieux.

Je fis encore un pas en avant et l'enfant disparut.

Un pas de plus m'approcha de la fenêtre. Deux formes carrées avaient laissé leurs empreintes dans le coussin auprès de la fenêtre. Des petits grains bruns comme des raisins secs étaient répandus sur le sol.

Des pas lourds traversèrent la vieille cuisine. Ransom déclara : « Quelqu'un a creusé un trou grand comme le Nebraska dans le mur là-haut. Tu as trouvé les cartons ?

– Ils ont disparu », dis-je. Je me sentais étourdi.

« Merde. » Il vint jusqu'à moi. « Voyons, c'est là qu'ils étaient... pas d'erreur. » Il soupira. « Les rats se sont mis au travail sur ces cartons. C'est peut-être pour ça que Writzmann les a déplacés.

– Peut-être... » Je ne terminai pas ma phrase et on aurait dit que j'étais d'accord avec lui. Je ne voulais pas lui dire qu'on avait peut-être déplacé les cartons à cause de sa femme.

« Qu'est-ce qu'il y a par ici ? » John suivit la double trace des empreintes de pied jusqu'à l'endroit où elles repartaient dans l'autre sens. Il tenait son revolver d'une main molle. Il se pencha et vit quelque chose qui lui fit pousser un grognement.

J'arrivai derrière lui. Au bout d'une lame de parquet, un anneau de cuivre s'encastrait parfaitement dans une rondelle découpée dans le bois.

« Une trappe. Il y a peut-être quelque chose au sous-sol. » Il tira sur l'anneau. Une section du plancher d'environ un mètre carré pivota sur une charnière dissimulée, révélant le haut d'une échelle en bois qui descendait tout droit dans les ténèbres. Je perçus une odeur de sang. Je secouai la tête et je ne sentis plus que des relents de moisissure et de renfermé.

J'avais déjà vécu ce moment-là aussi. Rien au monde ne pourrait me faire descendre dans ce sous-sol.

« Bon, ça ne me semble guère probable, dit John. Mais est-ce que ça ne vaut pas la peine de jeter un coup d'œil ?

– Il n'y a rien là-bas que... » Je n'aurais pas pu dire ce qu'il pouvait y avoir là-dessous.

Il remarqua mon ton de voix et me regarda avec plus d'attention. « Ça va ? »

Je répondis que oui.

Du canon du revolver il désigna l'obscurité sous la salle du café. « Tu as un briquet, des allumettes, quelque chose ? »

Je secouai la tête.

Il ôta le cran de sûreté du revolver, se pencha et posa un pied sur le deuxième barreau. Une main à plat sur le plancher, il posa son autre pied sur le premier barreau et faillit dégringoler dans la cave. Il lâcha son arme et utilisa ses deux mains pour se rattraper tout en descendant encore deux barreaux. Quand il eut les épaules à peu près au niveau de l'ouverture, il reprit le pistolet, me lança un regard mauvais et descendit jusqu'en bas de l'échelle. Je l'entendis pousser un juron en se cognant.

Je sentis de nouveau déferler sur moi l'épaisse odeur du sang. Je lui demandai s'il apercevait quelque chose.

« Va te faire voir », dit-il.

Je regardai ses cheveux clairsemés peignés en arrière sur son crâne rose et vulnérable. Plus bas, sa main droite tenait maladroitement le pistolet au niveau de son ventre bedonnant. Près d'un de ses pieds, un tabouret de bar au siège de plastique vert. Il avait marché dessus en descendant de l'échelle. « Plus loin sur le côté, il y a deux fenêtres. Une espèce de vieux tobogan qui donne sur une cave à charbon et un tas de saloperies. » Il s'éloigna de l'ouverture.

Je me penchai, appuyai ma main sur le plancher. Puis je m'assis et balançai mes jambes dans l'abîme.

La voix de John me parvint comme si elle arrivait du bout du monde. « En tout cas on a rangé les cartons ici à un moment. J'aperçois un tas de cochonneries... » Il donna un coup de pied qui provoqua un bruit creux, un bruit de gong comme s'il avait tapé sur un tonneau vide. Puis : « Tim. »

Je n'avais aucune envie de poser les pieds sur les barreaux de l'échelle. Ils se posèrent d'eux-mêmes : je fis pivoter le reste de ma personne et laissai mes pieds m'entraîner dans la cave.

« Rapplique. »

A peine eus-je passé la tête en dessous du plancher que je sentis de nouveau l'odeur du sang.

Mon pied rencontra le même tabouret de bar qui avait failli faire tomber Ransom et je l'écartai de la pointe de ma chaussure avant de mettre les pieds sur la terre battue. John était immobile, me tournant le dos, à une dizaine de mètres de là dans la partie la plus sombre du sous-sol. Le rectangle poussiéreux d'une fenêtre sur le côté laissait filtrer un rayon de lumière sur le vieux tobogan à charbon. A côté, un grand tonneau gisait échoué sur le côté. A quelques pas de là, un fatras de cartons déchiquetés et de papiers froissés. A mi-chemin entre John et l'endroit où je me trouvais, un alignement quasi druidique de briques marquait l'emplacement où était autrefois la chaudière de l'établissement. L'odeur de sang était beaucoup plus forte.

John regarda par-dessus son épaule pour s'assurer que j'étais arrivé en bas de l'échelle.

Je m'approchai de lui et il s'écarta.

Un vieux fauteuil arrosé de peinture noire se dressait comme un trône délabré sur la terre battue. La peinture faisait une tache sombre sur le sol devant le fauteuil. Je retins mon souffle et vins rejoindre John. Il braqua le canon du Colt sur trois bouts d'une grosse corde tachée de sang. Chacun des bouts de corde avait été coupé en deux.

« Quelqu'un s'est fait descendre ici », dit Ransom. Le blanc de ses yeux semblait briller dans l'obscurité.

« Personne n'a été abattu », dis-je. Le ton étrangement calme de ma voix me surprit. « Qui que ça puisse être, il a sans doute été tué avec le même couteau qui a servi à couper les cordes. » L'idée me vint mot pour mot, au moment où je l'exprimais.

Il avala sa salive. « April a été attaquée avec un couteau. Grant Hoffman a été tué avec un poignard. »

Tout comme Arlette Monagham, James Treadwell, Monty Leland et Heinz Stenmitz.

– Je ne pense pas que nous devions parler de ça à la police, et toi ? Il faudrait expliquer pourquoi nous nous sommes introduits ici.

– Nous pouvons attendre qu'on découvre le corps, dis-je.

– C'est déjà fait. Le type dans la voiture à l'aéroport.

– Un garde l'a trouvé parce que du sang dégouttait de la malle, dis-je. Celui qui l'a tué l'a mis dans le coffre vivant.

– Alors c'est quelqu'un d'autre ? »

J'acquiesçai.

« Que diable se passe-t-il ici ?

– Je ne suis pas sûr d'avoir envie de le savoir », dis-je. Et je tournai le dos au trône ensanglanté.

« Bon sang, ils pourraient revenir, dit John. Pourquoi restons-nous plantés là ? » Il se dirigea vers l'échelle, en me lançant par-dessus son épaule des coups d'œil affolés. « Qu'est-ce que tu fiches ? »

Je m'approchai des cartons et des papiers froissés entassés tout près du mur de la cave.

« Tu es fou ? Ils pourraient revenir.

– Tu as un pistolet, non ? » De nouveau, les mots qui sortirent de ma bouche semblaient n'avoir aucun lien avec ce que j'éprouvais réellement.

Ransom me dévisagea d'un air incrédule, puis continua son chemin jusqu'à l'échelle et se mit à grimper les barreaux. Il était presque en haut quand j'arrivai devant les papiers en désordre. John s'assit au bord de la trappe et souleva les jambes. Je l'entendis se remettre debout. Le bruit sourd de ses pas s'éloigna vers la cuisine.

Deux cartons avaient laissé des marques sur le sol de la cave. Les rats en quête de nourriture ou de matériel d'isolation n'avaient guère touché au contenu, mais il restait quelques lambeaux de papier parmi les fragments de carton déchiré.

Je m'accroupis pour fouiller dans ce fatras. Sur quelques bouts de papier, on distinguait çà et là un fragment d'écriture, pas plus de deux ou trois caractères. J'aplatis ces bouts de papier. Une partie de ce qui avait l'air d'être la lettre *a* rejoignait un *r* parfaitement reconnaissable, *a.r.* ? Arabesque ? Écharpe ? J'essayai un autre morceau de papier. *vu.* Ovulation ? Il y avait à côté un fragment un peu plus grand et je me penchai pour le déchiffrer. John avançait toujours vers le fond de l'immeuble. On sentait dans le bruit de ses pas son impatience, une colère inquiète qui le faisait transpirer.

Je lissai les plis du morceau de papier. Auprès des autres, on aurait dit une page de livre. Je me redressai et tout en revenant vers l'échelle, j'essayai de lire ce qui était écrit. En haut, en capitales, on voyait *Alle* (un blanc) *à* (un blanc) *n.* J'avais l'étrange impression que cela signifiait quelque chose pour moi. Après un autre passage disparu je distinguai les chiffres 5 77. Plus bas, on avait rédigé cette légende : *5-10, 120. 26. Jane Wright. Au bord des larmes, un courageux sourire en* (un blanc) *jeans serrés, bottes de cow-boy, maillot noir sans manches. Séduisante Blanche sans fric essayant val* (un blanc) *de s'élever. Pas d'enfants, mari* (le bout de papier s'arrêtait là).

Je le pliai en deux et le glissai dans ma poche de chemise. Craignant que John ne fût parti avec la voiture, je revins jusqu'à l'échelle, la gravis sans en toucher les montants et, une fois au dernier barreau, je sautai sur le plancher.

John était dehors, arpentant le ciment, faisant tinter contre sa jambe les clés de la voiture et serrant le Colt de sa main libre. Il me lança les clés avec un peu trop de vigueur. « Sais-tu que tu l'as échappé belle ? » dit-il en ramassant le cadenas cassé et la manivelle de cric. Il voulait dire : j'ai bien failli te planter là. Quelques blocs plus loin, la foule poussait des cris et entonnait des slogans. John enfonça l'anneau du cadenas dans son logement.

Malgré son affolement, je n'étais pas du tout pressé. Tout ce qui devait arriver arriverait. Ça s'était déjà passé. Les choses s'arrangeraient, entendu, mais qu'elles s'arrangent bien ou mal, ça ne dépendait ni de John Ransom ni de moi.

Quand je montai dans la voiture, John pianotait avec agacement sur le tableau de bord. Je tournai au coin de la rue. John regardait de tous les côtés, comme si une douzaine d'hommes armés jusqu'aux dents allaient nous attaquer. « Tu nous enlèves d'ici ?

– Tu veux que je te dépose chez toi ? demandai-je.

– Qu'est-ce que tu racontes ?

– Je veux passer à Elm Hill pour trouver les Sunchana. »

Il poussa un gémissement théâtral. « Pour quoi faire ? »

Je lui répondis qu'il savait très bien pourquoi.

« Non, pas du tout, dit-il, toutes ces vieilles histoires, c'est une perte de temps.

– Je vais te laisser à Ely Place. »

Il s'affala sur la banquette. Je tournai au feu sur Horatio Street et pris le pont. John secouait la tête mais il dit : « Bon, très bien. Gaspille mon essence. »

Je m'arrêtai à une station-service et fis le plein avant de reprendre la voie express est-ouest.

5

Plum Barrow Lane coupait Bayberry à un carrefour où une haute maison coloniale peinte en gris, qui ressemblait plus à un bâtiment administratif qu'à une résidence, trônait devant une petite baraque au grand toit en pente de l'autre côté de la rue. Ce que nous avions vu à l'intérieur du bar donnait à Elm Hill un aspect affreux et menaçant.

Les maisons avec leurs noms dans un médaillon, les grandes boîtes à lettres et les pelouses bien tondues bordaient les rues étroites comme les immeubles à bon marché sur Horatio Street. Peut-être aussi inhabitées.

Les portes de garage avec ouverture à distance donnaient sur des allées goudronnées. Notre voiture était la seule en vue. Ransom et moi aurions fort bien pu être les seules personnes à Elm Hill.

« Tu sais vraiment où tu vas ? »

C'était la première phrase prononcée par Ransom depuis qu'il m'avait invité à gaspiller son essence : un grognement lancé en ronchonnant vers la vitre. Il avait le haut du corps tourné de côté et la tête appuyée sur son épaule droite.

« Voilà leur rue, dis-je.

– Tout se ressemble, par ici. » Il avait reporté sa colère sur notre environnement. Bien sûr, il avait raison. Les rues d'Elm Hill se ressemblaient beaucoup.

« J'ai horreur de ces villes-jouets endormies. Ils ont mis leurs noms sur ces panneaux pour ne pas se tromper de maison quand ils rentrent chez eux la nuit. » Après un nouveau silence : « Tu sais ce que je reproche à tout ça ? C'est si démodé.

– Je vais te raccompagner et je reviendrai tout seul », dis-je et il se tut.

Du bout de la rue, la maison paraissait presque intacte. Une femme en jeans et en chandail gris fourrait un carton à l'arrière d'un vieux break Volvo bleu garé dans l'allée cimentée menant au garage. Derrière elle, un grand lampadaire incurvé se terminant par un globe blanc se dressait dans l'herbe. Ses courts cheveux blancs brillaient au soleil.

J'entrai la Pontiac dans l'allée et me garai derrière la Volvo. John fourra le Colt sous la banquette. La femme s'éloigna du break et jeta un coup d'œil à la maison avant de s'approcher de nous. Je sortis de la voiture : elle me fit un sourire timide, presque attristé. Elle croyait que nous étions envoyés par les pompiers ou l'assurance et elle désigna sa maison. « C'est là. » Elle avait un léger accent, vaguement d'Europe centrale. « Ça n'aurait pas été si terrible, sauf que l'explosion a gauchi le plancher jusque dans la chambre à coucher. »

La beauté dont avaient parlé ses anciens voisins se percevait encore sur son visage rond. Sans maquillage, sous l'épaisse tignasse de cheveux blancs. Une balafre noire de suie lui marquait le menton. Elle s'essuya les mains sur ses jeans et s'avança pour me serrer la main. « Tout ça était assez effrayant, mais maintenant, ça va. » Un homme décharné au visage anguleux, avec une couronne de cheveux grisonnants, déboucha sur la véranda, une pile de vêtements pliés dans les bras. Il nous dit qu'il arrivait. Il se dirigea vers l'arrière de la Volvo et déposa les vêtements à côté du carton.

John vint me rejoindre et Mrs. Sunchama se retourna comme nous pour regarder les dégâts causés à sa maison. L'explosion avait détruit tout le côté de la cuisine et le toit s'était effondré dans l'incendie. Des tuiles recroquevillées comme des feuilles et des poteaux de bois se dressaient au milieu des décombres. On apercevait du mobilier calciné contre le mur du fond du salon noirci. Un étincelant chaos de verre brisé et de fragments de porcelaine recouvrait le sol bancal du salon. L'odeur lourde et funèbre de tissus brûlés et de cendres humides montait des décombres.

« J'espère que nous pourrons sauver les parties de la maison qui sont restées debout », déclara Mr. Sunchana. Il avait le même accent un peu chantant que sa femme, mais pas aussi marqué. « Qu'est-ce que vous en pensez ?

– Il vaudrait mieux que je m'explique », dis-je. Je me nommai. « J'ai laissé un mot hier en disant que je voudrais vous parler de votre ancien propriétaire dans la 7e Rue Sud. Bob Bandolier. Je comprends que c'est un très mauvais moment pour vous, mais je vous serais reconnaissant si vous pouviez m'accorder un instant. »

Je n'étais pas à la moitié de mon petit discours que Mr. Sunchana s'éloignait en secouant la tête. Mais sa femme resta avec moi jusqu'au bout. « Comment saviez-vous que nous habitions cette maison ?

– J'ai parlé à Frank et Hannah Belknap.

– Theresa », fit son mari. Il était planté devant la véranda en ruine et la porte d'entrée noircie par le feu. D'un geste, il désigna les décombres.

« J'ai trouvé votre mot quand nous sommes rentrés,

mais il était dix heures passées et je me suis dis qu'il était peut-être trop tard pour vous appeler.

– Je vous serais reconnaissant de toute l'assistance que vous pourriez me donner, dis-je. Je comprends bien que le moment est mal choisi. »

John, appuyé au capot de la Pontiac, contemplait les dégâts.

« Nous avons tant à faire, dit le mari. Ce n'est pas important de parler de cette personne.

– Hier, quelqu'un m'a suivi de Millhaven jusqu'ici, dis-je à la femme. Je l'ai à peine aperçu. Quand j'ai lu dans le journal de ce matin ce qui était arrivé à votre maison, je me suis demandé si l'explosion était vraiment accidentelle.

– Qu'est-ce que vous voulez dire ? » Mr. Sunchana revint rapidement nous rejoindre. Il avait les cheveux comme une brosse métallique et des veinules rouges sillonnaient le blanc de ses yeux. « C'est parce que vous êtes ici que quelqu'un nous a fait cette chose terrible ? C'est ridicule. Qui ferait ça ? »

Sa femme resta un moment sans parler. Puis elle se tourna vers son mari.

« Tu disais que tu voulais souffler un peu.

– Monsieur, reprit David, nous n'avons pas vu Mr. Bandolier depuis des années, pas plus que nous ne lui avons parlé. » Il passa les doigts dans ses cheveux, ce qui les fit se dresser encore davantage.

Sa femme se retourna vers moi. « Pourquoi vous intéressez-vous tant à lui ?

– Vous souvenez-vous des meurtres de Blue Rose ? » demandai-je. Je vis les iris de ses yeux noirs se fermer presque. « Je cherchais des renseignements au sujet de ces meurtres, et son nom est apparu en rapport avec l'hôtel Saint-Alwyn.

– Vous êtes quoi ? Un policier ? Un détective privé ?

– Je suis un écrivain, dis-je. Mais c'est une question qui m'intéresse personnellement. Et mon ami aussi. » Je présentai John. Il s'avança pour dire bonjour de la tête aux Sunchana. Ce fut à peine s'ils le regardèrent.

« Pourquoi ça vous intéresse-t-il personnellement ? »

Je ne pouvais pas leur raconter ce qui se passait. Theresa et David Sunchana étaient maintenant tous les deux plantés devant moi. David manifestait une sorte de lassitude énervée comme s'il se doutait de ce que j'allais lui dire. Sa femme avait l'air d'un chien en arrêt.

Peut-être David Sunchana savait-il ce que j'allais dire, mais moi pas. « Il y a longtemps, j'ai écrit un roman à propos des meurtres de Blue Rose », dis-je. David détourna son regard vers la maison et Theresa se rembrunit. « J'ai suivi ce qui me semblait être les éléments essentiels de l'affaire : j'ai fait de l'inspecteur l'assassin. Mais je ne sais pas si j'y ai vraiment cru. Là-dessus, Mr. Ransom m'a appelé il y a environ une semaine : sa femme avait été pratiquement tuée par quelqu'un qui avait écrit Blue Rose près de son corps.

– Ah, fit Theresa. Je suis désolée, Mr. Ransom. J'ai vu ça dans les journaux. Ça n'est pas le jeune Dragonette qui l'a tuée ? » Elle jeta un coup d'œil à son mari dont le visage se crispa.

Je leur expliquai le problème avec Walter Dragonette.

« Nous ne pouvons pas vous aider », déclara David, l'air buté. Theresa le regarda, puis me regarda ensuite. Je ne savais toujours pas ce qui se passait mais je sentais qu'il fallait que j'en dise plus.

« J'avais une raison personnelle de découvrir l'ancien meurtrier Blue Rose. Je crois que c'est lui qui a tué ma sœur. Elle a été assassinée cinq jours avant la première victime revendiquée de cette façon, et au même endroit. »

John ouvrit la bouche puis la referma aussitôt.

« Cette histoire de petite fille, dit Theresa. Tu te rappelles, David ? »

Il acquiesça.

« April Underhill, dis-je. Elle avait neuf ans. Je veux savoir qui l'a tuée.

– David, la petite fille était sa sœur. »

Il marmonna quelque chose qui ressemblait à un enregistrement en allemand passé à l'envers.

« Y a-t-il un endroit à Elm Hill où je pourrais vous offrir un café ?

– Il y a un café au centre commercial, dit-elle. David ? »

Il regarda un instant sa montre, puis laissa tomber sa main et d'un air prudent, presque craintif, scruta mon visage. « Il faut que nous soyons rentrés dans une heure pour voir les gens de l'assurance. » Sa femme lui toucha la main et il eut un hochement de tête à peine perceptible.

« Je vais ranger ma voiture dans le garage, dit David. Theresa, tu veux bien apporter la bonne lampe ? »

Je m'approchai de la lampe posée derrière la Volvo, mais il dit : « Theresa va le faire. » Il monta dans la voiture. Theresa me sourit et alla prendre la lampe. Avec une exaspérante lenteur il avança le break dans la coquille de bois du garage. Sa femme le suivit, posa la lampe dans un coin et vint se planter auprès de la voiture. Ils échangèrent quelques mots en chuchotant avant qu'il ouvre sa portière. Puis ils vinrent me rejoindre. Theresa ne me quittait pas des yeux.

John les fit monter à l'arrière de la Pontiac. Auparavant, David prit dans sa poche un mouchoir blanc et essuya la suie sur le menton de sa femme.

6

Comme s'ils en étaient convenus, pendant le trajet en voiture, les Sunchana ne soufflèrent mot ni de leur ancien propriétaire ni des meurtres de Blue Rose. Theresa raconta comment le policier s'était miraculeusement avancé dans la fumée pour les faire sortir par la fenêtre de la chambre. « Cet homme nous a sauvé la vie, vraiment. Alors David et moi ne pouvons pas prendre trop au tragique l'incendie de la maison. N'est-ce pas, David ? »

Elle était son porte-parole et il renchérit : « Bien sûr, nous ne pouvons pas prendre ça au tragique.

– Nous allons vivre dans une caravane pendant qu'on nous reconstruit une maison. Nous l'installerons sur la pelouse, comme des bohémiens.

– Ils vont adorer ça, à Elm Hill, fit John.
– Vous êtes à l'hôtel ? demandai-je.
– Nous sommes chez ma sœur. Son mari et elle se sont installés à Elm Hill des années avant nous. C'est pour ça que nous sommes venus ici. Quand nous avons acheté notre maison, c'était la seule de la rue. Il y avait des champs tout autour. »

D'autres questions me révélèrent qu'ils étaient venus à Millhaven en arrivant de Yougoslavie : là-bas, au début de leur mariage, ils louaient des chambres de leur maison aux touristes pendant que David allait à l'Université. Ils avaient émigré en Amérique juste avant la guerre. David avait suivi des cours de comptabilité et avait fini par trouver un travail à la Glax Corporation.

« La Glax Corporation ? » Je me souvins de Theresa qui disait « le jeune Dragonette ». Sur notre gauche, la lumière du soleil baignait d'une lueur dorée la moitié de la surface de l'étang. Des canards flottaient par couples sur l'eau. « Vous avez dû connaître Walter Dragonette.

– Il est arrivé dans mon service un an avant que je prenne ma retraite », précisa David. Je ne voulais pas lui poser la question dont on rebat les oreilles à quiconque a eu des liens même ténus avec quelqu'un de connu ou de tristement célèbre. Pendant quelques secondes, le silence régna dans la voiture.

Ce fut Theresa qui le rompit. « Ça a été un choc pour David quand on a appris la nouvelle.
– Vous l'aimiez bien ? demandai-je.
– Autrefois, je me disais que j'aimais bien Walter. » Il se mit à tousser. « Il avait les manières d'un jeune homme courtois. Mais au bout de trois ou quatre mois, j'ai commencé à me dire que Walter n'existait pas. Son corps était là, il était poli, il faisait son travail même si parfois il arrivait tard, mais il n'était pas *présent*. »

Nous passâmes devant la petite mairie de brique rouge. Au détour d'un virage, la colline dénudée qui donnait son nom à ce faubourg se dressait dans le soleil. Des éclats de mica étincelaient sur les allées grises qui sillonnaient son vert profond.

« Vous ne pensez pas qu'ils souffrent, des gens comme ça ? »

Sa question me fit sursauter car elle éveilla en moi les échos d'une pensée à peine consciente. Dès qu'elle eut parlé, je sus que j'étais d'accord avec elle : je croyais au principe que recouvraient ses mots.

« Non, dit son mari d'un ton catégorique. Il n'était pas *vivant*. Si on n'est pas vivant, on ne sent rien. »

Je bougeai la tête pour observer Theresa dans le rétroviseur. Elle s'était penchée vers son mari et son profil étonnamment aigu ressortait comme une médaille. Son regard se détourna pour croiser le mien dans le rétroviseur. Je ressentis un sursaut de compassion.

« Qu'en pensez-vous, Mr. Underhill ? »

Je fuis son regard pour me concentrer sur la circulation avant d'entrer dans le parking du petit centre commercial. « Nous avons assisté à une partie de son interrogatoire, dis-je. Il a raconté qu'il avait été molesté par un voisin quand il était tout jeune garçon. Alors, oui, je crois en effet qu'il a souffert autrefois.

– Ça n'est pas une excuse, fit David.

– Non, soupira Theresa. Ça n'est pas une excuse. »

Je me garai et David dit à sa femme quelque chose dans la langue qu'ils avaient employée tout à l'heure. Ça se terminait par le mot *Tresich*. Je l'épelle comme je peux, phonétiquement. Elle avait anglicisé son nom pour des gens comme moi et les Belknap.

Nous descendîmes de voiture.

« Si cet échange était trop privé pour que vous le révéliez, dites-le-moi, je vous en prie, mais je ne peux m'empêcher d'éprouver de la curiosité à propos de ce que vous venez de dire.

– C'était... » David s'interrompit et leva la main dans un geste d'impuissance.

« Mon mari me disait combien c'est épouvantable, que nous ayons connu deux assassins. » De nouveau je sentis en elle cette même vague de compassion. « Quand nous habitions au-dessus de chez Mr. Bandolier, il a tué sa femme. »

7

« Nous ne savions pas quoi faire », reprit Theresa. Entre nous, sur le bois pâle de la table, des tasses de café fumantes. Elle et moi étions assis auprès de la fenêtre qui donnait sur le parking, David et John l'un en face de l'autre. Deux enfants dévalèrent dans des sortes de luges, la longue colline verte de l'autre côté de la rue, filant dans l'herbe, bras et jambes écartés. « Nous avions si peur de cet homme. David a raison. Il avait l'air d'un Nazi. D'un Nazi dans sa vie privée. Et ça faisait si peu de temps que nous étions en Amérique que nous avons pensé qu'il pourrait nous faire mettre en prison si nous allions trouver la police. Nous habitions sa maison, nous ne savions pas quels droits il avait sur nous.

– Un homme violent, reprit David. Il criait tout le temps, il hurlait.

– Maintenant, dit-elle, nous saurions quoi faire. En ce temps-là, nous pensions que personne ne nous croirait.

– Vous êtes absolument sûrs qu'il a tué sa femme ? »

David hocha résolument la tête et Theresa dit : « J'aimerais pouvoir en douter. » Elle prit sa tasse et but une gorgée. « Sa femme s'appelait Anna. C'était une belle créature blonde, toujours très discrète et timide. Il voulait qu'elle ne parle à personne. Il ne voulait pas que les gens sachent qu'il la battait. » Une nouvelle fois, son regard croisa le mien. « Surtout les soirs de week-end, quand il était ivre.

– Pendant les week-ends, précisa David, il buvait encore plus que d'habitude. Alors ça commençait, les hurlements, les cris. Et c'était de plus en plus bruyant jusqu'à ce qu'elle se mette à gémir.

– J'apercevais Anna dans la cour où nous faisions sécher notre lessive : elle était couverte de bleus. Quelquefois ça lui faisait mal de lever les bras.

– Il l'a battue à mort ? » demandai-je.

Elle acquiesça. « Un soir, je crois que c'était en octobre, nous avons entendu des cris, des jurons. Elle poussait des plaintes si pitoyables. Il s'est mis à casser du mobilier. Ils étaient dans leur chambre, juste en dessous de la nôtre. Et cette grosse voix qui l'injuriait. Ça a continué encore et encore, puis ça s'est brusquement arrêté. Le silence. » Elle jeta un coup d'œil à son mari qui acquiesça de la tête. « En général leurs scènes s'arrêtaient avec les sanglots d'Anna et Mr. Bandolier, Bob, qui la calmait et qui *roucoulait*. Cette fois-là, le bruit s'est simplement arrêté. » Elle baissa les yeux. « Je me suis sentie l'estomac serré.

– Mais vous n'êtes pas descendus ? interrogea John.

– Non, fit David. Bob ne le permettait pas.

– Qu'est-ce qu'il a fait, il a appelé une ambulance ? » demandai-je.

Theresa secoua vigoureusement la tête. « Je pense qu'Anna était dans le coma. Le lendemain matin il a dû la mettre au lit et nettoyer la chambre. »

La description était si proche de ce qui était arrivé à April Ransom que je regardai John pour voir comment il prenait la chose. Penché en avant, le menton appuyé sur sa main, il écoutait calmement.

« Nous n'avons plus jamais revu Anna. C'est lui qui s'est mis à faire la lessive. Pour finir, il lavait chaque soir les draps de sa femme parce que nous pouvions les voir le matin sur le fil. Puis une odeur a commencé à monter de leur appartement. Une odeur de plus en plus forte et un jour j'ai fini par l'arrêter pour lui demander des nouvelles d'Anna. Il m'a dit qu'elle était malade, mais qu'il la soignait. »

David s'agita. « Theresa me racontait qu'il ne sortait pas de la journée et je m'inquiétais en pensant à ma femme dans la même maison que ce... que ce fou.

– Mais je n'ai eu aucun problème : il ne m'a jamais ennuyée, *moi*.

– Bandolier restait toute la journée à la maison ? demandai-je.

– Je crois qu'il avait été viré.

– Parfaitement, dis-je. Par la suite, son patron l'a repris parce qu'il faisait très bien son travail.

– J'imagine, dit Theresa. Il faisait sans doute marcher tout le monde à la baguette. » Elle secoua la tête et but une nouvelle gorgée de café. Un jour, David et moi n'en pouvions plus à force de penser à ce qui se passait en bas. David a frappé à leur porte et, quand elle s'est ouverte, on pouvait voir jusque dans leur chambre : et à ce moment-là, on a vraiment su.

– Oui, renchérit David.

– Elle avait le visage couvert de sang. Il y avait une odeur de... de pourriture. C'est ça. Il n'avait pas pensé à la retourner dans son lit et elle avait des escarres. Les draps étaient répugnants. On voyait bien qu'elle était mourante. Il est sorti en hurlant et nous a ordonné de remonter.

– Et peu de temps après, nous avons vu un docteur sonner chez eux, dit David. Un docteur épouvantable. J'ai compris qu'elle était morte.

– J'ai cru qu'il avait fini par comprendre qu'elle était en train de mourir et qu'il avait décidé de la faire vraiment soigner par un médecin. Mais David avait raison. Peu après le départ du docteur, deux hommes sont venus et l'ont emportée. Elle était recouverte d'un drap. Il n'y a jamais eu d'annonce de décès, pas d'enterrement, rien. »

Theresa appuya le menton sur sa main et tourna la tête pour regarder par la grande baie vitrée. Elle soupira. Elle prenait ses distances par rapport à ses souvenirs. Puis elle se renversa en arrière et d'une main repoussa les mèches qui lui pendaient sur le front. « Nous ne savions pas ce qui risquait de se passer ensuite. Ça a été une époque terrible. Mr. Bandolier devait travailler, parce qu'il sortait de la maison avec un costume. Nous pensions que la police allait venir le chercher. Même un médecin aussi épouvantable que cet homme qui était venu chez eux avait bien dû deviner comment Mrs. Bandolier était morte, mais il n'arriva rien, jamais rien. Et puis, Mr. Underhill, quelque chose a fini par se passer. Mais ça n'était pas du tout ce que nous attendions. »

De nouveau, elle me fixa droit dans les yeux. « Votre sœur a été tuée devant l'hôtel Saint-Alwyn. »

Sans doute me menait-elle jusqu'à ce rapprochement depuis le début de son récit, mais je ne pouvais toujours pas avoir la certitude de la comprendre. Je m'étais intéressé à Bob Bandolier, mais surtout comme source d'autres informations : mon intérêt pour lui n'était que secondaire et la question que je posai alors avait un ton hésitant. « Vous voulez dire que vous avez pensé que c'était lui qui avait tué ma sœur ?

– Pas tout de suite, dit-elle. Nous ne le pensions pas du tout. Mais ensuite, une semaine plus tard, peut-être moins... » Elle regarda son mari et il haussa les épaules.

– Cinq jours », dis-je. Je me trouvai une voix bizarre. Ils me regardèrent tous les deux et je m'éclaircis la voix. « Cinq jours après.

– Cinq jours plus tard, peu après minuit, le bruit de la porte de la rue s'ouvrant et se refermant nous a tous les deux réveillés. Peut-être au bout d'une demi-heure, le même bruit nous a réveillé encore. Et quand nous avons lu les journaux le lendemain – quand nous avons vu l'histoire de cette femme qui avait été tuée au même endroit que la petite fille, votre sœur, nous nous sommes posé des questions.

– Vous vous êtes posé des questions, fis-je. Et cinq nuits plus tard ?

– Nous avons entendu la même chose. La porte de la rue qui s'ouvrait et se refermait. Quand David est parti pour son travail, je suis sortie acheter un journal. Et c'était là : une autre personne, un musicien. Dans l'hôtel. Je suis rentrée à la maison en courant, je me suis enfermée à clé dans notre appartement et j'ai appelé David à son bureau.

– Oui, fit David. J'ai dit à Theresa : on ne peut pas arrêter un homme pour meurtre parce qu'il sort de chez lui la nuit. » Il semblait plus déprimé par ce qu'il avait dit quarante ans auparavant que par ce qui était arrivé à sa maison au cours des dernières vingt-quatre heures.

« Et cinq jours plus tard ?

– La même chose, dit David. Exactement la même chose. *Une autre* personne.

– Et vous n'êtes toujours pas allés à la police ?

– Nous aurions pu, même si nous avions peur, dit Theresa. Mais la fois suivante où quelqu'un a été attaqué, Mr. Bandolier était chez lui.

– Et la fois d'après ?

– Nous l'avons entendu sortir, exactement comme avant, répondit David.

« Theresa m'a dit : Et si c'était quelqu'un d'autre qui avait essayé de tuer le jeune médecin ? J'ai dit : Et si la même personne avait essayé de tuer le docteur, Theresa ? Pendant les week-ends, nous avons commencé à chercher un autre appartement. Dans cette maison nous ne pouvions ni l'un ni l'autre fermer l'œil.

– C'est quelqu'un d'autre qui a essayé de tuer le docteur Laing », dis-je. Mes intuitions s'efforçaient de rattraper mon raisonnement. Je me disais qu'il y avait sûrement des centaines de questions que je devrais poser à ces deux-là. « Qu'est-ce que vous avez pensé après qu'on eut retrouvé l'inspecteur mort ?

– Qu'est-ce que j'ai pensé ? Je n'ai pas pensé, j'étais soulagé, déclara David.

– Oui, un immense soulagement. Parce que tout d'un coup, tout le monde savait que c'était lui. Mais par la suite... »

Elle jeta un coup d'œil à son mari qui hocha la tête d'un air consterné.

« Vous avez eu des doutes ?

– Oui, fit-elle. Je pensais encore que c'était quelqu'un d'autre qui avait peut-être essayé de tuer le docteur. Et la seule personne que ce pauvre policier avait une raison de détester si fort, c'était cet homme épouvantable, le boucher de Muffin Street. Et ce que nous avons pensé, ce que David et moi avons pensé...

– Oui ? fis-je.

– C'était que Mr. Bandolier avait tué des gens parce qu'il avait été mis à la porte de l'hôtel. Il aurait pu faire une chose comme ça, il en aurait été capable. Les *gens* ne comptaient pas pour lui. Et puis, bien sûr, il y avait les roses.

– Quelles roses ? »

John et moi avions dit ça presque en chœur.

Elle me regarda d'un air surpris. « Vous ne m'avez pas dit que vous étiez allé chez lui ? »

J'acquiesçai.

« Vous n'avez pas vu les roses devant la maison ?

– Non. » Je sentais mon cœur se mettre à battre très fort.

« Mr. Bandolier adorait les roses. Dès qu'il avait un moment, il était dans son jardin à s'occuper de ses roses. On aurait cru que c'étaient ses enfants. »

8

Le temps aurait dû s'arrêter. Le ciel aurait dû devenir noir. Il aurait dû y avoir un éclair, un grondement de tonnerre. Rien de tout cela n'arriva. Je ne m'évanouis pas. Je ne me levai pas d'un bond et je ne renversai pas la table. Le renseignement que toute ma vie, consciemment ou non, j'avais cherché venait de m'être fourni par une femme aux cheveux blancs, en chandail et blue-jean qui le connaissait depuis quarante ans : et nous nous étions contentés tous les deux de prendre notre tasse et de boire un peu de café brûlant.

Je savais le nom de l'homme qui avait tué ma sœur : c'était une horrible créature du nom de Bob Bandolier, Bob le Méchant, un vrai Nazi dans sa vie privée. Et peut-être ne parviendrais-je jamais à prouver que c'était Bob Bandolier qui avait tué ma sœur ni que c'était lui l'homme qui se faisait appeler Blue Rose. Mais parvenir à le prouver n'avait aucune importance auprès de la satisfaction de connaître son nom. Car je connaissais son nom. Je me sentais comme un gong qu'on vient de frapper.

Je regardai par la fenêtre. Les enfants qui dévalaient la colline se répandaient sur la pelouse, les bras tendus vers leurs parents. Theresa Sunchana posa sa main fraîche sur la mienne.

« Les voisins ont dû arracher les roses après son départ, dis-je. Ça fait des années que la maison est inoccupée. » Cette déclaration me semblait ridiculement décevante, mais il en aurait été de même de tout que j'aurais pu dire. Les enfants se jetèrent dans les bras de leurs parents et puis firent demi-tour, prêts à une nouvelle grisante descente d'Elm Hill. La main de Theresa pressa la mienne puis se retira.

S'il était encore en vie, il fallait que je le trouve. Il fallait que je le voie jeté en prison : sans cela l'âme tourmentée de ma sœur ne serait jamais libre, et elle continuerait à m'obséder.

« Il faut qu'on aille à la police maintenant ? demanda David.

– Absolument, dit Theresa. S'il est encore en vie, ça n'est pas trop tard. »

Je détournai les yeux de la fenêtre. Je pouvais maintenant regarder Theresa Sunchana sans me désintégrer. « Merci », dis-je.

Sa main, de nouveau, glissa à travers la table et pressa encore la mienne avant de se dégager. « C'est une créature si abominable. Il a même renvoyé cet adorable petit garçon. Il l'a *banni.*

– C'était mieux pour le petit, observa David.

– De quel petit garçon s'agissait-il ? » Je pensais qu'ils parlaient d'un enfant du quartier, d'un garçon de Pigtown comme moi.

« Fee, dit-elle. Vous n'avez jamais entendu parler de Fee ? »

Je la regardai en ouvrant de grands yeux.

« Mr. Bandolier l'a banni, il a chassé son propre fils, dit-elle.

– Son fils ? demandai-je, l'air stupide.

– Fielding, dit David. On l'appelait Fee : un enfant charmant.

– J'adorais ce petit garçon, m'expliqua Theresa. J'étais si *navrée* pour lui. Je regrette que David et moi n'ayons pas pu le recueillir. »

Theresa baissa les yeux sur sa tasse quand, comme on pouvait s'y attendre, David émit ses objections. Quand il eut fini d'énumérer les raisons pour lesquelles ça avait été impossible d'adopter l'enfant, elle releva la tête.

« Quelquefois, je le voyais assis sur le perron de la maison. Il avait l'air gelé, abandonné. Son père l'envoyait tout seul au cinéma : un garçon de cinq ans ! L'envoyer tout seul au cinéma ! »

Je n'avais qu'une envie : c'était de sortir du café. Un certain nombre de symptômes inquiétants avaient décidé de se manifester simultanément : je me sentais brûlant et un peu étourdi. J'avais la gorge serrée.

Je regardai de l'autre côté de la table : mais au lieu de la silhouette rassurante de Theresa Sunchana, je vis le garçon du Bar de la Femme verte, le garçon imaginaire qui luttait pour arriver jusqu'à ce monde. Derrière chaque personnage s'en tenait un autre, qui insistait pour être *vu*.

9

Je m'en souvenais : ALLERTON. Ou bien ALLINGHAM, sur le côté d'un camion en panne. Le puits où je trempe mon seau, où je remplis mon stylo. La voix courtoise et perpétuellement douce de David Sunchana me ramena à la réalité. « Les gens de l'assurance. Et nous avons beaucoup de choses à retirer de la maison.

– Oh, nous avons mille choses à faire. Nous allons nous y mettre. » Elle était toujours assise en face de moi. Le soleil éclairait l'autre côté de la rue où un jeune garçon remontait la pente en tirant derrière lui un cerf-volant en forme de dragon.

Theresa Sunchana ne le quittait pas des yeux. « Je suis contente que vous nous ayez découverts, dit-elle. Il fallait que vous sachiez. »

Je cherchai du regard la serveuse. John dit : « J'ai déjà réglé. » Il en avait l'air assez content.

Nous nous levâmes et, avec les gestes maladroits et les hésitations d'un groupe de quatre personnes, nous nous dirigeâmes vers la porte.

Je sortis du parking et je retrouvai dans le rétroviseur le regard de Theresa. « Vous disiez que Bandolier avait renvoyé Fee. Savez-vous où ?

– Oui, dit-elle. Je le lui avais demandé. Il m'a dit que Fee était allé habiter chez Judy, une sœur d'Anna, dans une petite ville de l'Iowa ou quelque part par là.

– Vous rappelez-vous le nom de la ville ?

– Ça a une importance quelconque, maintenant ? » demanda David. Nous contournâmes le joli petit étang. Un garçon à peine assez grand pour marcher battait des mains en regardant les évolutions d'un voilier de trente centimètres. Nous suivîmes les courbes sinueuses de Bayberry Lane. « Je ne pense pas que c'était l'Iowa, dit-elle. Laissez-moi une minute et je vais m'en souvenir.

– Cette femme se rappelle tout, dit David. Elle a une mémoire phénoménale. »

Vue de cette extrémité de Bayberry Lane, leur maison ressemblait à une photographie de Londres après le blitz. Toute une longueur de décombres étincelants menait à une pièce sans mur extérieur. Les deux Sunchana se turent dès qu'ils virent ce spectacle et ne dirent pas un mot jusqu'au moment où je m'arrêtai derrière le break. David ouvrit la portière de son côté. Theresa se pencha et me tapota l'épaule. « Je savais que ça me reviendrait. C'était dans l'Ohio : Azur, Ohio. Et la sœur d'Anna s'appelait Judy Leatherwood.

– Theresa, vous me stupéfiez.

– Qui pourrait oublier un nom comme Leatherwood ? » Elle descendit de voiture et nous fit de grands gestes d'adieu tandis que David enfonçait ses doigts dans ses cheveux hirsutes et se dirigeait vers ce qui restait de sa maison.

10

« Bob Bandolier ? fit John. Ce sale con de Bob Bandolier ?

– Exactement, dis-je. Ce sale con de Bob Bandolier.

– Je l'ai rencontré deux ou trois fois quand j'étais enfant. Un fumiste. Tu sais comment, quand tu es gosse, tu arrives à voir les choses avec une grande clarté ? J'étais dans le bureau de mon père et voilà qu'entre un type avec une petite moustache aux pointes cirées et aux cheveux gominés. Je te présente l'homme le plus important de cet hôtel, me dit mon père. *Je fais simplement mon travail*, jeune homme, me dit-il : et je vois bien qu'il croit vraiment être l'homme le plus important de l'hôtel. J'estime que mon père est un idiot.

– Tous les tueurs ne peuvent pas être aussi sympathiques que Walter Dragonette.

– Celui-là... répéta John. En tout cas, tu as eu une brillante idée de parler de ta sœur.

– Je leur disais la vérité. Il a tué ma sœur d'abord.

– Et tu ne me l'as jamais dit ?

– John, c'est simplement que je n'ai jamais... »

Il marmonna quelque chose et s'éloigna pour s'appuyer contre la portière : signe qu'il allait plonger dans le même silence irrité où il s'était cantonné pendant tout notre trajet.

« Pourquoi t'énerver comme ça ? demandai-je. Je suis venu de New York pour t'aider à résoudre un problème...

– Pas du tout. Tu es venu pour résoudre les tiens. Tu es incapable de te concentrer sur les problèmes de quelqu'un d'autre pendant plus de cinq secondes, à moins d'avoir un intérêt personnel. Ce que tu fais ne me concerne en rien : il s'agit uniquement de ce livre que tu es en train d'écrire. » J'attendis que se fût calmée son impatience. « J'imagine que j'aurais dû te parler de ma sœur la première fois que tu m'as téléphoné. Je ne cherchais pas à te cacher cette histoire, John. Même moi, je ne pouvais pas. Même moi, je ne pouvais pas être vraiment sûr que l'homme qui l'avait tuée avait commis les autres meurtres.

– Et maintenant, tu le sais.

– Maintenant, je le sais », dis-je. Et je sentis revenir cet immense soulagement, la satisfaction de pouvoir déposer à terre un poids que je portais depuis quatre décennies.

« C'est donc fini : tu pourrais aussi bien rentrer chez toi. » Une fraction de seconde, il tourna les yeux dans ma direction avant de se remettre à regarder dehors, le visage sans expression.

« Je veux savoir qui a tué ta femme. Et je crois que ce serait plus prudent que je reste avec toi un moment. » Il haussa les épaules. « Qu'est-ce que tu vas faire, être mon garde du corps ? Je ne pense pas que personne veuille essayer de m'emmener à la Femme verte pour me ligoter sur un fauteuil. Je peux me protéger de Bob Bandolier : je sais de quoi il a l'air, n'oublie pas.

– J'aimerais voir ce que je peux découvrir d'autre, dis-je.

– Oh, tu es parfaitement libre de faire ce que tu veux.

– Alors, j'aimerais utiliser ta voiture ce soir.

– Pour quoi faire ? Tu as un rendez-vous avec cette ravissante femme aux cheveux gris ?

– Il faut que je parle encore à Glenroy Breakstone.

– Ça ne te gêne vraiment pas de perdre ton temps », déclara-t-il. Nous ne parlâmes plus pendant le restant du trajet jusqu'à Ely Place. John prit le Colt sous la banquette et l'emporta dans la maison.

11

Je tournai à droite à l'intersection suivante, passai devant la maison d'Alan et le vis qui remontait l'allée jusqu'à sa porte au côté d'Eliza Morgan. Il faisait un peu plus frais maintenant et elle avait dû l'emmener faire le tour du pâté de maisons. Il agitait un bras pour décrire quelque chose et j'entendais le tonnerre de sa voix sans pouvoir distinguer les mots. Il n'avait pas vu la Pontiac qui descendait la rue derrière eux. Je tournai de nouveau à droite au coin de rue suivant. Je retournai sur Berlin Avenue pour retrouver le centre et la voie express est-ouest.

Avant de voir Glenroy, je voulais remplir une obligation dont je m'étais souvenu au milieu de ma dispute avec John.

Au moment où j'avais parlé à Byron Dorian, je n'avais proposé une rencontre que parce que j'avais l'impression qu'il avait besoin de parler. Maintenant c'était moi qui désirais vivement lui parler. L'ampleur de ce qu'April Ransom avait tenté de faire dans *Le Projet du pont* m'avait secoué. Elle découvrait son sujet, elle en surveillait le déroulement au fur et à mesure qu'elle progressait en suivant son instinct. Elle *écrivait* vraiment. Les circonstances lui imposaient de le faire pratiquement en secret, comme une Emily Dickinson de Millhaven, ce qui rendait son effort d'autant plus émouvant. Je tenais à rendre hommage à cet effort, à rendre hommage à la femme assise à sa table avec ses papiers et son stylo.

Alan Brookner avait été si frustré de ne pas pouvoir lire le manuscrit d'April qu'il avait tenté d'en jeter trente ou quarante pages dans les toilettes, mais ce qui restait justifiait largement un petit tour jusqu'à Varney Street.

12

J'avais compté sur ma mémoire pour me conduire là-bas mais, dès que j'eus quitté la voie express, je me rendis compte que je n'avais qu'une idée générale de l'endroit où j'allais : après le cimetière de Pine Knoll au sud du stade. Je passai devant le stade désert, puis devant l'entrée du cimetière, vérifiant les noms sur les plaques de rue. Un samedi, un an ou deux après la mort de ma sœur, mon père m'avait emmené à Varney Street acheter un détecteur de métaux pour lequel il avait vu une annonce dans le *Ledger* : il était entre deux boulots, continuait à boire énormément et il était persuadé que s'il promenait un détecteur de métaux sur les plages des quartiers est, il pourrait faire fortune. Les riches ne se donnaient pas la peine de ramasser les pièces de vingt-cinq et de cinquante cents qui tombaient de leurs poches. Tout ça attendait d'être récupéré par un homme habile et entreprenant comme Al Undcrhill. Il avait piloté sa voiture sans hésitation jusqu'à Varney Street : nous étions passés devant Pine Knoll, nous avions tourné une fois, peut-être deux. Je me souvenais d'un groupe de boutiques avec des enseignes dans une langue étrangère et de grosses femmes vêtues de noir.

De Varney Street, je gardais le souvenir d'un quartier de Millhaven à deux pas de Pigtown, d'une rangée de maisons modestes avec une façade en bois et de petits garages attenants. Mon père m'avait laissé dans la voiture et était entré dans une des maisons ; il en était ressorti vingt minutes plus tard, en vantant les mérites de cet appareil inutile.

Je tournai un coin au hasard, franchis trois blocs tout en regardant les plaques des rues et je me retrouvai dans le même quartier de petites boutiques que j'avais vues pour la première fois avec mon père. Toutes les enseignes maintenant étaient en anglais. Des bobines de fil en pyramide et des ciseaux suspendus à des cordons emplissaient la devanture poussiéreuse d'un magasin qui s'appelait Les Idées de Lulu. On ne voyait personne que des gens sur un banc dans la laverie automatique voisine. Je trouvai une place libre derrière une camionnette, je mis une pièce dans le parcmètre et j'entrai dans la laverie. Une jeune femme en short échancré, avec un tee-shirt de Banama Republic s'approcha de la vitrine et me désigna des maisons dans la rue suivante.

J'allai au fond de la laverie, pris dans mon portefeuille le papier sur lequel j'avais noté l'adresse de Dorian et je composai le numéro.

« Vous êtes qui ? » demanda-t-il.

Je lui redis mon nom. « Nous nous sommes parlé une fois au téléphone quand vous avez appelé chez les Ransom. C'est moi qui vous ai annoncé qu'elle était morte.

– Oh. Je me souviens.

– Vous m'avez dit que je pourrais passer chez vous pour parler d'April Ransom.

– Je ne sais pas... Je travaille, enfin, j'essaie de travailler un peu...

– Je suis juste au coin de la rue, à la laverie automatique.

– Bah, je pense que vous pourriez passer. C'est la troisième maison après le coin, celle qui a la porte rouge. »

Le jeune homme pâle aux cheveux bruns que j'avais vu à l'enterrement d'April entrebâilla la porte vermillon de la petite maison marron. Il se pencha dehors, me jeta un bref coup d'œil nerveux, puis inspecta la rue sur toute sa longueur. Il portait un T-shirt noir et de vieux jeans noirs. « Vous êtes un ami de John Ransom, n'est-ce pas ? Je vous ai vu avec lui à l'enterrement.

– Je vous ai vu là-bas aussi. »

Il s'humecta les lèvres. Il avait de beaux yeux bleus et une belle bouche. « Écoutez, vous n'êtes pas venu ici pour faire des histoires, n'est-ce pas ? Je ne suis pas sûr de bien comprendre ce que vous faites.

– Je veux parler d'April Ransom, dis-je. Je suis écrivain et j'ai lu son manuscrit. Ça aurait été un livre formidable.

– Bon, autant que vous entriez. » Il recula d'un pas.

L'ancien salon avait été transformé en atelier, avec des feuilles de plastique sur le sol, des tubes de peinture, un tas de pinceaux dans des boîtes répandues sur une table couverte de taches et sur un petit lit de repos. A la tête de ce lit, de grandes toiles sans cadre s'entassaient jusqu'au mur, montrant les grosses agrafes qui fixaient le tissu aux châssis ; d'autres étaient accrochées n'importe comment au mur du fond. Une ouverture, tout au bout de la pièce, donnait sur une cuisine plongée dans l'obscurité. Des rideaux beige masquaient les deux fenêtres sur le devant de la maison et un tissu plus petit qui avait l'air d'un torchon était cloué sur la fenêtre de la cuisine. Une seule ampoule était allumée au bout d'un fil au milieu de la pièce. Juste en dessous, une longue toile sur un chevalet.

« Où avez-vous trouvé son manuscrit ? C'est John qui l'avait ?

– Il était dans la maison de son père. C'est là qu'elle y travaillait. »

Dorian s'approcha de la table et se mit à essuyer un pinceau avec un chiffon. « Ça se comprend. Vous voulez du café ?

– Avec plaisir. »

Il passa dans la cuisine pour verser de l'eau dans une

vieille cafetière métallique et je fis le tour de la pièce en examinant ses peintures.

Aucun rapport avec les nus de la chambre des Ransom : on aurait dit un croisement entre Francis Bacon et des illustrations pour un roman moderne. Sur tous les tableaux, des formes sombres et des silhouettes, balafrées parfois de traînées blanches ou rouge vif, ressortaient sur un fond plus sombre. Puis un détail me sauta aux yeux et je poussai un grognement de surprise. Une petite rose bleu pâle figurait sur chacune des compositions. A la boutonnière du costume porté par un homme qui hurlait, flottant dans l'air au-dessus d'un cadavre ensanglanté et d'un homme agenouillé, sur la couverture d'un carnet posé sur un bureau auprès d'un corps affalé, au miroir d'un bar bondé où un homme en imperméable tournait vers le spectateur un visage déformé. Les tableaux semblaient des réponses au manuscrit d'April, du moins des parallèles visuels.

« Sucre ? cria Dorian de la cuisine. Lait ? »

Je me rendis compte que je n'avais rien mangé de la journée et je demandai les deux.

Il sortit de la cuisine et me tendit une tasse pleine à ras bord d'un café au lait bien sucré. Il se tourna pour examiner les toiles avec moi et porta sa tasse à ses lèvres. Quand il la reposa il dit : « J'ai passé si longtemps sur ces toiles que c'est à peine si je sais à quoi elles ressemblent. Qu'est-ce que vous en pensez ?

– Elles sont très bonnes, dis-je. Quand avez-vous changé de style ?

« A l'École des beaux-arts – c'était à Yale –, je m'intéressais à l'art abstrait, même si j'étais pratiquement le seul. Presque tout de suite après avoir eu mon diplôme, j'ai commencé à peindre ce genre de toiles aux contours plats et bien dessinés, un peu comme des Nabis japonais. Pour moi, c'était le prolongement naturel de ce que je faisais, mais tout le monde *détestait* ça. » Il me regarda en souriant. « Je savais que je n'aurais aucune chance à New York. Alors, je suis revenu ici, à Millhaven, où la vie est bien moins chère.

– John m'a dit que c'était un propriétaire de galerie qui a donné votre nom à April. »

Il détourna brusquement la tête, comme si c'était un sujet qui le gênait. « Ah oui, Carol Judd. Elle a une petite galerie dans le centre. Carol connaissait mon travail parce que, quand je suis revenu ici, je lui ai montré des diapos. Carol m'a toujours bien aimé et nous discutions de la possibilité de monter une exposition dans sa galerie un de ces jours. » Il sourit encore, mais un sourire qui ne m'était pas destiné et qui s'effaça quand je lui posai une autre question.

« Alors c'est comme ça que vous avez fait la connaissance d'April Ransom ? »

Il hocha la tête et son regard parcourut les toiles alignées. « Hé oui. Elle comprenait ce que je recherchais. » Il s'interrompit une seconde. « Dès le départ, il y a eu une sorte de complicité entre nous. Nous parlions de ce qu'elle voulait. Elle a décidé qu'au lieu d'acheter une des toiles que j'avais déjà peintes, elle allait me commander deux grands tableaux. C'est comme ça que j'en suis venu à la connaître. »

Il détourna son regard des toiles, posa sa tasse sur la table couverte de pinceaux et de tubes de peinture et fit pivoter un fauteuil tournant devant le chevalet pour qu'il soit dirigé vers le lit. Des coussins de tapisserie étaient coincés contre le dossier. Quand je m'assis, les coussins accueillirent mon dos exactement là où il fallait.

Dorian alla s'asseoir sur le lit de camp. Cela l'avait réconforté de regarder ses œuvres et il semblait plus détendu.

« Vous avez dû passer beaucoup de temps à bavarder avec elle, dis-je.

– C'était merveilleux. Parfois, si John était en voyage ou avait des cours tard le soir, elle m'invitait chez elle pour que je puisse simplement m'asseoir devant tous ces tableaux qu'elle avait.

– Elle ne voulait pas vous faire rencontrer John ? »

Il fronça les lèvres et plissa les yeux, comme s'il étudiait un problème. « Oh, j'ai rencontré John, bien sûr. Je suis allé dîner deux fois chez eux : la première fois, c'était parfait, John était poli, la conversation agréable.

Mais la seconde fois que je suis venu, c'est à peine s'il m'a adressé la parole. On aurait dit que leurs tableaux n'étaient pour lui que des possessions : comme des voitures de sport ou Dieu sait quoi. »

J'eus la déplaisante impression que, pour John, avoir Dorian Byron chez lui, ç'avait dû être un peu comme une insulte. Il était jeune et presque ridiculement beau garçon, tout en ayant l'air totalement dépourvu de vanité : John l'aurait accepté plus facilement si son physique avait été un peu gâché par un narcissisme voyant.

Là-dessus, une autre idée me vint, quelque chose que j'aurais dû comprendre tout de suite en voyant les toiles aux murs.

« C'est à cause de vous qu'April s'est intéressée à l'affaire Blue Rose, dis-je. C'est vous qui lui avez parlé le premier de William Damrosch. »

Il rougit bel et bien.

« C'est le sujet de toutes ces toiles : Damrosch. »

Son regard revint aux tableaux. Cette fois il n'y puisa aucun réconfort. Il avait l'air trop angoissé pour parler.

« Le petit garçon dans le tableau de Vuillard vous a rappelé Damrosch et vous avez parlé de lui à April, dis-je. Ça ne vous rend pas responsable de sa mort. »

Cette phrase, que j'avais lancé pour l'aider, eut l'effet contraire.

Comme une jeune fille, Dorian serra les genoux, appuya son coude dessus et se mit un peu de côté, le menton dans sa main. Un chagrin presque palpable l'entourait comme un nuage.

« Je suis fasciné par Damrosch moi aussi, dis-je. C'est difficile de ne pas l'être. Quand j'étais au Viêtnam, j'ai écrit deux romans dans ma tête et le second, *L'Homme divisé*, avait pour sujet Damrosch. »

Dorian me regarda de ses yeux bleus sans changer de position.

« J'ai dû examiner ce jeune garçon du Vuillard trois ou quatre fois avant de vraiment le *voir* : c'est si subtil. D'abord, il a l'air d'être là tout naturellement et puis la façon dont il vous regarde finit par dominer l'ensemble du tableau. »

Il s'arrêta pour maîtriser son émotion. « C'est comme ça que nous nous sommes mis à parler de Bill Damrosch et de tout le reste. Elle était excitée à l'idée du pont, à l'idée de savoir qu'on l'avait trouvé sous un pont. Ça a été pour elle une sorte de déclic. »

Je lui demandai comment lui-même avait commencé à s'intéresser à l'histoire de Damrosch.

« Oh, j'avais entendu parler de lui par mon père. Des tas, des tas de fois. Ils ont longtemps été associés. Mon père ne s'entendait pas très bien avec sa première femme, alors il passait beaucoup de temps avec Bill Damrosch. Je crois qu'on pourrait dire qu'il l'aimait : il disait toujours qu'il avait tout essayé pour empêcher Bill de boire, mais que n'y arrivant pas, il s'était mis à picoler avec lui. » Il me fixa droit dans les yeux. « Mon père était un alcoolique, mais après la mort de Bill, il s'est repris en main. Dans les années soixante, quand il approchait l'âge de la retraite, il a rencontré ma mère dans une épicerie. Il raconté que c'est elle qui l'a levé. Elle avait vingt-cinq ans de moins que lui, mais ils se sont mariés et un an plus tard je suis arrivé, ce qui n'était sans doute pas tout à fait prévu, j'imagine. »

Ça s'expliquait, si Dorian tenait de son père : dès l'instant qu'il ne s'empâtait pas, les femmes pendant les trois décennies suivantes allaient essayer de lui mettre le grappin dessus.

« Votre père a dû être troublé par l'épilogue de l'affaire Blue Rose. »

Il me lança un regard noir. « Quel épilogue ? Vous voulez parler des âneries qu'on a lues dans les journaux ? Ça l'a rendu fou. Il a failli quitter la police, mais il était trop attaché à son travail. » Il s'était calmé et j'avais droit maintenant au regard franc et droit. Cette fois, il y avait dedans un soupçon de reproche. « Au fait, il a détesté votre livre. Il disait que vous aviez tout faux.

– C'est bien possible.

– Ce que vous avez fait était irresponsable. Mon père savait que Bill Damrosch n'avait jamais tué personne. C'était un coup monté.

– Je le sais aujourd'hui », dis-je.

Dorian passa un pied autour de son autre cheville et reprit un air accablé. « Je n'aurais jamais dû parler à April de Damrosch. C'est comme ça que tout a commencé.

– Les seules personnes à savoir ce qu'elle faisait à ses moments de loisirs, c'étaient un ou deux coursiers de Barnett et la police.

– Je lui avais dit qu'elle devrait écrire à la police.

– Ça aurait dû marcher. » Je lui rapportai ce que Paul Fontaine avait fait pour moi.

Son visage s'assombrit. « Alors, ils sont aussi paumés que mon père le disait. Ça ne rime pas à grand-chose. Ils auraient dû la laisser consulter ces archives. » Il fixa quelques secondes d'un regard mauvais le plancher couvert de taches de peinture. « Mon père me disait que ce qui se passait dans la police après son départ en retraite ne lui plaisait pas : tous ces nouveaux, comme Fontaine. Il n'aimait pas leurs façons de travailler. Il n'avait pas confiance dans leurs méthodes. Sauf pour Mike Hogan. Mon père trouvait que Mike Hogan était un vrai flic et il avait beaucoup de respect pour lui. » Dorian leva vers moi un visage méfiant.

« Votre père était donc encore vivant quand Fontaine et Hogan sont arrivés. » Ce qu'il décrivait, c'était le ressentiment naturel d'un vieux de la vieille pour un nouveau venu brillant.

« Il est encore vivant. Mon père a quatre-vingt-cinq ans et il est solide comme un bœuf.

– Si ça peut le consoler, Paul Fontaine m'a dit qu'il aimait bien mon livre parce qu'il le trouvait si ridicule.

– Je lui dirai. » Il me fit un charmant sourire. « Non, à la réflexion, peut-être pas.

– Pensez-vous que je pourrais parler à votre père ?

– Sans doute. » Dorian se frotta le visage. Il me considéra un moment sans aménité avant de se pencher derrière l'extrémité du canapé pour prendre un carnet à spirale avec un stylo à bille accroché aux anneaux métalliques. Il le feuilleta jusqu'à une page vierge et nota quelque chose. Il arracha la feuille et traversa la pièce pour me la tendre.

Il avait inscrit le nom de George Dubbin au-dessus d'une adresse et d'un numéro de téléphone.

« George Dubbin ?

– C'est son nom. » Dorian se rassit sur le lit. « Mon vrai nom, c'était Bryan Dubbin. J'ai pensé que je ne pourrais jamais devenir un peintre célèbre avec un nom comme ça. Francesco Clemente et Bryan Dubbin ? A peine sorti de l'Université de Millhaven, j'ai changé de nom pour en prendre un qui me semblait sonner mieux. Pas la peine de me dire que c'était ridicule. Mais ça aurait pu être pire : l'autre nom auquel j'avais pensé c'était Beaumont Darcy. Je pense que j'avais l'humeur décadente à cette époque-là. »

Nous échangeâmes un sourire.

« Vous avez bel et bien changé de nom officiellement ? Vous êtes allé à la mairie ou quoi ?

– C'est facile de changer de nom. Il suffit de remplir un formulaire. J'ai fait tout ça par courrier.

– Votre père a dû être un peu...

– Beaucoup. Tout à fait bouleversé. Je le comprends. Je suis même d'accord avec lui. Mais il sait que je ne le referai pas, et ça le soulage. Il dit : « Enfin, mon garçon, au moins tu as conservé tes initiales. » Il avait prononcé ces mots d'un ton énergique et rauque, vibrant tout à la fois d'affection et d'exaspération et qui évoquait avec une étrange lucidité le personnage de George Dubbin.

« Pas mal, dis-je. Je parie que c'est tout à fait sa voix.

– J'ai toujours été un bon imitateur. » Il me sourit de nouveau. « A l'école, je rendais les profs fous. »

La révélation concernant son nom avait dissipé la tension entre nous.

« Parlez-moi d'April Ransom », dis-je.

13

Au lieu de répondre, Byron prit sa tasse, se leva, s'approcha de la table et entreprit d'aligner les bouteilles où trempaient des pinceaux. Il les disposa en une rangée bien droite tout au bout du plateau. Je me levai aussi pour mieux le voir, mais tout ce que je vis, ce fut son dos.

« Je ne sais pas quoi dire. » Il se mit ensuite à ranger les tubes de peinture. Il regarda par-dessus son épaule et parut surpris de me voir debout en train de l'observer. « Je ne pense pas que je pourrais la résumer en deux phrases. » Il se retourna complètement et s'adossa à la table. Il le fit de telle façon qu'on aurait dit qu'elle avait été construite exprès pour ça : pour qu'on puisse s'appuyer dessus avec exactement cette nonchalance désinvolte.

« Essayez. Vous verrez bien ce qui sortira. »

Il leva la tête, ce qui allongea son cou pâle. « Eh bien, tout d'abord, j'ai cru qu'elle était une sorte de mécène idéale. Elle était mariée, elle habitait une belle maison, elle avait beaucoup d'argent mais elle n'était pas le moins du monde snob. Quand elle est venue ici, la première fois où je l'ai rencontrée, elle se conduisait le plus simplement du monde. Ça lui était égal que j'habite dans ce qui, pour elle, était un taudis. Elle n'était pas là depuis une heure que je me suis rendu compte que nous nous entendions vraiment bien. On aurait dit qu'on était devenu amis du premier coup.

– Elle avait de l'intuition, dis-je.

– Oui, mais c'était plus que ça. Il se passait des tas de choses en elle. Elle était comme un grand hôtel, vous savez, un établissement avec mille chambres différentes.

– Ce devait être quelqu'un de fascinant », dis-je.

Il s'approcha des fenêtres aux rideaux tirés et du revers de la main brossa les tentures. Je ne voyais plus son visage. « Un hôtel.

– Pardonnez-moi ?

– J'ai dit : un hôtel. Qu'elle était comme un hôtel. C'est drôle, non ?

– Êtes-vous jamais allé au Saint-Alwyn ? »

Il se retourna lentement. Il avait les épaules crispées, les mains un peu tendues. « Qu'est-ce que c'est censé vouloir dire ? Êtes-vous en train de me demander si je l'ai emmenée là-bas pour la battre et la poignarder ?

– A dire vrai, cette pensée ne m'est jamais venue. »

Dorian se détendit.

« En fait, je ne crois pas qu'elle ait été attaquée à l'hôtel. »

Il me regarda en fronçant les sourcils.

« Je crois qu'à l'origine elle a été blessée dans sa Mercedes. La personne qui l'a attaquée a sans doute laissé beaucoup de sang dans la voiture.

– Qu'est devenue la Mercedes ?

– La police ne l'a pas encore retrouvée. »

Dorian revint au canapé. Il s'assit et but une gorgée de café.

« Pensez-vous que son mariage était heureux ? »

Il releva brusquement la tête. « Vous croyez que c'est son mari qui a fait le coup ?

– Je demande simplement si à votre avis elle était heureusement mariée. »

Dorian resta un long moment silencieux. Il but encore un peu de café. Il croisa et décroisa les jambes. Son regard parcourut la rangée de toiles. Il posa son menton dans sa main. « Je pense que son mariage marchait. Elle ne s'en est jamais plainte.

– Vous avez beaucoup réfléchi avant de répondre.

– Ma foi, j'avais l'impression que si April n'était pas aussi occupée, elle aurait été esseulée. » Il s'éclaircit la voix. « Parce que son mari ne partageait pas vraiment les mêmes intérêts qu'elle, n'est-ce pas ? Il y avait des tas de choses dont elle ne pouvait pas lui parler.

– Des choses dont elle pouvait discuter avec vous.

– Oh, sûrement. Mais je ne pouvais pas parler avec elle de ses affaires. Chaque fois qu'elle commençait à me raconter des histoires de ventes à terme, de prix de réserve et tout ça, les seuls mots que j'aie jamais compris, c'étaient Michael et Milken. Son travail comptait énormément pour elle.

– Vous a-t-elle jamais rien dit à propos d'un déménagement à San Francisco ? »

Il pencha la tête de côté, remuant la mâchoire comme s'il mâchonnait un grain de tournesol. « Vous avez entendu parler de ça ? » Son regard était devenu méfiant. « Il s'agissait plus d'une possibilité que d'autre chose. Elle y a sans doute fait allusion une fois, quand on se promenait ou je ne sais quand. » De nouveau il s'éclaircit la voix. « Vous en avez entendu parler aussi ?

– Son père y a fait allusion devant moi mais il n'était pas trop clair là-dessus non plus. »

Son visage s'éclaira. « Oui, je comprends. Si April était jamais allée s'installer quelque part, elle l'aurait emmené avec elle. Pas pour habiter dans le même appartement, je veux dire, mais pour s'assurer qu'elle pouvait continuer à s'occuper de lui. Je crois qu'il n'est plus tout à fait dans le coup.

– Vous disiez que vous alliez faire des promenades ?

– Bien sûr, quelquefois on allait comme ça faire un tour.

– Alliez-vous prendre un verre ou des choses comme ça ? »

Il réfléchit un moment. « Quand nous discutions encore des toiles, nous sommes allés deux ou trois fois déjeuner ensemble. Parfois, on allait faire un tour en voiture.

– Où alliez-vous ? »

Il leva les mains au ciel et regarda autour de lui. Je lui demandai si ça le gênait que je lui pose ces questions.

« Pas du tout, seulement c'est difficile de répondre. On ne se baladait pas en voiture tous les jours, vous comprenez. Une fois, on est allé jusqu'au bout et April m'a dit ce qui se passait dans ce bar de Water Street, juste à côté du pont.

– Avez-vous jamais essayé d'entrer là-dedans ? »

Il secoua la tête. « C'est fermé, on ne peut pas entrer.

– A-t-elle jamais mentionné quelqu'un du nom de William Writzmann ? »

Il secoua encore la tête. « Qui est-ce ?

– Ça n'a probablement pas d'importance. »

Dorian sourit. « Je vais vous dire un endroit où on allait souvent. Je ne savais même pas que ça existait avant qu'elle me l'ait montré. Vous connaissez Flory Park, tout au bout d'Eastern Shore Drive ? Il y a une plate-forme rocheuse entourée d'arbres qui surplombe le lac. Elle adorait cet endroit.

– Alan m'a emmené là-bas », dis-je. Je les imaginais tous les deux descendant le sentier jusqu'à la petite prairie au-dessus du lac.

« Eh bien, alors, vous connaissez.

– Oui, dis-je. Je connais. Très tranquille.

– C'était tranquille » dit-il. Il resta un moment, le regard perdu, mâchonnant dans le vide, puis il se releva d'un bond. Il emporta la tasse dans la cuisine. Je l'entendis la rincer puis ouvrir et fermer le réfrigérateur. Il revient avec une bouteille d'eau minérale. « Vous en voulez ?

– Il me reste du café, merci. »

Dorian s'approcha de la table et versa de l'eau minérale dans sa tasse. Puis il déplaça de quelques millimètres un des tubes de peinture. « Il va falloir que je me remette bientôt à travailler. » Il prit la tasse à deux mains. « A moins que vous n'ayez envie d'acheter une toile, je ne crois pas que je puisse vous consacrer beaucoup plus de temps.

– J'ai envie en effet d'acheter un de vos tableaux, dis-je. J'aime bien votre œuvre.

– Vous essayez de me soudoyer ou quoi ?

– J'essaie d'acheter une de vos toiles, dis-je. J'y pense depuis que je les ai vues pour la première fois.

– Vraiment ? » Il réussit à me sourire encore. « Laquelle voulez-vous ? » Ses mains ne tremblaient plus et il s'approcha des tableaux alignés le long du mur.

« Les hommes au bar. »

Il hocha la tête. « Oui, j'aime bien celui-là aussi. » Il se tourna vers moi, l'air hésitant. « Vous voulez vraiment l'acheter ? »

Je hochai la tête. « Si vous pouvez le faire emballer pour l'expédition.

– Sûrement.

– Combien en voulez-vous ?

– Mon Dieu, je n'y ai encore jamais pensé. » Il eut un grand sourire. « Personne d'autre qu'April ne les a même jamais vus avant aujourd'hui. Mille dollars ?

– C'est parfait, dis-je. J'ai votre adresse et je vous

enverrai un chèque de chez John. Je vous le ferai porter par coursier. » Je pris dans mon portefeuille une carte de visite et la remis à Dorian.

« C'est vraiment gentil de votre part. »

Je lui dis que j'étais enchanté d'avoir le tableau et nous nous dirigeâmes vers la porte. « Quand vous avez regardé d'un bout à l'autre de la rue avant de me laisser entrer, pensiez-vous que John pourrait être là ? »

Il s'arrêta, la main déjà sur le bouton de la porte. Puis il ouvrit, laissant entrer un soudain flamboiement de lumière.

« Byron, dis-je, quoi que vous ayez fait, ce n'est pas un problème pour moi. » On aurait dit qu'il avait envie de retourner se réfugier dans la lumière artificielle. « Vous l'avez énormément aidée. »

Dorian frissonna, comme si un vent d'hiver s'engouffrait par la porte ouverte. « Je ne vais plus rien vous dire. Je ne sais pas ce que vous voulez.

– Tout ce que je veux de vous, c'est cette toile », dis-je en lui tendant la main. Il hésita une seconde avant de la serrer.

14

Après tout cela, je n'avais pas envie de rentrer à Ely Place. J'avais besoin que tout s'ordonne un peu dans ma tête avant de regagner la maison de John. La satisfaction de savoir que Bob Bandolier était Blue Rose m'avait quitté. Avant toute chose, il me fallait savoir qui avait tué April Ransom. Je restai assis au volant de la Pontiac jusqu'au moment où je m'aperçus que Dorian m'observait par les tentures entrebâillées.

Je démarrai sans savoir le moins du monde où j'irais. J'allais être comme April Ransom, me dis-je, comme April Ransom au volant de sa Mercedes, avec Byron Dorian assis à côté d'elle. J'allais rouler et voir où je me retrouverais.

15

Je n'avais pas parcouru plus de cinq blocs que je songeai que je m'étais contenté d'échanger un fantôme contre un autre. Là où j'avais vu l'esprit mécontent d'April Underhill, je me prenais maintenant à voir celui d'April Ransom.

Une succession d'images défilaient dans ma tête. Je revoyais Walter Dragonette assis en face de Paul Fontaine de l'autre côté de la table avec ses rayures, criant *victime, victime, victime ;* puis je vis Scoot, mon vieux collègue de l'escouade des Corps au Camp de White Sart, se pencher pour démembrer le cadavre du capitaine Havens. Je revis les pièces des puzzles humains enfermées dans les sacs en plastique ; le garçon dans la hutte de Bong To ; April Ransom et Anna Bandolier gisant inconscientes dans leurs lits, séparées l'une de l'autre par l'espace et le temps. Un sens caché, presque palpable, rapprochait ces images : la silhouette à la main tendue émergeant de la mort ou de l'espace imaginaire pour offrir la perle. Au creux de sa paume était écrit un mot que nul ne peut lire, un mot que nul ne peut prononcer.

16

J'étais retourné en pilotage automatique dans mon ancien quartier et je quittai la 6e Rue Sud pour m'engager dans Muffin Street. C'était une de ces poches où quelques commerces léthargiques s'étaient, voilà longtemps, insérés dans un quartier résidentiel : comme la rangée de boutiques près de l'atelier de Byron Dorian, mais en moins réussi. Deux petits magasins aux vitres bien astiquées et, au milieu, des chausures en solde entassées dans des cuvettes en plastique qui prenaient le soleil sur le trottoir.

De l'autre côté du magasin de chaussures se dressait la maison de bois à deux étages de Heinz Stenmitz. Deux grandes planches en X interdisaient l'accès de la véranda et des panneaux verticaux étaient cloués sur les fenêtres. De l'autre côté de la maison, là où se trouvait jadis la boucherie, avec son enseigne triangulaire, un terrain vague envahi de broussailles jaunâtres et de plants de carottes sauvages. Tout cela descendait jusqu'à un creux à peu près rectangulaire au milieu du terrain. Des briques rouges et des blocs de ciment gris gisaient parmi les ronces autour du périmètre de ce creux. Cela me semblait une bonne chose que le terrain fût vide. Personne n'avait souillé le site en y édifiant un immeuble d'habitation ou un magasin vidéo. Comme la maison de Stenmitz, on l'avait laissé à l'abandon.

Au bout du bloc, je tournai dans la 7ᵉ Rue Sud. Auprès de la maison abandonnée de Bob Bandolier, les Belknap buvaient la citronnade de Hannah en bavardant sur leur véranda. Hannah souriait à une des plaisanteries de Frank et aucun d'eux ne me vit passer en voiture. Je m'arrêtai à Livermore Avenue, tournai à droite sur Window Street, me garai à un bloc du Saint-Alwyn et traversai la Taverne de Sinbad pour aller jusqu'à l'hôtel.

Le même vieil homme que j'avais déjà vu était assis à fumer un cigare dans le hall ; la même petite ampoule était allumée derrière son abat-jour vert auprès du même canapé usé ; mais le hall avait l'air plus sinistre et plus triste.

Sous le regard nonchalant de l'employé de la réception, je me dirigeai vers le téléphone public et composai le numéro inscrit sur le bout de papier que j'avais pris dans mon portefeuille. Je parlai brièvement à une voix bourrue et familière. George Dubbin, le père de Byron, me confirma que Damrosch avait interrogé Bob Bandolier. « Bien sûr. Bill était un bon policier. » Puis il ajouta : « Je regrette que mon gamin ne sorte pas avec des femmes de son âge. » La conversation terminée, je traversai le hall pour me diriger vers les téléphones intérieurs et je composai le numéro de la chambre de Glenroy Breakstone.

« Encore vous. L'ami de Tom.
– C'est exact. Je suis en bas, dans le hall. Je peux monter pour vous dire quelques mots ? »

Il soupira. « Dites-moi le nom du grand joueur de saxo ténor dans l'orchestre de Cab Calloway.
– Ike Quebec, dis-je.
– Vous savez quoi prendre avant de monter. » Il raccrocha.

Je me dirigeai vers l'employé qui m'avait reconnu et qui se penchait déjà sous le bureau. Il en remonta deux paquets de Lucky qu'il tapa sur le comptoir. « Ça m'étonne qu'il vous ait laissé monter. Une mauvaise journée pour le vieux Glenroy, vraiment mauvaise.
– Je surveillerai mes arrières.
– Vous feriez mieux de surveiller votre tête, parce que c'est ça qu'il va vous mettre en bouillie. » Il leva la main droite et fit semblant de me tirer dessus avec son index.

Quand je frappai à la porte de Breakstone, les bruyants accents d'une musique de jazz assourdirent sa voix. « Qu'est-ce que vous avez fait, vous avez pris un avion à réaction ? Donnez-moi une minute. »

Derrière la musique, j'entendais un bruit de bois heurtant du bois.

Glenroy ouvrit la porte et me regarda de ses yeux rougis. Il portait un fin chandail noir sur lequel on pouvait lire SANTA FE JAZZ PARTY. « Vous les avez ? » Il tendit la main.

Je mis les cigarettes dans sa main et il s'éloigna, fourrant un paquet dans chacune de ses poches comme s'il pensait que j'allais peut-être les lui voler. Il fit deux pas puis s'arrêta, braquant en l'air un doigt impérieux. La musique nous entourait, tout comme une légère odeur de marijuana. « Vous savez qui c'est ? »

C'était un saxo ténor dirigeant une petite formation et je crus tout d'abord qu'il jouait un de ses anciens disques, un que je ne connaissais pas. Le thème était « I Found a New Baby ». Puis le saxo attaqua un solo. « Même réponse qu'avant. Ike Quebec. Enregistrement Blue Note avec Buck Clayton et Keg Johnson, en 1945.

– J'aurais dû trouver une question plus dure. » Il baissa la main et, franchissant le tapis de couleur vive, vint s'installer près de la même table basse où nous nous étions assis la dernière fois. A côté du miroir Krazy Kat et de la boîte en bois était posé un cendrier rond tout blanc, empli de mégots écrasés. Il y avait aussi un paquet de Lucky à peine entamé, un briquet noir, une bouteille de Johnny Walker Black Label et un grand verre contenant deux doigts de whisky. Breakstone se laissa tomber dans un fauteuil et me regarda d'un air mauvais. Je pris l'autre sans attendre qu'on m'invite.

« Vous m'avez complètement embrouillé, dit-il. Depuis que vous êtes venu ici, je n'ai pas arrêté de penser à James. J'ai commencé à rassembler tout mon barda pour aller en France, mais je ne peux rien faire d'autre que me rappeler ce garçon. Il n'a jamais eu sa chance. On devrait être assis là ensemble en ce moment même, à parler des morceaux qu'on va jouer, des connards avec lesquels il faudra les jouer, mais on ne peut pas, et ça n'est pas bien.

– Après quarante ans, ça vous affecte encore à ce point-là ?

– Vous ne comprenez pas. » Il prit son verre et avala la moitié du whisky. « Ce qu'il commençait, personne d'autre que lui ne pouvait le terminer. »

Je songeai à April Ransom et à son manuscrit.

Il me contemplait de ses yeux rouges. « Cette musique qu'il aurait faite, personne d'autre ne peut composer ça. J'aurais dû être planté à côté de lui à écouter sa musique. Ce garçon était comme mon fils, vous comprenez ? Je joue avec des tas de pianistes et certains sont excellents, mais aucun joueur de piano, sauf James, n'a jamais grandi sous mon aile, vous comprenez ? » Il termina son whisky et reposa bruyamment le verre sur la table. Son regard se posa sur le coffre en bois, puis revint à moi. « James jouait si bien – mais vous ne l'avez jamais entendu, vous ne pouvez pas savoir.

– Je regrette, dis-je.

– James était comme Hank Jones ou comme Tommy, et personne ne l'a entendu, sauf moi.

– Vous voulez dire qu'il était comme vous. »

Les yeux rouges me regardèrent longuement. Puis il hocha la tête. « Je regrette de ne pas pouvoir aller à Nice avec lui. J'aimerais bien pouvoir voir encore les choses par ses yeux. »

Il se versa encore deux doigts de whisky et j'examinai la chambre. Partout des signes subtils de désordre. Le télescope braqué de traviole vers le ciel, des cassettes et des disques compacts étalés par terre devant les rayonnages, des pochettes de disques recouvrant la table octogonale. Des taches grises de cendre maculaient les tapis navajos tout froissés.

Le disque arriva au bout. Glenroy leva les yeux vers le tourne-disque. « Si vous avez envie d'entendre quelque chose, allez-y. Je reviens tout de suite. »

Glenroy fit glisser le coffre vers lui et dit : « Faites comme vous voulez, vous êtes chez vous. »

Il haussa les épaules et ouvrit le couvercle du coffret. Deux flacons de deux grammes, l'un assez plein et l'autre vide, étaient posés dans un creux sur un côté. Une petite paille blanche à côté. Au milieu du coffret, un sac plein de bourgeons de marijuana posés sur une couche de feuilles desséchées. Il avait différentes sortes de papier à cigarettes. Glenroy remit en place le couvercle du miroir, prit un flacon, dévissa le bouchon et utilisa la cuillère pour faire tomber deux bons tas de poudre blanche sur la glace. Il en fit à peu près des lignes avec la longue cuillère fixée au bouchon. Puis il approcha une extrémité de la paille d'une de ses narines et aspira une des lignes. Il en fit de même avec l'autre narine.

« Vous vous camez ?

– Plus maintenant », dis-je.

Il revissa le flacon et le rangea dans le coffret. « J'ai essayé de prendre contact avec Billy, mais je n'arrive à le trouver nulle part. Il m'en faut un peu pour le voyage en avion, vous savez. »

Glenroy s'essuya le doigt sur les taches blanches du verre, se frotta les gencives et ferma le coffret. Il me gratifia de la première esquisse de sourire amical de la soirée et son regard revint à la boîte en bois. « Mon vieux, il vaudrait mieux que Billy refasse surface avant demain. » Il se renversa dans son fauteuil en se frottant le doigt sous le nez.

« Est-ce que Tom touche à la coke ? » demandai-je.

Il eut un sourire dérisoire. « Tom ne veut plus rien faire du tout. Ce gaillard ne boit même plus. A le regarder, on croirait qu'il biberonne jour et nuit, mais il n'y a qu'à l'observer. Il prend une petite gorgée, et c'est tout. Voilà. Il est drôle, mon vieux. On dirait qu'il est à moitié endormi, et vous savez ce qu'il fait ? Ce type travaille.

– J'ai remarqué ça, l'autre soir, dis-je. Il a mis toute la soirée à terminer un verre.

– C'est un sournois. » Breakstone se leva et s'approcha du tourne-disque. Il ôta l'enregistrement d'Ike Quebec, prit sur une étagère sa pochette en plastique et rangea le disque dedans. « Duke, je veux du Duke. » Il se déplaça le long des rayonnages, passant la main sur les albums, et il finit par trouver un enregistrement d'Ellington. Avec la même délicatesse, il posa le disque sur le plateau. Puis il baissa le volume de l'amplificateur. « Je ne pense pas que vous soyez venu ici rien que pour écouter mes disques.

– Non, en effet, dis-je. Je suis venu vous raconter comment James Treadwell a été tué.

– Vous avez retrouvé le salaud qui a fait ça ! » Son visage s'illumina. Il s'installa de nouveau dans son fauteuil, prit dans le cendrier la cigarette qui se consumait et me regarda à travers la fumée tout en inhalant. « Racontez-moi.

– Si Bob Bandolier était venu dans la chambre de James tard le soir, James l'aurait laissé entrer ?

– Bien sûr, fit-il en hochant la tête.

– Et si Bandolier voulait entrer sans frapper, il pouvait le faire sans problème. »

Il ouvrit de grands yeux. « Qu'est-ce que vous essayez de me dire ?

– Glenroy, c'est Bandolier qui a tué James Treadwell. Et la femme, et Monty Leland, et Stenmitz. Sa femme était mourante parce qu'il l'avait battue jusqu'à la faire tomber dans le coma. Il était furieux parce que Ransom l'avait flanqué dehors au moment où il avait besoin de plus de temps pour s'occuper d'elle. Il les a tous tués pour ruiner les affaires de l'hôtel.

– Vous êtes en train de me dire que Bob a tué tous ces gens et qu'ensuite il est revenu ici comme si de rien n'était ?

– Exactement. » Je lui racontai ce que j'avais appris de Theresa Sunchana et je le regardai encaisser le coup.

Quand j'eus terminé, il dit : « Des roses ?

– Des roses.

– Je ne sais pas si je peux le croire. » Breakstone secoua lentement la tête en souriant. « Quand j'étais ici, je voyais Bob Bandolier tous les jours, presque tous les jours. C'était un misérable salopard mais, à part ça, il était normal, vous voyez ce que je veux dire.

– Saviez-vous qu'il avait une femme et un fils ?

– Première fois que j'en entends parler. »

Un moment, nous restâmes silencieux. Glenroy me dévisageait en secouant la tête de temps en temps. Une ou deux fois, il ouvrit la bouche et la referma sans rien dire. « Bob Bandolier », dit-il, mais sans s'adresser à moi. Il finit par dire : « Cette dame l'a entendu sortir chaque soir où quelqu'un s'est fait tuer ?

– Chaque soir.

– Vous savez, il a très bien pu le faire. Je sais qu'il ne s'intéressait à personne d'autre qu'à lui. » Il me contempla un petit moment d'un air soucieux.

Glenroy était en train d'abandonner une théorie à laquelle il s'accrochait solidement depuis quarante ans. « C'était le genre d'homme à battre une femme, ça, c'est vrai. » Il me lança un regard ému. « Je vais vous dire, à mon avis, ça ne déplairait pas à Bob de voir une femme clouée au lit. Elle ne pourrait pas marcher, mettre du désordre. Ce genre de type, ça lui plairait. »

Il resta silencieux encore quelques secondes, puis il se releva, fit deux ou trois pas, tourna les talons et revint s'asseoir. « Il n'y a aucun moyen de prouver tout ça, n'est-ce pas ?

– Non, je ne pense pas que ça puisse être prouvé. Mais c'était lui, Blue Rose.

– Merde alors. » Il me regarda en souriant. « Je commence à y croire. James ne savait probablement pas que Bob avait été congédié. Je ne l'ai pas su pendant peut-être une semaine, jusqu'au jour où j'ai demandé à une des femmes de chambre où il était. Vous savez, on n'a même pas découvert la combine à propos de la viande : il était rentré à temps pour repasser ses commandes dans l'Idaho.

– À propos de cette histoire de viande », dis-je. Et je lui demandai s'il avait entendu parler de Frankie Waldo.

« On ferait mieux de ne pas parler de ça. Je crois que Frank a dépassé les bornes.

– Ça m'a l'air d'une exécution.

– Oui, c'est peut-être censé ressembler à ça. » Il hésita, puis décida de ne pas en dire davantage.

« Vous voulez dire que ça a quelque chose à voir avec Billy Ritz ?

– Frankie est simplement allé trop loin, voilà tout. Ce jour où on l'a vu, c'était vraiment un homme inquiet.

– Et Billy l'a rassuré en lui disant que ça allait s'arranger.

– Ça en avait l'air, non ? Mais nous n'étions pas censés voir ça. Si vous ne marchez pas sur les plates-bandes de Billy, tout va bien. Un jour, ils vont épingler quelqu'un pour le meurtre de Waldo.

– Paul Fontaine a de sacrés antécédents pour les arrestations.

– En effet. Peut-être très bientôt va-t-il découvrir qui a tué la femme de votre ami. » Il y avait un étrange sourire sur son visage.

« J'ai mon idée là-dessus », dis-je.

Glenroy refusa d'en dire davantage. De nouveau, il jetait des coups d'œil furtifs vers son coffret et je partis quelques minutes plus tard.

17

L'employé me demanda si Glenroy se sentait mieux : je lui dis que je pensais que oui. « Est-ce qu'il va laisser entrer les femmes de chambre là-haut demain ? interrogea-t-il.

– J'en doute », dis-je. Puis je me dirigeai vers le téléphone public. Je l'entendais soupirer tout seul pendant que je composais mon numéro.

Vingt minutes plus tard, je m'arrêtai devant la maison de Tom Pasmore sur Eastern Shore Drive. Tom était encore au lit quand il avait répondu mais il m'avait dit qu'il serait debout le temps que j'arrive.

Au téléphone, je lui avais demandé s'il aimerait savoir le nom du meurtrier Blue Rose.

« Voilà qui vaut un bon petit déjeuner », m'avait-il répondu.

Mon estomac grommelait juste au moment où Tom m'ouvrit la porte et il dit : « Si vous n'êtes pas capable de vous contrôler mieux que ça, allez directement dans la cuisine. » Il était superbe dans son peignoir de soie blanche qui tombait jusqu'à des chaussons noirs. Sous son peignoir, il portait une chemise rose et une cravate rouge. Il avait le regard clair et animé.

A peine avais-je atteint la table que l'odeur de nourriture me frappa et que je me mis à saliver. J'entrai dans la cuisine. Dans deux poêles séparées, du jambon coupé en cubes, des bouts de tomate et pas mal de fromage blanchâtre entouraient les cercles irréguliers de deux omelettes. On avait disposé deux assiettes sur le comptoir et quatre toasts jaillissaient d'un grille-pain. Je sentis une odeur de café.

Tom accourut derrière moi, s'empara d'une spatule et la glissa d'une main experte sous chacune des omelettes. « Voulez-vous beurrer les toasts ? Je vais m'occuper de ça. Ce sera prêt dans une minute. »

Je pris les tranches de pain brûlantes, en posai deux

sur chaque assiette et entrepris de les beurrer. J'entendis une des omelettes retomber dans sa poêle et je jetai un coup d'œil de côté pour le voir replier les bords de la seconde, la lancer habilement en l'air et la recueillir dans la poêle. « Quand on vit seul, on apprend à s'amuser », déclara-t-il en les faisant glisser dans les assiettes.

Je terminai un quart de ce que j'avais dans mon assiette et tout un toast avant de pouvoir parler. « C'est merveilleux, dis-je. Vous les faites toujours sauter comme ça ?

– Non. Seulement quand j'ai un public.

– Vous êtes de bonne humeur.

– Vous allez me donner le nom, n'est-ce pas ? Et moi aussi, j'ai quelque chose à vous offrir.

– Autre chose que cette omelette ?

– C'est exact. »

Tom apporta les assiettes dans la cuisine et revint avec un pot de verre empli d'un café bien fort et deux tasses. Je me calai dans les profondeurs confortables du fauteuil. Le café de Tom était autre chose que celui de Byron Dorian. Plus fort, plus suave et moins âcre.

« Dites-moi tout, c'est un grand moment. »

Je commençai par l'homme qui m'avait suivi depuis chez lui jusqu'à la maison de John et je terminai sur la dernière remarque de Breakstone. Je parlai sans arrêt pendant près d'une demi-heure et Tom se contenta de sourire de temps en temps. Par moments, il haussait les sourcils. A une ou deux reprises, il ferma les yeux, pour bien se représenter ce que je décrivais. Il lut le fragment de papier que j'avais trouvé dans le bar et me le rendit sans commentaire.

Quand j'eus terminé, il dit : « La plupart des vêtements de Glenroy viennent de soirées ou de festivals de jazz, avez-vous remarqué cela ? »

J'acquiesçai. Était-ce *ça* qu'il avait à me dire ?

« Comme il porte presque toujours du noir, ces costumes lui vont toujours très bien. Mais leur véritable fonction est de proclamer son identité. Comme les seules personnes qu'il voit régulièrement, du moins quand il est ici, sont l'employé de la réception, son dealer et moi, celui à qui il proclame qu'il est Glenroy Breakstone, le célèbre saxo ténor, est le plus souvent Glenroy Breakstone. » Il me regarda en souriant. « Votre cas est un peu différent.

– Mon cas ? » J'examinai les vêtements que je portais. Ils révélaient surtout que je ne consacrais pas beaucoup de temps à réfléchir à ce que j'allais mettre.

« Je ne parle pas de vos vêtements. Il s'agit de l'enfant qui vous apparaît de temps en temps – venant de ce que vous appelez l'espace imaginaire.

– C'est quand je travaille.

– Bien sûr. Mais il y a beaucoup d'enfants dans toute votre histoire. On dirait que vous adaptez tout ce qui vous arrive pour l'introduire dans un roman. Et le principal élément de ce roman, ce n'est pas Bob Bandolier ni April Ransom, mais ce petit garçon sans nom. »

Jusqu'à maintenant Tom n'avait rien dit de Bob Bandolier et tout cela me paraissait une digression inutile. J'avais mentionné le jeune garçon, peut-être par gloriole, pour donner à Tom un aperçu de ma façon de travailler, et voilà qu'il commençait à m'impatienter un peu, comme s'il ne tenait aucun compte du magnifique cadeau que j'avais déposé à ses pieds.

« Savez-vous quel film on jouait à votre vieux cinéma de quartier les deux dernières semaines d'octobre 1950 ?

– Je n'en ai aucune idée.

– Un film noir intitulé *L'Appel des profondeurs*. J'ai regardé d'anciens numéros du journal. C'est intéressant de penser qu'au cours de ces deux semaines-là tous ceux dont nous parlions ont pu voir ce film, non ?

– S'ils allaient au cinéma, ils l'ont tous vu », dis-je.

Il me regarda de nouveau en souriant. « Oh, c'est un point mineur, mais je suis intrigué de constater que, quand vous faites le travail pour moi, que vous fouinez et que vous enquêtez, vous continuez à faire le vôtre – même quand vous êtes dans le sous-sol de la Femme verte.

– Bah, vous et moi, c'est un peu le même travail.

– Dans un sens, fit Tom. Nous regardons simplement par des cadres différents. Par des fenêtres différentes.

– Tom, est-ce que vous essayez de me lâcher doucement ? Vous ne croyez pas que Bob Bandolier était le tueur Blue Rose ?

– J'en suis certain. C'est bien un grand moment. Vous savez qui a tué votre sœur et je connais le vrai nom de Blue Rose. Ces gens qu'il connaissait, les Sunchana, vont finir par dire à la police ce qu'ils gardent pour eux depuis quarante ans et nous verrons bien ce qui va se passer. Mais votre véritable mission est terminée.

– On croirait entendre John, dis-je.

– Allez-vous rentrer à New York maintenant ?

– Je n'ai pas encore terminé.

– Vous voulez trouver Fee Bandolier, n'est-ce pas ?

– Je veux trouver Bob. » Je réfléchis un moment. « Oh, j'aimerais voir Fee aussi.

– Quel était le nom de cette ville ? »

J'étais sûr qu'il s'en souvenait, mais je le lui dis quand même. « Azur, Ohio. La tante s'appelait Judy Leatherwood.

– Croyez-vous que Mrs. Leatherwood est encore en vie ? Ce serait intéressant de savoir si Fee est parti pour le collège ou bien s'il s'est tué au volant d'une voiture volée en état d'ivresse. Après tout, quand il avait cinq ans, il a pratiquement vu son père battre sa mère à mort. Et, à un certain niveau, il devait savoir que son père s'en allait tuer d'autres gens. » Il m'interrogeait du regard. « Vous n'êtes pas d'accord ?

– Les enfants savent toujours ce qui se passe. Ils peuvent ne pas l'admettre ni en convenir, mais ils comprennent.

– Ce qui aboutit à de substantielles perturbations. Il y a encore une chose terrible qui lui est arrivée. »

Je devais avoir l'air abasourdi.

« La raison pour laquelle son père a tué Heinz Stenmitz, dit Tom. Cette femme que vous aimiez tant n'a-t-elle pas dit que Bob l'avait envoyé au cinéma ? Fee est allé voir *L'Appel des profondeurs*, et qui donc le jeune garçon a-t-il rencontré sinon un homme associé à son père dans une affaire ? »

J'avais réussi à oublier complètement ce détail.

« Voulez-vous voir ce que j'ai trouvé ? fit-il, le regard pétillant. Je crois que ça vous intéressera.

– Vous avez trouvé où habite Writzmann ? »

Il secoua la tête.

– Vous avez découvert quelque chose à propos de Belinski ou de Casement ?

– Je vais vous montrer ça là-haut. »

Tom grimpa l'escalier d'un pas alerte et m'entraîna dans son bureau. Il jeta sa robe de chambre sur le divan, me désigna un fauteuil et fit le tour de la pièce pour allumer les lampes et l'ordinateur. Des bretelles barraient le devant de sa chemise rose comme des rayures bleu foncé. « Je vais me brancher sur une des banques de données dont nous nous sommes servis la dernière fois. » Il s'installa devant l'ordinateur et se mit à pianoter des codes. « Il y a une question que nous n'avons pas posée, parce que nous pensions en connaître déjà la réponse. » Il se retourna et me regarda avec une sorte de joyeuse impatience. « Savez-vous ce que c'était ?

– Je n'en ai aucune idée, avouai-je.

– Bob Bandolier possédait une propriété au 17, 7e Rue Sud, exact ?

– Vous le savez.

– Eh bien, la ville a dans ses archives le nom de tous les locataires et propriétaires et j'ai jugé préférable de m'assurer que l'adresse était toujours enregistrée à son nom. Regardez et voyez ce que j'ai découvert. »

Il avait branché son ordinateur sur le cadastre d'Armory Place et, par cet intermédiaire, sur le registre des hypothèques. Le modem couina. « Je viens de taper l'adresse, dit Tom. Ça ne va pas être long. »

Je regardai l'écran vide. Tom se pencha en avant, les mains sur ses genoux, souriant tout seul.

Et puis je compris. « Oh, dis-je, ça n'est pas possible. »

Tom posa un doigt sur ses lèvres. « Chut.

– Si j'ai raison... fis-je.

– Attendez. »

REÇU s'afficha dans le coin supérieur gauche de l'écran.

« Nous y voilà », annonça Tom en se renversant en arrière.

Une colonne d'informations s'inscrivit sur l'écran.

17 7ᴱ RUE SUD.

ACHETÉ 12/04/1979 PAR ELVEE HOLDING CORP 314 4ᵉ RUE SUD MILLHAVEN ILL.

PRIX D'ACHAT : 1 000 DOLLARS.

ACHETÉ LE 01/05/1943 PAR ROBERT BANDOLIER, 14B WINNETKA STREET SUD MILLHAVEN ILL.

PRIX D'ACHAT : 3 800 DOLLARS.

« Ce bon vieux Elvee Holding », dit Tom, très content de lui et souriant comme un homme qui vient d'être père.

« Mon Dieu, dis-je. Un vrai rapport.

– C'est exact. Un vrai rapport entre les deux affaires Blue Rose. Et si Bob Bandolier était l'homme qui vous a suivi ?

– Pourquoi ferait-il ça ?

– S'il a essayé de tuer les Sunchana après vous avoir vu à Elm Hill, c'est qu'il ne voulait pas qu'ils vous disent quelque chose. »

J'acquiesçai.

« Quoi donc ?

– Ils savaient qu'il avait tué sa femme. Ils m'ont parlé des roses.

– Les Belknap auraient pu vous parler des roses. Et c'est un médecin qui a signé le certificat de décès d'Anna Bandolier. Elle est morte depuis si longtemps que personne ne pourrait prouver qu'elle avait été battue. Mais les Sunchana connaissaient l'existence de Fielding Bandolier.

– N'importe qui, en posant les bonnes questions aux Sunchana, découvrirait ce qu'il avait fait.

– Et découvrirait qu'il avait un fils. Je pense que la personne qui vous a suivi était Fee. »

J'en eus le souffle coupé. Fee Bandolier avait tenté de tuer les Sunchana. Puis je m'aperçus que c'était un joli bond en avant que venait d'effectuer Tom. « Pourquoi pensez-vous que Fee soit revenu à Millhaven ? Il a mis quarante ans pour s'en aller le plus loin possible. »

Tom me demanda si je me rappelais le prix qu'Elvee avait payé la maison de la 7e Rue Sud.

Je regardai l'écran de l'ordinateur mais les lettres et les chiffres étaient trop petits pour que je puisse les lire de l'autre bout de la pièce. « Je crois que c'était quelque chose comme dix mille dollars.

– Allez regarder. »

Je m'approchai de lui et examinai l'écran.

« Mille ?

– Vous avez lu dix mille parce que vous vous attendiez à voir un chiffre de cet ordre. Elvee a acheté la maison une bouchée de pain. Je pense que ça signifie qu'Elvee Holding, c'est Fee Bandolier. Et Fee se protège là aussi derrière un écran de fumée de directeurs bidons et une adresse de complaisance.

– Pourquoi Bob lui donnerait-il sa maison ? Il l'a chassé quand il avait cinq ans. Pour autant que nous le sachions, il ne l'a jamais revu. » Tom leva les mains au ciel. Il n'en savait rien. Puis une autre des conclusions de Tom se mit en place dans mon esprit. « Vous pensez que Fee Bandolier était l'homme en uniforme, le soldat qui a menacé Frank Belknap.

– C'est exact. Je pense qu'il est revenu prendre possession de la maison.

– C'est un type redoutable.

– Je crois que Fee Bandolier est un type très redoutable », dit Tom.

18

« Je veux voir si nous pouvons parler à Judy Leatherwood, dit-il. Descendez dans le couloir qui mène à la chambre et décrochez le téléphone auprès du lit quand je vous le dirai. En attendant, je vais essayer d'obtenir son numéro par les renseignements. »

Il prit un annuaire dans un tiroir et se mit à rechercher les indicatifs de l'Ohio. J'allai dans le couloir, poussai la porte d'une pièce obscure. J'entrai et allumai la lumière. Il y avait un téléphone sur une table de chevet à côté d'un grand lit.

« Ça y est, lança Tom. Maintenant, décrochez. »

Je collai le combiné à mon oreille et j'entendis le pianotement du numéro qu'il composait. Le téléphone de Leatherwood sonna trois fois avant qu'une femme décroche en disant « Allô ? » d'une voix chevrotante.

« C'est Mrs. Judith Leatherwood à l'appareil ? demanda Tom.

– Mais oui, en effet », fit-elle apparemment inquiète du ton officiel de la voix de Tom.

« Ici Henry Bell, de la Compagnie d'assurances du Middlewest. Je me trouve à notre agence de Millhaven et je vous promets que je n'essaie pas de vous vendre une assurance. Nous avons à verser une allocation décès de cinq mille dollars et je cherche à en retrouver le bénéficiaire. Nos agents locaux ont découvert que, aux dernières nouvelles, cette personne vivait avec vous et votre mari.

– Quelqu'un a laissé de l'argent à mon fils ?

– Le nom du bénéficiaire, du moins tel qu'il figure sur la police que j'ai devant moi, est Fielding Bandolier. Avez-vous adopté Mr. Bandolier ?

– Oh, non ! Nous ne l'avons pas adopté. Fee était le fils de ma sœur.

– Pourriez-vous, Madame, me dire l'adresse actuelle de Fielding Bandolier ?

– Oh, je sais ce qui s'est passé, dit-elle. Ça doit être ça : Bob est mort. Bob Bandolier, le père de Fee. C'est lui qui a laissé cet argent à Fee ?

– Robert Bandolier était notre assuré, en effet, Madame. Il était le père du bénéficiaire ?

– Ma foi, oui, c'était lui. Comment Bob est-il mort ? Êtes-vous autorisé à me le dire ?

– D'une crise cardiaque. Étiez-vous proche du défunt ? »

Elle eut un petit rire choqué. « Oh, mon Dieu, non. Nous n'avons jamais été proches de Bob Bandolier. Après le mariage, c'est à peine si nous l'avons revu.

– Vous disiez que Fielding Bandolier n'habite plus chez vous ?

– Oh, non, dit-elle. Il n'y a ici que des personnes du troisième âge. Cinq ou six d'entre nous seulement avons notre ligne directe. Les autres ne sauraient même pas se servir d'un téléphone.

– Je vois. Avez-vous une adresse actuelle pour le bénéficiaire ?

– Non, je n'en ai pas.

– Combien de temps a-t-il séjourné avec vous, Madame ?

– Moins d'un an. Quand je me suis retrouvée enceinte de mon Jimmy, Fee est venu habiter avec mon frère Hank. Hank et sa femme, ma belle-sœur Wilda. Vous voyez ? Ils avaient une charmante maison à Tangent, c'est à peu près à cent cinquante kilomètres à l'est d'ici. Des gens vraiment charmants et Fee a vécu avec eux jusqu'à la fin de ses études secondaires.

– Pourrais-je me permettre de vous demander le numéro de téléphone de votre frère ?

– Hank et Wilda sont morts il y a deux ans. » Elle resta une quinzaine de secondes sans parler. « Ça a été une chose terrible. Je n'aime toujours pas y penser.

– Ils ne sont pas morts de cause naturelle ? » fit Tom. Je perçus dans sa voix un frisson d'excitation.

« Ils étaient sur ce vol de la Pam Am, le 103, celui qui a explosé en l'air, vous vous rappelez ? Au-dessus de Lockerbie, en Écosse. Je crois qu'ils ont un joli mémorial là-bas, avec le nom de mon frère et celui de Wilda, une sorte de stèle. J'irais bien le voir, mais je ne me déplace pas trop facilement ces temps-ci, avec mon déambulateur et tout ça. »

Il y eut un autre long silence. « Ça a été terrible.

– Je compatis à la perte que vous avez subie. » Ce qu'elle prenait sans doute pour de la compassion sonnait plutôt à mes oreilles comme de la déception. « Vous disiez que votre neveu avait fait ses études au lycée de Tangent ?

– Oh, oui. Hank disait toujours que Fee était un bon élève. Hank était le proviseur-adjoint du lycée.

– Si votre neveu est allé au Collège, nous pourrions peut-être retrouver son adresse dans les archives des anciens élèves.

– Oh, ça a été une grosse déception pour Hank. Fee s'est engagé dans l'armée juste en sortant du lycée. Il n'en avait parlé à personne.

– En quelle année était-ce ?

– 1961. Nous avons donc tous cru qu'il était allé au Viêt-nam. Mais, bien sûr, nous ne pouvions pas savoir.

– Il n'a pas dit à votre frère quelle était son affectation ?

– Il ne lui a absolument rien dit. Mais ça n'est pas tout. Mon frère lui a écrit là où il disait qu'il allait faire ses classes. A Fort Sill. Mais ses lettres sont toutes revenues. Ils ont dit qu'ils n'avaient aucun soldat du nom de Fielding Bandolier. On avait l'impression de se heurter à un mur de pierre.

– Votre neveu était-il un garçon perturbé, Madame ?

– Je n'aime pas parler de ça. Faut-il vraiment que vous sachiez ces choses-là ?

– Il y a une condition particulière dans la police de Mr. Bandolier qui serait susceptible de jouer. Cela lui permettrait de faire des versements moins importants. Cette clause stipule que le paiement de l'allocation décès n'est plus exigible si le bénéficiaire – je vous lis ce que j'ai sur le formulaire que j'ai ici – se trouvait incarcéré dans un établissement pénitentiaire, en liberté sur parole ou pensionnaire d'une institution de soins, de quelque nature qu'elle soit, au moment de la mort du signataire de la police. Comme je vous le dis, cette clause a rarement l'occasion d'être appliquée, vous pouvez l'imaginer, mais nous devons avoir des garanties sur ce point avant de pouvoir effectuer le versement.

– Oh, je ne saurais rien vous dire là-dessus.

– Votre frère se doutait-il du genre de travail susceptible d'intéresser notre bénéficiaire ? Ça pourrait nous aider à le retrouver.

– Hank m'a dit un jour que Fee lui avait confié que ça l'intéressait de travailler dans la police. » Elle marqua un temps. « Mais quand il a disparu comme ça, Hank s'est demandé si... vous comprenez, s'il connaissait vraiment Fee. Il se demandait si Fee était vraiment sincère avec lui.

– Au cours de l'année où il a vécu chez vous, avez-vous remarqué des signes de perturbation affective ?

– Mr. Bell, est-ce que Fee a des ennuis ? C'est pour ça que vous me posez toutes ces questions ?

– J'essaie de lui remettre cinq mille dollars. » Tom la gratifia du bon rire cordial de l'assureur. « Ça peut être un ennui pour certains, je ne sais pas.

– Est-ce que je pourrais vous poser une question, Mr. Bell ?

– Bien sûr.

– Si Fee est quelque part, comme vous dites, ou si vous n'arrivez tout bonnement pas à le trouver, est-ce que cet argent de l'assurance va à sa famille ? Est-ce que ça arrive ?

– Il faut que je vous dise la vérité pure et simple. Ça arrive tout le temps.

– Parce que, vous voyez, je suis la seule famille qui lui reste. Moi et mon fils.

– Dans ce cas, tout ce que vous serez susceptible de me dire pourrait m'être très utile. Vous disiez que Fee était allé à Tangent, dans l'Ohio, quand vous vous êtes aperçue que vous étiez enceinte.

– De mon Jimmy, c'est ça.

– Était-ce parce que vous n'aviez pas l'impression de pouvoir vous occuper de deux enfants ?

– Oh, non. » Un silence. « C'est pour ça que je vous posais la question, vous comprenez. J'aurais pu élever deux enfants, mais Fee était un garçon qui... un garçon que quelqu'un de normal ne pouvait pas *comprendre*. C'était un tout petit garçon, mais il était si renfermé. Il restait assis là à regarder dans le vide si longtemps ! Et puis il vous réveillait en hurlant la nuit ! Mais il n'en parlait jamais ! Bouche cousue ! Et encore, ça n'est pas le pire.

– Continuez, fit Tom.

– Eh bien, si ce que vous dites est exact, mon Jimmy pourrait utiliser cet argent comme premier versement pour un crédit.

– Je comprends.

– Ça n'est pas pour moi. Mais cet argent peut être

versé à la famille si Fee est comme vous dites. Incarcéré.

– Nous allons examiner la police pour préciser ce point, Madame.

– Eh bien, je sais qu'un jour Fee a pris un couteau dans mon tiroir de cuisine et est sorti avec. Ce même jour, je veux dire cette nuit-là, un de nos voisins a retrouvé son vieux chien mort. Ce chien avait été *découpé*. J'ai retrouvé le couteau, couvert de boue, sous le petit lit de Fee. Je n'ai pas pensé qu'il avait tué ce chien, bien sûr, ce n'était qu'un petit garçon ! Je n'ai même pas fait le rapprochement avec mon couteau. Mais un peu plus tard, un chien et un chat ont été tués à un pâté de maisons de chez nous. J'ai demandé carrément à Fee si c'était lui qui avait fait ça et il m'a dit que non. J'étais si soulagée. Mais là-dessus il a dit : " Il n'y a pas de couteau qui manque dans le tiroir, n'est-ce pas, Maman ? " Il nous appelait Papa et Maman. Et, voyez-vous, je ne sais pas, j'ai éprouvé comme un frisson. C'était comme s'il savait que j'avais compté les couteaux. »

La voix chevrotante se tut. Tom ne dit rien.

« Après ça, Fee m'a toujours fait une drôle d'impression. Peut-être que j'avais tort, mais je ne pouvais pas supporter l'idée d'élever un bébé dans la maison s'il habitait encore avec nous. Alors j'ai appelé Hank et Wilda.

– Leur avez-vous parlé de vos doutes ?

– Je n'ai pas pu. J'étais bourrée de remords d'avoir ces mauvaises pensées à propos du fils de ma sœur. J'ai dit à Hank que Fee ne criait plus la nuit, ce qui était la vérité, mais que j'avais quand même le sentiment qu'il pourrait déranger le bébé. Et puis je suis allée parler à Fee. Il a éclaté en sanglots, mais ça n'a pas duré très longtemps et je lui ai dit qu'il devrait être sage à Tangent. Il faudrait qu'il soit un garçon normal, sinon Hank serait obligé de le mettre à l'orphelinat. Ça a l'air épouvantable comme ça, mais je voulais l'aider.

– Il a bien travaillé à Tangent, n'est-ce pas ?

– Très bien. Il s'est très bien tenu. Mais quand nous

allions à Tangent pour Thanksgiving ou je ne sais plus quelle fête, Fee ne me regardait jamais. Pas une fois.

– Je vois.

– Alors je me posais des questions, dit-elle.

– Je comprends, dit Tom.

– Non, Monsieur, je ne pense pas. Vous disiez que vous êtes à Millhaven ?

– A l'agence de Millhaven, oui.

– Ce Walter Dragonette a fait la première page des journaux, ici, à Azur. Et la première fois que j'ai entendu parler de lui, je me suis mise à trembler. Je n'ai rien pu manger au dîner. Je n'ai pas fermé l'œil de la nuit : il a fallu que je descende dans le salon regarder la télévision. Et puis j'ai vu sa photo aux informations et il était tellement plus jeune, alors j'ai pu remonter dans ma chambre. »

Tom ne disait toujours rien.

« Je ferais la même chose qu'en ce temps-là, dit-elle. Avec un nouveau bébé dans la maison.

– Nous reprendrons contact, Madame, si nous n'arrivons pas à retrouver le bénéficiaire. »

Elle raccrocha sans dire au revoir.

19

Tom s'était renversé en arrière dans son fauteuil et contemplait le plafond, les mains nouées derrière la nuque, les jambes allongées devant lui et les chevilles croisées. On aurait dit un courtier en Bourse qui s'ennuie en attendant que des cotations apparaissent sur l'écran de son ordinateur. Je me penchai en avant et versai dans un verre l'eau d'une carafe de cristal posée sur la table. A la réflexion, il avait l'air trop content de lui pour s'ennuyer.

« Ils ont des noms de ville extraordinaires dans l'Ohio, dit-il. Azur. Tangent. Cincinnati. Ils sont positivement nabokoviens. Parme. Des noms merveilleux.

– Est-ce que ça rime à quelque chose ou est-ce que vous êtes simplement content ? »

Il ferma les yeux. « Tout est extraordinaire. Fee Bandolier est extraordinaire. Cette femme, Judy Leatherwood, est extraordinaire. Elle savait exactement qui était son neveu. Elle ne voulait pas le reconnaître, mais elle le savait. Comme c'était l'enfant de sa sœur, elle a essayé de le protéger. Elle lui a dit qu'il devrait se comporter comme un enfant normal. Et cet incroyable enfant en a été capable.

– Vous ne croyez pas que vous faites beaucoup de suppositions...

– Des suppositions, c'est là-dessus que je suis obligé de travailler. Alors autant qu'elles me plaisent. Savez-vous ce qui est vraiment extraordinaire ?

– J'ai le sentiment que vous allez me le dire. »

Il sourit sans ouvrir les yeux. « Cette ville. Notre maire et notre chef de la police arrivent à l'enterrement d'April Ransom pour nous raconter que nous sommes un havre de loi et d'ordre alors qu'il y a toutes les chances que nous ayons deux tueurs en série déterminés et dénués de toute pitié, l'un du genre désorganisé et qu'on vient seulement d'arrêter, et l'autre du genre organisé mais qui court toujours. » Il ouvrit les yeux et croisa ses mains sur ses genoux. « C'est vraiment extraordinaire.

– Vous croyez que c'est Fee qui a tué April Ransom et Grant Hoffman.

– Je pense qu'il a dû tuer pas mal de gens.

– Vous allez trop vite, dis-je. Je ne vois pas comment vous pouvez l'affirmer.

– Vous souvenez-vous m'avoir dit pourquoi Walter Dragonette estimait qu'il devait tuer sa mère ?

– Elle avait trouvé son carnet. Il dressait des listes de détails, comme “ cheveux roux ”.

– C'est assez commun chez des gens comme ça, n'est-ce pas ? Ils veulent pouvoir se rappeler ce qu'ils ont fait.

– C'est exact », dis-je.

Il arbora un grand sourire. « Vous ne voudriez pas que quelqu'un trouve votre liste, n'est-ce pas ?

– Bien sûr que non.

– Et si vous gardiez des notes détaillées et des descriptions, vous les auriez rangées en lieu sûr, non ?

– Aussi sûr que possible. »

Toujours souriant, Tom attendit que je l'aie rattrapé.

« Vous voulez dire un endroit comme la cave de la Femme verte ? »

Son sourire s'élargit. « Vous avez vu les traces de deux cartons. Imaginez qu'il ait écrit des comptes rendus de tous les meurtres qu'il commettait. Combien de ces récits faudrait-il pour emplir deux cartons ? Cinquante ? Cent ? »

Je tirai de ma poche de chemise le papier plié. « Pouvez-vous avoir accès aux archives de la police d'Allentown ? Il faut que nous trouvions si cette femme, Jane Wright, a été assassinée là-bas. Nous avons même une date approximative : mai 77.

– Ce que je peux faire, c'est parcourir les journaux d'Allentown pour retrouver son nom. » Il se leva, croisa les mains au creux de ses reins et s'étira en arrière. C'était sans doute la gymnastique matinale de Tom. « Ça va prendre une heure ou deux. Voulez-vous attendre pour voir ce que ça donne ? »

Je regardai ma montre et constatai qu'il était près de sept heures. « John va probablement de nouveau s'affoler. « A peine avais-je dit cela que je fus pris d'un énorme bâillement. « Désolé, dis-je. Je crois que je suis crevé. »

Tom me posa une main sur l'épaule. « Rentrez chez John et reposez-vous un peu. »

20

Paul Fontaine descendit d'une limousine bleu foncé stationnée devant la maison de Ransom au moment où j'arrivais à pied de l'endroit où j'avais garé la Pontiac. Je m'arrêtai.

« Venez un peu ici. Underhill. » Il semblait brûler de rage.

Fontaine déboutonna la veste de son ample costume

et s'avança. Je lui fis un sourire, mais ça n'était pas le jour. J'étais à peine à cinquante centimètres de lui qu'il sauta derrière moi et me bloqua les mains au creux des reins. Je m'affalai sur sa voiture et me retins des coudes. « Restez là », dit-il. Il me palpa le dos, la poitrine, la taille et me passa les mains le long des jambes.

Je lui dis que je n'avais pas d'arme.

« Ne bougez pas et ne parlez pas avant que je vous pose une question. »

De l'autre côté de la rue, un petit visage blanc apparut à une fenêtre du rez-de-chaussée. C'était la vieille femme qui avait apporté du café aux journalistes le lendemain du jour où April Ransom avait été tuée à Shady Mount. Elle avait droit à un beau spectacle.

« Ça fait une *demi-heure* que je poireaute ici, dit Fontaine. Où diable étiez-vous ? Où est Ransom ?

– Je me baladais en voiture, dis-je. John a dû sortir.

– Vous circulez beaucoup en voiture ces temps-ci, vous ne trouvez pas ? » Il eut un grognement écœuré. « Vous pouvez vous relever. »

Je me redressai et me tournai vers lui. Sa rage s'était un peu calmée, mais il avait encore l'air furieux. « Est-ce que je ne vous ai pas parlé ce matin ? Vous pensiez peut-être que je cherchais à vous *amuser* ?

– Bien sûr que non, dis-je.

– Alors qu'est-ce que vous croyez que vous êtes en train de faire ?

– Je me suis contenté de bavarder avec des gens. »

Son visage vira à un vilain rouge. « Nous avons reçu cet après-midi un appel de la police d'Elm Hill. Bon sang, au lieu d'écouter ce que je vous dis, vous et votre copain êtes allés là-bas et vous avez rendu tout le monde dingue. Écoutez-moi : vous n'avez aucun rôle à jouer dans ce qui se passe à Millhaven. Vous avez compris ? Il ne nous manque plus maintenant que des merdes à propos de... de... » Il était trop en colère pour continuer.

Il braqua son index sur moi. « Montez ! »

Il avait les yeux flamboyants.

Je fis un pas pour ouvrir la portière arrière de la voiture et il grommela : « Pas là, abruti. Faites le tour et montez devant. »

Il ouvrit sa portière et continua à me foudroyer du regard tandis que je contournais la voiture pour venir m'installer à l'avant. Il se mit au volant, claqua sa portière et tourna violemment la clé de contact. Nous dévalâmes la rue, il brûla le stop de Berlin Avenue et tourna à gauche dans un concert de klaxons.

« On va à Armory Place ? »

Il me dit de la boucler. La radio de la police toussait et crachotait mais il n'en tint aucun compte. Fontaine bouillait d'une rage silencieuse pendant tout le trajet jusqu'en ville et, quand nous arrivâmes sur la rampe d'accès à la voie express est-ouest, il appuya sur l'accélérateur. Nous nous lançâmes dans le flot des voitures allant vers l'ouest. Fontaine caracolait au milieu de la circulation sans se soucier des hurlements de klaxons, et nous nous retrouvâmes dans la file de gauche sans avoir touché une autre voiture. Je réussis à ne pas m'enfouir le visage dans mes bras.

Il continua à appuyer sur le champignon jusqu'au moment où nous atteignîmes cent vingt à l'heure. Une Toyota refusait de nous laisser le passage : il fit un appel de phares et appuya sur le klaxon jusqu'au moment où l'autre se rabattit dans la file voisine, et il doubla la voiture dans un rugissement de moteur.

Je demandai où nous allions.

Il me lança un regard qui était comme un coup de poing. « Je vous emmène chez Bob Bandolier. Faites-moi plaisir et bouclez-la jusqu'à ce que nous arrivions là-bas. »

Fontaine laissait sur place les voitures qui nous précédaient. Quand le stade apparut à l'horizon, il mit le clignotant tout en changeant de file. Hurlements de freins derrière lui. Fontaine suivit une implacable diagonale jusqu'au moment où il eut traversé toutes les voies. Il roulait encore à cent dix quand nous abordâmes la rampe de sortie. Klaxon coincé, il fonça à un feu rouge. Les pneus hurlaient, la voiture prenait de la gîte à gauche quand il tourna au sud en évitant miraculeusement un accrochage. Nous passâmes en rugissant devant le stade et ne ralentîmes qu'en arrivant à Pine Knoll.

Fontaine franchit les grilles et roula jusqu'à la maison du gardien. Il arrêta le moteur. « Bon, descendez.

– Où est-ce que je vais le rencontrer, dans l'au-delà ? » demandai-je. Mais il était descendu et attendait dans le soleil déclinant que je vienne le rejoindre. Puis il gravit à grands pas une allée de gravier en direction du secteur où étaient enterrés mes parents et ma sœur. Je regrettais maintenant ma plaisanterie à propos de l'au-delà. Le système d'arrosage était arrêté et le jardinier était rentré chez lui. Nous étions seuls dans le cimetière. Fontaine avançait d'un pas régulier et sans se retourner vers le mur de pierre au fond à gauche.

Il quitta l'allée à une dizaine de mètres avant la rangée de tombes où j'étais venu précédemment et m'entraîna dans une autre allée avec de petites stèles blanches, certaines décorées de roses et de lis fanés. Il s'arrêta devant une plaque blanche et nue. Je m'approchai de lui et je lus ce qui était gravé dans la pierre. ROBERT C. BANDOLIER, 21 SEPTEMBRE 1919-22 MARS 1972.

« Vous avez quelque chose à dire ?

– Il était Vierge. Ça explique tout. »

Je crus qu'il allait me frapper. Fontaine desserra les poings. Une grimace crispait son visage. Il n'avait pas du tout l'air de plaisanter. Il baissa les yeux et les releva vers moi. « Bob Bandolier est mort depuis vingt ans. Ce n'est pas lui qui a mis le feu au réservoir de propane à la maison d'Elm Hill.

– Non, dis-je.

– Cet homme n'intéresse personne. » Fontaine parlait d'un ton catégorique et d'une voix neutre.

« Vous ne pouvez pas prouver que c'était lui le tueur Blue Rose et personne d'autre ne le peut. Cette affaire a été classée en 1950. C'est comme ça. Même si nous voulions rouvrir le dossier, ce qui serait absurde, la conclusion serait exactement la même. Et puis, si vous continuez à traîner par ici pour remuer la boue, je vais vous embarquer sur le premier avion à destination de New York. Ou bien je vous arrêterai moi-même et je vous inculperai de trouble de l'ordre public. C'est clair ?

– Puis-je vous poser quelques questions ?

– Est-ce *clair* ? Vous me comprenez ?

– Oui. Maintenant, est-ce que je peux vous demander quelques petites choses ?

– S'il le faut. » Fontaine s'installa, le regard perdu vers la rangée d'arbres au loin.

« Avez-vous entendu l'essentiel de ce que les Sunchana avaient à dire à propos de Bob Bandolier ?

– Malheureusement.

– Vous n'avez pas pensé qu'il y avait une chance qu'ils puissent avoir raison ? »

Il fit la grimace comme s'il avait la migraine. « Question suivante.

– Comment avez-vous su où se trouvait cette tombe ? »

Il tourna la tête et me regarda fixement. Il haletait encore.

« En voilà une question ! Ça ne vous regarde pas. Vous avez fini ?

– Est-ce que la police d'Elm Hill pense que l'explosion chez les Sunchana était accidentelle ?

– Ce n'est pas votre affaire non plus. »

Je ne pouvais lui poser aucune des questions auxquelles je voulais vraiment des réponses. Ce qui m'en parut une plus sûre, plus neutre, me vint soudain à l'esprit et, sans réfléchir, je la posai. « Savez-vous si l'initiale qui précède le nom de Bandolier représentait Casement ? » A peine avais-je dit ça que je me rendis compte que j'avais avoué connaître l'existence d'Elvee Holding.

Il regarda le ciel. La nuit commençait à tomber, de gros nuages gris arrivaient vers nous, leurs contours teintés de rose et de doré par le soleil couchant. Fontaine poussa un soupir. « Casement était le second nom de famille de Bandolier. Il figurait sur son acte de décès. Il est mort d'une tumeur au cerveau qu'il avait depuis longtemps. Est-ce que ça suffit ou est-ce que vous avez encore d'autres questions absurdes ? »

Je secouai la tête. Il fourra les mains dans ses poches et revint d'un pas lourd vers la voiture.

Autant aller jusqu'au bout, me dis-je. Et je lançai :

« Est-ce que le nom de Belinski vous dit quelque chose ? Andrew Belinski ? »

Il s'arrêta, se retourna et me lança un regard mauvais. « En fait, et bien que cela ne vous regarde pas, c'était comme ça qu'on appelait le chef de la brigade criminelle quand je suis arrivé à Millhaven. Un des hommes les plus remarquables que j'aie jamais rencontrés. C'est lui qui a engagé la plupart des gens avec qui je travaille aujourd'hui.

– C'est comme ça que vous l'appeliez ? »

Fontaine donna un coup de pied dans le gravier, regrettant déjà d'avoir répondu à ma question. « Son nom était Belin, mais sa mère était polonaise et on l'appelait simplement Belinski. Je crois que ça a commencé comme une plaisanterie, et puis ça lui est resté. Vous venez avec moi ou vous voulez rentrer à pied ? »

Je le suivis jusqu'à la voiture, regardant vaguement les tombes et réfléchissant à ce qu'il m'avait raconté. Puis sur une stèle écornée un nom me sauta aux yeux et je regardai encore pour m'assurer que j'avais bien vu. HEINZ FRIEDREICH STENMITZ, 1892-1950. C'était tout. La pierre n'était pas seulement écornée : on en avait fait sauter des éclats et il y avait des encoches dans la partie supérieure incurvée, comme si quelqu'un s'y était attaqué au marteau. Abruti et épuisé, je fixai un moment la pierre endommagée puis je revins jusqu'à la voiture. Fontaine emballait le moteur, faisant jaillir du tuyau d'échappement des rots de fumée noire.

A peine étais-je remonté dans la voiture, je compris que Fee Bandolier devait être un policier de Millhaven : il s'était approprié un nom que seul un flic connaîtrait.

21

Quand Fontaine déboucha de la bretelle d'accès à l'autoroute, les gros nuages que j'avais vus arriver de l'ouest avaient envahi le ciel. La température avait baissé d'au moins dix degrés. Fontaine parvint en haut de la rampe et avança lentement jusqu'au moment où un camion passa, puis il se glissa juste derrière. Il jeta un coup d'œil à son rétroviseur avant de changer de file. Je remontai ma vitre pour me protéger du froid soudain et je le regardai. Il faisait comme si je n'existais pas. Je m'adossai à la banquette et nous roulâmes paisiblement vers le centre de la ville.

Une goutte de pluie grosse comme un œuf vint frapper mon côté du pare-brise ; quelques secondes plus tard, une autre atterrit bruyamment en plein milieu. Fontaine poussa un soupir. La radio continuait à crachoter des messages sans intérêt. Deux autres grosses gouttes vinrent faire plouf sur le pare-brise.

« Vous allez bientôt rentrer à New York, Underhill ? »

La question me surprit. « Dans quelque temps sans doute.

– On fait tous des erreurs. »

Après un petit silence, Fontaine reprit : « Je ne sais pas pourquoi vous voudriez traîner par ici maintenant. » Les gouttes de pluie tombaient maintenant sur le pare-brise au rythme d'une par seconde et on les entendait frapper le toit de la voiture comme des grêlons.

« Avez-vous jamais eu des doutes à propos de la police d'ici ? »

Il me regarda d'un air méfiant. « Quoi ? »

Les nuages crevèrent et une cascade s'abattit sur le pare-brise. Fontaine mit en marche les essuie-glaces et scruta le paysage brouillé jusqu'au moment où ils entrèrent en action. Il alluma les phares et le tableau de bord s'éclaira.

« Je n'ai probablement pas très bien formulé ça, dis-je.

– J'ai beaucoup de doutes à votre égard, c'est une chose qu'il faut que vous sachiez. » Il scrutait toujours le pare-brise jusqu'au moment où le balai de caoutchouc finit de le nettoyer. « Vous ne comprenez pas très bien les policiers.

– Je sais que vous êtes un bon inspecteur, dis-je. Vous avez une grande réputation.

– Quoi qu'il en soit, ne me mêlez pas à ça.
– Avez-vous jamais entendu parler de...
– Arrêtez, fit-il. Arrêtez, je vous dis. »
Une trentaine de secondes plus tard, la pluie avait diminué d'intensité et se contentait de tambouriner régulièrement sur le pare-brise et sur le toit. Elle tombait des nuages en diagonales grises invisibles. L'eau jaillissait des roues des voitures autour de nous. Fontaine desserra l'étreinte de ses mains sur le volant. Nous ne roulions pas à plus d'une cinquantaine de kilomètres à l'heure. « Bon, dit-il. Au nom de ma grande réputation, dites-moi ce que vous alliez me demander.
– Je me demandais si vous aviez jamais entendu parler de la Elvee Holding Corporation. »
Pour la première fois je lus dans son regard une curiosité sincère. « Vous savez, je me pose des questions : est-ce que tous les gens à New York sont comme vous ou est-ce que vous êtes un cas spécial ?
– Nous sommes tous pleins de petites questions qui ne veulent rien dire », fis-je.
La radio de la police, qui n'avait cessé par intervalles de crépiter et d'émettre des sifflements, transmit un long message incompréhensible. Fontaine décrocha le combiné et dit : « Je suis sur l'autoroute à la hauteur de la 20e Rue. Je serai là dans dix minutes. »
Il raccrocha. « Je ne peux pas vous ramener chez Ransom. Il est arrivé quelque chose. » Il jeta un coup d'œil au rétroviseur, regarda par-dessus son épaule et fonça vers la file de gauche. Fontaine ouvrit sa vitre, laissant pénétrer un nuage de pluie, sortit de sous son siège un gyrophare rouge et le fixa au toit de la voiture. Il abaissa un contact et la sirène se mit à hurler. A partir de là, aucun de nous ne parla. Fontaine devait se concentrer pour maîtriser la voiture tandis qu'il se faufilait devant quiconque osait s'interposer. A la sortie suivante, il quitta l'autoroute et fonça dans la 15e Rue de la même façon qu'il avait semé la terreur sur l'autoroute quand nous allions à Pine Knoll. Aux carrefours, Fontaine manœuvrait pour passer au milieu des voitures qui lui cédaient le passage.

La 15e Rue nous amena dans la vallée, et des murs d'usine se dressèrent autour de nous. Fontaine prit au sud sur Goethals et fila jusqu'à Livermore. Dans mon ancien quartier, les réverbères étaient allumés. Le ciel avait l'air noir.

Loin devant nous, des lumières clignotantes rouges et bleues occupaient la voie de droite, des chevalets et des rubans jaunes de la police luisaient sous les lumières. Des hommes en casquettes et imperméables bleus évoluaient au milieu de la confusion. Nous approchâmes et je vis où nous allions. J'aurais dû m'en douter. C'était arrivé encore une fois, tout comme Tom l'avait prédit.

Fontaine ne prit même pas la peine de regarder quand nous passâmes devant L'Heure de Loisir. Il descendit jusqu'au bout du bloc, sa sirène hurlant toujours, prit un virage serré sur le côté de Livermore en direction du nord et stoppa derrière une ambulance. Le moteur n'était pas arrêté qu'il était descendu de la voiture. Des panaches de vapeur montaient du capot.

Je sortis à mon tour, courbant le dos sous la pluie et je le suivis vers L'Heure de Loisir.

Quatre ou cinq policiers en uniforme étaient plantés là, à l'intérieur des cordons, et deux autres étaient assis à fumer dans la voiture de patrouille qui bloquait la voie de droite de l'avenue. La pluie avait arrêté la foule habituelle. Fontaine se précipita par une ouverture dans les cordons et se mit à questionner un policier qui essayait de s'installer à l'abri de l'auvent. Contrairement aux autres, il n'avait pas d'imperméable et sa tunique d'uniforme était trempée. Il tira un carnet de sa poche et se pencha sur les pages pour les protéger de la pluie tout en lisant ses notes à Fontaine. Juste à côté de lui, au niveau de ses épaules, sur les planches crasseuses, on avait tracé au marqueur rouge les mots BLUE ROSE. J'avançai et me penchai par-dessus les barrières de police.

Une feuille de plastique noir recouvrait un corps allongé sur le trottoir. L'eau de pluie s'amassait en giclant dans les creux du plastique et des filets d'eau ruisselaient dehors sur le trottoir trempé. Au bout de la feuille noire, dépassaient deux jambes courtaudes dans un pantalon foncé tout mouillé. Des pieds chaussés de mocassins étaient disposés suivant un angle très ouvert. Les flics plantés derrière les cordons ne firent pas attention à moi. La pluie me frappait la tête et les épaules et ma chemise me collait à la peau.

Fontaine hocha la tête à l'attention du jeune policier qui avait découvert le corps et désigna les mots tracés sur le côté de la taverne. Il dit quelque chose que je n'entendis pas et le jeune policier répondit : « Bien, Monsieur. »

Fontaine s'accroupit auprès du corps et retira la feuille de plastique. L'homme qui avait suivi John Ransom sur Berlin Avenue dans une Lexus bleue fixait d'un regard sans vie l'auvent de L'Heure de Loisir. La pluie crépitait sur sa poitrine pour s'écouler par les déchirures d'une chemise trempée de sang. Des lambeaux de peau blanche entouraient de longues plaies rouges. La queue-de-cheval grise reposait comme un pinceau sur le côté de son cou. J'essuyai la pluie sur mon visage. Du sang sombre était figé sur sa veste ouverte.

Fontaine prit dans sa poche une paire de gants en caoutchouc blanc, les enfila et se pencha sur le corps pour glisser sa main sous le revers ensanglanté. Le tissu se détacha de la chemise. Fontaine prit le portefeuille noir et mince que j'avais vu précédemment. Il l'ouvrit. Le petit insigne était toujours fixé au côté droit. Fontaine souleva la patte de cuir. « Le défunt est un gentleman du nom de William Writzmann. Certains d'entre nous le connaissent mieux sous un autre nom. » Il se releva. « Hogan est encore ici ? » Le jeune officier lui tendit un sac en plastique pour pièces à conviction et Fontaine y laissa tomber le portefeuille.

Un des hommes auprès de moi annonça que Hogan arrivait.

Fontaine m'aperçut de l'autre côté du cordon et s'approcha de moi en fronçant les sourcils. « Mr. Underhill, il est temps pour vous de nous quitter.

– C'est Billy Ritz ? » demandai-je. La pluie tombait en quantité égale sur l'inspecteur et sur moi, mais il n'avait toujours pas l'air vraiment mouillé.

Fontaine tressaillit et tourna la tête.

« C'était l'homme qui suivait John. Celui dont je vous ai parlé à l'hôpital. » Les policiers plantés auprès de moi s'éloignèrent et mirent leurs mains à l'abri sous leurs imperméables.

Fontaine se retourna et me lança un regard noir. « Rentrez avant d'attraper une pneumonie. » Il revint auprès du corps mais le jeune officier remettait déjà la feuille de plastique par-dessus le visage trempé et vide de Writzmann.

Les deux policiers les plus proches me regardèrent d'un air presque aussi inexpressif que Writzmann. Je leur fis un signe de tête et je suivis les cordons devant le café. A deux blocs de là, une autre limousine bleu foncé coiffée d'un gyrophare rouge comme un chapeau de carnaval descendait la 6e Rue Sud en direction du bistrot. La pluie tombait dans les faisceaux de ses phares. Je traversai la rue, levai les yeux vers le Saint-Alwyn. A la fenêtre d'angle du dernier étage, un cercle de cuivre au bout d'un télescope était braqué sur L'Heure de Loisir. J'attendis une interruption dans la file de voitures qui se dirigeaient vers le nord par la seule voie ouverte et je trottai jusqu'à l'entrée du Saint-Alwyn.

22

Le veilleur de nuit me regarda laisser mes empreintes mouillées sur la moquette. Mes chaussures chuintaient et l'eau ruisselait dans mon col.

« Vous avez vu cette excitation dehors ? » C'était un vieillard desséché avec des rides profondes autour de la bouche et son costume noir devait lui aller quand il pesait quinze ou vingt kilos de plus. « Qu'est-ce qu'ils ont là-bas, un macchabée ?

– Il m'a paru tout à fait mort », dis-je.

Il haussa une épaule et s'éloigna en se tortillant, déçu de mon attitude.

Quand Glenroy décrocha, je dis : « C'est Tim Underhill. Je suis en bas dans le hall.

– Montez, si c'est pour ça que vous êtes venu. » Pas de colle sur le jazz cette fois-ci.

Glenroy se passait un enregistrement de Art Tatum avec Ben Webster si doucement que c'était à peine un coussin de sons. Il me jeta un coup d'œil et passa dans la salle de bains pour prendre une serviette. La seule lumière était la lampe à côté de ses disques et de son matériel hi-fi. Par les fenêtres de Widow Street, on voyait la pluie tomber régulièrement à la lueur diffuse des réverbères.

Glenroy revint avec une serviette blanche usée. « Essuyez-vous, je vais vous trouver une chemise sèche. »

Je déboutonnai ma chemise et la décollai de mon corps. Pendant que je me frictionnais, Glenroy revint me tendre un chandail noir à manches longues comme celui qu'il portait. Sur le sien était inscrite la mention TALINN JAZZFEST, quand je dépliai celui qu'il m'avait donné, je pus lire CHEZ BRADLEY au-dessus d'un logo représentant un homme aux grandes dents pianotant sur un long clavier. « Je n'ai jamais travaillé dans cette boîte, dit-il. Il y a là-bas un barman qui aime la musique, alors il me l'a envoyé par la poste. Il pensait sans doute que j'avais à peu près votre taille. »

Le chandail semblait somptueusement doux et chaud. « Vous avez installé le télescope dans votre chambre.

– Je passais dans la chambre quand j'ai entendu les sirènes. J'ai jeté un coup d'œil dans la rue et je suis allé chercher mon télescope.

– Qu'est-ce que vous avez vu ?

– Ils étaient juste en train de tirer la couverture par-dessus le corps.

– Vous avez vu qui c'était ?

– Si c'est ce que vous voulez dire, j'ai besoin d'un nouveau dealer. Ça vous ennuie qu'on aille dans la chambre ? Je veux voir ce qui se passe. »

Je suivis Glenroy dans sa petite chambre carrée bien rangée. On n'avait allumé aucune des lampes et les verres des photos et des affiches encadrées reflétaient nos silhouettes. Je me plantai auprès de lui et je regardai Livermore Avenue.

Le grand flic en manteau de pluie était toujours planté devant les cordons. Une longue file de voitures passait au ralenti. On avait replié la feuille de plastique jusqu'à la taille de Billy Ritz, et un homme trapu, aux cheveux gris, avec une sacoche noire, était accroupi devant le corps, auprès de Paul Fontaine. Billy avait l'air d'un matelas éventré. L'homme aux cheveux gris dit quelque chose et Fontaine recouvrit le pâle visage de la feuille de plastique. Il se redressa et fit signe à l'ambulance. Deux infirmiers sautèrent à terre et roulèrent un chariot en direction du corps. L'homme aux cheveux gris ramassa sa trousse et tendit la main vers un bâton noir qui s'épanouit en parapluie devant lui.

– Qu'est-ce qu'il lui est arrivé, à votre avis ? » demandai-je.

Glenroy secoua la tête. « En tout cas, je sais ce qu'ils diront : que c'est une affaire de drogue. »

Je le regardai d'un air hésitant et il eut un bref hochement de tête. « C'est ça, l'histoire. Ils trouveront de la came dans ses poches, parce que Billy en avait *toujours*. Et ça réglera le problème. Ils n'auront pas à s'occuper des autres combines dans lesquelles trempait Billy.

– Vous avez vu les mots sur le mur là-bas ?

– Oui. Et alors ?

– Billy Ritz est la troisième victime de Blue Rose. Il a été tué... » Je m'arrêtai car je venais de m'apercevoir où Billy Ritz avait été tué. « On a retrouvé son corps exactement là où Monty Leland a été abattu en 1950.

– Tout le monde se fout de ces meurtres de Blue Rose », fit Glenroy. Il recula et colla son œil à l'oculaire du télescope.

« Tout le monde d'ailleurs se fout de Billy Ritz, tout comme on se foutait de Monty Leland. C'est Hogan, celui qui est là-bas maintenant ? »

Je me penchai vers la fenêtre pour regarder en bas. C'était bien Michael Hogan, qui tournait le coin devant le café : l'éclat de sa présence franchissait la distance qui nous séparait comme une étincelle électrique.

Sans se soucier de la pluie, Hogan se fraya un chemin au milieu des policiers devant L'Heure de Loisir. Dès qu'ils le remarquaient, les autres s'écartaient devant lui comme ils l'auraient fait pour Arden Vass. Prenant aussitôt les choses en main, il s'approcha du corps et demanda à un des policiers de retirer le plastique. Sur le pavé mouillé, le visage de Ritz faisait une vague tache blanche. Les infirmiers de l'ambulance attendaient auprès de leur chariot, courbant le dos sous la pluie glacée. Hogan considéra le corps deux secondes puis, d'un geste brusque et presque coléreux, ordonna qu'on remette le plastique en place. Fontaine s'approcha pour lui parler. Les infirmiers firent descendre le chariot et y installèrent le corps.

Glenroy baissa le télescope. « Vous voulez jetez un coup d'œil ? »

J'ajustai l'angle à ma taille et collai mon œil à l'oculaire. J'avais l'impression de regarder dans un microscope. Étonnamment proches, Hogan et Fontaine se faisaient face dans le rond de mon champ de vision. Je pouvais presque lire sur leurs lèvres. Fontaine avait l'air déprimé et Hogan étincelait de colère. Avec la pluie qui luisait sur son visage, il ressemblait plus que jamais à un héros romantique des films des années quarante et je me demandai ce qu'il pensait de la fin de Billy Ritz. Hogan s'éloigna pour parler au policier qui avait découvert le corps. Les autres s'éloignaient. Je braquai le télescope sur Fontaine qui regardait les infirmiers pousser le chariot.

« C'est écrit en rouge », dit Glenroy. Je regardai toujours Fontaine et, au moment où Glenroy parlait, l'inspecteur tourna la tête vers le slogan inscrit sur le mur. Je ne pouvais pas voir son visage.

« Exact, dis-je.

– Ça n'était pas noir, l'autre fois ? Derrière l'hôtel ?

– Je ne sais pas », dis-je.

Fontaine comparait peut-être lui aussi les deux slogans : il se retourna et regarda fixement de l'autre côté de la rue, vers le passage où trois personnes avaient été tuées. Une goutte de pluie tombait du bout de son nez.

« C'est drôle que vous parliez de Monty Leland », dit Glenroy.

Je me redressai et Fontaine ne fut plus qu'une petite silhouette mouillée sur le trottoir. « Pourquoi est-ce drôle ?

– Il était un peu dans la même partie que Billy. Vous savez beaucoup de choses sur Monty Leland ?

– C'était un des informateurs de Bill Damrosch.

– C'est exact. Il n'était pas grand-chose d'autre, mais ça, oui.

– Billy Ritz était un indic ?

– Comme je vous ai dit : cet homme était un intermédiaire. Un contact.

– De qui était-il l'indic ?

– Vaut mieux ne pas le savoir. » Glenroy fit basculer le télescope. « Le spectacle est terminé. »

Nous revînmes dans le salon. Glenroy alluma une lampe près de sa table. « Comment vous êtes-vous retrouvé là-bas sous cette pluie ?

– Paul Fontaine m'a emmené voir la tombe de Bob Bandolier et sur le chemin du retour il a été appelé ici. Il n'était pas de très bonne humeur.

– Il disait : d'accord, c'est peut-être lui qui a fait le coup, mais il est mort. C'est ça ? Alors n'en parlons plus.

– Tout à fait, dis-je. Je crois que je commence à voir pourquoi. »

Glenroy se redressa dans son fauteuil. « Alors, vous feriez mieux de faire attention à qui vous parlez. Dans la réalité. »

Le disque se termina. Glenroy se leva d'un bond et mit l'autre face. Les accents de « Night and Day » se déroulèrent dans la pièce ; Glenroy était debout à côté de ses rayonnages, regardant le plancher en écoutant la musique. « Il n'y a personne comme Ben. Personne. »

Je crus qu'il allait dissiper la tension en me racontant une anecdote à propos de Ben Webster, mais il croisa les bras sur sa poitrine et se balança quelques secondes au rythme de la musique. « Imaginez qu'un médecin se fasse tuer au stade, dit-il. Je ne dis pas que c'est arrivé, je suppose simplement. Imaginez qu'il soit méchamment tué : tailladé à coups de couteau dans les toilettes. »

Il leva les yeux vers moi et je hochai la tête.

« Imaginez que je sois un type qui aime de temps en temps aller voir un match. Imaginez que j'étais là ce jour-là. Peut-être que je pourrais par hasard voir un type que je connais. Il a un nom comme... Buster. Buster ne vaut pas grand-chose. Quand il n'entre pas par effraction dans une maison, il est généralement assis sur ses fesses à cuver. Maintenant supposez qu'une fois où je reviens de l'éventaire des hot dogs, j'aperçois par hasard ce bon à rien de Buster tout recroquevillé sous les marches au niveau suivant dans une flaque de Miller High Life. Et si jamais c'était arrivé, ce qui n'est pas le cas, la seule raison pour laquelle j'aurais su que c'était un être humain et non pas une couverture, c'est parce que je savais qu'il s'agissait de Buster. Parce que la façon dont ça ne s'est *pas* passé, c'est qu'il était tellement coincé sous les marches qu'il fallait chercher pour le voir. »

J'acquiesçai.

« Alors, supposez qu'un inspecteur apprenne que Buster était au match ce jour-là. Que Buster jadis a fait quatre ans à Joliet pour avoir tué un type dans un bar et que, quand l'inspecteur va dans sa chambre, il trouve dans un tiroir le portefeuille du médecin. Qu'est-ce que vous supposez qu'il se passe ensuite ?

– Je suppose que Buster passe aux aveux et est condamné à perpétuité.

– Ça ne me paraît pas mal », dit Glenroy. « Pour une histoire inventée, je veux dire. »

Je demandai à Glenroy s'il connaissait le numéro d'une compagnie de taxis. Il prit une carte sur la coiffeuse et me l'apporta. Comme je tendais la main pour la prendre, il la garda une seconde. « Vous comprenez bien : je n'ai jamais dit tout ça et vous ne l'avez jamais entendu.

– Je ne pense même pas que je sois venu ici », dis-je et il m'abandonna la carte.

Une standardiste me dit qu'un taxi me prendrait devant l'hôtel dans cinq minutes. Glenroy me lança ma chemise trempée et me dit de garder le chandail.

23

Laszlo Nagy, qui sous l'angle où je le voyais n'était qu'une masse de boucles brunes jaillissant du fond d'une casquette de tweed brun, se mit à parler dès l'instant où je montai dans son taxi. Un type s'était fait tuer juste de l'autre côté de la rue, est-ce que je savais ça ? Ça vous rappelle ce dingue de Walter Dragonette, pas vrai ? D'ailleurs, qu'est-ce qui pousse un type à faire des choses pareilles ? Il faut être Dieu pour connaître la réponse à cette question-là, pas vrai ? Laszlo Nagy était arrivé de Hongrie voilà huit ans et on ne voyait jamais là-bas de choses aussi terribles. Est-ce que je savais combien allait durer cette pluie épouvantable ? Ça va durer six heures exactement. Et qu'est-ce qu'il y aura ensuite ? Ensuite, il y aura du brouillard. Le brouillard sera aussi terrible que la pluie parce qu'aucun conducteur ne pourra voir devant lui. On aura du brouillard pendant deux jours. Il y aura des tas d'accidents. Pourquoi ? Parce que les Américains ne savent pas conduire dans le brouillard.

Je poussai de temps en temps des grognements appropriés, en réfléchissant à ce que je savais et à ce que cela signifiait. William Writzmann était le fils d'Oscar Writzmann : je comprenais maintenant la remarque qu'Oscar nous avait faite, à John et à moi, en nous disant de rentrer à Pigtown : c'était là notre place. Sous le nom de Billy Ritz, Writzmann avait poursuivi une intéressante carrière criminelle sous la protection d'un policier assassin de Millhaven jusqu'au jour où John et moi étions tombés sur son père. Writzmann était l'homme de paille d'Elvee Holding. Pour les deux directeurs fictifs de la société, on avait pris le nom du père de Fee Bandolier et d'un vieux chef de la brigade criminelle du nom d'Andy Belin. Tom Pasmore avait raison depuis le début. Et Fee Bandolier était un policier de Millhaven.

Je n'avais aucune idée de ce que je devais faire ensuite.

Laszlo s'arrêta devant la maison de John. Je réglai la course et il me dit que les billets américains devraient avoir des couleurs et des formes différentes, comme en Angleterre, en France et en Hongrie. Il parlait encore de la beauté des billets européens quand je refermai la portière.

Je montai l'allée en courant et m'introduisis dans la maison obscure. Dans la cuisine, j'essuyai la pluie sur mon visage avec une serviette en papier, puis je montai travailler un peu en attendant le retour de John.

ONZIÈME PARTIE

JANE WRIGHT ET JUDY ROLLIN

1

Je pris une douche, passai des vêtements propres et secs et travaillai pendant une heure environ puis je m'assis sur le lit et appelai Tom Pasmore. Aucune femme du nom de Jane Wright n'avait été tuée à Allentown, Pennsylvanie, ni en mai ni durant aucun autre mois de 1977. Mais il y avait des tas d'autres Allentown aux États-Unis et il les passait en revue l'un après l'autre. Il me dit qu'il allait examiner l'histoire de Tangent dès qu'il aurait trouvé le bon Allentown. Tom avait des tas de choses à dire à propos de Fee Bandolier. Il avait aussi quelques idées sur la façon de s'y prendre : toutes me semblaient dangereuses. Quand nous eûmes terminé, j'avais de nouveau faim et je décidai de descendre voir s'il y avait autre chose dans le réfrigérateur que de la vodka.

Je me dirigeai vers l'escalier quand j'entendis une voiture s'arrêter dans un grand bruit d'eau qui giclait devant la maison et je m'approchai de la fenêtre du vestibule. Un taxi vert foncé était garé au bord du trottoir. La pluie balayait la rue et martelait le toit de la voiture. A travers les rideaux de pluie, je pus lire les mots MONARCH CAB C° et un numéro de téléphone de Millhaven. John Ransom était assis à l'avant et discutait avec le chauffeur. Je revins en courant dans la chambre d'amis et composai le numéro inscrit sur la portière du taxi.

« Ici Miles Darrow, le comptable de M. John Ransom. Il semble que mon client ait utilisé les services de votre compagnie il y a quelques heures. Il a un problème pour retrouver ses reçus et je me demande si vous pourriez me dire où votre chauffeur l'a chargé, où il se rendait et quel serait le prix moyen d'une course depuis cet endroit jusqu'à Ely Place, dans le Quartier Est. Pas de raison de laisser le fisc empocher tout cela.

– Fichtre, vous êtes vraiment un bon comptable, dit la femme à qui je parlais. C'est moi qui ai pris l'appel de Mr. Ransom. L'adresse à laquelle il a demandé le taxi était son domicile et la destination était la station-service Sunoco de Dusty Roads, Claremont Road à Purdum, puis retour à Ely Place. Le prix de la course, c'est assez difficile à dire, mais ça devrait être dans les soixante, soixante-dix dollars, peut-être plus un jour comme aujourd'hui. Et le compteur qui tournait à l'arrêt a dû augmenter un peu la somme, mais je ne sais pas de combien.

– Dusty Roads ? » demandai-je.

Elle m'épela le nom. « Ça ne s'écrit pas comme le joueur de base-ball, dit-elle. C'est plutôt un joli nom. »

Ça devait être à peu près ça : Purdum était une ville prospère à une trentaine de kilomètres plus haut sur la côte. Il y avait à Purdum un collège connu ; un célèbre joueur de polo, quand on s'intéressait à ces choses-là, y possédait une écurie et une école d'équitation. A Purdum, chaque accident de la circulation impliquait au moins deux Mercedes. Je remerciai la standardiste de son aide, raccrochai et écoutai John aller et venir dans le salon. Je me dirigeai vers l'escalier. La télévision se mit à blablater. Un corps s'affala pesamment sur le divan.

Je descendis l'escalier en me disant que John avait dû fourrer le pistolet d'Alan quelque part dans sa chambre.

Il ne dit pas un mot mais me lança du divan un long regard désapprobateur. Des traînées humides se voyaient encore sur son crâne et des taches sombres qui s'élargissaient marquaient les épaules de sa veste de toile vert bouteille. Sur l'écran de télévision, une famille noire de gens beaux et bien habillés était assise autour d'une table de salle à manger dans ce qui avait l'air d'être une maison somptueuse. John prit une grande gorgée dans un verre empli d'un liquide limpide avec un tas de glaçons, sans cesser de faire peser sur moi tout le poids de sa désapprobation. Peut-être était-ce de la déception. Puis son regard revint à la famille noire. La bande sonore nous révéla qu'ils étaient extrêmement sympathiques. « Je ne savais pas que tu étais rentré, dit-il.

– J'ai eu une journée chargée », répondis-je.

Il haussa les épaules, sans cesser de regarder la télévision.

Je passai derrière le canapé et vins m'appuyer à la cheminée. La plaque de bronze, sur laquelle était gravé le nom d'April, était toujours posée sur le marbre rose et gris. « Je vais te raconter ce que j'ai fait si tu me dis ce que toi tu as fait. »

Il me lança un coup d'œil agacé et ostensiblement se tourna de nouveau vers le poste. « A vrai dire, je pensais être rentré bien avant toi. J'avais une petite course qui m'a fait faire un détour, et j'ai mis plus de temps que je ne pensais. » Gros rires venant de la télévision. Le père de la famille noire se pavanait autour de la table en simulant un pas de danse compliqué. « Il a fallu que j'aille à mon bureau à Arkham voir le programme des cours pour l'année prochaine. Ce qui m'a pris si longtemps, c'est que je devais aussi déposer la liste des livres qu'Alan veut faire lire à ses étudiants.

– J'imagine que tu as appelé un radio-taxi, dis-je.

– Oui, j'ai attendu encore vingt minutes que le chauffeur trouve l'adresse. On ne devrait pas avoir le droit de conduire un taxi quand on ne connaît pas la ville. Ni les faubourgs. »

Le chauffeur de la compagnie Monarch n'avait pas su trouver Claremont Road. Peut-être ne savait-il même pas où était Purdum.

« Et toi, qu'est-ce que tu as fait ? demanda-t-il.

– J'ai découvert des renseignements intéressants. Elvee Holding est propriétaire de la maison de Bob Bandolier depuis 1979.

– Quoi ? dit John finissant par lever les yeux vers moi. Elvee a un rapport avec Bandolier ?

– Je revenais ici pour te l'annoncer quand Paul Fontaine a jailli d'une voiture banalisée, m'a fouillé de la tête aux pieds en m'invectivant parce qu'un flic d'Elm Hill l'a tanné à propos de Bandolier. »

John sourit en m'entendant raconter qu'on m'avait fouillé. « Tu t'es laissé faire ?

– Je n'avais guère le choix. Quand il a eu fini de hurler, il m'a poussé dans sa voiture, a filé comme un dingue jusqu'à la voie express, s'y est engouffré et a fini par en sortir à la bretelle du stade. Il m'emmenait voir Bob Bandolier. »

John allongea un bras sur le haut du canapé et se pencha vers moi. « Bandolier est enterré au cimetière de Pine Knoll. Il est mort depuis 1972. Tu sais combien Elvee lui a payé sa maison ? Mille dollars. Il avait dû laisser sa maison à son fils qui l'a vendue à la société qu'il a fondée dès son retour du Viêt-nam.

– Writzmann, dit John. Je vois. Formidable.

– Avant que nous ayons pu regagner le Quartier Est, à peu près à l'heure où il s'est mis à pleuvoir, Fontaine a répondu à un appel et m'a emmené au coin de la 6e et de Livermore. Là, allongé devant L'Heure de Loisir, sous le slogan BLUE ROSE, il y avait William Writzmann. Le fils d'Oscar Writzmann. »

Pour une fois, John paraissait stupéfait. Il en oublia même son verre.

« Également connu sous le nom de Billy Ritz. C'était un trafiquant de coke à la petite semaine qui opérait dans les parages du Saint-Alwyn. Il avait aussi des liens avec un officier de police de Millhaven. Je crois que ce policier est Fee Bandolier, maintenant devenu adulte. Je crois qu'il tue les gens par plaisir et depuis pas mal de temps.

– Et il peut dissimuler ces meurtres parce qu'il est flic ?

– Exactemcnt.

– Il faut donc que nous trouvions qui il est. Il faut le coincer. »

Je commençai à dire ce que j'avais à dire. « John, il y a une façon de considérer les choses qui rend sans intérêt tout ce que je viens de te dire. William Writzmann, Bob Bandolier et la Femme verte n'auraient rien à voir avec la façon dont ta femme est morte.

– Je ne te suis plus.

– La raison pour laquelle tout cela serait sans importance c'est que tu as tué April. »

Il allait dire quelque chose, mais il s'arrêta. Il secoua la tête et essaya de sourire. Je venais de lui annoncer que la terre était plate et que si on allait trop loin dans une direction, on tombait. « Tu plaisantes, j'espère. Mais je dois te dire que je ne trouve pas ça drôle.

– Imagine simplement ceci : tu savais que Barnett allait proposer à April un gros poste à San Francisco. Alan le savait aussi, même s'il avait les idées un peu trop embrouillées pour en avoir un souvenir précis.

– Eh bien, dit John, justement. C'est toujours censé être une plaisanterie, n'est-ce pas ?

– Si on avait offert à April ce genre de travail, aurais-tu voulu qu'elle le prenne ? Je pense que tu aurais été plus heureux si elle avait donné carrément sa démission. La réussite d'April t'a toujours mis mal à l'aise : tu voulais qu'elle reste comme elle était quand tu l'as rencontrée. Elle t'a sans doute effectivement affirmé que d'ici un ou deux mois elle allait démissionner.

– Je te l'ai dit. Elle n'était pas comme les autres gens de chez Barnett : pour April, tout ça était une vaste foutaise.

– Elle n'était pas comme eux parce qu'elle était tellement mieux qu'eux. En attendant, reconnaissons que tu voyais ta propre situation sur le point de disparaître. Alan ne s'en est tiré l'année dernière que parce que tu lui tenais la main.

– Ça n'est pas vrai, protesta John. Tu l'as vu à l'enterrement.

– Ce qu'il a fait ce jour-là était un stupéfiant geste d'amour pour sa fille, je ne l'oublierai jamais, mais il sait qu'il n'est plus capable d'enseigner. En fait, il m'a dit qu'il s'inquiétait à l'idée de te laisser tomber.

– Il y a d'autres postes, répondit John. Et qu'est-ce que ces histoires ont à voir avec April, de toute façon ?

– Tu étais le bras droit d'Alan Brookner, mais combien d'articles as-tu publiés ? Peux-tu obtenir une chaire de professeur dans un autre département ? »

Il se crispa. « Si tu crois que je vais t'écouter débiter des âneries sur ma carrière, tu te trompes. » Il posa son verre sur la table et pivota vers moi.

« Écoute-moi une minute. Voici comment la police va raisonner : tu étais jaloux de la réussite d'April et tu la minimisais, mais tu avais besoin d'elle. Si quelqu'un comme April peut faire gagner huit cent mille dollars à son père, combien pourrait-elle gagner elle-même ? Deux ou trois millions ? Ça fait pas mal d'argent pour la retraite. »

John eut un rire forcé. « Alors, je l'ai tuée pour son argent.

– Écoute le point suivant. La personne que je suis allé voir en ville était Byron Dorian. »

John se balançait sur le canapé. Son visage avait une drôle d'expression.

« Imagine qu'April et Dorian se soient vus mettons deux fois par semaine. Ils avaient des tas d'intérêts communs. Imagine qu'ils aient eu une liaison. Peut-être Dorian envisageait-il de partir pour la Californie avec elle. » Le visage de John s'assombrit encore et il serra les dents. « Je suis à peu près sûr qu'elle comptait emmener Alan avec elle. Je parie qu'elle avait quelques brochures touristiques planquées quelque part dans son bureau. Ça veut dire que c'est la police qui les a maintenant. »

John s'humecta les lèvres. « C'est ce prétentieux petit connard qui t'a lancé sur cette piste ? Qui t'a dit qu'il couchait avec April ?

– Ça n'était pas la peine : il est amoureux d'elle. Ils allaient dans ce petit coin à l'écart, à Flory Park. Qu'est-ce que tu t'imagines qu'ils faisaient là-bas ? »

John ouvrit la bouche et respira à plusieurs reprises comme un poisson qui vient de sortir de l'eau. Il était si bouleversé qu'il n'arrivait pas à parler. Voilà des années, me dis-je, April l'avait emmené là-bas aussi. Le visage de John s'adoucit au point de n'avoir presque plus de traits.

« Tu as fini ?

– Tu ne pouvais pas le supporter, repris-je. Tu ne pouvais pas la garder et tu ne pouvais pas la perdre non plus. Alors, tu as conçu un plan. Tu t'es arrangé pour qu'elle t'emmène quelque part dans sa voiture. Tu l'as fait se garer dans un endroit désert. Dès qu'elle a commencé à parler, tu l'as assommée. Tu l'as peut-être poignardée après l'avoir assommée. Tu croyais probablement l'avoir tuée. Il devait y avoir pas mal de sang dans la voiture. Ensuite tu es allé jusqu'au Saint-Alwyn, tu es passé par la porte de derrière et l'escalier de service jusqu'à la chambre 218. Il n'y a pas de service d'étage, les femmes de chambre ne travaillent pas la nuit et presque tous les gens qui habitent là ont au moins soixante-dix ans. Après minuit, il n'y a personne dans ces couloirs. Tu as encore des passes. Tu savais que la chambre serait vide. Tu l'as déposée sur le lit, tu lui as donné encore quelques coups de couteau et tu as écrit BLUE ROSE sur le mur. »

Il m'observait avec une indifférence feinte : voilà que je lui expliquais une fois de plus que la terre était plate.

« Ensuite tu as emmené la voiture jusqu'à la maison d'Alan et tu l'as planquée dans son garage. Tu savais qu'il ne la verrait pas : Alan ne sortait jamais. Tu as nettoyé les taches de sang trop visibles. Tu pensais pouvoir la laisser là et que personne ne la retrouverait. Mais là-dessus tu m'as fait venir ici, histoire de remuer la vase en t'assurant que tout le monde allait penser aux anciens meurtres de Blue Rose. J'ai commencé à passer du temps avec Alan, alors le garage n'était plus une cachette sûre. Il fallait que tu déplaces la Mercedes. Tu as trouvé un garage que tu connaissais en dehors de la ville, tu l'as amenée pour une révision générale et un bon nettoyage, et tu l'y as laissée une semaine.

– Est-ce que c'est toujours une hypothèse que nous évoquons ?

– A toi de me le dire, John. J'aimerais connaître la vérité.

– Je suppose que c'est moi aussi qui ai tué Grant Hoffman ? Je suppose que c'est moi qui suis allé à l'hôpital tuer April ?

– Tu ne pouvais pas te permettre de la laisser sortir de son coma, non ?

– Et Grant ? » Il essayait toujours d'avoir l'air calme, mais il avait le visage marbré de taches rouges.

« Tu étais en train de créer un climat. Tu voulais que moi et la police pensions que Blue Rose s'était remis à l'ouvrage. Tu as choisi un type qui serait resté à jamais non identifié s'il n'avait pas porté une vieille veste de ton beau-père. Même quand nous avons vu le corps, tu as continué à prétendre que c'était un vagabond. »

John ne cessait de serrer et de desserrer les dents.

« Je serais assez disposé à croire que tu m'as simplement fait venir ici pour te servir de moi.

– Tu es devenu quelqu'un de dangereux : si tu parles à quelqu'un, tu pourrais le convaincre que toutes ces foutaises, c'est la vérité. Monte faire ta valise, Tim. Tu t'en vas. »

Il commençait à se lever et je dis : « Qu'est-ce qui se passerait si la police allait à Purdum ? C'est à Purdum que tu as conduit sa voiture.

– Va te faire voir », dit-il en se précipitant vers moi.

Il était sur moi avant que j'aie eu le temps de l'arrêter. Il sentait la transpiration et l'alcool. Je lui donnai un direct au creux de l'estomac : il poussa un gémissement et m'arracha de la cheminée où j'étais appuyé. Ses bras se nouèrent autour de ma ceinture. J'avais l'impression qu'il essayait de me broyer. Je le frappai à deux ou trois reprises sur le côté de la tête, puis je réussis à glisser les mains sous son menton et j'essayai de lui faire lâcher prise. Nous luttions, en vacillant entre la cheminée et le canapé. Je poussai sur son menton : il desserra les bras et recula en trébuchant. Je le frappai encore une fois à l'abdomen. John se prit le ventre à deux mains et recula, en me regardant d'un air mauvais.

« Tu l'as tuée », réussis-je à dire.

Il plongca vers moi. Je posai les mains sur ses épaules et essayai de le pousser de côté. Emporté par son élan, John se glissa dessous, passa son bras droit autour de ma taille et me hissa sur son épaule. Sa tête était comme un rocher qui s'enfonçait dans mon flanc. J'empoignai la plaque de cuivre de la cheminée et m'en servis pour le frapper au cou. Ransom me repoussa en arrière de tout son poids. Mes pieds se dérobèrent sous moi et j'atterris sur la plaque de marbre de l'âtre si violemment que j'en vis trente-six chandelles. Ransom, déchaîné, voulut me prendre à la tête : il posa une main sur mon visage et se redressa, refermant ses deux mains autour de mon cou. Je le frappai à la tempe avec la plaque de cuivre. Étant donné la façon dont je la tenais, je ne pouvais pas utiliser le tranchant mais seulement la surface plate. Je frappai encore. Une sorte de croassement sortit de ma gorge et je parvins tout juste à lui donner une petite tape sur le côté de la tête avec la plaque. J'avais l'impression que mes muscles étaient liquéfiés. J'utilisai ce qui me restait de force pour le frapper encore à la tête avec la plaque métallique.

L'étreinte des mains de John se desserra autour de ma gorge. Son corps se détendit. Il était un énorme poids mort qui pesait sur moi. Sa poitrine se soulevait. Des sons étranglés sortaient de sa bouche. Au bout de deux ou trois secondes, je compris qu'il n'était pas en train de mourir sur moi. Il sanglotait. Je me dégageai et restai sur le tapis à reprendre mon souffle. Mes doigts lâchèrent la plaque. John se recroquevilla comme un fœtus et continua à pleurer, les bras croisés au-dessus de sa tête.

Au bout d'un moment, je me remis debout, me glissai le long de la plaque de marbre et vins m'appuyer au bord de la cheminée. Nous ne nous étions pas battus plus d'une minute ou deux. J'avais la sensation d'avoir été frappé avec une batte de base-ball sur les bras, le dos, les jambes, le torse et la tête. Je sentais encore les mains de Ransom autour de mon cou.

John baissa les bras et resta affalé par terre, le torse sur le marbre devant la cheminée, les hanches et les jambes sur le tapis. Il avait une vilaine plaie qui saignait au cuir chevelu. Il tira de sa poche de pantalon un mouchoir bleu marine et l'appliqua contre la plaie. « Tu es un vrai salaud.

– Dis-moi ce qui s'est passé, fis-je. Essaie de me dire la vérité cette fois-ci. »

Il regarda le mouchoir. « Je saigne. » Il reposa le mouchoir sur la blessure.

« Tu pourras te mettre un pansement plus tard.

– Comment as-tu su pour Purdum ?

– J'ai été sournois, fis-je. Où est la voiture d'April maintenant, John ? »

Il essaya de se redresser et poussa un gémissement. Il s'allongea de nouveau. « Elle est là-bas, dans un garage. A Purdum. April et moi aurions pu nous retirer là-bas. C'est un endroit superbe. »

Les gens comme Dick Mueller étaient installés à Riverwood. Les gens comme Ross Barnett se retiraient dans des propriétés à Purdum.

John parvint à s'asseoir : pressant toujours le mouchoir contre sa tête, il glissa sur son derrière jusqu'au moment où son dos rencontra l'autre côté de la cheminée. Nous étions là comme une paire de chenets. Il passa sa main libre sur son visage et renifla. Puis il me regarda, les yeux rouges. « Je suis désolé de t'avoir attaqué comme ça, mais tu as vraiment appuyé sur le mauvais bouton et j'ai disjoncté. Je t'ai fait mal ?

– C'est ce qui s'est passé avec April ? Tu as disjoncté ?

– Oui. » Il hocha très lentement la tête, avec une petite grimace de douleur. Ses yeux rougis me lancèrent un autre rapide regard. « Je n'avais pas l'intention de te raconter tout ça, parce que ça ne me présente pas sous un très bon jour. Mais je ne t'ai pas invité ici pour me servir de toi : il faut que tu le saches.

– Alors dis-moi ce qui s'est passé. »

Il soupira. « Tu as vu juste sur pas mal de choses. Barnett a parlé confidentiellement à April d'aller ouvrir un bureau à San Francisco. Ça ne m'emballait pas beaucoup. Je voulais qu'elle s'en tienne à l'accord que nous avions passé. Qu'elle démissionnerait quand elle aurait prouvé qu'elle pouvait faire du bon travail chez Barnett. Là-dessus il a fallu qu'elle prouve qu'elle était le meilleur courtier, la meilleure analyste financière de tout le Middlewest. On en est arrivés au point où je ne la voyais jamais sauf pendant les week-ends, et encore pas toujours. Mais je ne voulais pas qu'elle parte pour la Californie. Elle n'avait qu'à ouvrir son propre cabinet ici, si c'était ça qu'elle voulait. Tout aurait été très bien s'il n'y avait pas eu ce petit merdeux de joli cœur de troisième ordre. » Il me regarda d'un air mauvais. « Dorian avait une aventure avec Carol Judd, la propriétaire de la galerie qui l'a mis en contact avec April, tu savais ça ?

– Je m'en doutais, dis-je.

– Ce type est dégueulasse. Il court après les femmes plus âgées. Je ne saurai jamais, jamais ce qu'April a vu en lui. Elle le trouvait sans doute mignon.

– Comment l'as-tu appris ? »

John inspecta de nouveau le mouchoir. Je ne pouvais pas voir la plaie, mais le mouchoir était rouge de sang. « Est-ce qu'on pourrait bouger ? Il faut que je soigne cette coupure. »

Je me levai, toutes mes articulations endolories, et je lui tendis une main. John s'y cramponna et se remit sur ses pieds. Il s'assura un moment en se tenant au-dessus de la cheminée, puis traversa le salon en se dirigeant vers l'escalier.

2

John se pencha pour laisser le sang s'égoutter dans le lavabo. Il trempa un gant de toilette dans l'eau froide qui coulait du robinet et tamponna l'éraflure qu'il avait sur le côté de la tête, là où ses cheveux commençaient à être clairsemés. Une fois nettoyé, ça n'avait pas l'air si terrible. Il avait posé au bord du lavabo un petit pansement blanc carré. Assis sur le rebord de la baignoire, je le regardais en tenant un tampon de serviettes en papier bien pliées.

« April me disait qu'elle travaillait tard au bureau. Rien que pour voir si elle me disait la vérité, j'ai appelé sa ligne toutes les demi-heures pendant trois heures. Toutes les demi-heures, pile. Peut-être six fois. Elle n'était jamais là. Vers onze heures et demie, je suis monté à son bureau ici, et j'ai regardé dans le dossier où elle gardait ses factures et ses reçus de carte de crédit. »

Il tendit la main et je lui passai les Kleenex. Et les pressa contre la plaie pour la sécher, puis les jeta dans la corbeille et prit le carré de pansement. Il l'appliqua sur la plaie, écartant des mèches de cheveux, et l'aplatit soigneusement sur son cuir chevelu. « Ça ira. Je pense que je n'aurai pas besoin de points de suture. » Il tourna la tête pour examiner le pansement sous différents angles. « Maintenant il ne me reste plus qu'une migraine à tout casser. »

Il ouvrit son armoire à pharmacie, fit glisser dans le creux de sa paume deux comprimés d'aspirine et les avala avec une gorgée d'eau dans un petit gobelet en plastique rouge un peu pauvret.

« Tu sais ce que j'ai trouvé ? Des factures de chez Hatchett and Hatch. Elle achetait des *vêtements* pour cette petite merde.

– Comment sais-tu que ce n'était pas pour toi ? »

Il me regarda dans le miroir en ricanant. « Je n'ai rien acheté dans ce magasin depuis des années. Tous mes costumes, toutes mes vestes, sont sur mesure. Je commande même mes chemises chez Paul Stuart, à New York. Mes chaussures chez Wilkes Bashford à San Francisco. » Il leva un pied pour me faire admirer un mocassin marron foncé en peau de porc. « Je n'achète guère à Millhaven que des chaussettes et du linge. » Il tapota le pansement et s'éloigna du lavabo. « Est-ce qu'on pourrait descendre pour que je prenne un verre ? Je vais en avoir besoin. »

Je le suivis dans la cuisine et il me lança un regard abattu tout en ouvrant le congélateur. Maintenant que son père était parti, la bouteille à trois cents dollars avait retrouvé sa place dans le compartiment à vodka. « Je ne vais pas m'enfuir, Tim. Tu n'as pas besoin de me suivre comme mon ombre.

– Qu'est-ce que tu as fait quand elle a fini par rentrer ? »

Il versa trois bons doigts de vodka à la jacinthe dans un verre. Il la goûta avant de me répondre. « Je ne devrais jamais mettre de glace là-dedans : c'est une liqueur trop raffinée pour qu'on la dilue, ça a un parfum si délicat. Tu n'en veux pas une gorgée ?

– Une gorgée ne m'avancerait pas. Est-ce que tu l'as confrontée directement ? »

Il but une autre gorgée et hocha la tête. « J'avais les reçus devant moi : j'étais assis là dans le salon et elle est arrivée vers minuit et quart. Mon Dieu, j'ai cru que j'allais mourir. » Il leva les yeux au plafond et poussa un soupir à peine audible. « Elle était si belle. Pendant une seconde, elle ne m'a pas vu. Et puis, elle m'a remarqué : elle a vraiment changé. Elle a perdu toute vie : on aurait dit qu'elle venait de voir son geôlier. Jusqu'à cet instant, je continuais à penser qu'il y avait peut-être une autre explication à tout ça. Les vêtements auraient pu être pour son père. Il aimait bien cette boutique. Dès l'instant où je l'ai vue changer d'expression comme ça, j'ai compris.

– Tu t'es mis en colère ? »

Il secoua la tête. « J'avais l'impression qu'on venait de me planter un poignard dans le dos. " Qui est-ce ? dis-je. Ton petit toutou de Byron ? " Elle m'a dit qu'elle ne savait pas de quoi je parlais. Alors je lui ai expliqué que je savais qu'elle n'avait pas été à son bureau de toute la soirée. Elle m'a raconté je ne sais quelle histoire : elle ne répondait pas au téléphone, elle photocopiait des documents dans un autre bureau... Alors j'ai dit : April, qu'est-ce que c'est que ces reçus ? Et elle a continué à me raconter des bobards et j'ai continué à dire Dorian, Dorian, Dorian. Elle a fini par se jeter dans un fauteuil en disant : D'accord, c'est vrai que je vois Byron. Qu'est-ce que ça peut te faire ? Mon Dieu, c'est comme si elle m'avait tué. Bref, à mesure que nous poursuivions, elle se défendait moins, elle m'a dit qu'elle était désolée que j'aie appris ça de cette façon, qu'elle n'aimait pas faire les choses en douce et qu'elle était presque contente que j'aie tout découvert : nous allions pouvoir parler et mettre un terme à notre mariage.

– Elle parlait du poste à San Francisco ?

– Non, elle a gardé ça pour la suite, dans la voiture. J'ai besoin d'aller dans l'autre pièce, Tim. J'ai un peu le vertige, tu comprends ? »

Dans le salon, il remarqua la plaque de bronze sur le sol et se pencha pour la ramasser. Il me la montra. « C'est avec ça que tu me cognais dessus ? » Je répondis que oui et il secoua la tête devant l'ironie de la situation. « Ce foutu truc ressemble même à l'arme du crime », dit-il en la reposant sur la cheminée.

« Qui a eu l'idée d'aller faire un tour en voiture ? »

Une seconde, John eut l'air un peu penaud, mais pas plus d'une seconde. « Je n'ai pas l'habitude qu'on me cuisine comme ça. C'est encore un sujet très sensible. » Il s'approcha du canapé. Les coussins parurent soupirer quand il s'assit. Il but une gorgée et garda la vodka dans sa bouche un moment tout en examinant la pièce. « Nous n'avons rien cassé. C'est étonnant, non ? La seule raison pour laquelle je sais que je me suis battu, c'est que je me sens très mal foutu. »

Je m'assis dans le fauteuil et j'attendis.

« Bon. J'ai donc lâché tout ce que j'avais sur le cœur à propos de cette petite fouine de Dorian et je me suis mis à lui dire ce par quoi j'aurais dû commencer : j'ai déclaré à April que je l'aimais et que je ne voulais pas divorcer. J'ai dit que nous devrions nous accorder encore une chance. J'ai dit qu'elle était la personne la plus importante de ma vie. J'ai même dit qu'elle était vraiment ma vie. »

Des larmes jaillirent de ses yeux. « Et c'était vrai. Je n'étais peut-être pas terrible comme mari, mais April était ma vie. » Il commença à s'essuyer le visage avec son mouchoir avant de remarquer dans quel état il était : il s'assura qu'il n'y avait pas de taches de sang sur son pantalon et posa le mouchoir dans un cendrier. « Tim, tu n'aurais pas... ? »

Je tirai le mien de ma poche et le lui lançai. Je m'en servais depuis deux jours, et il était encore à peu près propre. John se tamponna les yeux, s'essuya les joues et me le rendit.

« Bref, elle a dit qu'elle ne pouvait pas rester là sans bouger : elle avait besoin de sortir d'ici, de faire un tour en voiture. Je lui ai même demandé si je pouvais l'accompagner. Si tu veux me parler, tu ferais mieux, non ? a-t-elle dit. Alors nous avons roulé, je ne me souviens même pas où. Nous répétions sans arrêt les mêmes choses : elle ne voulait pas m'écouter. Nous avons fini par nous retrouver quelque part du côté de Bismarck Boulevard dans le Quartier Ouest. »

John soupira. « Elle s'est arrêtée au coin de la 46e ou de la 45e, je ne me rappelle pas. Il y avait un bar au bout du bloc, je crois que c'était le Bar du Turf. » Il me regarda, la bouche crispée par un rictus. Puis il détourna de nouveau les yeux, fit un rapide inventaire de ce qui se trouvait dans la pièce. « Tim, tu te souviens comme j'essayais de voir si une voiture ne nous suivait pas après que nous avions déposé mes parents. Eh bien, je crois que quelqu'un nous suivait, April et moi, ce soir-là. Je n'avais pas les idées très claires, tu sais, j'étais vraiment dans un drôle d'état. Mais je continue à remarquer les détails, je n'ai pas complètement perdu mon vieux radar. Quelquefois j'ai cette impression-là, et puis il n'y a personne. Ça ne t'arrive pas ? »

J'acquiesçai.

« Bref, il n'y avait que nous dans la rue. Pas de lumières nulle part, sauf dans le bar. Je l'ai suppliée. Je lui ai parlé de cet endroit que j'avais trouvé à Purdum : un bon prix, six hectares, un étang, une belle maison. Nous aurions pu avoir notre propre galerie d'art là-bas. Je venais de lui expliquer tout ça quand elle a dit : Ross voudrait peut-être que j'aille à San Francisco. Je dirigerais mon propre bureau. Laisse tomber ce pingouin de Ross, dis-je, qu'est-ce que tu veux ? J'ai envisagé d'accepter, dit-elle. Je dis : Sans en discuter d'abord avec moi ? Et elle m'a répondu : Je ne voyais pas de raison de te faire entrer dans ce coup-là. *Me faire entrer dans ce coup-là*. Elle me parlait comme un agent de change ! Ça a été plus fort que moi, Tim. » Il se pencha en avant et me dévisagea. Ses lèvres remuaient tandis qu'il cherchait une façon de me dire la chose. « Ça a été plus fort que moi. Littéralement. » Il devint tout rouge. « Je l'ai... je l'ai giflée. J'ai tendu le bras et je lui ai flanqué une grande claque, à deux reprises. » Son regard se noya de larmes. « Je... je me sentais bouleversé... si moche. April pleurait. Je n'ai pas pu le supporter. »

Sa voix se brisa. Il ferma les yeux et tendit vers moi une grosse main rose. Un instant, je crus qu'il voulait que je la serre. Puis je compris ce qu'il voulait et je lui repassai mon mouchoir. Il le porta à ses yeux, se pencha en avant et se mit à sangloter.

« Oh, mon Dieu », dit-il enfin en se redressant. Il parlait d'une voix douce et cotonneuse. « April était assise là, le visage ruisselant de larmes. » Il était secoué de sanglots et il s'essuya les yeux avant de pouvoir reprendre. « Elle ne disait rien. Je ne pouvais plus rester assis dans cette voiture. Je suis descendu et je suis parti. Je suis pratiquement sûr d'avoir entendu une voiture démarrer, mais je ne faisais pas attention à ces choses-là. Je ne pensais pas que j'allais entrer dans le bar mais, quand je suis arrivé à la porte, je l'ai poussée. Je n'ai même pas remarqué s'il y avait quelqu'un d'autre dans le café. J'ai descendu quatre verres, boum boum boum boum, l'un après l'autre. Je ne sais absolument pas combien de temps je suis resté là. Et puis ce type avec des airs de lutteur de sumo s'est planté devant moi en me disant qu'on fermait et qu'il fallait que je règle l'addition. Ce devait être le barman, mais je ne me rappelais même pas l'avoir vu avant. Il a dit – écoute bien... » De nouveau John fut secoué de sanglots. Il riait et pleurait en même temps. « Il a dit : Ne remettez pas les pieds ici, mon vieux, on n'a pas besoin de votre clientèle. » Il fallut un moment à John pour venir au bout de la phrase. Il s'essuya le visage avec son mouchoir. Il avait la bouche crispée par une drôle de grimace.

« J'ai posé un billet de cinquante dollars sur le comptoir et je suis parti. April n'était plus là, bien sûr. Je ne m'attendais guère à ce qu'elle m'ait attendu. Il m'a bien fallu une heure pour rentrer à pied à la maison. Je composais dans ma tête toutes sortes de discours. Quand je suis arrivé ici, sa voiture était devant la maison et je me suis dit : Oh, mon Dieu, au moins, elle est rentrée. Je suis monté, mais elle n'était pas dans la chambre. J'ai inspecté toute la maison en l'appelant. Pour finir, je suis ressorti pour voir si elle était encore dans la voiture. Quand j'ai ouvert la portière, j'ai failli tomber dans les pommes : il y avait du sang partout sur les deux sièges. Je suis devenu fou. Je suis parti en courant autour du pâté de maisons, en me disant que j'avais dû la blesser plus grièvement que je ne m'étais imaginé. Je me la représentais descendant de voiture et s'effondrant sur la pelouse d'un voisin. Seigneur ! J'ai parcouru deux fois tout le quartier, fou d'inquiétude, et puis je suis rentré pour appeler Shady Mount en disant que j'avais vu une femme ensanglantée et à l'air hébété qui descendait Berlin Avenue : quelqu'un l'avait-il amenée aux urgences ? L'air très méfiant, la femme m'a répondu qu'elle n'était pas là. Je ne pensais pas pouvoir appeler la police. Mon histoire aurait paru si bizarre ! Au fond de moi, Tim, tout à fait au fond, je savais déjà qu'elle était morte. Alors, j'ai posé une serviette sur le siège du conducteur, j'ai emmené la voiture chez Alan et je l'ai mise dans son garage. Deux soirs plus tard, quand j'ai su que j'allais vraiment avoir des ennuis si on la découvrait, je suis retourné là-bas au milieu de la nuit et j'ai tout nettoyé. Mais ce soir-là, je suis rentré à la maison et j'ai attendu d'apprendre quelque chose. J'ai fini par me coucher – enfin, plus exactement, j'ai dormi sur le canapé. Je n'étais pas dégrisé, mais j'imagine que je n'ai pas besoin de te préciser ça. La veille de ton arrivée, j'ai emmené sa voiture à ce garage de Purdum. »

Il remarqua le mouchoir roulé en boule entre ses mains. Il le déplia et se moucha. Puis il le laissa tomber dans le cendrier par-dessus l'autre couvert de sang.

« Sur le moment, je me suis dit : Après le Viêt-nam, ça doit être la nuit la plus horrible que j'aie jamais passée. Je ne m'attendais pas à la suite.

– Et le lendemain, la police est venue.

– Vers midi.

– Quand as-tu entendu parler du slogan ou de la signature, comme tu voudras ?

– A Shady Mount. C'est Fontaine qui me l'a dit. Il m'a demandé si j'avais la moindre idée de ce que ça signifiait.

– Tu ne lui as pas parlé du projet d'April ? »

Il secoua la tête. Il avait l'air sonné et plein de rancœur. « A cette époque-là, elle ne partageait pas grand-chose avec moi. » Je sentis sa rancœur monter d'un cran. « Je savais seulement que c'était quelque chose à quoi ce monstre l'avait fait penser.

– Le père de Dorian était un des anciens partenaires de Bill Damrosch.

– Oh ? C'est intéressant. »

Il saisit son verre, but une gorgée, poussa un gémissement et retomba contre les coussins. Nous restâmes tous deux un moment silencieux.

« Dis-moi ce qui, à ton avis, s'est passé après que tu es entré dans le bar. »

John pressa le verre glacé contre ses joues, puis le fit rouler sur son front. Ses yeux n'étaient plus que des fentes. « D'abord il faut que je sache que tu me crois. Tu sais, je n'aurais pas pu tuer April. »

C'était la question que je remettais à plus tard. Je donnai la seule réponse dont j'étais capable. « Je pense que je te crois, John. » Dès que j'eus parlé, je compris que je lui avais dit la vérité : je pensais en effet que je le croyais.

« J'aurais pu arranger un peu mon récit. J'aurais pu dire que j'étais descendu de voiture et que j'étais parti dès qu'elle s'était mise à pleurer. Je n'avais pas besoin de te dire que je l'avais frappée. Je n'ai pas cherché à me donner un plus beau rôle.

– Je sais, dis-je.

– C'est la vérité. C'est moche, mais c'est comme ça.

– Tu crois que c'est vrai qu'on te suivait ?

– Tout à fait, dit-il. Si je n'avais pas été dans un tel état, j'aurais fait davantage attention. »

Il secoua la tête et poussa un nouveau gémissement : « Voici ce qui s'est passé. Quelqu'un s'est garé à environ un bloc de nous et a attendu. Ils ont dû être surpris quand je suis sorti de la voiture. Ils ont peut-être même cru que je les avais repérés. C'est pourquoi ils ont démarré. Ils m'ont vu entrer dans le bar. Comme je ne ressortais pas tout de suite avec un paquet de cigarettes ou quelque chose, ils se sont approchés de la Mercedes et... et ils ont fait... ce qu'ils ont fait. Alors, si je ne l'avais pas frappée... si je n'avais pas été assez stupide pour la laisser seule... »

Il ferma les yeux et serra les lèvres. J'attendis qu'il se soit maîtrisé.

« Ils devaient être deux car...

– Car il y en a un qui a conduit sa voiture jusqu'ici avant d'emmener April au Saint-Alwyn. »

Une brusque colère me fit hurler. « Pourquoi ne m'as-tu pas dit la vérité quand je suis arrivé ici ? Toutes ces histoires ! Tu ne te rendais pas compte de l'effet que ça ferait si la police découvrait la voiture ? »

Ransom garda son calme. « Oh, ils ne l'ont pas retrouvée, hein ? » Il prit une nouvelle gorgée et fit tourner la vodka dans sa bouche. « Après ton départ, je comptais la conduire à Chicago et la laisser dans la rue avec les clés dessus. Un cadeau pour les voyous. Alors ça n'aurait pas d'importance si la police la retrouvait. »

Il sentit mon impatience. « Écoute, je sais que c'était un plan idiot. J'avais la frousse et je me suis affolé. Mais oublie-moi une seconde. Un des hommes devait être Writzmann. C'est pourquoi il traînait du côté de l'hôpital. Il attendait de voir si April allait se réveiller.

– D'accord, mais ça fait deux fois que tu m'as menti, dis-je.

– Tim, je ne pensais pas pouvoir jamais raconter à personne ce qui s'est vraiment passé. J'avais tort. Je te fais mes excuses. Écoute-moi simplement. Il y avait un autre type dans cette voiture, le flic dont tu parlais. Ça doit être lui qui a tué Writzmann.

– Oui, dis-je, il l'a rencontré à la Femme verte. »

John hocha lentement la tête, comme si c'était là un fait totalement nouveau et fascinant.

« Continue, fit-il.

– C'est probablement Writzmann qui a voulu ce rendez-vous. Son père l'a appelé et lui a dit : Billy, je veux que tu tiennes ces gaillards loin de moi.

– Est-ce que je ne t'ai pas dit que nous allons faire bouger les choses ? dit John. Ça a marché comme prévu.

– C'est vraiment le genre de chose à quoi tu pensais ?

– Ça ne me gêne pas que les salauds se liquident entre eux. Ça me va très bien. Continue.

– Writzmann a dit que deux personnes s'étaient présentées à la maison de son père pour poser des questions à propos d'Elvee Holding. Il n'a rien dit d'autre. Le flic devait absolument couper les liens avec tout ce qui nous mènerait jusqu'à lui. Je ne sais pas ce qu'il a fait. Il a sans doute attendu que Writzmann lui tourne le dos et il l'a assommé avec la crosse de son pistolet. Il l'a traîné jusqu'à ce fauteuil, l'a ligoté et l'a coupé en morceaux. C'est ça qu'il aime.

– Ensuite, reprit John, il l'a laissé là toute la nuit. Il savait qu'il allait y avoir une sacrée tempête, alors hier matin il l'a fourré dans le coffre de sa voiture, il a attendu que ça commence à vraiment pleuvoir et a déposé le corps devant L'Heure de Loisir. Personne dans les rues : d'ailleurs il faisait sombre. Joli coup : il a sa troisième victime Blue Rose et personne ne peut faire le rapprochement entre lui et Writzmann. Il a tué Grant Hoffman, ma femme, son homme de main et le voilà totalement à l'abri. Sauf que nous savons que c'est un flic. Et qu'il est le fils de Bob Bandolier.

– Comment pouvons-nous être sûrs que c'est un flic ?

– Les noms donnés pour les deux autres directeurs d'Elvee Holding étaient Leon Casement et Andrew Belinski. Casement était le second prénom de Bob Bandolier et, il y a une dizaine d'années, le chef de la Brigade criminelle de Millhaven était un nommé Andy Belin. La mère de Belin était polonaise et les autres inspecteurs l'appelaient Belinski. » J'essayai de sourire, mais ce n'était pas une réussite. « Ça doit être de l'humour de commissariat.

– Fichtre », dit John. Puis il me regarda d'un air admirateur. « Tu es fortiche.

– C'est Fontaine qui me l'a dit, expliquai-je. Je ne suis pas sûr que j'aurais dû lui poser la question.

– Bon sang », fit John. Il se redressa et tendit son bras vers moi. « Fontaine a pris les déclarations de son père dans le dossier Blue Rose avant de te le remettre. Il t'a ordonné de ne pas toucher aux Sunchana et, quand ça n'a pas marché, il t'a traîné jusqu'à la tombe de son père. Vous voyez ? disait-il, Bandolier est mort et enterré. Oubliez toutes ces foutaises et rentrez chez vous. Ce n'est pas ça ?

– En gros, oui. Mais il n'aurait pas pu emporter le corps de Writzmann à L'Heure de Loisir. J'étais avec lui quand la pluie a commencé.

– Réfléchis à la façon dont ce type opère, dit John. Il avait un homme de main, d'accord ? Maintenant, il s'en est trouvé un autre. Il a payé quelqu'un pour déposer le corps. C'est parfait. C'est toi son alibi. »

Ça n'avait même pas besoin d'être de l'argent, songeai-je. Des informations seraient mieux que de l'argent.

« Alors, demanda John, qu'est-ce qu'on fait ? On peut difficilement aller trouver la police. A Armory Place, ils adorent Fontaine. C'est l'inspecteur préféré de Millhaven. Bon sang, pour eux, c'est un vrai Dick Tracy !

– Nous pouvons peut-être le forcer à se démasquer, dis-je.

– Comment nous y prendre ?

– Je t'ai dit que Fee Bandolier vient subrepticement, à peu près toutes les deux semaines, en plein milieu de la nuit, dans l'ancienne maison de son père. La femme qui habite le pavillon d'à côté l'a aperçu. Elle m'a promis de m'appeler la prochaine fois qu'elle le verrait.

– Eh bien, bon sang, introduisons-nous dans la maison. »

Je poussai un gémissement. « Je suis trop fatigué et trop courbatu pour jouer les cow-boys.

– Réfléchis. Si ça n'est pas Fontaine, c'est un autre type d'Armory Place. Il y a peut-être des photos de famille là-bas. Il y a peut-être, je ne sais pas, moi, quelque chose avec son nom dessus. Pourquoi a-t-il gardé la maison ? Il cache quelque chose là-dedans.

– Il y a toujours eu quelque chose là-dedans, dis-je. Son enfance. John, je vais me coucher. » Quand je me mis debout, mes muscles protestèrent.

Il posa son verre vide sur la table et tâta le pansement sur le côté de sa tête, puis il se renversa dans son fauteuil. Un instant, nous écoutâmes tous deux la pluie qui giflait les carreaux.

Je me retournai pour me diriger vers l'escalier. J'avais l'impression que chaque cellule de mon corps pesait une tonne. Je n'avais envie que d'une chose : me mettre au lit.

« Tim », dit-il.

Je me retournai lentement. Il se levait et fixait son regard sur moi. « Tu es un véritable ami.

– Sans doute, fis-je.

– On va aller jusqu'au bout de cette histoire, n'est-ce pas ?

– Bien sûr », lui dis-je.

Il avançait vers moi. « Désormais, je te le promets, ce ne sera rien que la vérité. J'aurais dû...

– Oh, dis-je, ça va. Simplement n'essaie plus de me tuer. »

Il s'approcha et me prit dans ses bras. Sa tête s'appuya contre la mienne. Il me serra fort contre son torse bien rembourré : j'avais l'impression d'être étreint par un matelas. « Je t'aime, tu sais, mon vieux. Côte à côte, d'accord ?

– *De Opresso Libri*, dis-je en lui tapotant le dos.

– C'est ça. » Il me donna une bourrade sur l'épaule et me serra plus fort. « Demain, on repart de zéro.

– C'est ça », dis-je et je montai au premier.

Je me déshabillai et je me mis au lit avec la *Bibliothèque de Nag Hammadi*. John Ransom arpentait sa chambre, heurtant de temps en temps un meuble. La pluie tombait sans cesse, heurtait violemment la fenêtre et battait contre le flanc de la maison. A la lumière de la lampe de chevet j'ouvris le livre à « L'Orage, Esprit Parfait », et je lus :

> *Car ce qui est en toi est ce qui est hors de toi, et celui qui te façonne de l'extérieur est celui qui t'a formé à l'intérieur.*
> *Et ce que tu vois hors de toi*

Tu le vois en toi :
il est visible et c'est ton ami.

Bientôt les mots se mirent à danser et devinrent des mots différents. Je réussis à refermer le livre et à éteindre les lumières avant de sombrer dans le sommeil.

3

A quatre heures du matin, je m'éveillai d'un rêve dans lequel un monstre hideux me poursuivait au fond d'un sous-sol obscur, et je restai au lit à écouter mon cœur battre à grands coups dans ma poitrine. Au bout d'un moment, je m'aperçus que la pluie avait cessé. Laszlo Nagy savait mieux prédire le temps que la plupart des météorologues.

Un moment, je suivis le conseil que je me donne toujours dans mes nuits d'insomnie : se reposer est encore ce qu'il y a de mieux, et je restai au lit, les yeux fermés. Les battements de mon cœur se calmèrent, mon souffle devint plus régulier et mon corps se détendit. Une heure s'écoula. Chaque fois que je retournais l'oreiller, je sentais des odeurs de fleurs et je finis par me rendre compte que ce devait être le parfum ou l'eau de toilette dont Marjorie Ransom s'aspergeait avant d'aller se coucher. Je repoussai le drap et m'approchai de la fenêtre. Un brouillard noir et huileux se pressait contre la vitre. Le lampadaire sur le trottoir n'était qu'un pâle halo jaunâtre à peine visible, comme le soleil sur une toile de Turner. J'allumai le plafonnier, je me brossai les dents et me lavai le visage, puis je descendis en pyjama travailler sur mon livre.

Une heure et demie durant, j'occupai le corps d'un petit garçon dont la chambre avait des murs tendus de papier peint avec des roses bleues. Un petit garçon dont le père disait qu'il le frappait par amour et dont la mère se mourait dans la puanteur de ses excréments et de sa chair pourrissante. Nous la soignons bien ici, cette femme, affirmait le père, notre amour vaut mieux pour elle que n'importe quel hôpital. Dans la peau de Charlie Carpenter, Fee Bandolier regardait sa mère sombrer au cœur des ténèbres. J'étais là, dans l'air qui l'entourait, Fee et pas Fee, Charlie et pas Charlie, j'observais et j'enregistrais. Quand le chagrin devint trop vif, je reposai le crayon et remontai l'escalier, les jambes tremblantes.

Il était environ six heures. J'avais cette étrange impression d'être *perdu*. La maison de John ne me semblait ni plus ni moins réelle que cette autre, plus petite, dans laquelle je m'étais imaginé me trouver. Si j'avais encore bu, je me serais versé deux doigts de la vodka à la jacinthe de John et j'aurais essayé de dormir encore. Au lieu de cela, je regardai par la fenêtre – le brouillard était devenu une masse argentée épaisse et impénétrable –, je pris une douche rapide, passai des jeans et le sweatshirt noir de Glenroy, fourrai mon carnet dans ma poche et redescendis pour sortir.

4

Le monde avait disparu. Devant moi flottait une gaze impalpable d'un pâle gris argenté qui s'écartait sur mon passage pour se reformer à un mètre environ devant et derrière moi. Je distinguais les marches de l'allée, et, de chaque côté de la pelouse, les hautes haies d'un vert sombre. L'air humide et glacé se déposait comme un brouillard sur mon visage et sur mes mains. Je me dirigeai vers le halo du lampadaire.

Dehors, sur le trottoir, j'apercevais les points lumineux à peine visibles et de plus en plus faibles de la rangée des autres lampadaires descendant d'Ely Place jusqu'à Berlin Avenue. Puis je les comptai au passage. Comme l'enfant que j'avais été comptait les rangées de la salle de cinéma pour pouvoir regagner sa place. Les lampes seraient mes points de repère. J'avais envie de sortir un moment de la maison de John : je voulais remplacer par de l'air pur le parfum tropical de Marjorie Ransom, faire ce que je faisais à New York, laisser la page blanche s'emplir de mots tandis que je marchais sans penser à rien.

Je parcourus trois blocs et je passai six lampadaires sans voir une maison ou une voiture ni rencontrer personne. Je me retournai pour regarder derrière moi : tout Ely Place, sauf les quelques mètres de trottoir autour de moi, n'était qu'un vide d'argent étincelant. Très loin de là, me semblait-il, bien plus que je savais qu'il ne l'était en réalité, un halo circulaire jaune brillait faiblement dans ce vide étincelant. Lui tournant le dos une nouvelle fois, j'essayai de regarder ce qui devait être Berlin Avenue.

Mais ça ne ressemblait pas du tout à Berlin Avenue : on aurait dit les trois autres carrefours que je venais de franchir, avec un petit trottoir arrondi et une chaussée blanche et plate qu'on apercevait de façon intermittente par des brèches dans le brouillard. La lueur du prochain lampadaire perça la brume devant moi. Ely Place se terminait sur Berlin Avenue et il n'aurait pas dû y avoir de réverbère devant moi. Peut-être, me dis-je, l'un était-il disposé juste en face d'Ely Place, de l'autre côté de l'avenue. Mais dans ce cas, n'aurait-il pas dû être plus loin ?

Bien sûr, j'étais vraiment incapable d'évaluer la distance qui me séparait du lampadaire suivant. La brume rendait la chose impossible : là où elle était le plus dense elle semblait éloigner les objets, les rapprochant au contraire là où elle était moins épaisse. Je devais certainement être au coin d'Ely Place et de Berlin Avenue. En partant de la maison de John, j'avais franchi trois rues vers l'ouest : j'étais donc arrivé à Berlin Avenue.

Je vais traverser l'avenue, me dis-je, et puis rentrer chez John. Je pourrai peut-être même dormir un peu avant que la journée ne commence vraiment.

Je descendis sur la chaussée, regardant à droite puis à gauche pour voir si les ronds jaunes des phares de voiture n'approchaient pas. Il n'y avait aucun bruit, comme si la brume avait tout enveloppé dans du coton. J'avançai de six pas prudents dans un vide argenté qui s'écartait sur mon passage. Puis mon pied toucha le bord d'un trottoir que j'apercevais à peine. J'avançais toujours. A une distance impossible à estimer, le réverbère suivant brûlait dans la brume argentée, faisant un cercle jaune pâle de la taille d'une balle de tennis. Je ne savais pas ce que j'avais traversé, mais ce n'était pas Berlin Avenue.

A un mètre de là, le poteau de métal peint en vert d'une plaque de rue émergea du brouillard. Je m'en approchai et levai les yeux. Le poteau vert montait droit dans un nuage épais, comme un gratte-ciel. Je ne pouvais même pas distinguer la plaque, encore moins lire le nom inscrit dessus. Je me collai au pied du poteau et renversai la tête en arrière. Là-haut, dans une masse argentée qui semblait s'écarter devant mon regard, une section de brume plus sombre suggérait vaguement la forme d'un rectangle. Au-dessus, le brouillard semblait s'agglutiner et se solidifier comme un toit.

Il devait y avoir quatre rues et non pas trois entre la maison de John et Berlin Avenue. Je n'avais qu'à suivre les lampadaires et continuer à compter. Je me dirigeai vers la lueur du réverbère suivant et quand j'arrivai à son niveau, je me dis *cinq*. A peine avais-je continué mon chemin que le monde disparut de nouveau dans le vide. Berlin Avenue devait être droit devant moi et je m'avançai d'un pas confiant jusqu'à ce que la lueur, grande comme une pièce de monnaie, d'un nouveau réverbère me parvînt à travers le brouillard, dans le lointain. J'atteignis un autre carrefour avec un bord de trottoir arrondi et une chaussée d'un blanc grisâtre. Ely Place s'était étendue pour devenir un infini sans dimension.

Mais tant que je continuais à compter les lumières, je ne risquais rien. Les lampadaires, c'était ma version du fil d'Ariane ; elle me ramènerait à la maison de John. Je descendis sur la chaussée et je traversai.

Déconcerté, je parcourus encore deux blocs, je passai deux autres réverbères sans entendre une voiture ni voir un autre être humain. Au début du bloc suivant, le neuvième lampadaire brillant juste au-dessus de moi, je compris ce qui avait dû se passer. En sortant de chez John, j'avais pris la mauvaise direction et j'étais maintenant loin à l'est de Berlin Avenue : j'approchais d'Eastern Shore Drive. Les maisons invisibles autour de moi étaient devenues plus vastes et plus importantes, les pelouses plus allongées et plus immaculées encore. Dans quelques blocs, j'allais traverser la rue arrivant des grandes falaises qui tombaient jusqu'aux rives du lac.

Je franchis un autre bloc, puis un autre encore. J'avais compté onze lampadaires. Si j'avais bien tourné à l'est sur Ely Place au lieu de l'ouest, j'étais tout près d'Eastern Shore Road. Devant moi, un autre pâté de maisons, un autre pâle cercle de lumière jaune.

Deux idées me vinrent presque simultanément : cette rue n'allait jamais me mener ni à Berlin Avenue ni à Eastern Shore Road et, si John Ransom et moi devions nous introduire dans l'ancienne maison de Bob Bandolier, c'était vraiment le jour pour ça. Je me dis même que j'avais une excellente raison de jeter un coup d'œil à l'intérieur de cette maison. J'avais écarté l'affirmation lancée par John que Fee gardait quelque chose dans la maison en lui disant qu'en effet, c'était là qu'il conservait son enfance : je pensais maintenant que c'était plutôt son âge adulte – les archives de sa vie secrète qui devaient se trouver aussi dans la maison. Où aurait-il pu porter les cartons pris dans la cave de la Femme verte ? Elvee Holding ne pouvait pas posséder des immeubles dans toute la ville. C'était si évident que je ne voyais pas comment je n'y avais pas pensé plus tôt.

Tout ce que j'avais à faire maintenant, c'était de compter à rebours onze lampadaires et d'attendre que John sorte de son lit. Je fis demi-tour et repartis dans ce vide cotonneux.

Les éclairages se succédaient, augmentant de taille, passant de faibles points jaunes aux dimensions de citrouilles étincelantes qui n'illuminaient rien que la brume autour d'elles. A un moment, j'entendis une voiture qui descendait la rue. Je croyais presque entendre les pneus s'aplatir sur le revêtement. Elle arriva doucement derrière moi et finit par me dépasser. Le moteur émit un sifflement. Tout ce que je pouvais distinguer, c'étaient deux rayons de lumière blafarde braqués vers la rue. J'avais l'impression d'observer quelque énorme animal invisible qui glissait auprès de moi. Puis la bête disparut. Un long moment je l'entendis encore siffler, puis ce bruit-là disparut à son tour.

Au onzième lampadaire, je m'approchai du bord du trottoir pour essayer de repérer une des baies qui marquaient les limites du terrain de John. Pas la moindre tache de vert foncé n'émergeait à travers la brume. Je tendis les mains devant moi et tâtonnai dans le vide sans trouver la haie. Je fis encore un pas vers le bord du trottoir et j'atterris en trébuchant sur la chaussée. Je restai une seconde à regarder à droite et à gauche sans rien voir, à demi hébété. Je ne pouvais pas être dans la rue : la voiture m'avait dépassé *de l'autre côté*. Je fis encore un pas, cherchant à l'aveuglette n'importe quoi que je pourrais toucher.

Je me retournai pour voir la rassurante lumière jaune réfléchie comme par des paillettes de brume, elles-mêmes réfléchies par d'autres particules et puis d'autres encore, si bien que le réverbère était devenu une boule de lumière d'un jaune fuligineux sans bord ni limite, qui se poursuivait dans l'illusion d'un reflet, telle une fiction d'elle-même.

Je retraversai la rue invisible et remontai sur le trottoir. Quand j'approchai suffisamment du poteau pour le voir se dresser étincelant et vert au sein de la brume argentée, je l'effleurai des doigts. Le métal était froid et trempé de gouttelettes, solide comme un roc. Je me dirigeai vers l'autre côté du trottoir, le côté où l'énorme bête sifflante était passée à côté de moi, et j'avançai en tâtonnant jusqu'au moment où je sentis l'asphalte céder la place à une herbe courte et drue.

Je compris et en même temps j'imaginai que, sans savoir comment, j'avais traversé toute la ville jusqu'à mon ancien quartier, là où la neige tombait au milieu de l'été et où des anges faisaient disparaître la moitié du ciel. Je remontai craintivement la pelouse. J'espérais voir la silhouette de la maison de John se matérialiser devant moi. Mais je savais que j'étais de retour à Pigtown et que j'allais voir une tout autre maison.

De la brume émergea peu à peu devant moi une résidence avec de grandes marches menant jusqu'à une véranda. Derrière la véranda, une palissade à la peinture écaillée parsemée de gouttes étincelantes menait jusqu'à une grande vitre noire. Je m'arrêtai à quelques pas du bord de la véranda et j'attendis. Mon cœur s'emballa. Un petit garçon sortit des ténèbres. Il était à la fenêtre et s'immobilisa sitôt qu'il m'eut aperçu. *N'aie pas peur de moi,* pensai-je. *J'ai quelque chose à te dire.* Mais la chose que je voulais lui dire se fragmenta aussitôt en idées incohérentes : Le monde est fait de feu... Tu grandiras... Nous pouvons, *nous pouvons* passer... Le petit garçon cligna des yeux et son regard s'embua... Il ne voulait pas m'entendre... Il ne pouvait pas... Une grande volute blanche de brouillard jaillit du vide comme une patte gigantesque me séparant de lui et, quand je fis un pas en avant pour le voir, la fenêtre était vide.

N'aie pas peur, aurais-je voulu dire, mais moi aussi, j'avais peur.

Je traversai la pelouse à l'aveuglette, les mains tendues devant moi et, au bout de quinze pas, je rencontrai une épaisse haie verte. Je m'avançai le long de cette frontière élastique jusqu'au moment où elle s'arrêta perpendiculairement au bord du trottoir. Je la contournai alors en tâtonnant et je remontai en diagonale la pelouse suivante jusqu'au moment où j'aperçus les marches de granit familières et une porte tout aussi familière, flanquée d'étroites fenêtres.

Pigtown – soit le vrai Pigtown, soit celui que je portais en moi – avait disparu. J'étais de retour à Ely Place.

5

Tout rose après sa douche et portant un pantalon de flanelle grise, un chandail à col roulé en coton gris anthracite et une veste de soie bleu marine, John descendit deux heures plus tard. Il avait sur la tête un petit pansement couleur chair. Il sourit en entrant dans le salon et me dit : « Quelle journée ! En général, nous n'avons pas de brouillard comme ça, en plein été. » Il claqua dans ses mains et me considéra un moment, secouant la tête comme si j'offrais un spectacle extraordinaire. « Tu t'es levé de bonne heure pour travailler ? » Sans me laisser le temps de répondre, il demanda : « Qu'est-ce que cet énorme volume ? Je croyais que les Évangiles gnostiques étaient mon territoire, pas le tien. »

Je refermai le livre. « Combien de blocs d'ici à Berlin Avenue ?

– Trois, dit-il. Tu ne peux donc pas trouver la réponse dans l'Évangile selon Thomas ? J'aime bien le verset où Jésus dit : Si vous comprenez le monde, vous avez trouvé un cadavre, mais si vous avez trouvé un cadavre, vous êtes supérieur au monde. C'est la vraie touche gnostique, tu ne trouves pas ?

– Combien de blocs d'ici à Eastern Shore Drive ? »

Il leva la tête et compta sur ses doigts. « Sept, je crois bien. J'en ai peut-être oublié un. Pourquoi ?

– Je suis sorti ce matin et je me suis perdu. J'ai parcouru environ neuf blocs dans le brouillard, et puis je me suis rendu compte que je ne savais même pas dans quelle direction j'allais.

– Tu as dû remonter, dit-il. Ou partir de côté. Tu ne peux pas faire neuf blocs vers la droite ni vers la gauche. Écoute, je meurs de faim. Tu as déjà pris ton petit déjeuner ? »

Je secouai la tête.

« Préparons quelque chose dans la cuisine. »

Il tourna les talons et je le suivis.

« Qu'est-ce que tu veux ? Je vais prendre des œufs au plat.

– Juste un toast, dis-je.

– Comme tu voudras. » John introduisit une tartine dans le grille-pain, graissa unc poêle avec de la margarine et cassa deux œufs dans la graisse grésillante.

« Qui habite la maison d'à côté ? demandai-je. Celle qui est sur la droite ?

– Eux ? Ce sont Bruce et Jennifer Adams. Une

soixantaine d'années. Je crois que Bruce avait une agence de voyages. La seule fois où nous sommes allés chez eux, la maison était pleine de ces sculptures folkloriques de Bali et d'Indonésie. On avait l'impression que tout ça devait se balader dans la maison une fois les lumières éteintes.

– As-tu jamais vu des enfants là-bas ? »

Il éclata de rire. « Je ne pense pas qu'ils laisseraient un gosse s'approcher à cinq mètres de chez eux.

– Et les voisins de l'autre côté ?

– C'est un vieux type du nom de Reynolds. April le trouvait assez sympathique pour l'inviter à dîner de temps en temps. Il enseignait autrefois la littérature française à l'Université. Reynolds est un brave type, à mon avis, mais qui fait un peu tantouse. » Il passait une spatule sous un des œufs et s'arrêta dans un mouvement avant de tourner la tête pour me jeter un coup d'œil. « Je veux dire, tu vois ce que je veux dire. Je n'ai rien contre ce type.

– Je comprends, dis-je. J'imagine qu'il ne doit pas y avoir d'enfants dans cette maison-là non plus. »

Quatre tranches de pain grillé jaillirent du grille-pain. Je les posai sur une assiette et me mis à étaler de la margarine dessus.

« Tim », fit John.

Je levai les yeux vers lui. Il fit glisser les œufs sur une assiette, croisa mon regard, détourna les yeux puis me regarda de nouveau. « Je suis vraiment content que nous ayons eu cette conversation hier soir. Et je t'en remercie. Je te respecte, tu sais cela.

– Combien de temps à ton avis va durer ce brouillard ? »

Il regarda la fenêtre. « Difficile à dire. Ça pourrait même tenir jusqu'à l'après-midi : c'est si épais. Pourquoi ? Tu voulais faire quelque chose ?

– Je pense que nous pourrions voir si nous parvenons à entrer dans cette fameuse maison, dis-je.

– Par un temps pareil ? » Il apporta son assiette jusqu'à la table et d'une main désigna la fenêtre. « Attendons encore une demi-heure et voyons comment ça évolue. » Il me lança un étrange demi-sourire. « Qu'est-ce qui t'a fait changer d'avis ? »

J'étalai sur mon toast une cuillerée de confiture. « Je pensais à ce que tu me disais hier soir : qu'il devait y avoir quelque chose dans cette maison. Tu te souviens de ce petit bout de papier que j'ai trouvé à la Femme verte ? »

Lorsque j'eus prononcé une ou deux phrases, il cessa de secouer la tête et commença à s'intéresser à ce que je disais quand je lui eus rappelé le carnet de Walter Dragonette.

« Bon, fit-il. Si, je dis bien si, ce type gardait des notes détaillées sur chaque meurtre qu'il commettait, alors nous pouvons vraiment le coincer. Il suffit de remonter sa trace jusqu'à la ville où il travaillait.

– Tom Pasmore pourrait probablement nous aider.

– Je n'ai aucune confiance dans ce clown, dit-il. C'est notre affaire.

– Nous réfléchirons à ça quand nous aurons trouvé les notes », dis-je.

Le reste de la matinée, nous écoutâmes à la radio les bulletins météo tout en regardant de temps en temps par les fenêtres. A dix heures, la brume était aussi épaisse qu'à huit et la radio conseillait aux habitants de rester chez eux. Il y avait eu une demi-douzaine d'accidents sur l'autoroute ainsi que cinq ou six petits accrochages à des carrefours. Pas un avion n'avait décollé de l'aéroport de Millhaven depuis minuit et tous les vols étaient détournés vers Milwaukee ou Chicago.

John n'arrêtait pas de se lever du canapé pour aller faire quelques pas devant la porte et de revenir pour se moquer de moi qui m'étais perdu.

J'étais heureux de le voir de si bonne humeur. Tandis qu'il allait et venait afin de vérifier si nous pourrions voir assez loin pour conduire une voiture, je feuilletai « La Paraphrase de Shem » et « Le Second traité du Grand Seth ».

« Pourquoi te donnes-tu la peine de regarder ces âneries ? demanda John.

– J'espère trouver, dis-je. Qu'est-ce que tu leur reproches ?

– Le gnosticisme est une impasse. Quand les gens y font allusion aujourd'hui, ils lui font dire tout ce qu'ils veulent en y voyant un système d'analogies. Et le seul intérêt du gnosticisme au début, c'était que toutes les absurdités qu'on pouvait inventer devenaient vraies parce qu'on les avait inventées.

– Je crois que c'est pour ça que ça me plaît », dis-je.

Il secoua la tête d'un air apitoyé.

A midi et demi, nous déjeunâmes. Les avions ne décollaient toujours pas et la radio n'avait pas cessé de conseiller aux gens de rester chez eux mais, par la fenêtre de la cuisine, nous pouvions voir presque à mi-chemin des haies au fond de la propriété de John. « Tu ne vas pas t'affoler une fois de plus si je prends ce pistolet, hein ? me demanda John.

– Tâche simplement de ne pas tirer sur la vieille voisine », dis-je.

6

J'allumai les antibrouillards et sortis dans la rue. Le panneau de stop au bout du bloc jaillit de la brume juste à temps pour que je puisse freiner.

« Tu crois que tu peux conduire ? » demanda John.

A titre d'expérience, je mis les phares : le panneau de stop et la rue devant moi disparurent dans une brume grise percée de deux tunnels jaunes inutiles. Ransom poussa un grognement et j'allumai les codes. Au moins les autres véhicules pourraient nous voir arriver.

« Engageons un lépreux pour marcher devant nous en agitant une clochette », suggéra Ransom.

En temps normal, le trajet jusqu'à la 7e Rue Sud prenait une vingtaine de minutes. John et moi arrivâmes là-bas en un peu plus de deux heures et demie. Nous y étions parvenus sans accident, même si nous en avions frôlé deux, sans parler d'une intervention miraculeuse où un garçon à bicyclette avait soudain surgi juste devant moi, à moins d'un mètre. Je l'avais évité d'un coup de volant et j'avais continué à rouler, la bouche sèche et les entrailles nouées.

Nous descendîmes de voiture à un bloc de la maison. La brume noyait même les immeubles de l'autre côté du trottoir. « C'est par ici », dis-je. Je lui fis traverser la rue et nous nous dirigeâmes vers l'ancienne maison de Bob Bandolier.

7

J'entendis des voix étouffées. Hannah et Frank Belknap étaient assis sur leur véranda à regarder dans le vide. Du trottoir, je distinguais tout juste la terrasse de la maison de Bandolier. Les voix des Belknap perçaient le brouillard aussi distinctement que celles d'un poste de radio qu'on ferait marcher tout bas. Ils parlaient d'aller dans le Nord du Wisconsin vers la fin de l'été et Hannah se plaignait d'avoir à passer toute la journée sur un bateau.

« Tu prends toujours plus de poisson que moi, tu le sais bien, dit Frank

– Ça ne veut pas dire que je n'ai envie de faire que ça », fit la voix désincarnée de Hannah.

John et moi nous avançâmes à pas prudents sur la pelouse en nous efforçant de faire le moins de bruit possible.

Le mur de la maison nous priva de la réponse de Frank. John et moi marchions dans l'herbe brune et humide, en longeant le bâtiment. Au coin, nous tournâmes dans la cour de derrière. Tout au fond, à peine visible dans la brume, une petite barrière en bois avec un portillon se dressait le long d'une étroite ruelle. Nous arrivâmes à la porte de derrière, devant une dalle de béton un peu plus grande qu'un paillasson.

John se pencha pour inspecter la serrure, murmura « Pas de problème » et tira de sa poche de pantalon un énorme trousseau de clés. Il les inspecta, en choisit une et l'essaya. Elle tourna un petit peu et se bloqua. Il la retira, en essaya une autre qui semblait identique à la première. Ça ne marcha pas non plus. Il se tourna vers moi, haussa les épaules en souriant et en sélectionna une troisième. Celle-ci s'introduisit dans la serrure comme si elle avait été faite pour elle. Le mécanisme eut un déclic et la porte s'ouvrit. John me fit un geste « Après vous, je vous en prie », et je me glissai derrière son dos pendant qu'il se retournait pour refermer la porte.

Je savais où tout se trouvait. C'était la cuisine de la maison où j'avais grandi, un peu poussiéreuse et délabrée, mais tout à fait familière. Une table rectangulaire au plateau éraillé était à deux mètres de la porte. Dans la pénombre, je distinguai les noms BETHY JANET BILLY taillés dans le bois avec tout un tas de gribouillis. Ransom fit deux pas en avant sur le linoléum jaune craquelé. « Qu'est-ce que tu attends ? dit-il.

– La décompression », répondis-je. Un fragment de papier peint représentant des bergers et des bergères tenant des houlettes à la main se détacha du mur. Quelqu'un, sans doute Bethy, Janet ou Billy, avait griffonné par-dessus l'image et de vieilles taches jaunes de graisse éclaboussaient le mur derrière le petit réchaud électrique. Un sexe énorme et une magnifique paire de couilles, imparfaitement dissimulés sous un palimpseste de traits griffonnés, jaillissaient d'un des bergers près du panneau de papier qui s'était décollé. Les Dumky avaient laissé de nombreux signes de leur bref passage.

« Tu devrais être habitué, maintenant, à l'existence des criminels », dit John. Il traversa la cuisine pour entrer dans le vestibule. « Qu'est-ce qu'il y a ici, trois ou quatre pièces ?

– Trois, sans compter la cuisine », dis-je. J'entrai dans le petit couloir sombre et posai la main sur un bouton de porte. « La chambre du petit garçon devait être ici », dis-je en ouvrant la porte.

L'étroit rectangle de l'ancienne chambre de Fee correspondait exactement aux dimensions de la mienne. Il y avait un lit étroit avec une couverture militaire vert foncé, une unique chaise en bois. Une petite commode, tellement couverte de taches qu'elle en était presque noire, se trouvait contre le mur. Tout au bout, une étroite fenêtre révélait une couche mouvante de brume. J'entrai et mon cœur se serra. John s'agenouilla pour regarder sous le lit. « Dégueulasse. » Une frise de petits bonshommes sommairement dessinés, de soleils tout ronds avec des rayons et de maisons reliées par un réseau de lignes gribouillées occupait les murs jusqu'à hauteur de la taille. La peinture bleu pâle au-dessus des graffitis était maintenant sale et toute piquée.

« Ce jeune Fee a vraiment fait des cochonneries, fit John.

– Ce sont les locataires », dis-je. Je me dirigeai vers le lit et tirai la couverture. Pas de drap, rien qu'un vieux matelas couvert d'un tissu à rayures sale. John me lança un regard intrigué et se mit à ouvrir les tiroirs. « Rien, dit-il. Où pourrait-il bien ranger les cartons ? »

Je secouai la tête et sortis de la chambre.

Les trois fenêtres sur le devant du salon étaient identiques à celles de mon ancienne maison et la longue pièce rectangulaire m'évoqua tout autant que la chambre des souvenirs d'enfance. Une ambiance de malheur et de rage qui persistait semblait rendre l'atmosphère encore plus étouffante. Je connaissais cette pièce : je l'avais *décrite*.

J'avais placé deux tables devant les fenêtres – là où se trouvait notre vieux canapé – et elles étaient là : plus décorées que je ne l'avais imaginé, mais de la même hauteur et du même bois sombre. Un téléphone était posé sur la table gauche, auprès d'un gros fauteuil usé : le trône de Bob Bandolier. Le long divan que j'avais décrit était contre le mur du fond : il était vert et non pas jaune, mais avec les mêmes bras incurvés.

Et pourtant, me parut-il, ça ne ressemblait quand même pas à la pièce que j'avais imaginée. J'avais pensé que Bob Bandolier fournirait à sa famille des images dévotes : le Sermon sur la montagne ou la Multiplication des pains, mais il n'y avait pas de reproductions ni de chromos aux murs, rien que le papier peint. J'avais imaginé un petit rayonnage de livres avec la Bible, des westerns et des polars en édition de poche :

mais les seules étagères qu'il y avait dans le salon étaient des plaques de verre vides, avec une bordure de métal noir. Elles avaient abrité jadis des figurines de porcelaine. Un fauteuil à haut dossier tapissé de brocart était posé auprès de la table du téléphone et un autre sans bras faisait face à la pièce, à côté de l'autre table vide. Le fauteuil de Bob et celui de sa femme.

« On dirait... on dirait un musée consacré aux années quarante, dit John en se tournant vers moi avec un sourire incrédule.

– C'est exactement ça », dis-je.

Je me rassis sur la chaise et regardai de côté. Par une fenêtre du mur nu, je distinguai tout juste le côté de la maison des Belknap. Par la fenêtre correspondante du salon, Hannah avait vu Fee adulte assis juste où j'étais maintenant. John, pendant ce temps, regardait derrière les fauteuils et sous le divan. Fee venait la nuit et n'utilisait qu'une torche électrique : il n'avait donc jamais remarqué les taches de graisse sur le brocart des fauteuils ni le liséré de crasse sur le bord des coussins.

John ouvrit la porte en face de celle du vestibule. Je me levai et le suivis dans la chambre où Anna Bandolier était morte de malnutrition et de manque de soins.

Une auréole sombre comme de la rouille s'étalait au milieu du matelas nu posé sur le lit double. John regarda sous le sommier et ouvrit la penderie en noyer de Bob Bandolier. Deux portemanteaux métalliques étaient accrochés à une tringle et un troisième gisait dans quarante ans de poussière au fond du placard. « Les tiroirs », dit John. Nous ouvrîmes tous deux un des grands tiroirs de chaque côté de la petite coiffeuse avec son miroir posé contre le mur. Le mien était vide. John referma le sien et me regarda avec un mélange d'impatience et d'exaspération.

« Bon, fit-il. Où sont ces cartons ?

– Quand Bob Bandolier s'est débarrassé des Sunchana, il n'y avait plus de locataire au premier étage. Il a donc très bien pu les ranger là-haut. » Puis un autre détail me revint en mémoire. « Et il y a un sous-sol où on faisait la lessive.

– Je vais regarder en haut ». Il s'épousseta les genoux et me lança encore un regard sévère. « Fichons le camp d'ici dès que possible : je ne me fie pas à ce brouillard. »

Je croyais presque voir le petit Fee Bandolier debout à côté du lit par une froide nuit de novembre 1950, cramponné aux bras de sa mère mourante pendant que son père gisait inconscient sur le sol, entouré de bouteilles de bière vides.

« D'accord ? » demanda John.

J'acquiesçai et il sortit de la chambre. Tournant le dos au petit garçon, je m'éloignai dans les brumes et les vapeurs qui émanaient de toutes les pensées qu'il m'inspirait et je traversai le salon pour retourner dans la cuisine.

Comme dans mon ancienne maison, la porte du sous-sol était à côté de la cuisinière. Je descendis dans le noir les marches de bois, laissant mes yeux s'habituer à l'obscurité.

Au pied des escaliers, un long établi en bois était posé sur le sol de béton gris. Contre le mur, au-dessus de l'établi, était accrochée une rangée de boîtes de café et de pots de confiture emplis de clous et de vis. Je distinguai bientôt les formes des cartons sous l'établi. Je poussai un soupir où le soulagement se mêlait au triomphe. Je m'approchai de l'établi, me penchai et tirai vers moi le carton le plus proche.

Il avait environ la taille d'une caisse de whisky et on avait replié et non pas collé le haut du carton. Je me débattis avec les languettes entrecroisées jusqu'au moment où toutes les quatre se libérèrent du même coup, révélant une couche de tissu foncé. Fee avait enveloppé ses notes dans de la toile après avoir vu ce que les rats leur avaient fait dans le sous-sol de la Femme verte. J'empoignai un bout de tissu et je tirai. La toile céda sans résistance. Des manches apparurent : c'était une veste de costume. Je la laissai tomber sur le sol et plongeai les mains dans le carton. Cette fois, ce fut le pantalon que je repêchai. Sous le pantalon soigneusement plié se trouvaient encore deux costumes, un bleu marine, l'autre gris foncé. Je remis le premier dans le carton que je repoussai sous l'établi et j'en tirai un autre vers moi. Quand j'eus réussi à l'ouvrir, je découvris une pile de chemises blanches de la marque Arrow. Elles étaient maculées par la poussière qui avait filtré de l'établi et raides d'amidon.

Le carton suivant contenait trois autres costumes pliés sur une couche de caleçons et de tricots de corps roulés en boule. Celui d'à côté contenait un assortiment de chaussures noires et le dernier au moins une centaine de larges cravates de la fin des années quarante emmêlées comme des serpents. J'avais les genoux endoloris quand je me redressai.

Fee Bandolier avait expulsé les Dumky, fait nettoyer ce qui était important pour lui et tourné la clé dans la serrure en scellant le passé sous une cloche de verre. Une grosse araignée grise était suspendue entre le rouleau d'essorage de la vieille machine à laver et le rebord en pente de la petite fenêtre rectangulaire ménagée dans le mur derrière. J'arpentai lentement toute la longueur du sous-sol. Une bicyclette noire de la taille d'un poney était appuyée contre la paroi. Je me dirigeai vers la grosse chaudière au centre de la cave car j'avais aperçu dans l'ombre une autre rangée de cartons. Je m'approchai et les cartons se révélèrent n'être que le long plateau rectangulaire d'un chariot. Je le poussai du pied et il partit en arrière sur des roulettes qui grinçaient, entraînant avec lui son manche en bois. Je distinguai alors un autre carton caché entre le chariot et la chaudière.

« Tiens », fis-je et je me penchai pour le prendre. Des lambeaux de vieilles toiles d'araignée étaient accrochés dessus. On l'avait déplacé récemment. Je bandai mes muscles et soulevai le carton pour m'apercevoir qu'il ne pesait presque rien. Quoi qu'il pût contenir, ce n'étaient certainement pas des centaines de pages manuscrites. J'emportai le carton vers le pied de l'escalier et j'entendis John qui marchait dans la cuisine.

Je reposai le carton et ouvris les quatre rabats du couvercle. A l'intérieur, il y avait une autre boîte. « Bon sang », dis-je. Et je me précipitai vers la chaudière.

« Tu as trouvé quelque chose ? cria John du haut de l'escalier.

– Je ne sais pas », dis-je. Je tirai sur la poignée et j'ouvris la porte.

« Il n'y a rien là-haut. Juste des pièces vides. » Une marche sur deux gémissait sous son poids. « Qu'est-ce que tu fabriques ?

– Je vérifie la chaudière, dis-je. Je viens de trouver deux cartons vides. »

L'intérieur de la chaudière avait à peu près la taille d'une voiture d'enfant. Une fine cendre blanche était répandue sur le fond et la grille était recouverte d'une épaisse couche de suie noire. John vint me rejoindre.

« Je crois que nous les avons perdus, dis-je.

– Attends un peu, fit John. Il n'a rien brûlé là-dedans. Tu vois ça ? » Il désignait une partie presque invisible de la paroi de la chaudière, une section de couleur un peu plus claire que le reste de l'intérieur et que j'avais prise pour une tache. John plongea un bras dans la chaudière. La vieille toile d'araignée suivit sa main puis se brisa pour s'effondrer en un amas de fils d'un gris sale.

Les cartons étaient là où je les avais laissés, les rabats du plus grand ouverts sur le côté bien lisse de celui qui se trouvait à l'intérieur. Quand je secouai, quelque chose remua dedans. « Déchirons-les », dis-je.

John s'avança et pesa des deux mains sur le carton. Je glissai mes doigts à l'intérieur et je tirai. La petite boîte sortit sans mal. Le ruban de papier collant qui maintenait les rabats du couvercle avait été fendu au milieu. Je les écartai : une autre boîte plus petite était à l'intérieur. Je tirai le troisième carton. De la taille à peu près d'un grille-pain, lui aussi avait été ouvert avant d'être glissé dans le nid. Quand je le secouai, un bruit de papier me parvint de l'intérieur.

« Je crois bien que tu as trouvé l'œuf de Pâques », dit John.

Je posai la boîte par terre et l'ouvris. Une petite enveloppe carrée était posée au fond. Je la pris. Elle était plus épaisse et plus lourde que je ne le pensais. Je l'emportai à la lumière en haut de l'escalier. John me regarda la décacheter.

« Des photos. »

Auprès des formats actuels, les vieilles photographies carrées à bordures blanches semblaient toutes petites. Je les sortis de l'enveloppe et examinai la première. Un des enfants Dumky avait griffonné dessus. Sous le gribouillis, on distinguait encore le tunnel derrière le Saint-Alwyn. Je fis passer la photo en dessous de la pile pour regarder la suivante. Au premier abord, on aurait dit un duplicata de celle que je venais de voir. Il y avait moins de griffonnages sur celle-ci. Puis je constatai que le photographe avait fait quelques pas pour s'approcher de l'entrée du tunnel : l'éventail de briques verticales qui constituait la clé de voûte apparaissait plus clairement sous les griffonnages.

La suivante montrait un lit soigneusement fait sous un tableau encadré, invisible derrière l'éclat du flash qui s'était reflété sur le verre. A côté du lit, la moitié d'une porte emplissait le cadre. Un petit Dumky avait griffonné des X sur la porte et sur le mur. Il avait perdu patience avant d'arriver au lit et les X n'étaient plus que des ronds et des boucles.

« Qu'est-ce que c'est que ça ? » demanda John.

La photographie suivante représentait le même lit et la même porte pris sous un angle qui incluait dans le cliché le coin d'une coiffeuse. Les détails de la pièce étaient enfouis sous un tas d'autres gribouillis.

« Une photo de la chambre 218, au Saint-Alwyn », dis-je. Je regardai Ransom. « Bob Bandolier a pris des photos des lieux avant de commettre les meurtres. »

J'arrivai à l'image suivante, à peine barbouillée par un des petits Dumky. Là, dans des tons sépia, on apercevait le côté de Livermore Avenue où se trouvait L'Heure de Loisir : là où Monty Leland avait été assassiné. Le cliché d'en dessous avait été pris d'un endroit plus proche du coin de la 6e Rue Sud et on voyait mieux le côté du café. Un zigzag tracé à l'encre courait sur les planches de bois comme un éclair.

« Ce type était un véritable obsédé. Tous ses coups étaient préparés comme une campagne militaire. »

Je fis glisser la photographie en bas de la pile et me trouvai devant un cliché presque indéchiffrable sous des gribouillis tracés à l'encre. Je l'approchai. Ce devait être une photo de la boucherie de Heinz Stenmitz, mais quelque chose à propos de la forme ou de la taille du bâtiment me tracassait.

La suivante était presque aussi mauvaise. Sous un foisonnement de gribouillis apparaissait le bord d'un édifice qui aurait tout aussi bien pu être le Taj Mahal, la Maison-Blanche ou l'immeuble que j'habitais sur Grand Street.

« Celle-là, dit John, ils l'ont bien arrangée. »

J'examinai la photo en essayant de découvrir ce qui me troublait : c'était tout juste si je me souvenais de la façade de la boutique de Stenmitz. Un côté de l'enseigne qui dépassait de la vitrine proclamait SAUCISSES FABRICATION MAISON : l'autre côté, VIANDE DE QUALITÉ. On croyait lire quelque chose comme ça sous les griffonnages mais les proportions du bâtiment semblaient erronées.

« Ce doit être la boucherie, non ?

– Je pense, fis-je.

– Comment se fait-il que ces photos soient soigneusement rangées dans ces cartons ?

– Fee a dû les trouver dans un tiroir – là où son père les gardait. Il les a descendues ici pour les mettre à l'abri. Il a dû croire que personne ne les trouverait jamais.

– Qu'allons-nous en faire ? »

J'avais déjà mon idée là-dessus.

Je triai les photos et je choisis dans chaque paire la plus nette. John prit l'enveloppe et je lui passai les autres. Il les remit dans l'enveloppe et referma le rabat. Puis il la retourna et l'approcha de ses yeux, comme je l'avais fait avec le dernier cliché. « Tiens, tiens.

– Quoi donc ?

– Regarde un peu. » Il désignait de fines pattes d'araignée tracées au crayon sur le coin supérieur gauche.

En lettres d'un gris pâle, un peu effacées et d'une

écriture presque féminine, les mots BLUE ROSE se lisaient sur le papier jaunissant.

« Laissons celles-ci ici », dis-je. Je remis l'enveloppe dans le plus petit carton dont je repliai les rabats. Je le glissai ensuite dans l'autre que j'introduisis dans le plus grand des cartons. Je le refermai également et le remis à sa place derrière la chaudière.

« Pourquoi ? demanda John.

– Parce que nous savons qu'elles sont ici. » Il fronça les sourcils, essayant de comprendre. J'expliquai : « Un jour, nous voudrons peut-être démontrer que Bob Bandolier était Blue Rose. Alors nous laissons l'enveloppe ici.

– Bon, mais où sont les notes ? »

Je haussai les épaules. « Elles doivent bien être quelque part.

– Formidable. » John alla jusqu'au bout du sous-sol, comme s'il essayait de faire émerger de l'ombre les cartons de notes. Il disparut derrière la chaudière, puis je l'entendis qui remontait de l'autre côté. « Il les a peut-être cachées sous la grille de la chaudière. »

Nous en fîmes le tour : John ouvrit la porte et passa la tête à l'intérieur. « Pouah ! » Il tendit le bras et essaya de soulever la grille. « Coincée. » Il retira sa main, dont le dos était couvert de striures grises et noires et la paume complètement noircie. La manche de sa veste de soie bleue avait une rayure noire verticale juste au-dessous du coude. John eut une grimace en voyant tout cela : « Ma foi, je ne pense pas que ce soit ici.

– Non, dis-je. Les notes sont probablement encore dans les cartons. Il ne se doute pas que nous savons qu'elles existent. »

Je jetai un dernier regard inutile sur le sous-sol.

« Allons, fit John, rentrons. »

Nous remontâmes pour nous retrouver dans la brume. John referma la porte à clé derrière lui. Je me perdis quelque part au nord de la vallée et je faillis emboutir une voiture qui sortait en reculant d'une allée. Il me fallut près de deux heures pour regagner Ely Place et, quand nous nous arrêtâmes devant chez lui, John dit : « Tu as encore d'autres idées sublimes ? »

Je ne lui rappelai pas que c'était son idée à lui.

8

« Alors, demanda John, qu'est-ce qu'on fait maintenant ? » Nous étions dans la cuisine, à déguster une grande salade que j'avais préparée à partir d'un cœur de laitue fatigué, de la moitié d'un oignon, d'un vieux morceau de fromage de Monterey et de tranches de viande qui restaient du déjeuner.

« Il va falloir faire des courses, dis-je.

– Tu sais bien ce que je veux dire. »

Je mâchonnai un moment en réfléchissant. « Il faut qu'on trouve un moyen pour qu'il nous conduise à ces notes. J'ai aussi quelques idées de recherche. Je voudrais continuer dans cette voie.

– Quel genre de recherches ?

– Je t'expliquerai quand j'aurai des résultats. » Je ne voulais pas lui parler de Tom Pasmore.

« Est-ce que ça signifie que tu veux de nouveau utiliser la voiture ?

– Un peu plus tard, dis-je, si ça te dérange pas.

– Très bien. Il faut vraiment que je descende jusqu'au Collège pour m'occuper de mon programme et de quelques autres détails. Tu pourrais peut-être me déposer là-bas et passer me reprendre plus tard ?

– Tu vas établir le programme des cours d'Alan aussi ?

– Je n'ai pas le choix. Jusqu'à l'homologation du testament, la succession d'April est toujours bloquée. »

Je ne voulais pas le questionner sur l'importance de la succession d'April.

« Ça va faire dans les deux millions de dollars, dit-il. Deux millions et quelque, d'après les avocats. Plus environ un demi-million de son assurance-vie. Les droit de succession vont m'en absorber une grande partie.

– Il en restera quand même pas mal, dis-je.

– Pas suffisamment.

– Suffisamment pour quoi ?

– Pour être à l'abri, je veux dire vraiment à l'abri jusqu'à la fin de mes jours, dit-il. Je vais peut-être avoir envie de voyager quelque temps. » Il se renversa en arrière et me regarda droit dans les yeux. « J'ai vraiment passé par d'incroyables merdes dans ma vie et j'en ai assez. Tout ce que je veux, c'est que l'argent soit *là*.

– Pendant que tu voyages, dis-je.

– Exactement. Peut-être que je vais écrire un livre. Tu sais sur quel sujet, n'est-ce pas ? Ça fait longtemps que je suis coincé à Millhaven et au Collège d'Arkham : il faut que je trouve une nouvelle direction. »

Il me lança un regard appuyé et je hochai la tête. Cela me rappelait l'ancien John Ransom, celui pour lequel j'étais venu à Millhaven.

« Après tout, cela fait une dizaine d'années que je suis le compagnon constant d'Alan Brookner. Je pourrais exposer ses idées à un public populaire. Les gens sont toujours prêts à des aperçus intéressants présentés sous une forme accessible. Pense un peu à Joseph Campbell. Pense à Bill Moyers. Je suis prêt à passer à l'étape suivante.

– Alors, voyons si je te suis bien, dis-je. D'abord, tu vas voyager à travers le monde, et puis tu vas vulgariser les idées d'Alan, et après ça tu vas faire de la télévision.

– Non, je suis sérieux, dit-il. Je veux prendre un peu de temps pour réfléchir à ma propre expérience et voir si je suis capable d'écrire un livre qui ferait un peu de bien. Je pourrais partir de là.

– J'aime voir un homme qui a un grand rêve, dis-je.

– Je crois en effet que c'est un grand rêve. » John me regarda un instant, essayant de deviner si je me moquais de lui et prêt à se vexer.

« Quand tu écriras ton livre, je pourrais t'aider à trouver le bon agent. »

Il acquiesça vigoureusement. « Formidable, merci, Tim. Au fait... »

Je le regardais attentivement, me demandant ce qui allait suivre.

« Si le brouillard se lève demain, je vais aller reprendre la voiture à Purdum et la conduire à Chicago.

Tu sais, comme je te l'ai dit. Ça te tente de m'accompagner ? »

Il voulait que je le conduise à Purdum ; il voulait sans doute aussi que je conduise la Mercedes jusqu'à Chicago. « J'ai des tas de choses à faire demain », dis-je, ne me doutant pas à quel point je disais la vérité. « Nous verrons comment ça se présente. »

John semblait avoir envie de rester dans le salon devant la télévision. Jimbo nous racontait que la police avait signalé une demi-douzaine de cas de vandalisme et de pillage de magasins sur Messmer Avenue, la principale rue commerçante du ghetto noir de Millhaven. Merlin Waterford avait refusé d'admettre l'existence du Comité pour un Millhaven juste en proclamant : « L'arrestation d'un dément ne justifie pas qu'on s'en prenne à notre admirable système de gouvernement local. »

Je pris *365 jours*, un livre d'un médecin du nom de Ronald Glasser qui avait soigné des soldats blessés au Viêt-nam, et je le montai dans ma chambre.

9

Je posai les quatre photos sur le lit et je m'allongeai à côté. Dans les tons gris-brun, plus ou moins visibles sous les griffonnages au stylo à bille, le passage de brique derrière le Saint-Alwyn, la chambre 218, le côté de L'Heure de Loisir et ce qui devait être la boucherie de Heinz Stenmitz me considéraient. Une puissante impression de temps passé – de différence – émanait de ces clichés. Le passage voûté et l'extérieur de L'Heure de Loisir n'avaient guère changé en quarante ans. Mais tout ce qui les entourait avait connu des guerres, des crises économiques et la longue période de désillusion qui avait suivi les années soporifiques de l'administration Reagan.

Je regardai la photographie de la chambre d'hôtel où était mort James Treadwell. Je la mis de côté et j'examinai le quatrième cliché à la lueur de la lampe de chevet.

Ce devait être la boucherie, mais quelque chose continuait à me troubler : puis je me rappelai la puanteur du sang et Mr. Stenmitz qui penchait sa grande tête de monstre blond vers moi. Je laissa la photo retomber sur le lit et je repris *365 jours*.

Vers trois heures et demie, John se mit à crier dans l'escalier que nous ferions mieux d'y aller si nous voulions arriver à Arkham à quatre heures. Je passai un veston et fourrai les quatre clichés dans ma poche.

John m'attendait au pied de l'escalier, un porte-documents noir à la main. Il avait l'autre main enfoncée dans la poche de sa veste de soie. « Où vas-tu, d'ailleurs ? me demanda-t-il.

– Je vais sans doute aller pianoter sur les ordinateurs à la bibliothèque de l'Université, dis-je.

– Ah, fit-il, comme s'il avait maintenant tout compris.

– Il pourrait y avoir d'autres renseignements sur Elvee. »

Il se pencha et me regarda droit dans les yeux. « Je n'ai plus de collyre. Si je tombe sur quelque chose à la bibliothèque, ça t'ennuierait de prendre un taxi pour rentrer ?

– Essaie de terminer avant sept heures, dit-il en bougonnant. Après ça, tout est fermé. Restrictions budgétaires. »

Vingt minutes plus tard, je déposai John devant le sinistre quadrilatère d'Arkham et je le vis disparaître au cœur de la brume. Quelques pâles lumières brûlaient aux fenêtres parmi les silhouettes sombres des bâtiments. Dans le brouillard, Arkham avait l'air d'un asile de fous au milieu des bruyères. Je descendis lentement la rue. Quand une cabine téléphonique émergea de l'ombre, je me garai en double file et je composai le numéro de Tom.

Une fois le message de son répondeur terminé, je déclarai que j'avais besoin de le voir le plus tôt possible, qu'il me rappelle dès qu'il se lèverait : je devais retourner chez John...

Il y eut un déclic au bout du fil. « Passez donc, dit Tom.

– Vous êtes déjà debout ?
– Je suis *encore* debout », répondit-il.

10

« Savez-vous combien il y a d'Allentown en Amérique ? me demanda Tom. Vingt et un. Certaines de ces villes ne sont même pas dans les atlas. J'ai laissé de côté Allentown, Géorgie, Allentown, Floride, Allentown, Utah ou Allentown, Delaware, car toutes ces agglomérations ont une population de moins de trois mille habitants : c'est peut-être un choix arbitraire, mais même Fee Bandolier ne pourrait pas commettre une série de meurtres dans des bourgades de cette taille. »

Les menus clignotaient sur les écrans de ses ordinateurs. Tom paraissait un peu pâle, il avait les cheveux en désordre, mais le seul autre signe qui montrait qu'il n'avait pas dormi depuis vingt-quatre heures, c'était qu'il avait desserré son nœud de cravate. Il portait le même long peignoir de soie que l'autre jour.

« J'ai donc examiné chacune des seize autres Allentown, en cherchant une Jane Wright assassinée en mai 1977. Rien. Pas de Jane Wright. La plupart de ces bourgs sont si petits que ce mois-là il n'y a pas eu un seul meurtre. Tout ce que je pouvais faire alors c'était de revenir à Allentown, Pennsylvanie et de regarder encore.

– Et alors ?

– J'ai trouvé quelque chose de pas mal.

– Vous allez me dire ce que c'est ?

– En temps voulu. » Tom me regarda en souriant. « Au téléphone, vous m'avez donné l'impression d'être tombé sur quelque chose d'assez croquignolet vous aussi. »

Inutile de lui faire dire quoi que ce soit avant qu'il ne soit prêt. Je bus une gorgée de café et dis : « La voiture d'April Ransom était dans un garage à Purdum. John s'est affolé quand il l'a retrouvée devant chez lui avec plein de sang sur les sièges : il l'a emmenée jusqu'au garage d'Alan pour la nettoyer puis est allé la planquer hors de la ville.

– Tiens, vraiment ? » Tom renversa la tête en arrière et me considéra à travers ses paupières mi-closes. « Je pensais bien qu'il savait où se trouvait cette voiture. »

Il souriait de nouveau : ce même petit sourire presque épanoui que j'avais observé le jour où j'avais amené John Ransom chez lui. « J'ai l'impression que nous n'estimons pas qu'il soit coupable. Racontez-moi le reste.

– Quand je suis sorti de chez vous l'autre jour, Paul Fontaine m'a poussé dans une voiture banalisée et m'a emmené jusqu'à Pine Knoll. » Je lui racontai tout ce qui s'était passé... : le deuxième prénom de Bob Bandolier, qui étaient Andy Belin, Billy Ritz, ma bagarre avec John, le récit qu'il m'avait fait de la nuit où April avait été agressée. Je décrivis notre visite à la maison de la 7e Rue Sud. Je tirai les photos de la poche de ma veste et les étalai sur la table devant lui. Durant mon long récit, ce fut à peine si Tom fit un geste : il ouvrit un peu les yeux quand j'en arrivai à Andy Belin. Il hocha la tête quand je racontai que j'avais appelé la compagnie de taxis et il sourit encore quand je lui décrivis ma bagarre avec John, mais ce fut tout.

Il finit par dire : « L'idée ne vous était pas déjà venue que Fee Bandolier était un policier de Millhaven ?

– Non, dis-je. Bien sûr que non.

– Mais quelqu'un a retiré les dépositions de Bob Bandolier du dossier Blue Rose. Seul un policier pourrait faire ça, et seul son fils aurait envie de le faire. »

Il observa mes réactions à ses remarques. « Il ne faut pas m'en vouloir. Je ne vous en ai pas parlé parce que vous ne m'auriez pas cru. Ou bien est-ce que je me trompe ?

– Vous ne vous trompez pas.

– Alors, voyons un peu ce que nous avons d'autre ici. » Il ferma les yeux et resta muet pendant au moins une minute. Puis il reprit : « L'effort de préserver tout ça. » Il lissa le devant de sa robe de chambre de soie et hocha la tête.

« Vous pourriez peut-être préciser un peu.

– Est-ce que John n'a pas dit que la maison de Fee avait l'air d'un musée consacré aux années quarante ? »

J'acquiesçai.

« C'est sa source d'énergie, sa batterie. Il préserve cette maison pour revenir à son enfance et en retrouver le goût. Une sorte d'autel. C'est le village fantôme du Viêt-nam dont vous me parliez. »

Puis il se pencha en avant et regarda les photos. « Nous y voilà, dit-il. Les lieux des premiers meurtres de Blue Rose. Avec quelques parasites fournis par ces locataires gênants. »

Il prit la quatrième photo. « Hmmm.

– Ça doit être la boutique de Stenmitz, n'est-ce pas ? »

Tom leva brusquement la tête. « Vous avez des doutes là-dessus ? »

Je répondis que je n'étais pas sûr.

« Je ne vois presque rien, dit-il. Est-ce que ce ne serait pas intéressant s'il s'agissait d'autre chose ?

– Vos ordinateurs ? Vous n'avez pas un moyen de faire disparaître l'encre pour révéler ce qu'il y a dessous ? »

Tom réfléchit quelques secondes, contemplant d'un air concentré la photographie sabotée, en se tenant le menton d'une main. « L'ordinateur peut extrapoler à partir des fragments encore visibles – il peut suggérer une reconstitution. Il y a de tels dégâts ici qu'il nous proposera sans doute plusieurs versions de l'image originale.

– Combien de temps cela prendrait-il ?

– Au moins deux jours. Il faudra passer par un tas de variantes, et certaines seront sans intérêt. A vrai dire, presque toutes seront sans intérêt.

– Êtes-vous disposé à le faire ?

– Vous plaisantez ? » » Il me fit un grand sourire. « Je vais m'y mettre dès que vous serez parti. Quelque chose vous tracasse à propos de cette photo, n'est-ce pas ?

– Je n'arrive pas à mettre le doigt dessus, dis-je.

– Peut-être Bandolier, à l'origine, comptait-il tuer Stenmitz ailleurs », dit Tom, se parlant plutôt à lui-même. Il fixait un point invisible dans l'espace, comme un chat.

Puis son regard revint se poser sur moi. « Pourquoi Fee a-t-il tué April Ransom ?

– Pour terminer ce que son père avait commencé ?

– Avez-vous lu le livre que je vous ai passé ? »

Nous nous regardâmes un moment. Je finis par dire : « Vous pensez que Franklin Bachelor pourrait être Fee Bandolier ?

– J'en suis certain, déclara Tom. Je parie que Fee a appelé à deux reprises son père, en 70 et en 71, et que c'est pour cela que Bob a fait changer son numéro de téléphone. A la mort de Bob, Fee a hérité de la maison et l'a vendue à Elvee.

– Pouvez-vous avoir accès aux archives militaires de Tangent ? Nous savons que Fee s'est engagé sous un autre nom juste après être sorti du lycée, en 1961.

– Aucun de ces renseignements n'a jamais été informatisé. Mais si vous étiez disposé à faire un petit voyage, nous aurions de bonnes chances de le découvrir.

– Vous voulez que j'aille à Tangent ?

– J'ai examiné à peu près tous les numéros du *Herald* de Tangent parus à la fin des années soixante. J'ai fini par découvrir le nom du directeur du centre de conscription local : Edward Hubbel. Mr. Hubbel a quitté voilà dix ans sa quincaillerie pour prendre sa retraite, mais il habite toujours sa ville natale et c'est vraiment un personnage.

– Il ne vous donnerait pas ces renseignements par téléphone ?

– Mr. Hubbel est un peu timbré. Apparemment les objecteurs de conscience lui ont donné pas mal d'ennuis à la fin des années soixante. Quelqu'un a essayé de faire sauter les bureaux du conseil de révision en 1969 et il est encore furieux. J'ai eu beau lui expliquer que j'écrivais un livre sur les carrières des anciens combattants de diverses régions, il a refusé de me parler autrement qu'en personne. Mais il m'a affirmé qu'il avait gardé ses propres dossiers sur chaque garçon de Tangent enrôlé dans l'armée à l'époque où il dirigeait le conseil : si quelqu'un veut prendre la peine d'aller le voir, il fera l'effort de consulter ses dossiers.

– Vous voulez donc que j'aille à Tangent, dis-je.

– Je vous ai retenu un billet pour le vol de onze heures demain. Si le brouillard se lève, vous pourrez être de retour pour dîner.

– Sous quel nom l'avez-vous retenu ?

– Le vôtre, dit-il. Il ne veut parler qu'à un ancien combattant.

– Très bien. Je vais aller à Tangent. Maintenant, voulez-vous me dire ce que vous avez découvert dans les archives de la police d'Allentown, Pennsylvanie ?

– Bien sûr, dit-il. Rien. »

Je le dévisageai. Tom rayonnait d'autosatisfaction.

« Et c'est ça le renseignement que vous avez déniché ? Pouvez-vous m'expliquer pourquoi c'est si merveilleux ?

– Je n'ai rien trouvé dans les archives de la police parce que je n'y ai pas accès. D'ici, on ne peut pas y arriver. J'ai dû employer la méthode difficile : les journaux.

– Vous avez donc regardé dans le journal et vous avez trouvé Jane Wright. »

Il secoua la tête, mais il continuait à bouillonner d'un ravissement mal contenu.

« Je ne comprends pas, dis-je.

– Je n'ai trouvé nulle part trace de Jane Wright, vous vous souvenez ? Alors je suis revenu aux archives d'Allentown, Pennsylvanie, pour y chercher tout ce qui se rapprocherait du nom et de la date figurant sur ce bout de papier que vous avez découvert à la Femme verte. »

Tom me fit de nouveau un grand sourire et se leva pour faire le tour du Chesterfield. Il prit un dossier jaune posé sur son bureau à côté du clavier de l'ordinateur et le fourra sous son coude.

« Notre homme veut conserver un compte rendu

détaillé de tous les meurtres qu'il a commis, comme des souvenirs écrits. En même temps, quelqu'un d'aussi intelligent que Fee pourrait trouver un moyen de désamorcer ces archives, de les rendre inoffensives si quelqu'un d'autre les découvrait. S'il transcrivait ses dossiers dans une sorte de code, il aurait réussi sur les deux tableaux.

– Un code ? Vous voulez dire : changer les noms ou les dates ?

– Exactement. J'ai examiné les microfilms du journal d'Allentown depuis le milieu des années soixante-dix. Et dans les journaux de mai 1978, je suis tombé sur un petit meurtre très prometteur.

– Le même mois, à un an près.

– La victime s'appelait Judy Rollin. Assez proche de Jane Wright pour y faire penser, mais si différent que ça équivaut à un bon déguisement. » Il prit le dossier qu'il tenait sous son coude, l'ouvrit et en tira une feuille de papier tout au fond. Puis il revint vers moi et me tendit la chemise. « Regardez donc. »

J'ouvris le dossier qui contenait des photocopies de trois pages de journal. Tom avait sur chaque page entouré au crayon feutre un article. Les pages avaient été réduites et le corps était juste assez grand pour qu'on pût le lire sans loupe. Sur la première page, l'article encadré concernait la découverte, par trois garçons d'une dizaine d'années, du cadavre d'une jeune femme qu'on avait tuée à coups de poignard, puis déposée derrière une aciérie abandonnée. Le deuxième article identifiait la morte comme étant Judy Rollin, vingt-six ans, coiffeuse divorcée employée au salon de coiffure Hi-Fi et qu'on avait vue pour la dernière fois chez Cookie's, une boîte à huit kilomètres de l'ancienne aciérie. Mrs. Rollin était allée là-bas avec deux amies qui étaient rentrées ensemble sans elle. Le troisième article, intitulé CONDAMNÉE PAR UNE VIE À BRIDE ABATTUE, donnait une description salace tout à la fois du personnage de Judy Rollin et de l'ambiance du Cookie's. La victime s'adonnait à l'alcool et à la drogue et on disait de la boîte que c'était « un rendez-vous bien connu des trafiquants de drogue et de leurs clients ».

Le dernier article : LE MEURTRIER DE LA FILLE QUI AIMAIT S'AMUSER SE SUICIDE DANS SA CELLULE. Un barman du Cookie's, du nom de Raymond Bledsoe, s'était pendu dans sa cellule après avoir avoué le meurtre de Mrs. Rollin. Un informateur avait fourni à la police des renseignements selon lesquels Bledsoe vendait régulièrement de la cocaïne : on avait retrouvé dans le coffre de la voiture du barman le sac à main de Mrs. Rollin. L'inspecteur chargé de l'affaire avait déclaré : « Il ne nous est malheureusement pas possible d'assurer une surveillance de tous les instants pour quiconque n'a pas envie de passer le restant de ses jours en prison. » Le nom du détective était Paul Fontaine.

Je rendis la feuille à Tom qui la glissa dans son dossier.

« Paul Fontaine », dis-je. J'éprouvais une étrange impression de déception.

« On dirait. Je vais encore effectuer quelques vérifications. » Tom haussa les épaules et écarta les mains, paumes ouvertes.

« Il était tellement sûr qu'il ne serait jamais pris qu'il ne s'est pas donné la peine de changer de nom quand il est venu à Millhaven. »

Je me souvins alors de la dernière fois où j'avais vu Fontaine. « Mon Dieu, je lui ai demandé s'il n'avait jamais entendu parler d'Elvee Holding.

– Il ne sait pas encore combien nous sommes près du but. Fontaine veut simplement vous faire quitter la ville. Si nous pouvons obtenir de notre ami de Tangent qu'il l'identifie comme étant Franklin Bachelor, nous aurons une véritable arme dans nos mains. Vous pourriez peut-être en profiter pour aller rendre visite à Judy Leatherwood par la même occasion.

– Je suppose que vous avez une photo », dis-je.

Tom acquiesça et retourna à son bureau prendre une enveloppe jaune. « J'ai découpé ça dans le *Ledger*. »

J'ouvris l'enveloppe et j'en sortis la photographie de Paul Fontaine planté devant la maison de Walter Dragonette au milieu d'une foule d'autres policiers. Puis je me tournai vers Tom. Je lui dis que Judy Leatherwood n'allait pas croire que je lui montrais la photo simplement pour régler un problème d'assurance.

« Ça, dit Tom, c'est votre affaire. Vous avez une imagination assez développée, non ? »

La dernière chose qu'il me dit, avant de fermer la porte derrière moi, fut : « Soyez prudent. »

DOUZIÈME PARTIE

EDWARD HUBBEL

1

Le vol pour Tangent, Ohio, décolla à douze heures cinquante-cinq, avec près de deux heures de retard. Presque toute la matinée, j'avais cru que l'avion ne partirait jamais et je n'arrêtais pas d'appeler l'aéroport pour voir si le vol n'avait pas été annulé. Un jeune homme au comptoir de la compagnie m'assura que, même si quelques appareils à l'arrivée avaient été déroutés, il n'y avait pas de problème pour les départs. Pendant que John prenait un taxi pour aller chercher la voiture de sa femme, je roulais vers l'aéroport à la vitesse grisante de quarante à l'heure. Je dépassai deux ou trois accrochages sans en avoir un moi-même et je laissai la Pontiac au parking.

L'embarquement de notre vol eut lieu à onze heures et quart. Un quart d'heure après, le commandant de bord annonça que la tour de contrôle allait profiter de ce que le brouillard se levait légèrement pour faire atterrir un appareil qui tournait au-dessus de nous depuis plusieurs heures. Il présenta ses excuses pour le retard mais dit que cela ne prendrait guère plus d'une demi-heure maintenant.

Au bout d'une heure, les hôtesses servirent des consommations gratuites et des paquets supplémentaires d'amandes grillées au miel. Je passai le temps à lire les deux derniers numéros du *Ledger* que j'avais apportés avec moi.

La mort de William Writzmann, alias Billy Ritz,

n'occupait que sept ou huit centimètres d'une colonne de la page cinq, dans la deuxième partie du journal de la veille. On avait trouvé dans les poches de son costume une douzaine de petites doses représentant environ cinq grammes de cocaïne enveloppées dans des pochettes en plastique. L'inspecteur Paul Fontaine, interviewé sur place, avançait l'hypothèse que Writzmann avait été tué au cours d'une livraison de drogue, mais on enquêtait quand même sur d'autres possibilités. Interrogé à propos des mots tracés au-dessus du corps, Fontaine répondit : « Pour l'instant, nous estimons qu'il s'agit d'une tentative pour nous égarer dans notre enquête. »

Le lendemain, deux clients du bar Comme Chez Soi se souvinrent avoir vu Billy Ritz avec Frankie Waldo. Geoffrey Bough passa au crible la vie de Frankie Waldo pour en arriver à certaines conclusions qu'il prit soin, tout au long de trois interminables colonnes, de ne pas mentionner. Au cours des quinze dernières années, la Compagnie des viandes de l'Idaho avait perdu du terrain en face des distributeurs organisés en conglomérats verticaux à l'échelle nationale : pourtant le salaire de Waldo avait triplé en 1990. Dans le milieu des années quatre-vingt, il avait acheté une maison de douze pièces sur près de deux hectares de terrain à Riverwood. Un an plus tard, il divorçait pour épouser une femme de quinze ans plus jeune que lui et achetait un duplex dans Waterfront Towers.

Cette prospérité avait pour origine l'acquisition de Reed & Armor, une compagnie de boucherie industrielle concurrente qui avait connu des difficultés après la disparition, en février 1983, de son président, Jacob Reed : Reed était parti déjeuner un jour et on ne l'avait jamais revu. Waldo était aussitôt intervenu : il avait acheté la compagnie en pleine déconfiture pour une fraction de sa valeur réelle et avait fusionné les ressources des deux entreprises. C'étaient les opérations de cette nouvelle société qui avaient éveillé les soupçons de divers organismes de contrôle, ainsi que du fisc.

Certaines personnes, qui préféraient garder l'anonymat, signalèrent avoir vu William Writzmann, connu sous le nom de Billy Ritz, dans des restaurants, des bars et des boîtes de nuit avec Mr. Waldo, et ce, à dater de la fin de 1982. J'aurais parié un an de droits d'auteur que ces personnes étaient toutes Paul Fontaine, réécrivant l'histoire afin de suggérer que c'était Billy Ritz qui avait tué Jacob Reed, pour permettre à Ritz et à Waldo de blanchir l'argent de la drogue grâce à un commerce de viande qui faisait des bénéfices.

Je pensais que Waldo était simplement un type qui dépensait trop d'argent pour des idioties. Il finit par commettre l'erreur de s'adresser à Billy Ritz pour se sortir du trou. Après cela, il n'était plus qu'une victime avec un appartement somptueux et une vue sur le lac. Paul Fontaine avait fait assassiner Waldo par Ritz d'une manière qui ressemblait à une exécution. Pour que l'on pense, en retrouvant le corps de Billy, que c'étaient seulement les gros trafiquants qui liquidaient les petits. Je me demandai si quelqu'un d'autre que moi voudrait jamais savoir pourquoi un gros dealer comme Billy Ritz se promenait avec des doses de quelques grammes et demi-gramme dans ses poches.

Et puis je me rappelai que je n'avais toujours pas de vraie preuve que Paul Fontaine fût bien Fee Bandolier. C'était en partie pour cela que j'étais assis dans un avion bloqué au sol en attendant de décoller pour l'Ohio. Je ne tenais même pas à découvrir que Fee était Paul Fontaine : j'aimais bien Fontaine.

2

L'avion décolla dans un brouillard qui s'épaissit bientôt pour devenir comme de la laine foncée. Puis nous jaillîmes de ces ténèbres qui nous enveloppaient pour déboucher dans une lumière radieuse. L'appareil décrivit un large cercle dans le ciel soudain dégagé et je regardai Millhaven par le petit hublot. Une couverture d'un brouillard sale et fripé planait au-dessus de la ville. Au bout de dix minutes, elle commençait à laisser passer des rayons de lumière. Cinq minutes plus tard, au-dessus de nous, la terre s'étendait, nette et verdoyante.

Les haut-parleurs de la cabine émirent des sifflements et des crachotements. La voix impassible du commandant de bord franchit le brouillage des parasites. « Ça vous intéresserait peut-être de savoir que nous avons décollé de Millhaven juste avant que la tour de contrôle ne décide d'arrêter tout trafic jusqu'à nouvel ordre. Cette cuvette d'inversion de températures qui a causé tous ces problèmes est encore dans le coin, alors je vous félicite de ne pas avoir choisi un vol plus tard dans la journée. Merci de votre patience. »

Une heure après, nous atterrissions devant une aérogare qui ressemblait à un ranch flanqué d'une tour de contrôle. Je traversai une longue sale d'attente avec des rangées de fauteuils en plastique, trouvai les cabines téléphoniques et composai le numéro que Tom Pasmore m'avait donné. Une voix grave, vibrante d'anxiété, me répondit au bout de quatre ou cinq sonneries.

« C'est vous le type qui écrit et à qui j'ai parlé ? Si vous me disiez dans quelle unité vous étiez ? »

Je le lui dis.

« Vous avez apporté vos papiers de démobilisation ?

– Non, Monsieur, dis-je. Est-ce que ça faisait partie de l'accord ?

– Comment est-ce que je sais que vous n'êtes pas un de ces fichus pacifistes ?

– J'ai quelques cicatrices authentiques, dis-je.

– Dans quel camp étiez-vous basé et qui était le commandant là-bas ? »

J'avais l'impression de parler à Glenroy Breakstone. « Au Camp Crandall. Commandé par le colonel Harrison Pflug. » Au bout d'une seconde, j'ajoutai : « Connu sous le surnom de l'Homme de fer-blanc.

– Venez donc que je vous regarde. » Il me donna un ensemble d'instructions compliquées sur le chemin à suivre : un centre commercial, une petite maison rouge, un gros rocher, un chemin de terre et une clôture électrifiée.

Au comptoir de l'agence, je signai des cases pour toutes les assurances disponibles et pris les clés d'une Chrysler Impérial. La jeune femme me montra de la main les portes vitrées derrière lesquelles s'étendait environ un kilomètre de parking. « Rangée D, place 20. Vous ne pouvez pas la manquer. Elle est rouge. »

Je sortis sous le soleil avec mon porte-documents et je traversai le parking jusqu'au moment où je tombai sur une voiture rouge cerise à peu près de la taille d'une péniche. Il ne lui manquait qu'une queue de raton laveur accrochée à l'antenne et un petit ours en peluche pendant devant le pare-brise. J'ouvris la portière et je laissai la chaleur ordinaire de l'extérieur pénétrer dans le four qu'était l'intérieur. Quand j'entrai, la voiture sentait encore plus le polystyrène qu'un carton de McDo.

Une quarantaine de minutes plus tard, je finis par faire marche arrière devant un rocher un peu plus petit que celui que j'avais choisi. Je m'engageai sur un chemin de terre qui se perdit au bout d'un moment dans un champ désert et je cahotai dans la Chrysler sur des ornières jusqu'au moment où je trouvai un embranchement. L'un menait à une ferme isolée et l'autre tournait à gauche dans un bouquet de chênes. Je regardai du côté des arbres et j'aperçus des taches jaunes et des éclairs métalliques. Je pris à gauche.

On avait attaché de grands rubans jaunes autour de chacun des arbres. Sur la haute clôture en croisillons métalliques qui passait entre eux, un panneau noir et blanc signalait : DANGER. CLÔTURE ÉLECTRIFIÉE. DÉFENSE D'ENTRER. Je descendis de voiture et approchai de la clôture. Une douzaine de mètres plus loin, le chemin se terminait sur un garage peint en blanc. A côté, une maison blanche de trois étages avec une véranda surélevée et des colonnes cannelées. Je pressai un bouton dans l'interphone près de la grille.

La même voix anxieuse retentit dans le boîtier. « Vous êtes un peu en retard. Attendez, je vous ouvre. »

Il y eut un déclic et je poussai la grille. « Fermez derrière vous », ordonna la voix. J'entrai, descendis de voiture et refermai le portail derrière moi. Un verrou électrique remit en place un pêne gros comme mon poing. Je remontai dans la voiture et roulai en direction du garage.

Je n'étais pas encore arrêté qu'un vieil homme voûté, en chemise blanche à manches courtes et nœud papillon à pois, apparut sur la véranda. Il s'avança en boitillant et me fit signe de stopper. Je coupai le contact et attendis. Le vieil homme me regarda d'un air mauvais et s'approcha des marches blanches qui descendaient jusqu'à la pelouse. Il avançait en se tenant à la rampe. J'ouvris la portière et je me levai.

« Ça va, dit-il. J'ai vérifié. Le colonel Pflug commandait bien le Camp Crandall jusqu'en 72. Mais il faut que je vous dise : vous avez un goût drôlement voyant en matière de voitures. »

Il ne plaisantait pas : Hubbel n'avait pas l'air d'un homme qui aurait perdu du temps à faire de l'humour. Il se planta à un mètre de moi et contempla ma machine. Le dégoût plissait ses petits yeux noirs. Il avait un large visage un peu mou et un nez court et crochu comme un bec de hibou. Des taches de vieillesse parsemaient son crâne.

« C'est une voiture de location », dis-je en tendant la main.

Son dégoût se reporta sur moi. « Je veux voir quelque chose dans cette main.

– De l'argent ?

– Des papiers d'identité. »

Je lui exhibai mon permis de conduire. Il se pencha à tel point que son nez touchait presque l'enveloppe de plastique. « Je croyais que vous étiez à Millhaven. C'est dans l'Illinois.

– Je séjourne là-bas quelque temps, dis-je.

– Drôle d'endroit pour séjourner. » Il se redressa du mieux qu'il put et me foudroya du regard. « Comment avez-vous trouvé mon nom ? »

Je dis que j'avais consulté des exemplaires du journal de Tangent depuis les années soixante.

« Oui, on était dans le journal. De l'irresponsabilité pure et simple. Ça vous fait vous interroger sur le patriotisme de ces gars-là, non ?

– Ils ne savaient sans doute pas ce qu'ils faisaient », dis-je.

Il me lança un regard noir. « Ne vous faites pas d'illusions. Ces victimes des cocos ont collé une bombe juste devant notre porte.

– Ça a dû être terrible pour vous », dis-je.

Ma compassion le laissa indifférent. « Vous auriez dû voir les lettres d'injures que je recevais. Les gens m'invectivaient dans la rue. Ils pensaient qu'ils faisaient *bien*.

– Les gens ont des points de vue différents », observai-je.

Il cracha par terre. « Les purs, ils sont toujours avec nous. »

Je lui souris.

« Bon, entrez donc. J'ai des archives complètes, comme je vous l'ai dit au téléphone. Tout ça est bien classé, alors vous n'avez pas à vous inquiéter. »

Nous nous dirigeâmes à pas lents vers la maison. Hubbel expliqua qu'il avait quitté la ville et posé sa clôture de sécurité en 1960. « Ils m'ont fait vivre au beau milieu d'un champ, déclara-t-il. Je vais vous dire une chose : personne ne met les pieds dans *ce* bureau-ci à moins d'avoir défendu notre drapeau. »

Il monta l'escalier d'un pas lourd, posant les deux pieds sur une marche avant de s'attaquer à la suivante. « Autrefois, j'avais toujours un fusil, là, près de la porte. Et je n'aurais pas hésité à m'en servir. Pour défendre mon pays. » Nous débouchâmes sur la véranda pour nous traîner jusqu'à la porte. « Vous dites que vous avez récolté des cicatrices là-bas ? »

J'acquiesçai.

« Comment ?

– Des éclats d'obus, dis-je.

– Montrez-moi. »

J'ôtai ma veste, déboutonnai ma chemise et la remontai sur mes épaules pour lui montrer mon torse. Puis je me retournai pour qu'il puisse voir mon dos. Il s'approcha d'un pas hésitant et je sentis son souffle sur mon dos. « Pas mal, dit-il. Vous devez avoir encore un peu de cette cochonnerie à l'intérieur. »

Ma colère se dissipa quand je me retournai pour voir

qu'il avait les yeux humides. « De temps en temps, je déclenche les détecteurs de métaux dans les aéroports, dis-je.

– Entrez maintenant. » Hubbel ouvrit la porte. « Dites-moi donc ce que je peux faire pour vous. »

3

Le salon encombré de la vieille ferme était dominé par un long bureau de bois avec deux hauts fauteuils, derrière et devant. Un drapeau américain était planté entre le bureau et le mur. Dans un cadre, une lettre avec en-tête de la Maison-Blanche était accrochée à la cloison derrière le bureau. Un canapé, un fauteuil à bascule branlant et une table basse occupaient presque tout le reste de la pièce. Le fauteuil à bascule était installé devant un téléviseur placé sur le rayon du bas d'un petit meuble plein de livres et de grands registres qui semblaient être les livres de comptes de son affaire de quincaillerie.

« Qu'est-ce que c'est que ce bouquin que vous voulez écrire ? » Hubbel se glissa derrière son bureau et poussa un petit soupir d'épuisement. « Vous vous intéressez à quelques-uns des gars avec qui vous avez servi ?

– Pas exactement », dis-je. Puis je lui débitai quelques phrases à propos de soldats perturbés par leur expérience du temps de guerre.

Il me lança un regard méfiant. « J'espère qu'il ne s'agira pas d'un de ces ramassis de mensonges qui présentent nos anciens combattants comme une bande de criminels.

– Bien sûr que non.

– Parce que ce n'était pas le cas. Les gens pérorent à propos de foutaises post-traumatiques, mais toutes ces conneries ont été inventées par une bande de journalistes. Je peux vous parler de garçons ici même, à Tangent, qui sont revenus de la guerre aussi impeccables que quand ils ont été mobilisés.

– Je m'intéresse à un groupe de gens très particulier », dis-je. Je ne précisai pas qu'il s'agissait d'un groupe d'une seule personne.

« Bien sûr. Laissez-moi vous parler d'un gars, Mitch Carver, le fils d'un pompier d'ici qui s'est révélé être un brave petit soldat dans l'aéroportée. » Il se mit à me raconter l'histoire : il semblait que Mitch était revenu du Viêt-nam, avait épousé une institutrice suppléante, était devenu pompier tout comme son père et avait deux beaux-fils.

Il exhiba une photo des enfants comme on montre une médaille et je dis : « Il paraît que vous avez aussi des archives sur les volontaires de votre région.

– Et pourquoi pas ? J'ai tenu à rencontrer chacun de nos gars qui s'était engagé. Un beau, un bien beau groupe. Et je suis resté en rapport avec eux aussi – tout comme avec les garçons que j'ai aidés à entrer dans l'armée. J'étais fier d'eux tous. Vous voulez voir les noms ? »

Il me désigna la rangée de registres. « Vous voyez, j'ai noté le nom de chacun de ces garçons. J'appelle ça mon Tableau d'honneur. Passez-moi un de ces livres, je vais vous montrer. »

Je me levai et me dirigeai vers les rayonnages. « Pourrions-nous regarder la liste à partir de 1961 ?

– Vous voulez voir quelque chose, passez-moi les livres de 1968. C'est un volume à lui tout seul. Il y a un million d'histoires formidables dans celui-là.

– Je travaille sur 1961 », dis-je.

Un sourire crispa son visage venimeux. Un vieux doigt crochu se braqua sur moi. « Je parie que c'est l'année où vous êtes arrivé. »

J'étais arrivé en 1967. « Gagné, dis-je.

– Rappelez-vous seulement que vous ne pouvez pas me bourrer le crâne. 61, c'est le second de la rangée. »

Je retirai le gros volume de l'étagère et l'apportai jusqu'à son bureau. Hubbel ouvrit la couverture d'un grand geste théâtral. Sur la première page, on avait écrit en gros caractères noirs TABLEAU D'HONNEUR. Il feuilleta les pages couvertes de noms jusqu'au moment où il arriva à 1961 et son doigt descendit la rangée. Les noms étaient enregistrés dans l'ordre où ils avaient été appelés, et inscrits très soigneusement de la même large plume du stylo de Hubbel.

« Benjamin Grady, dit Hubbel. En voilà un pour votre bouquin. Un grand et beau gars. Appelé juste après le lycée. Je lui ai écrit deux ou trois fois, mais les lettres ne sont jamais arrivées. J'ai beaucoup écrit à mes gars. Vous saviez où il avait été affecté ? »

Il me regarda attentivement. « Je m'y intéressais particulièrement. Grady est revenu en 62, mais il n'est pas resté longtemps. Il est allé au Collège dans le New Jersey et il a épousé une fille juive, m'a dit son père. Vous voyez ? » Il déplaça son doigt sur la ligne au bout de laquelle il avait écrit NJ.

Le doigt se remit à descendre la colonne. « En voilà encore un pour vous. Todd Lemon. Il travaillait à la station-service Bud, ici en ville : le plus charmant petit bonhomme que vous ayez vu de votre vie. Du cran. Je me souviens encore de lui au conseil de révision : quand le toubib lui a demandé s'il prenait de la drogue, il a dit : " Monsieur, mon corps est mon temple " et tous les autres gars de la rangée ont poussé un grand rire admiratif.

– Vous assistiez aux conseils de révision ?

– C'est comme ça que j'ai rencontré les gars qui s'engageaient, dit-il. Chaque fois qu'il y avait un conseil de révision, je confiais le magasin à mes employés et je descendais là-bas. Je ne peux pas vous dire comme c'était excitant de voir tous ces magnifiques garçons alignés : mon Dieu, comme j'étais fier d'eux tous.

– Y a-t-il une liste séparée pour les volontaires ? »

Ma question souleva son indignation. « Quel genre d'archiviste est-ce que je serais si ça n'était pas le cas ? Après tout, c'est une catégorie séparée. »

Je demandai à voir cette liste.

« Ah, ça va vous faire manquer quelques cas remarquables, mais... » Il tourna une autre page. Sous la rubrique ENGAGÉS, une colonne d'environ vingt-cinq noms. « Si vous me laissiez vous montrer 1967 ou 1968, vous auriez bien plus de choix. »

Je parcourus la liste et, environ aux deux tiers, je sentis mon cœur s'arrêter : j'étais tombé sur Franklin Bachelor. « Je crois avoir entendu parler d'un de ces hommes, dis-je.

– Bobby Arthur ? Bien sûr que vous avez dû le connaître. Un grand golfeur. Il est devenu pro deux ans après la guerre.

– C'est à celui-ci que je pensais », dis-je en désignant le nom de Bachelor.

Il se pencha pour regarder puis son visage s'éclaira. « Ce garçon, oh oui, très, très particulier. Il est entré dans les Forces spéciales, il a fait une carrière magnifique. Un de nos héros. » Il rayonnait presque. « Quel gars ! J'ai toujours pensé qu'il y avait une histoire à écrire sur lui. Écoutez plutôt. »

Même si je ne lui avais pas demandé, il me l'aurait racontée.

« Je ne le connaissais pas : bien sûr, la plupart de mes gars, je ne les connaissais pas, je n'avais même jamais entendu parler d'une famille du nom de Bachelor habitant à Tangent. Bon sang, j'ai même regardé dans l'annuaire du téléphone quand je suis rentré chez moi ce soir-là, et figurez-vous qu'il n'y avait pas de Bachelor. J'avais l'impression que c'était un de ces types qui s'engage sous un autre nom. Je n'ai rien dit. J'ai laissé ce gars passer. Il savait ce qu'il faisait.

– Qu'est-ce qu'il faisait ? »

Hubbel baissa la voix. « Ce gars-là *s'échappait.* » Il me regarda en hochant la tête. Il ressemblait plus que jamais à une chouette.

« Il s'échappait ? » Je me demandai si Hubbel avait réussi à deviner que Fee s'efforçait d'éviter l'arrestation. Il n'aurait même pas commencé à imaginer le genre de crimes que Fee avait commis : tous ses « garçons » étaient aussi dépourvus de péchés que l'idée qu'il se faisait de lui-même.

« Ce garçon avait été maltraité, j'ai vu ça tout de suite : des petites cicatrices rondes sur la poitrine. Le genre de chose qui vous rend malade. A l'idée que sa mère ou son père ait pu faire une chose pareille à un si beau petit gars.

– Ils lui avaient fait des cicatrices ? » demandai-je.
Sa voix se fit presque un murmure : « Ils l'avaient brûlé. Avec des cigarettes. Jusqu'à lui laisser des cicatrices. » Hubbel secoua la tête en contemplant la page. Il avait les mains étendues sur les noms, comme pour les dissimuler. Peut-être qu'il aimait simplement les toucher. « Le toubib l'a interrogé à propos des cicatrices et le garçon a répondu qu'il était tombé sur des barbelés. Mais moi, je savais : je voyais bien. Les barbelés, ça ne laisse pas de cicatrices comme ça. Petites, comme des pièces de monnaie. Brillantes. Je savais ce qui lui était arrivé, à ce garçon.

– Vous avez une mémoire extraordinaire, dis-je.

– Je suis ici tout seul, je regarde ces registres assez souvent. » Son visage se durcit. « Aujourd'hui j'ai si peu de force que j'ai du mal à descendre les registres, il me faut parfois de l'aide. »

Il remua les mains et contempla les pages. « Vous voulez sans doute copier les noms de certains de mes gars. »

Je le laissai me lire une demi-douzaine de noms des engagés et des appelés tandis que je les recopiais dans mon carnet. Ils habitaient tous Tangent, dit-il, et je n'aurai aucun mal à les trouver dans l'annuaire.

« Pensez-vous que vous pourriez identifier Franklin Bachelor d'après une photographie ? demandai-je.

– Peut-être. Vous en avez une ? »

J'ouvris mon porte-documents et en tirai l'enveloppe jaune. Tom avait découpé la légende. Je posai la photo sur la liste de noms et Hubbel se pencha si bien qu'il avait le nez à moins de trois centimètres du registre. Il promenait la tête au-dessus du cliché comme s'il le flairait. « Un policier, dit-il. Il est entré dans les forces de l'ordre ?

– Oui, dis-je.

– Je vais noter ça dans mon registre. »

Je regardai le haut de son crâne se promener au-dessus de la photo. Des cheveux gris clairsemés poussaient çà et là.

« Ma foi, je crois que vous avez raison, conclut-il. Ça

pourrait bien être le garçon que j'ai vu au centre d'enrôlement. » Il me regarda en clignant des yeux. « Il a bien tourné, hein ?

– Lequel est-ce ?

– Oh, ça n'est pas moi que vous allez prendre au piège », dit-il en posant le bout de son index droit sur le visage de Paul Fontaine. « Le voilà, c'est le gars en question. Ouais, Franklin Bachelor. Mais ça n'était peut-être pas son vrai nom. »

Je rangeai la photo dans ma serviette et je lui dis combien son aide m'avait été précieuse.

« Voudriez-vous me rendre un service avant de partir ?

– Bien sûr, dis-je.

– Allez donc me chercher mes registres pour 1967 et 1968, voulez-vous ? J'aimerais me rappeler quelques autres de mes garçons. »

J'allai prendre les livres sur le rayonnage et les entassai sur son bureau. Il posa les mains dessus. « Je vais vous dire : vous utilisez le klaxon de cette abominable voiture quand vous voudrez que j'ouvre la grille. Je presserai le bouton pour vous. »

Quand je sortis sur la véranda, son nez aquilin suivait une longue colonne de noms.

4

J'avais encore deux heures avant le vol de retour à Millhaven et Tangent n'était qu'à trois kilomètres sur la route après l'aéroport. Je roulai jusqu'au moment où j'arrivai dans des rues bordées de belles maisons bâties bien en retrait au milieu de vastes pelouses. Au bout d'un moment, les rues paisibles me conduisirent à un quartier de la ville avec des immeubles de bureaux de quatre étages et des grands magasins d'autrefois.

Je me garai sur une place où il y avait une fontaine et j'en fis le tour jusqu'au moment où je trouvai un petit restaurant. La serveuse me donna une tasse de café et l'annuaire du téléphone. J'emportai l'annuaire dans la cabine téléphonique près de la cuisine et j'appelai Judy Leatherwood.

La même voix tremblotante que j'avais entendue chez Tom répondit : Allô !

Je n'arrivais pas à me rappeler le nom de la compagnie d'assurances que Tom avait inventée. « Mrs. Leatherwood, vous souvenez-vous avoir reçu voilà quelques jours un coup de téléphone de l'agence de Millhaven de notre compagnie d'assurances ?

– Oh, oui, très bien, dit-elle. Mr. Bell ? Je me rappelle lui avoir parlé. C'est à propos de la police de mon beau-frère ?

– J'aimerais venir vous en parler, dis-je.

– Ma foi, je ne sais pas. Avez-vous retrouvé mon neveu ?

– Il a dû changer de nom. »

Elle resta silencieuse une dizaine de secondes. « Toute cette affaire me tracasse. Je me suis fait du mauvais sang depuis que j'ai parlé à Mr. Bell. » Un autre long silence. « M'avez-vous donné votre nom ?

– Monsieur Underhill, dis-je.

– Je pense que je n'aurais pas dû dire ces choses-là à Mr. Bell. Je ne sais vraiment pas ce que ce garçon a fait : je me sens gênée. Très gênée.

– Je comprends, dis-je. Ça nous rendrait service à tous les deux si nous pouvions nous rencontrer cet après-midi.

– Mon fils m'a dit qu'il n'avait jamais entendu parler d'une compagnie d'assurances opérant de cette façon.

– Nous sommes une petite entreprise familiale, dis-je. Certaines de nos clauses sont tout à fait uniques.

– Quel était déjà le nom de votre compagnie, Mr. Underhill ? »

Bénédiction : le nom me revint. « La Compagnie d'assurances Mid-States.

– Je ne connais vraiment pas.

– Ça ne vous prendra qu'une minute ou deux : il faut que je reprenne un avion pour Millhaven.

– Vous avez fait tout ce chemin rien que pour me voir ? Bon, je pense que je pourrai. »

Je lui dis que je n'allais pas tarder. Je raccrochai et montrai son adresse à la serveuse. Les indications qu'elle me donna me firent reprendre le chemin par lequel j'étais arrivé.

Quand j'atteignis la maison de retraite, je me rendis compte que je l'avais prise pour un lycée quand j'étais passé devant en allant en ville. C'était un long bâtiment bas en brique crème avec de grandes fenêtres de chaque côté d'une entrée voûtée. Je me garai devant un panneau qui annonçait CENTRE BON ACCUEIL POUR PERSONNES ÂGÉES et je me dirigeai vers une aire de béton sous une large marquise rouge. Une porte électronique s'ouvrit en chuintant, laissant passer une vague d'air frais.

Une femme qui ressemblait à Betty Crocker sourit quand j'arrivai devant un comptoir blanc et me demanda si elle pouvait m'aider. Je lui dis que je voulais voir Mrs. Leatherwood.

« Ça va faire plaisir à Judy d'avoir un visiteur, dit-elle. Vous êtes de la famille ?

– Non, je suis un ami. Je viens de lui parler au téléphone.

– Judy est dans l'Aile bleue au fond du couloir après les grandes portes. Chambre 6, sur votre droite. Je peux vous trouver une assistante pour vous montrer le chemin. » Je dis que je pourrai me débrouiller tout seul : je pris le couloir et poussai une porte bleu clair. Deux infirmières en blouse blanche étaient à un poste de garde un peu en retrait et l'une d'elles s'approcha de moi. « Vous cherchez une de nos pensionnaires ?

– Judy Leatherwood », dis-je. Elle sourit, dit « Oh, oui » et me conduisit jusqu'à une porte ouverte donnant sur une chambre avec un lit d'hôpital et un tableau d'affichage couvert de photos d'un jeune couple et de deux petits garçons blonds. Une vieille femme en robe indienne était assise sur une chaise de bois devant un bureau sous la fenêtre, au fond de la chambre. La lumière derrière sa tête laissait son visage dans l'ombre. Un déambulateur en aluminium était auprès d'elle. « Judy, annonça l'infirmière, vous avez un visiteur. »

Ses cheveux blancs étincelaient dans la lumière. « Mr. Underhill ?

– Enchanté de vous rencontrer », dis-je en me dirigeant vers elle. Elle leva la tête, me révélant l'épaisse couche laiteuse qui lui recouvrait les deux yeux.

« Cette histoire ne me plaît pas, dit-elle. Je ne veux pas profiter de l'infortune de mon neveu. Si ce garçon a des ennuis, est-ce que lui-même n'aura pas besoin de cet argent ?

– Ce n'est pas forcément un problème, dis-je. Puis-je m'asseoir une minute ? »

Elle gardait le visage tourné vers la porte. Ses mains s'agitaient sur ses genoux. « Je pense. »

Avant que je m'asseye, elle demanda : « Savez-vous où se trouve mon neveu ? J'aimerais le savoir.

– Je voudrais vous poser une question », dis-je.

Elle se tourna un instant vers moi puis de nouveau vers la porte. « Je ne sais pas quoi dire.

– Quand votre neveu habitait avec vous, avez-vous remarqué des cicatrices sur son corps ? De petites marques circulaires ? »

Elle porta la main à sa bouche. « C'est important ?

– Oui, dis-je. Je comprends que cela soit difficile pour vous. »

Elle abaissa la main et secoua la tête. « Fee avait des cicatrices sur la poitrine. Il ne m'a jamais dit comment il les avait eues.

– Mais vous pensiez le savoir.

– Mr. Underhill, s'il y a du vrai dans toute cette histoire, je vous en prie, dites-moi où il est.

– Votre neveu était commandant des Bérets verts et c'était un héros, dis-je. Il a été tué à la tête d'une équipe en mission spéciale dans la zone démilitarisée en 1972.

– Oh, Seigneur. » Elle le répéta deux fois. Puis elle se mit à pleurer, doucement, sans bouger le moins du monde. Je pris un mouchoir en papier dans le carton posé sur sa coiffeuse. Je le mis entre ses mains et elle s'essuya les yeux.

– Il n'y aura donc aucun problème à propos de l'argent, dis-je.

Je gagne des sommes extravagantes en écrivant : pas autant que Sidney Sheldon ou Tom Clancy, mais quand même pas mal. Seulement, je n'en parle qu'avec mon agent et mon comptable : je n'ai pas de famille et personne d'autre que moi pour le dépenser. Je fis ce que j'avais décidé de faire à bord de l'avion si j'apprenais de façon décisive que Fee Bandolier était devenu Franklin Bachelor : je pris mon chéquier dans ma serviette et rédigeai pour la vieille femme un chèque de cinq mille dollars.

« Je vais vous donner un chèque à votre ordre tout de suite, dis-je. Ça n'est pas tout à fait régulier, mais ça n'est pas la peine de vous faire attendre que notre service de comptabilité fasse toutes les formalités et je peux me faire rembourser par Mr. Bell.

– Oh, c'est merveilleux, dit-elle. Je n'aurais jamais imaginé... Vous savez, ce qui me rend si heureuse, c'est que Fee...

– Je suis enchanté pour vous. » Je lui glissai le chèque dans les mains. Elle le serra dans le mouchoir de papier et s'essuya de nouveau les yeux.

« Judy ? » Un homme sanglé dans un costume brillant fit irruption dans la chambre. « Désolé de ne pas avoir pu venir ici tout de suite, mais j'étais au téléphone. Ça va bien ? »

Sans lui laisser le temps de répondre, il se tourna vers moi. « Bill Baxter. C'est moi qui dirige le bureau administratif. Qui êtes-vous et qu'est-ce que vous faites ? »

Je me levai et lui donnai mon nom. « Si Mrs. Leatherwood vous a parlé de notre précédente conversation.

– Et comment elle m'en a parlé : je veux vous voir partir d'ici sur-le-champ. Nous passons dans mon bureau et j'appelle la police.

– Mr. Baxter, cet homme...

– Cet homme est un escroc, dit Baxter en m'empoignant le bras.

– Je suis venu ici remettre un chèque à Mrs. Leatherwood, dis-je. Cela représente la prime de décès pour une petite police d'assurance.

– Il m'a donné un chèque, parfaitement », dit Judy Leatherwood. Elle l'extirpa du mouchoir et le brandit devant Baxter.

Il le lui arracha des mains, me regarda, puis son regard revint vers le chèque et de nouveau vers moi. « C'est un chèque à son ordre.

– Je ne voyais aucune raison de faire attendre deux ou trois mois Mrs. Leatherwood, le temps que notre agence effectue le versement », dis-je. Et je répétai que je me ferais rembourser.

Baxter baissa les bras. Je distinguais presque le point d'interrogation qui flottait au-dessus de sa tête. « Ça ne rime à rien. Votre chèque est sur une banque de New York.

– Je suis enquêteur pour ma compagnie. J'étais à Millhaven quand le problème de Mrs. Leatherwood a surgi.

– Il m'a parlé de mon neveu... Fee était commandant au Viêt-nam.

– Forces spéciales, dis-je. Il a fait une superbe carrière. »

Baxter fixa de nouveau un regard mauvais sur le chèque. « Je pense que nous allons utiliser notre téléphone pour prendre contact avec la compagnie de Mr. Underhill.

– Pourquoi ne pas appeler la banque et voir si le chèque est approvisionné ? lui demandai-je. N'est-ce pas le principal ?

– Vous lui donnez cet argent vous-même ?

– On peut voir les choses comme ça », dis-je.

Baxter resta un moment à bouillir puis il décrocha le téléphone et appela les renseignements de New York. Il fit appeler le numéro par le standard de la maison de retraite et réclama qu'on lui passe le directeur de mon service. Il parla un long moment sans arriver à rien et finit par dire : « J'ai entre les mains un chèque de cinq mille dollars que cet homme a rédigé au nom d'une de nos résidentes. Je veux avoir la certitude qu'il est provisionné. »

Il y eut un long silence. Baxter devint tout rouge.

« Je savais que j'aurais dû appeler Jimmy, dit Judy Leatherwood.

– Très bien, fit Baxter. Je vous remercie. Je mettrai

personnellement ce chèque en banque cet après-midi. » Il raccrocha et me regarda un moment avant de rendre le chèque à la vieille dame. Le point d'interrogation flottait toujours au-dessus de sa tête. « Judy, vous venez de toucher cinq mille dollars, mais je ne sais pas très bien pourquoi. La première fois que vous avez parlé à cette compagnie d'assurances, quelqu'un vous a-t-il dit le montant que vous étiez censée recevoir ?

– Cinq mille dollars, dit-elle d'une voix plus tremblotante encore que d'habitude.

– Je vais raccompagner Mr. Underhill. » Il sortit dans le couloir et attendit que je le suive.

Je fis mes adieux à Judy Leatherwood et je vins rejoindre Baxter dans le vestibule. Il démarra d'un pas rapide vers les grandes portes bleues et l'entrée, sans cesser de me lancer de brefs coups d'œil inquisiteurs. Betty Crocker me fit au revoir de la main. Une fois dehors, Baxter fourra les mains dans les poches de son costume étincelant. « Allez-vous m'expliquer ce que vous venez de faire là ?

– Je lui ai remis un chèque de cinq mille dollars.

– Mais vous ne travaillez pour aucune compagnie d'assurances.

– C'est un peu plus compliqué que ça.

– Son neveu était vraiment un commandant des Bérets verts ? »

J'acquiesçai.

« Est-ce que cet argent vient de lui ?

– On pourrait dire qu'il en doit à des tas de gens », dis-je.

Il réfléchit. « J'estime que ma responsabilité s'arrête ici. Je vous dis au revoir, Mr. Underhill. » Il ne me tendit pas la main. Je me dirigeai vers ma voiture et il resta planté au soleil au milieu de l'allée jusqu'au moment où je passai devant l'entrée.

5

Je remis les clés de la Chrysler et réglai au comptoir l'essence que j'avais consommée. J'avais encore une demi-heure à tuer avant l'embarquement : je me dirigeai donc vers les téléphones pour appeler Glenroy Breakstone. « Tangent ? me demanda-t-il. Tangent, Ohio ? Mon vieux, c'est un vrai trou. Dans les années cinquante, on a joué là-bas, dans une boîte qui s'appelait Le Quartier latin et le patron nous payait en billets d'un dollar. » Je lui demandai si je pourrais passer le voir après être rentré à Millhaven. « Dans combien de temps ? » demanda-t-il. Je lui dis que je serais là dans environ deux heures.

« Dès l'instant que c'est avant huit heures, dit-il. J'ai une petite affaire à régler à ce moment-là. »

Après cela, j'essayai le numéro de Tom Pasmore au cas improbable où il serait levé et, quand j'obtins son répondeur, je me mis à raconter ce que j'avais appris d'Edward Hubbel et de Judy Leatherwood. Il décrocha avant que j'aie pu dire plus de deux ou trois phrases. « Cette affaire me tourne dans la tête, dit-il. Je suis allé me coucher environ une heure après votre départ et je me suis levé vers midi pour jouer encore un peu avec mes machines. Alors, vous avez trouvé quelque chose, n'est-ce pas ?

– J'ai trouvé, c'est vrai », dis-je et je lui racontai tout en détail.

« Eh bien, dit-il, nous y voilà. Mais j'ai encore envie d'explorer tout ça un moment, rien que pour voir si quelque chose d'intéressant se présente. »

Puis jc lui expliquai comment j'avais donné un chèque à Judy Leatherwood.

« Oh, vous n'avez pas fait ça ! Non, non, oh non. » Il riait aux éclats. « Écoutez, je vous rembourserai dès que je vous verrai.

– Tom, je ne vous critique pas, mais je ne pouvais pas la laisser comme ça sur le sable.

– Pour qui me prenez-vous ? Je lui ai adressé hier un chèque de cinq mille dollars. » Il se remit à rire. « Elle va adorer les Assurances Mid-States.

– Oh, merde », dis-je.

Il renouvela son offre de me rembourser.

« Un petit mensonge ne devrait pas vous coûter dix mille dollars, dis-je.

– Mais c'était *mon* petit mensonge. » Il riait toujours.

Nous discutâmes encore quelques minutes. Il y avait toujours pas mal de brouillard à Millhaven et une petite émeute avait éclaté sur Messmer Avenue. Pour l'instant, pas de blessés.

Je demandai à l'aimable blondinet au comptoir de la compagnie aérienne si le vol allait être retardé. Il me répondit qu'il n'y avait pas de problème.

Vingt minutes plus tard, nous décollions : le pilote annonça que les conditions météorologiques à Millhaven amenaient notre vol à être détourné sur Milwaukee où nous pourrions soit attendre que le temps s'améliore, soit trouver une correspondance.

Vers sept heures moins le quart, nous nous posâmes sur le terrain de Mitchell Field à Milwaukee où un autre charmant blondinet nous annonça que, si nous restions dans la salle des départs, nous pourrions réembarquer d'ici une heure et continuer jusqu'à notre destination prévue. J'avais perdu confiance dans les joyeux blondinets. Je traversai la salle des départs, suivis une série de couloirs, pris un escalier roulant jusqu'en bas où je louai une autre voiture. Celle-ci était une Ford Galaxy gris métallisé et ne sentait que le cuir neuf. Ils vaporisent ça dans les voitures, comme un déodorant.

6

Au sud de Milwaukee, la ville s'aplatit sur des kilomètres de banlieues puis cède la place aux vastes terres agricoles du Middlewest. Au moment où, je franchis la frontière de l'Illinois, le soleil arrosait encore les immenses champs verts et jaunes et les panneaux d'affichage vantaient les mérites d'un engrais à grand rendement et d'une pulvérisation d'insecticide super-efficace. Dans les vastes pâturages, des troupeaux de vaches du Holstein étaient plantés là sans bouger. Vingt kilomètres plus loin, le ciel s'assombrit ; peu après, des traînées de brouillard se mirent à flotter entre les voitures. Puis les champs disparurent dans une brume grisâtre. J'allumai mes phares antibrouillards au moment où une soixantaine de mètres plus bas sur l'autoroute, une Jeep Cherokee surgit comme une paire de petits yeux rouges. Après, nous nous traînâmes à cinquante à l'heure. La première sortie pour Millhaven jaillit du vide et juste à temps pour que je puisse prendre le virage. Les dix minutes de trajet jusqu'à l'aéroport me prirent une demi-heure et il était sept heures trente quand je retrouvai le parking des voitures de location. J'entrai dans l'aérogare, remis les clés et regagnai le parking longue durée.

Au premier étage, vingt ou trente voitures étaient garées loin les unes des autres sur le ciment gris. Au-dessus de ma tête, des ampoules dans des cages métalliques éclairaient des piliers de ciment et des lignes jaune vif. Les panneaux de sortie brillaient d'une lueur rouge dans ce désert. J'allumai les phares de la Pontiac et roulai jusqu'au mur incurvé avant la rampe. Une autre paire de phares surgit dans les ténèbres. Quand je m'arrêtai pour régler le gardien, de longs faisceaux jaunes brillaient sur la rampe derrière moi. Le préposé me rendit ma monnaie sans me regarder et la barrière s'éleva dans les airs. Je sortis rapidement du garage, traversai l'allée piétonne, m'engageai sur la bretelle d'accès et arrivai à soixante à l'heure sur la route déserte menant à l'autoroute. J'avais envie de disparaître dans le brouillard.

Je m'arrêtai au panneau de stop assez longtemps pour être sûr que rien n'arrivait. Je me cramponnai au volant, appuyai sur l'accélérateur et sur le klaxon en même temps et me lançai dans la voie centrale. Sur le côté de la route, un grand panneau clignotait en annonçant ATTENTION AU BROUILLARD, 40 KILOMÈTRES/HEURE. J'avais à peine atteint le quatre-vingts que les feux arrière d'un break se précipitèrent vers moi : d'un brusque coup de volant je me glissai sur la voie rapide, évitant de peu la tête surprise du retriever irlandais qui me fixait par la lunette arrière du break. Je dépassai la voiture en trombe. J'estimai que si je conduisais à la Paul Fontaine pendant encore deux ou trois kilomètres, je pourrais oublier ma crainte que le remplaçant de Billy Ritz gagnait du terrain sur moi dans le brouillard. Et puis je me dis que sans doute personne ne me suivait, que jour et nuit des voitures sortaient du parking et je ralentis à quarante à l'heure. Des feux arrière apparurent devant moi et je me coulai aussi lentement qu'un canot dans la voie centrale. Je commençai alors à m'imaginer qu'un tueur s'approchait subrepticement de moi dans la bouillasse que me montrait mon rétroviseur et j'appuyai sur l'accélérateur jusqu'au moment où je frisai les soixante. Il me semblait dangereux de ralentir. D'un coup de volant, j'évitai un petit coupé bleu marine qui apparut devant moi avec une soudaineté de cauchemar et j'avançai tant bien que mal dans les nappes de brouillard cotonneux, tout en laissant derrière moi un autre panneau clignotant annonçant en lettres rouges ATTENTION BROUILLARD. Une douleur que je n'avais pas ressentie depuis au moins cinq ans se manifesta dans un cercle d'une vingtaine de centimètres de diamètre sur le côté supérieur droit de mon dos.

Je me souvenais de cette douleur. Une impression combinée de brûlure et de piqûre, bien que ce ne soit ni l'un ni l'autre. Pour faire court, c'est un souvenir des fragments de métal qui me restent dans le dos et, plus précisément, le résultat d'une vis incrustée dans la chair, qui remonte vers la surface comme un corps qui n'a pas trouvé le repos. Je la sentais maintenant exactement à l'endroit où Edward Hubbel, qui n'avait jamais compris pourquoi il avait été fasciné par des rangées de garçons à demi nus, m'avait soufflé dans le dos tout en inspectant mes cicatrices. La respiration d'Edward Hubbel s'était infiltrée à travers ma peau et avait réveillé la vis qui dormait. Elle se déplaçait maintenant, rampant vers la surface comme Lazare : pour commencer, un bord acéré, puis une courbe allaient émerger. Une semaine durant, j'allais imprégner de taches de sang mes chemises et mes draps.

Je ralentis juste avant d'emboutir l'arrière d'un camion et je me traînai derrière le lourd véhicule tout en essayant de me frotter le dos contre la banquette. Le camion accéléra un peu. Je pouvais sentir les dimensions exactes de la petite hachette enfouie au bas de mon omoplate. Il semblait qu'en m'appuyant contre le siège, ça se calmait un peu. Le cercle douloureux se rétrécissait progressivement. Je jetai un coup d'œil dans le rétroviseur, ne vis rien et amorçai une manœuvre pour doubler le camion.

Un violent coup de klaxon. Un hurlement de freins. J'écrasai l'accélérateur. La Pontiac fonça en zigzaguant et les énormes roues du camion remplirent ma fenêtre droite. Nouveau coup de klaxon. La Pontiac se décida et fonça en avant. L'arrière d'une autre voiture jaillit dans le pare-brise et j'amenai la Pontiac sur la voie rapide, le cœur battant. Je n'eus même pas le temps de chronométrer. En voyant les feux rouges devant moi, je ralentis et j'attendis que mon cœur reprenne un rythme normal. La vis que j'avais dans le dos se manifesta de nouveau. Quelques autres petits nœuds et bosses commencèrent à se faire sentir. Le souffle de Hubbel les avait tous réveillés. Des phares apparurent dans mon rétroviseur et j'accélérai d'une dizaine de kilomètres à l'heure. Les phares devenaient plus gros et plus précis. Je me rabattis dans le couloir central.

La voiture derrière moi arriva à ma hauteur et resta là un long moment. Je pensai que c'était quelqu'un que j'avais irrité ou effrayé durant ma phase de pilotage à la Fontaine. L'autre voiture dériva vers mon couloir et je donnai à droite un coup de volant suffisant pour que mes pneus viennent mordre la ligne jaune. L'autre voiture dériva avec moi. Elle était bleu foncé, tachetée d'apprêt brun, avec des traces de rouille derrière les phares. J'accélérai ; l'autre accéléra. Je ralentis ; il ralentit aussi. Il n'était maintenant qu'à quelques centimètres de ma voiture et mon cœur se remit à battre la chamade. Un coup d'œil de côté me révéla une tête brune et bouclée, de puissantes épaules nues et un éclat d'or. Le conducteur surveillait l'avant de la Pontiac. Il donna un coup de volant et sa voiture vint emboutir la mienne juste au-dessus du pneu avant gauche.

J'écrasai l'accélérateur et la Pontiac s'engouffra dans le couloir de droite. Il y eut un crissement de métal tandis qu'il creusait une longue balafre sur le côté de ma carrosserie. La Pontiac bondit en avant. Le conducteur accéléra pour me heurter encore et je donnai un coup de volant sur le côté. Les rangées de clignotants à l'arrière d'un autre semi-remorque se précipitaient à ma rencontre. Quand j'aperçus les garde-boue, je fis une embardée, je sortis de la route et m'engageai sur le gravier. Je continuai à la même allure que le semi-remorque pendant près d'un kilomètre en me disant que l'autre penserait que j'avais quitté la route. Le camionneur donna un coup de klaxon. J'étais bien content de ne pas être obligé d'entendre ce qu'il disait. Tôt ou tard, j'allais tomber sur un panneau de sortie ou une voiture en panne : j'avançai donc jusqu'au moment où je pus voir la cabine d'un camion, j'emballai le moteur de la Pontiac et revins tant bien que mal sur la chaussée. Le camionneur lança un autre coup de klaxon furibond.

La voiture bleu marine gicla de nouveau à côté de moi. Cette fois elle me heurta assez fort pour que mes mains quittent le volant. Les phares du camion occupaient tout mon rétroviseur. La voiture bleue vira sur la gauche puis revint se coller au flanc de la Pontiac.

S'il me faisait ralentir ou s'il me coinçait dans un angle, le poids lourd allait m'aplatir. Une calme petite voix au milieu de ma panique me souffla que Fontaine avait découvert que j'avais pris un billet pour Tangent et qu'il avait envoyé quelqu'un surveiller la Pontiac jusqu'à mon retour. La même voix me dit que deux témoins attesteraient que j'avais conduit de façon dangereuse. Le tueur à la voiture bleue disparaîtrait tout simplement.

L'énorme radiateur du camion emplissait mon rétroviseur. On aurait dit un carnivore. La voiture bleue m'emboutit encore. Je me cramponnai au volant et lui rentrai dedans à mon tour, rien que pour le plaisir. Des étincelles jaillirent entre nous. J'avais dans la bouche un goût d'adrénaline. Le grand panneau vert annonçant une sortie prit forme dans le brouillard. Je levai le pied de l'accélérateur, donnai un coup de volant à droite et partis sur le gravier. Quelques secondes plus tard, je tressautai sur un sol cahoteux. Les poteaux d'acier du panneau passèrent en frôlant les côtés de la Pontiac et la voiture bleue fila dans le brouillard à quelques mètres à peine de la cabine du poids lourd. Je continuai à cahoter parmi les mauvaises herbes. La caisse de la Pontiac toucha une pierre. Puis un virage m'amena vers la rampe de sortie et je me retrouvai sur la chaussée. Je roulai sans voir ni penser pendant trente secondes, je m'arrêtai au panneau de stop et me mis à trembler.

7

Je m'essuyai le visage avec un mouchoir et sortis pour inspecter les dégâts. L'homme à la voiture bleue allait être entraîné par le flot de la circulation jusqu'à la sortie suivante, à près de deux kilomètres. Il avait laissé trois longues éraflures argentées sur le côté, embouti la carrosserie entre la roue et la portière et cabossé la voiture à divers endroits sur toute la longueur. Je m'appuyai contre l'aile et je respirai profondément tout en regardant les voitures passer comme des fantômes dans le brouillard sur l'autoroute. Au bout d'un moment, je m'aperçus que j'étais sur la bretelle de sortie du côté sud de Millhaven, à vingt minutes de Livermore Avenue. Dans mon excitation, j'étais arrivé à la sortie que je voulais. Je crois bien que j'avais oublié que j'avais une destination.

Je remontai dans la voiture et me dirigeai vers Pigtown. L'idée déplaisante me vint que l'homme à la voiture bleue devait déjà revenir dans ma direction.

8

Je ne regardai ma montre que quand je vis la vague silhouette du Saint-Alwyn se dressant au-dessus de Livermore Avenue : je fus alors surpris de constater qu'il était huit heures moins dix. Le temps semblait tout à la fois s'être accéléré et ralenti. Les petits crochets et les rondelles palpitaient en me brûlant et je ne cessais d'entendre des klaxons et de voir la voiture bleue m'emboutir. Dès que j'aperçus un endroit pour me garer, je m'approchai et m'arrêtai. Le pneu avant droit frottait contre la caisse cabossée et la carrosserie tout entière de la Pontiac frissonnait et gémissait.

Je mis des pièces pour une heure. Peut-être que le rendez-vous avec Glenroy avait été annulé ; peut-être son visiteur avait-il été retardé par le brouillard. De toute façon, j'avais l'impression de savoir de quelle sorte de rendez-vous il s'agissait : ce genre de rencontres ne dure pas longtemps. Je fermai la voiture à clé, frissonnant un peu dans le brouillard.

L'hôtel était à deux blocs de là. Serré dans mon manteau pour me protéger du froid, j'avançai comme dans de fines couches de gaze. Les lampadaires projetaient de faibles ronds jaunes : on aurait dit des lanternes japonaises. Tous les magasins étaient fermés et il n'y avait personne d'autre que moi dans la rue. Le Saint-Alwyn avait l'air de reculer à mesure que je m'en approchais, comme le font les montagnes qui ont l'air de s'éloigner devant vous. Derrière moi, au loin, une brève pétarade vint secouer mon subconscient, puis s'arrêta. Deux pas plus loin, je l'entendis de nouveau. Cette fois je reconnus le bruit d'une fusillade. Je me retournai : une nouvelle rafale jaillit de l'autre côté de la vallée et un peu vers le sud. Une vague lueur orangée envahissait le ciel. Si j'avais été plus près de Messmer Avenue, j'aurais entendu le feu dévorer des magasins et des maisons.

Le cercle brûlant sous mon omoplate droite commença à se manifester plus énergiquement. Mais c'était une illusion, comme la douleur fantôme dans une jambe coupée. Ce n'était qu'un souvenir, évoqué par le tir d'armes de petit calibre. Je traversai la rue suivante : je n'en pouvais plus. Juste à ma droite, sur deux étages d'épaisses briques sombres se dressait l'ancienne annexe du Saint-Alwyn, aujourd'hui une pharmacie. J'allai jusqu'au mur, fléchis les genoux et m'adossai aux briques froides. Au bout de quelques secondes, l'impression de brûlure et de congestion commença à se dissiper. La douleur fantôme avait vraiment disparu : aussi efficace que de l'aspirine. Si je pouvais recommencer à m'appuyer le dos contre le mur glacé pendant une heure, me dis-je, tous les crochets et les bouts de ferraille que j'avais dans le dos pourraient replonger dans leur sommeil de rouille.

J'étais là, à demi accroupi contre le mur quand un jeune homme aux cheveux bouclés, T-shirt noir sans manches et pantalon noir bouffant, jaillit du petit passage voûté. Il jeta dans ma direction un bref coup d'œil, détourna la tête et revint vers moi comme s'il m'avait mal vu. Il s'immobilisa avec une sorte de lenteur indolente et théâtrale. Je m'écartai du mur. Il s'apprêtait à dire quelque chose à propos de la fusillade qui nous parvenait alors du ghetto.

Il eut un grand sourire : c'était déconcertant. Il me dit : « Pauvre connard. » Encore plus déconcertant. Puis il fit un pas dans ma direction et je le reconnus. Quelque part de l'autre côté de la rue, blotti derrière un camion-benne, une voiture bleu foncé tout éraflée et cabossée sur le côté gauche. Il se mit à rire en voyant que je l'avais reconnu. « Magnifique, dit-il. Je n'y crois pas, mais c'est magnifique. » Il leva les yeux au ciel en écartant les mains, comme s'il remerciait le dieu des dégénérés.

« Ça doit être toi, le nouveau Billy Ritz, dis-je. L'ancien avait un peu plus de style.

– Personne ne va t'aider maintenant, pauvre con. Il n'y a nulle part où tu peux aller. » Il tendit la main droite derrière son dos, faisant rouler les muscles de ses biceps et de ses épaules. La main réapparut, serrant une grosse barre noire avec un bout d'acier étincelant à chaque extrémité. Une longue lame en jaillit. Il avait de nouveau un grand sourire. En fin de compte, il allait avoir une bonne journée et son patron allait le trouver formidable.

Je sentais comme de la glace dans mon estomac, mes poumons, dans toute ma poitrine. C'était la peur, bien moins forte que celle que j'avais ressentie sur l'autoroute, et utile à cause de la colère qui l'accompagnait. Je courais moins de risques ici sur le trottoir que quand je fonçais sur une route noyée dans le brouillard. Rien n'allait me tomber dessus que je ne pourrais pas voir avant. J'avais sans doute vingt-cinq ans de plus que cette ordure et j'étais bien moins musclé, mais à son âge, j'avais passé tout un été dans un camp d'entraînement de Géorgie à essayer de survivre entre une nourriture abominable et un tas d'hommes déterminés qui m'attaquaient à coups de couteaux et de baïonnettes.

Il me décocha un petit coup de poing, juste histoire de s'amuser. Je ne bougeai pas. Il recommença. Je restai bien planté sur mes pieds. Nous savions tous les deux qu'il était trop loin pour me toucher. Il voulait que je coure pour qu'il puisse se glisser derrière moi et me passer le bras gauche autour du cou.

Il s'approcha d'un pas traînant et je restai les bras ballants, à surveiller ses mains et ses pieds. « Bon sang, dit-il, t'as vraiment rien dans le ventre... une vraie chiffe. »

Son pied droit jaillit et son bras droit fonça dans ma direction. Je sentis une giclée de rage mêlée d'adrénaline et je fis un écart sur la gauche. Je lui saisis le poignet de ma main droite et refermai ma main gauche juste au-dessus de son coude. Dans la demi-seconde où il aurait pu faire quelque chose pour reprendre son élan, il tourna la tête pour me regarder dans les yeux. Je levai le genou gauche et j'abattis mes deux mains aussi fort que j'en étais capable. Je poussai même un grognement, comme on me le recommandait, là-bas en Géorgie. Son bras me claqua littéralement dans les mains : les deux longs os cassèrent au coude et le plus gros, le radius, lui découpa comme un rasoir la peau de l'intérieur du bras. Le couteau tomba sur le trottoir avec un bruit métallique. L'homme poussa un petit cri stupéfait. Je lui pris l'avant-bras à deux mains et tirai en tordant aussi fort que je pouvais. J'espérai que le bras allait venir, mais ce ne fut pas le cas. J'étais peut-être trop près de lui. Il trébucha devant moi et je vis ses yeux exorbités. Il se mit à hurler. Je le repoussai mais il s'effondrait déjà. Il atterrit sur le flanc, les genoux relevés. Il avait la poitrine inondée de sang et du sang giclait aussi par saccades du trou qu'il avait dans le bras.

Je le contournai pour ramasser le couteau. Il continuait à hurler et il commençait à avoir le regard vitreux. Il croyait qu'il allait mourir. Absolument pas, mais il ne se servirait plus jamais vraiment de son bras droit. Je m'approchai de lui et décochai un coup de pied à l'endroit où jusqu'à maintenant il avait un coude. Il tomba dans les pommes.

J'inspectai la rue : personne en vue. Je m'agenouillai auprès de lui et glissai une main dans la poche de son pantalon. Je trouvai un jeu de clés et un tas de petits objets poisseux. Je jetai les clés dans la bouche d'égout et replongeai ma main dans sa poche : j'en tirai quatre petites enveloppes en plastique pliées, pleines de poudre blanche. Je les fourrai dans la poche de ma veste. Je le fis rouler sur le côté et je fouillai l'autre poche. Il avait un petit portefeuille bien gonflé avec une centaine de dollars dedans et un tas de noms et d'adresses griffonnés sur des bouts de papier. Je soulevai la languette pour regarder son permis de conduire : Nicholas Ventura, de McKinney Street à environ cinq blocs à l'ouest de Livermore. Je laissai tomber le portefeuille et m'éloignai sur un petit nuage. Arrivé au bout du pâté de maisons, je m'aperçus que j'avais toujours son couteau à la main. Je le jetai dans la rue. Il rebondit avec un bruit métallique et ne fut bientôt plus qu'une tache sombre dans le brouillard.

Je l'avais déjà vu : il attendait avec trois autres hommes à une table ronde au fond de la Taverne de Sinbad. Il faisait partie du pool des jeunes talents. Je tournai dans Widow Street et je grimpai les marches du perron du Saint-Alwyn. Je me sentais écœuré et épuisé, plus écœuré qu'épuisé, mais assez fatigué quand même pour me coucher une semaine. Au lieu d'adrénaline, je sentais le dégoût dans ma bouche.

Le veilleur de nuit desséché leva les yeux vers moi et regarda délibérément ailleurs. Je me dirigeai vers les téléphones et appelai le 911. « Il y a un homme blessé sur le trottoir à côté de l'hôtel Saint-Alwyn, dis-je. C'est sur Livermore Avenue, entre la 6e et la 7e Sud. Il a besoin d'une ambulance. » La standardiste me demanda mon nom : je raccrochai. Du coin de l'œil, l'employé de l'hôtel me regarda m'approcher des ascenseurs. Je pressai le bouton et il dit : « Vous n'allez pas monter sans passer par moi.

– Si vous y tenez vraiment, dis-je, je vais passer par vous. » Il s'éloigna comme un fantôme tout au bout du comptoir et se mit à agiter fébrilement un tas de papiers.

9

Je frappai deux fois à la porte de Glenroy. On entendait les accents d'un thème de Nat King Cole et Glenroy cria : « J'arrive. » Je l'entendais à peine avec la musique. La porte s'ouvrit et le large sourire de Glenroy disparut dès qu'il vit mon visage. Il se pencha et regarda derrière moi pour voir s'il n'y avait personne d'autre dans le couloir.

« Hé, mon vieux, je vous avais dit de venir avant huit heures. Si vous descendiez prendre un verre au bar et puis vous m'appellerez du hall ? Ça ira, j'ai juste besoin d'un peu de temps.

– C'est bien maintenant, dis-je. J'ai quelque chose pour vous.

– J'ai une affaire privée à régler. »

Je mis dans ma paume deux des paquets de poudre et je les lui montrai. « Votre livreur a eu un accident. »

Il recula. Je me dirigeai vers la table où se trouvaient la boîte et le miroir. Glenroy ne me quitta pas des yeux jusqu'à ce que je me sois assis. Puis il referma la porte. Je lus dans ses yeux de la prudence, de l'inquiétude, de la curiosité. « Je pense que je devrais entendre cette histoire », dit-il. Il revint vers la table comme un chat qui s'avance prudemment dans une pièce qu'il ne connaît pas.

Glenroy prit le siège en face de moi, posa les mains à plat sur la table et me dévisagea comme si j'étais un gosse du quartier qui aurait brusquement manifesté des tendances à la pyromanie.

« Vous n'attendiez pas un jeune délinquant du nom de Nicholas Ventura ? » demandai-je.

Il ferma les yeux et renifla.

« Je veux que vous me parliez », dis-je.

Il ouvrit les yeux et me regarda d'un air tristement pitoyable. « Je croyais vous avoir dit d'éviter les ennuis. Je pensais que vous m'aviez compris.

– J'ai dû faire un petit voyage aujourd'hui, dis-je. Ventura m'attendait sur l'autoroute, il a essayé de m'envoyer dans le décor, et il a bien failli réussir. »

Glenroy laissa tomber une main sur la table et appuya l'autre contre sa joue. Il avait envie de fermer de nouveau les yeux : il aurait fermé ses oreilles s'il l'avait pu.

« Alors, je suis venu ici, dis-je. Je me suis garé à deux blocs. Le malheur, c'est qu'il m'a vu au moment où il venait ici faire sa livraison. Il est tout de suite devenu gamin.

– Je n'ai absolument rien à voir avec lui, sauf pour une chose, dit-il. Je ne peux pas vous expliquer qui il est.

– Il a sorti un couteau et il a essayé de me tuer. J'ai

réglé ça. Il ne va pas en parler, Glenroy. Il sera trop gêné. Mais je ne pense pas qu'on le revoie dans les parages.

– Vous lui avez pris sa marchandise ?

– Je lui ai fait les poches. C'est comme ça que j'ai appris son nom.

– Ça pourrait sans doute être plus grave, dit Glenroy. En fait, je ne suis pas mécontent de prendre cet avion pour Nice après-demain.

– Vous ne courez aucun danger. Je veux juste que vous me donniez un nom.

– Vous êtes fou.

– Glenroy, je connais déjà le nom. Je veux simplement m'assurer que tout est bien en place. Et ensuite je veux que vous fassiez quelque chose pour moi. »

Il agitait sa tête sur sa main. « Si vous voulez être mon ami, donnez-moi cette marchandise et laissez-moi hors de tout ça.

– Je vais vous la donner, dis-je. Quand vous m'aurez dit le nom.

– Je préférerais rester en vie, dit-il. Je ne peux rien vous dire. Je ne sais rien. » Mais il se redressa et approcha son fauteuil de la table.

« Qui était l'inspecteur avec lequel travaillait Billy Ritz ? Qui l'aidait à laisser de faux indices après qu'il eut tué ses victimes ?

– Personne ne sait ça. » Glenroy secoua la tête. « Il y a peut-être des gens qui ont deviné que ça se passait comme ça, mais ces gens-là ont fait bien attention à ne pas marcher sur les pieds de Billy. C'est ce que je peux vous dire.

– Vous mentez, dis-je. Je vais balancer cette saloperie dans les toilettes. J'ai besoin de votre aide, Glenroy. »

Il me regarda un moment d'un air mauvais, en essayant de trouver un moyen de se procurer ce qu'il voulait sans se mettre en danger. « Billy avait des *relations* », dit-il. Vous voyez ce que je veux dire. Il avait des antennes partout.

– Qu'est-ce que vous me racontez ? Il était indicateur pour plus d'un inspecteur ?

– C'était ce qu'on racontait. » Il était profondément mal à l'aise.

« Vous n'avez pas besoin de me dire de noms. Faites-moi simplement un signe de tête quand je citerai quelqu'un qui utilisait Billy comme source d'informations. »

Il rumina ça un moment et finit par acquiescer.

« Bastian. »

Pas de réaction.

« Monroe. »

Il hocha la tête.

« Fontaine. »

Il acquiesça encore.

« Wheeler. »

Pas de réaction.

« Hogan. »

Il hocha la tête.

« Bonté divine, dis-je. Et Ross McCandless ? »

Glenroy fronça les lèvres puis acquiesça une nouvelle fois.

« Pas d'autres ?

– Quelqu'un comme Billy ne parle pas de ses affaires.

– Vous ne m'avez rien dit du tout », dis-je. C'était, hélas, plus vrai que je ne l'aurais voulu. Du moins Glenroy avait-il hoché la tête quand j'avais prononcé le nom de Paul Fontaine, mais il ne m'avait pas donné la confirmation dont j'avais besoin.

« Et qu'est-ce que c'était que cette chose que vous vouliez que je fasse ? demanda-t-il. Me jeter sous les roues d'un bus ?

– Je veux que vous me montriez la chambre 218 », dis-je.

– Sûr, fit-il. C'est tout ? Montrez-moi ce que vous avez dans votre poche. »

Je sortis les quatre paquets et les posai sur la table devant lui. Glenroy les prit tour à tour et les soupesa en souriant. « Ça devait être sa première livraison de la soirée. C'est une double dose. Nick allait sans doute les répartir en sachets, en s'en gardant un chouia pour lui à chaque fois.

– Félicitations, dis-je.

– Nick est toujours là-bas ?

– J'ai appelé Police secours. Il est à l'hôpital maintenant. Il devra y rester quelques jours.

– Au fond, peut-être que vous et moi allons rester en vie un moment.

– Pour vous dire la vérité, Glenroy, ça aurait pu basculer dans un sens comme dans l'autre.

– Je *sais* maintenant que vous êtes dangereux. » Il poussa son fauteuil et se leva. « Vous disiez que vous vouliez voir l'ancienne chambre de James ? »

Avant que nous sortions, il ramassa les sachets en plastique et les rangea dans la boîte en bois.

10

Glenroy poussa le bouton marqué 2 sur le panneau de l'ascenseur et s'adossa à la barre de bois. « Qu'est-ce que vous avez trouvé ?

– Bob Bandolier avait un fils, dis-je. Quand la femme de Bob est morte, il l'a envoyé habiter chez des parents. Je crois qu'il a commencé à tuer quand il avait quinze ans. Il s'est engagé sous un faux nom et est parti pour le Viêt-nam. Il a travaillé dans deux ou trois services de police à travers le pays et il a fini par revenir ici.

– Un tas d'inspecteurs de la ville étaient au Viêt-nam. » L'ascenseur s'arrêta et les portes coulissèrent. Un couloir peint dans un vert foncé sinistre s'étendait devant nous. « Mais il n'y en a qu'un qui a l'air d'avoir suivi l'exemple du Méchant Bob. »

Nous sortîmes de la cabine et Glenroy me regarda d'un air songeur : il recommençait à s'inquiéter. « Vous croyez que c'est ce type qui a tué la femme de votre ami ? »

J'acquiesçai. « De quel côté ? »

Glenroy me fit signe de le suivre. Il ne disait pas un mot. Nous tournâmes un coin et arrivâmes devant la porte de la chambre 218. La police avait mis les scellés et une petite affiche blanche fixée à la porte annonçait qu'entrer était un crime passible d'amende et d'une peine de prison. « Tant d'histoires et ils ne se sont même pas donné le mal de fermer la porte à clé, dit Glenroy. C'est vrai que ce n'est pas un verrou qui vous arrêterait. »

Je me penchai pour regarder le trou de la serrure. Je ne vis aucune éraflure.

Glenroy ne prit même pas la peine d'inspecter le couloir. Il se contenta de poser la main sur la poignée et d'ouvrir la porte. « Inutile de traîner ici. » Il passa sous le ruban jaune posé par la police et entra dans la chambre.

Je lui emboîtai le pas. Glenroy referma la porte derrière lui.

« Je pensais à Monroe, reprit Glenroy. Il ressemble à Bob Bandolier. C'est un salaud aussi. Il a interrogé tout seul un certain nombre de gens, vous savez, et ils n'avaient pas l'air au mieux de leur forme quand il en a eu fini avec eux. »

Tout en parlant, il regardait par terre. Je n'arrivais pas à détacher mon regard du lit et ce qu'il me disait luttait dans mon esprit avec le choc que je ressentais en voyant ce que j'avais devant moi. Le lit me rappelait le fauteuil dans le sous-sol du café de la Femme verte. L'homme qui avait amené April Ransom dans cette chambre ne s'était pas donné la peine de tirer la longue couverture bleue ni d'enlever les housses des oreillers. Une tache sombre faisait comme une ombre en travers du lit et des traînées de la même vague couleur sombre descendaient sur les côtés du couvre-lit. Des taches et des éclaboussures sombres entouraient les mots tracés au-dessus du lit. BLUE ROSE avait été écrit dans les mêmes caractères anguleux que j'avais vus dans la ruelle derrière l'hôtel.

« Un flic comme ça, ça se rencontre de temps en temps », observa Glenroy. Il s'était approché de la fenêtre qui donnait sur le passage derrière l'hôtel.

« Bon Dieu, que j'ai horreur d'être dans cette chambre. » Glenroy s'approcha de la coiffeuse le long du mur en face du lit. Des mégots de cigarette emplissaient le cendrier posé dessus. « Au fait, pourquoi vouliez-vous que je vienne ici ?

– Je pensais que vous pourriez remarquer quelque chose, dis-je.

– Je remarque que j'ai envie de foutre le camp. » Glenroy finit par jeter un coup d'œil au lit. « Il a un tas de ces marqueurs-là, votre copain. »

Je lui demandai ce qu'il voulait dire.

« Les mots. Ils sont en bleu. Ça fait trois : rouge, noir et bleu. »

Je regardai de nouveau le mur. Glenroy avait raison : le slogan était inscrit à l'encre bleu foncé.

« Si ça ne vous dérange pas, je vais remonter là-haut. » Glenroy se dirigea vers la porte qu'il entrebâilla et me lança un coup d'œil. Il avait le visage crispé d'impatience. Je contemplai les mots tracés en pente aussi longtemps qu'à mon avis il pourrait le supporter : je me sentais au bord de reconnaître quelque chose que je n'arrivais pas tout à fait à trouver.

Je repassai sous le ruban avec Glenroy. « Vous feriez mieux de ne pas revenir ici pendant quelque temps », dit-il en se dirigeant vers l'ascenseur.

Je déambulai dans le couloir jusqu'au moment où je me trouvai devant de grandes portes métalliques. Elles donnaient sur une autre double porte qui débouchait sans doute dans le hall et puis continuait encore un peu jusqu'à l'entrée de service. Je sortis dans la petite ruelle derrière l'hôtel, m'attendant presque à voir deux policiers se diriger vers moi, pistolet au poing. Un brouillard glacé remontait la ruelle, léchant l'arrière de la pharmacie qui occupait les locaux de l'ancienne annexe. Sur ma gauche, j'aperçus l'avant tout froissé de la voiture de Nick Ventura qui pointait derrière l'hôtel.

Je traversai rapidement le passage. Quelques coups de feu venaient de Messmer Avenue, de nouvelles lueurs orangées teintaient le ciel. Une longue traînée de sang s'étalait sur le trottoir. Je la contournai et avançai en tâtonnant dans le brouillard jusqu'au moment où j'arrivai à la Pontiac. Je n'arrêtais pas de voir dans mon esprit la chambre 218 sans comprendre ce qui clochait.

Quand je fus assez près de la voiture pour la distinguer nettement, je poussai un gémissement. Quelque enfant capricieux était passé avec une batte de base-ball et en avait donné un coup dans la lunette arrière. La Pontiac avait l'air de sortir de chez un casseur. Je ne pensais pas que John allait réagir très aimablement en voyant sa voiture. J'étais surpris de m'en soucier encore.

TREIZIÈME PARTIE

PAUL FONTAINE

1

De retour chez John, j'avalai deux comprimés d'aspirine pour ma douleur dans le dos et je montai au premier. Sans même me donner la peine de prendre un livre, je m'allongeai sur le lit de la chambre d'ami et j'attendis de sombrer dans le sommeil. John devait encore être en train de rentrer de Chicago : je n'étais pas pressé d'être témoin de sa réaction quand il verrait l'état de sa voiture. Je venais de décider de lui parler de mes rencontres avec Tom Pasmore quand je vis ma main s'emparer de la quatrième photographie, la plus abîmée, qui représentait le lit taché de sang du Saint-Alwyn. Je m'aperçus qu'en secouant la photographie tout en la tenant à l'envers, les marques qu'il y avait dessus allaient tomber comme des cheveux coupés. Je mis le petit rectangle à l'envers et secouai. Des fragments d'encre séchée tombèrent docilement sur le plancher. Je retournai la photo et je vis une image que je connaissais : une photographie que ma mère avait prise devant la maison de la 6e Rue Sud. J'étais planté là sur le trottoir, à trois ans, tandis que mon père, Al Underhill, accroupi derrière moi, son chapeau renversé en arrière, posait une main possessive sur mon épaule.

2

Un peu plus tard, une vraie main sur mon épaule me ramena à la réalité. J'ouvris les yeux pour découvrir le visage avide de John Ransom à quinze ou vingt centimètres du mien. Il rayonnait d'une joie presque démoniaque. « Allons, fit-il. Écoutons un peu ça. Tu me racontes tes aventures et je te raconterai les miennes.

– As-tu vu ta voiture ? »

Il s'écarta, chassant ce problème de ses grosses mains.

« Ne t'inquiète pas pour ça, je comprends. J'ai moi-même failli avoir un véritable accident en allant à Chicago. Tu as dû te faire emboutir sur le côté, c'est ça ?

– Quelqu'un m'a envoyé dans le décor », dis-je.

Il se mit à rire et approcha le fauteuil du lit. « Écoute-moi ça, c'était parfait. »

John avait fait le trajet de Purdum à Chicago en quatre heures, manquant de peu plusieurs accrochages du genre dont il avait cru que j'avais été victime. Le brouillard s'était dissipé une cinquantaine de kilomètres avant Chicago et il avait laissé la voiture tout à côté de la gare.

Il l'avait abandonnée là avec les clés sur le tableau de bord. Il avait écarté deux voleurs éventuels qu'il trouvait trop bien habillés. « Tu comprends, le type jeune cadre, qu'est-ce qu'il va faire, la *voler* ? Laisse-moi rire. Il a fallu que je fasse taire un type qui commençait à appeler un flic et qui m'a fait tout un discours parce que je laissais les clés dans ma voiture. Bref, ce jeune Blanc rapplique, chaîne en or autour du cou, le haut du pantalon à moitié sur les fesses, pas de lacets à ses chaussures et quand ce crétin voit les clés, il se met à tourner autour de la voiture. Il inspecte la rue pour s'assurer que personne ne le surveille : je suis planté là, à regarder une vitrine, priant presque le ciel qu'il essaie d'ouvrir la portière. » Le type avait fini par essayer : il avait failli s'évanouir quand la porte s'était ouverte. Il avait sauté à l'intérieur et avait filé dans la voiture de ses rêves.

« Ce gosse va en tirer le maximum pendant deux semaines, la bousiller et je toucherai l'assurance, parfait. » Pour un peu, il se serait couvert le visage de baisers. Puis il se rappela que j'avais eu un accident et me considéra avec une sorte d'inquiétude amusée. « Alors on t'a poussé hors de la route ? Qu'est-ce qui s'est passé ? »

J'allai dans la salle de bains et il resta sur le pas de la porte tandis que je m'aspergeais le visage d'eau et que je lui racontais mon retour de Tangent.

Je m'essuyai le visage avec une serviette. John était toujours là à se mordiller l'intérieur de la joue.

« Il a tiré un couteau, j'ai eu de la chance. Je lui ai cassé le bras.

– Seigneur ! fit John.

– Ensuite je suis entré dans l'hôtel et j'ai examiné la chambre où on avait retrouvé April.

– Qu'est-il arrivé au type ?

– Il est à l'hôpital. »

Je revins vers la porte. John recula et me donna une claque dans le dos au passage. « Pourquoi retourner dans la chambre ?

– Pour voir si je remarquerais quelque chose.

– Ça devait être dans un triste état, dit John.

– J'ai l'impression qu'un détail m'a échappé, mais je n'arrive pas à trouver ce que c'est.

– Les flics ont inspecté cette chambre un million de fois. Qu'est-ce que je raconte ? C'est un flic qui a fait le coup.

– Je sais qui c'est, dis-je. Descendons et je vais te raconter le reste de mes aventures.

– Tu as trouvé son nom à Tangent ? Quelqu'un te l'a décrit ?

– Mieux que ça », dis-je.

3

« John, je veux savoir où tu as été affecté après avoir ramené aux États-Unis l'homme que tu croyais être Franklin Bachelor. »

Nous étions assis à la table, devant un dîner improvisé avec ce que nous avions pu trouver dans le réfrigérateur et dans le congélateur. John engloutissait les plats comme s'il n'avait pas mangé depuis une semaine. Tout en préparant le dîner dans la cuisine, il avait bu deux bons verres de vodka à la jacinthe et ouvert une autre bouteille de Château Petrus provenant de sa cave.

Depuis que nous étions descendus, il discutait tout haut avec lui-même la question de savoir s'il devrait retourner à Arkham l'an prochain. Si on y réfléchissait un peu, disait-il, c'était vraiment plus important de travailler à son livre que de faire ses cours. Peut-être devrait-il reconnaître qu'il lui fallait passer à un nouveau stade de son existence. Ma question interrompit ce débat égocentrique. Il leva le nez de son assiette et cessa de mâcher. Il but une gorgée de vin.

« Tu sais très bien où j'étais. A Lang Vei.

– Est-ce qu'en vérité tu n'étais pas ailleurs ? Dans un camp non loin de Lang Vei ? »

Il me regarda en fronçant les sourcils et se coupa une autre tranche de veau. Il but encore un peu de vin. « Est-ce que c'est encore une de ces histoires à dormir debout que t'a racontées ce colonel de l'Intendance ?

– Dis-moi. »

Il reposa son couteau et sa fourchette. « Tu ne penses pas que le nom de ce flic est autrement plus important ? Tim, j'ai vraiment été patient avec toi. Je t'ai laissé faire ton numéro de cordon-bleu devant la cuisinière, mais je n'ai pas envie de déterrer des histoires anciennes.

– Est-ce qu'on ne t'a pas demandé de dire que tu étais à Lang Vei ? »

Il me lança le regard réservé à une mule qui aurait

décidé de ne plus bouger. Puis il soupira. « D'accord. Quand j'ai fini par arriver à Khe Sanh, un colonel des Renseignements a rappliqué et m'a donné l'ordre de dire aux gens que j'avais été à Lang Vei. On a réécrit tous mes ordres de mission : donc, pour l'histoire, j'étais bien à Lang Vei.

– Sais-tu pourquoi il t'a donné ces instructions ?

– Bien sûr. L'armée ne voulait pas avouer à quel point elle avait merdé.

– Où étais-tu si tu n'étais pas à Lang Vei ?

– Dans un petit campement du nom de Lang Vo. On s'est fait liquider juste après la prise de Lang Vei. Moi et une douzaine de Bru. Les Nord-Vietnamiens ont fait un massacre.

– Quand tu es rentré de Langley, on t'a envoyé en pleine jungle dans un coin grand comme un timbre-poste. » Jusque-là, le colonel Runnel avait bien dit la vérité. « Pourquoi ont-ils fait ça ?

– Pourquoi font-ils quoi que ce soit ? C'est comme ça que ça se passait.

– As-tu pensé qu'on te punissait pour n'avoir pas ramené l'homme qu'il fallait ?

– Ce n'était pas une *punition.* » Il me foudroya du regard. « On ne m'a pas rétrogradé. »

Peut-être qu'il avait raison. Mais je pensais que Runnel avait raison aussi. John commençait à rougir, son cou déjà s'empourprait. « Raconte-moi ce qui s'est passé à Lang Vo.

– Ça a été une boucherie. » Il me regardait droit dans les yeux. « D'abord ils ont commencé par un tir de barrage ; et puis des soldats de l'armée nord-vietnamienne ont déferlé et ensuite les chars ont mis en pièces tout ce qui restait debout. » Son visage maintenant était rouge. « J'avais l'impression d'être comme ce connard de Custer.

– Custer ne s'en est pas sorti vivant, dis-je.

– Je n'ai pas à me défendre devant toi. » Il planta sa fourchette dans les frites maison, en porta une à sa bouche et la regarda comme si c'était devenu un cafard. Il reposa la fourchette sur son assiette.

Je lui dis que je voulais simplement savoir ce qui s'était passé.

« J'ai fait une erreur, dit-il en me regardant de nouveau dans les yeux. Tu veux savoir ce qui s'est passé, eh bien, c'est ça qui s'est passé. Je ne pensais pas qu'ils enverraient des forces aussi importantes. Je ne pensais pas que ça allait être un vrai siège. »

J'attendis qu'il m'explique comment il avait survécu.

« Quand ça a commencé à se gâter, j'ai ordonné à tout le monde de se réfugier dans cette casemate, avec des meurtrières au-dessus du sol. Deux tunnels. C'était un bon abri. Simplement, ça n'a pas tenu devant des effectifs aussi nombreux. Ils nous ont harcelés. Ils nous ont balancé une grenade par une des meurtrières et ça a pratiquement réglé le problème. Je me suis retrouvé aplati par terre avec une douzaine de types allongés au-dessus de moi. Je ne pouvais ni voir ni entendre. C'était tout juste si je pouvais respirer. J'ai failli me noyer dans tout ce sang. Pour finir, un type est arrivé par le tunnel et a vidé un chargeur sur nous. Deux même, je crois, mais je ne comptais pas vraiment.

– Tu n'as pas pu le voir.

– Je ne pouvais rien voir du tout, dit-il. Je croyais que j'étais mort. En fait, j'ai pris une balle dans le cul et des éclats de grenade dans les jambes. Quand j'ai compris que j'étais encore vivant, j'ai rampé pour me dégager de là. Ça m'a pris longtemps. » Il contempla à nouveau la pomme de terre frite avant de la reposer sur son assiette. « Sacrément longtemps. Le tunnel s'était effondré. »

Je lui demandai s'il se souvenait de Francis Pinkel.

John eut presque un sourire. « Cette petite andouille qui travaillait pour Burrman ? Bien sûr. Il est arrivé la veille du jour où le merdier a commencé, il nous a consacré une heure de son précieux temps et il est remonté dans son hélicoptère. »

A en croire le mystérieux informateur de Runnel, Pinkel s'était rendu à Lang Vo le jour de l'attaque. La version de John était plus compréhensible : il aurait fallu au moins une journée pour coordonner l'attaque du camp de John.

« Eh bien, dis-je, cet abruti a signalé avoir repéré un commando sous les ordres d'un officier américain après avoir décollé.

– Vraiment ? fit John en haussant les sourcils.

– Tu te souviens que Tom Pasmore demandait si personne ne pourrait avoir une raison de vouloir te nuire ?

– Pasmore ? Il se contente de vivre sur sa réputation. »

Je lui dis qu'à mon avis ce n'était pas vrai et John eut un ricanement méprisant. « Et si je lui avais offert cent mille dollars ? Ne te fais pas d'illusions.

– Mais le point demeure : peux-tu penser à quelqu'un qui ait une raison de t'en vouloir ?

– Bien sûr », dit-il. Il recommençait à s'agacer. « L'année dernière, j'ai viré un étudiant parce qu'il savait à peine lire. Il m'en veut, mais je ne pense pas qu'il tuerait qui que ce soit. » John me regarda comme si je me montrais délibérément simple d'esprit. « Est-ce que je me trompe ou est-ce que tout ça ne rime vraiment à rien ?

– As-tu jamais réfléchi au nom de la société de Fee Bandolier ?

– Elvee ? Non. Je n'y ai jamais pensé. Je commence à en avoir un peu marre de tout ça, Tim. » Il repoussa son assiette et versa encore un peu de vin dans son verre.

« LV, dis-je. Lang Vei, Lang Vo.

– C'est *dingue*. Tu poses une question et tu réponds par une devinette.

– Fielding Bandolier s'est engagé dans l'armée en 1961.

– Formidable.

– Sous le nom de Franklin Bachelor, dis-je. Il doit avoir la superstition des initiales. »

John portait son verre à sa bouche. Son bras s'immobilisa dans son geste. Il ouvrit la bouche un peu plus grande et son regard se voila. Il prit une longue goulée de vin et s'essuya la bouche avec une serviette. « Est-ce que tu m'accuses de quelque chose ?

– C'est lui que j'accuse, pas toi, répondis-je. Bachelor est suffisamment débrouillard pour avoir regagné les États-Unis sous le nom de quelqu'un d'autre. Et il t'a rendu responsable de la mort de sa femme. »

La colère flamboya dans les yeux de John et je crus une seconde qu'il allait essayer encore une fois de m'étrangler. Puis je vis un nuage passer sur son visage et il se mit à me regarder comme s'il commençait à comprendre.

« Pourquoi aurait-il attendu tout ce temps pour se venger ?

– Parce qu'après être entré dans ta casemate et avoir vidé un ou deux chargeurs sur les corps, il te croyait mort.

– Et il s'est retrouvé ici. » Il dit cela d'un ton neutre, comme s'il fallait s'y attendre.

« Il habite Millhaven depuis 1979, mais il ne se doutait absolument pas que tu étais revenu ici aussi.

– Comment a-t-il appris que j'étais vivant ?

– Il a vu ta photo dans le journal. Deux jours plus tard, il a tué Grant Hoffman. Cinq jours après, il a tenté de tuer ta femme. Son père tuait les gens à intervalles de cinq jours et il s'est contenté de suivre sa méthode, allant même jusqu'à écrire les mêmes mots.

– Pour que les meurtres aient l'air d'avoir un lien avec la vieille affaire Blue Rose.

– Quand April a commencé à écrire à la police à propos de l'affaire, il a plongé dans les dossiers et en a retiré les déclarations de son père. Et il a repris ses notes dans la cave de la Femme verte au cas où quelqu'un d'autre se montrerait curieux.

– Franklin Bachelor, dit John. Le Dernier Irrégulier.

– Personne ne savait ce qu'il était vraiment, dis-je. Il a passé toute une vie à faire semblant d'être quelqu'un d'autre.

– Dis-moi son nom, dit John.

– Paul Fontaine », répondis-je.

John répéta lentement le nom de l'inspecteur en élevant peu à peu le ton. « Je n'arrive pas à y croire. Tu es sûr ?

– L'homme que j'ai vu dans l'Ohio a posé son doigt juste sur le visage de Fontaine », dis-je.

La sonnerie du téléphone retentit comme une bombe et je sautai presque au plafond.

Le répondeur se mit en marche et nous entendîmes le rugissement habituel d'Alan Brookner peut-être dix pour cent au-dessus de son niveau habituel. « Bon sang, est-ce que vous voulez répondre au téléphone ? Je suis ici tout seul, toute la ville est en train de perdre la tête et... »

John était déjà debout. La voix d'Alan s'arrêta dès que John décrocha le combiné et je ne pus désormais entendre que la moitié de la conversation. John se montrait apaisant mais, à en juger par le nombre de fois où il disait « Alan, je vous entends », et « Non, je n'ai pas cherché à vous éviter », l'apaisement n'était pas évident. « Non, la police ne nous a pas contactés », dit-il en tenant l'appareil à quelques centimètres de son oreille. « Je vais le faire, je vais le faire, dit-il. Bien sûr que vous êtes inquiet. Tout le monde est inquiet. » Il écarta encore le combiné de son oreille. « Je sais que vous vous moquez pas mal de ce que font tous les autres, Alan, ça a toujours été le cas. » Il subit encore une longue tirade qui ne fit qu'accentuer le remords que j'éprouvais de ne pas avoir rendu visite à Alan Brookner.

Il reposa le combiné et mima brièvement la patience épuisée : les genoux flageolants, les mains et la tête tremblantes. « Il m'a assuré qu'il allait rappeler. Est-ce une nouvelle stupéfiante ? Pas du tout.

– Je pense que nous l'avons un peu ignoré, dis-je.

– Alan Brookner ne s'est jamais laissé ignorer plus de cinq minutes d'affilée. » John revint dans le living-room et s'effondra dans son fauteuil. « Le problème, c'est qu'Eliza rentre chez elle à cinq heures. Il n'a qu'à s'installer devant le dîner qu'elle a mis à chauffer au four, se déshabiller et aller au lit. Mais, bien sûr, ce n'est pas ce qu'il fait. Il prend deux ou trois verres et oublie de dîner. Il regarde les informations. Il s'imagine qu'on va parler de lui et de sa fille, qu'il ne peut pas y avoir d'autres sujets intéressants. C'est une idée ridicule. Mais quand il voit des immeubles qui brûlent et des tireurs qui foncent dans le brouillard, il s'imagine qu'il est en danger. » John s'interrompit pour prendre une profonde inspiration... « Parce qu'il lui paraît absolument impossible que ce dont on parle au journal télévisé ne le concerne pas directement.

– Est-ce qu'il n'est pas simplement inquiet ?

– Je le connais depuis plus longtemps que toi, dit John. Il va continuer à appeler jusqu'à ce que j'aille là-bas. » Il me regarda d'un air interrogateur. « A moins que ce soit toi qui y ailles. Il t'adore, toi.

– Ça ne m'ennuie pas d'aller voir Alan, dis-je.

– Tu dois avoir un côté infirmière frustrée, marmonna John. D'ailleurs, qu'est-ce que tu en dis ? Si nous devons aller jeter un coup d'œil à la maison de Fontaine, c'est ce soir ou jamais. » Il fit une troisième tentative pour croquer la frite piquée sur sa fourchette et cette fois-ci la fit entrer dans sa bouche. Tout en mâchant, il me lança un regard de défi auquel je ne réagis pas. Il secoua la tête d'un air écœuré et termina ce qui restait du veau. Puis il avala une grande gorgée de vin et garda les yeux fixés sur moi, comme pour me pousser à accepter.

« Mon Dieu, Tim, je suis désolé de dire ça, mais on dirait que je suis le seul ici qui ait envie de voir un peu d'action. »

Je le dévisageai et je me mis à rire.

« Bon, bon, dit-il. J'aurais mieux fait de me taire. Voyons jusqu'à quel point les choses ont mal tourné avant de nous décider. »

4

Nous nous installâmes sur le canapé du salon et John alluma la télévision.

L'air plus désemparé que jamais, les cheveux un peu ébouriffés, sa cravate bien convenable de travers, Jimbo apparut sur l'écran : il annonça pour la centième fois que les membres du Comité pour un Millhaven juste s'étaient présentés à la mairie, le Révérend Clement

Moore à leur tête, accompagnés de plusieurs centaines de manifestants : ils exigeaient une entrevue avec Merlin Waterford et exigeaient qu'on reconsidère leurs demandes. Le maire avait dépêché son adjoint pour dire qu'il ne recevait et ne recevrait jamais que sur rendez-vous. La délégation avait refusé de quitter le bâtiment. Arden Vass avait fait venir la police pour disperser la foule et après des revendications, des contre-revendications et des harangues, un garçon d'une quinzaine d'années avait été mortellement blessé par un officier qui avait cru voir un pistolet dans la main du jeune homme. D'une cellule de prison, le Révérend Clement Moore avait publié le communiqué suivant : « Des décennies d'injustice raciale et d'oppression économique ont fini par se retourner contre leurs auteurs et on n'arrivera pas à contenir les feux de la colère. »

Une voiture de police avait été renversée et incendiée sur la 16e Rue Nord. Des bombes incendiaires de fabrication artisanale jetées sur deux magasins de Messmer Avenue appartenant à des Blancs avaient mis le feu aux bâtiments voisins. Les pompiers arrivés d'urgence avaient essuyé la fusillade de tireurs postés sur les toits de l'autre côté de la rue.

Derrière le visage de Jimbo, une caméra montrait des silhouettes courant dans le brouillard en emportant des récepteurs de télévision, des piles de vêtements, des brassées de produits alimentaires, des écharpes, des chaussures de sport attachées ensemble par leurs lacets. Les gens jaillissaient du brouillard en brandissant devant la caméra des steaks, des lampes halogènes et des chaises au dos canné pour disparaître aussitôt dans la brume.

« On estime actuellement les dégâts à quelque cinq millions de dollars, déclarait Jimbo. Isobel Archer, en direct d'Armory Place, nous évoque d'autres aspects inquiétants de la situation. »

Isobel apparut derrière une solide rangée de policiers qui la séparait d'une foule en délire. Elle haussa le ton pour se faire entendre par-dessus les chants et les hurlements. « Les rapports sur des incendies isolés et des fusillades épisodiques commencent à arriver d'autres quartiers de la ville », déclara-t-elle. Un bruit étouffé mais distinct de verre cassé la fit regarder par-dessus son épaule. « On signale plusieurs cas de conducteurs arrachés de force à leurs voitures sur Central Divide et Illinois Avenue. Dans le centre, des commerçants ont fait appel aux services d'organismes de sécurité privés pour protéger leurs magasins. On me dit que des bandes de pilleurs armés circulent en voiture, ouvrant le feu sur les autres véhicules. Des passants isolés ont été attaqués et rossés sur Livermore Avenue et sur l'Avenue de la Quinzième Rue. » Elle tressaillit car de bruyants coups de feu éclataient quelque part, non loin du cordon de police. « On me dit à l'instant que nous allons nous installer sur le toit de l'immeuble de la police d'où nous pourrons vous montrer l'ampleur des destructions. »

Le visage impassible du présentateur réapparut sur une fenêtre de l'écran. « A titre personnel, Isobel, avez-vous l'impression d'être vous-même en danger ?

– C'est pourquoi nous allons essayer de gagner le toit », répondit-elle.

Jimbo emplit de nouveau tout l'écran. « Tandis qu'Isobel va s'installer en un lieu plus sûr, nous conseillons à tous les habitants de fermer leurs rideaux, de ne pas rester près des fenêtres et de s'abstenir de sortir de chez eux. Maintenant, une nouvelle qui vient de nous parvenir : selon des rapports non confirmés il y aurait eu des incendies et des fusillades épisodiques dans le bloc des numéros 1500 de Western Boulevard, le bloc des numéros 1200 de l'Avenue de la Quinzième Rue et dans des secteurs en bordure du côté ouest, près du centre commercial Galaxie. Maintenant, le commentaire de Joe Ruddler. »

La bouche déjà ouverte, le regard flamboyant, les joues en feu, le visage coléreux et gonflé comme un ballon de Joe Ruddler jaillit sur l'écran. On aurait dit qu'il venait de s'échapper d'une cage. « S'il sort jamais un bien de tout cela, ce devrait être que ces idiots mal informés qui pérorent à propos du port d'armes vont finir par retrouver leurs esprits ! »

« C'est le moment idéal pour passer au peigne fin la maison de Fontaine », déclara John. Il alla dans la cuisine et revint avec son verre et ce qui restait du vin. Un peu décoiffée et hors d'haleine, Isobel Archer apparut sur le toit du bâtiment de la police pour montrer les endroits d'où nous pourrions apercevoir les feux.

« Cette ville va ressembler à San Francisco après le grand tremblement de terre, dit John.

– Le brouillard ne va pas durer si longtemps que ça, dis-je. Il aura disparu vers minuit.

– Oh, oui, fit John. Et Paul Fontaine va sonner à la porte pour nous dire que lui aussi a découvert Jésus et s'excuser de tous les ennuis qu'il a causés. »

Alan Brookner rappela vers dix heures et retint John au téléphone une vingtaine de minutes, dont dix que John passa avec le combiné à trente centimètres de son oreille. Il raccrocha, passa droit dans la cuisine et se prépara un verre.

Un jeune visage noir et souriant emplit l'écran : Jimbo annonçait que l'adolescent tué par une balle de la police à la mairie avait maintenant été identifié. Il s'agissait de Lamar White, un brillant étudiant de dix-sept ans du lycée John-F.-Kennedy. « White, semble-t-il, n'était pas armé au moment où il a été abattu et cet accident va faire l'objet d'une enquête interne. »

Le téléphone sonna de nouveau.

« John, John, John, John, John, John, dit Alan dans le répondeur John, John, John, John, John, John.

– Tu n'as jamais remarqué qu'ils se révèlent toujours être de brillants étudiants dès qu'ils sont morts, fit observer John.

– John, John, John, John, John... »

John se leva et se dirigea vers le téléphone.

Jimbo annonçait que Ted Koppel présenterait demain soir une édition spéciale de « Nightline » depuis l'auditorium du Centre d'art dramatique. Un porte-parole de la police annonça qu'on dressait des barrages sur toutes les routes et autoroutes autour de Millhaven.

John revint dans le salon en se grattant la tête. « Il faut que j'aille là-bas le chercher, dit-il. Il risque quelque chose ?

– Je ne crois pas qu'il y ait le moindre danger là-bas.

– Je ne sors pas sans ce pistolet. » John me regarda comme s'il s'attendait à me voir protester. Comme je n'en faisais rien, il monta au premier et redescendit en boutonnant son blouson par-dessus quelque chose qui lui gonflait la taille. Je lui dis que j'allais assurer la permanence. « Tu prends tout ça pour une plaisanterie, dit-il.

– Je pense qu'il vaudrait mieux qu'Alan passe la nuit ici. »

John se dirigea vers la porte, l'ouvrit prudemment, regarda d'un côté puis de l'autre, me lança un dernier regard attristé puis sortit.

Je restai à regarder des images d'incendies dévorant des pâtés de maisons entiers tandis que des hommes et des femmes couraient devant la caméra, croulant sous le fardeau de ce qu'ils avaient pillé. Les stocks devaient commencer à s'épuiser : ils avaient les bras chargés de papier hygiénique, d'ampoules électriques et de bouteilles d'eau minérale. Quand le téléphone se remit à sonner, j'allai répondre.

Alan était terré dans un placard. Alan était assis au milieu d'un tas d'excréments sur le sol de sa cuisine. Quelle que fût la crise, John avait renoncé.

J'allai répondre au téléphone et une voix que je ne reconnus pas demanda à parler à Tim Underhill.

« Lui-même », dis-je.

L'homme à l'autre bout du fil déclara qu'il était Paul Fontaine.

5

Comme je ne bronchais pas, il demanda : « Vous êtes toujours là ? »

Je répondis que j'étais toujours là.

« Vous êtes seul ?

– Pour cinq minutes environ, dis-je.

– Il faut que nous parlions d'une certaine affaire. A titre officieux.

– A quoi pensez-vous ?

– J'ai une information qui pourrait vous intéresser et je crois que vous en avez qui pourraient me servir. Je voudrais que nous nous rencontrions quelque part.

– C'est une drôle d'heure pour un rendez-vous.

– Ne croyez pas tout ce que vous entendez à la télévision. Vous n'aurez aucun problème dès l'instant que vous évitez Messmer Avenue. Écoutez, je suis à une cabine téléphonique qui est près de Central Divide et je n'ai pas beaucoup de temps. Retrouvez-moi sur Widow Street, en face du Saint-Alwyn, à deux heures.

– Pourquoi faudrait-il que je vienne ?

– Je vous expliquerai le reste là-bas. »

Je reposai l'appareil et me retrouvai aussitôt, comme par un phénomène de télékinésie, de nouveau assis sur le canapé devant la télévision où un présentateur pérorait toujours. Je n'avais bien sûr aucune intention d'aller retrouver Fontaine, dans une rue déserte à deux heures du matin. Il voulait me mettre dans une situation où on pourrait attribuer ma mort à un acte de violence gratuit.

John Ransom et moi devions quitter Millhaven le plus tôt possible. Si le brouillard se levait, nous pourrions gagner l'aéroport avant que Fontaine se rende compte que je n'allais pas venir à son rendez-vous. A Quantico, le FBI disposait d'experts qui n'avaient rien d'autre à faire qu'à réfléchir aux cas de gens comme Paul Fontaine. Ils pourraient examiner le dossier de chaque affaire d'homicide dont Fontaine s'était occupé à Allentown et partout ailleurs où il avait travaillé avant de revenir à Millhaven. Ce qu'il me fallait surtout, c'était ce que je n'avais pas : le reste de ses notes.

Où étaient les récits de ses meurtres par Fontaine ? Il me semblait maintenant que Ransom et moi n'avions fait qu'entrer et sortir de la maison de la 7e Rue Sud. Nous aurions dû arracher les lames de parquet et percer des trous dans les murs.

Quand Fontaine comprendrait que je n'allais pas venir me faire assassiner, il vérifierait chaque vol quittant Millhaven durant la nuit. Il irait ensuite à la 7e Rue Sud et allumerait un feu de joie dans la vieille chaudière.

Mes pensées en étaient arrivées à cette triste conjecture quand la porte de la rue s'ouvrit au milieu d'une conversation animée. John entra, traînant littéralement Alan Brookner par la main.

6

Sous une veste grise assortie d'un pantalon beige, Alan portait un haut de pyjama tout froissé. John, apparemment, avait habillé son beau-père avec ce qui lui était tombé sous la main. Alan avait les cheveux ébouriffés et son regard affolé exprimait tout à la fois l'hostilité et la confusion. Il avait atteint un stade où il avait besoin de s'exprimer tout autant par gestes que verbalement. Il porta les mains à sa tête, entraînant dans son mouvement la main de John. John le lâcha.

Alan se frappa le front de la main que John venait juste de libérer.

« Tu ne comprends donc pas ? » Il adressait d'une voix sonore cette question à John qui s'éloignait en lui tournant le dos. « C'est ça la réponse. Je te donne la solution. »

John s'arrêta. « Je ne veux pas de cette réponse-là. Asseyez-vous, Alan. Je vais vous préparer un verre. »

Alan écarta les bras en hurlant : « Bien sûr que si ! C'est exactement ce que tu veux. » Il remarqua ma présence et traversa le vestibule pour entrer dans le salon. « Tim, expliquez un peu les choses à ce garçon, voulez-vous ?

– Venez par ici », dis-je. Alan s'approcha du canapé sans quitter des yeux John jusqu'au moment où celui-ci disparut dans la cuisine. Il s'assit alors auprès de moi. Il se passa les deux mains dans les cheveux, les recoiffant d'une façon à peu près normale.

« Il s'imagine qu'il peut tout résoudre en s'enfuyant. Il faut rester sur place et affronter les choses.

– C'est la réponse que vous essayez de lui donner ? » demandai-je. John avait manifestement parlé au vieil homme de ses projets d'aller s'installer à l'étranger.

« Non, non, non. » Alan secoua la tête, agacé par mon incapacité à rien comprendre au problème. « J'ai une chaire financée par une fondation et je n'ai qu'à m'assurer que John obtienne le poste à partir du prochain trimestre. Je peux la lui *donner*.

– Vous pouvez nommer votre propre successeur ?

– Laissez-moi vous dire une chose. » Il m'empoigna la cuisse. « Depuis trente-huit ans, l'administration m'a accordé absolument tout ce que je demandais. Je ne pense pas que ça s'arrête maintenant. »

Alan avait dit ces derniers mots à l'attention de John qui était revenu pour poser devant lui un verre empli d'une boisson brun foncé.

« Ce n'est pas si simple. » John prit le fauteuil au bout du canapé et se tourna pour regarder la télévision.

« Bien sûr que si, insista Alan. Je ne voulais pas reconnaître ce qui m'arrivait. Mais je ne vais pas faire semblant plus longtemps.

– Je n'assurerai pas l'intérim de vos cours, dit John.

– Assure tes cours toi-même, répliqua Alan. Je te donne un moyen de te sauver. Tout ce que tu veux, c'est t'enfuir. Ça n'est pas une bonne solution, mon petit.

– Je suis navré que vous ayez l'impression d'être rejeté, fit John. Ça n'a rien de personnel.

– Bien sûr que si, c'est personnel, rugit Alan.

– Je regrette d'avoir abordé ce sujet, dit John. Ne m'en faites pas dire davantage, Alan. » Alan ne pouvait plus contenir ses sentiments : tout en parlant, il agitait les bras, renversait du whisky sur lui, sur le canapé et sur mes jambes. Là-dessus, il avala une grande gorgée et poussa un grognement. Il fallait que je prenne John à part et que je lui parle en tête à tête.

Alan sortit de sa bouderie le temps de me donner le moyen d'y parvenir.

« Parlez-lui, Tim. Faites-lui entendre raison. »

Je me levai. « John, allons dans la cuisine.

– Tu ne vas pas t'y mettre aussi. » Il me lança un regard mauvais et incrédule.

Je prononçai le nom de John comme si je lui donnais un coup de pied dans les chevilles : il leva brusquement les yeux vers moi. « Oh, dit-il. D'accord. »

« Eh bien voilà », dit Alan.

Je passai dans la cuisine. John me suivit en traînant les pieds. J'ouvris la porte et sortis dans la cour. Des lambeaux de brouillard flottaient encore en volutes au-dessus de la pelouse. John sortit à son tour et referma la porte.

« Fontaine a appelé, dis-je. Il veut échanger des renseignements. Nous sommes censés nous retrouver à deux heures sur Widow Street, en face du Saint-Alwyn.

– Oh, fit John. Formidable. Il s'imagine encore que nous lui faisons confiance.

– Je veux quitter la ville cette nuit, dis-je. Nous pouvons aller trouver le FBI et dire tout ce que nous savons.

– Écoute, c'est notre chance. Il va se livrer à nous sur un plateau.

– Tu veux que j'aille le retrouver dans une rue déserte au beau milieu de la nuit ?

– Nous partirons en avance. Je me cacherai dans cette petite ruelle près du prêteur sur gages et j'entendrai tout ce qu'il dira. A nous deux, nous pouvons le maîtriser.

– C'est de la folie », dis-je. Puis je compris quelles étaient ses véritables intentions. « Tu veux le tuer. »

Alan nous appela de la cuisine. John se mordillait la lèvre en tâchant de voir s'il s'était montré suffisamment persuasif. « Nous enfuir, ça ne nous avancera à rien », dit-il, reprenant inconsciemment les propos d'Alan.

La porte s'ouvrit toute grande et Alan apparut, encadré dans une flaque de lumière jaune. « Vous arrivez à le raisonner ?

– Laissez-nous un peu plus de temps, dis-je.

– L'émeute semble à peu près calmée, dit Alan. Il paraît que quatre personnes ont été tuées. » Comme nous ne disions rien, il recula d'un pas. « Allons, je vais vous laisser tranquille. »

Alan disparut, dépité. Je dis : « Tu veux le tuer. Tout le reste, c'est du camouflage.

– Au fond, est-ce que c'est si terrible ? C'est probablement la seule méthode sûre à employer avec ce type. » Il attendait que je me laisse convaincre. « Je veux dire, il n'y a aucun doute dans ton esprit : c'est bien Bachelor ?

– Aucun.

– Il a tué ma femme et Grant Hoffman. Il veut te tuer et après ça, moi. Tu te préoccupes beaucoup des droits d'un type comme ça ?

– Deux de plus ! lança Alan par la fenêtre. Six au total ! Dix millions de dollars de dégâts.

– Je ne vais pas te raconter d'histoires, dit John. J'estime beaucoup plus probable que Fontaine se retrouve mort plutôt que devant un tribunal.

– Moi aussi, fis-je. J'espère que tu sais ce que tu fais.

– Il s'agit de ma vie aussi. » John me tendit la main : en la serrant, je sentis mon malaise se replier sur lui-même.

Quand nous rentrâmes, Alan rôdait auprès de l'évier. Il chercha à lire sur nos visages ce que nous avions décidé. Il avait ôté son veston et les pans de sa veste de pyjama sortaient de son pantalon. « Vous avez tout réglé ?

– Je vais y réfléchir, dit John.

– D'accord ! tonna Alan en prenant cela pour une capitulation. C'est tout ce que je voulais entendre, mon garçon. » Il tourna vers John un visage rayonnant. « Ça s'arrose, qu'est-ce que tu en dis ?

– Servez-vous, je vous en prie. » De la main, John désigna la preuve qu'Alan avait déjà commencé à arroser cela. Une bouteille de scotch et un verre avec des glaçons flottant dans un liquide brun foncé étaient posés sur le comptoir. Alan se versa un peu plus de whisky et se retourna vers John. « Allons, viens aussi, qu'on fête ça ensemble. »

John passa dans le salon et je regardai ma montre. Onze heures et demie. J'espérai que John allait avoir assez de bon sens pour ne pas s'enivrer. Alan me saisit par l'épaule. « Dieu vous bénisse, mon garçon. » Il prit un autre verre sur l'étagère et y versa une bonne rasade de whisky. « Il faut que vous fêtiez ça aussi. »

John allait mener Alan en bateau jusqu'au moment où j'aurais quitté la ville, et puis il refuserait le poste de professeur. Ce serait la fin. J'avais l'impression d'avoir donné mon accord à un second meurtre. Quand John revint, il haussa les sourcils en voyant le verre posé devant moi puis sourit.

« Un petit calmant. »

Alan trinqua avec John, puis avec moi. « Je me sens mieux.

– Cheers », dit John en levant son verre et en m'adressant un coup d'œil ironique. Son blouson glissa de côté pour révéler la crosse du revolver : il s'empressa de se rajuster.

Je goûtai le scotch. Tout mon corps frissonna.

« Ça donne soif, hein ? » Alan avala une gorgée et nous regarda tous les deux en souriant. Il semblait terriblement soulagé.

Alan et lui sortirent de la cuisine et je vidai mon verre dans l'évier. Quand je regagnai le salon, ils avaient repris leurs places et regardaient la télévision.

La veste de pyjama d'Alan était complètement sortie de son pantalon et une rougeur malsaine lui empourprait les pommettes. Il était en train de dire : « Nous devrions aller dans le ghetto, installer des classes modèles, vraiment travailler avec ces gens. On commence par un programme pilote et puis on le développe jusqu'au moment où on a deux ou trois vraies classes qui marchent. »

Pendant une trentaine de minutes encore nous regardâmes le petit écran. La famille du garçon qui avait été tué à la mairie annonça par la voix d'un avocat qu'elle priait pour la paix. Sur une carte bleu pâle de petites flammes rouges indiquaient les quartiers incendiés et de petits pistolets noirs les secteurs où avaient éclaté des fusillades. John remplit le verre d'Alan. Recoiffé et le nœud de cravate de nouveau impeccable, Jimbo déclara que le plus fort de l'émeute semblait passé et que la police avait rétabli l'ordre dans presque tous les quartiers. Des pompiers braquaient des lances sur une longue rangée de magasins qui brûlaient.

A minuit dix, Alan avait la tête qui commençait à dodeliner sur sa poitrine. Le téléphone sonna de nouveau. John se leva d'un bond puis me fit signe. « Vas-y, décroche. C'est lui qui vérifie », dit-il.

Alan leva la tête en clignotant.

« Vous m'avez dit que je devrais appeler, murmura une voix de femme. Eh bien, j'appelle.

– Vous avez fait un faux numéro, dis-je.

– C'est le fils d'Al Underhill ? Vous avez dit que je devrais appeler. Il est revenu. Je viens de le voir dans le salon. »

J'ouvris la bouche mais aucun son n'en sortit.

« Vous ne vous rappelez pas ?

– Si, Hannah, je me rappelle, dis-je.

– Vous ne voulez peut-être rien faire, c'est une nuit si terrible...

– Ne sortez pas de la maison et éteignez vos lumières », dis-je.

7

Je revins dans le salon et je dis à Alan qu'il me fallait encore une fois parler à John en privé. Sans laisser à celui-ci le temps de poser une question, John s'était levé et m'entraînait dans la cuisine. Il alla jusqu'à la porte du jardin puis pivota pour me faire face. « Qu'est-ce qu'il a dit ? Il veut que tu viennes maintenant ?

– Hannah Belknap m'a appelé pour me dire qu'elle avait vu quelqu'un dans la maison d'à côté.

– Qu'est-ce qu'il fabrique là-bas à cette heure-ci ?

– Il pourrait profiter du chaos pour déménager de nouveau ses notes.

– Qu'est-ce que tu racontes ?

– Nous n'avons peut-être pas assez bien regardé, dis-je. Elles doivent être là, c'est l'endroit le plus sûr. »

John plissa les lèvres. « Il a peut-être décidé de les détruire. »

J'avais envisagé cette possibilité juste avant que John ne l'exprime. Puis je compris que Hannah avait vu Fontaine dans son ancien salon. « Il est au premier étage maintenant, dis-je. Si nous filons là-bas assez vite, nous arriverons peut-être à le prendre avec les notes. »

John prenait sa décision. Il ouvrit la bouche. On ne

pouvait rien lire dans ses grands yeux clairs. « Allons-y, dit-il. C'est encore mieux. »

Je le pensais aussi, mais pour d'autres raisons. Si nous pouvions pincer Fontaine avec ses archives, nous avions une meilleure chance de le traîner en justice que si nous le retrouvions simplement dans une rue déserte. Il suffisait d'aller à la 7e Rue Sud avant que Fontaine en soit parti ou ait brulé les dossiers de sa vie secrète. Je me dis ensuite qu'en fait nous avions largement le temps : si Fontaine était retourné cette nuit dans son ancienne maison, c'était probablement pour passer là les deux heures avant le rendez-vous qu'il avait arrangé.

Alan apparut sur le seuil de la cuisine. « Qu'est-ce qui se passe ? Qu'est-ce que c'était que ce coup de fil ?

– Alan, dit John, je suis désolé, mais je n'ai pas le temps de vous expliquer. Il faut que Tim et moi allions quelque part. Nous aurons peut-être de bonnes nouvelles pour vous.

– Où allez-vous ?

– Désolé, mais ça ne vous regarde pas. » John passa en écartant le vieil homme qui me jeta un coup d'œil puis emboîta le pas à son gendre.

« C'est moi qui vais décider si ça me regarde ou non », dit Alan d'une voix un peu plus forte mais sans crier.

Ils étaient plantés au milieu du salon, à moins d'un mètre l'un de l'autre. Alan pointa son doigt sur la poitrine de John. « De toute évidence, cette mission dont vous parlez me concerne bel et bien si vous me dites que vous allez me rapporter de bonnes nouvelles. Je viens avec vous. »

Au comble de l'exaspération, John se tourna vers moi.

« Ça pourrait être dangereux, dis-je.

– Alors, c'est réglé. » Alan saisit son veston sur le canapé et l'enfila rapidement. « Je n'ai pas l'intention qu'on me cache tout. C'est comme ça.

– Alan... »

Alan se dirigea vers la porte de la rue et l'ouvrit.

John avait changé d'expression : non seulement il

renonçait sur-le-champ, mais toute résistance l'avait abandonné.

« Très bien, dit-il. Venez donc. Mais vous allez rester assis sur la banquette arrière et ne rien faire avant qu'on vous dise de bouger. »

Alan le regarda comme s'il venait de flairer quelque chose de déplaisant, mais il détourna la tête et sortit sans protester.

« C'est de la folie, dis-je à John. Tu es complètement dingue.

– Je n'ai pas remarqué que tu aies fait grand-chose pour l'empêcher de venir, dit John. Nous allons le laisser dans la voiture. Peut-être que ça nous servira d'avoir un témoin.

– Un témoin de quoi ? »

La portière de la voiture claqua.

Au lieu de répondre, John sortit. Je le suivis et fermai la porte. Alan trônait déjà sur la banquette arrière, regardant devant lui et ignorant notre présence. John ouvrit la portière de droite. En levant les yeux, je vis que la nuit était parfaitement claire. La rangée de lampadaires descendait vers Berlin Avenue et quelques étoiles parsemaient le ciel noir. Je montai dans la voiture et mis le moteur en marche.

« Ça a un rapport avec la mort d'April », déclara Alan. C'était une affirmation, pas une question.

« Peut-être, dit John.

– Je lis parfaitement en toi : tu es transparent.

– Ça vous ennuierait de vous taire ?

– Très bien, dit Alan. Je me tais. »

8

Les bandes de jeunes gens plantés devant les tavernes et les façades d'usine nous regardèrent traverser la vallée. John avait la main sur la crosse du revolver, mais les garçons reculèrent dans l'ombre, se contentant de nous observer.

Une voiture de police déboucha d'une rue adjacente

et nous suivit jusqu'à Goethals. Je m'attendais à voir le gyrophare et à entendre la sirène. La voiture s'engagea derrière nous sur Livermore. « Sème-le », dit John. Je tournai prudemment à droite sur la Rue Sud et je jetai un coup d'œil au rétroviseur ; la voiture de police continuait à descendre Livermore.

Sur Muffin Street, je pris à gauche et passai devant un alignement de maisons bien paisibles. Par la plupart des fenêtres, on apercevait la lueur vacillante des écrans de télévision. Les gens étaient assis dans le noir devant leur poste, à regarder ce qui persistait de toute cette agitation. J'arrivai finalement à la 7e Rue Sud et je me dirigeai vers l'ancien pavillon de Bob Bandolier. Deux blocs avant d'arriver, j'éteignis les phares et je roulai au point mort devant les masses sombres des maisons jusqu'au moment d'arriver à l'endroit même où John et moi nous étions garés dans le brouillard. Je m'arrêtai le long du trottoir et regardai John.

« Bon. » Il se retourna pour s'adresser à Alan. « Nous allons entrer dans une maison du bloc suivant. Si vous voyez un homme sortir par la porte de la rue, penchez-vous et donnez un petit coup de klaxon. Un petit coup, Alan, juste un son bref. » Il me regarda, réfléchissant toujours, puis se retourna vers Alan. « Et si vous voyez des lumières s'allumer à la fenêtre, n'importe quelle fenêtre, ou si vous entendez des coups de feu, descendez de voiture, précipitez-vous là aussi vite que vous pouvez et mettez-vous à frapper à la porte de la rue en faisant un boucan d'enfer.

– De quoi s'agit-il ? demanda Alan.

– En un mot, d'April, répondit John. Vous vous rappelez ce que je vous ai dit de faire ?

– April.

– C'est ça.

– Je ne vais pas rester assis dans cette voiture, dit Alan.

– Bonté divine, dit John. On ne peut pas perdre davantage de temps à discuter avec vous.

– Parfait. » Alan régla le problème en ouvrant sa portière et en descendant de voiture.

Je descendis à mon tour et vins me planter devant lui. John referma la portière du passager et fit deux pas en avant, se mettant délibérément à l'écart. L'air hagard et une lueur de défi brillant dans son regard, Alan leva le menton et essaya de me regarder de haut. « Alan, murmurai-je, nous avons besoin de vous pour monter la garde. Nous avons rendez-vous dans cette maison avec un policier et nous voulons obtenir de lui certains cartons de documents.

– Pourquoi... » commença-t-il de son ton normal et je posai un doigt sur mes lèvres. Il acquiesça et, dans ce qui était pour lui un chuchotement, demanda : « Pourquoi ne m'avez-vous pas tout de suite demandé de venir, si vous aviez besoin de moi pour faire le guet ?

– Je vous expliquerai quand nous aurons fini, dis-je.

– Un policier. »

J'acquiesçai.

Il se pencha en avant en faisant signe du doigt. Je me baissai. Il colla sa bouche contre mon oreille. « Est-ce que John a mon revolver ? »

Je hochai de nouveau la tête.

Il fit un pas en arrière, le visage figé. Il ne cédait pas d'un pouce. John remonta le pâté de maisons et je me dirigeai vers lui, en me retournant pour regarder Alan. Il avait repris son air de roi singe, mais en tout cas il restait tranquille. John se mit à traverser la rue. J'avançai le long de la voiture et je le rejoignis avant qu'il ait atteint le trottoir suivant. Je regardai du côté d'Alan. Il avançait devant la voiture : il avait manifestement l'intention de nous suivre sur le trottoir d'en face. Je lui fis signe de retourner à la voiture. Il ne bougea pas. Le bruit d'un coup de feu arriva de ce qui parut être le nord-ouest. Quand je me retournai vers Alan, il était toujours planté au même endroit.

« Laisse ce vieil idiot en faire à sa tête, dit John. De toute façon il ne voudra rien entendre. »

Nous nous dirigeâmes vers la maison de Bandolier, Alan nous suivant toujours à quelque distance de l'autre côté de la rue. Quand nous arrivâmes au bord de la propriété, John et moi nous engageâmes sur la pelouse en même temps. Je me retournai vers Alan : il hésitait. Puis il fit un pas en avant et s'assit par terre. D'une des maisons du côté de la rue où nous étions nous parvenait par une fenêtre ouverte la voix morne et lente de Jimbo. Je m'approchai de la maison : j'entendis John tirer de sa poche le gros trousseau de clés. J'espérais qu'il se rappellerait laquelle avait marché la dernière fois. Nous nous mîmes à longer les planches de la palissade à la peinture écaillée. Nous arrivâmes au coin de la maison. Je le pris par l'épaule et l'empêchai d'entrer dans l'arrière-cour.

« Attends, chuchotai-je, et il se retourna. Nous ne pouvons pas passer par-derrière.

– Bien sûr que si, dit-il.

– Nous n'aurions pas traversé la moitié de la cuisine qu'il saurait que nous sommes dans la maison.

– Alors, qu'est-ce que tu veux faire ?

– Je veux aller sur la véranda, dis-je. Tu restes collé au bâtiment là où il ne peut pas te voir quand il ouvrira la porte.

– Et ensuite ?

– Je frappe à la porte en demandant si je peux le voir maintenant. Il est bien obligé d'ouvrir : il n'a pas le choix. Sitôt qu'il aura ouvert la porte, Alan va se redresser en criant et puis j'entrerai doucement et toi tu fonceras. »

Je fis de la tête un signe de côté et nous nous glissâmes le long de la maison.

Alan nous regarda nous couler vers la véranda. Je posai un doigt sur mes lèvres : il nous examina en plissant les yeux puis acquiesça. Je désignai la véranda et la porte. Il se remit debout. « *Restez-là,* fis-je par signes. Je mimai le geste de frapper et de faire semblant d'ouvrir une porte. Il acquiesça de nouveau. Je pointai la tête en avant comme pour inspecter les lieux, puis je posai mes mains sur les côtés de ma bouche et j'agitai la tête. Il fit un signe affirmatif en joignant le pouce et l'index et quitta le trottoir pour s'enfoncer dans l'obscurité de la pelouse derrière la maison.

Nous fîmes le tour de la véranda et traversâmes sans

bruit l'ancienne roseraie de Bob Bandolier. Alan s'avança un peu. Dans l'ancien salon des Bandolier, quelqu'un se mit à marcher sur une lame de parquet qui grinçait. Fontaine se promenait dans son enfance, pour recharger ses batteries.

John et moi n'avions pas atteint les marches de la véranda que tout s'écroula.

Alan se mit à hurler : « *Arrêtez! Arrêtez!* »

« Bon dieu », fit John en se précipitant sur la pelouse. Alan avait mal compris ce qu'il était censé faire. Je me redressai à mon tour et courus vers les marches avant que Fontaine ait eu le temps d'ouvrir la porte. Mais elle était déjà ouverte : c'était pour ça qu'Alan avait crié. Paul Fontaine sortit sur la véranda et une voiture de police, la même que nous avions vue patrouiller, déboucha de Livermore dans la 7e Rue Sud. Elle n'avait pas allumé sa rampe lumineuse.

« Bon sang, Underhill, dit Fontaine.

« *C'est lui ?* » clama Alan.

Une lumière s'alluma dans le salon de la maison derrière nous et dans les chambres des maisons d'à côté.

« C'est lui, l'homme ? »

Fontaine poussa un juron qui s'adressait soit à moi, soit au monde en général. Il dévala les marches et j'essayai de l'éviter en coupant à travers la pelouse en direction de John.

« Revenez ici, Underhill », dit Fontaine.

Je m'arrêtai, pas à cause de ce qu'il avait dit, mais parce que j'avais cru voir quelqu'un bouger dans l'ombre entre les maisons derrière John et Alan Brookner. Ce dernier nous regardait tour à tour, Fontaine et moi, d'un air affolé et John essayait toujours de le calmer.

« Je ne vais pas vous laisser filer », dit Fontaine. L'homme entre les maisons de l'autre côté de la rue avait disparu, si tant est qu'il eût jamais existé. La voiture de patrouille vint se ranger le long du trottoir à une dizaine de mètres de nous : Sonny Berenger et un autre policier en descendirent. Tout en se dépliant, Sonny regardait droit dans les yeux John et Alan. Il ne nous avait pas encore vus.

« Underhill », répéta Fontaine.

Là-dessus, Alan arracha le gros revolver de sous le blouson de John et sauta sur la chaussée. Au lieu de se précipiter à sa poursuite, John s'aplatit sur le trottoir. Alan leva son arme. Il tira et tira encore, dans un déchaînement de courtes flammes et d'explosions qui emplirent la rue. J'entendis des gens hurler et je vis Alan laisser tomber le revolver une seconde avant de m'apercevoir que j'étais couché par terre. J'essayai de me relever. La douleur me plaqua dans l'herbe. J'avais été touché devant mais la douleur rayonnait depuis le cercle brûlant de mon dos. J'avais l'impression qu'on m'avait frappé avec une cognée.

Je bougeai la tête pour voir Fontaine. La grande roue du monde tournait autour de moi. Une partie de la roue était une chaussure noire au bout de laquelle se trouvait quelque chose qui ressemblait à une jambe grise longue de plus d'un kilomètre. Puis le monde se redressa, je tournai très lentement la tête dans l'autre direction. Je vis la couture autour de la boutonnière d'un costume gris. Ses vêtements empestaient la fumée et la cendre. De l'autre côté de la boutonnière, une chemise blanche sur laquelle se dessinait une grosse fleur rouge montait et descendait suivant un rythme saccadé : Alan avait réussi à nous toucher tous les deux. Je pris appui sur le coude de mon bras valide, me mis à genoux et me traînai dans sa direction. Puis mon coude se déroba sous moi et je vis l'autre policier qui arrivait en courant.

A quelques centimètres du mien, le visage de Fontaine était paralysé par le choc. Ses yeux se fixèrent sur les miens et sa bouche remua.

« Dites-moi », fis-je. Je ne sais pas ce que je voulais dire : dites-moi tout, dites-moi comment Fee Bandolier est devenu Franklin Bachelor.

Il s'humecta les lèvres. « Merde », fit-il. Un nouveau spasme agita sa poitrine et du sang en ruissela pour venir me tremper le bras. « Bell. » Une nouvelle giclée de sang se répandit sur mon bras et le torse du policier se profila au-dessus de nous. Deux mains me tirèrent sans douceur loin de Fontaine. Je dis « Ouille », ce qui me parut d'une louable retenue. Le flic dit : « Attendez, ne bougez pas », mais ce n'était pas à moi qu'il s'adressait.

Je contemplai le ciel noir étoilé et je dis : « Allez chercher Sonny. » J'espérais que je n'allais pas mourir. Je baignais dans une mare de sang.

Puis Sonny se pencha sur moi. J'entendais l'autre policier s'occuper de Fontaine et je l'imaginai serrant un grand bandage au-dessus de la plaie qu'il avait à la poitrine. Mais nous n'étions pas là, nous étions ailleurs. « Vous allez vous en tirer ? » demanda Sonny, avec l'air d'espérer que j'allais répondre non.

« Je vous devais quelque chose : je paie mes dettes, dis-je. En plus d'un tas d'autres gens, Fontaine a tué cet étudiant et la femme de Ransom. C'était un officier des Bérets verts du nom de Franklin Bachelor et il a grandi dans cette maison sous le nom de Fielding Bandolier. Renseignez-vous sur une société qui s'appelle Elvee Holding et vous découvrirez qu'il avait des liens avec Billy Ritz. Quelque part dans cette maison, vous trouverez deux cartons de notes prises par Fontaine sur tous ses meurtres. Et, dans des cartons rangés dans la cave, vous trouverez des photographies prises par son père des endroits où il a tué les premières victimes de Blue Rose. »

Comme je disais tout cela, le visage de Sonny passa de la colère glacée à l'habituelle impassibilité du policier : ça devait faire un sacré bout de chemin. « Je ne sais pas où sont les notes, mais les photos sont derrière la chaudière. »

Il jeta un bref coup d'œil à la maison. « Fontaine en est propriétaire par l'intermédiaire d'Elvee Holding. Tout comme du Bar de la Femme verte. Regardez là-bas dans le sous-sol : vous verrez où est mort Billy Ritz. »

Il enregistrait tout cela : son univers était pris dans un tourbillon aussi étourdissant que le mien il y a quelques instants, mais Sonny n'allait pas me lâcher. Je faillis m'évanouir de soulagement. « L'ambulance va arriver dans une seconde, dit-il. Ce vieux type, c'est le père d'April Ransom ? »

Je hochai la tête. « Comment va-t-il ?

– Il n'arrête pas de parler du royaume des cieux », répondit Sonny.

Oh oui, bien sûr. Le royaume des cieux. Là où un homme avait voulu tuer un noble, avait essayé son épée en la frappant contre le mur et s'en était allé tuer le noble. De quoi d'autre pourrait-il parler ?

« Comment va Fontaine ?

– Je crois que ce vieux dingue l'a tué », dit-il. Là-dessus, la nuit noire et semée d'étoiles vint emplir l'énorme espace qu'un instant plus tôt il occupait au-dessus de moi. Des hurlements de sirènes approchaient.

QUATORZIÈME PARTIE

ROSS McCANDLESS

1

Pendant le trajet en ambulance, aussi interminable que si nous allions dans un hôpital situé sur la lune, l'angoisse qui me tenaillait se dissipa et je m'installai dans mon nouvel état. J'étais inondé de sang, je baignais dedans, le sang couvrait ma poitrine et mes bras. Il collait à mon visage comme un sirop rouge et poisseux : mais pour l'essentiel, c'était celui de l'homme mort ou mourant allongé sur la civière voisine. Moi, j'allais survivre. L'infirmier s'affairait sur le corps de Paul Fontaine tandis qu'un autre découpait ma chemise pour inspecter ma plaie. Il leva deux doigts devant mon visage et me demanda combien j'en voyais. « Trois, dis-je. Je plaisante. » Il m'enfonça une aiguille dans le bras. J'entendais le corps de Fontaine agité de soubresauts sur le brancard tandis qu'ils essayaient de lui faire un massage cardiaque, une fois, deux fois, trois fois. « Bon dieu, dit l'infirmier dont je n'avais pas vu le visage, je crois bien que c'est Paul Fontaine.

– Sans blague », dit l'autre. Son visage revint se pencher au-dessus du mien. Amical, avec un air rassurant de professionnel, et noir. « Vous êtes flic aussi ? Comment vous appelez-vous, mon vieux ?

– Fee Bandolier », dis-je et je le surpris en éclatant de rire.

Je ne sais pas ce qu'il m'avait filé dans les veines, mais ça atténua ma douleur et fit reculer mon anxiété vers le toit de l'ambulance où elle resta à flotter comme un nuage huileux. Nous, c'est-à-dire l'angoisse, l'infirmier, le corps agité de spasmes et moi-même, poursuivions notre voyage vers la lune. « Ce Fontaine, fit l'autre infirmier, il sera mort en arrivant. » Du nuage qui flottait au-dessus de moi me parvint une information : j'avais entendu les dernières paroles de Fontaine, mais je n'en avais compris qu'une. Il s'était efforcé de parler : il s'était humecté les lèvres et avait réussi à articuler une syllabe qu'il voulait que j'entende. *Bell. For whom the bell tolls*, pour qui sonne le glas. Je me demandai ce qu'il advenait d'Alan Brookner. Je me demandai si Sonny Berenger parviendrait à se souvenir de tout ce que je lui avais dit. J'avais l'impression qu'un tas de policiers allaient venir me voir dans mon hôpital sur la lune. Puis je sombrai.

2

Je m'éveillai face à l'énorme tête, semblable à un trépan de forage, de l'appareil à rayons X braqué sur le côté droit de ma poitrine, presque entièrement recouvert d'ouate ensanglantée. Un technicien en casque de plongée et gilet de plomb m'ordonnait de ne pas bouger. Au lieu de mes vêtements, je portais une légère chemise bleue d'hôpital déboutonnée dans le dos qui me dénudait l'épaule droite comme une toge. Quelqu'un avait nettoyé tout le sang dont j'étais couvert et je sentais une odeur d'alcool à 90. Je fus très surpris de constater que je me tenais debout tout seul. « Pourriez-vous, s'il vous plaît, essayer de ne pas bouger ? » demanda le monstre caparaçonné. Le trépan émit des cliquetis et des bourdonnements. « Retournez-vous maintenant, nous allons regarder le dos. » Je découvris que j'étais capable de me retourner. De toute évidence, cela faisait un moment que j'accomplissais de pareils miracles. « Il va falloir lever ce bras-là », dit le monstre. Il émergea de derrière sa machine pour prendre par le coude mon bras droit et me l'arracher violemment de l'épaule. Il n'accorda pas la moindre attention aux bruits que j'émettais.

« Tenez-le comme ça. » Un cliquetis. Un bourdonnement. « Vous pouvez regagner votre chambre maintenant.

– Où suis-je ? » demandai-je. Il éclata de rire. « Je suis sérieux. Dans quel hôpital ? »

Il sortit sans répondre. Une infirmière surgit de nulle part avec une longue attelle bleue festonnée de bandes blanches de velcro : elle m'annonça que j'étais à l'hôpital Sainte-Mary. Encore un retour aux sources : c'était à Sainte-Mary que j'avais passé deux mois quand j'avais sept ans et c'était là qu'une infirmière du nom de Hattie Bascombe m'avait dit que le monde était à moitié plongé dans les ténèbres. Grand et sinistre entassement de briques brunes occupant quatre cents mètres de Vestry Street, l'hôpital était à un pâté de maisons de mon ancien lycée. En temps réel, si une telle chose existe, l'interminable voyage en ambulance n'avait pas dû prendre plus de cinq minutes. L'infirmière fixa l'attelle sur mon bras, elle rattacha ma chemise de nuit. Me déposa dans un fauteuil roulant. Me poussa le long d'un couloir. Me chargea dans un ascenseur vide. Me déchargea. Puis me pilota par un dédale de couloirs jusqu'à une chambre avec un lit haut sur pied. Un tas de gens voulaient me parler, dit-elle : j'étais quelqu'un de très populaire. « Je veux être seul », dis-je avec un accent à la Garbo. Elle était trop jeune pour avoir connu la Divine, mais elle me laissa quand même tranquille.

Un docteur à l'air intrigué arriva une dizaine de minutes plus tard en tenant à la main une grande enveloppe jaune. « Voyez-vous, Mr. Underhill, vous me posez un problème inhabituel. La balle qui vous a frappé a suivi une belle trajectoire bien droite à côté de votre poumon et est venue se loger sous votre omoplate droite. Mais, à en juger d'après ces radiographies, vous trimballez tant de morceaux de métal dans votre dos que nous n'arrivons pas à distinguer la balle de tout le reste. Dans ces circonstances, je crois que nous allons tout simplement la laisser là. »

Il se dandina d'un pied sur l'autre et me regarda en souriant, l'enveloppe de radiographies pendant au-dessus de son entrejambe dans ses mains jointes. « Ça ne vous ennuierait pas de régler une petite querelle entre le radiologue et moi ? Qu'est-ce qui vous est arrivé ? Un accident de travail ? »

Il avait les yeux bleu clair, une crinière de cheveux blonds sur le front et pas une ride, absolument aucune, pas même une patte d'oie au coin des yeux. « Quand j'étais petit, dis-je, j'ai avalé un aimant. »

Un petit pli presque invisible, fin comme un unique cheveu sur le crâne d'un bébé, apparut au milieu de son front.

« Bon, fis-je. Disons plutôt que c'est dans le cadre d'un voyage à l'étranger... » Il ne comprit pas. « Si vous n'allez pas opérer, est-ce que ça veut dire que je vais rentrer chez moi demain ? »

Il me dit qu'on voulait me garder en observation un jour ou deux. « Nous tenons à éviter toute infection, à veiller à ce que votre plaie commence à se cicatriser comme il faut. » Il marqua un temps. « Et puis, un lieutenant de police du nom de McCandless semblait tenir à ce que vous ne bougiez pas. Je crois comprendre que vous pouvez vous attendre à pas mal de visites au cours des prochains jours.

– J'espère qu'un des visiteurs m'apportera quelque chose à lire.

– Je pourrais, si vous voulez, trouver des magazines dans le hall et vous les apporter la prochaine fois que je suis dans ce pavillon. »

Je le remerciai. Il sourit et dit : « Si vous me racontiez comment un voyage à l'étranger peut vous amener à avoir à peu près une livre de fragments métalliques dans le dos... »

Je lui demandai quel âge avait le radiologue.

De nouveau le petit pli fin comme un cheveu réapparut sur son front. « Dans les quarante-six, quarante-sept ans, quelque chose comme ça.

– Demandez-lui, il vous expliquera.

– Reposez-vous un peu », dit-il. Et il éteignit les lumières en sortant.

Dès qu'il fut parti, l'effet de ce qu'on m'avait administré pendant que j'étais encore à demi conscient commença à se dissiper et une large bande qui me traversait le corps s'enflamma. Je cherchai à tâtons la sonnette pour appeler l'infirmière et je finis par trouver la poire qui pendait au bout d'une corde à côté du matelas. Je pressai deux fois le bouton, j'attendis un long moment et je recommençai. Une infirmière noire aux cheveux orange tout raides arriva environ vingt minutes plus tard et m'annonça qu'on allait m'administrer un analgésique d'ici une heure. Je n'en avais pas besoin maintenant, je *croyais* simplement en avoir besoin. Là-dessus elle ressortit. Les flammes s'en donnaient à cœur joie. Une heure plus tard, elle alluma le plafonnier, arriva en poussant un chariot avec tout un assortiment de seringues alignées dessus comme des instruments de dentiste, me demanda de me mettre à plat ventre et me piqua la fesse. « Vous voyez ? dit-elle. Vous n'en aviez pas vraiment besoin tout à l'heure, n'est-ce pas ?

– L'attente, c'est la moitié du plaisir », approuvai-je. Elle éteignit la lumière et repartit. L'obscurité se mit à déferler sur moi en longues vagues lisses.

Quand je m'éveillai, la fenêtre au fond de la chambre laissait entrer une lumière d'un rose délicat. Les petites flammes recommençaient à courir et à préparer une autre danse. Une pile de magazines était posée sur la table de chevet. Je les pris pour voir ce que c'était. Le docteur m'avait apporté des exemplaires de *Redbook, Maturité moderne, Fiancée moderne* et *Longévité*. L'hôpital n'avait sans doute pas d'abonnement à *Soldats de fortune*. J'ouvris *Redbook* et me mis à lire le courrier des lecteurs. C'était très intéressant en ce qui concernait la ménopause, mais juste au moment où je commençais à apprendre quelque chose de nouveau sur la progestérone, mon premier visiteur de la journée arriva. Deux visiteurs, en fait, mais un seul d'entre eux comptait. L'autre était Sonny Berenger.

3

L'homme qui suivait Sonny avait un large visage couleur brique, creusé de rides profondes, et des cheveux roux coupés court parsemés de mèches grises qui partaient de son front en vagues serrées. Sa veste de tweed emprisonnait tant bien que mal un torse d'environ un mètre vingt de tour de poitrine. Auprès de Sonny Berenger, il avait l'air d'un nain musclé capable de tordre des barres de fer et de couper des clous en deux à coups de dents. L'inspecteur me jeta un bref coup d'œil un peu déconcerté et ordonna à Sonny de fermer la porte.

Il s'approcha du lit et dit : « Je m'appelle Ross McCandless et je suis lieutenant à la Criminelle. Nous avons beaucoup de choses à nous dire, Mr. Underhill.

– Tant mieux », fis-je.

Après avoir refermé la porte, Sonny alla s'installer au pied du lit. Il était à peu près aussi animé qu'une statue de l'île de Pâques mais au moins il n'avait pas l'air hostile.

McCandless approcha la chaise et s'installa à une cinquantaine de centimètres de ma tête. Ses yeux bleu clair, tout près de son petit nez pointu, avaient un regard froid et mort, bien au-delà de ce qu'on aurait pu appeler un manque d'expression. Il ne leur restait même pas assez de vie pour dire qu'ils étaient inanimés. Je me rendis soudain compte que nous étions tous les trois seuls dans la chambre et que ce qui allait se passer entre nous ne manquerait pas de façonner la réalité. Sonny apporterait sans doute sa contribution : sinon on l'aurait laissé dans le couloir. J'étais tout prêt à apporter la mienne, mais la réalité que nous arriverons à créer ensemble devrait principalement convenir à McCandless.

« Comment vous sentez-vous ? Ça va ?

– Pas de lésion sérieuse, dis-je.

– En effet. J'ai parlé à votre médecin. » Voilà pour le

côté mondain de notre entrevue. « J'ai cru comprendre que vous estimez posséder des informations intéressantes à propos de feu l'inspecteur Fontaine et je veux les connaître. Dans leur intégralité. J'ai parlé à votre ami Ransom, mais il semble que vous soyez la clé de ce qui s'est passé la nuit derrière sur la 7e Rue Sud. Pourquoi ne m'expliquez-vous pas simplement tout cela, de votre point de vue ?

– Est-ce que le sergent Berenger doit prendre une déposition ?

– Ça n'est pas nécessaire pour l'instant, Monsieur Underhill. Nous allons procéder dans cette affaire avec une certaine prudence. Le moment venu, on vous demandera de signer une déposition qui nous conviendra à tous. Je présume que vous saviez déjà que l'inspecteur Fontaine était mort de ses blessures. »

C'était déjà lui qui avait lâché la bride à Fontaine : il essayait maintenant de contrôler les dégâts. Il voulait que je lui trouve un chemin rapide pour sortir de ce merdier. Je hochai la tête. « Avant que je commence, pourriez-vous me dire ce qui est arrivé à John et à Alan Brookner ?

– Quand j'ai quitté Armory Place, Mr. Ransom était interrogé par l'inspecteur Monroe. Le professeur Brookner est en observation à l'hôpital du comté. Bastian essaie d'obtenir de lui une déposition, mais je ne crois pas qu'il ait beaucoup de chances d'y parvenir. Le professeur n'est pas très cohérent.

– Est-ce qu'il a été accusé de quelque chose ?

– On pourrait dire que notre conversation fait partie de cet aspect de l'affaire. Hier soir, vous avez fait certaines déclarations au sergent Berenger concernant Paul Fontaine et une société du nom d'Elvee Holding. Vous avez mentionné aussi les noms de Fielding Bandolier et de Franklin Bachelor. Si vous commenciez par m'expliquer comment vous avez découvert Elvee Holding ?

– Je dînais avec John le premier soir de mon arrivée à Millhaven. Au moment où nous terminions, il a appelé l'hôpital : on lui a annoncé que l'état de sa femme semblait s'améliorer. Il a aussitôt quitté le restaurant pour aller à pied jusqu'à Shady Mount. » Je racontai comment j'avais remarqué la voiture qui le suivait. Que j'avais noté le numéro sur mon carnet. Que je les avais suivis tous les deux jusqu'à Shady Mount. Que j'avais parlé au conducteur dans le hall de l'hôpital et que je l'avais reconnu en le voyant plus tard ce jour-là. « Le conducteur s'est révélé être Billy Ritz.

– Et qu'avez-vous fait du numéro de la voiture ?

– Le lendemain, je suis allé à l'hôpital sans savoir qu'April avait été tuée. J'ai vu Paul Fontaine à son étage avec un tas de policiers et je lui ai donné le numéro. »

McCandless jeta un rapide coup d'œil à Sonny. « Vous l'avez donné à Fontaine ?

– En fait, je le lui ai lu d'après mon carnet. Je croyais lui avoir donné la feuille mais, à l'enterrement d'April, en ouvrant mon calepin j'ai vu que je l'avais toujours. Cet après-midi-là, quand John, Alan et moi sommes allés à la morgue pour identifier le corps de Grant Hoffman, j'ai vu la même voiture garée non loin du Bar de la Femme verte. » Je lui racontai que j'avais vu Billy Ritz entasser des cartons dans le coffre de sa voiture. McCandless attendait toujours de comprendre comment tout cela menait à Elvee Holding. Je répétai ce que j'avais dit à John : que j'avais travaillé sur un ordinateur à la bibliothèque de l'Université. « Il s'est révélé qu'une compagnie du nom d'Elvee Holding était propriétaire aussi bien de la voiture que de la Femme verte. J'ai pris les noms et les adresses des directeurs de la société. » Quand je lui donnai les noms, McCandless ne put s'empêcher de manifester sa surprise : il avait été très occupé par les conséquences de l'émeute et il commençait sa propre enquête avec moi.

« En ce moment même, nous faisons des vérifications sur Elvee, et je suppose que nous obtiendrons les mêmes renseignements, dit-il. Avez-vous compris la signification du nom d'Andrew Belinski ?

– Pas sur le moment.

– Et vous dites que vous avez obtenu tous ces renseignements en utilisant un ordinateur à la bibliothèque de l'Université ?

– C'est exact », dis-je.

Il ne me croyait pas : il devait bien savoir que je ne pouvais pas avoir accès aux archives des cartes grises par un ordinateur de l'Université. Mais il n'allait pas insister là-dessus. « Un jour, il faudra que vous me montriez comment vous y êtes arrivé.

– Je pense que j'ai eu de la chance, dis-je. Est-ce que John ne vous a pas dit que je m'intéresse depuis longtemps aux anciens meurtres de Blue Rose ? C'est pour ça qu'il m'avait appelé.

– Continuez », dit-il. Pendant une dizaine de minutes, je lui parlai de ma rencontre avec les Belknap, de la façon dont j'avais entendu parler de Bob Bandolier, de ma visite chez les Sunchana et comment j'avais pour la première fois découvert l'existence de Fielding Bandolier. L'ordinateur me révéla qu'Elvee était propriétaire de l'ancienne maison de Bob Bandolier. Un livre de coupures de presse constitué par un colonel en retraite me donna une idée à propos d'un soldat, prétendument tué au combat, qui avait une vieille rancune contre John Ransom. Je parlai aussi de Judy Leatherwood et d'Edward Hubbel.

« Vous n'avez pas jugé nécessaire de venir trouver la police avec tous ces renseignements ?

– Si, dis-je, je suis allé à la police. Je me suis adressé à Fontaine. C'était l'inspecteur chargé de l'affaire April. Dès l'instant où j'ai mentionné les Sunchana, Fontaine m'a ordonné de ne pas m'occuper des anciens meurtres de Blue Rose. Il m'a conseillé ensuite de quitter la ville. Comme je n'en faisais rien, il m'a emmené lui-même sur la tombe de Bob Bandolier, pour me prouver que Bandolier ne pouvait pas avoir le moindre rapport avec les nouveaux meurtres. En fait, c'est lui qui m'a parlé du surnom d'Andy Belin, mais il a nié savoir quoi que ce soit à propos d'Elvee. »

McCandless hocha la tête : « Ransom dit que Fontaine vous avait appelé pour arranger un rendez-vous précis près du Saint-Alwyn.

– Il a découvert que je m'étais rendu dans sa ville natale, dans l'Ohio. Quand je suis rentré sur l'autoroute, quelqu'un a essayé de m'envoyer dans le décor en profitant du brouillard. Fontaine voulait me voir mort, mais il ne savait pas ce que j'avais appris de Hubbel. »

McCandless approcha d'un rien son siège du lit. « Alors, cette femme de la 7e Rue Sud vous a appelé. » Nous en arrivions maintenant au vif du sujet et j'avais l'impression qu'il se passait quelque chose que je ne comprenais pas tout à fait. McCandless semblait de plus en plus concentré : on aurait dit qu'il cherchait à présenter les choses d'une façon qui correspondrait à un modèle arrangé d'avance. Le seul modèle que je pouvais percevoir venait de ce que je lui avais déjà dit et je fis une nouvelle allusion à l'accord que j'avais passé avec Hannah Belknap.

Il acquiesça. C'était une explication, mais sans importance.

Un chariot passa devant la porte et quelqu'un dans le couloir se mit à crier.

« Quelle idée aviez-vous en tête quand vous avez décidé d'aller à la maison de Bandolier ?

– Je voulais surprendre Fontaine. John et moi pensions que nous pourrions le mettre K.-O. ou le maîtriser et trouver les cartons de notes. »

Je regardai Sonny au bout du lit, mais celui-ci semblait toujours pétrifié.

« Pourquoi avoir emmené ce vieil homme avec vous ?

– Alan peut être extrêmement insistant. Il ne nous a pas laissé beaucoup de choix.

– Apparemment, pas mal de gens ont entendu le professeur Brookner menacer de tuer l'homme qui avait assassiné sa fille. Je pense qu'il se montrait insistant là-dessus aussi. »

Je me souvins de l'enterrement : John avait dû leur raconter la sortie d'Alan. « Je lui avais ordonné de rester dans la voiture, mais il voulait participer à l'action et il nous a suivis sur le trottoir d'en face.

– Vous aviez déjà pénétré dans la maison. »

J'acquiesçai. « Pour chercher ces archives : ces cartons qu'il a déménagés de la Femme verte. Vous les avez trouvés, n'est-ce pas ?

– Non », répondit McCandless.

Je sentis mon estomac plonger vers le matelas.

« Comment avez-vous réussi à entrer cette première fois ?

– La porte de derrière n'était pas fermée à clé, dis-je.

– Vraiment, dit McCandless. Il avait laissé la maison ouverte, comme à la Femme verte, n'est-ce pas ? Vous êtes arrivé là-bas et vous avez trouvé la serrure forcée.

– Exact, dis-je. Je suis donc entré et j'ai jeté un coup d'œil.

– C'est sans doute une activité banale à New York que de pénétrer dans un local par effraction. Ici, ça ne nous plaît pas beaucoup. »

L'homme dans le couloir se remit à crier. Les yeux morts restaient fixés sur les miens. « Enfin, mettons que vous et votre copain soyez entrés. Vous trouvez un intéressant petit cadeau dans le sous-sol, mais pas de cartons pleins de nanas. D'un autre côté, vous avez ramassé quelque chose, n'est-ce pas ? Un bout de papier. »

Je trimballais ce papier dans ma poche de veste depuis que Tom me l'avait rendu. J'en avais complètement oublié l'existence et quelqu'un à l'hôpital avait dû le remettre à la police.

« Dissimuler des pièces à conviction, ça ne se fait pas non plus. »

John avait dû tout lui raconter de notre visite à la maison et au bar et on le gardait à Armory Place jusqu'au moment où McCandless aurait décidé que faire de moi. La décision dépendait de la façon dont je répondrais à ses questions : si je ne l'aidais pas à modeler la réalité sous la forme qu'il souhaitait, il se ferait un plaisir de me gâcher la vie avec autant de chefs d'inculpation qu'il pourrait imaginer.

« Je pourrais même être tenté de croire que vous et votre copain avez emmené le vieux parce que vous saviez qu'il abattrait Fontaine à la première occasion.

– Nous lui avions dit de rester dans la voiture, répondis-je d'un ton las. Nous ne voulions pas l'avoir dans les jambes. C'est insensé, tout de même. Ce n'est pas John qui lui a donné le revolver, c'est lui qui l'a pris. Nous n'avions même pas de véritable plan. » Mes douleurs montèrent de quelques crans. Il y avait longtemps à attendre avant ma prochaine piqûre. « Écoutez, si vous avez vu le papier, vous avez compris de quoi il s'agissait, n'est-ce pas ? Vous avez vu qu'il était question d'une femme d'Allentown. Fontaine a travaillé à Allentown.

– Oui, soupira McCandless. Mais nous n'avons rien qui prouve qu'il ait tué qui que ce soit là-bas. Et cette conversation ne concerne plus vraiment Paul Fontaine. Elle vous concerne vous. »

Il se leva soudain et s'approcha de la fenêtre. Il se frotta le visage en regardant dans la rue. Le soleil brillait sur le bâtiment d'en face. McCandless tira sur son ceinturon et se retourna lentement. « Je suis obligé de penser à cette ville. Au point où nous en sommes, les choses pourraient aller dans deux directions différentes. Il va y avoir pas mal de changements dans la police. Vous, vous avez trouvé un type dans l'Ohio qui affirme que Fontaine était quelqu'un d'autre. Moi, ce que j'ai, c'est un inspecteur mort et les séquelles d'une émeute. Je n'ai absolument pas besoin d'une publicité tapageuse à propos d'un autre tueur en série à Millhaven, et *surtout* appartenant à la police. Parce que, dans ce cas-là, nous nous trouvons avec encore plus d'ennuis que nous n'en avons déjà. » Il poussa un nouveau soupir. « Est-ce que vous comprenez cela ?

– Trop bien, dis-je.

– Tout dans le monde n'est que politique. » Il revint vers sa chaise, posa les mains sur le dossier et se pencha en avant. « Parlons un peu de ce qui s'est passé quand Fontaine a été abattu. »

Il leva les yeux en voyant la porte s'ouvrir toute grande. Le docteur blond que j'avais rencontré la veille au soir fit deux pas dans la chambre, se figea, tourna les talons et ressortit.

« Quand nous en aurons fini, dit McCandless, tout cela sera réglé une bonne fois. Après, plus de surprise. Le soir de l'émeute, vous êtes allé dans cette maison avec l'intention de maîtriser et de capturer un homme dont vous aviez des raisons de croire qu'il avait tué deux personnes. Vous comptiez le remettre à la police.

– Exactement, dis-je.

– Avez-vous entendu des coups de feu dans le voisinage ?

– Pas à ce moment-là. Non, je me trompe. J'ai entendu des coups de feu venant du secteur de l'émeute.

– Que s'est-il passé quand vous êtes arrivé devant la maison ?

– John et moi pensions utiliser la porte de derrière mais je l'ai fait passer encore une fois par le côté pour gagner la véranda. Quand John et moi approchions des marches du perron, Alan a vu la porte de la rue s'ouvrir et s'est mis à pousser des cris.

– La voiture de police était à environ un bloc de là.

– C'est exact, dis-je. Alan a vu Fontaine et s'est mis à hurler : " C'est bien lui ? " Fontaine a dit quelque chose comme : " Bon sang, Underhill, vous n'allez pas vous en tirer comme ça. " Je ne pense pas que les policiers dans la voiture nous aient vus à ce moment-là. »

McCandless acquiesça.

« John s'est précipité sur Alan pour essayer de le calmer, mais Alan lui a arraché le pistolet et s'est mis à tirer. Tout ce que je me rappelle ensuite, c'est que je me suis retrouvé allongé par terre dans une mare de sang.

– Combien de coups de feu avez-vous entendus ?

– Il a dû y en avoir deux », dis-je.

Il marqua délibérément un temps. « Je vous ai demandé : combien en avez-vous entendu ? »

J'essayai de réfléchir. « Eh bien, j'ai vu Alan tirer à deux reprises, dis-je. Mais j'ai peut-être entendu plus de deux détonations.

– Brookner a tiré deux balles, dit McCandless : le sergent Berenger a tiré un coup de semonce en l'air. Le couple qui habite en face de l'endroit où vous étiez affirme avoir entendu au moins cinq coups de feu, tout comme la voisine. Son mari ne s'est pas réveillé pendant la fusillade, alors il n'a rien entendu. Le collègue de Berenger croit avoir entendu cinq détonations, très proches l'une de l'autre.

– C'est comme l'histoire du tertre le jour de l'assassinat de Kennedy, dis-je.

– Vous faisiez face à Ransom et à Brookner. Qu'est-ce que vous avez vu ? Il y avait eu des problèmes dans ce secteur durant l'émeute. »

Je me souvins de ce que j'avais vu. « J'ai l'impression qu'il y avait quelqu'un entre les maisons, derrière Alan et Ransom.

– Bravo, Mr. Underhill. Avez-vous vu cette personne ?

– J'ai cru distinguer un mouvement. Il faisait sombre. Et puis tout est devenu dingue.

– Avez-vous jamais entendu parler d'un nommé Nicholas Ventura ? »

Une seconde trop tard, je répondis : « Non.

– Non, je ne pense pas », dit McCandless. Il devait savoir que je mentais. « Ventura était une entreprenante petite crapule qui a eu quelques ennuis sur Livermore Avenue avant l'émeute. Quelqu'un lui a arraché un couteau des mains et a presque failli lui arracher le bras par la même occasion. » McCandless me regarda presque en souriant puis fit le tour de la chaise et vint s'asseoir en face de moi. « Presque tout de suite après, un individu a appelé Police secours de l'hôtel Saint-Alwyn, mais je n'imagine pas que c'était la même personne qui a massacré Ventura ?

– Non, fis-je.

– En fait, ce qui est arrivé à Ventura est en rapport avec l'émeute, vous ne croyez pas ? »

J'acquiesçai.

« Vous avez sans doute entendu parler de la mort d'un nommé Frankie Waldo.

– J'ai entendu quelque chose à ce propos, dis-je. Si vous voulez savoir ce que je pense...

– Pour l'instant, vous n'en pensez rien, dit McCandless. A titre officieux, je peux vous dire que Waldo avait des rapports avec le trafic de drogue de Billy Ritz. Ritz a été exécuté en représailles pour le meurtre de ce dernier.

– Vous pensez que vous pouvez vraiment faire ça ? demandai-je.

– Je ne vous ai pas entendu.
– Ritz a payé pour Waldo.
– Comme je vous le disais, tout n'est que politique. » Il se leva. « Au fait, le sergent Berenger a trouvé quelques vieilles photographies dans le sous-sol de cette maison. Je pense qu'on pourrait en tirer quelque chose malgré ce que vous autres, idiots, avez essayé de faire.
– Vous n'êtes pas trop navré de la mort de Fontaine, n'est-ce pas ? »
McCandless se leva de sa chaise. Sonny fit un pas en arrière et regarda ses pieds. Il était sourd et aveugle. « Vous savez ce qui me fait plaisir ? me demanda McCandless. Je peux le protéger fichtrement mieux étant donné les circonstances.
– Vous ne paraissez pas avoir trop de mal à croire qu'il était vraiment Franklin Bachelor. Pourtant, tout ce que vous avez, c'est ce que je vous ai dit à propos d'Edward Hubbel. Je ne comprends pas. »
McCandless me gratifia d'un long regard absolument impénétrable. Puis il jeta un coup d'œil à Sonny qui redressa la tête comme un soldat au garde à vous. « Dites-lui.
– L'inspecteur Monroe a effectué ce matin une perquisition dans l'appartement de Mr. Fontaine. » Sonny s'adressait à la fenêtre. « Il a trouvé dans son bureau les papiers de démobilisation du capitaine Bachelor. »
Si je n'avais pas su à quel point ça me ferait mal, j'aurais éclaté de rire. « Je me demande s'il est tombé aussi sur des cartons de notes.
– Il n'y avait aucun carton de notes, déclara McCandless.
– Plus maintenant, je parierais, dis-je. Félicitations. »
McCandless resta impassible. Peut-être après tout n'avaient-ils pas détruit les notes. Peut-être que Fontaine les avait jetées page après page dans les toilettes en tirant la chasse d'eau avant que nous nous soyons présentés dans son ancienne maison.
« Aussi longtemps que vous serez ici, dit McCandless, vous serez protégé des journalistes. » On aurait

cru qu'il était en train de me lire mes droits. « L'hôpital filtrera tous vos appels et je poste un policier devant votre porte pour assurer votre tranquillité. Dans une heure environ, le sergent Berenger vous apportera une déposition établie d'après vos réponses à mes questions. N'est-ce pas, Sonny ?

– Oui, Monsieur, dit Sonny.

– Et vous pourriez envisager de retenir votre billet de retour pour le jour où vous sortirez de l'hôpital. Une voiture de police vous conduira à l'aéroport : comme ça, après avoir pris votre billet, vous pourrez donner au policier votre numéro de vol.

– Tout cela, dis-je, pour ma sécurité.

– Soignez-vous bien, fit McCandless. Si vous voulez que je vous dise la vérité, vous avez une sale mine.

– Ravi de vous donner un coup de main », dis-je. Ils se dirigeaient déjà vers la porte.

J'ouvris le magazine et essayai de ranimer mon intérêt pour la ménopause. Certains des symptômes me semblaient ironiquement familiers. Saignements abondants, douleurs plus vives, dépression. Le chroniqueur n'avait rien à dire à propos de brusques crises de colère en face de représentants de l'autorité qui avaient l'air d'artistes de cirque à la retraite. Je comprenais une partie de ce que recherchait McCandless, mais son insistance à affirmer qu'il y avait eu plus de trois coups de feu m'étonnait. Tout ce que je lui avais dit avait paru le satisfaire, mais je n'arrivais pas à comprendre pourquoi. Puis je commençai à me faire du souci pour Alan. Je tendis le bras vers le téléphone pour appeler l'hôpital du comté, mais la standardiste me répondit, en ayant presque l'air de s'excuser, que sur ordre de la police je ne pouvais que recevoir des appels. Je pris *Fiancée moderne* et j'appris que la jeune femme d'aujourd'hui se mariait à peu près dans les mêmes conditions que celle d'hier. Je commençai à me plonger dans *Longévité* et dans « Exercices pour les victimes d'un deuil récent » quand un jeune policier court et trapu passa la tête par la porte et m'annonça : « Je serai juste dehors, d'accord ? » Nous nous reconnûmes au même instant.

C'était le sergent Mangelotti, moins le pansement blanc qu'il avait sur la tête la dernière fois que je l'avais vu. « Mais personne ne m'a dit que je devais vous faire la conversation », dit-il. Il me lança ce qu'il croyait être un regard vraiment mauvais. La chaise pliante grinça quand il s'assit.

4

Geoffrey Bough parvint à franchir le barrage de la réceptionniste et apparut sur le pas de ma porte environ une demi-heure après le départ de Ross McCandless. Je jouais avec les flocons d'avoine froids que les cuisines avaient fait monter : j'en faisais un monticule et puis je l'aplatissais. La seule indication que j'eus de l'arrivée du journaliste, ce fut d'entendre Mangelotti déclarer : « Non. Pas question. Fichez le camp d'ici. » Je crus qu'il interdisait à John Ransom l'accès de ma chambre : je poussai de côté les flocons d'avoine et criai : « Allons, Mangelotti, laissez-le entrer.

– Pas question, dit Mangelotti.

– Vous l'avez entendu », dit une voix que je connaissais. Bough glissa sa maigre personne devant Mangelotti et se pencha dans la chambre. « Salut, Tim », comme si nous étions de vieux amis. Peut-être que nous l'étions maintenant. Je me rendis compte que j'étais content de le voir.

« Bonjour, Geoffrey, dis-je.

– Dites au sergent de m'octroyer cinq minutes, voulez-vous ? »

Mangelotti posa ses mains sur la poitrine de Bough et le repoussa dans le couloir. Geoffrey fit de grands gestes par-dessus la tête du flic, mais Mangelotti le poussa encore une fois et le reporter disparut.

J'entendis ses protestations pendant tout le trajet jusqu'à l'ascenseur. Mangelotti était si furieux contre moi qu'il referma la porte quand il revint.

Quand elle s'ouvrit une nouvelle fois, je commençai à regretter de ne pas avoir mangé les flocons d'avoine.

Sonny Berenger entra avec une unique feuille de papier fixée par une pince à une planchette. « Votre déposition est prête », dit-il en me la tendant. Il tira de sa poche un stylo à bille. « Signez en bas où vous voulez. »

La plupart des phrases de la déposition commençaient par « Je » et ne contenaient guère plus de six mots. Il y avait au moins une faute de frappe à chaque phrase et la grammaire était désinvolte. C'était un compte rendu squelettique de ce qui s'était passé dans l'ancienne maison de Bob Bandolier. Les deux dernières phrases étaient : « Le professeur Brookner a tiré deux coups de feu et m'a touché. J'ai entendu la fusillade qui continuait. » McCandless avait dû la lui faire réécrire trois fois, en supprimant constamment des détails.

« J'ai certains changements à apporter à ce texte avant de le signer, dis-je.

– Comment ça, des changements ? » demanda Berenger.

Je commençai par écrire « avec l'un d'eux » après « il m'a touché ». Berenger se pencha sur la feuille pour voir ce que je faisais. Il aurait voulu m'arracher le stylo des mains, mais il se détendit quand il vit ce que je faisais. Je remplaçai dans la dernière phrase « qui continuait » par « continuer » puis j'écrivis mon nom au bas de la déposition.

Il la reprit avec le stylo, étonné et soulagé.

« Simples corrections, dis-je. C'est plus fort que moi.

– Le lieutenant croit beaucoup aux corrections de style.

– Je l'avais compris. »

Sonny s'écarta du lit et jeta un coup d'œil à la porte pour s'assurer qu'elle était bien fermée. « Merci de ne pas avoir parlé de ce que vous m'avez dit à propos des photos.

– Est-ce que Monroe laissera John rentrer chez lui quand vous reviendrez avec cette déposition ?

– Probablement. Ransom est installé dans son bureau à échanger avec lui des histoires de Viêt-nam. » Il n'avait toujours pas envie de s'en aller : il rôdait auprès du lit avec sa déposition comme le Gentil Flic dans un auditorium de lycée.

Pour la première fois, il regarda ouvertement le gros pansement fixé à mon épaule. Je le vis se décider à ne pas en parler, puis il fit encore un pas vers la porte. « Voulez-vous que je dise à Ransom que vous aimeriez le voir ?

– J'aimerais voir n'importe qui, sauf Mangelotti », dis-je.

Après le départ de Sonny, un jeune médecin énergique aux cheveux noirs déboula dans la chambre pour changer le pansement sur la plaie ensanglantée. « Si vous jouez au tennis, il vaudrait mieux éviter les revers pendant environ un mois, mais à part ça, ça va aller. » Il mit bien en place le pansement et se redressa. Manifestement, il bouillait de curiosité. « La police a l'air d'estimer que vous serez plus en sûreté ici.

– Je crois que c'est le contraire », dis-je.

Après cela, je lus *Maturité moderne*. Du titre jusqu'au nom du gérant, je n'en sautai pas un mot, y compris la publicité. Il faudrait que je change mes chaussures de jogging et que je fasse quelque chose pour ma déclaration d'impôts. Pour le déjeuner, j'eus un morceau de poulet si pâle qu'on le voyait à peine dans l'assiette. Je le dévorai, y compris les petits bouts croquants qui s'accrochaient aux os.

Quand John se présenta quelques heures plus tard, Mangelotti refusa de le laisser entrer avant d'avoir l'autorisation de ses chefs. Elle fut longue à obtenir et, pendant qu'ils étaient à la réception, je sortis de mon lit, traînant mon goutte à goutte à travers la chambre jusqu'au lavabo pour me regarder dans la glace. J'avais un peu plus de couleurs que le poulet et besoin de me raser. Pour me venger des magazines, je pissai dans le lavabo. Le temps que Mangelotti apprenne qu'on n'allait pas le suspendre pour avoir laissé John entrer dans ma chambre, j'avais regagné mon lit en boitillant, avec l'impression d'avoir escaladé un des sommets des Alpes.

John entra, portant un sac de toile blanc fatigué,

ferma la porte, et s'y adossa en secouant la tête d'un air exaspéré. « Est-ce que tu peux croire que ce type est toujours dans la police ? Qu'est-ce qu'il fiche ici d'ailleurs ?

– Il me protège de la presse. »

John ricana et s'avança dans la chambre. Je jetai un coup d'œil stupide au sac de toile. Sur le côté, en grosses lettres rouges, on pouvait lire ARKHAM COLLEGE.

« C'est drôle, tu as l'air d'un type qui vient de se faire tirer dessus. Je suis passé à la maison prendre quelques livres. Personne ne voulait me dire combien de temps tu resterais ici, alors j'en ai pris un tas. » Il posa le sac auprès de moi et se mit à empiler des livres sur une table. La *Bibliothèque Nag Hammadi*, Sue Grafton, Ross Macdonald, Donald Westlake, John Irving, A.S. Byatt, Martin Amis. « Quelques-uns de ceux-là appartenaient à April. Mais j'ai pensé que ça t'intéresserait de voir ça. » Il tira du sac un gros livre à la couverture verte et le brandit pour que je puisse lire le titre : *Le Concept du Sacré* d'Alan Brookner. « Probablement son meilleur livre. »

Je le lui pris des mains. Aussi fatigué qu'une vieille valise, maculé de taches, patiné par l'usage, il semblait avoir été lu une centaine de fois. « Je te suis vraiment reconnaissant, dis-je.

– Garde-le. » Il se renversa sur son siège et secoua les bras. « Quelle nuit ! »

Je lui demandai ce qui lui était arrivé après qu'on m'eut emmené.

« Ils nous ont fourrés, Alan et moi, dans une voiture de police et nous ont traînés à Armory Place. Ensuite ils nous ont bouclés dans une petite pièce et ils nous ont posé indéfiniment les mêmes questions. » Au bout de deux heures, on l'avait raccompagné pour le laisser dormir un peu, puis on était venu le rechercher et on avait repris le même interrogatoire. En fin de compte, McCandless avait recueilli sa déposition et ensuite l'avait laissé partir. On n'avait rien retenu contre lui.

Il me prit le poignet. « Tu n'as rien dit à propos de la voiture, n'est-ce pas ? Ni à propos de cette autre histoire ? » Il voulait parler de Byron Dorian.

« Non. Je m'en suis tenu à Elvee, à Franklin Bachelor et à l'histoire Blue Rose.

– Ah. » Il se renversa sur son siège et leva les yeux au ciel d'un air reconnaissant. « Je ne savais pas dans quel état tu étais. Bon. Je me suis fait pas mal de souci là-bas.

– Et Alan ? On m'a dit qu'il était à l'hôpital du comté. »

John poussa un gémissement. « Alan s'est effondré. Pendant un long moment, il n'arrêtait pas de citer un de ces foutus versets gnostiques. Puis il s'est mis à tenir des propos infantiles. Je ne sais pas ce qu'il a fait quand on l'a interrogé, mais Monroe a fini par me dire qu'il était sous calmant à l'hôpital. Je pense qu'ils ont dû l'accuser d'usage inconsidéré d'une arme, de trouble de l'ordre public ou quelque chose comme ça, mais Monroe m'a dit qu'il n'aurait jamais à passer en justice ni rien. Je veux dire qu'il ne se retrouvera pas en prison. Mais, mon Dieu, si tu le voyais...

– Tu es allé le voir ?

– J'ai l'impression qu'il est en train de me bouffer la vie. Je suis passé à l'hôpital, j'ai trouvé Alan, allongé dans un lit et disant des choses comme : " J'habite une petite maison blanche. Est-ce que mon papa est rentré ? Mon frère a fait pipi du haut du pont. " Littéralement. Il a un âge mental de quatre ans. Pour te dire la vérité, je crois que c'est définitif.

– Oh, mon Dieu, fis-je.

– Là-dessus son avocat m'a mis le grappin dessus et m'a expliqué que, puisqu'il avait désigné April comme administrateur de sa fortune il y a à peu près deux ans, c'est moi maintenant qui la remplace, à moins que je ne choisisse de le charger de cette tâche. Tu parles : il a dans les quatre-vingts ans, on dirait un avocat sorti d'un roman de Dickens. Il faut donc que je négocie avec la banque, que je signe un million de papiers, que je m'occupe de son cas avec le tribunal, que je vende sa maison.

– Que tu vendes sa maison ?

– Il ne peut plus vivre là : il a perdu la boule. Il faut

que je trouve un établissement qui l'accepte, ce qui n'est pas facile, étant donné son état. »

Je me représentai Alan pérorant à propos d'une petite maison blanche et j'éprouvai une vague de pitié et de tristesse qui me donna presque le vertige. « Qu'est-ce qui se passe dans le monde ? On en parle aux nouvelles ?

– Tu veux dire : est-ce qu'on parle de nous aux informations ? J'ai ouvert la radio en rentrant à la maison et tout ce que j'ai entendu sur nous c'était que l'inspecteur Fontaine avait trouvé la mort dans un incident survenu dans le secteur de Livermore Avenue. Je vais te dire une chose. A Armory Place, on reste très discret sur tout ça.

– Il m'avait semblé, dis-je.

– Tim, il faut que j'y aille. Toute cette histoire à propos d'Alan... tu comprends. » Il se leva et me regarda d'un air bienveillant. « Je suis content que tu te rétablisses. Mon vieux, je ne pourrais même pas dire ce qui t'est arrivé hier soir.

– Alan m'a touché à l'épaule. » John, bien sûr, le savait, mais j'avais l'impression que cet épisode méritait un peu plus d'attention.

« Tu as presque fait un saut périlleux. Je ne blague pas : tes pieds sont partis droit devant toi. Et puis vlan, par terre. »

Ma main palpa machinalement le pansement. « Tu sais ce qu'il y a de drôle dans tout ça ? Personne n'a l'air de mettre en doute le fait que Fontaine ait tué April et Grant Hoffman. Ils n'ont pas les notes, ou du moins ils prétendent ne pas les avoir et ils n'ont aucune preuve. Tout ce qu'ils ont, c'est ce qu'on leur a donné et ils connaissaient ce type depuis plus de dix ans. Dans son service, les gens qui croyaient qu'il était Dieu hier matin ont fait un virage à cent quatre-vingts degrés douze heures plus tard.

– Bien sûr. » John sourit et secoua la tête en me regardant comme si je m'étais fait coller à un examen facile. « McCandless et Hogan se sont aperçus qu'en fait ils ne savaient rien du tout sur ce type. Ils ne nous l'ont peut-être pas montré, mais ils se sentent trahis et ils sont furieux. Juste au moment où ils doivent convaincre toute cette ville qu'en fait leur police est un corps d'élite, voilà que leur meilleur inspecteur se révèle être un type très, très louche. »

John s'avança en boutonnant son veston, les yeux brillants d'un air complice. « Et Monroe a perquisitionné chez lui, hein ? Il a découvert les papiers de démobilisation, mais qui sait ce qu'il a trouvé d'autre ? Le simple fait de ne pas nous dire qu'ils sont tombés sur des couteaux ou des taches de sang sur ses chaussures veut dire qu'ils ont bel et bien trouvé des choses. »

Il comprit qu'à mon avis ils auraient été beaucoup plus désagréables avec nous s'ils n'avaient rien découvert : il jeta alors un coup d'œil à la porte et baissa la voix. « Tu veux mon opinion : je parie que Monroe est tombé sur ces notes que nous cherchions, qu'il les a portées droit à McCandless. Celui-ci les a lues, après quoi il les a passées au destructeur de documents. Affaire classée.

– Alors, on n'éclaircira jamais officiellement le meurtre d'April ?

– McCandless m'a dit que si jamais il apprenait que je m'adressais à la presse, il me bouclerait pour violation de domicile et effraction. » Il haussa les épaules. « Pourquoi ce petit merdeux est-il planté devant ta porte ? Il est incapable de protéger des vies mais il est assez bon pour interdire à Geoffrey Bough l'accès de ta chambre.

– Tu peux supporter ça ? » demandai-je. La réponse était évidente depuis qu'il était entré dans la chambre.

« Je sais qui a tué ma femme et l'enfant de salaud est mort. Est-ce que je peux le supporter ? Et comment ! » John regarda sa montre. « Hé, je suis déjà en retard pour un rendez-vous à la banque. Ça va ? Tu n'as besoin de rien d'autre ? »

Je lui demandai de me prendre un billet d'avion pour le surlendemain et de donner le numéro du vol à McCandless.

5

Le livre d'Alan Brookner me fit passer en un éclair deux ou trois heures de plaisante concentration, même si je ne comprenais sans doute qu'un quart de ce que je lisais. Le livre était aussi dense et aussi élégant qu'un quatuor à cordes d'Elliot Carter et à peu près aussi facile à comprendre à la première lecture. Une petite infirmière au visage enjoué arriva avec son plateau magique pour me faire une piqûre : le livre commença alors à me parler avec une parfaite clarté, mais c'était peut-être une illusion.

J'entendis la porte se refermer et, en levant les yeux, j'aperçus Michael Hogan qui se dirigeait vers moi. Son long visage semblait à peu près aussi expressif que le masque de fer de Ross McCandless. Mais quand il approcha, je constatai que c'était dû à l'épuisement et non pas au mépris. « Je me suis dit que j'allais passer voir comment vous vous portiez avant de rentrer chez moi, dit-il. Vous permettez que je m'asseye ?

– Je vous en prie », dis-je. Il se glissa d'un air presque alangui dans le fauteuil. De son costume à rayures froissé montaient jusqu'à moi des relents de fumée et de poudre. Je regardai le visage las et distingué de Hogan : encore distingué malgré les traces de fatigue. Et je me rendis compte que cette odeur n'était rien de plus que le même parfum de cendres que j'avais perçu dans la maison incendiée des Sunchana. Tout comme Fontaine, Hogan avait passé un bonne partie de la nuit près des immeubles en flammes et il n'était pas rentré chez lui depuis.

« Vous avez l'air en meilleure forme que moi, dit-il. Comment ça va ? Vous ne souffrez pas trop ?

– Reposez-moi la question dans une heure et demie. »

Un sourire parvint à percer l'enchevêtrement des émotions qui se peignaient sur son visage.

« Je crois que l'émeute est terminée », dis-je. Mais d'un geste de la main, il chassa tous ces souvenirs et eut un regard à la fois impatient et amer qui me fit l'effet d'une décharge électrique.

Hogan soupira et s'affala dans son siège. « Ce que Ransom et vous avez essayé de faire était d'une incroyable stupidité, vous savez.

– Nous ne savions pas à qui faire confiance. Nous pensions que personne ne nous croirait à moins de le prendre sur le fait dans son ancienne maison et de le faire parler.

– Comment pensiez-vous que vous alliez le faire parler ? »

Il évitait de prononcer le nom : le processus que John avait prédit s'amorçait déjà.

« Après l'avoir ligoté – c'était comme ça que j'imaginais la conclusion de notre attaque sur Fontaine –, je comptais lui dire que je savais qui il était vraiment. Que je pouvais le prouver. Qu'il n'y avait pas d'issue pour lui : qu'il devait savoir qu'il était coincé.

– La preuve, ce serait ce nommé Hubbel ?

– Parfaitement. Hubbel l'a tout de suite identifié.

– Vous vous rendez compte, dit Hogan. Enfin, on enverra quelqu'un là-bas, mais ne vous attendez pas à lire des tartines sur Franklin Bachelor dans le *New York Times*. Ni dans le *Ledger*, d'ailleurs. » Son regard devint encore plus vague. « Quand nous avons pris contact avec l'armée, nous avons commencé par nous heurter à un mur. Pour finir, un type de la CIA nous a annoncé que non seulement le dossier du major Bachelor est fermé mais qu'on ne peut pas l'ouvrir avant cinquante ans. Officiellement, l'homme est mort. Et ce qu'on publie sur lui qui n'est pas déjà de notoriété publique doit d'abord avoir l'approbation de la CIA. Voilà où nous en sommes.

– Oui, dis-je. Mais merci de me le dire.

– Oh, je n'ai pas encore fini. Il paraît que vous avez rencontré Ross McCandless. »

J'acquiesçai. « Je comprends ce qu'il veut.

– Il n'a pas tendance à laisser planer le doute là-dessus. Mais il ne vous a sans doute pas dit deux ou trois choses que vous devriez savoir. »

J'attendis, craignant de l'entendre mentionner le nom de Tom Pasmore.

« Le revolver du vieux est à la balistique. Ils ne sont pas rapides, là-bas. Nous n'aurons pas le rapport avant une semaine. Mais la balle qui a tué notre inspecteur n'aurait pas pu provenir de la même arme qui vous a touché.

– Vous allez trop loin, dis-je. J'étais là. J'ai vu Alan tirer : deux fois. D'ailleurs, à quoi ça rime ? » Et puis je compris. Si Alan n'avait pas tué Fontaine, alors toute notre histoire disparaissait dans une superbe fiction tournant autour de l'émeute.

« C'est vrai. Vous avez vu Brookner tirer deux fois parce que sa première balle est allée se perdre Dieu sait où. La seconde vous a touché : si vous aviez été atteint par la première, vous ne l'auriez jamais vu tirer la seconde balle.

– Alors, c'est la première qui a touché Fontaine.

– Savez-vous ce qui lui est arrivé ? Tout son torse a volé en éclats. Si vous aviez été touché par le même genre de projectile, il ne vous resterait plus rien du côté gauche au-dessous de la clavicule. Vous ne seriez même pas en vie.

– Alors, qui lui a tiré dessus ? » J'avais à peine parlé que je savais.

« Vous avez dit à McCandless que vous aviez vu un homme entre les maisons de l'autre côté de la rue. »

Ma foi, j'avais vu... en tout cas, je croyais avoir vu. Même si ce n'était pas le cas. McCandless aurait laissé entendre que j'avais sans doute vu. Je lui avais fort opportunément fourni juste l'élément dont il avait besoin.

« Nous avons encore une police dans cette ville, dit Hogan. Nous l'aurons tôt ou tard. »

Un autre détail me vint en mémoire et je m'y cramponnai. « McCandless a parlé d'un nommé Ventura, je crois. Nicholas Ventura.

– C'est l'autre chose que je voulais que vous sachiez.

Ventura a été opéré, plâtré, on lui a trouvé un lit à l'hôpital du comté. Peu de temps après le début de l'émeute, il a disparu. Personne ne l'a revu depuis. J'ai l'impression que personne ne le reverra jamais.

– Comment a-t-il pu disparaître ? demandai-je.

– L'hôpital est un endroit assez désorganisé. Il est peut-être tout simplement sorti.

– Ça n'est pas ce que vous pensez.

– Je ne pense pas que Ventura ait pu se mettre debout tout seul, encore moins quitter l'hôpital en marchant. » La rage froide qu'on lisait dans ses yeux semblait en rapport avec les relents de cendre qui émanaient de ses vêtements, comme si c'était son corps qui produisait cette odeur. « En tout cas, c'est ce qu'il fallait que je vous dise. Maintenant, je vais vous laisser vous reposer. » Il se remit debout et me considéra d'un air sombre. « Ça n'était pas du chiqué.

– Oh, que non », dis-je. Il hocha la tête et sortit de la chambre. Cette odeur de rage et de déception s'attarda derrière lui, comme une couche de cendre sur ma peau, les draps, sur le livre, dont j'avais oublié que je le tenais encore.

6

« Je vous avais prévenu qu'il pourrait arriver quelque chose comme ça », me dit Tom Pasmore le lendemain matin. Je venais de lui rapporter ma conversation avec Hogan. « Mais je ne pensais pas que les choses prendraient une telle ampleur. » Ce sentiment de frustration qui m'enveloppait encore était si fort que j'accueillis presque avec reconnaissance la distraction que m'apportait une violente migraine. Tom arborait un costume anthracite d'une rare discrétion : aucune des taches de couleur, de cravate rose, de gilet jaune ni d'énorme pochette rouge qui d'ordinaire égayaient sa tenue. Mais Tom avait l'air aussi lugubre que moi.

Nous avions tous les deux un exemplaire du *Ledger* de ce matin où dominaient des photos des immeubles incendiés, des articles sur les volontaires occupés à un monumental et indispensable travail de déblaiement avant qu'on puisse commencer à reconstruire. En haut de la troisième page, bien rangés comme les photos des victimes de Walter Dragonette, s'alignaient les portraits des huit personnes tuées au cours de l'émeute. Rien que des hommes et sept d'entre eux étaient des « Américains d'origine africaine ». Le seul Blanc était l'inspecteur Paul Fontaine. Sous sa photo, un bref paragraphe mentionnait ses nombreux exploits, la brillante façon dont il avait résolu de difficiles affaires criminelles qui lui avaient valu le surnom de « Fantastique » ; on évoquait aussi son amabilité et son sens de l'humour. Sa mort, comme celle de la plupart des autres, avait pour cause une balle perdue.

A la seconde page de la section suivante, un article sur une colonne intitulé UNE AFFAIRE VIEILLE DE QUARANTE ANS RÉSOLUE annonçait que de récentes investigations menées par le lieutenant Ross McCandless avaient révélé l'identité du meurtrier Blue Rose qui avait assassiné quatre personnes à Millhaven en octobre 1950 : il s'agissait de Robert C. Bandolier, à l'époque directeur de l'hôtel Saint-Alwyn. « C'est une grande satisfaction, déclarait McCandless, de disculper l'inspecteur William Damrosch dont la réputation pendant tout ce temps n'a cessé d'être ternie par une tache imméritée. Des preuves retrouvées dans l'ancienne résidence de Mr. Bandolier établissent définitivement ses liens avec les quatre meurtres. Quarante ans plus tard, nous pouvons enfin affirmer que justice a été rendue à William Damrosch, un officier de police remarquable et dévoué, dans la tradition de la Brigade criminelle de Millhaven. »

Et c'était tout. Rien sur Fielding Bandolier ni sur Franklin Bachelor. Rien sur Grant Hoffman ni sur April Ransom. « C'est complet, en effet », dis-je.

Tom laissa tomber par terre son exemplaire du quotidien, leva un pied pour poser sa cheville sur son genou et se pencha en avant, le coude appuyé sur l'autre genou. Menton dans la main, les yeux brillants de curiosité, il manifestait d'une façon presque caricaturale l'état de dépression où il était plongé. « Je savais ce qui allait se passer, alors pourquoi est-ce que ça me fait un tel effet ?

– Ils font juste ça pour se protéger », répondis-je.

Il le savait : ça ne l'intéressait pas. « Je pense que vous vous sentez hors du coup.

– Ça n'est certainement pas ce que je prévoyais, dit-il. Je ne vous fais pas le moindre reproche, mais je m'imaginais plutôt que ce serait vous et moi au lieu de vous et John. Et Alan n'aurait absolument pas dû être dans les parages.

– Naturellement, dis-je. Mais si vous n'aviez pas insisté à ce point pour ne pas vous en mêler...

– J'aurais dû m'en mêler, *je sais.* » Il agita le pied. « John m'a déconcerté. Il a essayé d'acheter une de mes toiles et puis il a essayé de m'acheter moi. »

Je convins que John pouvait être déconcertant. « Mais si vous aviez jamais passé une demi-heure avec ses parents, vous comprendriez pourquoi. Au fond, c'est un assez brave type. Il n'était pas tout fait ce à quoi je m'attendais, mais les gens changent.

– Pas moi, dit Tom qui en semblait navré. Je pense que ça fait partie de mon problème. J'ai toujours eu deux ou trois fers au feu, mais cette affaire-ci était la plus excitante depuis des années. Nous avons vraiment fait un travail formidable, et voilà maintenant que tout est fini.

– Presque, dis-je. Vous n'avez pas encore deux ou trois autres dossiers pour vous occuper ?

– Bien sûr, mais pas comme celui-ci. Comme vous diriez, ce ne sont que des nouvelles. Cette affaire-là était un vrai roman. Et maintenant personne ne le lira jamais que vous, moi et John.

– N'oubliez pas Ross McCandless, dis-je.

– Ross McCandless m'a toujours fait penser au chef de la police secrète dans un état totalitaire. » S'apercevant qu'il pouvait passer à un nouveau potin, il sortit de sa mélancolie. « Avez-vous appris que Vass était probablement sur le point d'être viré ? »

Je secouai la tête. « A cause de Fontaine ?

– Fontaine est sans doute la vraie raison, mais le maire laissera entendre qu'il démissionne à cause de Walter Dragonette, de l'émeute et du garçon qui a été abattu à la mairie.

– Il a déjà annoncé la nouvelle ?

– Non, mais un tas de gens – les gens qui savent vraiment, je veux dire – en parlent comme si c'était chose faite. »

Je me demandai de qui il voulait parler, puis je me souvins que Sarah Spence passait sa vie au milieu des gens qui sont vraiment au courant.

« Et Merlin ?

– Merlin est un liquide mousseux : il prend la forme du récipient dans lequel il s'introduit. Je pense que pendant quelque temps nous allons voir pas mal le vieux politicien à l'action. Il va sans doute trouver un bon chef de la police noir dans un coin ou l'autre du pays, lui faire sérénade jusqu'à lui en faire perdre l'esprit et puis annoncer la nomination d'un nouveau chef. Jusqu'à ce moment-là, il sera à mille pour cent derrière Vass.

– Tout n'est que politique, dis-je.

– Surtout ce qui ne devrait pas l'être. » Il promena un regard maussade sur la pile de livres entassés sur ma table sans paraître en voir les titres. « J'aurais dû mieux vous protéger.

– Me protéger ? »

Il détourna les yeux. « Oh, au fait, je vous ai apporté certaines de ces reconstitutions par ordinateur de la dernière photo, si tant est que ça rime encore à quelque chose de les regarder. » Il fouilla dans la poche de sa veste, en tira trois feuilles de papier pliées. Puis il croisa mon regard, un peu embarrassé par ce qu'il y lisait.

« C'était vous... Vous m'avez suivi jusque chez John ce soir-là ?

– Vous voulez regarder ces trucs-là ou non ? »

Je pris les documents sans le lâcher des yeux. « C'était vous. »

Des taches rouges apparurent sur ses joues. « Je ne pouvais tout de même pas vous laisser parcourir à pied neuf pâtés de maisons au beau milieu de la nuit, non ? Après tout ce que je vous avais dit !

– Et c'était vous que j'ai vu à Elm Hill ?

– Non. Ça, c'était Fontaine. Ou Billy Ritz. Ce qui prouve que j'aurais dû vous coller au train implacablement. » Il sourit enfin. « Vous n'étiez pas censé me voir.

– C'est plutôt que je vous ai senti », dis-je. J'étais troublé par la présence maléfique qui m'avait paru me suivre cette nuit-là et par le souvenir du Minotaure au courant d'un secret honteux. Où avais-je pêché cela, sinon en moi-même ? L'esprit embrumé par le doute, j'aplatis les feuilles et regardai tour à tour chacune des images produites par l'ordinateur.

Il y avait des immeubles qui n'avaient jamais existé, des bâtiments avec des rez-de-chaussée en retrait sous de grandes avancées comme des pyramides, des formes oblongues, des paquebots. Des trottoirs déserts sans aucune craquelure menaient à des fenêtres encastrées et à des postes de garde vitrés. On aurait dit le projet d'un musée d'art moderne conçu par un milliardaire excentrique. J'étalai les papiers entre nous. « C'est ça ? demandai-je.

– Les autres étaient encore pires. Vous savez ce qu'on dit : vous introduisez les ordures, il sort des ordures. Il n'y avait tout simplement pas assez d'informations sur lesquelles travailler. Mais je pense que nous savons ce que c'est vraiment, n'est-ce pas ?

– La boutique de Stenmitz avait une sorte d'enseigne triangulaire au-dessus de la devanture. Ce doit être ce qui a suggéré tout ça... » Je désignai les structures des étages supérieurs.

« Sans doute. » Tom rassembla les feuillets d'un geste à la fois déçu et écœuré. « Ç'aurait été bien si...

– Si j'avais reconnu certains autres bâtiments ?

– Je n'ai pas envie que ce soit déjà terminé, dit Tom. Mais, mon vieux, ça l'est bel et bien. Vous voulez garder ça ? Un souvenir à rapporter chez vous ? »

Je ne lui dis pas que j'avais déjà un souvenir. Je voulais bien garder les hallucinations de l'ordinateur. Je les collerais à la porte du réfrigérateur, sous la photo de la mère de Ted Bundy.

7

Tom revint le lendemain pour m'informer qu'Arden Vass avait offert sa démission dès qu'on aurait pu trouver quelqu'un pour le remplacer. Il s'attendait à voir le maire refuser, mais Merlin Waterford avait aussitôt annoncé qu'il acceptait la démission de son vieil ami, même si c'était avec la plus grande tristesse : il ajouta que le Comité pour un Millhaven juste aurait son mot à dire dans la sélection du nouveau chef. Le policier qui avait tué l'adolescent était suspendu en attendant de passer en justice. Tom resta une heure et, quand il partit, nous nous promîmes de garder le contact.

John Ransom arriva une demi-heure avant la fin du temps des visites et m'expliqua ce qu'il avait décidé de faire : acheter une ferme en Dordogne où il pourrait travailler sur son livre et louer un appartement à Paris pour passer des week-ends et des vacances en ville. « J'ai besoin d'une ville, précisa-t-il. Il me faut beaucoup de calme pour mon travail, mais je ne suis pas un rat des champs. Une fois que je serai installé, je veux que tu viennes passer quelque temps avec moi. Tu le feras ?

– Bien sûr, dis-je. Ce serait charmant. Cette visite-ci s'est révélée un peu agitée.

– Agitée ? C'était un cauchemar. La plupart du temps, je n'étais pas moi-même. » John était resté debout. Il enfonça les mains dans ses poches et exécuta un demi-tour hésitant, se tournant vers la fenêtre ensoleillée, puis revenant vers moi. « Je te verrai demain quand tu passeras prendre tes affaires. Je voulais simplement te dire combien je te suis reconnaissant de tout ce que tu as fait ici. Tim, tu as été formidable. Fantastique. Je ne l'oublierai jamais.

– Ça a été quelque chose, dis-je.

– Je veux te faire un cadeau. J'ai beaucoup réfléchi et, même si rien ne pourrait te récompenser, je veux te donner cette toile que tu aimais tant. Le Vuillard. Je t'en prie, prends-la. Je tiens à ce que tu l'aies. »

Je levai les yeux vers lui, trop abasourdi pour parler.

« De toute façon, je ne peux plus voir ce tableau. Il me rappelle trop April. Et je n'ai pas envie de le vendre. Alors, fais-moi plaisir et prends-le, veux-tu ?

– Si tu tiens vraiment à me l'offrir, dis-je.

– Il est à toi. Je m'occuperai de la paperasserie, je le confierai à un emballeur spécialisé qui te l'expédiera. Merci. » Il se dandina un moment d'un pied sur l'autre, n'ayant plus rien à dire, puis il s'en alla.

8

Quatre heures avant le moment prévu pour mon vol, John téléphona pour dire qu'il avait une réunion avec ses avocats et qu'il ne pouvait pas se libérer. Est-ce que ça m'ennuierait d'entrer avec l'autre clé et puis de la glisser dans la boîte à lettres après avoir refermé le verrou ? Il me ferait envoyer le tableau dès qu'il aurait le temps et il me contacterait pour me faire savoir comment ses plans se précisaient. « Bonne chance avec le livre, dit-il. Je sais combien c'est important pour toi. »

Cinq minutes plus tard, Tom Pasmore téléphona. « J'ai essayé de m'arranger pour vous accompagner à l'aéroport, mais Hogan m'a opposé une fin de non-recevoir. Je vous appellerai dans un jour ou deux pour voir comment ça va.

– Tom, dis-je, l'idée me venant soudain, pourquoi ne venez-vous pas vous installer à New York ? Vous adoreriez ça, vous vous feriez des centaines d'amis intéressants et vous ne manqueriez jamais de problèmes à résoudre.

– Quoi ? fit-il d'un air faussement scandalisé. Abandonner mes racines ? »

Le sergent Mangelotti était planté auprès de moi comme un chien de garde quand je signai ma décharge en sortant de l'hôpital. Il me conduisit jusqu'à Ely Place et traîna ses guêtres dans la maison pendant que je m'attaquais au problème de faire mes bagages avec un seul bras.

L'attelle bleue qui me maintenait le bras droit des doigts jusqu'à l'épaule ne me permettait absolument pas de descendre à la fois mon porte-vêtements et mon sac de voyage, et Mangelotti me regarda d'un air morne monter et descendre l'escalier. Quand je descendis la seconde fois, il me dit : « Ce sont de vrais tableaux, des peintures à l'huile, exact ?

– Exact, dis-je.

– Je ne mettrais pas ces merdes dans un chenil. » Il me regarda prendre les deux sacs de ma main gauche et me suivit par la porte. Il attendit que je referme le verrou et me laissa charger tout seul mes bagages dans le coffre. « Vous n'êtes pas rapide », grogna-t-il.

Au moment où il tournait sur Berlin Avenue, je consultai ma montre : encore une heure et demie avant mon vol. « Je veux faire un arrêt avant d'aller à l'aéroport, fis-je. Ça ne sera pas long.

– Le sergent n'a pas parlé d'un arrêt.

– Vous n'avez pas besoin de l'en informer.

– On peut dire qu'on vous traite royalement ! Où est cet arrêt ?

– L'hôpital du comté.

– Au moins, c'est sur le chemin de ce putain d'aéroport », conclut Mangelotti.

9

Une infirmière dans un état de rage permanent m'entraîna au pas de course le long d'un couloir bordé de vieillards et de vieilles femmes dans des fauteuils roulants. Certains d'entre eux marmonnaient tout seuls et tripotaient leur mince peignoir de coton. C'étaient les plus animés. Ça sentait l'urine et le désinfectant. Une pellicule d'eau avait suinté jusqu'au milieu du couloir, formant parfois des flaques qui allaient jusqu'au mur d'en face. L'infirmière sautait par-dessus les flaques sans explication, sans un mot d'excuse, sans un regard. Elles devaient être là depuis longtemps.

Mangelotti avait refusé de quitter la voiture et m'avait dit que j'avais un quart d'heure pile. Il m'avait fallu environ sept minutes avant de trouver quelqu'un pour me dire où était installé Alan et cinq autres de jogging sur les pas de l'infirmière à travers des kilomètres de couloirs pour arriver là-bas. Elle tourna encore un coin, frôla un chariot sur lequel une vieille femme sans connaissance était allongée, couverte jusqu'au cou d'un drap blanc plein de taches, et s'arrêta à l'entrée d'une salle mal éclairée qui ressemblait à un asile pour vieux sans-abri. Des rangées de lits, avec moins d'un mètre entre chacun, s'alignaient le long de chaque mur. Au bout de la salle, des fenêtres sales laissaient entrer une substance fatiguée qui ressemblait plus à du brouillard qu'à de la lumière.

D'une voix de robot, l'infirmière annonça : « Lit 23. » Elle me congédia du regard et fit demi-tour.

Les vieillards dans les lits étaient aussi identiques que des clones. Marqués par leur séjour au point d'avoir perdu toute individualité : cheveux blancs sur oreillers blancs, visages crispés et délabrés, regards ternes et bouches ouvertes. Puis peu à peu des détails commencèrent à émerger : un nez busqué, une calvitie couverte de croûtes, une langue qui pend. Les marmonnements de quelques-uns qui n'étaient pas endormis ou figés dans une stupeur permanente paraissaient totalement confus. Je vis le numéro 16 accroché au lit devant moi et je continuai la rangée jusqu'au 23.

Des cheveux blancs ébouriffés entouraient un visage ratatiné et une bouche qui n'arrêtait pas de remuer. Je serais passé droit devant lui si je n'avais pas d'abord regardé le numéro. Les gros sourcils d'Alan s'étaient épanouis aux dépens du reste de son corps. Sans doute avait-il toujours protégé ses sourcils broussailleux, mais tout le reste chez lui m'avait empêché de les remarquer. Même sa voix extraordinaire avait perdu de son ampleur et tout ce qu'il disait se perdait dans un chuchotement à peine audible. « Alan, dis-je, c'est Tim. Vous m'entendez ? »

Sa bouche s'immobilisa et je vis une seconde quelque chose comme de la conscience dans ses yeux. Puis ses lèvres remuèrent à nouveau. Je me penchai pour entendre ce qu'il disait.

« ... plantée au coin de la rue et mon frère avait un cure-dents dans la bouche parce qu'il trouvait que ça lui donnait l'air d'un dur. Ça lui donnait surtout l'air idiot et je lui expliquai. Je dis : tu sais pourquoi ces crétins traînent devant chez Armistead avec un cure-dents au coin des lèvres ? Pour que les gens s'imaginent qu'ils viennent de faire un grand dîner là-dedans. Je pense que tout le monde peut reconnaître un imbécile, sauf un des leurs. Et ma tante est arrivée en disant : tu fais pleurer ton frère, quand vas-tu jamais apprendre à t'empêcher de parler ? »

Je me redressai et posai la main gauche sur son épaule. « Alan, parlez-moi. C'est Tim Underhill. Je suis venu vous dire adieu. »

Il tourna très légèrement la tête dans ma direction. « Vous vous souvenez de moi ? » demandai-je.

Une lueur s'alluma dans son regard. « Sacré gaillard. Vous n'êtes pas mort ? Je vous ai pourtant tiré dessus. »

Je m'agenouillai auprès de lui, le seul poids de mon soulagement m'amenant au bord des larmes. « Alan, vous m'avez seulement touché à l'épaule.

– Mais *lui* est mort. » La voix d'Alan retrouva un tout petit peu de sa force habituelle. Une lueur de triomphe brilla dans ses yeux. « Je l'ai eu.

– Vous ne pouvez pas rester dans cette baraque, dis-je. Il faut qu'on vous fasse sortir de là.

– Écoutez, mon petit. » Un sourire tendit la bouche molle. Le visage ratatiné et les énormes sourcils me firent signe d'approcher. « Je n'ai qu'à sortir de ce lit. Il y a un endroit que j'ai un jour montré à mon frère, auprès de la rivière. Si je suis capable de surveiller ma grande gueule, eux... » Il cligna des yeux. Un fluide tremblotait derrière les parois rougies de ses paupières. « C'est ma malédiction : parler d'abord, réfléchir après. » Alan ferma les yeux et s'effondra dans l'oreiller.

Je dis : « Alan ? » Des larmes perlèrent sous ses paupières fermées pour venir ruisseler sur ses favoris. Au bout d'une seconde, je m'aperçus qu'il s'était endormi.

Quand je remontai dans la voiture, Mangelotti me jeta un regard mauvais. « J'imagine que vous n'avez pas de montre.

– Si vous rouspétez encore une fois, dis-je, j'ai beau porter un plâtre, je vous enfonce les dents dans la gorge. »

QUINZIÈME PARTIE

LENNY VALENTINE

1

Quand je rentrai à New York, je fis de mon mieux pour retrouver mon inhabituel style de vie habituelle et c'était exactement ce que j'étais incapable de faire. Dans mon appartement, les fauteuils et les canapés, mon lit et ma table de travail, même les tapis et les rayonnages étaient plus étroits ou plus courts d'un ou deux centimètres, ils n'avaient pas la bonne largeur ni la bonne hauteur et on les avait subtilement déplacés d'une façon qui faisait de mon loft un puzzle qu'on ne pouvait reconstituer qu'en forçant certaines pièces à entrer à l'endroit fait pour d'autres. Cette impression de désorganisation venait de ce que j'étais obligé de taper avec seulement l'index de la main gauche qui refusait de travailler comme autrefois sans l'assistance de son partenaire : mais le reste tenait simplement à moi. J'étais rentré de Millhaven si perturbé que je ne trouvais même pas ma propre place dans le puzzle.

Mes amis me faisaient oublier à merveille cette impression dérangeante en me posant mille questions sur ma blessure et en exigeant de m'entendre raconter comment j'avais réussi à me faire tirer une balle dans l'épaule par un distingué professeur d'histoire des religions. C'était un long récit et ils ne voulaient pas se contenter d'un résumé. Ils exigeaient des détails et une re-création bien vivante. Maggie Lah s'intéressait particulièrement à ce qui s'était passé le matin où je m'étais perdu dans le brouillard et m'assurait que c'était vraiment très simple. « Tu es entré dans ton livre. Tu as vu ton personnage et c'était toi. C'est pour ça que tu as dit à l'homme de l'ambulance que ton nom, c'était Fee Bandolier. Car sinon, quel est l'intérêt de ce livre que tu écris ?

– Tu es trop futée, dis-je, un peu ébranlé par son intuition.

– Tu ferais mieux d'écrire ce livre, de t'en libérer », répondit-elle, et ce n'était pas bête non plus. Quand Vinh arriva avec des plats de la délicieuse cuisine vietnamienne du Saigon – un restaurant en bas de l'immeuble qui vendait des plats à emporter –, Maggie insista pour qu'il redescende chercher de la soupe. « Voilà quelqu'un qui a besoin de beaucoup de soupe », dit-elle. Vinh devait être d'accord car il redescendit aussitôt et revint avec assez de soupe pour nous nourrir une semaine. Il avait presque tout mis dans des récipients qu'il casa dans mon réfrigérateur.

Michael Poole voulait connaître la période Franklin Bachelor de la vie de Fee Bandolier. Il me demanda si je croyais avoir compris ce qui s'était passé quand John Ransom était arrivé au campement de Bachelor. « Est-ce qu'il n'a pas dit qu'il était arrivé là-bas deux jours avant l'autre homme ? Qu'est-ce qu'il a fait là-bas pendant deux jours entiers ?

– Il a mangé de la soupe », dit Maggie.

Ces amis se rassemblaient autour de moi comme une famille – ce qu'ils sont d'ailleurs – à divers moments et pour des périodes plus ou moins longues, séparément ou ensemble, pendant deux ou trois jours et puis, parce qu'ils savaient que j'en avais besoin, ils commencèrent à me laisser un peu plus de temps à moi.

En n'utilisant qu'un seul doigt, installé devant le clavier sous un angle dont je n'avais pas l'habitude, je me mis à taper sur l'ordinateur ce que j'avais écrit dans la maison de John. Ce qui m'aurait pris normalement environ une semaine s'étendit sur deux. Les bouts de ferraille dans mon dos s'échauffaient et se déplaçaient et, toutes les demi-heures à peu près, je devais me lever et aller m'appuyer au mur pour les remettre en place. Mon docteur me donna un tas de pilules qui contenaient de la codéine. Mais quand j'eus découvert que la codéine me ralentissait encore plus et me donnait la migraine, je cessai d'en prendre. Je continuai à taper pendant encore deux ou trois jours, en essayant d'oublier tout à la fois mes douleurs dans le dos et la sensation d'un désordre plus important.

La toile de Byron Dorian était arrivée par express et, cinq jours plus tard, je reçus le Vuillard d'April, emballé dans trente centimètres de polystyrène à l'intérieur d'un cadre en bois. Les gens qui me livrèrent allèrent même jusqu'à l'accrocher : ça faisait partie du service. J'installai les toiles sur le long mur vide en face de mon bureau, si bien que je n'avais qu'à lever les yeux pour les regarder en travaillant.

Tom Pasmore m'appela pour dire qu'il continuait à « fouiner », sans plus de précisions. John Ransom m'annonça qu'il avait trouvé une place pour Alan au Golden Manor, une maison de retraite avec vue sur le lac dans la plupart des chambres. « On dirait un hôtel de luxe et ça coûte une fortune, mais Alan peut certainement se le permettre, dit John. J'espère pouvoir me permettre ça ou quelque chose d'approchant, quand j'aurai son âge.

– Comment va-t-il ? demandai-je.

– Oh, physiquement, beaucoup mieux. Il va et vient, il n'a plus l'air aussi frêle et il mange bien. Je voulais dire dans les deux sens du terme. La cuisine dans cet établissement est meilleure que dans la plupart des restaurants en ville.

– Et mentalement ?

– Mentalement, il y a des hauts et des bas. Parfois, j'ai l'impression de parler au vieil Alan et d'autres fois, il déconnecte complètement et se parle à lui-même. A te dire vrai, il me semble que ça arrive de moins en moins. » Sans transition, il me demanda si j'avais reçu le tableau. Je lui dis que oui et je l'en remerciai.

« Tu sais que ça m'a coûté près de mille dollars pour le faire emballer et expédier par ces types ? »

Un soir vers huit heures, trois heures du matin pour

lui, Glenroy Breakstone m'appela de France pour me dire qu'il avait envie de parler de Ike Quebec. Il en parla pendant quarante minutes. Je ne sais pas ce que reniflait Glenroy ces temps-ci, mais apparemment on n'en manquait pas en France. Quand il eut terminé, il dit : « Vous êtes sur ma liste maintenant, Tim, vous entendrez parler de moi. »

J'espère bien, dis-je, et c'était la pure vérité.

Le lendemain matin, je finis de dactylographier tout ce que j'avais écrit à Millhaven. Pour fêter ça, j'allai me coucher et je dormis une heure : j'avais beaucoup de mal à dormir la nuit depuis mon retour. Je descendis déjeuner au Saigon. Après être remonté dans mon loft, je me mis à écrire d'autres scènes, un nouveau dialogue. C'est alors que mes ennuis commencèrent vraiment.

2

L'insomnie devait y être pour quelque chose. De la même façon que les doigts de ma main gauche avaient mystérieusement perdu toute faculté de taper à la machine, mon corps avait perdu sa capacité de dormir. Dans les premières nuits qui suivirent mon retour à New York, je m'éveillais vers quatre heures du matin et je passais le reste de la nuit allongé dans mon lit, les yeux fermés : j'attendais bien après l'aube le dérapage mental progressif, le relâchement du rationnel qui annonce le début de l'inconscience. Pour compenser le sommeil perdu, je faisais des siestes d'une heure après le déjeuner. Puis je commençai à me réveiller à trois heures du matin, avec le même résultat. J'essayai de lire mais je finis par le faire jusqu'au matin. A la fin de la première semaine, j'allais me coucher à onze heures pour me réveiller à deux heures du matin. Au bout de quatre ou cinq autres nuits, je n'arrivais plus à dormir du tout. Je me déshabillais, me brossais les dents, me couchais et j'avais aussitôt l'impression que je venais d'avaler un double expresso.

Je ne pouvais pas en rendre responsable le plâtre ni

mes douleurs dans l'épaule. C'était inconfortable, gênant et irritant, mais le problème n'était pas là. Mon corps avait oublié comment dormir la nuit. Je retournai voir mon docteur qui me donna des somnifères. Pendant deux nuits, je pris les comprimés avant d'aller me coucher : cela eut pour inquiétant résultat que j'émergeai d'un long abrutissement à six heures du matin pour venir me planter auprès de la fenêtre ou m'asseoir sur le canapé sans aucun souvenir de ce qui s'était passé depuis que je m'étais allongé sur mon lit. J'avais remplacé le sommeil par l'amnésie. Je jetai les comprimés, fis des siestes de deux heures au milieu de la journée et j'attendis. Quand je commençai à écrire de nouvelles pages, j'avais cessé de me coucher : je prenais une douche vers minuit, je me changeais et j'alternais les périodes de travail, de lecture et de déambulation dans mon loft. Parfois j'éteignais les lumières et j'écrivais dans le noir. Je prenais plein d'aspirine et de vitamine C. Parfois, je m'aventurais jusque dans la cuisine pour contempler les constructions surréalistes inventées par l'ordinateur de Tom. Puis je retournais à mon bureau et je me perdais dans mon monde inventé.

Malgré mon épuisement, mon travail bondissait devant moi comme un animal, tigre ou gazelle, que je m'efforçais de capturer. J'avais à peine conscience d'écrire : il me semblait plutôt que les pages étaient *en train de s'écrire*. Je voyais tout, je sentais tout, je touchais tout. Pendant ces heures-là, je cessais d'exister. Comme un médium, je me contentais d'écrire. Le temps que je commence à reprendre conscience de mes divers maux, il était sept ou huit heures du matin. Je vacillais jusqu'à mon lit, m'allongeais et me reposais pendant que mon esprit continuait à poursuivre le tigre bondissant. Après un quart d'heure d'un non-sommeil épuisant, je me levais et me remettais à ma machine.

Je remarquais parfois que j'avais passé toute une nuit à écrire *Fee Bandolier* au lieu de *Charlie Carpenter*.

Tout cela aurait dû être joyeux et la plupart du temps ça l'était. Mais même quand je m'immergeais totalement dans mon travail, durant ces périodes où je n'avais pas d'existence personnelle, une partie dormante de moi s'agitait, en proie à un trouble émotionnel extrême. Je m'arrêtais de taper et mes doigts tremblaient. Même ceux qui étaient prisonniers du plâtre. J'avais pénétré dans l'enfance de Fielding Bandolier, et l'horreur et la terreur étaient pour lui familières. Mais tous mes problèmes ne venaient pas de ce que j'écrivais.

Au cours de mes siestes de deux heures, je rêvais que j'étais retourné à l'escouade des corps et que je plongeais les mains dans des cadavres démembrés. Je rencontrais le jeune Viet décharné sur la Piste du Tigre et je me figeais sur place, l'esprit vide, tandis qu'il braquait sur moi son vieux fusil pour m'envoyer une balle dans la cervelle. Je marchais sur une mine et je me transformais en brume rouge, comme Bobby Swett. Je traversais une clairière tellement jonchée de morts qu'il me fallait enjamber les corps, baissais les yeux pour voir les entrailles violettes et argent qui sortaient de mon ventre et m'écroulais enfin en admettant ma propre mort. Paul Fontaine se redressait sur son chariot, le pistolet à la main, disait *Bell* et il me faisait éclater la poitrine d'une balle.

Depuis vingt ans, les après-midi avaient toujours été le moment où je faisais le plus gros de mon travail. Après avoir oublié comment dormir la nuit, après m'être mis à me promener en enfer chaque fois que je faisais une sieste, ces heures-là se pétrifièrent. Ce que j'écrivais paraissait forcé et sans âme. Je n'arrivais pas à dormir et je n'arrivais pas à écrire. Je fourrais donc mon carnet dans ma poche et m'en allais faire de longues promenades.

Je traînais dans Soho. Je traversais sans le voir Washington Square. J'errais, l'esprit ailleurs, dans la librairie des Trois Vies, et je reprenais conscience à Books & C°, à des kilomètres de là. De temps en temps, un petit incident se retrouvait de mauvaise grâce dans mon carnet, mais la plupart du temps, j'étais à Millhaven. Des gens que je n'avais jamais vus auparavant devenaient John Ransom et Tom Pasmore. Les yeux éteints et le visage rouillé de Ross McCandless me regardaient derrière la fenêtre d'un bus qui passait. Bloc après bloc, je suivais Livermore Avenue : je finissais par apercevoir l'enseigne devant la Taverne du Cheval blanc et je me rendais compte que j'étais sur Hudson Street.

Vers sept heures, au cours de ce qui se révéla être la dernière de ces tristes déambulations, je passai devant un débit de boissons. Je m'arrêtai, revins sur mes pas et achetai une bouteille de vodka. Si ce qu'il me fallait c'était perdre conscience, je connaissais le moyen d'y parvenir. Je rapportai la bouteille chez moi dans son sac en plastique blanc, la posai sur l'étagère de la cuisine et la regardai longuement. En nage, j'arpentai un bon moment le loft. Puis je retournai dans la cuisine, débouchai la bouteille et versai la vodka dans l'évier.

A peine la dernière goutte disparue dans le tuyau, je descendis dîner et j'annonçai à tout le monde que je me sentais beaucoup mieux aujourd'hui, merci, juste un peu de mal à dormir. Je me forçai à avaler au moins la moitié de ce qui se trouvait dans mon assiette et je bus trois bouteilles d'eau minérale. Maggie Lah sortit de la cuisine, me regarda longuement et vint s'asseoir en face de moi. « Tu as des ennuis, dit-elle. Qu'est-ce qui se passe ? »

Je lui répondis que je ne savais pas très bien.

« Parfois je t'entends marcher au beau milieu de la nuit. Tu n'arrives pas à dormir ?

– C'est à peu près ça.

– Tu pourrais essayer d'aller à une de ces réunions d'anciens combattants. Ils pourraient t'aider.

– Les anciens combattants de Millhaven ne tiennent pas de réunions », répondis-je, et je lui dis de ne pas s'en faire pour moi.

Elle parla de thérapie, puis se leva, me posa un baiser sur le crâne et me laissa seul.

Quand j'eus regagné mon loft, je vérifiai minutieusement les serrures, ce que je faisais quatre ou cinq fois par nuit depuis mon retour. Je pris une douche, passai des vêtements propres, je m'installai à mon bureau et j'allumai l'ordinateur. Quand je vis que mes mains tremblaient encore, les paroles de Maggie me revinrent en mémoire. Son conseil ne me paraissait pas plus acceptable aujourd'hui que la première fois qu'elle m'en avait parlé. Des années auparavant, j'étais allé à deux reprises dans un groupe d'anciens combattants, mais les gens là-bas avaient fait une tout autre guerre. Quant à la thérapie, autant aller directement à la table d'électrochoc ou dans une cellule capitonnée. J'essayai de revenir dans le monde de mon livre et je constatai que je ne pouvais même plus me souvenir des derniers mots que j'avais écrits. Je rappelai le chapitre, pressai le bouton avec la flèche pointée vers le bas, ce qui m'amena instantanément à l'endroit où je m'étais arrêté ce matin-là. Puis le miracle nocturne se renouvela une fois de plus et je m'engouffrai dans la gorge de mon roman.

3

Le lendemain, il m'arriva quelque chose de stupéfiant : il n'y a pas d'autre mot. La cause en était un moment ordinaire, banal selon toute apparence. Mais il évoquait un autre moment pas du tout ordinaire : cela venait de la très vieille histoire sur le danger de se retourner, dans l'épisode d'Orphée ou de la femme de Loth. Et cela me transforma bel et bien en quelque chose comme une statue de sel, du moins pour un temps.

Mes propres hurlements m'avaient arraché à mes habituels cauchemars diurnes ou à mes cauchemars de sieste, qui mêlaient le Viêt-nam à Millhaven. J'avais ma chemise collée à la peau et le coussin que j'utilisais comme oreiller était trempé de sueur. J'arrachai ma chemise et me traînai en geignant jusqu'à la salle de bains pour m'asperger le visage d'eau froide. Je passai une chemise fraîche et propre, regagnai mon bureau, m'assis devant l'ordinateur et recherchai cet état d'abandon qui me permettait d'accéder à mon livre. L'idée de ressortir me faisait horreur. Comme chaque après-midi depuis deux semaines, la porte de mon livre refusait de s'ouvrir. Je renonçai, laissai là la machine et me mis à marcher de long en large, dans un état intermédiaire entre la vie et la mort. Mon appartement me faisait l'effet d'une cage bâtie pour un autre prisonnier. L'idée me vint que mes étranges pérégrinations de l'après-midi dans Manhattan pouvaient bien être un élément essentiel de mon travail nocturne : que c'était peut-être ce qui permettait à mon imagination de refaire le plein. Je me dis aussi que cela relevait d'un rituel magique. Mais même si c'était sans intérêt, c'était la meilleure idée qui m'était venue : je sortis de ma cage et débouchai sur Grand Street.

Une chaude lumière d'été faisait briller les devantures des galeries d'art et des magasins de vêtements. Des femmes du New Jersey et du Connecticut flânaient parmi les indigènes comme des voyageurs venus d'une planète plus prospère. Aujourd'hui, la plupart des gens du quartier semblaient être de jeunes hommes en jeans bien repassés et en maillots de rugby. C'étaient des stagiaires de Wall Street, des versions embryonnaires de Dick Mueller, qui avaient repris les ateliers d'artistes quand les loyers de Soho avaient repoussé ces derniers à Hoboken et Brooklyn. J'essayai de me représenter Dick Mueller rôdant au comptoir des fruits exotiques chez Dean & DeLuca, mais je n'y parvins pas. Je n'arrivai pas davantage à imaginer Dick se vantant d'avoir trouvé pour un bon prix la photographie de Cindy Sherman à la Metro Gallery. Mon humeur commençait à s'améliorer.

Je m'arrêtai devant ma vidéothèque locale, songeant à louer pour la vingtième fois *Le Festin de Babette*. Je pourrais visionner tous les films de Pedro Almodovar que je n'avais pas encore vus, ou m'organiser une rétrospective personnelle de Joan Crawford, en commençant par *La Meurtrière diabolique*. A côté des habituelles affiches de Mel Gibson et de Tom Cruise dans la vitrine, il y en avait une pour une série de films noirs disponibles en vidéo pour la première fois. Ça, c'est une idée, me dis-je et je m'approchai pour inspecter le poster. A côté d'une reproduction encadrée pour *Le Port de la drogue*, il y avait celle de *L'Appel des profondeurs*, le film dont Tom disait qu'il se jouait dans notre quartier à l'époque des meurtres de Blue Rose. J'examinai la photo dans l'encadré, en cherchant les détails. *L'Appel des profondeurs* avait pour vedettes Robert Ryan et Ida Lupino et pour metteur en scène Robert Siodmak. Je me dis que je le louerais un jour et je continuai mon chemin.

A la librairie de Spring Street, j'achetai *Flow Chart* de John Ashbery et je fis un bref plongeon dans le désespoir au moment de signer la fiche pour ma carte de crédit. Je me revoyais versant la vodka dans l'évier le soir précédent. Je voulais la retrouver. Je voulais avoir à la main un grand verre glacé de narcotique liquide. A peine sorti de la librairie, je m'engouffrai dans un café et je m'installai à une table tout au bout de la salle pour commander de l'eau minérale. Le serveur m'apporta une demie de San Pellegrino : je m'obligeai à la boire à petites gorgées tout en ouvrant le livre d'Ashbery et en lisant les premières pages. Mon désespoir commença à se dissiper. Je terminai la bouteille d'eau et dévorai encore quelques pages de *Flow Chart.* Puis je ressortis dans le soleil.

Ce qui se passa ensuite était peut-être l'aboutissement de tous ces événements. Ce pouvait être le résultat de ne dormir que deux heures chaque jour ou bien l'effet cumulé des horribles rêves qui m'agressaient pendant ces heures-là. Mais je crois que ce n'était rien de tout cela. Je crois que ça arriva parce que ça ne demandait qu'à arriver.

Une longue Mercedes grise vint se garer de l'autre côté de la rue. Un grand blond barbu en descendit et ferma sa portière à clé. On aurait dit Thor en uniforme d'artiste, chemise noire et pantalon noir. Ses cheveux tombaient en longues ondulations jusqu'au-dessus de son col et sa barbe écumait et se hérissait. Sans l'avoir jamais rencontré, je reconnus un peintre du nom d'Allen Stone qui était devenu célèbre dans la période entre Andy Warhol et Julian Schnabel. Sa récente rétrospective au Whitney avait été démolie par presque tous les critiques. Allen Stone s'éloigna de sa voiture et me lança un bref regard de ses yeux bleu pâle comme de la glace.

Je vis. Il n'en arriva pas plus, c'était suffisant. Je vis.

Sur un écran mental qui effaçait la rue, devant moi se dressait la grande tête blonde de Heinz Stenmitz. Il avait un sourire de loup. Il appuyait une main sur ma nuque tandis que je m'agenouillais dans la pénombre, coincé entre ses énormes jambes, mes bras sur ses genoux, mes doigts serrés autour de la grande chose rouge et gonflée de veines qui jaillissait de son pantalon. Cet objet, le centre et le premier plan de la scène, palpitait dans ma main. « Mets-le dans ta bouche, Timmy », dit-il d'un ton presque suppliant. Et il poussait ma tête dans cette direction.

Je frissonnai, j'eus un sursaut et la vision se dissipa. Allen Stone avait détourné les yeux de ce qu'il avait vu sur mon visage. Il passait devant sa voiture, se dirigeant vers les doubles portes noires d'un immeuble surchargé de décorations.

Une bouffée de chaleur me frappa au visage. La peau semblait s'arracher de mon crâne. J'avais l'estomac retourné. Je m'avançai et déposai dans le caniveau un mélange rose d'eau minérale italienne et de cuisine vietnamienne partiellement digérée. Trop bouleversé pour être embarrassé, je restai à contempler ce gâchis. Mes entrailles eurent une nouvelle contraction et j'éjectai une nouvelle giclée de cette lave rose. Je vacillai sur le trottoir et j'aperçus deux des élégantes banlieusardes, le visage crispé de dégoût, qui s'étaient arrêtées, pétrifiées, à dix mètres de moi. Elles détournèrent précipitamment les yeux et s'empressèrent de traverser la rue.

Je m'essuyai la bouche et me dirigeai vers le carrefour. Mes jambes me semblaient déconnectées et trop longues. *Fee Bandolier*, me dis-je.

Quand je regagnai Grand Street, je m'affalai dans un fauteuil et j'éclatai en sanglots, comme s'il me fallait la sécurité de mon habitat pour bien réaliser l'énormité de ce que j'avais ressenti : un choc, de l'affliction, de la colère aussi. Un coup d'œil dans la rue avait simplement libéré un instant, une succession d'instants, que quarante ans plus tôt j'avais fourrés dans un coffre. J'avais enroulé une chaîne autour du coffre, puis je l'avais précipité dans un puits de mon esprit. Depuis lors, il bouillonnait et fermentait là-dedans. Parmi tous les sentiments qui jaillirent à la surface, il y avait la stupéfaction : ça m'était arrivé à moi, *à moi*, j'avais délibérément oublié tout cela pour l'anéantir. Un souvenir après l'autre remontait. Partiels, fragmentaires, flous comme des nuages, ils me remettaient en mémoire ma propre vie. C'était la partie manquante du puzzle qui permettait à tout le reste de trouver sa place. J'avais rencontré Stenmitz au cinéma. Lentement, patiemment, en disant certaines choses et en en taisant d'autres, jouant sur ma peur et sur son autorité d'adulte, il m'avait contraint à faire ce qu'il voulait. Je ne savais pas combien de jours je l'avais rencontré pour m'agenouiller devant lui et le prendre dans ma bouche, mais ça avait duré un temps que l'enfant que j'étais alors avait ressenti comme une horrible éternité : quatre fois ? cinq fois ? Et chacune, une mort séparée.

Vers dix heures, dans un vertige, j'allai jusqu'à un restaurant où je ne rencontrerais personne de connaissance. J'avalai machinalement une sorte de dîner, puis, toujours dans cet égarement, je regagnai mon loft. Je compris que j'avais exactement ce que je souhaitais : en guise de thérapie, j'étais allé droit à l'électrochoc. A minuit, je pris mon habituelle seconde douche : non pas cette fois pour m'apprêter à travailler mais pour me purifier. Environ une heure plus tard, j'allai me coucher et je sombrai presque aussitôt dans le premier bon sommeil de huit heures d'affilée depuis deux semaines. Quand je me réveillai le lendemain matin, je compris ce que Paul Fontaine avait essayé de me dire sur la pelouse de Bob Bandolier.

4

Je passai le plus clair du lendemain à mon bureau, avec le sentiment de trier un tas de cailloux avec une pince à épiler : de vraies phrases sortaient, mais tout cela ne remplissait pas plus de deux pages. Vers quatre heures, j'éteignis la machine et m'éloignai, en me disant qu'il me faudrait au moins quelques semaines pour m'habituer à ce que je venais d'apprendre sur moi-même. Trop énervé pour lire un livre ou suivre un film, je retrouvai la vieille envie de me lever et d'aller me promener, mais mes deux semaines d'errance sans but m'avaient suffi : il me fallait une destination.

Je finis par prendre l'annuaire du téléphone et me mis à chercher des organisations d'anciens combattants. Mon sixième appel me fournit des renseignements sur un groupe de vétérans qui se rencontraient chaque soir à six heures dans le sous-sol d'une église vers la 30e Rue Est – le quartier de Murray Hill. On acceptait les gens de passage. Sans être exactement ce que je voulais, c'était ce que je cherchais, une longue marche vers un but. Je quittai Grand Street à cinq heures et quart pour arriver à la petite église de brique avec dix minutes d'avance. Un panneau aux lettres blanches gravées me dit d'utiliser la porte de la sacristie.

5

Quand je descendis au sous-sol, deux types décharnés aux cheveux clairsemés, à la barbe mal taillée et vêtus de pièces d'uniformes différents disposaient en cercle une douzaine de chaises pliantes. Un prêtre bedonnant avec une épaisse moustache, vêtu d'une soutane avec des traces de cendres de cigarette était planté devant une table boiteuse à boire du café dans un gobelet en carton. Tous trois jetèrent un coup d'œil à mon attelle. Un vieux piano droit était installé dans un coin, et des illustrations de la Bible accrochées aux murs de parpaing à côté de cartes en couleurs de la Terre sainte. Çà et là, des taches brunes parsemaient le sol de ciment. J'avais l'impression d'être retourné dans le sous-sol du Saint-Sépulcre.

Les deux anciens combattants maigrelets me saluèrent de la tête et continuèrent à disposer les chaises. Le prêtre s'avança et me serra la main. « Soyez le bienvenu. Je suis le Père Joe Morgan, mais tout le monde m'appelle Père Joe. C'est la première fois que vous venez ici, n'est-ce pas ? Votre nom est ? »

Je lui dis mon nom.

« Et, bien sûr, vous étiez au Nam, comme Fred et Harry là-bas – comme moi aussi. C'était avant que j'aille au séminaire. Je pilotais un bateau dans le Delta. » Je reconnus que j'étais allé au Nam et il me versa un gobelet de café. « C'est comme ça qu'on a commencé, bien sûr, des gars comme nous se réunissant pour voir si nous pouvions nous donner un coup de main. En ce temps-là, on ne savait jamais qui allait rappliquer : on a eu des types qui étaient aux Grenadines, à Panama, qui revenaient de Tempête du Désert. En tout cas, faites comme chez vous. Il s'agit de partager, de se soutenir et de se comprendre, alors si vous avez envie de dire tout ce que vous avez sur le cœur, ne vous gênez pas. Ici, tout est permis, pas vrai, Harry ?

– Presque », dit Harry.

A six heures, sept autres hommes étaient descendus dans le sous-sol : trois d'entre eux portaient de vieux uniformes dépareillés comme Harry et Fred, les autres des costumes ou des vestes de sport. La plupart d'entre eux avaient l'air de se connaître. Nous semblions avoir tous à peu près le même âge. Sitôt assis, cinq ou six hommes allumèrent des cigarettes, y compris le prêtre.

« Ce soir, nous avons deux nouveaux visages, dit-il en exhalant un énorme nuage de fumée grise, et j'aimerais que nous fassions un tour de présentation, chacun donnant son nom et son unité. Après cela, celui qui a quelque chose à dire n'a qu'à y aller. »

Bob, Frank, Lester, Harry, Tim, Jack, Grover, Pee-Wee, Juan, Buddy, Bo. Un étrange assortiment de bataillons et de divisions. Le petit homme nerveux qui s'appelait Buddy déclara : « Eh bien, comme certains de vous autres le savent depuis que je suis venu ici il y a une quinzaine, je conduisais un camion à Cam Ranh Bay. »

Je décrochai aussitôt. C'était le souvenir que je gardais de la réunion d'anciens combattants à laquelle j'avais assisté quatre ou cinq ans auparavant : la description d'une guerre que je n'avais jamais vue, d'une guerre qui ressemblait à peine à une guerre. Buddy, qui était coursier, avait été congédié, et sa petite amie lui avait dit que, s'il recommençait à agir comme un dingue, elle le quitterait.

« Qu'est-ce que tu fais quand tu te conduis comme un dingue ? demanda quelqu'un. Ça veut dire quoi : dingue ?

– Eh bien, on dirait que je peux pas parler. Je reste assis dans mon lit à regarder la télé toute la journée, mais je ne la vois pas vraiment, tu comprends ? On dirait que je suis aveugle et sourd. Je suis comme dans un trou.

– Quand je perds la boule, je cours, dit Lester. Je démarre, mon vieux, sans avoir la moindre idée de ce que je fais, j'ai une telle trouille que je ne peux pas m'arrêter, comme si j'avais quelqu'un qui me courait après. »

Jack, un homme en costume bleu sombre, dit : « Quand j'ai la trouille, je prends mon fusil et je monte sur le toit. Il n'est pas chargé mais je vise les gens. Je pense à ce que ce serait si je me mettais à tirer. »

Tous les regards se tournèrent vers Jack et il haussa les épaules. « Ça aide. »

Le Père Joe s'adressa un moment à Jack, et je perdis de nouveau le fil. Je me demandais dans combien de temps je pourrais partir. Juan raconta une longue histoire à propos d'un ami qui s'était tiré une balle dans la poitrine au retour d'une longue patrouille. Le Père Joe parla un bon moment et Buddy se mit à être secoué de tics. Il voulait qu'on lui dise ce qu'il fallait faire à propos de sa petite amie.

« Tim, tu n'as encore rien dit. » Je levai les yeux pour voir le Père Joe braquer sur moi un regard brillant. Ce qu'il avait dit à Juan semblait l'avoir ému. « Y a-t-il quelque chose que tu aimerais partager avec le groupe ? » J'allais secouer la tête et passer, mais une scène apparut devant moi et je dis : « Quand je suis arrivé au Nam, j'étais dans cette équipe d'enregistrement des corps au Camp White Star. Un des hommes avec qui je travaillais s'appelait Scoot. » Je décrivis Scoot agenouillé auprès du sac contenant le corps du capitaine Haven et disant : *Il a failli passer et repartir avant que je puisse lui rendre hommage,* et je leur racontai ce qu'il avait fait au cadavre.

Pendant un moment, personne ne parla, puis Bo, un des hommes vêtus de restes de vieux uniformes, dit : « Il y a ce truc, cet endroit auquel je n'arrête pas de penser. Je n'ai même pas vu ce qui s'était passé là-bas, mais ça m'est resté dans la tête.

– Eh bien, débarrasse-toi de ça, dit le prêtre.

– On était dans la province de Darlac, dans un coin perdu, tout au nord. » Bo se pencha en avant et posa ses coudes sur les genoux. « Ça va vous paraître un peu drôle. » Le Père Joe n'eut pas le temps de lui dire encore de se débarrasser de ça : il pencha la tête et me lança un coup d'œil en coulisse. « Mais tu sais, Tim ? Ce que tu m'as dit m'y a fait penser. Je veux dire, je n'ai jamais vu un Américain faire ce genre de truc, je déteste ça quand des gens ont l'air de dire que c'est tout ce qu'on a jamais fait. Si vous voulez que moi je devienne dingue, vous n'avez qu'à me parler des prétendues atrocités dont on s'est rendu coupable là-bas, d'accord ? Parce que, personnellement, je n'en ai jamais vu d'exemple, pas un. Ce que j'ai vu, en revanche, et bien des fois, c'étaient des Américains faisant le bien aux gens. Je parle de nourriture et de médicaments, et d'aider les gosses. »

Chaque homme du cercle émit une sorte d'approbation : nous avions tous vu ça aussi.

« Bref, cette fois-là, c'était comme si on se promenait dans cette ville fantôme. La vérité, c'est qu'on s'est perdus : on avait ce lieutenant tout juste sorti du centre d'entraînement et il s'est perdu, purement et simplement. Il nous a fait décrire un grand cercle et il était le seul à ne pas comprendre ce que nous faisions. Nous autres, on disait, et puis merde, il croit qu'il est le chef, eh bien, qu'il fasse le chef. Quand on reviendra à la base, qu'il s'explique. Alors on passe là trois quatre jours et le lieutenant commence tout juste à piger. Là-dessus, voilà qu'on sent ce feu.

« Comme un feu d'autrefois, vous savez ? Pas un feu de forêt, plutôt un bâtiment qui brûle. Chaque fois que le vent souffle du nord, il nous apporte une odeur de cendres et de viande grillée. Et bientôt, l'odeur est si forte qu'on sait qu'on est presque dessus, sans savoir de quoi il s'agit. Maintenant le lieutenant a une mission : peut-être qu'il peut sauver ses fesses s'il rapporte quelque chose de juteux : bah, ça n'a même pas besoin d'être juteux, il suffit que ce soit quelque chose qu'il puisse rapporter, comme s'il l'avait tout le temps cherché. Alors on crapahute à travers la jungle pendant encore une demi-heure et ça pue de plus en plus. Ça sent comme un abattoir en feu. Par-dessus le marché, pas un bruit autour de nous, pas d'oiseaux, pas de singes, aucun de ces cris qu'on entendait tous les jours. La jungle est déserte, mon vieux, absolument déserte : il n'y a que nous.

« Alors, au bout d'environ une demi-heure, on arrive à cet endroit et on reste tous figés sur place : ça n'est pas un hameau, ça n'est pas une ville, c'est en pleine jungle, pas vrai ? Mais ça a l'air d'être une sorte de bourgade, ou quelque chose, sauf que presque tout est incendié et que ce qui reste brûle encore. On devine aux pieux calcinés qu'il devait y avoir une grande palissade tout autour : il y en a encore des parties debout. Mais on distingue cette foutue structure, avec des petits lotissements et tout, où ces gens avaient leurs cabanes alignées le long de ces rues étroites. Tout ça devait être en paille et ça a disparu : il ne reste rien que des trous dans le sol et un peu de plancher ici et là. Et les cadavres.

« Des tas de cadavres, des tas et des tas. Quelqu'un en a fait une grande pile et a essayé de les faire brûler, mais ce qui est arrivé, c'est qu'ils ont éclaté. Rien que des femmes, des enfants et quelques vieillards. Les Yards – les premiers Yards que j'aie jamais vus et ils sont tous morts. Ça ressemblait à Jonestown, le truc de Jim Jones, sauf que ces corps-là avaient des traces de balles. Ça empestait de façon incroyable : à vous donner les larmes aux yeux. On aurait dit que quelqu'un avait rassemblé tous ces gens en un grand cercle et puis les avait mitraillés. On n'a pas dit un mot. On ne peut pas parler de ce qu'on ne comprend pas.

« Tout au bout de cette place, il y a un morceau de mur en boue séchée et plein de sang sur le sol. J'ai vu un M-16 bousillé, posé à côté d'une grande marmite en fer accrochée au-dessus d'un feu éteint. Quelqu'un avait trafiqué ce M-16. On avait cassé la crosse et le canon était tordu de façon incroyable. J'ai regardé dans la marmite et j'ai regretté d'avoir jamais eu cette idée. A travers l'écume qu'il y avait sur le dessus, j'apercevais des os qui flottaient dans une sorte de gelée, une vraie bouillasse. De longs os, comme des os de jambes. Et une cage thoracique.

« Puis j'ai vu ce que je n'avais vraiment pas envie de voir. Auprès de la marmite, il y avait un bébé. Coupé en deux : littéralement tranché, juste à la hauteur du ventre. Il y avait peut-être une trentaine de centimètres entre la partie supérieure et la moitié inférieure et les entrailles s'étaient répandues. C'était un garçon. Peut-être âgé d'un an. Et ce n'était pas un bébé yard ordinaire, parce qu'il avait les yeux bleus. Et son nez aussi était différent : droit, comme le nôtre. »

Bo avait les mains nouées et le regard fixé sur elles. « Vous comprenez, c'était comme si on massacrait les nôtres. Comme si on massacrait les nôtres. Je n'ai pas pu en supporter davantage. Je me suis dit : c'est trop bizarre, maintenant, tout ce que je fais, c'est me concentrer sur l'idée de foutre le camp d'ici. J'ai dit : j'en ai assez de voir ces choses-là. Cette fois-ci, ça y est. J'ai dit : à partir de maintenant, tout ce que je fais, c'est suivre les ordres... Mon vieux, tu es déjà fini. »

Le Père Joe attendit une seconde, hochant la tête comme un vieux sage. « Te sens-tu mieux à propos de cet incident maintenant que tu l'as raconté au groupe ?

– Je ne sais pas. » Bo se replia sur lui-même. « Peut-être. »

Jack souleva de quelques centimètres une main hésitante. « Je ne veux plus continuer à grimper sur le toit de chez moi. Est-ce qu'on pourrait en discuter encore un peu ?

– Tu n'as jamais entendu parler de volonté ? » demanda Lester.

La réunion se termina un peu plus tard et Bo disparut presque aussitôt. J'aidai Harry et Frank à ranger les chaises pendant que le Père Joe m'expliquait tout ce que m'avait apporté cette réunion. « Ces sentiments-là, on a du mal à s'en débarrasser. Des tas de fois, j'ai vu des hommes éprouver des choses qu'ils ont mis deux ou trois jours à comprendre. » Il posa une main sur mon épaule. « Tu ne vas peut-être pas me croire, Tim, mais il t'est arrivé quelque chose pendant que Bo nous racontait son expérience. Il t'a touché. Reviens bientôt, veux-tu, et laisse les autres t'aider à digérer ça. »

Je lui dis que j'y penserais.

6

Quand j'ouvris la porte de mon loft, la lumière rouge du répondeur clignotait comme une balise dans le noir, mais sans m'en occuper, je passai dans la cuisine en allumant les lumières sur mon passage. Je ne pouvais même pas imaginer avoir *envie* de parler à qui que ce soit. Je me demandais si je saurais jamais la vérité à propos de rien, si mon existence et celle des autres allaient à jamais garder la même forme. Que s'était-il vraiment passé au campement de Bachelor ? Qu'est-ce que John avait trouvé là et qu'est-ce qu'il avait fait ? Je me préparai une tasse de tisane, la rapportai dans la grande pièce, m'assis devant les toiles qu'on m'avait expédiées de Millhaven. Je les avais regardées durant les longues nuits de travail. Elles avaient fait ma joie et mon ravissement. Mais jusqu'à cet instant, je ne les avais jamais vraiment *vues* : vues ensemble.

Le Vuillard était une bien meilleure toile que le tableau de Byron Dorian, mais selon le jugement de qui ? De John Ransom ? d'April ? le mien ? A cet instant en tout cas, ils avaient tant en commun qu'ils parlaient de la même voix. Malgré leurs différences, chacun semblait bourré de possibilités, d'expression, comme le saxophone de Glenroy Breakstone, ou comme la gorge humaine : débordant d'expression. L'idée me vint que, pour moi, les deux tableaux concernaient le même homme. Le garçonnet isolé qui ressortait du monde trompeusement confortable de Vuillard allait devenir l'homme tourné vers le désespérant petit bar de Byron Dorian. Bill Damrosch enfant, Bill Damrosch presque à la fin de sa vie : les personnages peints semblaient avoir sauté des pages de mon manuscrit sur le mur, comme si là où allait Fee Bandolier, Damrosch était sur ses talons. Grâce à Heinz Stenmitz, je faisais partie de ce cortège-là aussi.

La lumière rouge clignotait auprès de moi. Je terminai ma tisane, posai la tasse et appuyai sur le bouton pour écouter le message.

« C'est Tom, dit sa voix. Vous êtes chez vous ? Vous allez répondre ? Enfin, pourquoi n'êtes-vous pas là ? Je voulais vous parler de quelque chose d'assez intéressant que j'ai découvert hier. Je suis peut-être fou, mais vous vous souvenez avoir parlé de Lenny Valentine ? Figurez-vous que ce n'est pas un personnage imaginaire, il existe bel et bien. Est-ce que ça vous intéresse ? Est-ce que c'est important ? Rappelez-moi. Sinon, j'essaierai encore. C'est une menace. »

Je rembobinai la cassette tout en regardant les toiles de l'autre côté de la pièce. J'essayai de me rappeler où j'avais entendu le nom de Lenny Valentine : il avait l'atmosphère d' « époque », étrangement irréelle, d'un vieux livre de poche à la couverture criarde. Puis je me rappelai que Tom avait cité Lenny Valentine comme une des origines possibles du nom Elvee Holding. Comment ce personnage hypothétique pouvait-il être réel, après tout ? Je ne pensais pas que je voulais le savoir, mais je décrochai quand même l'appareil et je composai le numéro.

7

J'attendis la fin de son message et je dis : « Salut, c'est Tim. Qu'est-ce que vous essayez de me dire ? Il n'y a pas de Lenny... »

Tom décrocha et se mit à parler. « Oh, bon. Vous avez eu mon message. Vous pouvez vous en occuper ou pas, ça dépend de vous, mais je crois que là, pour une fois dans ma vie, il va falloir que je fasse *quelque chose*.

– Doucement », fis-je un peu inquiet et encore plus surpris qu'avant. Tom parlait si vite que c'était à peine si je le comprenais. « Il faut prendre une décision à propos de *quoi* ?

– Laissez-moi vous raconter ce que j'ai fait ces temps-ci », reprit Tom. Depuis une semaine ou deux, il s'était occupé des quelques affaires dont il m'avait parlé à l'hôpital, mais sans se débarrasser de la dépression que j'avais remarquée là-bas. « J'agissais machinalement. Deux de ces affaires ont bien tourné, mais je n'y suis vraiment pas pour grand-chose. Bref, j'ai décidé de jeter de nouveau un coup d'œil à tous ces Allentown et à toute autre ville avec un nom du même genre pour voir si j'arrivais à découvrir quelque chose qui m'aurait échappé la première fois.

– Et vous avez trouvé Lenny Valentine ?

– Eh bien, tout d'abord, j'ai trouvé Jane Wright, dit-il. Jane, vous vous souvenez ? Vingt-six ans, divorcée, assassinée en mai 1977.

– Oh, non, dis-je.

– Mais si, Jane Wright habitait Allerton, une ville d'une quinzaine de milliers d'habitants sur les bords de l'Ohio. Charmante petite ville, j'en suis sûr. De 1973 à 1979, ils ont eu quelques meurtres par-ci, par-là – une douzaine en fait, deux par an, des corps retrouvés dans les champs, ce genre de choses – et la moitié de ces affaires n'ont jamais été résolues. Mais il m'a semblé, d'après le journal local, que la plupart des gens supposaient que le tueur, s'il n'y en avait qu'un seul, était une sorte d'homme d'affaires que son travail amenait de temps en temps en ville. Et puis ça s'est arrêté.

– Jane Wright, dis-je. A Allerton, Ohio. Je ne comprends pas.

– Le nom de l'inspecteur de la Criminelle chargé de l'affaire était Leonard Valentine.

– Ça ne se peut pas, dis-je. C'est impossible. On a examiné tout ça. Fontaine était à Allentown, Pennsylvanie, en mai 77.

– Précisément. Il était en Pennsylvanie.

– Ce vieil homme à qui j'ai parlé, Hubbel, a tout de suite pointé son doigt sur Fontaine.

– Peut-être que sa vue a baissé.

– Sa vue est très mauvaise », dis-je, me souvenant l'avoir vu coller son nez contre la photo.

Tom resta un moment silencieux et je poussai un gémissement. « Vous savez ce que ça veut dire ? Paul Fontaine est le seul inspecteur de Millhaven, pour autant qu'on le sache, qui n'aurait *pas* pu tuer Jane Wright. Alors qu'est-ce qu'il faisait dans cette maison ?

– J'imagine qu'il commençait une petite enquête personnelle à titre privé, dit-il. Est-ce que ça pourrait être une coïncidence qu'une femme du nom de Jane Wright soit tuée dans une ville avec le nom qui colle, le mois qui colle et l'année qui colle ? Et que l'inspecteur chargé de l'affaire ait les initiales LV, comme dans Elvee ? Pouvez-vous le moins du monde voir là une coïncidence ?

– Non, dis-je.

– Moi non plus, fit Tom. Mais je ne comprends plus cette histoire de LV. Est-ce que quelqu'un choisirait le nom de Lenny Valentine parce que ça commence par les mêmes lettres que Lang Vo ? Ça me paraît bizarre.

– Tom, dis-je, me rappelant l'idée que j'avais eue ce matin-là, pourriez-vous vérifier pour moi qui est propriétaire d'un certain immeuble ?

– Vous voulez dire tout de suite ?

– Oui, tout de suite.

– Bien sûr, je pense que oui. De quel immeuble s'agit-il ? »

Je le lui dis et, sans poser aucune question, il alluma son ordinateur et s'introduisit dans les archives de la ville. « Bon, ça vient. » Ça avait dû venir, parce que je l'entendis pousser un grognement de surprise. « Vous savez ça déjà, n'est-ce pas ? Vous savez qui est le propriétaire de cet immeuble.

– Elvee Holding. Mais ça n'était qu'une supposition jusqu'à ce que j'aie entendu votre grognement.

– Maintenant, dites-moi ce que ça veut dire.

– A mon avis, ça veut dire qu'il faut que je revienne », dis-je. Et je restai silencieux, accablé par le poids de tout ce que *ça* voulait dire. « Je vais prendre le vol de midi demain. Je vous appellerai dès mon arrivée.

– Dès votre arrivée, vous me verrez à la porte de débarquement. Et vous avez le choix entre la suite Floride, le Ranch ou la chambre Henri VIII.

– La quoi ?

– Ce sont les noms de mes chambres d'amis. Les parents de Lamont étaient un peu excentriques. Quoi qu'il en soit, je vais les aérer et vous pourrez choisir.

– Fontaine n'était pas Fee, dis-je, affirmant enfin ce que nous savions tous les deux. Il n'était pas Franklin Bachelor.

– Pour ma part, reprit Tom, j'ai un faible pour la chambre Henri VIII. Mais je vous conseillerai d'éviter le Ranch. Vous risqueriez de vous mettre des échardes.

– Alors qui est-ce ?

– Lenny Valentine. Je voudrais seulement bien savoir *pourquoi*.

– Et comment allons-nous découvrir qui est Lenny Valentine ? »

Puis une idée me vint. « Je parie que nous pouvons utiliser cet immeuble.

– Ah ! dit Tom. Tout d'un coup, voilà que je ne suis plus déprimé. Tout d'un coup, le soleil s'est levé. »

SEIZIÈME PARTIE

L'APPEL
DES PROFONDEURS

1

C'est ainsi qu'encore une fois, à cause d'une affaire de meurtre non résolue, je repris l'avion pour Millhaven. Je portais les deux mêmes sacs de voyage dans les couloirs style science-fiction de l'aéroport. De nouveau un vieil ami m'accueillit à bras ouverts. Une petite crispation, rien de plus, s'épanouit puis disparut dans mon épaule. J'avais ôté le plâtre bleu peu après avoir raccroché le téléphone la veille au soir. Tom s'empara de ma valise et recula d'un pas pour me faire un grand sourire. Il avait l'air de revivre, d'être plus jeune et plus énergique que quand il était venu me voir à l'hôpital. Tout chez lui semblait rafraîchi ; ce n'était pas seulement un parfum de savon et de shampooing : c'était le résultat d'une excitation qui s'était réveillée, d'une impatience à entrer de nouveau en lice.

Tom me demanda des nouvelles de mon épaule et dit : « C'est peut-être de la folie – il y a si peu de preuves – de vous faire revenir jusqu'ici. »

Nous traversions le long tube gris, bordé de hublots du côté de la piste, qui menait de la porte de débarquement au centre du terminal.

« Peu m'importe qu'il y en ait peu. » A peine avait-il parlé que je sentis la vérité : l'importance de la preuve ne comptait pas quand l'élément était juste. Si nous parvenions à faire pression au bon endroit, une femme morte dans une petite ville de l'Ohio allait nous permettre d'ouvrir la porte du passé. Hier soir au téléphone, Tom et moi avions conçu un moyen d'y parvenir. « J'aimais bien Paul Fontaine et, même si j'avais ce qui semblait être une preuve, je n'ai jamais...

– Je n'ai jamais pu tout à fait y croire non plus, dit Tom. Tout ça s'emboîtait si bien, mais j'avais quand même mauvaise impression.

– Et cette vieille tante de Tangent, Hubbel, il l'a bien montré sur la photo. Il n'y voyait peut-être pas très bien, mais il n'était pas aveugle.

– Alors, dit Tom, il s'est trompé. Ou bien c'est nous. Nous allons le savoir assez vite. »

Les portes vitrées s'ouvrirent devant nous et nous débouchâmes à l'extérieur. De l'autre côté de la rampe d'accès, un soleil éclatant inondait les kilomètres de ciment pâle du parking. Je m'apprêtais à traverser mais Tom dit : « Non, je me suis garé de ce côté. » Il me désigna l'extrémité de la zone d'embarquement des passagers où une Jaguar d'un bleu étincelant carrossée par Vanden Plas était garée à l'ombre du terminal, juste sous un panneau de stationnement interdit.

« Je ne savais pas que vous aviez une voiture, dis-je.

– Elle passe le plus clair de son temps dans mon garage. »

Il ouvrit le coffre pour y glisser mes bagages puis le referma. Il y eut un bruit comme celui de la porte d'une chambre forte qui se remet en place. « Je ne sais pas ce qui m'a pris : je l'ai vue dans la vitrine d'une salle d'exposition et il a fallu que je l'aie. Il y a dix ans de ça. Devinez combien de kilomètres elle a au compteur.

– Quatre-vingt mille », dis-je, croyant que je le sous-estimais un peu. En dix ans, on peut faire quatre-vingt mille kilomètres avec sa voiture rien qu'en allant une fois par semaine à l'épicerie.

« Onze, corrigea-t-il. Je ne sors pas beaucoup. »

L'intérieur de la voiture évoquait le cockpit d'un jet privé. Quand Tom tourna la clé, la voiture émit le ronronnement d'un énorme chat extrêmement content de lui qu'on caressait dans une flaque de soleil. « Bien des fois, quand je ne supporte plus d'être dans la maison, quand je suis bloqué ou qu'il y a quelque chose que je ne comprends pas, je vais au garage et je démonte la voiture. Je ne me contente pas de nettoyer les bougies, je nettoie le moteur. » Nous descendîmes la rampe d'accès et nous glissâmes sans nous arrêter dans le peu de circulation qu'il y avait sur l'autoroute. « Ça ne doit pas être un moyen de transport, c'est une passion, comme la pêche à la mouche. » Il sourit en songeant à l'image qu'il venait d'évoquer : Tom Pasmore dans un de ses costumes de dandy, assis sur le sol de son garage au beau milieu de la nuit, astiquant le tuyau d'échappement. Sans doute le sol de son garage étincelait-il lui aussi : je me dis que le garage tout entier devait ressembler à une salle d'opération.

Il me tira de cette rêverie en me posant une question. « Si nous ne perdons pas notre temps et si Fontaine était innocent, qui d'autre cela pourrait-il être ? Qui est Fee Bandolier ? »

C'était ce à quoi j'avais réfléchi pendant le vol. « Ce doit être un des hommes qui utilisaient Billy Ritz comme informateur. D'après Glenroy, ça veut dire que c'est Hogan, Monroe ou McCandless.

– Vous avez un favori ? »

Je secouai la tête. « Je crois que nous pouvons éliminer McCandless pour des raisons d'âge. »

Tom me demanda quel âge, à mon avis, avait McCandless : je répondis cinquante-sept ou cinquante-huit, peut-être soixante.

« Essayez encore. Il n'a pas plus de cinquante ans. Il fait simplement plus vieux que son âge.

– Seigneur », dis-je. Je me rendais compte soudain que l'intimidant personnage qui m'avait interrogé à l'hôpital avait à peu près mon âge. Il devint aussitôt mon candidat préféré.

« Et vous ? demandai-je. Qui croyez-vous que ce pourrait être ?

– Eh bien, j'ai réussi à accéder au dossier du personnel de la municipalité. J'ai inspecté les dossiers de la plupart des gens de la police pour savoir à quelle date ils étaient entrés.

– Et alors ?

– Et alors Ross McCandless, Joseph Monroe et Michael Hogan ont été recrutés dans d'autres services de police à quelques mois de distance, en 1979, tout comme Paul Fontaine. C'est Andy Belin qui les a engagés tous les quatre.

– J'imagine qu'aucun d'eux ne venait d'Allerton ?

– Aucun d'eux ne venait de nulle part dans l'Ohio : McCandless prétend être originaire du Massachusetts, Monroe dit qu'il est de Californie et le dossier de Hogan affirme qu'il est du Delaware.

– Eh bien, au moins nous avons tous deux la même liste, dis-je.

– Maintenant, nous n'avons plus qu'à comprendre ce qu'il faut en faire », conclut Tom. Pendant le trajet jusqu'à Eastern Shore Road, nous discutâmes de cela : que faire des gens figurant sur notre liste.

2

Son garage ressemblait beaucoup plus aux ateliers des stations-service de Houston Street qu'à une salle d'opération. Je crois que c'était même plus en désordre. Je ne sais pourquoi, ça me parut rassurant. Nous prîmes les bagages dans le coffre de la Jaguar, passâmes entre des tas de chiffons et des boîtes à outils. Tom ouvrit la porte battante du vieux garage et nous entrâmes dans la maison par la porte de la cuisine. J'éprouvai une bouffée de plaisir : c'était bon de se retrouver dans la maison de Tom Pasmore.

Il m'entraîna au premier étage, passant devant son bureau pour prendre un petit escalier presque vertical qui conduisait jadis aux chambres de domestiques du deuxième étage. Une moquette grise et bleue à motif floral à peine usée tapissait les marches et se prolongeait sur le couloir du deuxième. Au-dessus de chacune des trois portes était accroché un panneau soigneusement peint à la main annonçant le nom de la chambre : Ranch, Chambre Henri VIII, Suite Floride.

« Je parie que vous avez cru que je plaisantais, dit

Tom. Les parents de Lamont étaient vraiment un peu bizarres, je crois. Le Ranch a des selles accrochées au mur, des avis de recherche et des crânes de taureau blanchis. Henri a une armure et un lit clos, sans doute trop petit pour vous. La suite Floride a un papier mural violent, des sièges en osier et un alligator empaillé. Mais elle est grande.

– Je vais la prendre, dis-je. Delius a écrit quelque chose qui s'appelle *La Suite Floride*. »

Il ouvrit la porte sur une série de pièces aux fenêtres mansardées et au papier mural blanc sur lequel étaient imprimés des motifs représentant d'énormes frondaisons : ça me rappela la salle à manger du Saigon. Des coussins jaunes égayaient le mobilier de rotin et l'alligatoir long de deux mètres cinquante grimaçait en direction d'une penderie comme s'il attendait d'en voir sortir son dîner.

« C'est drôle que vous vous souveniez de ça, dit Tom. Il y a un portrait de Delius dans la chambre. Avez-vous besoin d'aide pour accrocher vos affaires ? Non ? Alors je vous attends dans mon bureau, à l'étage au-dessous, quand vous serez prêt. »

Je portai mes bagages dans la chambre et je l'entendis sortir de la suite. Au-dessus d'une table en bambou à plateau de verre où l'on avait disposé des coquillages marins, était accrochée une photographie de Delius qui lui donnait l'air d'un professeur de physique dans un collège anglais d'avant-guerre. Frederick Delius et un alligator, ça me semblait bien. Je me lavai le visage et les mains, grimaçant un peu quand je déplaçais mon bras droit dans la mauvaise direction, je me séchai et descendis fournir à Tom la dernière partie du plan sur lequel nous avions travaillé dans la voiture.

3

« Dick Mueller a été la première personne à vous parler du projet d'April, n'est-ce pas ? Il laisse donc entendre qu'il est tombé sur quelque chose dans le manuscrit.

– Quelque chose qui vaut beaucoup d'argent.

– Ensuite, il arrange notre rendez-vous. Et notre homme s'affole.

– Espérons-le », dis-je. Nous étions installés sur le chesterfield dans le bureau de Tom, avec les trois rêves surréalistes de l'ordinateur étalés sur la table devant nous. Nous connaissions maintenant l'identité du bâtiment sur la photographie défigurée. Les propositions insensées de l'ordinateur avaient quand même une sorte de sens : les pyramides et les paquebots étaient des déformations de la marquise et le poste de garde en verre était né de la caisse où l'on vendait les billets. Bob Bandolier avait voulu assassiner Heinz Stenmitz à l'endroit le plus approprié possible, devant le Beldame Oriental. La présence soit d'autres gens, soit de Stenmitz lui-même avait amené Bandolier à modifier ses plans, mais le vieux cinéma avait gardé son importance aux yeux de son fils.

« Ça doit être là qu'il garde ses notes, repris-je. C'est le dernier endroit qu'il nous reste. »

Tom acquiesça. « Croyez-vous que vous pourrez vraiment le convaincre que vous êtes Dick Mueller ? Pouvez-vous imiter cette voix-là ?

– Pas encore, mais je vais prendre des leçons, dis-je. Avez-vous un annuaire du téléphone ? »

Tom se leva et prit l'annuaire sur une étagère auprès de son bureau. « Vous espérez trouver un professeur spécialisé dans l'accent de Millhaven ? » Il me tendit le volume.

« Attendez un peu », dis-je, et je cherchai le numéro de Byron Dorian.

4

Dorian n'eut pas l'air étonné d'entendre ma voix : ce qui le surprit un peu, ce fut d'apprendre que j'étais de retour à Millhaven. Il me confia qu'il travaillait à la préparation d'une exposition dans une galerie de Chicago et qu'il avait fait une autre toile Blue Rose. Il me demanda comment avançait mon roman. J'énonçai quelques phrases dénuées de tout intérêt sur ce sujet, puis je parvins vraiment à le surprendre.

« Vous voulez apprendre à parler avec l'accent de Millhaven ?

– Il faudra que je vous explique plus tard. Mais c'est important que les gens auxquels je parle croient que je suis qui je dirai que je suis.

– C'est insensé, fit Dorian. Vous êtes né ici.

– Mais je n'ai plus l'accent. Je sais que vous pouvez faire ça. Je vous ai entendu imiter la voix de votre père. C'est l'accent qu'il me faut.

– Oh ! mon Dieu. Enfin, je peux essayer. Qu'est-ce que vous voulez dire ?

– Par exemple : " Ça va beaucoup intéresser la police. "

– Çaaa vaaa bucoup inntéresser la pôliiice, dit-il aussitôt.

– " Ça pourrait être important pour votre carrière. "

– Çaaa pourrait être importeint pour vootre c'rrière. Mais qu'est-ce que c'est que cette histoire ?

– " Bonjour. "

– B'jour. Ça a rapport avec April ?

– Non, pas du tout. " Je n'ai pas envie de changer de sujet. "

– Vous dites ça vraiment ou vous voulez que je le dise avec l'accent de Mihhaven ?

– Dites-le comme à Millhaven. »

Il s'exécuta. « Le tout, c'est de placer votre voix très haut et de garder un ton assez neutre. Quand vous voulez souligner quelque chose, vous allongez un peu la syllabe. Vous savez comment dire Millhaven ?

– Millhaven, dis-je.

– Vous n'êtes pas loin : en fait, c'est M'avun. Vous n'avez qu'à écouter les présentateurs de télé : ils disent tous M'avun. C'est presque Maven, mais pas tout à fait.

– Mavun, dis-je.

– Pas mal. Rien d'autre ? »

J'essayai de réfléchir à ce qu'il me faudrait encore. « Cinéma. Beldame Oriental. Ce manuscrit contient des informations intéressantes. »

Il me redit tout cela avec l'accent que je cherchais. Je répétai quelques phrases qui parurent le satisfaire.

« Allons, fit-il, quoi que vous fassiez, bonne chance. »

Je raccrochai et je regardai Tom. « Vous vous rendez compte, demanda-t-il, que vous êtes sans doute en train d'essayer d'apprendre à parler exactement comme vous le faisiez quand vous étiez petit garçon.

– J'e'ai de pa'ler comme Dick Mueller », dis-je.

5

Tandis que Tom arpentait la pièce, je les appelais chacun tour à tour – McCandless, Monroe et Hogan – en disant que j'étais Dick Mueller, un bon ami et collègue d'April Ransom. Je plaçai ma voix assez haut et l'accentuai le moins possible. « Bonjour, dis-je avec l'accent de Millhaven, je viens de tomber sur un manuscrit intéressant qu'April avait dû cacher derrière les livres de mon bureau parce que c'est là où je l'ai trouvé. C'est plein de renseignements intéressants, vous voyez ? Très intéressants, surtout quand on est policier à Millhaven. En fait, ce pourrait être important pour votre carrière.

– Si ce que vous avez trouvé est si important, Mr. Mueller, dit McCandless, pourquoi ne nous l'apportez-vous pas ?

– L'affaire April Ransom est close, répondit Hogan.

Merci de nous appeler, mais vous pourriez tout aussi bien jeter le manuscrit à la poubelle.

– Qu'est-ce que c'est que ça, fit Monroe, une menace ? De quel genre de renseignements voulez-vous parler ?

– Je n'ai pas envie de changer de sujet, dis-je toujours de la même voix, mais je crois qu'il est important que vous me parliez. »

McCandless : « Si vous voulez parler de quelque chose, venez donc ici à Armory Place. »

Hogan : « J'ai l'impression que nous sommes en train de parler. Pourquoi ne dites-vous pas simplement ce que vous avez à dire ? »

Monroe : « Peut-être pourriez-vous être un peu plus précis, Mr. Mueller. »

« Je voudrais vous rencontrer à l'intérieur de la vieille salle de cinéma, le Beldame Oriental, à cinq heures demain matin », dis-je, poursuivant mon numéro.

McCandless : « Je ne crois pas que nous ayons encore des choses à nous dire, Mr. Mueller. Au revoir. »

Hogan : « Si vous voulez me voir, Mr. Mueller, vous pouvez venir à Armory Place. Au revoir. »

Monroe : « Bien sûr. J'en serais ravi. Dites bien des choses pour moi à votre médecin, voulez-vous ? » Il raccrocha sans se donner le mal de dire au revoir.

Je reposai le récepteur et Tom arrêta de marcher le long en large.

6

« De combien de temps pensez-vous que nous disposions ? demandai-je.

– Au moins jusqu'à la tombée de la nuit.

– Comment allons-nous entrer ?

– Qui, à votre avis, a hérité de la collection Lamont von Heilitz de passes et de crochets ? Laissez-moi le temps et je peux vous faire entrer n'importe où. Mais il ne faudra pas plus de cinq minutes pour entrer dans le Beldame Oriental.

– Comment pouvez-vous en être si sûr ? »

Tom ouvrit toute grande la bouche, redressa ses épaules, étendit les mains et promena autour de lui un regard innocent.

« Ah ! Vous êtes allé regarder. »

Il revint vers le canapé et s'assit auprès de moi. « Les portes d'entrée qui donnent sur Livermore Avenue s'ouvrent avec une simple clé qui actionne un pêne dormant. La même clé ouvre les portes au fond de la caisse. » Il tira de la poche de sa veste une clé en cuivre ordinaire et la posa sur la table. « Il y a une sortie sur la ruelle derrière la salle : une porte à deux battants avec une barre qu'on pousse pour l'ouvrir de l'intérieur. Dehors, une chaîne avec un cadenas relie les deux poignées. C'est donc facile aussi. » De la même poche, il tira une clé de sûreté de la même taille et de la même couleur et la posa à côté de la première. « Vous pourriez vous introduire aussi par les fenêtres du sous-sol donnant sur la ruelle, mais j'imagine que vous avez suffisamment goûté aux joies de l'effraction pour un moment.

– Alors, vous voulez entrer par le devant ou par-derrière ?

– Par la ruelle. Personne ne nous verra, dit Tom. Mais ça présente un inconvénient. Une fois à l'intérieur, nous ne pouvons pas remettre la chaîne en place. D'un autre côté, l'un de nous pourrait entrer pendant que l'autre remettrait la chaîne en place et attendrait.

– Devant ?

– Non. De l'autre côté de l'allée, il y a une palissade qui dépasse juste de l'arrière d'un restaurant. C'est là qu'on range les poubelles. La partie supérieure de la clôture a des persiennes : il y a des espaces entre les lattes.

– Vous voulez que nous attendions là jusqu'au moment où nous verrons quelqu'un s'introduire dans la salle ?

– Non, je veux que vous soyez à l'intérieur et moi

derrière la clôture. Quand je verrai quelqu'un entrer, je ferai le tour pour passer par l'avant. Ces vieilles salles de cinéma ont deux accès au sous-sol : l'un devant, près du bureau du directeur et l'autre au fond, à côté des portes. Au milieu du sous-sol il y a un grand pilier de brique et, derrière, la chaudière. Tout au fond, de vieilles loges qui datent du temps où il y avait des attractions entre les films. Si j'arrive par-devant, il m'entendra, mais il ne saura pas que vous êtes déjà là. Je pourrais le faire reculer jusqu'au pilier derrière lequel vous seriez caché et vous pourriez le surprendre.

– Vous êtes déjà entré dans la salle ?

– Non, répondit-il. J'ai vu les plans. Ils sont aux archives de la mairie et ce matin je suis passé les inspecter.

– Qu'est-ce que je suis censé faire quand je l'aurai “ surpris ” ?

– Je pense que ça dépend de vous, dit Tom. Il suffit que vous le fassiez tenir tranquille assez longtemps pour que j'aie le temps de vous rejoindre.

– Vous savez ce que je pense que vous voulez vraiment faire ? Je crois que vous voulez lui enfoncer le canon d'un pistolet dans le dos pendant qu'il ouvre le cadenas de la chaîne, le faire descendre au sous-sol et l'obliger à nous remettre les notes.

– Ensuite qu'est-ce que je veux faire ?

– Le tuer. Vous avez une arme, n'est-ce pas ? »

Il acquiesça. « Oui, j'ai un pistolet. Deux, en fait.

– Moi, je n'ai pas d'arme, dis-je.

– Pourquoi donc ?

– Je n'ai plus envie de tuer personne, plus jamais.

– Vous pourriez avoir une arme sans vous en servir.

– Bon, fis-je. Je prendrai l'autre pistolet si vous entrez dans la salle avec moi. Je n'ai pas l'intention de m'en servir, à moins d'y être absolument obligé, et je me contenterai de le blesser.

– Très bien, dit-il même s'il n'avait pas l'air enchanté. J'entrerai avec vous. Mais vous êtes absolument certain de vos motifs ? On dirait presque que vous cherchez à le protéger. Avez-vous le moindre doute ?

– Si un de ces trois-là se montre au cinéma ce soir, comment pourrais-je en avoir ?

– C'est justement ce que je me demandais, fit Tom. Celui qui va se montrer sera Fielding Bandolier/Franklin Bachelor. Alias Lenny Valentine. Alias... Dieu sait quel est son nom maintenant. »

Je lui dis que j'en étais bien conscient.

Il se dirigea vers son bureau et ouvrit le tiroir du haut. Il avait les mains derrière l'ordinateur mais j'entendis le choc de deux lourds objets métalliques contre le bois. « Je vous passe un Smith & Wesson 38, ça vous va ? un Special Police.

– Très bien, dis-je. Et vous, qu'est-ce que vous avez, une mitrailleuse ?

– Un Glock, dit-il. Neuf millimètres. Il n'a jamais servi. » Il fit le tour de son bureau, les pistolets à la main. Le plus petit était dans un étui marron comme un portefeuille. Auprès du Glock, le 38 avait presque l'air d'un jouet.

« Quelqu'un à qui j'ai donné un coup de main un jour a pensé que je pourrais en avoir besoin. »

On ne les avait jamais vendus. Ils n'étaient pas enregistrés : ils étaient tombés du ciel. « Je croyais que vous aidiez les innocents, dis-je.

– Oh, il était innocent. Il avait seulement un tas d'amis pittoresques. » Tom se tourna. « Je vais préparer du café et le mettre dans une Thermos. Si vous avez faim, il y a de quoi manger dans le frigo. Nous partirons vers huit heures trente, vous avez donc environ trois heures à tuer. Vous voulez faire une sieste ? Vous pourriez ne pas le regretter plus tard.

– Qu'est-ce que vous allez faire ?

– Je vais rester dans les parages. Il y a quelques projets sur lesquels je travaille.

– Vous avez quelqu'un qui surveille le cinéma, n'est-ce pas ? C'est pour ça que nous ne sommes pas déjà en route. »

Il sourit. « J'ai en effet deux hommes postés là-bas. Ils m'appelleront s'ils voient quelque chose : je ne pense pas que notre gaillard se manifestera avant minuit, mais ça ne rime à rien d'être stupide. »

J'emportai le revolver dans ma chambre et je m'allongeai sur le lit, la tête sur les oreillers. Trois étages plus bas, la porte du garage grinça sur son rail métallique. Deux minutes plus tard, j'entendis monter du garage le choc régulier du métal contre du métal. Je braquai le revolver sur la fenêtre mansardée, sur l'alligator, sur le bout du nez de Delius. Fee Bandolier éveillait en moi tant de tristesse et d'horreur, un tel mélange de tristesse et d'horreur que l'abattre, ce serait comme tuer une créature mythique. Je baissai le bras et m'endormis, les doigts autour de la crosse.

7

A huit heures et quart, nous nous retrouvions dans la Jaguar roulant vers Livermore Avenue. J'avais l'estomac plein, l'esprit clair et, grâce au 38 de Tom accroché à ma ceinture, j'avais l'impression de jouer au flic. Entre nous, une grosse Thermos rouge pleine de café. Tom semblait concentré sur le pilotage de sa voiture chérie. Il portait un pantalon noir et un T-shirt sous une veste de sport noire : on aurait dit Allen Stone sans la barbe et sans la paranoïa. Vêtu à peu près de la même façon, jeans noirs, un des T-shirts noirs de Tom et un blouson noir à fermeture à glissière, j'avais l'air d'un cambrioleur vieillissant. Une vingtaine de minutes plus tard, nous passions devant le Saint-Alwyn et, cinq blocs plus loin, la Jaguar roula lentement devant ce qui avait été jadis le Beldame Oriental. De l'autre côté de la rue, un jeune Noir en maillot des Raiders et casquette de base-ball posée à l'envers sur sa tête était accroupi, le dos appuyé au mur de briques jaunes d'un supermarché. Tom lui jeta un coup d'œil par la vitre ouverte : le jeune Noir secoua énergiquement la tête et se remit debout. Il esquissa un geste vers la voiture et repartit sur Livermore dans la direction opposée, sautant d'un pied sur l'autre et penchant la tête comme s'il écoutait une musique intérieure.

« Bon, fit Tom. En tout cas personne n'est encore entré par le devant.

– Qui est-ce ? dis-je en désignant le garçon qui s'éloignait d'un pas dansant.

– C'est Clayton. Quand nous arriverons dans la ruelle, vous verrez Wiggins. Très fiable aussi.

– Comment les avez-vous rencontrés ?

– Ils sont venus me rendre visite un jour après avoir lu un article dans le *Ledger*. Je pense qu'ils avaient dans les quatorze ans. » Tom eut un petit sourire et tourna à droite. Juste devant nous, sur la gauche, un bâtiment blanc avec un panneau annonçant MONARCH PARKING. « Ils voulaient savoir si l'histoire dans le journal était vraie : si c'était le cas, ils voulaient travailler pour moi. » Tom tourna dans le garage et alla jusqu'au panneau Stop. « Alors je les ai essayés sur quelques petites affaires et ils ont toujours fait exactement ce que je leur demandais. Si je disais : planquez-vous au coin d'Illinois Avenue et de la 3e Rue et dites-moi combien de fois une certaine voiture blanche passe devant vous, ils restaient toute la journée là à compter les voitures blanches. »

Nous descendîmes de la Jaguar et un employé en uniforme trottina jusqu'à nous par la rampe qui menait à l'étage inférieur. En voyant la voiture, son visage s'alluma de convoitise. « Ça pourra être n'importe quand entre deux heures et six heures du matin », dit Tom. L'employé répondit que c'était parfait, qu'il serait là toute la nuit. Il prit les clés, sans arriver à détacher son regard de la voiture. Il rentra dans sa cabine et en ressortit avec un ticket.

Tom et moi sortîmes du garage au moment où la nuit commençait à tomber. Des taches d'ombre s'épanouissaient dans la lumière déclinante. Tom tourna le dos à Livermore, traversa la rue et m'entraîna dans la ruelle au bout du pâté de maisons. Large d'une dizaine de mètres, la petite rue était déjà à moitié plongée dans les ténèbres. Un grand garçon adossé à un camion poubelle tout au bout du passage se redressa quand nous nous avançâmes dans l'ombre. « Wiggins ? » demanda Tom.

« Rien de rien, dit Wiggins d'une voix douce mais qui portait. Vérifiez quand même cette chaîne. » Il adressa à Tom une esquisse de salut et s'éloigna en sautillant.

Tom passa devant moi tandis que le garçon sortait de l'allée à l'autre bout. Sur dix mètres de long, en face d'une haute clôture en bois peinte en marron, se dressait le long dos aveugle du Beldame Oriental. Des graffiti à la bombe couvraient le bloc de ciment gris et encadraient les deux larges portes noires. Je vins rejoindre Tom. La grosse chaîne qui aurait dû fermer la double porte était restée accrochée à gauche et le cadenas pendait du crochet droit. Tom me regarda en fronçant les sourcils, l'air songeur.

« Il est à l'intérieur ? murmurai-je.

– Je pense que j'aurais dû envoyer Clayton et Wiggins ici juste après notre numéro d'imitation de Dick Mueller. J'ai cru qu'il attendrait la fin de son service.

– Pour faire quoi ?

– Pour venir prendre les papiers, bien sûr. » Devant mon expression de totale consternation, il ajouta : « Ça n'est qu'une hypothèse. De toute façon, il va revenir. »

Il tira le panneau de droite et les deux battants s'entrouvrirent d'un demi-centimètre puis s'immobilisèrent avec un bruit métallique. « Il y a une serrure, dit Tom. Celle-là, je l'avais oubliée. » Je n'avais pas remarqué la petite forme ronde un peu entaillée de la serrure sous le crochet.

D'une poche de son blouson, il tira un long morceau de tissu noir : le tenant d'une main, il le laissa se dérouler. Des clés de différentes tailles, divers outils métalliques de toutes les formes s'encastraient dans des niches et des poches tout le long du gros tissu à côtes. « La célèbre trousse de Lamont », dit-il. Il se pencha pour examiner la serrure puis prit dans une des poches de la trousse une clé argentée. Il s'approcha de la porte, présenta la clé et la poussa carrément dans la fente. Il hocha la tête. Il tourna et nous entendîmes le pêne qui rentrait dans son logement. Tom mit la clé dans la poche de son blouson, roula le tissu et fourra le tout dans une bourse fixée à l'intérieur de son blouson. J'aperçus vaguement la crosse du Glock qui dépassait d'un étui souple comme un gant juste sur sa hanche droite.

« Essayez la torche », dit-il. Nous tirâmes tous les deux de nos poches les minces torches tubulaires qu'il avait prises juste avant que nous quittions la maison. Je tournai la partie supérieure et pressai le bouton. Un rond de lumière vive d'une quinzaine de centimètres se dessina sur le mur brun d'en face. Je déplaçai la torche et le cercle lumineux balaya les immeubles, s'élargissant à mesure qu'il allait plus loin. « Pas mal, n'est-ce pas ? dit-il. Très puissant pour une petite lampe comme ça.

– Pourquoi reviendrait-il s'il a déjà emporté ses notes ?

– A cause de Dick Mueller. Il s'imaginera que Mueller va tenter de se montrer plus malin en arrivant de bonne heure, alors il débarquera encore plus tôt.

– Où a-t-il pu ranger les notes ?

– J'y réfléchis », dit Tom. Il se cramponna au crochet et ouvrit le battant droit de la double porte. « Nous y allons ? »

Je regardai par-dessus son épaule. Dans une minute, on allait allumer les lampadaires. « Bon », fis-je, et je le suivis dans la totale obscurité de la salle.

Tom referma la porte derrière nous. J'allumai la petite torche. Je promenai le faisceau sur le mur de ciment poussiéreux à notre droite et je trouvai devant nous la porte noire qui donnait sur la partie principale du cinéma. Sur ma gauche, de larges marches de béton descendaient au sous-sol. « Par ici », dit Tom. Je braquai le faisceau sur la porte qu'il venait de refermer et je zigzaguai un peu jusqu'au moment où je trouvai l'indentation intérieure recouverte de peinture noire qui correspondait à celle de l'extérieur. « Bon, restez là », dit Tom en refermant le verrou. Je braquai sur lui le cercle de lumière tandis qu'il ouvrait sa trousse, y insérait la clé et rangeait le tout dans son blouson.

« Vous savez, ces notes pourraient bien être encore ici. Fee a pu venir d'Armory Place juste après notre appel et ôter le cadenas de la chaîne pour entrer plus facilement ce soir. » Il alluma sa torche et éclaira la porte. Il braqua le faisceau sur la poignée et l'éteignit sitôt qu'il eut mis la main sur le bouton. J'éteignis également la mienne et Tom ouvrit la porte.

8

La porte refermée derrière nous, Tom posa le bout de ses doigts au creux de mes reins et me poussa en avant dans des ténèbres démesurées. Je me souvenais d'une longue portion de plancher vide entre le premier rang et la sortie de secours ; en tout cas, je savais que là où je marchais si précautionneusement, c'était la travée centrale. Mais j'avais l'impression d'être aveugle et j'avançais les mains tendues devant moi. « Quoi ? » dis-je, chuchotant je ne sais pas pourquoi. Tom me donna une autre petite poussée en avant, je fis deux pas prudents et j'attendis. « Tournez-vous », me murmura-t-il. J'entendis ses pieds avancer sans bruit sur le ciment nu et je me retournai, moins par docilité que par crainte qu'il ne disparût. J'entendis tourner le bouton de la sortie de secours. S'il s'en va, me dis-je, j'en fais autant. La porte s'entrebâilla de quelques centimètres et je compris ce qu'il faisait : un filet distinct de lumière grisâtre filtra le long de la porte. Il l'ouvrit de quelques centimètres supplémentaires et une colonne de lumière grise apparut dans l'obscurité. Nous pourrions voir quiconque entrerait dans la salle.

Il referma doucement la porte. Les épaisses ténèbres s'abattirent à nouveau sur nous. Deux pas silencieux s'approchèrent de moi et j'entendis un froissement d'étoffe quand il glissa sa main dans sa poche. Il y eut un petit *clic* : un faisceau de lumière si précis qu'il avait l'air solide perça les ténèbres et éclaira les deux derniers sièges de la première rangée. « Tom », commençai-je, mais sans me laisser aller plus loin, il avait éteint la torche, me fixant dans les yeux le souvenir des deux fauteuils. J'avais l'impression que le sol bougeait sous mes pieds comme le fond d'un bateau. Dominant le souvenir de l'image des fauteuils, d'éblouissants faisceaux subsistaient dans mes yeux comme le fantôme d'un flash et augmentaient encore l'obscurité.

« Je sais, dit Tom. Je voulais simplement avoir une idée générale.

– Restons ici deux minutes », dis-je. J'appuyai contre le mur le cercle brûlant de mon dos. Le sol cessa aussitôt de vaciller. A travers le tissu du blouson, je sentis venir jusqu'à ma peau la fraîcheur rugueuse du mur. Je me souvenais des murs du Beldame Oriental. Rouges, avec un motif compliqué de tourbillons irréguliers, ils étaient dans une pierre aussi abrasive que du corail, et baignés parfois d'une couche glacée de condensation. Je plaquai mes paumes contre la rugosité du ciment et j'attendis que des détails surnagent du mur noir et vide devant moi. Le souffle lent et régulier de Tom à mon côté semblait se confondre avec ma respiration.

L'obscurité commença à prendre un certain volume et des dimensions. Je sentis que j'étais près du coin d'une grande pièce inclinée qui se rétrécissait en s'élevant vers le fond. Au bout d'un moment je distinguai le bord de la scène qui miroitait un peu comme un mirage de chaleur montant d'une route. Tout disparut quand Tom Pasmore passa devant moi, et puis cela revint quand il gagna silencieusement le côté de la salle. J'entendis le bruit de ses pas s'atténuer mais sans disparaître au moment où il quittait le ciment qui s'étendait depuis la première rangée de fauteuils jusqu'à la scène pour s'avancer sur la moquette. La scène cessa de miroiter et les fauteuils peu à peu devinrent visibles sous la forme d'un large triangle sombre qui s'étendait devant moi en partant d'un point situé à quelques mètres de là où je me trouvais. Le visage de Tom était une tache pâle au bout de la travée.

Tout au fond du théâtre, il y avait une autre allée, je m'en souvenais, et le large espace d'un passage central, imposé sans doute par les services de sécurité.

Je distinguais maintenant les dossiers incurvés des places les plus proches et j'avais une vague idée de la largeur de l'allée. Sous la tache pâle de son visage, Tom était une silhouette noire se mêlant aux ténèbres qui l'entouraient ou en émergeant. Je le suivis vers l'entrée de la salle. Quand nous arrivâmes au dernier rang, Tom s'immobilisa et se retourna. Un reflet métallique indiquait le panneau de la porte du hall. En baissant les yeux, nous distinguions au-dessus de la scène de grandes masses obscures qui devaient être les rideaux.

Le brillant de la plaque métallique disparut quand il posa la main dessus et la porte céda devant lui, libérant une autre colonne de lumière grisâtre.

Le hall était vaguement éclairé par les fenêtres ovales aménagées dans les grandes portes menant à la vieille caisse où l'on vendait les billets et aux portes vitrées donnant sur Livermore Avenue.

Deux meubles en bois d'un mètre cinquante de haut étaient posés à la place de l'ancien comptoir de confiseries. Même sans ce faible éclairage, le hall semblait plus petit que je n'en avais gardé le souvenir et plus propre que je ne l'aurais cru. Tout au fond, un autre jeu de portes avec des plaques métalliques donnait sur la travée de l'autre côté de la salle. Je me dirigeai vers les meubles qui avaient remplacé le comptoir de confiseries. Je me penchai pour regarder quelque chose de sculpté dans ce qui me parut être le fond d'un rayonnage et je distinguai des lettres décorées au milieu du filigrane. Je pris ma torche et braquai le faisceau sur les lettres. INRI. J'éclairai ce que je pensai être un pupitre et je vis les mêmes lettres gravées. J'étais devant un autel portable avec une chaire.

« Une congrégation doit utiliser cet endroit comme église le dimanche », dit Tom.

Il s'approcha d'une porte dans le mur près de la chaire. Il essaya la poignée : elle bougea mais sans céder. Il déroula sa trousse de cambrioleur, inspecta le trou de la serrure et y introduisit une nouvelle clé. Déclic. La porte s'ouvrit. Tom rangea sa trousse et examina l'intérieur. Il prit sa torche, l'alluma, et nous pénétrâmes dans une pièce sans fenêtre et un peu étouffante, grande à peu près comme la moitié de la cuisine de Tom.

« Le bureau du directeur », dit-il. Le faisceau de la torche éclaira une table nue, quelques chaises en plastique vert et un portemanteau à roulettes où pendaient des robes de choristes d'un bleu étincelant. Quatre cartons étaient alignés devant le bureau. « Vous croyez ? » demanda Tom, balayant les cartons du faisceau de sa lampe.

J'écartai les chaises et m'agenouillai devant les deux cartons posés au milieu du bureau. On avait simplement rabattu les bords et j'ouvris un premier carton qui me révéla deux piles de gros livres bleus. « Des recueils de cantiques », dis-je.

Je promenai le faisceau de la lampe sur les autres cartons pendant que Tom se mettait à déplacer des choses derrière moi. Je ne voyais rien sur les cartons que des traces ordinaires d'usure, pas de déchirure ni de trou causés par des rats acharnés. Tous les quatre devaient contenir des livres de prières. Je vérifiai quand même et trouvai... des livres de prières. Je me redressai et me retournai. La tête de Tom dépassait au-dessus du portemanteau et le rond lumineux éclairait une porte en contre-plaqué presque exactement de la même couleur que ses cheveux. « Fee a toujours aimé les sous-sols, n'est-ce pas ? fit Tom. Allons jeter un coup d'œil. »

9

Je passai derrière le portemanteau tandis que Tom ouvrait la porte et je braquai le faisceau de ma torche juste au-dessus du sien. Une volée de marches en bois avec une rampe commençait derrière la porte et descendait jusqu'à un sol cimenté. Je suivis Tom dans l'escalier, éclairant de ma lampe le grand espace vide sur notre droite. Deux souris affolées se précipitèrent vers le mur du fond. Nous descendîmes encore trois ou quatre marches. Les souris plongèrent dans une crevasse du mur, presque invisible, entre deux blocs de ciment.

La torche de Tom éclaira une vieille chaudière en fer,

une colonne de briques d'un mètre carré, des canalisations de chauffage, des gaines électriques, des tuyaux rouillés et des toiles d'araignées qui pendaient un peu partout. « Charmant endroit », dit-il.

Nous arrivâmes au bas des marches. Tom continua tout droit vers la chaudière et le devant du cinéma. Je m'écartai sur le côté, cherchant quelque chose que j'avais aperçu en regardant les souris trottiner vers le mur. La lampe de Tom balayait le centre de la salle ; la mienne parcourait des mètres de ciment poussiéreux. J'avançai tout droit. Le faisceau de ma torche tomba de plein fouet sur une caisse en bois.

Je m'en approchai, reposai la Thermos et poussai le bord du couvercle. Il céda facilement, me révélant un morceau de quelque chose de carré et de blanc. Je fis glisser le couvercle jusqu'au bout et je braquai ma lampe sur ce qui me parut être des rames de papier disposées en piles régulières. Un message insensé apparut à la lumière. Des lettres noires sur fond blanc épelaient BUYTERUIO. Au-dessus, une autre rangée : MNUFGJKA. Deux autres mots tout aussi dépourvus de signification occupaient les deux premières rangées de la caisse. « Buyteruio ? » me dis-je. Je finis par comprendre que la caisse contenait les caractères qu'on utilisait pour inscrire les titres des films sur la marquise.

« Venez par ici. » La voix de Tom arrivait de la pénombre derrière la chaudière. Je repris la Thermos et me guidai avec ma lampe jusqu'à la chaudière où j'aperçus Tom. « Il était ici, dit-il. Regardez. »

Je crus l'avoir entendu dire *Il est ici*. Je crus que le cadavre de Fee gisait sur le sol auprès du pistolet avec lequel il s'était donné la mort : j'éprouvai une bouffée de rage, de tristesse, de consternation et de douleur, tout cela mêlé à quelque chose qui ressemblait à du regret ou à du désappointement. Mon faisceau balaya deux cartons. Avais-je envie qu'il vive malgré tout ce qu'il avait fait ? Ou bien est-ce que j'avais simplement envie d'arriver au bout, comme Tom Pasmore ? Furieux contre Fee et contre moi-même, je braquai ma torche sur la poitrine de Tom en disant : « Je n'arrive pas à le trouver.

– J'ai dit qu'il était venu ici. » Tom prit ma main et dirigea le faisceau lumineux sur les cartons que j'avais négligés pour chercher le cadavre.

Ils étaient ouverts. L'un d'eux était renversé sur le côté, révélant un intérieur vide. Des trous de tailles diverses avaient été faits à coup de dents dans les deux côtés du carton encore debout. Tom avait cherché à me préparer mais, tout autant qu'un corps, les cartons vides marquaient le terme de notre quête. « Nous l'avons perdu, dis-je.

– Pas encore, affirma Tom.

– Mais s'il a transporté les notes dans une autre planque, il ne lui reste plus maintenant qu'à tuer Dick Mueller. » En proie à d'horribles visions, je portai ma main à mon front. « Mon Dieu, il est peut-être déjà trop tard.

– Mueller est en sûreté, me lança Tom de l'obscurité auprès de moi. J'ai appelé chez lui hier soir. Son répondeur disait qu'il était en vacances avec sa famille pour les deux semaines à venir. Sans préciser où.

– Mais si Fee l'appelait ? Il saurait... » Je compris que ça n'avait pas d'importance.

« Il doit quand même revenir, dit Tom. Il sait bien que *quelqu'un* cherche à le faire chanter. »

C'était vrai : il était obligé de revenir. « Mais où a-t-il laissé ses notes ?

– Eh bien, j'ai une petite idée là-dessus. » Je me rappelai que Tom avait dit quelque chose comme ça un peu plus tôt et j'attendis ses explications. « C'est manifestement en dernier ressort, dit Tom. En fait, ça n'a pas cessé d'être sous notre nez. C'était même sous le sien, mais il ne l'a pas vu non plus jusqu'à aujourd'hui.

– Alors, qu'est-ce que c'est ?

– Je n'arrive pas à croire que vous ne trouviez pas tout seul, dit Tom. Jusqu'à maintenant, vous avez trouvé tout le reste, non ? Si vous ne savez toujours pas quand nous aurons fini ici, je vous le dirai.

– Poseur », dis-je. Nous nous séparâmes pour inspecter le reste du sous-sol.

Sur une plate-forme hydraulique sous la scène, je

trouvai un orgue : pas le gros Wurlitzer qui aurait surgi des plis du rideau avant le début des attractions dans les années trente, mais un petit Hammond B-3, costaud et bleu.

Les anciennes loges du côté gauche du sous-sol n'étaient que des cavités nues avec des comptoirs de contre-plaqué laissant supposer la présence de miroirs et de rangées d'ampoules qui occupaient jadis les murs du fond.

« Eh bien, dit Tom, maintenant nous savons où tout se trouve. »

Retournant dans le bureau du directeur, Tom me fit passer devant les robes étincelantes et remit le porte-manteau en place. Nous ressortîmes dans le hall et il referma la porte à clé. Je pris la direction par laquelle nous étions sortis mais Tom dit : « L'autre côté. »

Son instinct était meilleur que le mien. De l'autre côté du cinéma, nous serions invisibles aux yeux de quiconque entrerait par la porte de derrière, alors que lui – Fee – se découperait sur la colonne de lumière grisâtre dès l'instant où il arriverait. Je passai devant l'autel et la chaire jusqu'aux portes capitonnées au fond du hall et nous replongeâmes dans l'obscurité.

10

Nous suivîmes à tâtons l'allée du fond, en nous guidant grâce aux dossiers des fauteuils. Nous évoluions dans une obscurité totale, comme au fond d'un cercueil géant. Chaque pas nous rapprochait de ce qui semblait être un mur noir compact qui reculait à mesure que nous avancions. Tom me toucha l'épaule. Nous n'étions pas encore arrivés à la grande séparation entre les rangs au milieu de la salle, mais nous n'avions aucune idée de l'endroit où nous étions. Le mur noir était toujours devant moi, prêt à reculer si je faisais un pas. Je tâtonnai pour trouver la peluche usée du fauteuil, je repoussai le dossier et je m'assis. J'entendis Tom venir s'installer juste devant moi et je le sentis qui se retournait. Je tendis la main droite et je rencontrai son bras posé sur le dossier. Je distinguais vaguement le contour de sa tête et le haut de son corps. « Ça va ? demanda-t-il.

– En général, dis-je, je préfère m'asseoir plus près de l'écran.

– Il faut sans doute nous préparer à une longue attente.

– Que voulez-vous faire quand il arrivera ?

– S'il entre par la sortie de secours, nous ferons ce que nous avons à faire avant qu'il s'installe. S'il inspecte les lieux avec une torche, nous quittons nos sièges et nous nous accroupissons ici, dans la travée. Ou bien nous nous cachons sous les fauteuils. Je ne pense pas qu'il va être très minutieux car il sera persuadé d'être arrivé le premier. L'important, c'est de le mettre en confiance. Une fois qu'il se sera assis pour attendre, nous nous séparons et nous nous dirigeons vers lui en venant chacun d'un côté. Sans bruit, si possible. Quand nous serons tout près, poussez un hurlement. J'en ferai autant. Il ne saura pas où diable nous nous trouvons, il ne saura pas combien nous sommes et nous devrions avoir une bonne chance de l'attraper.

– Et ensuite ?

– Envisagez-vous de le désarmer et de l'emmener jusqu'à Armory Place ? Vous croyez qu'il va passer des aveux, ou que nous arriverions même à sortir pour aller jusqu'à la police ? Vous savez ce qui se passerait. »

Je ne dis rien.

« Tim, je ne crois même pas à la peine de mort. Mais, pour l'instant, la seule alternative est de partir d'ici et de rentrer à la maison. D'ici deux ans, peut-être dix, il commettra une erreur et il se fera prendre. Est-ce que ça ne suffit pas ?

– Non, dis-je.

– J'ai passé une quinzaine d'années à m'efforcer d'éviter à des innocents le quartier des condamnés à mort, à sauver des existences. C'est à ça que je crois. Mais ceci ne ressemble à rien de ce que je connais : c'est comme si nous nous apercevions que Ted Bundy était un inspecteur disposant de tellement de planques et de fausses identités que jamais on ne pourrait le traîner en justice dans des conditions normales.

– Je croyais vous avoir entendu dire que la justice ne vous intéressait pas.

– Voulez-vous savoir comment je vois vraiment cette affaire ? Je ne crois pas que je pourrais dire ça à quelqu'un d'autre. Il n'y a pas beaucoup de gens qui comprendraient.

– Bien sûr que je veux savoir », dis-je. Je distinguais maintenant vaguement le visage de Tom. Il avait l'air parfaitement sérieux et je sentais en même temps quelque chose d'autre qui me fit m'armer de courage en prévision de ce qu'il allait dire.

« Nous allons le libérer », dit-il.

En tant qu'euphémisme pour le mot « exécution », la formule était plaisante.

« Merci de me confier cela, dis-je.

– Rappelez-vous votre propre expérience. Rappelez-vous ce qui est arrivé à votre sœur. »

Je vis ma sœur passer en voguant devant moi dans un royaume de total mystère et je sentis l'assurance de Tom : la profondeur de sa compréhension me frappait comme une lame de fond.

« Où est-il maintenant ? Est-ce que ça vaut la peine de sauver ça ? Cet individu est une créature qui doit tuer et tuer encore pour apaiser une rage si profonde que rien ne pourrait jamais l'atteindre. Mais qui est-il vraiment ?

– Fee Bandolier, fis-je.

– Exact. Quelque part, dans un recoin de lui-même qu'il n'arrive pas à atteindre, il reste un petit garçon du nom de Fielding Bandolier. Ce garçon a vécu un enfer. Vous étiez obsédé par Fee Bandolier avant même de vraiment savoir qu'il existait. Vous l'avez presque fabriqué à partir de votre propre histoire. Vous l'avez même vu. Vous savez pourquoi ?

– Parce que je m'identifie à lui, dis-je.

– Vous le voyez parce que vous l'aimez, dit Tom. Vous aimez l'enfant qu'il a été, et cet enfant est encore assez présent pour être visible à vos yeux : il se rend visible à votre imagination parce que vous l'aimez. »

Je me souvins de l'enfant qui avançait dans les tourbillons de l'obscurité, avec au creux de sa main le mot qu'on ne pouvait ni lire ni écrire. Il était l'enfant de la nuit, William Damrosch, Fee Bandolier et moi-même, qui tous étions passés par les sales mains de Heinz Stenmitz.

« Vous rappelez-vous m'avoir parlé de votre vieille infirmière Hattie Bascombe, qui disait que le monde est à moitié plongé dans la nuit ? Ce qu'elle ne disait pas, c'est que l'autre moitié y était aussi. »

Trop ému pour parler, je me contentai d'acquiescer de la tête.

« Maintenant, passons aux choses importantes, dit Tom.

– Quoi donc ?

– Donnez-moi cette Thermos que vous trimballez. Je n'ai pas envie d'être endormi quand il finira par arriver. »

Je lui tendis la Thermos. Il se versa du café et but. Quand il eut terminé, il me repassa la bouteille. Je ne pensais pas retrouver jamais le sommeil.

11

Ce type a des dons psychiques, me dis-je. C'était comme si Tom Pasmore avait lu dans mes pensées. J'éprouvais une immense gratitude en même temps qu'une autre émotion plus obscure, où se mêlaient le ressentiment et la peur. Tom avait fait intrusion dans des questions d'ordre privé. Mes premiers souvenirs, ceux qui avaient refusé de se laisser évoquer devant mon ancienne maison ou sur les tombes de ma famille, déferlaient soudain en moi. L'un de ceux-ci, bien sûr, était Heinz Stenmitz. Un autre, tout aussi fort, était celui du dernier jour de ma sœur et de mon bref voyage de l'autre côté dans ce territoire d'où elle n'était jamais revenue. Je n'avais jamais parlé à Tom de ces moments-là : le premier n'avait refait surface que tout récemment, et du second, je ne parlais jamais, jamais, à personne. Le moindre atome de ma conscience le fuyait. Ce moment-là ne pouvait trouver place dans l'esprit car il apportait avec lui une terreur et une extase si grandes qu'elles menaçaient de me mettre le corps en pièces. Une partie de moi pourtant le conservait et s'en souvenait. Sans avoir rien connu de tout cela, Tom Pasmore le savait quand même. Mon ressentiment disparut quand je me rendis compte qu'il en avait lu une version dans un des livres que j'avais écrits avec mon collaborateur ; il était assez malin et intuitif pour avoir reconstitué le reste tout seul. Il n'avait pas fouiné : il m'avait simplement dit ce qu'il savait. Je restai assis dans le noir derrière Tom, en comprenant que ce qui m'avait d'abord paru de la bouillie sentimentale recueillait mon agrément : je voulais libérer Fee Bandolier. Je voulais le délivrer.

12

J'étais donc assis dans l'obscurité derrière Tom Pasmore, complètement éveillé et flottant dans le temps. Quarante années s'étaient compactées pour ne plus former qu'un seul interminable instant où j'étais un enfant qui regardait un film intitulé *L'Appel des profondeurs* tandis qu'un grand homme blond qui sentait le sang passait sa main sur ma poitrine et prononçait des mots inavouables : j'étais un soldat dans un sous-sol contemplant un autel dédié au Minotaure, un pêcheur de perles novice déboutonnant la chemise d'un cadavre mutilé qui était celui d'un nommé Andrew T. Majors, un lambeau d'infini précipité vers une extase destructrice, un animal blessé à l'hôpital Sainte-Marg, un homme avec un carnet se promenant dans un parc municipal. Je me retournai pour regarder six rangs derrière moi et je me vis agenouillé devant Heinz Stenmitz, en train de faire ce qu'il désirait me voir faire, ce que je croyais qu'il me fallait faire pour rester en vie. Tu as survécu, dis-je en silence, tu as survécu à tout. Sa souffrance et sa terreur étaient miennes, parce que je leur avais survécu. Parce que je leur avais survécu, elles avaient fait mon éducation. Parce que c'était un goût qui persistait dans ma bouche, elles m'avaient aidé à ne pas perdre l'esprit au Viêt-nam. Ce qui était insupportable était ce qu'il fallait supporter. Si l'on n'a pas conscience de l'insupportable, on met les pieds là où Fee avait posé les siens ou bien on se retrouve aussi inconscient que Ralph Ransom. Je pensai à John, dont l'existence m'avait paru jadis si dorée, plongeant son regard dans les profondeurs du Saint-Sépulcre. Je pensai à cet endroit sans issue où l'avait entraîné son empressement à toujours tenter l'expérience.

Je songeai un long moment à ce qui était arrivé à John Ransom.

13

Je ne sais pas combien de temps Tom et moi restâmes assis dans la salle obscure. A peine avais-je commencé à penser à John que je devins nerveux. Je me levai pour me dégourdir les jambes et arpenter l'allée. Tom ne bougea pas de son fauteuil. Il restait assis sans bouger pendant de longues périodes, comme si nous étions à l'Opéra. (Même quand je suis à l'Opéra, j'ai du mal à rester assis.) Au bout de deux ou trois heures dans le noir, j'arrivais à distinguer presque toute la scène et le grand et lourd rideau, sans parvenir à en voir les plis. En me retournant, j'apercevais la forme des portes à deux battants donnant sur le hall. Toutes les places à plus de quatre ou cinq rangées devant moi se figeaient en une seule masse. Je regagnai mon fauteuil et me renversai en arrière, en pensant à Fee, à John et à Franklin Bachelor. Au bout d'une demi-heure, je dus me lever et redescendre vers la scène et les rideaux en balançant les bras. Quand je regagnai ma place et que je m'y installai, j'entendis un bruit de l'autre côté de la salle – un grincement. « Tom, dis-je.

– Les vieux bâtiments font toujours du bruit », fit-il.

Une demi-heure plus tard, la porte du fond se mit à battre. « Et ça ? demandai-je.

– Hé, hé », dit-il.

La porte battit de nouveau. Nous nous étions redressés dans nos fauteuils, penchés en avant. La porte battit une troisième fois, puis rien ne se passa pendant un long moment. Tom se renversa contre son dossier. « Je pense qu'un gosse a vu que la chaîne n'était pas accrochée », dit-il.

Nous restâmes dans l'obscurité pendant une autre longue période. Je regardais ma montre, mais je n'arrivais pas à distinguer les aiguilles. Je croisai les jambes, fermai les yeux et je me retrouvai aussitôt au Saigon, à essayer de parler à Dinh de John Ransom. Il travaillait à sa comptabilité et ne s'intéressait pas le moins du monde à John Ransom. « Écris à Maggie, dit-il. Elle en sait plus que tu ne crois. » Je m'éveillai en sursaut et je cherchai à tâtons la Thermos sous mon fauteuil. « Moi aussi », dit Tom.

Il y eut un craquement au plafond. Un bruit de pas dans le hall. Un nouveau craquement au plafond. Tom était assis comme une statue. Écrire à Maggie ? songeai-je, et je compris à qui je pourrais écrire une lettre à propos de John Ransom. C'était sans doute une femme qui partageait certains des dons de Maggie. Le temps passait. Je bâillai. Au moins une heure s'écoula, seconde par seconde. Puis la porte au bout de l'allée se remit à battre.

« Attendez », dit Tom.

Il y eut un intolérable silence de quelques secondes, puis on introduisit une clé dans la serrure. Le son était aussi clair que si je me trouvais de l'autre côté de la porte. Quand elle s'ouvrit, Tom se glissa hors de son fauteuil et vint s'accroupir à côté. J'en fis autant. Quelqu'un s'avançait dans l'espace entre la porte de l'allée et la sortie. La porte de sortie s'entrebâilla de quelques centimètres et une lumière grise filtra par la fente. Elle s'ouvrit plus grande, un homme s'approcha dans la colonne de lumière grisâtre et devint une silhouette. Il se retourna pour regarder derrière lui, révélant ainsi son profil. C'était Monroe et il avait un pistolet à la main.

14

Monroe fit un pas en avant et laissa la porte se refermer derrière lui. La forme sombre de son corps progressa de quelques pas le long de la scène. Il s'immobilisa pour laisser ses yeux s'habituer à l'obscurité. Tom et moi étions accroupis derrière les fauteuils, attendant qu'il s'asseye ou qu'il regarde si son rendez-vous était déjà arrivé. Monroe resta planté au bout de l'allée, l'oreille tendue. Monroe était un bon policier : il resta debout auprès de la scène si longtemps que je commençais à avoir des crampes dans les jambes. Le rond brûlant au-dessous de mon omoplate me donnait des élancements.

Monroe se détendit et sortit de sa ceinture une matraque de policier. Un faisceau lumineux jaillit de l'extrémité de la matraque et balaya la salle depuis le milieu des premiers rangs jusqu'aux portes du fond à côté de lui, puis jusqu'au mur, à un mètre cinquante ou deux de Tom et de moi.

Monroe remonta l'allée, braquant le faisceau lumineux sur les rangées de fauteuils. Il atteignit le large passage central qui séparait les premiers rangs du fond et s'arrêta, estimant qu'il perdrait son temps en allant plus loin. Tom se laissa silencieusement glisser sur le sol. Je m'agenouillai sans quitter des yeux Monore. L'inspecteur traversa le passage entre les fauteuils et remonta encore de deux rangées. Puis le faisceau de sa torche balaya longuement les fauteuils devant lui. S'il avançait encore de cinq rangées, il ne manquerait pas de nous voir : je retins mon souffle et attendis que se calment les crampes que j'avais dans les jambes.

Monroe fit demi-tour. Le faisceau lumineux balaya le mur auprès de nous, suivit les plis des rideaux et se braqua sur la porte de sortie. Monroe revint vers l'allée du fond. Je le regardai arriver au bord de la scène, se retourner pour lancer des coups de torche sur les fauteuils puis pousser la porte et disparaître. Je me rassis et m'étirai les jambes. Tom leva les yeux vers moi et porta un doigt à sa bouche. La porte de l'allée s'ouvrit.

« Il s'en va », chuchotai-je.

Tom me fit signe de me taire.

La porte du fond s'ouvrit et se referma dans une galopade de pas précipités. La porte de sortie grinça. Monroe et un homme en survêtement bleu revinrent dans la salle. Monroe dit : « Ma foi, je ne pense pas que quelqu'un soit entré.

– Mais on a déverrouillé la chaîne, dit l'autre homme.

– Pourquoi croyez-vous que je vous ai appelé ?

– C'est drôle, dit l'autre homme. Je veux dire : il retire la chaîne et puis il ferme la porte à clé ? Il n'y a que deux autres personnes à avoir les clés.

– Les gens de l'église ?

– Mon diacre en a une. Le propriétaire en a une, c'est sûr. Mais il ne se montre jamais. Je ne l'ai même jamais rencontré. Vous avez regardé dans mon bureau ?

– Vous avez de l'argent là ?

– De l'argent ? » L'autre ricana. « Le Saint-Esprit n'est qu'une petite église, vous savez. Mais je garde dans mon bureau des recueils de cantiques, les robes des choristes, ce genre de choses.

– Allons jeter un coup d'œil, mon révérend », dit Monroe, et ils remontèrent l'allée, le faisceau de leur torche braqué droit devant eux. Je m'aplatis sur le tapis. Je les entendis passer à l'autre bout de la longue rangée de fauteuils et ouvrir la double porte qui donnait sur le hall.

Dès qu'ils eurent quitté la salle, Tom regagna sa rangée et moi la mienne, en glissant sur le sol de ciment glacé. Le murmure des voix dans le hall cessa quand les deux hommes entrèrent dans le bureau. Je me plaquai contre le ciment poussiéreux, mon visage à trois centimètres d'un bout de chewing-gum fossilisé. Je distinguais le vague contour de la tête de Tom et la tache pâle de sa main gauche entre les accoudoirs. Les battants de la porte du hall s'ouvrirent de nouveau.

« Je n'y comprends absolument rien, sergent, dit le Révérend. Mais demain je fais changer les serrures et j'achète un nouveau cadenas pour cette chaîne. »

Je m'arrêtai de respirer et j'essayai de disparaître dans le sol. Ma joue se plaqua contre le reste de chewing-gum. On aurait dit de la peau morte. Les deux hommes descendirent l'allée du fond. Mon cœur se mit à battre plus vite quand ils approchèrent de ma rangée. Leurs pas lents arrivèrent près de moi, me dépassèrent et continuèrent leur chemin.

« Comment se fait-il tout d'abord que vous soyez venu vérifier, sergent ?

– Je ne sais quel fou m'a appelé cet après-midi en me demandant de le retrouver ici ce matin.

– Ici ? » Ils s'arrêtèrent.

« Alors j'ai pensé que je devrais passer, pour jeter un coup d'œil.

– Le Seigneur vous remercie de votre diligence, sergent. »

Les pas repartirent.

« Demain, je remets cette chaîne sur la porte et je trouve de nouveaux cadenas. Le Seigneur n'aime pas les imbéciles.

– Je me le demande, parfois », dit Monroe.

Leurs semelles résonnèrent sur le ciment auprès de la scène. La porte de sortie s'ouvrit et se referma. La porte de l'allée s'ouvrit. Je me remis debout. Tom était planté devant moi. De l'allée nous parvenait le bruit de la chaîne qui bringuebalait. Je poussai un soupir et me mis à épousseter machinalement mes vêtements.

« C'était intéressant, dit Tom. Il s'avère que Monroe est un bon flic. Vous pensez qu'ils vont venir tous les trois ?

– J'espère que les deux autres ne vont pas rappliquer ensemble.

– Lequel, à votre avis, est Fee ? »

Je vis le visage déplaisant de Ross McCandless avec son regard vide se pencher sur mon lit d'hôpital. « Aucune idée, dis-je.

– J'en ai une. » Tom s'étira et se redressa. Il tapota

sa veste et s'épousseta les genoux. Puis il revint au bout de l'allée et il s'assit dans le fauteuil qu'il occupait tout à l'heure.

« Laquelle ?

– Vous », dit-il et il éclata de rire.

15

« Qu'est-ce que Fee va penser quand il reviendra et qu'il trouvera la chaîne remise en place ?

– Ça va nous aider. » Tom se retourna et posa son bras sur le dossier de son fauteuil. « Il va croire que le Révérend est venu ici parce que quelqu'un aura signalé une tentative d'effraction, qu'il a inspecté les lieux et qu'il a refermé le cadenas. Quand Fee verra ça, il sera encore plus persuadé d'être arrivé ici le premier. Alors il ne fera pas très attention : il sera négligent. »

Nous reprîmes notre attente.

16

Je plongeai dans un demi-sommeil tendu. J'avais les yeux ouverts et je ne rêvais pas, mais je commençais à entendre des voix à peine audibles. Quelqu'un racontait avoir vu un bébé aux yeux bleus coupé en deux auprès d'un feu éteint. Un homme disait que je réaliserai dans un jour ou deux. J'ai tout vu, dit un autre, j'ai vu mon ami mort et son chef de patrouille debout auprès d'un arbre géant. On m'a dit de continuer, de continuer, de continuer.

Les formes sombres se déployaient et évoluaient dans le vide, tandis que les voix montaient et descendaient.

Quelqu'un parla d'une chaîne qui battait. Le battement de la chaîne était important. Je n'entendais donc pas que la chaîne battait ?

Les voix replongèrent dans les profondeurs de mon esprit dont elles avaient émergé, l'obscurité ne bougea plus et je me redressai dans mon fauteuil, en entendant la chaîne qui battait sur ses fixations derrière les portes de l'allée. Un long moment s'était écoulé, une heure au moins, peut-être deux, tandis que je flottais le long de la frontière qui sépare le sommeil de la conscience. J'avais la bouche sèche et mes yeux n'arrivaient pas à accommoder.

« Vous dormiez ? demanda Tom.

– Vous voulez vous taire ? »

Le bout de la chaîne heurta une des attaches en passant à travers : cela fit un *clink* métallique.

« Nous y voilà », dit Tom.

Nous nous glissâmes au pied de nos fauteuils en écoutant la clé qui rentrait dans la serrure. La porte de l'allée s'ouvrit et se referma. Un homme fit deux pas en avant. Une lumière éblouissante jaillit autour du châssis puis se rétrécit pour n'être plus qu'une faible lueur jaune qu'on ne voyait qu'à un point de l'encadrement, à hauteur de la taille. Il disparut tandis que des pas s'éloignaient.

Tom et moi échangeâmes un regard.

« Faut-il attendre qu'il remonte ?

– Vous n'êtes pas curieux de savoir ce qu'il fait là-bas ? » Je le regardai.

« J'aimerais bien le savoir.

– Il nous entendrait dans l'escalier.

– Pas si nous utilisons l'escalier du bureau : avec les marches en bois. Elles sont si vieilles qu'elles ont ramolli. N'oubliez pas : il est convaincu qu'il n'y a personne d'autre ici. » Tom se leva et se mit à remonter l'allée d'un pas vif et silencieux.

Je faillis lui rentrer dedans devant la porte. Il était assis sur le bras du dernier fauteuil, penché en avant.

« Qu'est-ce que vous faites ?

– J'ôte mes chaussures. »

Je m'agenouillai pour délacer mes Reeboks.

17

Nous débouchâmes dans le hall et passâmes à pas de loup devant le matériel ecclésiastique pour gagner la porte du bureau. Je murmurai qu'il allait pouvoir nous entendre ouvrir le verrou.

« Je peux arranger ça. » Tom sortit sa trousse et, après avoir trouvé la clé qui correspondait à la porte du bureau, il prit une vingtaine de centimètres de tissu noir sur environ trois centimètres de large. Il avait en même temps une petite tige métallique qui ressemblait à un cure-dents. « On ne peut les utiliser qu'une fois et, tôt ou tard, ça bousille la serrure, mais qu'est-ce que ça peut nous faire ? »

Il s'agenouilla devant la porte, humecta de sa salive l'extrémité du tissu et en fit patiemment entrer une petite portion dans le trou de serrure. Il le poussa en place avec le cure-dents métallique, puis poussa la clé à l'intérieur. Presque tout le tissu glissa dans le trou. Quand il tourna la clé, ce qui restait de tissu disparut : on n'avait absolument rien entendu.

Tom me fit signe de m'accroupir auprès de lui. Il se pencha vers moi en chuchotant : « Il va falloir soulever le portemanteau et le reposer ensuite. Je vais passer le premier. Comptez jusqu'à cent et écoutez ce qui se passe en bas. Si rien ne se produit, vous descendez. Ne vous inquiétez pas de savoir où je me trouve.

– Vous voulez que je lui tombe dessus sans qu'il s'y attende ?

– Faites comme vous le sentez.

– Et s'il me voit ?

– Il finira bien par vous voir, dit Tom. Ne lui dites pas que c'est vous qui avez appelé et arrangez-vous pour qu'il ne voie pas votre arme. Racontez-lui n'importe quoi à propos d'Elvee : dites que vous ne pouviez pas ne pas venir, dites que vous comptiez l'appeler dès que vous auriez découvert les notes de Fontaine.

– Et vous, qu'est-ce que vous allez faire ?

– Ça dépend de vous. Rappelez-vous seulement ce que vous savez sur lui. »

Ce que je savais sur lui ?

Sans me laisser le temps de lui demander ce qu'il voulait dire, Tom se redressa, fit glisser la porte vers nous et s'engouffra à l'intérieur. Dans le noir complet, nous avancions côte à côte en direction du portemanteau. Mes mains tendues rencontrèrent un tissu lisse et je tâtonnai en haut de la robe jusqu'au montant supérieur du portemanteau. Tom et moi opérions chacun d'un côté et il chuchota « Maintenant » si doucement que son ordre se vaporisa pratiquement avant d'arriver à mes oreilles. Je soulevai la tige qui était de mon côté et le lourd portemanteau s'éleva à quatre ou cinq centimètres au-dessus du sol. L'ensemble se déplaça avec moi quand je fis un pas de côté et continua à se déplacer. Je fis encore un pas. Tom et moi abaissâmes avec précaution le portemanteau et ses roulettes touchèrent le sol sans le moindre bruit.

J'entendis ses pieds glisser autour et chercher à tâtons le mur et la porte du sous-sol. Tout d'un coup, ce que nous faisions me parut aussi absurde que la tentative que nous avions faite, John Ransom et moi, pour capturer Paul Fontaine. Impossible d'aller en bas sans faire de bruit. J'essuyai la sueur sur mon front. Quelques pas prudents m'amenèrent jusqu'au mur et je cherchai Tom, m'imaginant qu'il ouvrait délicatement la porte de contre-plaqué. Ma main ne rencontra que le vide. Je me déplaçai sur le côté, les mains toujours tendues. Un pas encore. Ma main effleura le bord de la porte et je faillis la cogner contre le mur. Je m'accroupis, essayant toujours de trouver Tom. Il n'était pas là. Je me penchai en avant et passai la tête par-dessus le haut de l'escalier. A la très faible lueur d'une torche tout au fond du sous-sol, j'aperçus une forme sombre qui glissait en bas de l'escalier avant de disparaître.

Je me redressai lentement, effectuant chaque geste

avec une prudence exagérée pour empêcher mes genoux de craquer, et je me mis à compter jusqu'à cent.

18

J'aurais voulu continuer à compter jusqu'à deux cents, ou peut-être deux mille. Mais je m'obligeai à passer par l'ouverture et je posai le pied droit sur la première marche. Tom avait raison : le bois était doux, presque velouté. J'en sentais le grain à travers ma chaussette. Je saisis la rampe et descendis les deux marches suivantes sans faire le moindre bruit. Encore trois marches, puis trois autres. Ma tête passa finalement au-dessous du niveau du plancher.

Quelqu'un promenait le faisceau d'une torche sur le sol derrière la chaudière. Je vis le cercle lumineux sauter à droite du gros appareil puis balayer lentement le sol avant de disparaître derrière. Quelques secondes plus tard, il réapparut sur sa gauche et se déplaça d'un ou deux mètres vers la paroi des loges. Puis il se mit à sautiller, décrivant sur le ciment des boucles et des cercles pour finir par se fixer un mètre plus loin et commencer une autre longue inspection du sol. Fee était debout derrière la chaudière, tourné dans ma direction. Il cherchait quelque chose. Je croyais savoir ce que c'était.

Je descendis lentement les cinq dernières marches. Il ne pourrait pas me voir, même s'il contournait la chaudière : tout ce qu'il pouvait distinguer, c'était ce qui entrait dans le faisceau de sa torche. Je descendis jusqu'au ciment et m'avançai prudemment vers l'endroit où je me souvenais avoir vu le pilier de brique. L'homme à la torche recula et balada son faisceau lumineux sur le sol entre la chaudière et les loges. Je m'immobilisai et le rond lumineux un peu oblong éclaira la chaudière : les tuyaux et les canalisations se détachaient, noirs bien nets. Il balaya le mur auprès des escaliers et s'arrêta sur le sol à gauche de la chaudière.

L'homme recula de nouveau et je fis quelques pas de plus en silence vers le pilier invisible.

A en juger par la direction dans laquelle il se déplaçait, Tom avait dû se cacher au fond du sous-sol, sans doute derrière la caisse où se trouvaient les lettres qu'on utilisait pour la marquise. Avant de bouger, il allait attendre que j'aie identifié l'homme à la torche ou peut-être que Fee dise quelque chose qui l'accuserait. J'espérais qu'il n'attendrait pas que Fee commence à tirer.

Encore un pas silencieux, puis un autre et j'arrivai à l'endroit où j'avais vu le pilier. Je sentais le vide devant moi, mais pas la colonne de brique. Je fis un troisième pas en avant. Le faisceau lumineux balayait le secteur à droite de la chaudière tandis que Fee amorçait une fouille plus systématique. Je me déplaçai de côté sans prendre la peine de tâter le vide avec mes mains et je rentrai droit dans le pilier. Cela fit à peine plus de bruit qu'un accident d'auto. La lumière s'immobilisa. Je me collai au flanc du pilier, trempé de sueur.

« Qui est là ? » Une voix bien plus calme que moi.

Je cherchai à tâtons le dos du pilier et je m'avançai derrière, dans l'espoir que Tom Pasmore allait émerger des ténèbres.

« Qui êtes-vous ? »

Je posai la main sur le petit étui accroché à ma ceinture. L'homme à la torche avança vers le côté gauche de la chaudière : le faisceau lumineux éclaira le sol puis vint s'étaler sur le mur du fond. Les pas de l'homme résonnaient sur le ciment. Puis il s'arrêta et éteignit sa lampe.

« Je suis un officier de police, dit-il. Je suis armé et prêt à tirer. Je veux savoir qui vous êtes et ce que vous faites ici. »

Ça n'allait pas : il ne se comportait pas en coupable. Fee aurait éteint sa torche dès l'instant où il aurait compris qu'il y avait quelqu'un d'autre au sous-sol. Il ne cherchait même pas à se protéger en s'éloignant.

« Dites quelque chose. »

Dans mon affolement, je n'arrivais pas à me souvenir des voix d'aucun des deux hommes qui auraient pu être

Fee Bandolier. Les fragments de mortier s'enfonçaient dans mes flancs. Avec l'envie d'être n'importe où sauf dans ce sous-sol, je saisis un gros bout de mortier, le cassai contre le pilier et le lançai en direction de l'escalier. Le fragment heurta le ciment et se brisa.

« Allons, dit l'homme. Ça ne marche qu'au cinéma. »

Il fit encore un pas, mais je ne pouvais pas dire où.

« Laissez-moi vous dire ce qui est en train de se passer, dit-il. Vous êtes venu ici pour rencontrer un homme qui savait tout de vous. Il a appelé un tas de policiers : moi, Monroe et je ne sais qui d'autre. Soit il vous a appelé aussi, soit vous avez entendu des gens en parler. » Il évoluait sans bruit tout en parlant : sa voix semblait venir d'abord d'un côté de la chaudière puis, dans un délai qui me parut incroyablement court, de l'autre côté. Son ton restait parfaitement calme.

« Vous me connaissez : vous pouvez tirer sur moi, mais vous ne me toucherez pas. Et alors je vous descendrai. »

Un long silence, puis il reprit, quelque part sur la droite : « Ce qui me tracasse dans tout ça, c'est que vous n'agissez pas comme un flic. Qui diable êtes-vous ? »

Je n'agissais pas comme un flic et lui n'agissait pas comme Fee Bandolier.

Le pilier était toujours entre nous. Un bon pilier solide. Aucune balle au monde ne passerait à travers. Et s'il ne tirait pas, cela voulait dire que nous étions dans ce sous-sol pour la même raison.

« Sergent Hogan ? » dis-je.

Un flot de lumière s'abattit soudain sur moi de quelque part derrière mon épaule droite et mon ombre se profila, gigantesque, sur le mur. Je sentis mon estomac dégringoler vers mes genoux, mais aucun coup de feu ne retentit, ni de l'homme à la torche ni de Tom. J'aurais voulu m'esquiver en contournant le pilier, mais je m'obligeai à me tourner face à la lumière éblouissante.

« Je croyais que nous nous étions débarrassés de vous, Underhill. » Il avait l'air furieux et amusé à la fois. « Est-ce que vous cherchez à vous faire tuer ?

– Vous m'avez surpris, dis-je.

– C'est réciproque. » Il écarta de moi le faisceau de sa lampe. Je remis ma main sur l'étui du revolver tandis que le rayon lumineux balayait le sol en direction de l'endroit d'où venait sa voix. Le rond lumineux diminua de diamètre en revenant rapidement vers lui puis s'étala sur sa poitrine et monta brusquement pour illuminer le beau visage boucané de Michael Hogan. Il clignait des yeux dans la lumière, puis braqua de nouveau le faisceau sur moi, le dirigeant sur ma poitrine pour que je puisse voir quelque chose. « Qu'est-ce que vous fichez là ?

– Je pourrais vous demander la même chose, dis-je. Je voulais voir si je pouvais retrouver les papiers qui étaient rangés dans ces cartons. Quand j'ai vu qu'ils avaient disparu, je cherchais n'importe quoi qui aurait pu tomber. » Il poussa un soupir et abaissa le faisceau vers le sol. « Comment saviez-vous où seraient les papiers ?

– Juste avant de mourir, Paul Fontaine a dit “ Bell ”. Il m'a fallu deux semaines pour comprendre qu'il essayait de dire Beldame Oriental.

– C'est vous le dingue qui a donné les coups de fil ?

– J'ignorais tout de cela avant que vous ne me le disiez, répondis-je. Qu'est-ce qu'il racontait ?

– Comment êtes-vous entré ici ?

– Le père de John Ransom était propriétaire d'un hôtel. Il a des tas de passes.

– Alors, comment avez-vous réussi à rattacher la chaîne de l'intérieur ?

– Je suis entré par le devant, dis-je. Un quart d'heure environ avant que vous rappliquiez. Je pensais ne trouver personne d'autre ici.

– Vous étiez ici quand je suis arrivé ?

– Exact.

– Je peux sans doute m'estimer heureux que vous ne m'ayez pas tiré dessus.

– Avec quoi ?

– Enfin, vous avez bien choisi votre nuit pour partir en exploration.

– J'imagine que vous n'êtes pas Fielding Bandolier, n'est-ce pas ? »

Le faisceau lumineux me sauta de nouveau au visage, m'aveuglant. Je levai ma main pour m'en protéger. « Est-ce que Ransom est venu ici avec vous ? Il est quelque part dans la salle ? »

Un frisson de terreur me parcourut comme une décharge électrique. Je gardai la main au-dessus de mon visage. « Je suis seul. Je crois que ça n'intéresse plus John.

– Ah bon. » Le faisceau s'abaissa jusqu'à ma taille et je baissai la main. « J'en ai par-dessus la tête de cette histoire de Fielding Bandolier. Je ne veux plus entendre parler de lui, ni par vous, ni par qui que ce soit.

– Alors vous étiez au courant pour la salle de cinéma à cause du coup de téléphone ?

– Au courant de quoi ? » Il attendit et, comme je ne répondais pas, il dit : « Mon interlocuteur m'a demandé de le retrouver ici. Le moins qu'on puisse dire, c'est que cela m'a paru curieux, alors j'ai vérifié les titres de propriété. Je pense que vous avez entendu parler d'Elvee Holding.

– Vous n'en avez pas eu confirmation par Hubbel, le président du conseil de révision qui a enrôlé Bachelor ?

– Nous n'avons jamais parlé à Hubbel. McCandless a dit qu'il avait organisé ça, et puis il n'en a plus parlé.

– McCandless », dis-je.

Hogan resta silencieux.

J'entendis ses pieds bouger quand il pivota. La flaque lumineuse s'éloigna de moi pour balayer le sol en direction de l'escalier. « Je ne sais pas pourquoi nous restons plantés ici dans le noir, dit-il. Il y a un commutateur sur le mur auprès de l'escalier. Allez donc allumer là-bas, voulez-vous ?

– Je ne pense pas que ce soit une très bonne idée.

– Allez-y. »

Il déplaça le faisceau juste devant moi et m'éclaira le chemin jusqu'au pied de l'escalier. Je suivis la flaque lumineuse sur le sol en me demandant où Tom s'était caché. Quand j'arrivai devant l'escalier, Hogan braqua sa lampe sur le commutateur.

« Et si quelqu'un d'autre arrive ?

– Qui ça pourrait-il être ? »

Je pris une profonde inspiration. « Ross McCandless. C'est un assassin. Et si quelqu'un a appelé un tas de policiers en essayant d'attirer ici celui qu'il veut, alors – même s'il a déjà retiré ses papiers – il est bien obligé de revenir pour tuer la personne qui lui a téléphoné.

– Allumez », dit Hogan.

Je tendis la main vers le commutateur et le relevai.

19

Des ampoules électriques nues pendaient au pied de l'escalier, auprès de la chaudière, quelque part à côté de la caisse de lettres en plastique et à l'entrée du sous-sol : tout cela projetait une lumière suffisante pour m'éblouir complètement. Le sous-sol tout entier se déploya autour de nous, plus vaste et plus sale que je m'y attendais. Brillamment éclairé autour des ampoules, avec des zones d'ombre dans les recoins, mais visible dans son ensemble. Des toiles d'araignées pendaient aux fils des ampoules. Pas trace de Tom Pasmore.

En costume gris et T-shirt noir, Michael Hogan, planté à trois ou quatre mètres de moi, me regardait sévèrement. Une longue torche électrique noire se balançait comme une matraque dans sa main droite. Il avança le pouce et l'éteignit. « Maintenant qu'on y voit clair, examinons l'endroit où il a rangé les cartons. » Hogan pivota sur ses pieds, passa devant le pilier de brique et la chaudière.

Je traversai le sous-sol et vins le rejoindre. Hogan était arrêté près des cartons à contempler le sol de ciment. Il remarqua mes pieds. « Qu'est-ce que vous avez fait de vos chaussures ?

– Je les ai laissées là-haut.

– Fichtre. Un vrai G–Man. »

Des cartons vides étaient là, sur le sol poussiéreux. Hogan inspecta l'espace entre la chaudière et le mur sur notre droite, puis tout le secteur entre la chaudière et les loges. Pas un seul bout de papier froissé. Je regardai du côté des loges. La porte de la première, la plus éloignée de nous, était entrebâillée.

« Vous n'avez rien remarqué ?

– Non, dis–je.

– Parlez-moi de McCandless.

– Un policier de Millhaven a utilisé une fausse identité. » La colère crispa le visage de Hogan et je m'écartai de quelques pas. « Je sais qu'à votre avis c'était Fontaine. Je croyais moi aussi que c'était lui, mais plus maintenant.

– Pourquoi donc ?

– Ce bout de papier que j'ai trouvé à la Femme verte concernait une nommée Jane Wright. Elle a été tué en 1977, si ces papiers sont bien ce que je crois qu'ils sont. Le nom de la ville était en partie effacé mais ça ressemblait à Allentown. J'ai donc examiné tous les journaux d'Allentown pour ce mois-là, mais je n'ai retrouvé personne de ce nom.

– Vous croyez que ça prouve quelque chose ?

– J'ai trouvé une Jane Wright qui avait été assassinée dans une ville du nom d'Allerton, Ohio, ce même mois. A l'époque où Paul Fontaine était inspecteur à Allentown.

– Ah, fit Hogan.

– Ce doit donc être quelqu'un d'autre. Quelqu'un qui utilisait Billy Ritz comme informateur et qui est arrivé à Millhaven en 1979. Il n'y a que trois hommes qui aient ce point-là en commun : vous, Monroe et McCandless.

– Eh bien, dit-il, ce n'est manifestement pas moi, sinon vous seriez déjà mort. Mais pourquoi avez-vous éliminé Monroe ? Et comment diable avez-vous découvert l'histoire de Billy Ritz ?

– J'ai bien écouté. J'ai parlé à un tas de gens et certains d'entre eux savaient des choses.

– Ou bien vous êtes un flic-né ou bien un emmerdeur-né, dit Hogan. Et Monroe ? »

Puisque je lui avais raconté que je n'étais arrivé au cinéma qu'une quinzaine de minutes avant lui, je ne pouvais pas lui dire la vérité. « Je suis resté dehors dans le passage à surveiller un long moment la porte avant d'entrer. Monroe est arrivé vers minuit, minuit et demi, quelque chose comme ça. Il a regardé la chaîne et est reparti. Ce n'est donc pas lui. »

Hogan hocha la tête. Il balança au bout de son bras la grande torche et s'éloigna de la chaudière pour se diriger vers les loges. « McCandless, ça me fait un choc.

– Mais quand vous m'avez entendu pour la première fois, vous pensiez que j'étais quelqu'un que vous connaissiez. Quelqu'un de la police.

– Monroe a parlé à un tas de gens de ce coup de téléphone insensé. Je ne savais rien de tout ce que vous venez de me dire à propos de cette ville de l'Ohio. Allerton, c'est ça ? »

J'acquiesçai.

« Je vais faxer une photo de McCandless à la police d'Allerton et voilà. Peu importe qu'il rapplique ici ce soir ou pas. Je vais m'occuper de lui. Remontons pour que vous puissiez prendre vos chaussures et je vais vous raccompagner chez Ransom ou à l'endroit où vous êtes descendu.

– Je suis au Saint-Alwyn, dis-je, dans l'espoir que Tom, où qu'il fût, m'entendrait. Je vais rentrer à pied.

– C'est encore mieux », dit Hogan.

Je m'écartai de lui plus vite qu'il ne s'y attendait : je ne savais pas très bien pourquoi je ne lui faisais pas totalement confiance. Pourquoi serait-ce préférable pour moi de descendre dans un hôtel plutôt que chez John ? Je me dirigeai vers l'escalier. J'entendais encore Tom Pasmore me dire de me rappeler ce que je savais de Fee Bandolier. Je savais, semblait-il, une foule de choses sur Fee, dont aucune ne me servait à quoi que ce soit. Hogan me suivit à pas lents. J'avais la main sur la petite lampe électrique fourrée dans ma poche.

J'arrivai au bas de l'escalier et dis : « Voudriez-vous rester une seconde où vous êtes ? »

Au pire, me dis-je, j'aurai simplement l'air d'un imbécile.

« Quoi ? » Hogan s'arrêta. Il s'apprêtait à déboutonner sa veste et il laissa retomber sa main quand il me vit me retourner vers lui.

De la main gauche j'abaissai le commutateur et de l'autre, je braquais sur son visage le faisceau éblouissant de ma petite torche. Il cligna des yeux.

« Lenny Valentine », dis-je.

Le visage de Hogan se pétrifia. Derrière lui, j'aperçus Tom Pasmore qui se glissait sans bruit par la porte de la loge. J'éteignis ma lampe et dans le noir je m'éloignai rapidement de l'escalier. J'avais l'impression que Tom avançait toujours.

« Ça ne va pas recommencer, quand même ? » fit Hogan. Il n'avait pas bougé d'un pouce.

Venant de quelque part du côté du pilier, la lampe de Tom s'alluma et dessina les contours de la tête de Hogan. Celui-ci se retourna pour faire face à la lumière et dit : « Ça vous ennuierait de m'expliquer ce que vous êtes en train de faire, Underhill ? » Il ne voyait sans doute rien d'autre que le faisceau éblouissant de la torche électrique, mais il ne leva pas les mains en l'air.

Je plongeai une main dans ma poche, en tirai le revolver, ôtai le cran de sûreté et braquai l'arme en direction de sa tête.

Hogan souriait. « C'était quoi, le nom que vous venez de dire ? » Il pencha la tête, souriant toujours à Tom, et sa main droite monta pour ouvrir le bouton de sa veste. Je me souvins l'avoir vu faire le même geste avant de le surprendre en éteignant la lumière. Il m'aurait abattu dès que je serais arrivé en haut de l'escalier. Je me rendis compte que je tenais ma petite torche le long du canon du revolver : elle était braquée sur Hogan comme une autre arme. On aurait dit que j'avais depuis longtemps préparé mon geste et, quand la main de Hogan atteignit le bouton de sa veste, j'allumai ma lampe. Tom aussitôt éteignit la sienne.

« Lenny Valentine », dis-je.

Hogan s'était déjà retourné vers ma torche et il ne souriait plus. Une ombre envahit son regard et il ouvrit la bouche pour parler. L'idée d'entendre ce qu'il allait dire fit déferler sur moi une vague de pure révulsion.

D'un geste presque machinal, je pressai la détente et je tirai une balle juste le long de l'éblouissant faisceau lumineux.

Il y eut une flamme rouge et un claquement bruyant que les murs de ciment répercutèrent pour donner l'impression d'une explosion. Un trou noir apparut juste en haut du front de Hogan et ma torche éclaira quelque chose qui lui giclait de la nuque. Hogan chancela et disparut du faisceau. Son corps heurta le sol et une odeur de sang et de cordite emplit l'air. Il y eut un minuscule tourbillon de fumée blanche dans le faisceau de la torche qui disparut aussitôt.

« Vous avez mis un moment à vous décider », dit Tom en dirigeant sa lampe sur moi. Mes bras tendus braquaient toujours le revolver à l'emplacement où se trouvait Hogan. Je les laissai tomber.

Je n'arrivais pas à me rappeler ce que j'avais vu sur le visage de Hogan.

Tom abaissa le faisceau de sa lampe. Hogan était affalé sur le ciment, son poids reposant presque tout entier sur son épaule et sur sa hanche, les jambes fléchies et les bras ballant de chaque côté. Du sang s'écoulait régulièrement de sa nuque pour former une flaque sous sa joue.

Je me détournai et m'avançai d'un pas vacillant vers le mur. Je tâtai les parpaings jusqu'au moment où je trouvai le commutateur. Je rallumai et revins l'examiner. Un mince filet de sang sortait du trou qu'il avait à la naissance des cheveux et ruisselait en diagonale sur son front.

Tom s'avança, rengainant son automatique, et s'agenouilla près du corps de Hogan. Il le poussa sur le dos et le bras droit du cadavre retomba doucement dans la flaque de sang qui s'élargissait constamment. L'odeur s'accrochait à mon estomac comme une huître pas fraîche. Tom plongea les mains dans une des poches de la veste grise de Hogan. « Qu'est-ce que vous faites ? demandai-je.

– Je cherche une clé. » Il passa de l'autre côté du corps et fouilla l'autre poche. « Tiens, tiens. » Il en tira une petit clé argentée et la brandit.

« C'est pour quoi faire ?

– Les papiers, dit-il. Et maintenant... » Il plongea la main dans la poche intérieure de sa veste à lui et en ressortit un marqueur noir. Il ôta le capuchon et me regarda comme pour me mettre au défi de l'arrêter. « Je ne suis pas un policier, dit-il. La justice ne m'intéresse pas, mais c'est probablement un acte de justice. » Il recula d'un pas, épousseta un peu le ciment et traça BLUE ROSE en grosses lettres penchées. Il pivota sur lui-même et se retourna vers moi. « Cette fois, dit-il, c'était vraiment l'inspecteur. Passez-moi ce pistolet. »

Je m'approchai de lui et lui tendis le 9 mm. Tom l'essuya soigneusement avec son mouchoir et se pencha pour le placer dans la main droite de Hogan. Puis il resserra les doigts du mort autour de la crosse et posa l'index sur la détente. Ensuite, il ouvrit la veste de Hogan et prit le 9 mm que le policier avait dans son étui. Il se redressa et s'avança vers moi en tenant l'arme de Hogan. « Nous nous en débarrasserons plus tard. »

Je glissai le revolver dans le petit étui agrafé à ma ceinture sans quitter des yeux le corps de Hogan.

« Nous ferions mieux de partir d'ici », dit Tom.

Je ne lui répondis pas. Je m'approchai pour regarder le visage aux yeux grands ouverts, ce visage vide et sans expression.

« Vous avez bien fait, dit Tom.

– Il faut que j'en sois sûr, dis-je. Vous comprenez ce que je veux dire ? Il faut que j'en sois sûr. »

Je m'agenouillai près du corps et pris à deux mains le tissu du T-shirt noir. Je le remontai vers le cou de Hogan mais je n'y voyais pas suffisamment. Je le retroussai entièrement pour le tasser sous ses bras et je me penchai pour contempler le torse du mort : pâle et glabre. Sur la peau blanche, on voyait une demi-douzaine de cicatrices grandes comme une pièce de dix cents.

Une vague de pur soulagement déferla sur moi, et l'odeur du sang me fit soudain l'effet d'un éclat de rire.

« Adieu, Fee, dis-je en rabattant le T-shirt.

– Qu'est-ce que vous fabriquez ? demanda Tom derrière moi.

– L'escouade des corps, dis-je. Une vieille habitude. »

Je me redressai.

Tom me regarda d'un air curieux mais ne posa pas de questions. J'éteignis la lumière et nous gravîmes l'escalier dans le noir.

Moins de trois minutes plus tard, nous étions dans la petite rue et, cinq minutes après, nous étions remontés dans la Jaguar et nous roulions vers l'est.

20

« Hogan a réagi en entendant le nom.

– Je pense bien, dis-je.

– Qu'est-ce que vous regardiez sur sa poitrine ?

– Bachelor avait sur le torse de petites cicatrices rondes.

– Ah, j'oubliais. Des traces des pièges de bambou. J'ai lu ça dans un de ses bouquins.

– Ce n'étaient pas des traces de pièges. Fee en avait aussi.

– Ah, fit Tom. Oui. Pauvre Fee. »

Je pensais : vogue, Fee, bon vent, Fee Bandolier.

21

Profitant de la nuit noire, nous jetâmes le revolver de Michael Hogan dans la Millhaven River, en traversant le pont de Horatio Street. On ne le voyait déjà plus très bien avant qu'il plonge dans l'eau, puis il disparut à tout jamais.

22

Le dernier détail dont je me souvenais, c'était le bruit du pistolet heurtant l'eau. Je sortis du garage après avoir passé tout le temps entre Horatio Street et Eastern Shore

Drive avec Michael Hogan dans le sous-sol du Beldame Oriental et nous passâmes par-dessus l'autoroute en pleine nuit. La lune était couchée depuis longtemps et il n'y avait pas d'étoiles. Le monde est à moitié dans la nuit et l'autre moitié est dans la nuit aussi. Je revoyais son visage éclairé par la lumière crue de la torche ; je revoyais le petit trou sombre, plus petit qu'une pièce de dix cents, plus petit qu'un cent, apparaître comme un grain de beauté juste sous ses cheveux clairsemés.

Jusqu'à l'âge de cinq ans, il avait grandi à un pâté de maisons de chez moi. Nos pères avaient travaillé dans le même hôtel. J'avais dû parfois le voir en me promenant dans le quartier : un petit garçon assis sur les marches du perron auprès d'un parterre de roses entretenues avec soin.

Tom arriva à ma hauteur et ouvrit la porte de la cuisine. Nous entrâmes. Il tourna un commutateur, une douce lumière se répandit sur les vieux éviers, sur les boiseries peintes en blanc et sur le comptoir au plateau éraflé. « Il est un peu plus de trois heures, dit Tom. Vous voulez aller vous coucher tout de suite ?

– Je ne sais vraiment pas, dis-je. Qu'est-ce qu'on fait maintenant ? » Je voulais dire : qui prévenons-nous ? qu'est-ce que nous disons ?

« Ce qu'on fait maintenant, c'est que je vais prendre un verre, annonça Tom. Vous avez envie de monter directement vous coucher ? »

Retrouver Frederick Delius, l'alligator empaillé, la suite Floride. « Je ne crois pas que je pourrais arriver à dormir, dis-je.

– Alors, tenez-moi compagnie. » Il mit des glaçons dans un verre, les recouvrit de whisky de malt et but une gorgée en me regardant. « Ça va ?

– Ça va, dis-je. Mais on ne peut pas le laisser là-bas, n'est-ce ? Pour que les gens de la Congrégation le trouvent ?

– Je ne pense pas qu'ils aillent jamais au sous-sol. La seule chose qu'ils utilisent, c'est l'orgue, et ils le font monter par la scène. »

Je versai de l'eau dans un verre et d'un trait en bus la moitié.

« J'ai quelques idées, dit Tom.

– Vous voulez que les gens le sachent, n'est-ce pas ? » J'avalai presque tout ce qui restait dans mon verre et l'emplis de nouveau. On aurait dit que mes mains et mes bras fonctionnaient tout seuls.

« Je veux que tout le monde sache, dit Tom. Ne vous inquiétez pas : cette fois-ci, ils n'arriveront pas à enterrer l'affaire. » Il but encore une gorgée. « Mais avant de nous mettre à le crier sur les toits, je veux mettre la main sur ces papiers. Nous en avons besoin.

– Où sont-ils ? Dans l'appartement de Hogan ?

– Montez avec moi, dit Tom. Je veux regarder une photo avec vous.

– Quelle photo ? »

Il ne répondit pas. Je le suivis : il traversa le vaste salon encombré du rez-de-chaussée, contourna le canapé et la table basse, remonta l'escalier jusqu'au premier étage, allumant les lumières au passage.

Arrivé dans son bureau, il fit le tour de la pièce en allumant toutes les lampes. Puis il s'installa à son bureau et je m'écroulai sur son chesterfield. Je dégrafai l'étui du revolver et le posai sur la table de verre devant moi. Tom avait pris dans le premier tiroir de son bureau une enveloppe jaune qu'il me semblait reconnaître.

« Ce que je ne comprends pas, dit-il, c'est comment Hubbel a identifié Paul Fontaine. Hogan était sur cette photo, juste à côté de Fontaine. Alors comment Hubbel a-t-il pu faire une erreur pareille ?

– Il avait une très mauvaise vue, dis-je.

– A ce point-là ?

– Il était obligé de se coller les yeux sur ce qu'il regardait. Son nez touchait pratiquement le papier.

– Il a donc vraiment examiné cette photo avec beaucoup de soin. » Tom était tourné vers moi, penché en avant avec l'enveloppe dans les mains.

« J'en ai l'impression.

– Voyons si nous pouvons résoudre ce problème. » Il ouvrit l'enveloppe et en retira la photo du journal. Tom posa l'enveloppe sur son bureau, prit la photo et son verre de whisky puis vint s'asseoir sur le canapé auprès de moi. Il se pencha sur la photo qu'il avait posée entre nous sur la table. « Comment a-t-il identifié Fontaine ?

– Il l'a montré du doigt.

– Le doigt juste sur Fontaine ?

– Juste sur lui, dis-je. En plein sur Paul Fontaine.

– Montrez-moi. »

Je me baissai pour regarder la photo de la pelouse de Walter Dragonette envahie de policiers en uniforme et en civil. « Tenez, dis-je, c'était juste devant lui.

– Déplacez-la. »

Je fis glisser le cliché devant moi. « Puis il a désigné Fontaine.

– Montrez-moi. »

Je tendis le bras et posai mon doigt sur le visage de Paul Fontaine, exactement comme Edward Hubbel l'avait fait à Tangent, Ohio. Mon doigt, comme celui d'Edward Hubbel, recouvrait son visage tout entier.

« Eh oui, dit Tom. Je m'interrogeais là-dessus.

– Sur quoi ?

– Regardez ce que vous faites, dit Tom. Si vous posez votre doigt là, qui montrez-vous ?

– Vous savez bien qui je montre », dis-je.

Tom se pencha, retira ma main de la photo et fit glisser celle-ci sur la table pour qu'elle soit juste devant lui. Il posa son doigt sur le visage de Fontaine juste comme je venais de le faire. Le bout de son doigt désignait directement l'homme à côté de lui sur la photo : Michael Hogan. « Quel visage est-ce que je montre du doigt ? » demanda Tom.

J'examinai la photo. Il ne désignait pas Fontaine, il le masquait.

« Je parie que ça n'était pas Ross McCandless qui a annulé le voyage à Tangent, dit Tom. Qu'est-ce que vous en pensez ?

– Je pense.... je pense que je suis un idiot, dis-je. Peut-être un demeuré. Ce qu'il y a de plus bête entre les deux.

– J'aurais cru moi aussi qu'il désignait Fontaine. Parce que, comme vous, je me serais attendu à ce qu'il reconnaisse Fontaine.

– Oui, mais...

– Tim, vous n'avez aucun reproche à vous faire.

– Fontaine a dû s'intéresser à Elvee Holding. John et moi avons mené Hogan droit jusqu'à lui et tout ce qu'il voulait, c'était que je l'aide.

– Hogan aurait tué Fontaine, que John et vous soyez là ou non. Et il aurait mis cela sur le compte d'un acte de violence au moment de l'émeute. Tout ce que vous avez fait, ça a été de confirmer qu'un autre tireur était présent ce soir-là.

– Hogan.

– Bien sûr. Vous leur avez juste fourni le témoin oculaire idéal. » Il but une autre gorgée, voyant qu'il avait réussi à faire disparaître chez moi presque tout sentiment de culpabilité. « Et même si vous n'aviez pas vu une silhouette indistincte, est-ce que McCandless ne tenait pas à vous faire dire que vous l'aviez vu ? Ça lui faciliterait tellement les choses.

– Vous avez sans doute raison, dis-je. Mais je crois quand même que je vais me retirer en Floride. »

Il me regarda en souriant. « Je vais aller me coucher aussi : je veux que nous trouvions ces papiers le plus tôt possible demain matin. Je veux dire : ce matin.

– Allez-vous me dire où ils sont ?

– A vous de me le dire.

– Je n'en ai pas la moindre idée, fis-je.

– Quel est le dernier endroit qui nous reste ? C'est sous notre nez.

– Je ne comprends pas, dis-je.

– Ça commence par un E, dit-il en souriant.

– Erewhon », dis-je. Tom souriait toujours. Je me rappelai alors ce que nous avions découvert la première fois que nous nous étions penchés sur Elvee. « Oh, dis-je. Oh !

– C'est ça, fit Tom.

– Et ça n'était qu'à deux blocs du Beldame Oriental : il les a donc probablement déménagés là-bas vers cinq ou six heures hier soir, juste après avoir terminé son service.

– Et alors...

– Expresspost, dis-je. La boîte à lettres de la 4e Rue Sud.

– Vous voyez ? fit Tom. Je vous disais bien que vous saviez. »

Peu après, je montai retrouver Frederick Delius et l'alligator. Je me déshabillai et m'écroulai sur mon lit pour dormir quatre heures d'un sommeil agité et hanté de rêves. Je m'éveillai en sentant une odeur de toasts grillés et en sachant que la journée la plus difficile que je devais avoir à Millhaven venait de commencer.

DIX–SEPTIÈME PARTIE

JOHN RANSOM

1

A huit heures et demie, le soleil était déjà haut au-dessus des toits de la 4e Rue Sud. Nous descendîmes de la voiture bien climatisée, pour nous retrouver dans une chaleur qui fit que presque instantanément ma chemise me colla à la peau. Tom Pasmore portait un de ses extraordinaires costumes à la Lamont Von Heilitz, un costume trois pièces à gros carreaux qui lui donnait l'air de débarquer tout juste du palais de Buckingham. Pour ma part, j'avais à peu près ce que je portais dans l'avion : jeans et veston croisé noir sur une chemise blanche à col boutonné : j'avais l'air du type qui tenait les chevaux.

Expresspost Mail and Fax avait une façade d'un blanc éblouissant : le nom y était peint en grandes lettres rouges au-dessus d'une longue vitrine par où on pouvait voir un comptoir blanc derrière lequel un homme à lunettes sans monture et cravate rouge était occupé à feuilleter un catalogue. Les petites portes de bronze des boîtes postales individuelles s'alignaient derrière lui le long des murs.

Nous franchîmes la porte. L'homme referma le catalogue et le posa sur une étagère sous le comptoir en nous regardant tour à tour d'un air empressé. « Est-ce que je peux faire quelque chose pour vous ? demanda-t-il.

– Oui, je vous remercie, fit Tom. Je voudrais prendre les papiers que mon collègue a déposés ici pour la société Elvee hier soir. »

Une ombre d'hésitation passa sur le visage de l'employé. « Votre collègue ? Mr. Belin ?

– Exactement », dit Tom. Il prit la clé dans sa poche et la posa sur le comptoir devant l'employé.

« Tiens, Mr. Belin disait qu'il ferait ça lui-même. » Il regarda par-dessus son épaule une rangée de boîtes fermées à clé. « Pas moyen de vous rembourser.

– Ça ne fait rien, dit Tom.

– Vous devriez peut-être me donner votre nom au cas où il reviendrait.

– Casement, dit Tom.

– Ma foi, je pense que ça ira. » L'employé prit la clé.

« Merci de votre assistance », dit Tom.

L'employé tourna les talons et s'approcha du mur sur sa droite, en tripotant la clé entre ses doigts. Les boîtes de la rangée inférieure avaient la taille des containers qu'on utilisait pour faire voyager les chiens à bord des avions. Arrivé presque tout au fond du magasin, l'employé s'agenouilla et introduisit la clé dans une serrure.

Il se retourna vers Tom. « Écoutez... puisque vous avez déjà payé pour la semaine, je peux vous réserver celle-ci jusqu'à l'expiration de ce délai. Comme ça, si vous voulez la réutiliser, vous n'aurez pas à payer deux fois.

– J'expliquerai ça à Mr. Belin », dit Tom.

L'employé se mit à entasser dans des dossiers jaunes des liasses de papiers qu'il sortait de la boîte.

2

Nous repartîmes avec le grand carton que l'employé nous avait donné. Nous montâmes jusqu'au bureau, Tom devant et moi derrière. En chemin, Tom s'était arrêté dans une papeterie pour acheter six rames de papier à photocopier : quatre d'entre elles étaient maintenant réparties sur le dessus des dossiers et les deux autres posées à côté, à chaque extrémité du carton. Au beau milieu de l'escalier, les poignées commencèrent à lâcher et il nous fallut porter le carton jusqu'en haut en le tenant par le fond.

Nous le déposâmes sur le plancher auprès de la photocopieuse. Tom la mit en marche : la machine bourdonna et lança un éclair vert. Je pris un des gros dossiers et l'ouvris. Il était plein de papiers de divers formats et de couleurs différentes : les uns presque complètement couverts d'un texte dactylographié sans interligne allant d'un bord à l'autre, sans marge, d'autres noircis d'une écriture que j'avais vue pour la première fois dans le sous-sol de la Femme verte. Je pris un des feuillets dactylographiés.

Quand nous sommes sortis du bar, il était une ou deux heures du matin et elle était trop ivre pour marcher droit. Je devrais t'arrêter pour ivresse sur la voie publique. Allons donc, tu n'es pas un flic, hein ? Non, mon chou, je suis propriétaire d'un de ces grands hôtels dans le centre, je te l'ai déjà dit. Lequel ? L'hôtel des Cœurs brisés, dis-je. J'y suis déjà allée. Je te dois sans doute pas mal de loyers en retard. Je le sais, mon chou, on va s'en occuper. Elle se mit à rire. Voilà ma voiture. Sa jupe noire remonta sur ses cuisses quand elle s'installa. Des cuisses maigres, une empreinte de pouce noire et bleue. Nous arrivâmes devant le BFV et elle dit : cette baraque ? Ne t'inquiète pas, il y a un trône tout prêt pour toi en bas.

Je levai les yeux vers Tom qui feuilletait un autre dossier. « C'est incroyable, dis-je. Il décrivait toutes ses victimes avec un tel luxe de détails. Il a même mis le dialogue. On dirait un livre. »

Tom semblait un peu écœuré par ce qu'il avait lu. Il referma le dossier. « Ils ont l'air à peu près en ordre : d'après ce que je vois, chaque meurtre couvre une vingtaine de pages. Combien croyez-vous que nous en ayons, environ un millier ?

– Quelque chose comme ça, dis-je en considérant les piles.

– Au moins cinquante meurtres. Mais je pense qu'il

a laissé Fontaine tirer au clair certains des plus pittoresques.

– A qui allez-vous envoyer des copies ?

– Au FBI. A Isobel Archer. Au nouveau chef de la police, Harold Green. A quelqu'un du *Ledger*. A Geoffroy Bough.

– Il va être ravi, dis-je. Vous n'allez pas donner votre nom, n'est-ce pas ?

– Bien sûr que si : je suis le citoyen inquiet qui a trouvé ces papiers dans une poubelle. Je crois en fait que le citoyen inquiet va appeler Mrs. Archer tout de suite. »

Il se dirigea vers son bureau et composa un numéro. Je m'assis sur le canapé pour écouter ce qu'il allait dire. Je me rendis compte que je tenais toujours le gros dossier : je le posai sur la table comme si j'avais l'impression qu'à le toucher j'allais être contaminé par Dieu sait quoi.

« J'aimerais parler à Isobel Archer, je vous prie. C'est à propos d'un coup de feu.

– Bien, je ne quitte pas.

... Mrs. Archer ? Je suis enchanté de pouvoir vous parler.

... Mon nom ? Fletcher Namon.

... Eh bien, oui, c'est à propos d'un coup de feu. Je ne savais pas quoi faire, alors j'ai pensé vous appeler.

... Je ne veux pas avoir affaire à la police, Mrs. Archer. Il s'agit précisément d'un policier.

... Eh bien, oui.

... Bon. C'était donc hier soir. J'ai aperçu un inspecteur, je ne connais pas son nom, mais je l'ai vu un soir au journal télévisé, je sais qu'il est dans la police, et il entrait dans le vieux cinéma au bas de Livermore.

... Tard le soir.

... Non, je ne pourrais pas vous dire à quelle heure. Bref, après qu'il a été entré, j'ai entendu un coup de feu.

... Non, je suis parti très vite.

... J'en suis sûr.

... Bien sûr que j'en suis certain. C'était un coup de feu.

... Bah, je ne sais pas ce que j'attends de vous. Je

croyais que c'était votre affaire. Bon ! il faut que j'y aille maintenant.

... Non. Au revoir. »

Il reposa le combiné et se tourna vers moi. « Qu'est-ce que vous en pensez ?

– Je pense que dans cinq minutes elle sera là-bas avec une scie à métaux et une lampe à souder.

– Moi aussi. » Il ramassa tous les feuillets du dossier posé sur ses genoux et en tapota les bords contre son bureau. « Ça va me prendre deux ou trois heures de copier tout ça. Voulez-vous rester ici ou avez-vous envie de faire autre chose ?

– Je pense qu'il faudrait que je parle à John, dis-je.

– Vous voulez que je vous accompagne ?

– Vous êtes cadre supérieur, dis-je. Ce sont les larbins comme moi qui font le sale boulot. »

3

Dans la chaleur écrasante, je descendis les jolies rues qui menaient à la maison de John Ransom. Omdurman Place, Balaclava Place, Victoria Terrace : des maisons de brique couvertes de lierre, des maisons de pierre derrière des grilles magnifiques et des fenêtres à meneaux, des toits mansardés et des pignons. Les systèmes d'arrosage tournaient sur les pelouses et de petits garçons passaient en trombe sur des bicyclettes à dix vitesses. Tout cela avait l'air d'un monde sans secrets ni violence, un monde où on n'avait jamais versé le sang. On avait planté un panneau A VENDRE sur la pelouse bien tondue de la maison d'Alan Brookner.

La Pontiac blanche était garée le long du trottoir devant chez John, au même endroit où je l'avais trouvée le premier matin de mon retour en ville. Elle était à une place où elle avait tout juste pu entrer et je me rappelai, comme hier soir, un bruyant petit patriote en short sortant en courant de sa forteresse décorée de drapeaux pour m'invectiver. Je traversai Ely Place tout ensoleillé, je gravis le perron de John et je sonnai.

Il apparut à l'étroite fenêtre à gauche de la porte pour me lancer un regard furieux et désapprobateur : un peu comme s'il voyait revenir un vendeur d'encyclopédies après avoir déjà acheté la série. Le temps d'ouvrir, son visage avait pris une expression plus accueillante.

« Tiens ! tu es revenu ?

– Il y a du nouveau, dis-je.

– De nouvelles recherches ? Le livre avance ?

– Très bien. Je peux entrer une minute ?

– Oh, bien sûr. » Et il s'écarta pour me laisser passer. « Quand es-tu arrivé ? A l'instant ?

– Hier après-midi.

– Tu ne devrais pas descendre à l'hôtel. Lâche ta chambre et reviens ici, reste aussi longtemps que tu veux. Je viens de recevoir des renseignements sur des maisons à vendre dans le Périgord : nous pourrions regarder ça ensemble.

– Je ne suis pas à l'hôtel, dis-je. J'habite chez Tom Pasmore.

– Ce poseur de charlatan. »

John m'avait suivi dans le salon. Je m'assis sur le canapé en face du mur où était accroché le tableau. « Installe-toi, dit-il.

– Merci encore de m'avoir envoyé le Vuillard », dis-je. Il n'avait pas changé la disposition des toiles pour compenser son absence et l'endroit où était accroché autrefois le tableau faisait un peu nu.

Planté auprès du canapé, il me regardait, ne sachant pas très bien quelle était mon humeur, ou mes intentions. « Je savais que ça te ferait plaisir. Et, comme je te l'ai dit, je ne pouvais plus le voir ici : c'était trop pour moi.

– Bien sûr », dis-je.

J'eus droit de nouveau au regard destiné au vendeur d'encyclopédies, puis il parvint à sourire et se jucha sur le bras d'un fauteuil. « Tu es venu juste pour me remercier ?

– Je voulais te dire un certain nombre de choses, répondis-je.

– Pourquoi ai-je l'impression que ça semble menaçant ? » Il ramena son genou près de lui sur le large bras du fauteuil, souriant toujours. John portait un polo vert bouteille, des jeans délavés et ses mocassins sans chaussettes. Il avait l'air d'un agent de change qui se laisse aller pour le week-end.

« Avant de parler de ça, je voudrais que tu me donnes des nouvelles d'Alan.

– Avant de parler de ces mystérieuses choses ? Tu crois qu'après je ne voudrai plus te parler ? »

Je me rappelai que John Ransom, au fond, était assez malin. « Pas du tout, dis-je. Tu pourrais encore vouloir me parler jour et nuit.

– Jour et nuit. » Il glissa son pied plus près de sa cuisse. « Tâchons de garder ce ton-là. » Il leva les yeux au ciel d'un air théâtral. « Eh bien, Alan... ce cher vieil Alan. Je ne pense pas que tu l'aies jamais vu quand il était à l'hôpital.

– Je suis passé cinq minutes en allant à l'aéroport. »

Il haussa les sourcils. « Tu as fait ça ? Alors, dans ce cas, tu sais dans quel triste état il était. Depuis lors – en fait, depuis que je l'ai installé au Golden Manor –, ça s'est beaucoup amélioré. On s'occupe bien de lui, c'est la moindre des choses étant donné les prix qu'ils pratiquent.

– Ça ne l'ennuie pas d'être là-bas ? »

John secoua la tête. « Je crois qu'il s'y plaît. Il sait qu'on s'occupera de lui s'il arrive quoi que ce soit. Et les femmes sont folles de lui.

– Tu vas le voir souvent ?

– A peu près une fois par semaine. Ça nous suffit à tous les deux.

– Je pense que c'est bien », dis-je.

Tout allait mieux et il se mordit la lèvre inférieure. Il ne voyait pas où je voulais en venir. « Alors, qu'est-ce que tu étais venu me dire ?

– D'ici un jour ou deux, toute cette ville va redevenir folle. Il va y avoir un autre grand coup de balai dans la police. »

Il claqua des doigts, puis braqua sur moi son index avec un sourire ravi. « Salopard, tu les as trouvés, ces papiers. C'est ça, n'est-ce pas ?

– J'ai trouvé les papiers, dis-je.

– Tu as raison ! Cette ville va être en plein délire. Au fait, combien de gens Fontaine a-t-il tués ? Tu le sais ?

– Ce n'était pas Fontaine. C'est l'homme qui a tué Fontaine. »

Il resta bouche bée, essayant sans trop y parvenir de sourire. Il cherchait à s'assurer que je parlais sérieusement. « Tu n'essaies tout de même pas de me dire que tu crois qu'Alan... »

Ça ne l'intéressait même pas assez pour avoir posé des questions sur le rapport de balistique. « Alan n'a pas tué Paul Fontaine, dis-je. C'est moi qu'Alan a touché. Quelqu'un se cachait entre les maisons de l'autre côté de la rue. Je crois que ce type devait avoir une sorte de fusil d'assaut. Alan, toi, moi... nous n'avions rien à voir dans tout cela. Il était déjà là quand nous sommes arrivés devant la maison. Il était avec Fontaine dans le ghetto noir. Il l'a peut-être même vu m'appeler ici. Il l'a sans doute suivi jusque là-bas.

– Alors, le type de l'Ohio s'est trompé en identifiant l'homme sur la photo ?

– Non, il a reconnu le bon. Je n'ai simplement pas compris ce qu'il faisait. »

John s'appuya la joue sur une main et me considéra sans rien dire pendant deux secondes. « Je ne pense pas que j'aie besoin de connaître toute l'histoire, dit-il enfin.

– Non, ça n'a plus d'importance maintenant. Je ne t'ai jamais vu aujourd'hui et tu ne m'as jamais vu. Rien de ce que je te dis, rien de ce que tu me dis ne sortira de cette maison. Je tiens à ce que tu comprennes ça. »

Il acquiesça, un peu surpris à l'idée qu'il allait me dire quelque chose, mais assez impatient de comprendre ce qu'il croyait être l'essentiel. « D'accord. Alors qui était-ce ?

– Michael Hogan, dis-je. Le personnage que tu as connu sous le nom de Franklin Bachelor a changé son nom en Michael Hogan. A l'heure qu'il est, il est allongé, mort, dans le sous-sol du Beldame Oriental, avec un pistolet à la main et les mots BLUE ROSE écrits auprès de son corps. Au marqueur noir. »

John buvait avidement mes paroles, hochant lentement la tête d'un air approbateur.

« Isobel Archer doit avoir réussi à entrer dans le cinéma et va découvrir son corps. D'ici deux jours, elle et un certain nombre d'autres gens, dont ceux du FBI, vont recevoir les photocopies des notes qu'Hogan a prises à propos de ses meurtres. La moitié environ est manuscrite et cela permettra sans aucun doute d'établir que c'est lui qui les a rédigées.

– Tu l'as tué ?

– Écoute, John, dis-je. Si j'avais tué un inspecteur de police à Millhaven, je n'en parlerais à personne. D'accord ? Mais je veux que tu comprennes que tout ce que nous disons aujourd'hui reste entre nous. Ça ne sortira jamais de cette pièce. Alors la réponse est oui. Je l'ai abattu.

– Fichtre. » John me regardait d'un air enthousiaste. « C'est formidable. Tu es fantastique. Toute l'histoire va être révélée alors.

– Je ne pense pas que tu y tiennes », dis-je.

John me dévisagea en essayant de lire mes pensées. Il retira sa jambe du bras du fauteuil. Je ne sais pas ce qu'il vit en moi, mais ça ne lui plaisait pas. Il n'avait plus du tout l'air enthousiaste et il essayait maintenant de prendre un air d'innocence blessée. « Pourquoi est-ce que je ne voudrais pas que tout ça soit révélé ?

– Parce que tu as tué ta femme », dis-je.

4

« D'abord, tu l'as emmenée au Saint-Alwyn et tu l'as poignardée, mais tu n'as pas tout à fait réussi à la tuer. Alors, quand tu as appris qu'elle sortait du coma, tu t'es introduit dans sa chambre et tu l'as achevée. Et, bien sûr, tu as aussi tué Grant Hoffman. »

Du bras du fauteuil, il se laissa glisser à l'intérieur du siège. Il était abasourdi. Il tenait à ce que je sache combien il l'était. « Mon dieu, dit-il. Tu sais exactement ce qui s'est passé. Tu sais même pourquoi. C'est toi le premier qui as prononcé le nom de Bachelor. Tu as rassemblé tous les éléments du puzzle.

– Tu voulais que je sache pour Bachelor, n'est-ce pas ? C'est en partie pour ça que tu as tenu à ce que je vienne à Millhaven. Tu ne te doutais pas qu'il habitait ici : il était censé être arrivé en ville après avoir vu ta photo dans le journal, il était censé avoir tué Hoffman et ta femme. Et puis avoir repris sa nouvelle identité quand ça a commencé à sentir le roussi.

– C'est si absurde, c'est dément, dit John.

– Dès mon arrivée, tu m'as dit qu'à ton avis Blue Rose était un ancien combattant. Et tu avais inventé cette merveilleuse histoire sur ce qui s'était passé quand tu étais tombé sur le camp de Bachelor dans la province de Darlac. C'était une belle histoire, mais elle laissait de côté quelques détails importants.

– Je n'ai jamais voulu te parler de ça, dit-il.

– Tu t'es arrangé pour que je t'arrache cette histoire. Tu n'arrêtais pas de faire des allusions.

– Des allusions. » Il secoua la tête d'un air accablé.

« Parlons un peu de ce qui s'est vraiment passé dans la province de Darlac, dis-je.

– Vas-y : continues à divaguer et, quand tu auras fini, fiche le camp d'ici et fous-moi la paix, d'accord ?

– Tu as partagé un camp avec un autre Béret vert du nom de Bullock. Bullock et son commando s'en sont allés un jour pour ne jamais revenir. Tu es parti à leur recherche et tu as trouvé leurs corps ligotés à des arbres et mutilés. On leur avait coupé la langue.

– Je t'ai raconté ça, dit John.

– Tu ne pensais pas que c'étaient les Viets qui les avaient tués. Tu croyais que c'était Bachelor. Et quand tu as vu le fantôme de Bullock, ça a été pour toi une certitude. Tu étais là où tu croyais que Bachelor était en permanence : tu étais à l'endroit où tu pouvais voir à travers la réalité.

– Effectivement, dit-il. Mais je ne pense pas que tu sois jamais passé de l'autre côté...

– Peut-être pas, John. Mais l'important, c'est que tu t'es senti trahi – et tu avais raison. Alors, tu as voulu faire ce que tu pensais que Bachelor aurait fait.

– Tu ferais mieux de savoir de quoi tu parles, déclara John. Tu ferais mieux de ne pas hasarder des hypothèses.

– Bachelor s'était déjà échappé quand tu es arrivé là-bas. Alors, tu as incendié son camp. Ensuite, tu as systématiquement tué tous ceux qui étaient restés sur place : tous les partisans de Bachelor trop jeunes, trop vieux ou trop faibles pour partir avec lui. Comment t'y es-tu pris ? Un par un, un toutes les deux heures ? Pour finir, tu as tué son enfant : tu l'as posé par terre et tu l'as coupé en deux avec ta baïonnette. Ensuite, tu as tué sa femme. A la fin, tu l'as coupée en morceaux, et tu as mis ça dans la marmite commune et tu as mangé un peu de sa chair. Tu as même nettoyé son crâne. Tu te croyais en train de devenir Bachelor, n'est-ce pas ? »

Il me foudroya du regard, serrant et desserrant les dents. Je retrouvai dans son regard cette colère contenue, mais cette fois il n'essayait pas de la dissimuler. « Tu n'as vraiment pas le droit de parler de ça. Ça ne t'*appartient* pas. Ça appartient à des gens comme *nous*.

– Mais je ne me trompe pas, hein ?

– Ça n'a vraiment aucune importance, dit John. Rien de ce que tu dis n'a vraiment d'importance.

– Mais ça n'est pas faux », dis-je.

John leva les bras au ciel. « Écoute, même si tout ça est arrivé – ce qu'aucun être normal ne croirait, parce que les gens ne pourraient même pas commencer à le comprendre –, ça ne donne à Bachelor qu'encore plus de raisons de vouloir se venger de moi.

– Bachelor n'a jamais fonctionné de cette façon, dis-je. Il ne le pouvait pas. Tu ne t'étais pas trompé sur son compte : il était toujours de “ l'autre côté ” et aucun instinct humain, sauf l'instinct de conservation, ne voulait plus rien dire pour lui. Après Lang Vo, il a pris successivement trois ou quatre identités différentes. Après avoir passé douze ans à se faire appeler Michael Hogan, sa seule préoccupation concernant Franklin Bachelor était que tout le monde continue à penser qu'il était mort.

– Ce que tu es en train de dire prouve simplement

que c'est lui qui a tué ma femme. Si tu ne comprends pas ça, ce n'est même pas la peine que je te parle.

– Il ne l'a pas tuée, dis-je. Il l'a rouée de coups. Ou il l'a fait faire par Billy Ritz. Ça revient au même.

– Maintenant, je sais que tu es fou. » John renversa la tête en arrière et il grommela en regardant le plafond. Son visage commençait à devenir rouge. « Je te l'ai dit. Je l'ai frappée. C'était la fin de notre mariage. » Il baissa la tête et me regarda d'un air faussement apitoyé. « Pourquoi diable est-ce que Billy Ritz aurait flanqué une volée à ma femme ?

– Pour la freiner dans ses recherches, dis-je. Ou pour qu'elle les cesse complètement, mais sans la tuer.

– La freiner. Ça veut dire quelque chose pour toi ?

– April envoyait une lettre par semaine à Armory Place à propos de la Femme verte. C'était là que Hogan emmenait ses victimes. Il gardait ses notes dans le sous-sol. Il devait absolument la faire taire.

– Et donc, il l'a tuée, dit John. Si tu t'entendais... Tu n'arrêtes pas de dire tout et son contraire.

– Tu es sorti faire un tour en voiture avec April le soir où elle a avoué qu'elle voyait Byron Dorian. Ça faisait des semaines que tu projetais de la tuer. Vous avez eu une discussion dans la voiture. Tu es sorti et tu es allé au bar au bout de la rue. Je pense que tu as bu pour trouver le courage de passer enfin à l'acte. Tu te disais que tu serais obligé de rentrer à la maison tout seul mais, quand tu es sorti du bar, ta voiture était toujours garée dans la rue. Et quand tu as regardé à l'intérieur, April était là, sans connaissance. Et sans doute couverte de sang. Tu t'es montré très convaincant en évoquant le choc que ça t'a fait de voir la voiture : mais ce choc tenait en partie au fait qu'elle attendait que tu reviennes. »

Il se renversa dans son fauteuil et mit ses mains sur ses yeux.

« Tu ne savais pas qui l'avait battue : tout ce que tu savais, c'est que le moment était venu de mettre ton plan à exécution. Alors tu as roulé jusque derrière le Saint-Alwyn. Tu t'es introduit dans l'hôtel par la porte de service. Tu as monté April en la portant dans l'escalier jusqu'au premier étage. Tu l'as battue et poignardée et tu as écrit BLUE ROSE sur le mur. C'est là où tu as commis une erreur. »

Il ôta les mains de ses yeux et laissa retomber ses bras.

« Tu as utilisé un marqueur bleu. Ceux de Hogan étaient soit noirs, soit rouges, les couleurs utilisées pour signaler les dossiers d'homicides ouverts ou bien fermés sur le tableau de service de la Criminelle. Je parie que tu es même allé à la papeterie de l'ancienne annexe pour acheter le marqueur ce soir-là. Quand tu as tué Grant Hoffman, tu ne t'es pas trompé : tu as écrit BLUE ROSE avec un marqueur noir. Celui-là, tu l'as sans doute acheté à la papeterie aussi et tu l'as jeté ensuite.

– Seigneur, dit John, tu ne t'avoues jamais vaincu. Alors comme ça, je passe toute la nuit à son chevet. Je me lève le lendemain matin, je descends en courant Berlin Avenue avec un marteau à la main. J'entre par miracle dans sa chambre. Je la tue. Je ressors par miracle et je rentre chez moi en courant. Et j'ai réussi à faire tout cela en à peu près quinze, vingt minutes.

– Parfaitement, dis-je.

– A pied.

– Tu étais en voiture. Tu t'étais garé dans la rue de l'autre côté de Berlin Avenue pour que personne de l'hôpital ne voie la voiture. Ensuite, tu as attendu sur la pelouse jusqu'au moment où tu as vu l'équipe de nuit quitter l'hôpital. Il y a un homme qui t'a vu devant sa maison. Il pourrait probablement même te reconnaître. »

John croisa les doigts, appuya son menton dessus et me regarda d'un air mauvais.

« Tu allais tout perdre et tu ne pouvais pas le supporter. Alors, tu as mitonné cette histoire de BLUE ROSE pour donner l'impression que la mort d'April s'inscrivait dans une série : tu as inventé je ne sais quelle histoire pour entraîner ce pauvre Grant Hoffman dans ce passage et tu l'as mis en pièces pour t'assurer qu'on ne l'identifierait jamais. Tu es pire que Hogan : lui ne pouvait pas s'empêcher de tuer, mais toi, tu as assassiné deux personnes simplement pour protéger ton petit confort.

– Alors, qu'est-ce que tu comptes faire maintenant ? » John me fixait toujours d'un œil noir, le menton appuyé sur ses mains jointes.

« Rien. Je veux simplement que tu comprennes que je sais.

– Tu crois savoir. Tu crois comprendre. » John resta un moment à me foudroyer du regard : je sentais en lui le bouillonnement de ses sentiments, puis il se remit debout. Il ne pouvait pas rester assis plus longtemps. « C'est drôle, en fait. Très drôle. » Il fit deux pas vers le mur où étaient accrochés les tableaux puis claqua dans ses mains, pas comme pour applaudir, mais comme s'il essayait de se faire mal. « Parce que tu n'as jamais rien compris. Tu ne sais même pas qui je suis vraiment. Tu ne l'as jamais su.

– Peut-être pas, dis-je. En tout cas, pas jusqu'à maintenant.

– Tu n'es même pas près d'y parvenir. Tu n'y parviendras jamais. Tu sais pourquoi ? Parce que tu as un petit esprit... une petite âme.

– Mais tu as tué ta femme. »

Il pivota lentement sur lui-même : le mépris dans son regard se mêlait à la rage. Il n'arrivait plus à faire la différence. Son amertume l'avait si profondément empoisonné qu'il était comme un scorpion qui se serait piqué et qui continuait à se piquer. « Bien sûr. Oui. Évidemment, si tu veux voir les choses comme ça... »

Il resta furieux une seconde. Il attendait que je le critique ou que je le condamne, afin de prouver une fois pour toutes que je ne le comprenais pas. Comme je ne disais rien, il se retourna encore une fois et s'approcha du mur où étaient les toiles. Je crus un moment qu'il allait en arracher une et la mettre en pièces. Mais il se contenta de fourrer les mains dans ses poches, de tourner le dos aux tableaux et de se diriger vers la cheminée.

J'eus droit à un unique coup d'œil incendiaire. « Sais-tu ce qu'a été ma vie ? Peux-tu même commencer à imaginer ma vie ? Ces deux créatures... » Il s'approcha de la cheminée et se retourna vers moi. Il avait le visage crispé par la seule force de ses émotions. « Les légendaires Brookner. Tu sais ce qu'ils m'ont fait ? Ils m'ont mis dans une boîte et ils ont fermé le couvercle. Ils m'ont fourré dans un putain de cercueil. Et puis ils ont sauté sur le couvercle pour être bien sûrs que je n'en sortirais pas. Ils ont pris du bon temps, là-haut sur mon cercueil. Peux-tu même commencer à imaginer que ces deux êtres-là savaient ce que c'était que la *décence* ? le *respect* ? l'*honneur* ? Ils m'ont transformé en baby-sitter.

– La décence, répétai-je. Le respect. L'honneur.

– Parfaitement. Est-ce que ça te dit quelque chose ? Est-ce que tu commences à voir ?

– Dans une certaine mesure », dis-je. Je me demandais s'il allait encore une fois se précipiter sur moi. « Je comprends comment tu pouvais te sentir le baby-sitter d'Alan.

– J'ai d'abord été celui d'April. En ce temps-là, je n'étais que le larbin d'Alan. *Ensuite*, je suis devenu son baby-sitter et là-dessus ma merveilleuse épouse s'envoyait en l'air avec ce fainéant, ce *gosse*.

– Ce qui était indécent, dis-je. Pas du tout comme attirer ton propre étudiant dans une ruelle pour le mettre en pièces. »

Le visage de John s'assombrit. Il fit un pas en avant, frappa de sa chaussure un des pieds en bois de la table basse. Le pied se fendit en deux et la table pencha vers lui, répandant des livres sur le plancher. John regarda cet étalage en souriant : manifestement il envisageait de donner des coups de pieds aux livres aussi, puis il changea d'avis et se dirigea vers la cheminée. Il me lança un regard vibrant de triomphe et d'amertume. Il prit la plaque de bronze, la souleva au-dessus de sa tête et l'abattit sur le bord du dessus de cheminée. Un éclat de marbre rose veiné tomba par terre, laissant une profonde entaille dans la tablette. Le souffle rauque, John ramassa la plaque et chercha des yeux une cible dans son salon. Il finit par choisir la grande lampe près de l'entrée : il prit son élan et lança la plaque sur la lampe. Il manqua son but et elle vint se fracasser contre le mur où elle laissa une tache sombre et un trou avant de retomber sur le plancher.

« Fous le camp de chez moi.

– John, je veux te dire encore une chose.

– Je meurs d'impatience de l'entendre. » Il était toujours essoufflé et on aurait dit que ses yeux s'étaient étirés et allongés dans son visage.

« Quoi que tu puisses dire, repris-je, nous étions amis. Tu avais une qualité que j'aimais beaucoup : tu prenais des risques parce que tu étais persuadé qu'ils pourraient t'amener à une expérience absolument nouvelle. Mais tu as perdu la meilleure part de toi-même. Tu as trahi tout et tous ceux qui comptaient dans ton existence afin d'avoir assez d'argent pour t'acheter une vie qui ne rimait absolument à rien. Je crois que tu t'es vendu de façon à pouvoir conserver le genre de vie que tes parents avaient toujours eue et pourtant, même eux, tu les méprises. Ce qu'il y a de drôle, c'est qu'il reste encore en vie assez de ton moi d'autrefois pour que tu essaies de te tuer à force de boire. Ou de te détruire par une méthode plus rapide et plus sanglante. »

Il eut une grimace et détourna la tête, les poings crispés. « C'est facile de porter des jugements quand on ne sait rien.

– Dans ton cas, dis-je, il n'y a pas tant de choses à savoir. »

Il se leva, recroquevillé sur lui-même comme un animal de zoo. Je me levai aussi et m'en allai. Il régnait dans la maison une atmosphère aussi rance que dans la cage d'un ours. Je me dirigeai vers la porte de la rue et l'ouvris sans regarder derrière moi. Je l'entendis se lever et se diriger vers la cuisine et le congélateur. Je refermai la porte, laissant John Ransom prisonnier de la vie qu'il s'était choisie, et je sortis dans un monde ensoleillé qui semblait tout récemment créé.

5

Tom était assis devant son ordinateur quand je rentrai chez lui. Il se grattait la tête et son regard allait de l'écran à un tas de coupures de journaux étalées sur son bureau. De l'autre côté de la pièce, la photocopieuse crachait une feuille après l'autre dans cinq corbeilles différentes. Chacune contenait déjà une pile de papiers d'une trentaine de centimètres de haut. Il leva les yeux vers moi au moment où je passai la tête dans la pièce. « Alors, vous avez vu John. » Ça n'était pas une question.

Il hocha la tête. Il savait tout sur John Ransom. Il le savait depuis la première fois où John avait mis les pieds chez lui. « Tous les papiers seront photocopiés d'ici deux heures. Vous voulez me donner un coup de main pour rédiger la lettre d'accompagnement et ficeler les paquets ?

– Bien sûr, fis-je. Qu'est-ce que vous faites maintenant ?

– Je glandouille... Un petit meurtre commis à Westport, Connecticut...

– Continuez à jouer, dis-je. Il faut que j'aille dormir un peu. »

Deux heures plus tard, je redescendis en bâillant et, m'emparant du téléphone du bureau, je réservai mon vol de retour pour New York tandis que les dernières feuilles tombaient de la photocopieuse.

Tom fit pivoter son fauteuil vers moi. « Qu'est-ce que nous devrions dire dans la lettre qui accompagnera les papiers ?

– Le moins possible.

– Exact », dit Tom. Et il s'installa devant un nouvel écran.

J'ai pensé que vous devriez voir cette photocopie des liasses de papiers que j'ai trouvées hier soir dans la poubelle derrière mon magasin. Quatre autres personnes vont en recevoir aussi des copies. Les originaux ont été détruits car ils sentaient mauvais. L'homme qui a écrit ces pages prétend avoir tué des tas de gens. Pire encore, il affirme catégoriquement qu'il est un officier de police de cette ville. J'espère que vous pourrez le coffrer une bonne fois pour toutes. Étant donné les circonstances, je préfère conserver l'anonymat.

« Un peu tarabiscoté, dis-je.

– Je n'ai jamais prétendu être un écrivain. » Tom régla la machine pour imprimer cinq exemplaires. Il descendit dans sa cuisine et remonta avec de grandes feuilles de papier de boucher et une pelote de ficelle. Nous attachâmes chacune des piles de photocopies. Nous les enveloppâmes dans deux feuilles de kraft et nous les ficelâmes de nouveau. Sur les trois paquets, nous écrivîmes le nom et l'adresse d'Isobel Archer, du chef de la police Harold Green et de Geoffrey Bough. Sur le quatrième, Tom écrivit : DÉPARTEMENT DES SCIENCES DU COMPORTEMENT, FEDERAL BUREAU OF INVESTIGATION, QUANTICO, VIRGINIE.

« Et le cinquième ? demandai-je.

– C'est pour vous, si vous le voulez. J'aimerais garder les originaux. »

Il inscrivit mon nom et mon adresse sur le dernier paquet.

La poste centrale de Millhaven ressemble à une vieille gare de chemin de fer, avec quinze mètres de plafond, un sol dallé de marbre, vingt guichets les uns à côté des autres comme ceux où on vend les billets à Grand Central Station. J'apportai à l'un des guichets deux des gros paquets et Tom posa deux grands sacs contenant les autres à celui à côté du mien. L'employé derrière le comptoir me demanda si j'étais vraiment sûr de vouloir expédier ces monstres. Mais oui. Qu'est-ce que c'était, d'ailleurs ? Des documents. Est-ce que je voulais le tarif « imprimés » ? « Envoyez-les en courrier normal », dis-je. Il les hissa l'un après l'autre sur sa balance et m'annonça que mon total s'élevait à cinquante-six dollars et vingt-sept cents. Et que j'étais un rude imbécile, pouvait-on lire sur son visage. Quand Tom et moi sortîmes, les postiers faisaient défiler de longues bandes de timbres sur les tampons humides posés devant eux.

Nous ressortîmes dans la chaleur. La Jaguar était garée devant un parcmètre en bas du grand perron de marbre. Je demandai à Tom si ça ne l'ennuyait pas de m'emmener voir un vieil ami.

« Dès l'instant que vous me présentez », dit-il.

6

A cinq heures, nous étions assis au rez-de-chaussée dans l'énorme pièce, en face d'un poste de télévision que Tom avait fait rouler depuis le chaos apparent des classeurs et du mobilier de bureau. J'avais à la main un verre de limonade au ginseng, dont j'avais découvert trois bouteilles dans le réfrigérateur de Tom. J'aimais bien la limonade au ginseng : ça n'est pas si facile de se procurer une boisson ayant le goût de poussière frite.

Alan Brookner avait presque retrouvé son poids normal : il était rasé de frais et vêtu d'une veste à chevrons avec une cravate de chasse assez osée. Les boutons de manchette en or étaient à leur place et il s'était fait couper les cheveux. Je lui présentai Tom Pasmore. Il nous présenta à Sylvia, Alice et Flora. Alice et Flora étaient des veuves dans les soixante-dix ans révolus ou de jeunes octogénaires : on aurait dit qu'elles avaient passé ces quarante dernières années en allers et retours entre le salon de coiffure, les cours de yoga et la station thermale où elles se faisaient faire des liftings et des cataplasmes d'herbes sauvages. Comme aucune d'elles ne voulait laisser une des autres seule avec Alan, elles partirent ensemble.

« Il faut rendre cette justice à John, avait dit Alan. Il a trouvé un endroit où il faut que je me donne du mal pour me sentir seul. » Sa voix retentissait dans le vaste hall recouvert de tapis. Mais aucun des personnages à cheveux blancs qui prenaient du thé et des sandwiches aux concombres dans d'autres fauteuils ne tourna la tête. Ils étaient déjà habitués.

« C'est un bel endroit, dis-je.

– Vous plaisantez ? C'est somptueux, lança Alan d'une voix tonitruante. Si j'en avais connu l'existence, voilà des années que je m'y serais installé. J'ai même trouvé à Eliza Morgan un travail ici, dans l'administration : ces filles sont toutes jalouses d'elle. » Il baissa le ton. « Eliza et moi déjeunons ensemble tous les jours.

– Vous voyez beaucoup John ?

– Il est venu deux fois. C'est très bien. Je le mets mal à l'aise. Et il n'a pas apprécié ce que j'ai fait après avoir retrouvé mes esprits, ou ce qu'il en reste. Alors, il ne perd pas son temps avec moi et c'est tant mieux. Je le dis sincèrement : c'est au poil. John est parfois un peu puéril et il a jusqu'à la fin de ses jours pour réfléchir. »

Tom lui demanda ce qu'il avait fait.

« Eh bien, une fois acclimaté ici, j'ai chargé mon avocat de s'occuper de mes finances. Il faut être un homme de mon âge pour comprendre mes besoins : vous ne le savez peut-être pas, mais John a tendance à être un peu extravagant, à prendre des risques et moi, tout ce que je veux, c'est que mon argent me rapporte de bons revenus. Alors j'ai confié à quelqu'un d'autre la gestion de mes biens et je crois que John m'en a voulu.

– Je trouve que vous avez pris la bonne décision », dis-je. Le regard sombre et glacé d'Alan croisa le mien.

Tom s'excusa pour aller aux toilettes.

« Je pense à John de temps en temps, dit Alan en baissant de nouveau le ton. Je me demande si April et lui seraient restés longtemps mariés. Je me demande qui il *est* vraiment. »

Je hochai la tête.

« Alan, il va probablement y avoir ce soir quelque chose au journal télévisé qui a un rapport avec la mort d'April. C'est tout ce que je peux dire. Mais ça va vraisemblablement être le départ d'une grosse histoire.

– Il serait temps », fit Alan.

Je sirotais ma limonade. Jimbo ôta ses lunettes et nous regarda à travers l'écran comme Papa ramenant à la maison des nouvelles à propos d'une réduction de personnel à l'usine. Il nous annonça qu'un distingué inspecteur de la Criminelle avait été retrouvé mort ce matin dans des circonstances qui laissaient penser que les récents bouleversements survenus dans la police de Millhaven n'étaient peut-être pas terminés. On ne pouvait exclure la possibilité d'un suicide. Reportage d'Isobel Archer sur l'ensemble de l'affaire.

Isobel était plantée devant le Beldame Oriental, protégé par un cordon de police. Elle nous expliqua que c'était un appel téléphonique anonyme à propos d'un coup de feu qui l'avait amenée ici, jusqu'à un cinéma abandonné non loin de l'endroit où avaient été assassinés April Ransom et Grant Hoffman. Elle avait persuadé le Révérend Clarence Edward, le pasteur qui louait la salle pour le service dominical de la Congrégation du Saint-Esprit, de regarder à l'intérieur. Elle avait découvert dans le sous-sol le corps du sergent Michael Hogan : la mort semblait être due à une seule blessure par balle à la tête. Auprès du cadavre du sergent Hogan, on avait écrit les mots BLUE ROSE.

Ce qu'elle dit ensuite me donna envie de me lever pour applaudir.

« Cette affaire fait maintenant l'objet d'une enquête menée par la police de Millhaven. Mais les plus âgés des habitants de cette ville remarqueront les inquiétantes similitudes entre cette affaire et la mort, en 1950, de l'inspecteur William Damrosch, récemment disculpé dans l'affaire des meurtres de Blue Rose commis cette année-là. Peut-être cette fois-ci ne s'écoulera-t-il pas quarante ans avant qu'on connaisse la vérité. »

Tom se tourna vers moi. « Je vous tiendrai au courant, bien sûr. Mais je parie que vous allez pouvoir lire tout ça dans le *New York Times*.

– A Isobel », dis-je. Et nous trinquâmes.

Bien après la fin du journal télévisé, nous allâmes dîner dans un excellent restaurant serbe du quartier sud :

un établissement sans prétention avec des nappes à carreaux, un éclairage tamisé, des serveurs aimables et pleins de prévenance, tous frères ou cousins : ils connaissaient Tom et étaient visiblement fiers de la merveilleuse cuisine que leurs pères et oncles préparaient sur leurs fourneaux. Je me gavai à en éclater et je parlai à Tom de la lettre que je comptais écrire. Il me demanda de lui envoyer une copie de la réponse, si jamais j'en avais une. Je promis de le faire.

Quand nous fûmes de retour chez lui, Tom dit : « Je sais ce que nous devrions mettre. » Il se leva pour aller prendre sur le rayonnage un nouvel enregistrement de *Un Roméo et Juliette de village*, sous la direction de Sir Charles Mackerras. La musique nous entraîna sur la longue promenade qui mène aux Paradise Gardens. *Là où les échos osent s'aventurer, n'oserons-nous pas tous deux porter nos pas ?*

A deux heures du matin, le milieu de la journée pour Tom, nous nous dîmes bonsoir et regagnâmes chacun notre chambre. Le lendemain avant midi, après une autre longue et purifiante conversation, nous nous étreignîmes en nous faisant nos adieux à l'aéroport de Millhaven. Avant de franchir le détecteur de métaux et de me diriger vers ma porte d'embarquement, je le vis qui s'éloignait d'un pas souple, presque athlétique, par le long couloir, en sachant qu'il n'y avait nulle part où il n'oserait porter ses pas.

DIX-HUITIÈME PARTIE

LE ROYAUME DES CIEUX

1

Je retournai à mon existence, l'existence dont je me souvenais. Je travaillai sur mon livre, vis mes amis, fis de longues promenades et pris plein de notes sur mon carnet, je lus et j'écoutai beaucoup de musique. J'écrivis et je postai la lettre à laquelle j'avais pensé, sans jamais vraiment m'attendre à recevoir de réponse. J'étais parti si peu de temps que seule Maggie Lah avait remarqué mon absence, mais Vinh et Michael Poole savaient que j'avais retrouvé mes vieilles habitudes de calme et de stabilité et que je ne passais plus toute la nuit à marcher de long en large et à noircir des pages. Toujours intuitive, Maggie me dit : « Tu es allé dans un lieu obscur, et tu y as découvert quelque chose. » Oui, dis-je, c'est vrai. C'est exactement ce qui s'est passé. Elle me serra dans ses bras avant de me laisser à mon livre.

Le *New York Times* donna des nouvelles des événements de Millhaven. L'inspecteur Michael Hogan fit sa première apparition en page A6 et, au bout de deux jours, était parvenu en A2. Le lendemain, il y avait encore un article en A2, puis il se retrouva à la une et resta là toute une semaine. Tom Pasmore m'envoya des paquets du *Ledger*, deux ou trois numéros enveloppés dans un colis de la taille d'un *Times* dominical d'avant Noël. Geoffrey Bough et un tas d'autres journalistes de Millhaven complétèrent les détails négligés par mon journal. Une fois connue l'étendue des crimes de

Hogan, Ross McCandless et plusieurs autres fonctionnaires de la police prirent leur retraite. Merlin Waterford fut forcé de démissionner pour être remplacé par un démocrate libéral de souche norvégienne qui avait eu une bourse pour faire ses études : il entretenait d'étonnamment bonnes relations avec la communauté afro-américaine, essentiellement, à mon avis, parce qu'il n'avait jamais, jamais rien dit qui fût même un peu stupide.

Certains des passages les moins sinistres des notes de Michael Hogan furent publiés d'abord par le *Ledger*, puis par le *Times*. Parurent ensuite ce que Hannah Belknap appellerait des passages à vous donner la chair de poule. *People, Time* et *Newsweek* publièrent tous de longs articles sur Millhaven et Hogan, Hogan et Walter Dragonette, Hogan et William Damrosch. Le FBI annonça que Hogan avait assassiné cinquante-trois hommes et femmes, à Pensacola, Floride, où il était connu sous le nom de Felix Hart, à Allerton, Ohio, où il avait été Leonard « Lenny » Valentine, et à Millhaven. Il y eut aussi de courts articles soigneusement censurés concernant sa carrière en tant que Franklin Bachelor.

Les manifestants recommencèrent à s'entasser sur Armory Place, des marches de protestation envahirent Illinois Avenue, les photos des victimes de Hogan se répandaient dans les quotidiens et les magazines. De la cellule où il attendait son procès, Walter Dragonette déclara à un reporter que, pour lui, l'inspecteur Hogan avait toujours été un gentleman et qu'il était temps de commencer à oublier tout cela.

Après d'interminables batailles juridiques, dix-huit innocents furent libérés des prisons où ils purgeaient des condamnations à perpétuité. Deux innocents avaient déjà été exécutés en Floride. Les dix-huit, ainsi que les familles des deux défunts, réclamèrent des dommages et intérêts monumentaux aux services de police responsables de leur arrestation.

En septembre, un consortium d'éditeurs annonça la publication des *Confessions de Michael Hogan* en édition de poche, les bénéfices de la vente devant aller aux familles des victimes.

En octobre, j'achevai le premier jet du *Royaume des cieux*. Autour de moi le soleil frappait toujours les trottoirs de Soho. Il faisait toujours dans les vingt-cinq degrés. Les jeunes traders de Wall Street qu'on rencontrait dans les restaurants et les cafés pendant le week-end commençaient à ressembler à Jimbo lors de ma dernière soirée dans ma ville natale. Papa était bien rentré à la maison avec d'inquiétantes nouvelles sur les réductions de personnel. Certains de ces jeunes gens vêtus avec une négligence recherchée arboraient des barbes de trois jours et fumaient à la chaîne des Camel sans filtre. Je commençai la réécriture et la correction du *Royaume des cieux* et, au début décembre, quand j'eus terminé le livre, je le remis à mon agent et à mon éditeur, j'en donnai des exemplaires à mes amis, et il faisait encore dans les huit à dix degrés.

Une semaine plus tard, je déjeunais chez Chanterelle avec Ann Folger, mon éditeur. Pas bohème pour un sou, Ann est une blonde d'une trentaine d'années vive et énergique, d'agréable compagnie et bon éditeur. Elle avait quelques précieux conseils pour améliorer certaines parties du livre, travail que je pouvais faire en deux ou trois jours.

Enchanté de notre conversation et plus content que jamais d'Ann Folger, je regagnai mon loft et tirai du placard où je l'avais caché mon propre exemplaire des *Confessions de Michael Hogan* : l'énorme colis portant mon nom et mon adresse que Tom Pasmore avait expédié, du guichet voisin du mien à la poste centrale de Millhaven. Je ne l'avais jamais ouvert. Je le descendis et le jetai dans la poubelle du Saigon. Puis je remontai et entrepris les dernières révisions.

2

Le lendemain, c'était samedi, et décembre faisait toujours semblant d'être la mi-octobre. Je me levai tard et mis une veste pour sortir prendre mon petit déjeuner et faire une promenade avant de terminer mes révisions.

Soho n'est pas aussi épouvantable avant les fêtes que le centre de Manhattan, mais je croisai quand même quelques Pères Noël. Je vis dans les vitrines des arbres étincelants saupoudrés de neige artificielle. Et la sono de l'établissement où je prenais un croissant aux amandes et deux tasses de café torréfié à la française jouait une merveille de musique baroque sur un rythme lent que je finis par reconnaître comme étant le concerto pour la nuit de Noël de Corelli. Puis je m'aperçus que c'était le café où je me trouvais juste avant de voir Allen Stone descendre de sa voiture. Il me semblait qu'il y avait des années de cela : je me souvenais de ces semaines où j'écrivais vingt pages par nuit, presque trois cents pages au total, et je constatai que je déplorais la disparition de cet état de transe, quasi magique. Pour le retrouver, si j'y parvenais sans l'agitation qui l'avait entouré, il me fallait écrire un autre livre.

Quand je regagnai mon loft, le téléphone se mit à sonner dès que j'eus introduit ma clé dans la serrure. J'ouvris la porte et me précipitai, ôtant ma veste tout en courant. Le répondeur se déclencha avant que j'arrive à mon bureau et j'entendis dans le haut-parleur la voix de Tom Pasmore. « Salut, c'est moi, le Nero Wolfe d'Eastern Shore Drive, et j'ai tout un assortiment de nouvelles à vous donner, alors... »

Je décrochai. « Je suis là, dis-je. Bonjour ! Qu'est-ce que c'est que cet assortiment de nouvelles ? Encore des développements stupéfiants à Millhaven ?

– Eh bien, nous avons une tempête de neige depuis trois jours. Avec le vent, il fait moins vingt. Comment avance votre livre ?

– Il est fini, dis-je. Pourquoi ne venez-vous pas ici m'aider à fêter ça ?

– Je le ferai peut-être. Si jamais il s'arrête de neiger, je pourrais venir pour les fêtes. Vous parlez sérieusement ?

– Bien sûr, dis-je. Sortez de cette glacière et venez passer une semaine au soleil de New York. Je serais ravi de vous voir. » Je me tus, mais il ne disait rien et je sentis un frisson prémonitoire. « Toute l'excitation doit être retombée maintenant, non ?

– Absolument, dit Tom. A part le grand bond d'Isobel Archer : elle a été engagée par une chaîne nationale et part pour New York d'ici deux semaines.

– Ça ne peut pas être l'assortiment de nouvelles dont vous parliez.

– Non. Les mauvaises nouvelles concernent John Ransom. » J'attendis.

Tom reprit : « J'ai entendu ça aux informations ce matin : j'écoute généralement la radio avant d'aller me coucher. John est mort dans un accident de voiture vers deux heures la nuit dernière. En pleine tempête et il était tout seul sur la voie express. Il est entré droit dans la butée d'un pont. On a cru au début que c'était un accident, que le véhicule avait dérapé ou quelque chose comme ça, mais on a découvert qu'il avait trois fois le taux d'alcoolémie légal.

– Ça aurait quand même pu être un accident », dis-je. J'imaginais John fonçant dans la tempête au beau milieu de la nuit, serrant entre ses cuisses une bouteille de vodka à trois cents dollars. Je m'imaginais une nuit sans fin, presque satanique dans son désespoir.

« Vous le pensez vraiment ?

– Non, dis-je. Je pense qu'il s'est suicidé.

– Moi aussi, dit Tom. Pauvre diable. »

Ç'aurait été le mot de la fin concernant John Ransom si, par une ironie du sort qui n'est pas autorisée au romancier mais que le monde réel adore, je n'avais pas trouvé ce jour-là en fin d'après-midi une lettre dans ma boîte.

Pour prendre mon courrier, il faut que je sorte de mon appartement et que je descende jusqu'à la rangée de boîtes du hall, à une porte de l'entrée du Saigon. Le courrier arrive en général à quatre heures de l'après-midi et parfois je passe là avant le facteur. Comme tous les auteurs, j'ai l'obsession du courrier : il m'apporte argent, contrats, critiques, relevés de droits, lettres de fans et le *Publishers Weekly* où je peux comparer mes chiffres de vente avec ceux d'une foule de mes collègues. Le jour où je reçus le coup de fil de Tom, je descendis tard parce que je voulais terminer mes révisions.

Quand je finis par le faire, je constatai que la boîte était pleine d'enveloppes. Je m'empressai de jeter aussitôt dans la grosse poubelle toutes les enveloppes d'appels de fonds, de propositions pour m'abonner à des revues littéraires confidentielles publiées par des universités. Il en restait deux, une de mon agent pour l'étranger, l'autre de je ne sais quel pays lointain avec un faible pour les timbres exotiques. Mon nom était écrit à la main sur la seconde enveloppe, en lettres rondes et bien tracées.

Je remontai, m'assis à mon bureau et contemplai les timbres. Un tigre, une grosse fleur charnue, un homme avec une robe blanche retroussée jusqu'aux genoux dans un fleuve aux eaux marron. Avec un petit choc, je m'aperçus que la lettre venait d'Inde. J'ouvris l'enveloppe et en retirai une seule feuille de papier pelure de teinte rose.

Cher Timothy Underhill,

Je vous réponds avec retard parce que votre lettre a mis beaucoup de temps à nous parvenir. L'adresse que vous aviez mise était assez vague. Mais, comme vous le voyez, elle est quand même arrivée ! Vous me posez des questions sur votre ami John Ransom. C'est difficile de savoir quoi dire. Vous comprendrez que je ne puisse pas entrer dans les détails, mais j'ai le sentiment que je peux vous préciser qu'ici, à l'ashram, nous avons été touchés par le malheur qui frappait votre ami quand il est venu chez nous. Il souffrait. Il avait besoin de notre aide. Mais finalement nous avons été obligés de lui demander de partir : une pénible affaire pour tous les intéressés. John Ransom avait ici une influence perturbante. Il était incapable de s'ouvrir, il n'arrivait pas à trouver son être véritable, il était égaré, aveuglé par une perpétuelle violence. Il n'aurait pas été question de le laisser revenir. Je suis désolée de vous écrire ces choses-là à propos de votre ami, mais j'espère quand même que sa quête spirituelle, après tant d'années, a fini par lui apporter la paix. C'est peut-être le cas.

Sincèrement vôtre,

Mina.

3

Deux jours après avoir reçu la lettre de Mina et en avoir faxé une copie à Tom, ayant envoyé mes révisions à Ann Folger, je repassai devant le magasin vidéo : le même que j'avais vu au cours de mes promenades presque chaque jour depuis mon retour. Cette fois, n'ayant littéralement rien à faire, je me souvins que durant ma période d'insomnie j'avais vu en vitrine quelque chose qui m'intéressait. Je revins sur mes pas et je regardai les affiches des films. Elles n'étaient pas très intéressantes. Peut-être avais-je de nouveau simplement pensé au *Festin de Babette*. Puis je vis l'annonce à propos des vieux films noirs et je me rappelai.

J'entrai dans le magasin et je louai *L'Appel des profondeurs*, le film que Fee Bandolier et moi avions vu tous les deux au Beldame Oriental, le film qui *nous* avait *vus* au moment où nous étions le plus vulnérables.

A peine rentré chez moi, je l'introduisis dans mon magnétoscope et allumai la télévision. Je m'installai sur mon divan, déboutonnai ma veste et regardai se dérouler sur l'écran une publicité pour d'autres films. Puis le générique arriva et le film commença. Une demi-heure plus tard, secoué, passionné, je pensai à ôter ma veste.

L'Appel des profondeurs était comme une version réalisée par Hitchcock du *M le maudit*, de Fritz Lang, tout à la fois plus violente et plus assagie pour le public américain. Je n'avais gardé aucun souvenir de l'intrigue : je l'avais entièrement effacée de ma mémoire. Mais pas Fee Bandolier. Fee avait emporté l'histoire avec lui partout où il allait, au Viêt-nam, en Floride, dans l'Ohio et à Millhaven.

Un banquier, joué par William Bendix, enlevait un enfant dans un jardin public, l'entraînait dans un sous-sol et lui tranchait la gorge. Penché sur le cadavre, il chantonnait le nom du petit garçon mort. Le lendemain, il allait à sa banque et charmait ses employés : il présidait des réunions concernant des prêts et des hypothèques. A six heures, il allait retrouver son épouse, Grace, jouée par Ida Lupino. Un vieil ami de collège du banquier, un policier joué par Robert Ryan, venait dîner et se mettait à parler d'un dossier qui lui paraissait troublant. L'affaire concernait la disparition de plusieurs enfants. Au dessert, Robert Ryan laissait percer sa crainte que les enfants n'aient été tués. Connaissaient-ils les Untel ? William Bendix et Ida Lupino regardaient leur ami, le visage assombri par l'horreur à laquelle ils s'attendaient. Oui, ils connaissaient la famille. Leur fils, dit Ryan, était le dernier enfant à avoir disparu. « Oh non ! s'écriait Ida Lupino. Leur seul enfant ? » Le dîner s'achevait. Quarante-cinq minutes plus tard en temps réel, trois jours après le dîner dans le film, William Bendix proposait à un autre petit garçon de le ramener chez lui dans sa voiture et le conduisait dans le même sous-sol. Après avoir assassiné l'enfant, il fredonnait amoureusement son nom au-dessus du cadavre. Le lendemain, Robert Ryan allait rendre visite aux parents de l'enfant qui éclataient en sanglots quand on leur montrait des photographies. Le film se terminait sur l'image d'Ida Lupino tournant la tête pour appeler Robert Ryan après avoir abattu son mari d'une balle dans le cœur.

Frémissant, je regardais dérouler sur l'écran les noms que je connaissais déjà :

Lenny Valentine : Robert Ryan.
Franklin Bachelor : William Bendix.
Grace Bachelor : Ida Lupino.

Puis, après les noms des divers inspecteurs, employés de banque et habitants de la ville, les noms des deux enfants assassinés :

Felix Hart : Bobby Driscoll.
Mike Hogan : Dean Stockwell.

4

J'éjectai la cassette du magnétoscope et la remis dans son étui. Je fis trois fois le tour de mon loft, partagé entre le rire et les larmes. Je pensais à Fee Bandolier, un enfant fixant un écran de cinéma du fond d'un fauteuil au bord de la grande allée centrale du Beldame Oriental. Ç'avait sans doute toujours été Robert Ryan et non pas Clark Gable que me rappelait Michael Hogan. Je finis par m'asseoir à mon bureau et par composer le numéro de Tom Pasmore. Son répondeur se déclencha au bout de deux sonneries. Au terme d'une journée de vingt-quatre heures, Tom avait fini par aller se coucher. J'attendis la fin de son message et je dis : « Ici le John Galsworthy de Grand Street. Si vous voulez apprendre la seule chose que vous ne sachiez pas déjà, appelez-moi dès que vous serez levé. »

Je sortis la cassette de son étui et je la regardai encore une fois : je pensais à Fee Bandolier, à l'homme que j'avais connu et au premier Fee, Fee enfant, un autre moi-même, rencontré tant de fois et en tant d'endroits où mon imagination m'avait emmené. Il était là, et j'étais là aussi, auprès de lui, pleurant et riant en même temps, en attendant la sonnerie du téléphone.

TABLE DES MATIÈRES